Zu diesem Buch

Organisierte Kriminalität (Polizeikürzel: OK) hat in der Bundesrepublik Fuß gefaßt. Mit ausgeklügelter Systematik gehen spezialisierte Täter im Verbund und arbeitsteilig zu Werke: sie brechen in Wohnungen ein, betrügen Kapitalanleger, stehlen und verschieben Autos, drucken Falschgeld, kopieren Markenartikel, erpressen Schutzgelder, dealen Drogen, ziehen Raubkopien von Videokassetten, stehlen Schecks, lassen ganze Lkws oder «nur» deren Ladung verschwinden, schmieren korrupte Politiker und Beamte zum Beispiel in Baubehörden, handeln mit Mädchen, begehen Morde auf Bestellung ... die Liste der Delikte ist lang. Viele, und zwar besonders die lukrativsten Verbrechen, sind so geschmeidig organisiert und so raffiniert getarnt, daß oft lange Zeit weder Staatsanwaltschaft noch Polizei den Braten riechen. Fliegt die Sache auf, sind die Absahner längst über alle Berge.

Der Autor

Dr. jur. Butz Peters, geb. 1958, ist Jurist und Journalist. Studium in Göttingen, Hannover, Lausanne, Genf, Messina und Wien. 1988 Journalistenpreis für den besten Hörfunkbeitrag zum Thema »Vorbeugende Kriminalitätsbekämpfung«.

Butz Peters

DIE ABSAHNER

Organisierte Kriminalität
in der Bundesrepublik

rororo
Rowohlt

Veröffentlicht im Rowohlt Taschenbuch Verlag GmbH,
Reinbek bei Hamburg, Juli 1994

Umschlaggestaltung Büro Hamburg
Gesamtherstellung Clausen & Bosse, Leck
Printed in Germany
1490-ISBN 3 499 9655 7

INHALT

VORWORT

Dieses Buch wird manchem Leser Schauer über den Rücken jagen. Vor allem deshalb, weil es nicht um Palermo, auch nicht um Chicago und erst recht nicht um Bogotá geht, sondern um Frankfurt, München, Köln, Berlin, Hamburg und das übrige «Operationsgebiet Bundesrepublik». Um das, was in unserer Republik tagtäglich geschieht.

Auf den ersten Blick scheint es nicht mehr als eine marginale Frage zu sein, doch sie ist bezeichnend für die augenblickliche Lage: Wie schreibt man richtig: «*o*rganisierte Kriminalität» oder «*O*rganisierte Kriminalität»? Groß oder klein? Die Fachleute sind sich nicht einig. Die einen schreiben «organisiert» bewußt klein, weil sie meinen, es fehle an einer klaren Definition. Die Groß-Schreiber halten dagegen, daß es sich um einen heute feststehenden Begriff handle wie «Bürgerliches Gesetzbuch» oder «Goldener Schnitt». Das ist ein Fortschritt. Noch vor wenigen Jahren wurde lebhaft darüber gestritten, ob es überhaupt so etwas wie O/organisierte Kriminalität in der Bundesrepublik gibt. Mittlerweile leugnet dies niemand mehr. Abgesehen von den Tätern. Blättert man durch, was die Fachleute in den vergangenen fünf, sechs Jahren zu dem Thema geschrieben haben, so springt ins Auge, daß sie im Laufe der Zeit «organisiert» immer häufiger groß geschrieben haben. Heute machen es die meisten so. Es läßt sich nicht bestreiten: Die beiden Wörter «Organisierte Kriminalität» haben durch die in der Bundesrepublik geschehenen Verbrechen sehr deutliche Konturen bekommen. Man muß das O angemessen groß schreiben. Seit Sommer 1989 macht dies auch die Arbeitsgemeinschaft Kripo so, ein Zusammenschluß der Leiter der Landeskriminalämter und des Bundeskriminalamts.

Nicht immer ist es möglich, Roß und Reiter beim tatsächlichen Namen zu nennen. Aus rechtlichen Gründen mußten in einer Reihe von Fällen die Namen von Akteuren geändert werden. Diese Namen sind *kursiv* gedruckt. Nach der Rechtsprechung ist es – vereinfacht gesagt – nur unter strengen Voraussetzungen zulässig, den Namen eines Verurteilten oder Verdächtigen zu nennen. Dies leiten die Gerichte aus dem vom Grundgesetz geschützten Persönlichkeitsrecht des Täters ab.

Das ändert an der Darstellung nichts. Namen tun nichts zur Sache. Es geht mir darum zu zeigen, *mit welchen Methoden* die Absahner heimlich, still und leise Milliarden verdienen. Jahr für Jahr. Erschreckend ist auch, wie selten sie erwischt werden.

Butz Peters
Hamburg, Dezember 1989

KAPITEL 1

Organisierte Kriminalität – was ist das?

Eine Stunde nach Mitternacht. Eine dunkle Nacht von Samstag auf Sonntag. Drei Gestalten pirschen von einem Feldweg zu einem Maschendrahtzaun. Sie bleiben stehen. Ein Mann zieht einen Bolzenschneider hervor und fängt an, den Draht durchzuknipsen. Die beiden anderen schauen sich vorsichtig um. Niemand scheint sie zu bemerken. Es dauert nicht lange, bis der Zaun geknackt ist. Die drei schleichen weiter. Vor ihnen erheben sich die Umrisse eines großen Bungalows am Rande von Beckum, rund 40 Kilometer südöstlich von Münster. Das Anwesen gehört einem Werkzeugmaschinenfabrikanten. Die Täter fühlen sich sicher: Dreieinhalb Stunden lang haben sie zuvor das Gelände beobachtet. So sahen sie auch, wie das Licht im Schlafzimmer des Ehepaars vor mehr als einer Stunde ausging.

Über den Rasen huschen die finsteren drei zur Rückseite der Villa. Mit einer Stange hebeln sie die Schiebetür des Eßzimmers auf. Für ein paar Minuten verschwinden sie wieder in der Dunkelheit. Die Männer beobachten das Terrain genau. Kein Mucks ist zu hören, nichts zu sehen. Und da legen sie los: Ruckzuck sind sie durch die Tür im Haus verschwunden. Durchs Eßzimmer dringen sie ins Kaminzimmer vor. Von dort ins Wohnzimmer. Auf diesem Weg finden sie bestätigt, was sie gehört hatten: Der Eigentümer hat Geld und Geschmack. Der Fabrikant ist ein Sammler kostbarer

Einrichtungsgegenstände. Am meisten haben es den Tätern die Teppiche angetan. Flugs räumen sie Möbel beiseite, einige Stücke tragen sie sogar raus ins Freie, um die Teppiche bequem auf dem Fußboden zusammenrollen zu können: Teure Orientteppiche schieben sie auf einer Gartenliege mit Rädern weg, die sie auf der Terrasse gefunden haben. Eines der zusammengerollten Exemplare ist fast halb so lang wie der Strafraum auf dem Fußballplatz: 7,85 Meter mal 4,75 Meter. Meißner Porzellanschalen wickeln sie in Papiertücher, ebenso Kerzenleuchter – wertvolle Stücke, die der Mann über Jahrzehnte zusammengetragen, bei Auktionen erstanden hatte. Den «Kleinkram» räumen sie in Umzugskartons, die sie mitgebracht haben.

Die Beute schaffen sie zu einem Mitsubishi-Transporter mit Borkener Kennzeichen. Er steht hinter dem Villengrundstück auf einem Feldweg, am Rande eines Kornfelds. Erst als nichts mehr auf die Ladefläche paßt, beenden sie die Aktion und fahren los. Keine Stunde später in Münster: In einer Wohnung in der Steinfurter Straße verstauen die Diebe ihre Beute. Auf einen Teil von ihr wartet schon im 140 Kilometer entfernten Düsseldorf ein Hehler: ein Antiquitätenhändler. Seine Spezialität: Silber.

Als das Ehepaar am nächsten Morgen entdeckt, was über Nacht in ihrem Haus geschehen ist, während sie schliefen, fallen sie aus allen Wolken. Der Sachverständige der Hausratversicherung schätzt den Schaden auf 1,2 Millionen Mark.

Das war kein Zufallstreffer, sondern generalstabsmäßig geplant. Den Hinweis, daß das Haus mit Kostbarkeiten gespickt sei, hatte ein Pärchen von einem Antiquitätenhändler in Münster bekommen. Er hatte dem arbeitslos gemeldeten Maurer *Werner Franke* (43) und seiner Lebensgefährtin *Ursula Hartmann* (33) von der üppigen Ausstattung berichtet, die er gesehen hatte, als er dort Antiquitäten anlieferte. Vor allem über zwei riesige Teppiche im Kaminzimmer und die

Sammlung von Meißner Porzellan hatte sich der Händler in den höchsten Tönen geäußert. Das Pärchen lebt von solchen Hinweisen, und das nicht schlecht: *Werner Franke* erhält monatlich 900 Mark vom Arbeitsamt, seine Freundin ist «Umschülerin». Aber schon für ihre Wohnung zahlen sie 900 Mark im Monat. Er fährt einen Jaguar, sie einen Kleinwagen. Teure Kleidung ist für die beiden ebenso selbstverständlich wie regelmäßiger Urlaub in fernen Ländern. Wenn sie ausgehen, und das passiert nicht selten, speisen sie nur in Luxusrestaurants. Bei alledem hat *Werner Franke* auch noch 28000 Mark auf dem Konto, mehrere Tausender findet die Polizei später bei ihm zu Hause.

Eile war im Fall des Beckumer Hauses geboten. Denn der Antiquitätenhändler hatte den beiden berichtet, daß sich der Fabrikant in Kürze eine Alarmanlage in sein Haus einbauen lassen werde. Schon einen Abend später macht sich das Pärchen zusammen mit *Karl-Heinz Heller* (27), Textilhändler aus Gronau an der niederländischen Grenze und erfahrene «Bruch-Fachkraft», auf den Weg nach Beckum, um das Haus «auszuleuchten»: Von allen Seiten nehmen sie es unter die Lupe. Sie robben dicht heran – und befinden das Objekt für gut. Zügig werden die Vorbereitungen getroffen: *Werner Franke* besorgt Umzugskartons und Papier, um die Kostbarkeiten einzuwickeln, damit beim Transport ja kein Schaden entsteht. Seine Freundin *Ursula* organisiert als «Bunker» die Wohnung in der Steinfurter Straße von einem Bekannten. Weitere Verstärkung haben sie aus Gronau geordert: *Ernst Kappler*, 31 Jahre, offiziell Möbelhändler. Der Transport der Beute liegt in seinen Händen, er kommt mit seinem Mitsubishi-Transporter. Am Abend vor dem Einbruch treffen sie sich in der Wohnung des Paares in Münster, in der Gasselstiege. Eine Dreiviertelstunde lang sprechen sie ihren Plan noch einmal durch. Dann machen sich die Männer auf den Weg: Gegen halb zehn rollen zwei Autos mit «BOR»-Kennzeichen durch Beckum, der Mitsubishi-

Transporter und ein BMW. Rund 500 Meter von dem Fabrikanten-Haus parken sie den BMW, einige 100 Meter weiter in der Bachstraße den Transporter. Zwei Fahrzeuge nebeneinander mit auswärtigen Kennzeichen – aus derselben Stadt – könnten auffallen, befürchten sie. Die drei machen sich auf den Weg. Diskret beobachten sie das Haus. Stunden später holen sie den Mitsubishi, um die Beute einzuladen. Der BMW bleibt einen halben Kilometer vom Tatort entfernt stehen: als Fluchtfahrzeug für den Fall der Fälle.

Weder Fingerabdrücke noch sonst irgendwelche Anhaltspunkte entdeckten die Beamten von der Spurensicherung am Tatort. Derartige Einbrüche häuften sich Anfang der achtziger Jahre. Aufgefallen war der sprunghafte Anstieg dieser Brüche 1981 im Münsterland, in Ostwestfalen und im angrenzenden Niedersachsen. 1982 setzte sich die Serie fort. In Ostfriesland wurden nach dieser Masche Häuser geknackt, in Hamburg ebenso wie in Bremen. Stets gingen die Täter ganz professionell vor: Meist bohren sie die Fensterrahmen in der Höhe der Griffe an. Durch dieses Loch entriegeln sie mit einem selbstgebastelten Werkzeug das Fenster, innerhalb weniger Sekunden sind sie drin. Dieses Verfahren beherrschen sie so perfekt, daß die Hauseigentümer, die nebenan schlafen, nichts hören. Nach dieser Arbeitsweise erhalten die Täter auch ihren Namen. Die Polizei nennt sie «Fensterbohrerbande» – auch wenn die Täter nicht ausschließlich nach dieser Methode arbeiten: Manchmal hebeln sie auch Terrassentüren auf oder drehen Zylinderschlösser ab. Ebenso zeigen sie durch die Auswahl des Diebesguts, daß sie ihr Handwerk verstehen: Sie entwenden fast nur Orientteppiche, Porzellan erster Wahl und Sterling-Silber. Im Frühjahr 1982 sind bereits 141 Einbrüche dieser Gruppe von der Polizei erfaßt worden – mit einem Schaden von über sechs Millionen Mark.

Die Täter bohren von Woche zu Woche immer häufiger und immer ungenierter. Nach einigem Hin und Her wird in Münster eine Sonderkommission eingerichtet, die EK 1182. Die Bezeichnung der *E*rmittlungs*k*ommission bezieht sich auf den Zeitpunkt der Gründung: November 1982. Mittlerweile ist die Zahl der Einbrüche bereits auf 350 gestiegen, der Schaden auf 12 Millionen Mark. Unter Leitung des Ersten Kriminalhauptkommissars Willi Flormann ermittelten zehn Beamte in wechselnder Besetzung. Innerhalb der nächsten zweieinhalb Jahre deckten sie den bislang größten Fall Organisierter Einbruchskriminalität in der Bundesrepublik auf: Sie machten 326 Täter aus, die einen Schaden von über 100 Millionen Mark angerichtet haben. 1195 Straftaten können die Beamten aufklären, darunter 870 Einbrüche in Villen und Banken. Zahlreiche Täter erhielten mittlerweile Gefängnisstrafen zwischen vier und neun Jahren. Die Verfahren werden die Justiz noch bis in die neunziger Jahre hinein beschäftigen.

Als die Beamten der Sonderkommission mit ihrer Arbeit anfangen, ahnt niemand, was auf sie zukommt. Zunächst fordern sie von Kollegen aus dem ganzen Bundesgebiet Fallakten an und werten sie aus. Daten, die ihnen wichtig erscheinen, speichern sie elektronisch. Sie tragen Erkenntnisse über die ersten Tatverdächtigen zusammen. Wichtige Anhaltspunkte dafür haben sie durch eine Observation erhalten, die die Polizei Münster bereits einige Monate vor Einrichtung der EK 1182 durchgeführt hatte. Auslöser waren Informationen eines Beamten aus dem Landeskriminalamt Niedersachsen. Er hatte ihnen mitgeteilt, daß einer seiner Informanten in der Lage sei, Diebesgut im Wert von 350000 Mark aus einem Villeneinbruch in Münster zu beschaffen. Der Mann verlangte dafür 30000 Mark. Die Staatsanwaltschaft gab grünes Licht für die Aktion.

An dem Tag, an dem der Deal über die Bühne gehen soll, heften sich Kräfte des Mobilen Einsatzkommandos an die Fersen des Informanten. Sie merken rasch, daß der Mann mit allen Wassern gewaschen ist. Er veranstaltet mit seinem Wagen eine «Schüttelfahrt» quer durch Niedersachsen und Nordrhein-Westfalen: Mal gibt er kräftig Gas, mal zockelt er im Schneckentempo. Und das 500 Kilometer lang. Für die Beamten in ihren Zivilfahrzeugen ist es schwierig, dem Mann zu folgen, ohne aufzufallen. Aber sie haben Glück: An diesem Tag ist die Sicht klar. Aus einem Hubschrauber in 2000 Meter Höhe beobachten Polizisten mit Ferngläsern den Weg des Fahrzeugs. Per Funk dirigieren sie ihre Kollegen am Boden. Als der Mann schließlich aus seinem Wagen steigt, staunen sie nicht schlecht: 45 Kilometer vom Start entfernt trifft er sich in einem Sex-Club mit den Tätern – 500 Kilometer ist er kreuz und quer gefahren, um sich davon zu überzeugen, daß ihm wirklich niemand folgt. Und dessen ist er sich nun sicher: So kauft er die Einrichtungsgegenstände für den beklauten Eigentümer wie geplant zurück. Die Beamten in Münster stellen die Namen der Männer fest, mit denen er sich in dem Club unterhalten hat und die dafür sorgen, daß die Beute wieder auftaucht.

Auf diese Erkenntnisse können die Ermittler der EK 1182 aufbauen. So tragen sie ein Steinchen nach dem anderen zusammen, bis sie nach drei Monaten mit der «operativen Phase» beginnen: Sie hören Telefone ab, observieren Verdächtige und Wohnungen. Einen Täter, den die Fahnder im Visier haben, stoppen Polizisten auf der A 1 bei Osnabrück – bei einer angeblichen Verkehrskontrolle. In seinem Wagen stoßen die Beamten «zufällig» auf Beute. 22 Wohnungen durchsuchen die Ermittler in der Gegend von Bielefeld, Hannover und Cloppenburg. Weitere Durchsuchungen und Festnahmen folgen. 73 Tatverdächtige landen in Untersuchungshaft. Dabei arbeitet die EK 1182 in den ersten sechs Monaten im verborgenen. Bei Verhaftungen treten die Beamten nicht in Erscheinung, die Dienststellen am Ort übernehmen das. Und so geht der Plan in der entscheidenden Phase auf: Die Täter sind nicht gewarnt, können auf frischer Tat geschnappt werden.

Die Sonderkommission ermittelt sieben Gruppen, die untereinander in Kontakt stehen. Sie befinden sich in

- Wesel und Rheine
- Vechta und Cloppenburg
- Halle (bei Bielefeld)
- Delmenhorst und Bremen
- Hof (Bayern)
- Gronau (an der niederländischen Grenze) und Münster
- Köln.

Das Operationsgebiet dieser Gruppen war die ganze Bundesrepublik. Jede Gruppe wurde von einem Boss geleitet, der entschied, wo und wie eingebrochen werden sollte. Sie bestand aus 10 bis 20 Personen, ganz überwiegend Landfahrer, die starke Beziehungen untereinander hatten. Es waren aber auch sogenannte «Weiße» mit von der Partie, berichtet Chef-Fahnder Flormann: «Sie sind in Landfahrerkreisen aufgewachsen, haben sich über Jahre bei der gemeinsamen Ausführung von Straftaten bewährt oder genießen uneingeschränktes Vertrauen.» Nach den Erkenntnissen der Polizei wirkten die Mitglieder einer Gruppe jeweils nach ihren Fähigkeiten und im Wege der Arbeitsteilung an den Taten mit als «Tipgeber, Ausleuchter, Einbrecher, Transporteur, Bunkerer, Zwischenhehler oder Großhehler».

Das System, auf das die Ermittler stießen, funktionierte so: Den Tip gibt jemand, der ein Haus kennt, in das sich ein Einbruch lohnt. Er schildert Einzelheiten der Lage und der möglichen Beute. Nach Erkenntnissen von Staatsanwalt Wolfram Scherner kamen diese Informationen häufig von Teppichhändlern, die diese Häuser aufgesucht, dort ihre Ware angeboten und sich dabei umgeschaut hatten. «Es gab eine Fülle von Tatorten», berichtet der Staatsanwalt, «da erzählten uns die Geschädigten, daß sie Wochen, teilweise Monate vorher Besuch von Leuten gehabt haben, die irgend etwas an der Tür loswerden wollten.» Für einen guten Hinweis soll der Tipgeber zwischen 3000 und 5000 Mark erhalten haben. Mit guten Tips versorgte die Täter auch eine Bedienung im Hotel «Schloß Hohenfeld», einer der ersten Herbergen Münsters. Bei Festen und Betriebsfeiern, die dort regelmäßig abgehalten wurden, kam sie mit Gästen ins Gespräch. «Die hatte eine sehr gekonnte Art, mit Menschen umzugehen und herauszubekommen, ob bei ihnen Geld hintersteckte», berichtet ein Polizeibeamter. «Die Frau war gezielt angesetzt.»

Hatten die Täter einen interessanten Tip, wurde das Haus «ausgeleuchtet». Staatsanwalt Scherner: «Die sind da nachts rumgerobbt. Geht irgendwo Licht an, gehen sie in Deckung. Sie warten ab, bis es wieder ausgemacht wird. Dann machen sie weiter.»

Nachdem das Terrain sondiert und für lohnend befunden worden ist, treten die Einbrecher auf den Plan. Mit mehreren Fahrzeugen machen sie sich auf den Weg zum Tatort. Sie fahren ganz überwiegend BMW und Mercedes. Beliebt bei ihnen sind aus dem Hause BMW die 6er- und 7er-Serie, vor allem die i-Modelle, bei Mercedes die 500er-Serie. Die Spitzengeschwindigkeit liegt meist über 200 km/h. Diedrich Blancke, Kriminalhauptkommissar in Oldenburg: «Mit diesen Fahrzeugen hatten die Täter im Notfall gute Chancen, Einsatzfahrzeuge der Polizei abzuschütteln.» Die meisten Fahrzeuge sind auf Strohpersonen zugelassen. Dafür haben sie Verwandte und auch Angestellte in ihren Unternehmen gefunden, denen sie die Anmeldung mit «steuerlichen Gründen» erklärten. Ist größere Beute wegzuschaffen, mieten sie einen Transporter bei einem Autoverleih. Allerdings nie in der Nähe, um nicht durch eine Kontrolle nach der Tat bei der Verleihfirma aufzufallen.

Mindestens ein Auto stellen die Täter als «Fluchtwagen» mehrere hundert Meter vom Tatort ab. Irgendwo, unauffällig auf einem Parkplatz. Mit einem anderen Fahrzeug fahren sie näher an das ins Auge gefaßte Haus heran, ungefähr 500 Meter entfernt steigen sie aus und gehen zu Fuß weiter.

Stets tragen sie dunkle Kleidung und Schuhe ohne Profil. Oft fliegen die Sachen auf der Rückfahrt einfach aus dem Autofenster. Mindestens ein Mann bleibt draußen und steht Schmiere. Für den Fall der Fälle hat die Truppe vereinbart, daß sie sofort in verschiedene Richtungen flüchtet. Die Täter besitzen Funkgeräte, mit denen sie den Polizeifunk abhören. Bei der Münsteraner Gruppe entdeckt die Polizei einen Weltempfänger, mit dem nicht nur der gesamte Polizeifunkverkehr mitgehört werden kann, sondern auch Gespräche über Autotelefon, die die Polizei bei Fahrten des Mobilen Einsatzkommandos führt.

An das Gebäude pirschen sich die Täter regelmäßig von hinten heran. Dabei prägen sie sich Fluchtwege ein. Alarmanlagen setzen die Täter im Nu außer Betrieb. Entweder schneiden sie die Kabel durch – in wenigen Sekunden sind sie auf dem Dach, finden in einem Wirrwarr von Leitungen sofort die richtigen und legen mit zwei Schnitten das System lahm. Oder sie füllen die Sirene mit Montageschaum aus. So kann das Horn keinen Ton mehr von sich geben. Scheinwerfer und Lampen «neutralisieren» die Einbrecher mit schwarzem Lack – aus gewöhnlichen Spraydosen. «Die waren mit allen auf dem Markt gängigen Alarmanlagen vertraut», stellte Staatsanwalt Scherner fest.

Schlief jemand im Haus, wurde grundsätzlich gebohrt – die leiseste Methode: entweder per Hand oder mit einer batteriebetriebenen Maschine. «Die arbeiteten so profihaft», beschreibt Oberstaatsanwalt Klaus Deupmann die Fähigkeiten der Täter, «daß sie den schlafenden Opfern buchstäblich das Kissen unterm Kopf wegziehen konnten.»

Die Täter haben ein feines Auge. Sie nehmen nur Teppiche, Silber, Porzellan, Gemälde, Münzsammlungen, Schmuck und Rauchwaren. Unterhaltungselektronik interessiert sie nicht – da kann die schönste Hi-Fi-Anlage stehen –, denn sie arbeiten mit Großhehlern zusammen, die nur ganz bestimmte Sachen abnehmen. Nachdem die Täter die Beute hinausgeschleppt haben, verstecken sie zunächst die Stücke. Unter Gebüschen, hinter einer Hecke, in einer Nische. Ein Wagen rollt vor. Die Kennzeichenschilder sind umgeknickt. Innerhalb weniger Minuten sind die Sachen verstaut. Im Kofferraum oder auf der Ladefläche. Zügig fährt der Wagen an, nimmt den kürzesten Weg zur nächsten Autobahnauffahrt. Mitunter knipsen die Täter beim Rückzug auch kurzerhand die Schlußleuchten und die Nummernschildbeleuchtung des Fahrzeugs aus – unterm Armaturenbrett befindet sich der Schalter. Unterwegs bei einem Sekundenstopp biegt der Beifahrer die Blechschilder wieder zurück.

Befürchten die Täter, daß ihr Wagen jemandem auffallen könnte, weil die Kennzeichen aus einem weit entfernten Zulassungsbezirk stammen, montieren sie kurzerhand von einem x-beliebigen Fahrzeug in der Gegend die Schilder ab und bringen sie über den eigenen Kennzeichen an – gehalten durch Gummibänder von hinten. Auf dem Rückweg halten sie kurz, nehmen die Schilder ab und werfen sie im weiten Bogen weg.

Die Beute wird grundsätzlich über die Autobahn transportiert. «Überlegen Sie doch mal, wann Sie auf der Autobahn kontrolliert worden sind?» fragte ein geständiger Täter einen Beamten. «Da sind wir sicher.» Und tatsächlich, keiner der Täter ist jemals auf einer Autobahn kontrolliert worden – einige von ihnen waren schon seit über zehn Jahren im Geschäft.

Mußten sie über die Landstraße fahren und befürchteten sie eine Polizeikontrolle, wurde der «Beute-Wagen» von anderen Fahrzeugen zum Schutz begleitet. So erklärt sich, um ein Beispiel herauszugreifen, warum auf einmal ein Wagen leicht im Zickzack fuhr und verkehrt blinkte, nachdem ein Streifenwagen einem Konvoi von drei Fahrzeugen über eine längere Strecke in der Nähe von Osnabrück gefolgt war. Die Besatzung des Peterwagens wurde aufmerksam, sie beschloß, den Dingen auf den Grund zu gehen, und stoppte den Wagen. Die Beamten schauten sich den Fahrer genau an, seine Papiere und das Fahrzeug. Sie konnten nichts feststellen. Alles war in Ordnung, der Mann vollkommen nüchtern. Nach einigen Minuten ließen sie ihn weiterfahren und konnten sich auf die ganze Geschichte keinen Reim machen. Erst viele Monate später, als die Täter geschnappt waren, packte einer aus und berichtete, daß es auf diese Weise gelungen sei, den Wagen mit der Beute aus dem Blickfeld der Polizei zu bringen.

Ziel der Täter war es, die gestohlenen Gegenstände so schnell wie möglich verschwinden zu lassen. Immer rechneten sie damit, daß sie irgend jemand gesehen haben könnte. Stets waren sie auf eine Hausdurchsuchung gefaßt – da wollten sie sauber dastehen. So fuhren sie oft noch in der Tatnacht mehrere hundert Kilometer, um die Beute bei den Abnehmern gleich loszuwerden. Großhehlern kam die Polizei auf die Schliche in Itzehoe, Bremen, Münster, Düsseldorf, Mönchengladbach, Würzburg und Hannover. Sie hatten sich spezialisiert auf ein bestimmtes Genre: Der eine wollte nur Teppiche, ein anderer ausschließlich Porzellan, ein dritter kaufte nur Silber auf oder nur Gemälde oder sogar nur Ikonen. Viele dieser Hehler besaßen Unternehmen, die – nach außen hin – ganz legal arbeiteten. Inhaber von Antiquitätenhandlungen, Teppich- und Textilgeschäften machte die Polizei unter den Großabnehmern genauso aus wie Gastwirte, Bauunternehmer und Bordelliers. «Wir haben bei den ‹Bunkern› eine auffällige Nähe zu Autobahnen festgestellt», berichtet Staatsanwalt Wolfram Scherner. In der Nähe von Bremen war eine solche Lagerstätte sogar direkt von der Abfahrt aus zu erreichen. Die Beamten stießen auf Fälle, in denen die Täter mitten in der Nacht auf dem Standstreifen der Autobahn hielten, eine Panne vortäuschten, die Warnblinkanlage einschalteten und die Beute rasch ausluden. An der Böschung warteten Helfer des Hehlers, nahmen die Beute in Empfang und brachten sie in den «Bunker» gleich neben der Autobahn.

«Wenn die Täter nach der Heimfahrt kurz vor ihrem Wohnort auf einer Autobahnraststätte ein Frühstück einnahmen, war der Einbruch in den meisten Fällen noch nicht einmal bemerkt worden», berichtet der Oldenburger Kriminalhauptkommissar Diedrich Blancke. Bei dieser Arbeitsweise habe der Einbruchsachbearbeiter der Kripo, der erst einige Stunden später mit seinen Ermittlungen beginnt, keine Chance, den Fall aufzuklären, meint Blancke. Selbst wenn zufällig jemand ein Kfz-Kennzeichen angeben könnte, helfe das nicht weiter. «Bei Durchsuchungen würden Beweismittel nicht mehr gefunden.»

Für die Täter ist es ein einträgliches Geschäft. Sie erhalten vom Großhehler rund 10 Prozent vom Wert der Beute. Bei einem Villeneinbruch sind das mal 10000 Mark, mal 20000 Mark, aber auch schon mal 90000 Mark. Was machten die Täter mit diesen Beträgen? «Die gaben wirklich Geld aus», stellte Willi Flormann fest. «Viele Urlaubsreisen, teure Autos, teure Kleidung. Vor allem Pelze und Leder. Dazu die entsprechende Uhr. Rolex, Cartier...» Eine Reihe von Tätern eröffnete Gaststätten, Bars, Boutiquen, Immobilien- und Bauunternehmen sowie Bordelle. Und so kam kaum noch jemand auf die Idee zu fragen, wie die Betreffenden ihren aufwendigen Lebenswandel finanzierten. Bei einem Täter stellten die Beamten fest, daß er binnen Jahresfrist 900000 Mark ausgegeben hatte und sich gerade für 1,2 Millionen ein Haus kaufen wollte, als die Polizei ihn erwischte. «Sagen Sie, was haben Sie nur davon?» fragte ein Beamter einen Täter, der gerade verhaftet worden war, kurz vor Weihnachten. «Jetzt geht's vielleicht für fünf bis sechs Jahre ab.» Der Mann antwortete prompt mit einer Gegenfrage – selbstbewußt: «Warst du schon in der Karibik, warst du schon in Kenia?»

Noch mehr verdienten die Großhehler. In wenigen Jahren

wurden sie – so heißt es in einem Bericht über die Ergebnisse der Soko – «zu Millionären». Die Beute verkauften sie weiter zu Preisen von 75 bis 80 Prozent unter Wert. Setzten sie die Beute über ihre Geschäfte ab wie legale Ware, was nicht selten passierte, waren die Erträge noch wesentlich höher. Dann gaben sie die Ware zum üblichen Preis ab – ganze 10 Prozent davon hatten sie für den Erwerb gezahlt.

So staunten die Ermittler, als sie sich mit einem Hehler aus Wedemark bei Hannover beschäftigten. Sein Depot lag «verkehrsgünstig» in der Nähe der A 7, Abfahrt Burgwedel. Aus allen Richtungen bekam er Hunderte Teppiche aus Einbrüchen angeliefert, nicht nur von den Fensterbohrern: elf Teppiche zum Beispiel aus dem Haus eines Tierarztes im schleswig-holsteinischen Bevern, vier riesige Orientteppiche aus der Villa eines Bauunternehmers in Vechta, vier Teppiche und eine Brücke von einem Einbruch bei einem Kaufmann in Münster, einen «Nain» aus der Villa eines Fabrikanten in Pforzheim, Teppiche aus dem Haus eines Chemikers in Dormagen-Nievenheim in der Nähe von Köln, einen «Ghom-Seide» aus der Wohnung einer Kieferorthopädin aus Göttingen sowie aus den Räumen des Bremer Golfclubs «Club zur Vahr» einen «Keshan», 7,50 m mal 4,50 m, im Wert von 80000 Mark. Auf Konten, die er über Strohleute betrieb, entdeckten die Beamten Eingänge von Abnehmern in Höhe von 1,6 Millionen Mark. Und dies ist lediglich die sichtbare Spitze seiner Einnahmen. Denn normalerweise wird bei derartigen Lieferungen cash gezahlt. «Wir gehen davon aus», sagt Staatsanwalt Scherner, «daß die große Masse der Geschäfte nicht über die Bank abgewickelt wurde.» Unterm Strich hat dieser Täter nach vorsichtigen Schätzungen eines Ermittlers in weniger als vier Jahren weit über zwei Millionen Mark verdient – ohne auch nur einen Pfennig Steuern zu zahlen. Zudem bezog der Mann für sich und seine Familie Sozialhilfe, obwohl ihm, wie die Ermittler herausfanden, ein Acht-Familien-Haus gehörte.

Durch die «gezielte Vergabe von Aufträgen» haben die Großhehler nach Erkenntnis des Leiters der EK 1182, Willi Flormann, «direkten Einfluß auf die Vortaten und damit auf die Einbruchskriminalität genommen. Durch ihre legal angemeldeten einschlägigen Geschäfte hatten sie über Jahre die Möglichkeit, große Mengen von Stehlgut abzusetzen. Durch das Wissen um diese Möglichkeit steigerten sich die Straftäter bei der Begehung der Einbruchsdiebstähle enorm.»

Die Polizei konnte über 100 der «Endabnehmer» ermitteln. «Wir haben viele Ärzte und Rechtsanwälte ausgemacht, die ganz bewußt die heiße Ware gekauft haben», berichtet Kriminalhauptkommissar Flormann. Ebenso Steuerberater, Bauunternehmer, Fabrikanten. «Es gab Kunden, die wollten definitiv von mir wissen, daß es sich um heiße Waren handelt», berichtete ein Großhehler. «Denn dann waren sie sich sicher, daß sie den Preis noch etwas nach unten drücken konnten.» Bei vier Durchsuchungsaktionen nahm die Polizei 92 Wohnungen von mutmaßlichen Endabnehmern unter die Lupe und kassierte 350 Teppiche im Wert von 5,5 Millionen Mark.

Ohne einen Hauch von Skrupeln gingen die Täter zu Werke, um ihren Geschäftsbereich zu erweitern: *Joachim Schrader*, Mitte 30, hatte den Schritt in die Selbständigkeit gewagt: Er mietet in der Nähe des Hindenburgplatzes in Münster Geschäftsräume an und eröffnet einen Teppichhandel. Von der Sache versteht er etwas, zuvor hat er als Teppichkaufmann Erfahrungen gesammelt. Eines Tages betreten zwei Männer sein Geschäft. Sie bieten ihm Teppiche aus einer «Erbmasse» an, wie sie sagen. *Joachim Schrader* läßt sich die Gelegenheit nicht entgehen. Er kauft die Stücke. Mit dem günstigen Preis ist er vor allem deshalb zufrieden, weil sein Geschäft noch nicht so läuft, wie er sich das vorgestellt hatte. Kurze Zeit später bekommt er wieder Besuch von den Männern. Ohne Umschweife erklären sie ihm, daß er heiße Ware gekauft habe. «Hör zu», sagt der eine, «als erfahrener Teppichkaufmann hättest du das merken müssen.» Nach allen Regeln der Kunst schüchtern die beiden den Kaufmann ein, der ohnehin ein «eher ängstlicher Typ» ist. Schließlich stellen sie ihn vor die Wahl: «Entweder du arbeitest mit uns zusammen, oder wir lassen dich hochgehen», erklären sie ihm. Der Mann bekommt Angst. Er entscheidet sich für die Kooperation.

Er nimmt den beiden Männern – aus der Bielefelder Gruppe, wie sich später herausstellt – geklaute Teppiche ab, die er in seinem Geschäft verkauft. Mit Gewinn. Gar nicht viel später gehen die Männer noch weiter. Nun wollen sie von *Schrader* wissen, bei welchen Kunden von ihm sich ein Einbruch lohnen würde. Er zögert. Sie drohen ihm wieder mit einer Anzeige. Er nennt ihnen Adressen aus seiner Kundenkartei. Die Täter stehlen Teppiche aus diesen Häusern. Und was brauchten die Opfer anschließend? Richtig: neue Teppiche. So kommt es, wie es kommen sollte: Sie wenden sich an «ihren» Teppichhändler. Und der verkauft ihnen Stücke, die aus anderen Einbrüchen stammten. Finanziell ein einträgliches Geschäft. Als die Polizei *Joachim Schrader* auf die Schliche kommt, packt er aus. Aber für ihn ist nicht mehr viel zu retten. Er verliert sein Geschäft, seine Ehe geht kaputt. Wegen seines umfassenden Geständnisses wird er zu einer Strafe auf Bewährung verurteilt. Er muß noch einmal ganz von vorne anfangen – dazu zieht er in eine andere Stadt in Nordrhein-Westfalen, in der er ein unbeschriebenes Blatt ist.

Dies ist nicht der einzige Fall, in dem die Täter auf diese Weise an die Adressen gekommen sind. Die Ermittler fanden heraus, daß auch andere Teppichhändler den Tätern Tips aus ihrem Kundenkreis gegeben hatten – allerdings freiwillig. Die Brüche kurbelten ja auch ihr Geschäft an.

Nicht nur mit Einbrüchen und der Verwertung der Beute verdienten die Täter Geld. Die Polizei stellte fest, daß sie ihre Finger auch bei der Prostitution und beim Absatz von Falschgeld im Spiel hatten. Zudem verübten Mitglieder einer Gruppe in Norddeutschland Bankeinbrüche, sie hatten sich auf Nachttresore spezialisiert. Über 40 «versuchte und vollendete Bankeinbrüche» wies ihnen die Polizei nach. Ihre Masche: Sie schlugen nur an Sonntagen nach verkaufsoffenen Samstagen zu. Und zwar ausschließlich bei Bankfilialen in der Nähe von Unternehmen, die einen hohen Umsatz haben, wie Großmärkte und Großtankstellen. Für den Sonntag entschieden sich die Täter, weil sie sich das «Kuchengeld» der Gaststätten und Restaurants nicht entgehen lassen wollten.

Um festzustellen, ob es sich überhaupt lohnt, beobachten sie zunächst unauffällig den Einwurfschacht des Nachttresors. Bleiben ihnen Zweifel, brechen sie den Briefkasten auf, in dem die «Begleitpapiere» zu den Geldbomben stecken. Sie addieren die Beträge auf den Belegen. «Kamen unter 20000 Mark zusammen», berichtet Chef-Fahnder Flormann, «so wurde die Straftat nicht weiter ausgeführt.» Die Arbeit hätte dann nämlich nach Auffassung der Täter in keinem «gesunden Verhältnis zum ... Beuteanteil» der vier bis fünf Männer gestanden. Vor den aufgebrochenen Briefkästen der Geldinstitute stand die Polizei übrigens recht ratlos. Kriminalhauptkommissar Blancke: «Oftmals wurden sie als untauglicher Versuch angesehen, an die Geldbomben heranzukommen.» Oder die Beamten notierten nicht einmal «versuchten Diebstahl», sondern nur «Sachbeschädigung», weil sie sich überhaupt keinen Reim auf den Schaden machen konnten.

Entschieden sich die Täter, in die Bank einzudringen, so hielten sie sich an dieselben Vorsichtsregeln wie bei den Villeneinbrüchen. Darüber hinaus nahmen sie stets Funkgeräte mit. Mitunter saß ein Komplize in einem Fahrzeug an einer Straße, von der die Täter annahmen, daß über sie die Polizei käme – falls sie käme. Zusätzlich hörte er den

Polizeifunk ab. Mit seinen Komplizen war er über Funk verbunden. Von denen drang einer so schnell er konnte ins Gebäude ein, stürzte zum Tresor und stieß mehrfach kräftig gegen ihn. So fix wie er gekommen war, verschwand er auch wieder. In sicherer Entfernung warteten die Täter. Erschien in den nächsten 15 Minuten kein Peterwagen, gingen sie davon aus, daß der Tresor nicht durch eine Alarmanlage gesichert war.

Dann kehrten sie ins Gebäude zurück, zusammen mit «Onkel Albert». So hatten sie eine Hydropresse getauft, die 30 Tonnen Gewicht stemmen kann. Besorgt hatten sie sich die Spezialmaschine bei einem Einbruch in einen Stützpunkt des Technischen Hilfswerks. Bei mehreren derartigen Diebstählen hatten sie sich auch mit Funkgeräten eingedeckt – Fälle von «Beschaffungskriminalität». Mit der Presse stemmten sie den Tresor aus der Wand. An ihre Beute kamen sie, indem sie entweder die Geldbomben mit «Angeln» herausfischten, oder aber den Tresor mit Wasser «aufschwemmten», so daß sie die Behälter einfach rausziehen konnten. «Diese Arbeitsweise hatten sich zwei der Täter in einer ‹Aktenzeichen XY›-Sendung angeschaut», fand Willi Flormann heraus. Die Geldinstitute reagierten auf diese Tresor-Lift-Methode: Mittlerweile sitzen die Nachttresore in einem Stahlkorsett, von dem sie (angeblich) nicht mehr getrennt werden können.

Nachdem die Beamten der EK 1182 die ersten Täter festgenommen hatten, stellten sie fest, daß sich das Verhalten bei einer solchen Gruppe grundlegend von dem eines Einzeltäters oder einer aus nur wenigen Personen bestehenden Bande unterscheidet. Keiner der Verhafteten sagte etwas. Eisern schwiegen sie zu den Vorwürfen. Die Ermittler gewannen den Eindruck, daß die Untersuchungshäftlinge davon ausgingen, schon bald wieder freizukommen auf dem «üblichen Weg», der im wesentlichen aus drei Komponenten besteht: aus gekauften Zeugen, die ihnen ein Alibi verschaffen, aus der Zahlung hoher Kautionen und aus der Übernahme der Verteidigung durch renommierte Anwälte. So konnten die Ermittler feststellen, daß von der Gruppe dafür gesorgt wurde, jedem Inhaftierten umgehend einen erfahrenen Strafverteidiger zu verschaffen. Dabei war es keine Seltenheit, erfuhren die Beamten, daß für die Übernahme des Mandats 10000 Mark in großen Scheinen auf den Schreibtisch der Kanzlei geblättert wurden – ohne daß dieser Betrag später mit dem Honorar zu verrechnen war.

Die Familien der geschnappten Gruppenmitglieder erhielten Unterstützung aus dem Täterkreis: Geld floß großzügig, schließlich war der Ernährer der Familie ausgefallen. Auch sonst kümmerten sie sich um Frau und Kinder des Inhaftierten. Nicht zuletzt natürlich deshalb, um zu vermeiden, daß einer der U-Häftlinge aus Sorge um seine Familie dem psychischen Druck nachgab und auspackte.

Angesichts dieser Situation war es für die Ermittler ein weiter Weg bis zu den Geständnissen. In sogenannten «Rechtsgesprächen» zeigte Staatsanwalt Scherner den U-Häftlingen, daß sich ein Geständnis durchaus lohnen kann. Zwar hat ein Staatsanwalt in der Bundesrepublik nicht die Möglichkeit, dem Betreffenden Straffreiheit zu versprechen, wenn er ordentlich auspackt; eine Kronzeugenregelung wie im anglo-amerikanischen Recht gibt es in unserer Strafprozeßordnung nicht. Aber – so Scherner – «nach dem Gesetz ist es für den Staatsanwalt durchaus möglich, dem Täter ungeschminkt zu sagen, wie man als Staatsanwalt eine Situation oder ein Verfahren einschätzt, was man zu tun beabsichtigt, welche Möglichkeiten es gibt». So kann nach einem umfassenden Geständnis der Haftbefehl wegen «Verdunkelungsgefahr» aufgehoben oder zumindest ausgesetzt werden. Auch kann ein Geständnis zu einer milderen Strafe führen.

Nachdem sie eine Weile überlegt hatten, sprangen viele Täter auf diesen Zug und packten aus. Zu schlottern begannen sie, als die Rede auf die Drahtzieher kam. «Ahnen Sie denn nicht, wer dahintersteckt?» fragte einer der Beschuldigten. «Das sind ganz große Tiere, die haben Möglichkeiten... Wenn ich die verzinke...» Und in der Tat: Da wurden Leute genannt, die – so Staatsanwalt Scherner – «beachtliche politische Querverbindungen hatten – bis ganz nach oben». Und so passierte es, daß viele Beschuldigte die Namen nur hinter vorgehaltener Hand aussprachen, außerhalb der offiziellen Vernehmung. Oft baten sogar Beschuldigte die Beamten darum, den eigenen Anwälten nichts von ihren Angaben zu sagen. Sie befürchteten, daß die Strafverteidiger sofort andere Gruppenmitglieder darüber unterrichten würden. Für diesen Fall rechneten sie mit Repressalien gegen sich selbst oder gegen ihre Familie. In einem Fall, in dem das Geständnis der Gruppe nicht verborgen geblieben war, bekam der Mann Besuch in seiner Gefängniszelle: Ein Schlägertrupp verprügelte ihn. Mehrfach wurde er in der eigenen Zelle bedroht und aufgefordert, seine Aussage schleunigst zu widerrufen. Aus Angst vor weiteren Schlägen nahm er nicht mehr am Freigang teil, verzichtete aufs Duschen und Fernsehen – er wurde zum Einzelgänger in der Haftanstalt.

Auch geständige Täter, die nicht in U-Haft saßen, wurden massiv unter Druck gesetzt. Einer sagte bei den Beamten aus, zweimal habe ihm *Werner* ins Gewissen geredet, dabei habe er stets eine Pistole sichtbar getragen. Im Polizeiprotokoll ist über eines dieser Treffen zu lesen: «Während dieser Unterredung im Wohnwagen hat mir *Werner* klipp und klar gesagt, er habe bei einem Zigeuner 20000 DM für den Fall hinterlegt, daß dieser, falls er verhaftet würde, mich umlegen sollte. Dies hätte bereits am Sonntag geschehen sollen, er habe aber noch einmal mit mir reden wollen...»

Einige Zeit später trafen sich die beiden im Büro des Rechtsanwalts *Engel*. Über dieses Gespräch gab der geständige Täter später bei der Polizei zu Protokoll: «In Gegenwart des Anwaltes *Engel* hat *Werner* mir offenbart, daß es Leute gebe, die mich für weniger als 20000 DM wegputzen würden... Später wurde *Werner* freundlicher und bot mir Geld... er bot mir 20000 Mark für den Fall, daß ich meine Aussage widerrufen und mich nach Spanien absetzen würde. Der Anwalt schlug vor, mich abzusetzen. Ich unterschrieb in dieser Situation eine Strafprozeßvollmacht für den Anwalt *Engel*. Der Anwalt und *Werner* verfaßten dann ein Schreiben, in dem ich meine Aussage widerrief. Sie bestanden darauf, daß als Begründung meine Angst vor dem Knast und bereits drei unternommene Selbstmordversuche aufgenommen wurden. Als ich alles unterschrieben hatte, steckte mir *Werner* zwei Fünfhunderter zu. Die 20000 Mark sollten abends in Hamburg übergeben werden.»

Die 20000 Mark bekam er nicht. In Wahrheit sei dies Angebot nur eine Finte gewesen, berichtete später ein anderes Gruppenmitglied der Polizei. In Hamburg habe man den unzuverlässigen Kantonisten umbringen wollen. Das Ganze habe als Selbstmord eines latent Suizid-Gefährdeten dargestellt werden sollen. Seine einstigen Komplizen hätten ihn zwingen wollen, sich selbst mit einer Pistole zu erschießen. Gescheitert sei der Plan, weil er zu dem Treffen in Hamburg mit Frau und Kind erschien.

Dies ist nicht der einzige Fall, in dem die Gruppe versuchte, ein Mitglied mit Zuckerbrot und Peitsche von seiner Aussage abzubringen. Drei weitere Fälle wurden der Polizei bekannt. Einmal überbrachte sogar ein Gruppenchef persönlich dieses Angebot dem Mann ins Gefängnis. Ein höherer Beamter der Justizvollzugsanstalt Münster hatte den Gangsterboss in das Gebäude eingeschleust, stellten die Ermittler zu ihrem Schrecken fest – ohne Besuchserlaubnis und ohne Eintrag im Besucherbuch der Anstalt. Wie es den Tätern gelang, den JVA-Beamten dazu zu bringen, konnten die Kripo-Leute nicht herausbekommen. Sie vermuten ein «Abhängigkeitsverhältnis» – welcher Art auch immer.

Daß Gefängnismauern kein Hindernis für den Informationsfluß innerhalb der Gruppe sind, erkannten die Beamten auch in anderen Fällen. Etwa bei einem Beschuldigten, der bei den ersten Verhören nach seiner Festnahme eisern geschwiegen hatte. Nach einigen Tagen läßt er den Kriminalbeamten ausrichten, er sei bereit, ein Geständnis abzulegen. Die Beamten kommen. Zu ihrer großen Überraschung entdecken sie in der Zelle die Kopie des Vernehmungsprotokolls eines Mittäters, der ausgepackt und ihn belastet hatte. In aller Ruhe war der Mann Seite für Seite durchgegangen und hatte am Rand die Konsequenzen für die eigene Aussage notiert. Das Vernehmungsprotokoll hatten ihm Rechtsanwälte zukommen lassen, fanden die Beamten später heraus.

Auch in dem Fall des Millionen-Diebstahls in dem Beckumer Bungalow versuchte *Werner Franke* aus der Haft heraus, die Geschichte per Kassiber umzudrehen. In 28 Punkten hatte er aufgelistet, wie die in anderen Anstalten einsitzenden Komplizen die Dinge schildern sollten. Auf diese Weise sollten sie sich durch übereinstimmende Aussagen selbst entlasten und einen Zeugen zum Drahtzieher machen. Diesen Kassiber schmuggelte sein Verteidiger – ein Anwalt aus Hannover – zu *Frankes* Freundin *Ursula Hartmann*, die von der U-Haft verschont geblieben war. Sie reichte die Informationen weiter. Über Lebensgefährtinnen und einen Rechtsanwalt sollte dieser Plan zu den anderen Beschuldigten in die Gefängnisse gebracht werden. Die Polizei bekam Wind von der Sache, sie fand das Papier und beschlagnahmte es.

Im Laufe ihrer Arbeit mußten die Beamten immer wieder feststellen, daß es den Tätern gelungen war, Erkenntnisse über den Stand der Ermittlungen zu bekommen. So staunten die Kriminalbeamten, die sich auf den Weg nach Teneriffa gemacht hatten, um einen der Täter zu verhaften. Der Mann war dorthin geflüchtet, nachdem er in der Bundesrepublik überraschend aus der Untersuchungshaft entlassen worden war. Noch bevor die Maschine mit den deutschen Beamten auf dem Aeropuerto bei Santa Cruz de Tenerife aufgesetzt hatte, war der Gesuchte untergetaucht. Den Hinweis mußte er von einem Polizisten bekommen haben, fanden die Ermittler heraus; ihr Verdacht richtete sich gegen einen Kollegen in der Gegend von Bremen. Weiter stellten die Beamten fest, daß dieser Täter auf Teneriffa Besuch von Hehlern bekommen hatte. Sie boten ihm an, seinen Aufenthalt auf der Kanarischen Insel weiter zu finanzieren. Geld spielte dabei keine Rolle. Sie erklärten sich sogar bereit, ihm ein Hotel in Sri Lanka zu kaufen, wenn er bloß nicht mehr in der Bundesrepublik auftauche. Ebenso waren die Täter von Telefonüberwachungsmaßnahmen der Ermittler unterrichtet. Gesteckt hatte ihnen das ein Mitarbeiter der Post. Ein Verdächtiger wußte genau, daß sein Telefon «seit Donnerstag elf Uhr» abgehört wird. Staatsanwalt Deupmann: «Von einem Tatverdächtigen erhielt ich sogar einen Anruf, wir möchten die Abhörschaltung seiner Privatleitung aufgeben – er spreche ohnehin nur aus der Telefonzelle mit seinen Kumpels.»

Auch machten die Ermittlungen deutlich, welch himmelweiter Unterschied oft zwischen den Erkenntnissen der Polizei und den Feststellungen der Gerichte liegt. Die Kriminalakte eines Hehlers «umfaßte etwa die Stärke eines Telefonbuches», berichtet Fahnder Blancke. «Unzählige Male war er in Strafverfahren verwickelt. Als der angeforderte Strafregisterauszug eintraf, war die Überraschung perfekt: eine Verurteilung wegen Fischwilderei.» Mehr nicht.

Aus den Ermittlungen zieht der EK 1182-Leiter Willi Flormann den Schluß: «Weder die Gerichte noch die Staatsanwaltschaft, noch die Polizei sind über die Taktiken der organisierten Straftäter und deren Anwälte ausreichend informiert.»

Es gibt einen Täter neuen Schlags: «Aus dem Berufsverbrecher der früheren Jahrzehnte, der noch mit unserem Sachbearbeiter sprach, der in der Regel ortsansässig blieb und seinen Absatzmarkt bei einem Hehler im Nahbereich fand, ist ein Tätertyp herangewachsen, der sich nur noch durch Anwälte vertreten läßt, eine hohe Mobilität entwickelt und sich durch Erkennen kriminalpolizeilicher Strategien und Entwickeln von Gegenstrategien unseren Ermittlungen entzieht. Er findet sich in Kriminalakten wieder, die kaum eine Verurteilung aufweisen.» So beschreibt der Lübecker Kriminaldirektor Winfred Tabarelli den Wandel, den die Ermittler im Bereich der Eigentumskriminalität festgestellt haben. Der Grund: Immer häufiger gehen Täter nicht mehr auf eigene Faust, sondern organisiert zu Werke. Mit geradezu optimal ausgeklügelten Systemen arbeiten sie – wie bei den Fensterbohrern gesehen – hochgradig spezialisiert und arbeitsteilig.

Die Kriminalität in der Bundesrepublik hat sich seit Anfang der siebziger Jahre in weiten Bereichen grundlegend verändert: Mitglieder derartiger Organisationen brechen nicht nur immer häufiger in Wohnungen und Häuser ein, sondern erpressen von Gastwirten Schutzgelder und verschieben Autos in andere Staaten. Schon längst haben sie es nicht mehr nur auf Luxuslimousinen abgesehen, seit einigen Jahren haben sie auch Märkte für Mittelklassewagen erschlossen. Solche Gruppen prellen Kapitalanleger um ihre Ersparnisse, schleusen ganze Kolonnen illegaler Arbeiter auf Baustellen, lösen Berge gestohlener Schecks innerhalb weniger Tage europaweit ein, überschwemmen den Markt mit Rauschgift. Sie bringen damit für Tausende Menschen in der Bundesrepublik den Tod und machen Zehntausende süchtig. Mit dem Wohlstand, der sich in der Republik über die Jahre entwickelt hat, wuchs im Verborgenen eine regelrechte Diebstahlsabsatzwirtschaft. Geldgier ist zum Motor für aufwendige kriminelle Operationen geworden.

Und so hat die Organisierte Kriminalität heute längst

nicht mehr die Rolle eines exotischen Früchtchens in der Bundesrepublik, wie noch so mancher «Sicherheitsfachmann» vor zehn Jahren behauptete: Organisiertes Verbrechen ist heute bei uns an der Tagesordnung. Freilich bekommen die meisten Bürger davon nur gelegentlich etwas mit. Vor allem, wenn spektakuläre Fälle für Schlagzeilen sorgen – wie beispielsweise ein «650-Kilogramm-Kokain-Fang» der Polizei in München, der «St. Pauli-Killer Pinzner» oder der «Berliner Bau-Sumpf» mit 350 Verdächtigen und über 80 Millionen Mark Schaden. Aber das sind in Wahrheit nichts anderes als kleine Spitzen riesiger Eisberge. Und so lautet auch ein Erfahrungssatz der OK-Ermittler: «Organisierte Kriminalität, die man erkennen kann, ist schlecht organisierte Kriminalität.» «Zu den substantiellen Wesensmerkmalen der OK gehört es gerade auch, die Strukturen nicht offenkundig werden zu lassen», sagt Klaus Timm, Direktor des Hessischen Landeskriminalamts (LKA). Das bedeutet: Die Ermittler müssen suchen, buddeln, wühlen, bohren. Nur so stoßen sie auf die Zusammenhänge. «Überall dort, wo wir aktiv der Organisierten Kriminalität nachgegangen sind, haben wir derartige Erscheinungsformen auch vorgefunden», berichtet Rolf Baudiß, OK-Experte im Landeskriminalamt Nordrhein-Westfalen.

Das Wort «organisiert» bedeutet nun freilich nicht, daß ein Gründungsstatut des Zusammenschlusses und Mitgliedsausweise vorhanden sind. Sondern: in der simpelsten Form handelt es sich um milieutypische Verflechtungen, es existieren Verbindungen über diese Verflechtungen hinaus, es werden Zweckgemeinschaften ganz unterschiedlicher Personen oder Personengruppen eingegangen, bis schließlich hin zu hierarchischen Organisationen, über mehrere Ebenen gegliedert. Bezeichnend für die Organisierte Kriminalität ist nicht nur, daß die Täter hochprofessionell und arbeitsteilig zu Werke gehen, sondern daß sie auch konspirativ arbeiten, um sich vor Strafverfolgung zu schützen. Mitunter mit ähnlichen Methoden wie im Spionagebereich. Hinzu kommt oft noch das Moment der Einschüchterung. Gewalt selbst tut häufig gar nicht not. Drohen genügt.

Organisierte Kriminalität ist kein eigenständiger Deliktsbereich. Niemand kann in der Bundesrepublik wegen «Organisierter Kriminalität» verurteilt werden. Im Strafgesetzbuch existiert kein derartiger Straftatbestand. Dort gibt es nur die «kriminelle Vereinigung». Aber diese Vorschrift hat relativ wenig mit OK zu tun, wie wir noch sehen werden. Vielmehr bezeichnet der Ausdruck «Organisierte Kriminalität» nur die oben skizzierte Art und Weise, Straftaten zu begehen. Und so haben die Ermittler bestimmte Delikte festgestellt, bei denen die Verbrecher besonders häufig organisiert zur Tat schreiten.

Eine Gliederung des Bundeskriminalamtes (BKA) nennt sieben Bereiche: Am verheerendsten ist im Augenblick die *Rauschgiftkriminalität*. 992 Rauschgifttote weist die offizielle «Polizeiliche Kriminalstatistik» allein für das Jahr 1989 aus – mehr als eine Verdoppelung innerhalb von zwei Jahren (1987: 442 Tote). Tendenz: weiterhin stark steigend.

Die größten Schäden werden durch die *Wirtschaftskriminalität* angerichtet: Am meisten Kopfzerbrechen bereiten der Polizei in diesem Bereich derzeit die Kapitalanlagebetrüger. Sie versprechen traumhafte Renditen und bringen Menschen, die sich einiges zusammengespart haben, dazu, ihnen ihr Geld zu überlassen. Das Geschäft läuft meist nur kurze Zeit. Dann sind die Anlagebetrüger verschwunden – samt der Einlage. Ebenfalls sehr einträglich sind die illegale Arbeitnehmerüberlassung und die «Produktpiraterie»: hier werden Waren mit bekannten Markennamen nachgemacht und unters Volk gebracht. Und selbst durch den Schummel mit Schecks – geklaute Formulare werden eingelöst – richten die Täter jährlich einen Schaden von über 60 Millionen Mark an.

Am härtesten betroffen ist der einzelne Bürger durch die

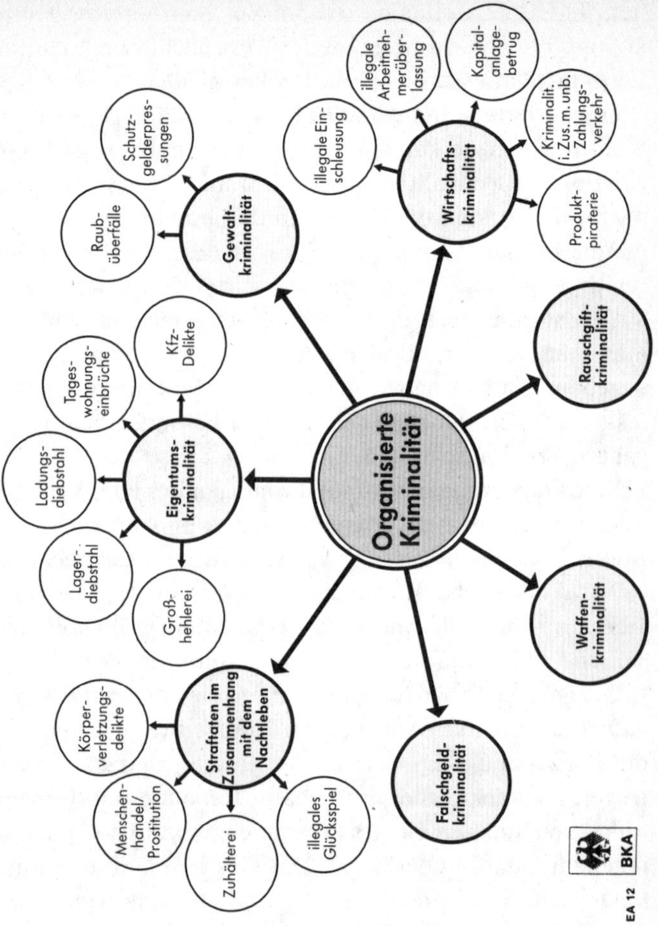

Formen der Organisierten Kriminalität

Eigentumskriminalität. Die Zahl der Wohnungseinbrüche hat in den vergangenen Jahren sprunghaft zugenommen. Auch werden immer mehr Autos gestohlen und ins Ausland verschoben. Organisierte Lager- und Ladungsdiebstähle von Lastwagen bereiten der Wirtschaft Sorgen; von der Verteilung der Beute in der Szene leben die Großhehler.

Ein weiterer Bereich sind die *«Straftaten im Zusammenhang mit dem Nachtleben»*: Sie reichen vom illegalen Glücksspiel über die Zuhälterei bis hin zum Menschenhandel. Um die eigenen Geschäfte am Laufen zu halten, wird auch mal brutal zugeschlagen. Zur sogenannten *Gewaltkriminalität* zählen Schutzgelderpressungen und Raubüberfälle. Und schließlich gibt es als weitere Erscheinungsform der Organisierten Kriminalität die *Falschgeld-* und die *Waffenkriminalität.*

Die Gewinne der Drahtzieher sind exorbitant hoch. Manch einer kassiert eine Million Mark binnen Jahresfrist – steuerfrei. Beim Rauschgiftgeschäft kommen die Drahtzieher im Großhandel oft auf eine Relation von über 1:10. Das heißt: eine Investition von 100000 Mark bringt mehr als eine Million. Wer das Geschäft mit der illegalen Arbeitnehmerüberlassung beherrscht, erzielt im Jahr locker eine Million Mark, berichten Ermittler. Oder die Autoschieberei: hier werden schon mal über Nacht 20000 Mark verdient.

«Eigentliche Triebfeder» für diese Verbrecher ist die «Aussicht auf hohe Gewinne in relativ kurzen Zeiträumen», heißt es in der Untersuchung «Organisierte Kriminalität in der Bundesrepublik Deutschland» aus der Forschungsreihe des Bundeskriminalamts. Das sei den Tätern wichtiger als das Streben nach Macht oder der Aufbau eines «Imperiums». Fazit der BKA-Forscher: «Die organisierte Kriminalität bietet für *alle* Beteiligten sehr gute Verdienstmöglichkeiten. Finanziers können ihr investiertes

Geld in kürzester Zeit vervielfachen; eine Möglichkeit, die sich im legalen Bereich allenfalls im Rahmen von höchst unsicheren Spekulationsgeschäften ergeben kann.»

«Hoher Profit bei geringem Risiko» – wo diese beiden Faktoren gegeben sind, läßt das Organisierte Verbrechen heute nicht mehr lange auf sich warten.

Wie geht das Organisierte Verbrechen in diesen Bereichen zu Werke? Letzte Klarheit gibt es da natürlich nicht. Ein Einblick in die Strukturen und in die Entwicklungen bleibt der Polizei meist verwehrt, räumen erfahrene OK-Ermittler ein.

Als sicher gilt: Es gibt keinen «König der Unterwelt» in der Bundesrepublik, keinen «Paten», keinen «allesbeherrschenden Chef», der sich die Szene untertan gemacht hätte. Ebenfalls klar ist, daß keine einheitliche Struktur existiert, mit der sich einfach erklären läßt, wie die Organisierte Kriminalität funktioniert.

In der BKA-Studie kommen die beiden Verfasser Erich Rebscher und Werner Vahlenkamp zu dem Ergebnis, daß von zwei Grundformen bei der Organisierten Kriminalität in der Bundesrepublik auszugehen ist:

Erstens «Straftäterverflechtungen»: Von Fall zu Fall bilden sich Zweckgemeinschaften. Man kennt sich in der Szene. Man weiß, mit wem man zusammenarbeiten kann. Mal macht man es mit dem, mal mit jenem. Nach der Devise: Warum sich binden, wenn das System auch in anderer, lokkerer Weise hervorragend funktioniert? Diese «Beziehungsgeflechte» bestehen vor allem in den Ballungsgebieten.

Zweitens «eigenständige Gruppierungen»: Sie weisen eine mehr oder minder feste personelle Struktur auf. Diesen Typus gibt es seltener, verstärkt bei ausländischen Täterkreisen.

Das entscheidende Element *aller* OK-Strukturen sind nach der Untersuchung die «Connections». Die Bundesrepublik sei als *ein* Operationsgebiet zu sehen, in dem alle Regionen durch persönliche und geschäftliche, kriminell nutzbare Verbindungen («Connections») mehr oder minder erschlossen sind. «Diese Verbindungen reichen häufig auch in das westeuropäische, selten auch in das sonstige Ausland.» Dabei haben sich in den Großstädten der Ballungsgebiete Schwerpunkte gebildet.

Solche Schwerpunkte haben Polizeibeamte ausgemacht in Hamburg (als «Hafenstadt mit dem traditionellen Milieu in und um St. Pauli»), in Nordrhein-Westfalen (vor allem «das Ruhrgebiet, die Rhein-Ruhr-Schiene Duisburg, Düsseldorf, Köln»), Frankfurt («hat einen hohen Ausländeranteil und ist mit dem größten Flughafen der Bundesrepublik Deutschland internationale Drehscheibe») sowie Baden-Württemberg («stellt mit seiner dichten Industrieansiedlung vor allem ein ideales Betätigungsfeld für Wirtschaftskriminelle dar»). Dort seien insbesondere der Großraum Stuttgart, der Raum Heidelberg/Mannheim und das deutsch-schweizerische Grenzgebiet betroffen.

Wohlgemerkt: das sind die Schwerpunkte! Es gibt heute keine Stadt mehr, die von der Organisierten Kriminalität verschont geblieben wäre. Zunehmend machen die Fahnder auch auf dem Land OK-Strukturen aus.

Wo fängt nun Organisierte Kriminalität an, wo hört die «gewöhnliche» Kriminalität auf? Eine schwierige Frage. Es gibt keine klare Grenzlinie, keine exakten Kriterien, nach denen sich sagen ließe: Von diesem Punkt an handelt es sich um Organisierte Kriminalität. Die Feststellung «Hier haben wir es mit OK zu tun» ist eine kriminologische Bewertung, die die Ermittler vornehmen.

Die heute bei der Polizei gängige Definition der OK wurde 1983 durch einen Ausschuß der Innenministerkonferenz formuliert. Sie besagt: «Unter Organisierter Kriminalität ist nicht nur eine mafiaähnliche Parallelgesellschaft im Sinne des organized crime zu verstehen, sondern ein arbeitsteiliges, bewußtes und gewolltes, auf Dauer angelegtes Zusammenwirken mehrerer Personen zur Begehung strafbarer Handlungen – häufig unter Ausnutzung moderner Infrastrukturen – mit dem Ziel, möglichst schnell hohe finanzielle Gewinne zu erreichen.»

Für die Praxis ist diese Begriffsbestimmung sehr allgemein gehalten. Dem Ermittler vor Ort bietet sie mehr Steine als Brot. Nicht wenige OK-Sachbearbeiter meinen mittlerweile gar, für die Arbeit «an der Front» sei eine Definition entbehrlich. Jedenfalls eine derartige, die alles und nichts besagt. Zum Wesen der Organisierten Kriminalität gehöre es ja gerade, meinen diese Beamten, daß sie möglichst nicht in Erscheinung tritt – und deshalb auch kaum zu fassen ist. So hält es mancher wie einst ein Richter mit der Pornographie: «Ich kann sie nicht definieren. Aber ich erkenne sie, wenn ich sie sehe.» Immerhin beleuchtet diese Definition der Organisierten Kriminalität die beiden Grundstrukturen: die «mafiaähnliche Parallelgesellschaft» und das «Zusammenwirken mehrerer Personen». Im Alltag haben die OK-Ermittler ganz überwiegend mit der zweiten Gruppe zu tun.

Betrachtet man die Dinge genauer, ist es allerdings auch kein Wunder, daß bislang keine Definition gefunden wurde, aus der der Ermittler messerscharf folgern könnte: Dies ist OK, jenes nicht. Diese Kriminalität auf hohem Niveau zeigt sich in ganz verschiedenen Formen. Die Regeln, nach denen die Täter zum Beispiel im Bereich des Kapitalanlagebetrugs vorgehen, unterscheiden sich grundlegend von der Arbeitsweise im sogenannten «Milieu», denken wir etwa an das Prostitutionsgeschäft. Dazwischen liegen Welten. Außerdem: Organisierte Kriminalität ist nicht über Nacht da. Sie entwickelt sich. Und gerade zur Zeit beobachten viele Ermittler, daß bislang «gewöhnliche» Kriminelle immer mehr dazu übergehen, hochprofessionell zu arbeiten, sich mit großem Aufwand vor den Strafverfolgern schützen und durch perfekte Arbeitsteilung zu höchsten Gewinnen in kürzester Zeit kommen. Es wäre unvernünftig, wollte man diesen von Kriminologen erkannten Entwicklungsprozeß weitgehend aus dem Bereich OK ausblenden durch eine Definition, die nur das Entweder-Oder zuläßt.

In der Praxis bedient sich heute die Polizei sogenannter Indikatoren, die für die Organisierte Kriminalität kennzeichnend sind. Diese Indikatoren stellen den Versuch dar, das diffizile Feld der Organisierten Kriminalität zu umschreiben. Die von der AG Kripo, einem Zusammenschluß der Leiter des Bundeskriminalamts und der Landeskriminalämter, eingesetzte Fachkommission «Organisierte Kriminalität» kam auf zehn Indikatoren (s. S. 40–42).

Bei der *«Tatplanung/-vorbereitung»* hat sie unter anderem ausgemacht «präzise Planung», «Arbeit auf Bestellung» und «hohe Investitionen». Nehmen wir als Beispiel den Rauschgifthandel: Da fährt nicht irgendein Student in einem alten VW-Bus mit 150 Gramm Haschisch unterm Sitz von Afghanistan nach Darmstadt. Vielmehr wird von der Organisation genau geplant, welcher Kurier den «Stoff» von wo nach wo bringt, wie und wann die Übergabe erfolgt, welcher «Bunker» benutzt wird, in dem das Rauschgift sicher versteckt werden kann. Dazu zählt auch, daß die Täter genau ausforschen, wo es bei den Strafverfolgern Schwachstellen gibt und wo nicht. Zum Beispiel gerieten ins Visier der Rauschgift-Fahnder Tomatenmarkdosen im Bremer Freihafen: angeblich aus Spanien. Ihr Verdacht: Kokain. Beamte des Zollfahndungsamts bohrten die Dosen an. Was kam heraus? Sand und Weizenmehl rieselten ihnen entgegen. Des Rätsels Lösung entdeckten sie in einer der Dosen: eine Papiertüte, die reines Weizenmehl enthielt und eine rote Aufschrift am unteren Rand. Das Weizenmehl stammte aus Medellín in Kolumbien, dem Sitz des berüchtigten «Medellín-Kartells», das die halbe Welt mit Kokain versorgt.

Indikatoren der Organisierten Kriminalität

- Tatplanung/-vorbereitung
  - präzise Planung
  - Anpassung an Markterfordernisse durch Ausnützungen von Marktlücken, Erkundung von Bedürfnissen u.a.
  - Arbeit auf Bestellung
  - hohe Investitionen, z.B. durch Vorfinanzierung aus nicht erkennbaren Quellen
- Tatausführung
  - professionelle, präzise und hochqualifizierte Tatdurchführung
  - Verwendung verhältnismäßig teurer, unbekannter oder schwierig einzusetzender wissenschaftlicher Mittel und Erkenntnisse
  - Tätigwerden von Spezialisten (auch aus dem Ausland)
  - arbeitsteiliges Zusammenwirken
- Beuteverwertung
  - höchst profitorientiert
  - Rückfluß in den legalen Wirtschaftskreislauf
  - Maßnahmen zur «Geldsäuberung»
- Tatzusammenhänge/Täterverbindungen
  - überregional
  - national
  - international
- Konspiratives Täterverhalten
  - Gegenobservation
  - Abschottung
  - Decknamen
  - Kodierung in Sprache und Schrift

- Gruppenstruktur
  - hierarchischer Aufbau
  - ein nicht ohne weiteres erklärbares Abhängigkeits- und Autoritätsverhältnis zwischen mehreren Tatverdächtigen
  - internes Sanktionierungssystem
- Hilfe für Gruppenmitglieder durch
  - Fluchtunterstützung
  - Aufwendung von größeren Mitteln und/oder umgehende Bestellung eines Anwalts zur Verteidigung eines anscheinend wenig begüterten Tatverdächtigen
  - Mitführen von vorbereiteten Vertretungsvollmachten für Rechtsanwälte
  - Bedrohung und Einschüchterung von Prozeßbeteiligten
  - hohe Kautionsangebote
  - Unauffindbarkeit von Zeugen
  - typisches ängstliches Schweigen von Betroffenen
  - Auftreten von Entlastungszeugen
  - präzise, auffällig übereinstimmende Aussagen von Personen aus dem jeweiligen Milieu
  - Betreuung in der Haft
  - Versorgung der Angehörigen
  - Wiederaufnahme nach Haftentlassung
- Korrumpierung
  - Herbeiführen von Abhängigkeiten (z.B. durch Sex, verbotenes Glücksspiel, Zins- und Kreditwucher oder ähnlichem)
  - Bestechung
  - Korruption

- Monopolisierungsbestrebungen
  - gewaltsame Übernahme von Geschäftsbetrieben
  - Kontrolle über bestimmte Branchen des Nachtlebens (z. B. Spielkasinos, Bordelle pp.)
  - Aufzwingen von «Schutz» gegen Bezahlung
- Öffentlichkeitsarbeit
  - gesteuerte, tendenziöse oder von einem bestimmten Tatverdacht ablenkende Presseveröffentlichungen zu einem Verfahren

Diese Dosen, angeblich aus Spanien, angeblich gefüllt mit Tomatenmark, in Wahrheit voller Sand und Weizenmehl aus Kolumbien, sind nichts anderes als eine sogenannte Pilotsendung, mit denen eine Rauschgiftorganisation testet: Was passiert im Bremer Freihafen?

Eine ähnliche Sendung fiel einige Monate später im Rotterdamer Hafen auf. Diesmal war Kokain drin.

«Arbeit auf Bestellung» machen die Fahnder beispielsweise immer wieder im Bereich der Kunstdiebstähle aus. Es gibt kunstbesessene Zeitgenossen, die wollen ein Gemälde oder eine Plastik haben, um alles in der Welt. Ihnen ist es egal, ob sie das Werk legal oder illegal bekommen. Hauptsache: haben. Auf das Konto derart raffgieriger «Kunstbesessener» gehen nach Erkenntnissen der Polizei ganze Serien von Diebstählen in Kirchen Süddeutschlands. Da verschwanden en masse Heiligenfiguren, bekannte Tafelbilder, mitunter ganze Altäre. Sicher ist, sagen Fachleute, daß solche Kunstgegenstände nicht auf dem freien Markt zu veräußern sind, ohne daß es auffällt. Aber nicht nur bei der Eigentumskriminalität werden Täter auf Bestellung tätig. «Selbst ein Pinzner hat auf Bestellung gearbeitet», sagt der Leiter des Hamburger Landeskriminalamts, Wolfgang Sielaff, «indem er Morde ausgeführt hat.»

«Hohe Investitionen» sind in der Wirtschaftskriminalität anzutreffen. Da wird eine Firma gegründet, in bester Geschäftslage eine ganze Etage angemietet, ein gediegen bis nobel ausgestattetes Ambiente geschaffen, Personal eingestellt – alles, um eine Fassade zu errichten, die Seriosität signalisiert. Sie kostet 100000 Mark, bringt aber von Kapitalanlegern in kürzester Zeit Millionen. Wenige Monate später sind die Täter verschwunden, samt den Einlagen. Oder ein anderes Beispiel: Über eine Viertelmillion Mark investierte eine Geldfälscher-Truppe. Sie mietete ein abgelegenes Haus im Odenwald-Dorf Fürth an, kaufte eine komplette Druckereiausstattung – unter anderem zwei Druckmaschinen, eine Repro-Kamera, eine Entwicklungsmaschine, fotografische Kopiergeräte, eine Sortier- und eine Geldzählmaschine. Zudem ließ sie sich drei Tonnen (!) Banknotenpapier aus einer Papiermühle im Ostblock kommen. Als die Frankfurter Polizei im Frühjahr 1989 die Werkstatt aushob, konnte sie Blüten im Nennwert von 12 Millionen US-Dollar sicherstellen, umgerechnet 22 Millionen Mark. Gewicht der sichergestellten Falsifikate: 107 Kilogramm.

Ebenfalls viel vorschießen muß, wer ins Rauschgiftgeschäft groß einsteigen will. Eine halbe Million ist da schon fällig. Geht's schief, gelingt es der Polizei, die Ware sicherzustellen, so ist das Geld futsch. Klappt's aber, dann haben die Täter Millionen verdient.

Zu dem Stichwort *«Tatausführung»* nennt die OK-Indikatorenliste: «Professionelle, präzise und hochqualifizierte Tatausführung», «Tätigwerden von Spezialisten» und «arbeitsteiliges Zusammenwirken». Ein Beispiel hierfür sind die Autoschieberbanden. Zigtausende von Autos, überwiegend Luxuskarossen, verschwinden in der Bundesrepublik jedes Jahr spurlos. Und das funktioniert beispielsweise so: Es gibt Menschen, die dafür bekannt sind, daß sie Autos nach Wunsch beschaffen können. Die meisten sitzen im

Ausland. Zu ihnen geht jemand hin und sagt: Ich hätte gern einen Daimler-Benz 560 SEC, weiß, blaues Leder, die und die Extras. Der Mann, der den Auftrag bekommen hat, hört sich um. Er hat Kontakte in einigen Städten im Bundesgebiet. Einer der so Angesprochenen meldet sich kurze Zeit später und signalisiert: Ein solches Fahrzeug steht da und da. Und dann geht es los: Ein «Beschaffer» macht sich auf den Weg. Der knackt das Fahrzeug innerhalb weniger Sekunden, gängige Diebstahlssicherungen sind kein Hindernis für ihn. Eher ein Reiz. Kurze Zeit später sitzt der «Transporteur» hinterm Steuer. Sofort startet er Richtung Grenze. Für die Polizei ist er ein unbeschriebenes Blatt, sein Name ist in keinem Datenverarbeitungssystem enthalten. Noch bevor der Bestohlene am nächsten Morgen in der Tiefgarage den leeren Abstellplatz entdeckt, ist das Fahrzeug längst im Ausland.

Irgendwo in Italien verschwindet der Wagen für kurze Zeit in einer Hinterhof-Werkstatt: «Könner» machen sich mit einem Winkelschleifer an Fahrgestell- und Motornummer zu schaffen, sie lassen die alten Ziffern verschwinden, schlagen neue ein. Währenddessen fertigt ein Profi neue Papiere für das Fahrzeug, die Formulare stammen aus dem Einbruch in einem Rathaus. Schließlich bringt auch noch jemand die neuen Kennzeichen vorbei, frisch geprägt von einem Fachmann. Kurze Zeit später rollt der neue Wagen aus der Werkstatt. Das Produkt eines Expertenteams.

Bei den Ermittlungen der OK-Fahnder spielt der Indikator *«konspiratives Täterverhalten»* eine wichtige Rolle. «Kodierung in Sprache und Schrift» bedeutet, daß die Täter am Telefon nicht Klartext reden. So hatte bei einer Telefonüberwachung beispielsweise eine Dienststelle in Norddeutschland den Satz eines Anrufers aus Berlin vernommen: «Ich komme morgen wieder um 20 Uhr an, hol mich doch am Hauptbahnhof in Hamburg ab.» Eine umfassende Observation wurde angesetzt, zahlreiche Beamte legten sich am Bahnhof diskret auf die Lauer. Nur einer erschien nicht: der Anrufer. Später kamen die Ermittler dahinter, daß 20 Uhr in Wahrheit 8 Uhr bedeutete, «Hamburg» «Frankfurt» hieß und «Hauptbahnhof» tatsächlich «Flughafen» besagte. So verließ der Mann, für dessen Kontakte sich die Polizei brennend interessierte, völlig unbehelligt den Rhein-Main-Flughafen.

Täter, die viel unterwegs sind, benutzen gern die mobilen Telefone des sogenannten C-Netzes. Bei Ortsveränderungen können sie so gut wie nicht von der Polizei abgehört werden. Mitunter stellen die Beamten auch sogenannte «Gegenobservationen» fest. So ist Rauschgiftfahndern aufgefallen, daß ihre Dienststellen, insbesondere die Fahrzeugausfahrten, zu bestimmten Zeiten beobachtet wurden. Ihre Vermutung: Die Abwicklung eines größeren Deals stand bevor. Bei besonders viel Betrieb – wie der Abfahrt mehrerer Einsatzfahrzeuge – wäre das Geschäft abgeblasen worden. Auch der Polizeifunk wird oft mit sogenannten Scannern abgehört. Oder, ein anderes Beispiel: Beamte der Hamburger OK-Dienststelle bekamen mit, daß sie in ihrer Freizeit observiert wurden. Ihr Verdacht: Vor einem großen Strafverfahren, in dem sie als Zeugen auszusagen hatten, sollten ihre Lebensgewohnheiten ausgeforscht werden – zunächst einmal. Diese Vorfälle wurden so ernst genommen, daß der Bürgerausschuß, das Notparlament der Hamburger Bürgerschaft, eilends zusammengetrommelt wurde und 564 000 Mark bewilligte für den persönlichen Schutz einiger Kriminalbeamter und ihrer Familien.

Auch bekommen die OK-Fahnder immer wieder mit, daß Verdächtige aus diesem Bereich damit rechnen, observiert zu werden, und «testen». Da bummelt plötzlich ein Porsche Turbo im Westfälischen über die Autobahn mit 60 km/h. Um nicht zu «verbrennen», müssen die Beamten ihn überholen. Sie verlieren den Wagen aus den Augen. Ein Verdächtiger verlangt in einem Berliner Luxushotel in einer

Nacht viermal mit fadenscheinigen Begründungen ein anderes Zimmer. In Hamburg war lange Zeit als «Schüttelstrecke» die Lagerstraße beliebt, eine Einbahnstraße mit weiter Sicht. Wer die mit einem Affenzahn hinunterjagt, sieht im Rückspiegel genau, ob ihm jemand folgt. Denn der muß Gas geben, wenn er dranbleiben will. Will er aber nicht auffallen, so verliert er den Anschluß an den Vordermann, bleibt abgeschüttelt zurück.

Zur *«Gruppenstruktur»* zählt die Indikatorenliste unter anderem das «interne Sanktionssystem». So gelten im Milieu ungeschriebene Gesetze, die jeder dort Tätige in kürzester Zeit kapiert. Oberste Regel: Streitigkeiten werden ausschließlich untereinander ausgetragen, weder Polizei noch Gerichte hinzugezogen. Wie eisern dieser «Paragraph 1» befolgt wird, zeigt ein Streit zwischen zwei Münchner Milieu-Angehörigen. In einer Kneipe an der Schleißheimer Straße geraten sie sich in die Haare. *Jürgen Herbst* zieht ein Messer und rammt es *Bernd Mast* mehrfach in den Körper. Lebensgefährlich verletzt bricht der zusammen. Die Polizei, die von den Verletzungen gehört hat, versucht den Fall aufzuklären. *Bernd Mast*, gerade noch einmal mit dem Leben davongekommen, erzählt den Beamten eine Geschichte von drei ihm unbekannten Italienern, die ihn nachts vor dem Hofbräuhaus mit Messern angegriffen hätten. Den Beamten kommt die Geschichte mit den Italienern merkwürdig vor. Sie ermitteln weiter, tragen Beweise gegen den wirklichen Täter zusammen. Erst als sie das Opfer noch einmal im Krankenhaus aufsuchen und den Mann eindringlich vernehmen, so daß er nicht mehr ausweichen kann, rückt er mit der Wahrheit heraus. Später im Prozeß gegen den Messerstecher wird er als Zeuge gefragt, warum er mit der Wahrheit so lange hinterm Berg gehalten habe. Die Antwort: Solche Angelegenheiten regle man in seinen Kreisen «unter sich». Wegen versuchten Mordes verurteilte das Gericht den Täter zu zehneinhalb Jahren Gefängnis.

Sofern eine Angelegenheit nicht zwischen den unmittelbar Beteiligten bereinigt wird, kann dies auch von Kiez-Größen übernommen werden. Sie verhängen «Strafgelder», möglich ist auch ein «Arbeitsverbot» in einem bestimmten Gebiet. In krassen Fällen kann auch jemand aus der Stadt verwiesen werden. Verständlich, daß die Angst des einzelnen vor den Kräften des Milieus viel größer ist als vor der Polizei. Denn die kann höchstens dafür sorgen, daß er im Gefängnis landet.

Bezeichnend für die Organisierte Kriminalität ist auch die *«Hilfe für Gruppenmitglieder»*. Wer flüchten muß, erhält volle Unterstützung. Nach Erkenntnissen der Polizei haben OK-Größen regelrechte Fluchtburgen im Ausland eingerichtet. Unter anderem auf Ibiza und in Costa Rica. Wer geschnappt wird, bekommt einen erfahrenen Anwalt bezahlt. Für vermögenslose Verdächtige stehen plötzlich hohe Kautionen zur Verfügung. Während der Zeit im Bau werden die Angehörigen des Einsitzenden finanziell versorgt. So erhielt zum Beispiel die Tochter des St. Pauli-Killers Pinzner in der Zeit, in der ihr Vater in Untersuchungshaft saß, mehrfach 1500 Mark. Nachdem die Polizei davon Wind bekommen hatte, versiegte der Geldfluß aus dem Umfeld eines der Hintermänner. Auch für die Betreuung in der Haft wird gesorgt, Geld und Besuch kommen.

Weiter ist kennzeichnend für die Organisierte Kriminalität, daß Belastungszeugen eingeschüchtert werden. Dies fängt mit Anrufen an, bei denen wortlos aufgelegt wird. Oder jemand bekommt ohne Kommentar eine Patrone zugeschickt, wie ein OK-Ermittler in Hamburg. Einer Prostituierten wird gedroht, ihr das Gesicht zu zerschneiden, falls sie tatsächlich «diesen Blödsinn vor Gericht von sich geben» würde.

Mit dem Indikator *«Korrumpierung»* bezeichnet die Polizei den Versuch des OK-Sumpfes, von einzelnen Staatsdienern Informationen zu erhalten. «Es gibt im Lande kein größeres Verfahren im Bereich der OK, in das nicht ein Beamter – meist ein Polizist – als Helfer involviert ist», so die Erfahrung von Helmut Brandt, dem Präsidenten des Landeskriminalamts Nordrhein-Westfalen. «Abhängigkeiten» werden herbeigeführt durch Sex, verbotenes Glücksspiel, Kredite oder schlicht durch Zahlung von Geldbeträgen. In Hannover machte zum Beispiel ein Polizeibeamter Meldung bei «Freunden» im Milieu über bevorstehende Razzien seiner Kollegen und «gewöhnliche» Kontrollgänge durch Amüsierbetriebe. Dafür durfte er in Bordellen kostenlos verkehren. Fünf Jahre lang behielt ein Kriminalobermeister in Wuppertal das Wissen für sich, das er als Leiter einer Sonderkommission über die kriminellen Machenschaften von «Subunternehmer-Betrieben» erlangt hatte. Dafür kassierte er monatlich. Im Preis inbegriffen: die Warnung vor anstehenden Polizeiaktionen. Wegen Bestechlichkeit verurteilte ihn das Landgericht Wuppertal zu drei Jahren Gefängnis.

Unter *«Monopolisierungsbestrebungen»* führt die Indikatorenliste auf: «gewaltsame Übernahme von Geschäftsbetrieben», «Kontrolle über bestimmte Branchen des Nachtlebens» und «Aufzwingen von ‹Schutz› gegen Bezahlung». Dabei wird ohne Pardon gearbeitet. Dies zeigt beispielsweise das Vorgehen von zwei Hamburger Kiez-Größen, die sich vorgenommen hatten, ihren Geschäftsbereich auszubauen. So setzten sie Bordellwirte massiv mit Drohungen unter Druck, um deren Geschäfte zu übernehmen. Ein Mann, der seine 40 Prozent an einem Bordell am Hans-Albers-Platz nicht freiwillig verkaufen wollte, schickten sie – so die Ermittlungen – zwei Mitglieder der «Hell's Angels» ins Haus. Die schlugen zu: Sie brachen ihm das Nasenbein und mehrere Rippen, sein Körper war übersät mit Prellungen.

Und schließlich der letzte Punkt in der Liste: die *«Öffentlichkeitsarbeit»*. Typisch für Organisierte Kriminalität sind danach «gesteuerte, tendenziöse oder von einem bestimmten Tatverdacht ablenkende Presseveröffentlichungen zu einem bestimmten Verfahren». Einen besonders krassen Fall schildert Joachim Wagner in seinem Buch «Prozeßführung über Medien». Über das Vorgehen des Hamburger Rechtsanwalts Bernt Niese gegenüber dem «Stern» im «Hell's Angels»-Prozeß vor dem Hamburger Landgericht berichtet er: «Einen Monat vor Prozeßbeginn bot er der Illustrierten Unterlagen zur Entstehungsgeschichte, die Ermittlungsakten der Polizei und die Anklageschrift gegen die Höllenengel an, forderte dafür im Gegenzuge neben dem Honorar ein ‹Recht auf Gegenlesen› und ein ‹Mitspracherecht bei der Gestaltung›. Vorgaben bei der Berichterstattung im ‹Stern› sollten nach Erinnerung des zuständigen Ressortleiters Michael Seuffert sein: Die Hell's Angels sind ‹keine kriminelle Vereinigung›, sie haben ‹mit Kriminalität nichts zu tun›; die Rockergruppe ist eine zwar ‹rauhe, aber herzliche Männervereinigung›; die ‹Vereinsstatuten sind von der Polizei falsch gelesen worden› und die Höllenengel sind ‹Opfer einer internationalen Hetzkampagne›.» Der «Stern» winkte ab, er war nicht bereit, sich zum Werkzeug der Höllenengel und ihrer Anwälte machen zu lassen. Die Geschichte über die Gruppe erschien im Blatt ohne das Material des Anwalts.

Doch so plump wie in diesem Fall wird nur ausnahmsweise versucht, die Berichterstattung in der Presse zu beeinflussen. Meist geht man feinfühliger zu Werke. Da «stekken» Anwälte Journalisten etwas aus einem Bereich, zu dem sich aus welchen Gründen auch immer die Ermittler ausschweigen. Viele Anwälte, deren Mandanten häufig aus dieser Sphäre stammen, sind dafür bekannt, daß sie stets bereit sind zu einem ausführlichen Gespräch mit Journalisten. Auch Hintergründe, über die kein Staatsanwalt ein Wort verlieren würde, werden dabei erörtert. Anwälte kennen keine «Amtsverschwiegenheit», die bei den Ermittlern an der Tagesordnung ist.

Diese Indikatorenliste soll aber nicht nur durch Beschreiben das schaffen, was die Definition nicht zu leisten vermag. Diese Liste ist zugleich ein «Frühwarnsystem»: Sie soll dafür sorgen, daß bei Fahndern, die auf Anhaltspunkte für mehrere dieser Indikatoren stoßen, eine Warnlampe aufleuchtet, die signalisiert: «Achtung! Womöglich OK! Aufpassen!»

Die Beamten leiten dann Ermittlungen ein, mit denen dieser Verdacht entweder ausgeräumt oder bestätigt wird. Besonders wichtig ist die Kenntnis dieses Katalogs auch für die Streifenwagenbeamten. Sie haben es oft in der Hand, durch Informationen die Kollegen von der Kriminalpolizei auf die richtige Fährte zu setzen. Beispiel: In die Unfallaufnahme eines nordrhein-westfälischen Krankenhauses wankt ein Mann. Er sieht übel zugerichtet aus, schlimmer als das Opfer in einem Horrorfilm. Der Arzt stellt lebensgefährliche Verletzungen fest: eine Herzbeutelquetschung, Nierenquetschungen, Frakturen im Kopfbereich, Prellungen am ganzen Körper. Dem Arzt erzählt der Mann, er sei von Unbekannten überfallen worden. Dasselbe berichtet er den Beamten der Schutzpolizei, die ihn am Krankenbett befragen.

Normalerweise hätte es damit sein Bewenden gehabt. Die Beamten hätten dies zu Protokoll genommen und das Papier abgeheftet. Das Ermittlungsverfahren gegen Unbekannt wäre einige Wochen später eingestellt worden, der Vorgang in irgendeinem Regal verschwunden und eines Tages im Reißwolf.

Mit der Indikatorenliste im Hinterkopf können Beamte Dinge, die sie sonst wahrscheinlich als belanglos übergangen hätten, ganz anders gewichten. So ließ die Polizisten in diesem Fall nicht nur die Schwere der Verletzungen, verursacht angeblich von einem Unbekannten, hellhörig werden, sondern auch die beiläufige Mitteilung eines Krankenhausangestellten, der Patient sei mit seinem amerikanischen

Straßenkreuzer noch bis vors Krankenhaus gefahren. Und so kam dann peu à peu heraus: Bei dem Mann handelte es sich um einen Zuhälter, der von Kräften des Milieus bestraft worden war. Dies räumte er dann auch gegenüber Kriminalbeamten ein, die die Sache übernommen hatten. Dabei erklärte er, daß er vorhabe, noch einige Zeit zu leben, und deshalb die Namen der Täter nicht nennen werde. Solche Erkenntnisse bieten für die OK-Fahnder wertvolle Ansatzpunkte.

Mit zunehmender Skepsis betrachten die Ermittler die andere Säule der Definition der OK (s. S. 378): die «mafiaähnliche Parallelgesellschaft». Jeder OK-Ermittler kennt Personen, die «durchgewachsen» sind, aufgestiegen aus der Arbeitsebene in eine Position, in der man ihnen kaum noch etwas anhaben kann. In jeder größeren Stadt gibt es sie: Sie sind bekannt als «Geschäftsleute», verkehren mit Politikern und anderen Exponenten der bürgerlichen Gesellschaft, sind schon lange aus dem Stadium raus, in dem sie sich die Finger schmutzig machten. «Eine Subkultur», so berichtet Hessens LKA-Chef Timm von Milieugrößen, «verwoben mit Mitgliedern der ‹ordentlichen› Gesellschaft, hat sich so fest etabliert, daß es erhebliche Schwierigkeiten bereitet, Ermittlungserfolge zu erzielen.» «Erhebliche Schwierigkeiten» ist beschönigend ausgedrückt. Ein BKA-Ermittler sagt: «Die sind für die Polizei fast unangreifbar.»

In diesem Bereich werden Karrieren gemacht, nicht anders als in der Wirtschaft: vom Tellerwäscher zum Millionär. Den Aufstieg eines in Frankfurt stadtbekannten Mannes schildert der OK-Experte Peter Walter: «Nach dem Zweiten Weltkrieg kommen Herr X und sein Bruder Y auf bis heute für uns noch unbekanntem Weg aus Osteuropa nach Frankfurt. In den sechziger Jahren treten sie zuerst als Rausschmeißer, dann als Geschäftsführer, schließlich als Besitzer von Bars in unserem Bahnhofsgebiet auf. Der weitere Werdegang ist begleitet von einer Vielzahl von Verfahren quer durch das Strafgesetzbuch. Ein einziges Verfahren ist erfolgreich zum Abschluß geführt worden – mit 450 Mark Geldstrafe! Es geht über die Leitung von Spielsalons, Bordellen, Hotels, Restaurants, Cafés bis hin schließlich zur Gründung einer Immobilienfirma, in deren Eigentum sich eine große Anzahl von Liegenschaften im Frankfurter Stadtkern, der Frankfurter Haupteinkaufsstraße, der Zeil, im Rhein-Main-Gebiet und auch im Ausland befinden. Internationale Größen des Berufsverbrechertums – unter anderem Italiener – begannen ihrerseits ihre unaufhaltsamen Karrieren in den Etablissements des Herrn X, der heute ein sehr geachteter Mann ist... Er ist heute Kaufmann, was tatsächlich auch stimmt, denn er hat große Teile der Stadt gekauft; ich möchte hier nicht mißverstanden werden: große Teile der Immobilien der Stadt gekauft.»

Es häufen sich die Fälle, in denen Politiker Kontakt mit derartigen Größen pflegen. Nicht nur in Baden-Württemberg und in Hamburg mußten Polizeibeamte den Innenminister oder Innensenator von Kontakten mit derartigen «Freunden» abbringen, über die bedenkliche Erkenntnisse vorliegen.

Eine Kriminalität, die so hochprofessionell, so perfekt betrieben wird, fordert ihre Opfer: 2000 Menschen in der Bundesrepublik kostet sie Jahr für Jahr das Leben, schätzt der baden-württembergische Landespolizeipräsident Alfred Stümper. Es sind ganz überwiegend Drogentote. 1989 zählte das Bundeskriminalamt 992 Tote. Doch die Zahl der Menschen, die infolge Drogenkonsums sterben, liegt wesentlich höher. Es gibt hier wie in jeder Kriminalstatistik eine Dunkelziffer. Erfaßt werden nämlich nur die Fälle, in denen jemand durch den «Goldenen Schuß» gestorben ist, dies von einem Arzt erkannt und auf dem Totenschein entsprechend vermerkt wurde. So mancher Angehörige hat ein vordringliches Interesse daran, daß nicht bekannt wird, woran das Opfer tatsächlich gestorben ist. Manchmal läßt sich die

Todesursache auch nicht mehr zweifelsfrei klären. «Der Tod durch Drogen ist nur durch eine Obduktion zu erkennen», sagt Bernd Wünschmann von der Deutschen Hauptstelle gegen Suchtgefahren, «aber die kann in der Praxis gar nicht immer durchgeführt werden.» Fachleute meinen, daß die Zahl in der Statistik mit einem Faktor zwischen drei und sechs multipliziert werden muß, um auf die tatsächliche Zahl der Menschen zu kommen, die den Drogenkonsum mit ihrem Leben bezahlt haben.

Vor allem darf man in diesem Zusammenhang nicht übersehen, daß sich die Zahl aus der Statistik nur auf diejenigen bezieht, die *unmittelbar* durch Rauschgift gestorben sind. Sie erfaßt weder die Menschen, die an den Langzeitfolgen von Drogen sterben, noch die Fixer, die sich das Leben nehmen, weil sie nicht mehr an Stoff rankommen oder den Stress, immer und immer wieder Geld ranschaffen zu müssen, nicht mehr aushalten. So zählt niemand Fälle wie den der *Claudia Gatzke*: Sie ist verzweifelt. Trotz erheblicher Anstrengungen kommt sie von ihrer Sucht nicht los. Eines Tages klettert sie auf den Dachboden ihres Elternhauses in Stade, kritzelt auf einen Zettel die Worte: «Ich schaff's nicht. Vergeßt mich», und erhängt sich. In der Statistik wird sie unter den 14000 Selbstmördern geführt.

Hinzu kommen Opfer, die spurlos verschwinden und nie wieder auftauchen. Pannen sind selten. Aber es gibt sie. Beispiel: der vierundvierzigjährige Karl-Heinrich Lienau, Mitinhaber einer Diskothek in Pinneberg, einer Stadt vor den Toren Hamburgs:

«Im Osterbekkanal treibt ein Ölfaß», meldet ein anonymer Anrufer bei der Polizei in Hamburg-Barmbek. Dann legt er auf. Der Gewässerwart und ein Gehilfe machen sich auf die Suche. «Wir dachten, in dem Faß sei Öl», erinnern sie sich. «Aber als wir es öffneten, fanden wir nur Zementbrocken und eine prallgefüllte blaue Mülltüte.» Der Sack enthält Teile einer zerstückelten Leiche. Wenig später stellt die Mordkommission fest: Der Mann erlitt erhebliche Kopfverletzungen und hatte zwei Einschußlöcher im Rükken. Die Mörder hatten sich alle Mühe gegeben: In allen Kleidungsstücken fehlen die Firmen-Etiketten und Größen-Angaben. Weder Papiere noch Uhr, noch Geld werden bei dem Toten gefunden. Sorgfältig ist die Leiche verpackt worden: Die Täter hatten ihr Opfer in ein zehn Meter langes Automaten-Handtuch gewickelt und dann mit einem Hanfseil verschnürt, bevor sie den Leichnam in den blauen Müllsack schoben. Mit einem Gemisch aus Sand und Zement füllten sie die Tonne auf, legten eine olivgrüne 15-Kilo-Hantelscheibe dazu, schlossen sie mit Spannverschluß und Gummidichtung. Anschließend schlugen sie Löcher in Wand und Deckel, um das 230 Kilogramm schwere Ölfaß zum Sinken zu bringen. Doch hatten die Täter nicht mehr abgewartet, bis das Faß tatsächlich untergetaucht war. Ein Fehler, der Profis normalerweise nicht unterläuft.

Immer wieder kommt es vor, daß Menschen aus den einschlägigen Kreisen spurlos verschwinden. Niemand weiß, ob sie einfach das Revier gewechselt haben und nun woanders ihren Geschäften nachgehen, ob sie bewußt ausgetauscht sind oder ob sie «sauber» ins Jenseits geschafft wurden. Aber auch wenn eine Leiche entdeckt wird, bleiben die Hintergründe oft verborgen. Man denke an Verkehrsunfälle oder an vermeintlich natürliche Tode, mit denen ein lästiger Konkurrent aus der Welt geschafft wird. Landespolizeichef Stümper: «Wir wissen, daß die Todesangaben aus dem ärztlichen Bereich erhebliche Mängel aufweisen.» Schließlich gehen auf das Konto der Organisierten Kriminalität auch noch die Fälle, in denen Menschen «Suizid begangen haben, weil ihre Firma durch unlautere Konkurrenz kaputtgemacht worden ist».

Welche wirtschaftlichen Schäden richtet die Organisierte Kriminalität in der Bundesrepublik an? Sogar für Fachleute ist das eine schwierige Frage. «Es gibt keine statistisch fundierten Aussagen zur Organisierten Kriminalität», erklärt der Vizepräsident des Bundeskriminalamts, Zachert. «Ebenso nicht zu den von ihr verursachten Schäden.» Experten seiner Behörde schreiben in der «Bekämpfungskonzeption ‹Organisierte Kriminalität›», es sei davon auszugehen, «daß die Schäden sich pro Jahr sicherlich im zweistelligen Milliardenbereich bewegen». Andere Fachleute gehen von noch höheren Beträgen aus. Der Bund Deutscher Kriminalbeamter sprach schon 1983 von einem Betrag in «dreistelliger Milliardenhöhe». Baden-Württembergs Landespolizeipräsident Stümper schätzt den Schaden – einschließlich aller Folgeschäden – für das Jahr 1989 auf 170 Milliarden Mark; zu diesem Ergebnis kommt er auf Grund einer Hochrechnung von Schätzungen für einzelne Deliktsbereiche. Eine Reihe anderer Fachleute hält diese Zahl für realistisch. 170000000000 Mark – das würde bedeuten: rund die Hälfte des augenblicklichen Staatshaushalts der Bundesrepublik. Oder: 465 Millionen Mark pro Tag.

Daß die Spanne zwischen den Schätzungen so breit ist, erklärt sich durch die extreme Schwierigkeit, in diesem Bereich überhaupt zu Aussagen zu kommen. Es gibt derzeit keinen geeigneten Maßstab, Organisierte Kriminalität und die durch sie verursachten Schäden zu messen. Die Polizeiliche Kriminalstatistik weist sie nicht gesondert aus – wie sollte sie auch, wo sich diese Kriminalitätsform doch gerade dadurch auszeichnet, daß sie als solche meist unerkannt bleibt? Die Polizei kann nur die einzelnen Delikte zählen, häufig aber nicht den OK-Hintergrund erkennen. Außerdem sind Täter oft in Bereichen aktiv, in denen Straftaten überhaupt nicht bekannt werden, weil Anzeigen grundsätzlich unterbleiben. Man denke an den Rauschgiftsektor oder an den Subventionsschwindel. Hinzu kommt, daß die Grenzen zur *Organisierten* Kriminalität fließend sind und daß auch nicht klar ist, nach welchen Kriterien die Höhe der Schäden, insbesondere der Folgeschäden, zu bestimmen ist.

Wie etwa will man in Geld ausdrücken, wenn jemand seit Jahren an der Nadel hängt, seine Gesundheit ruiniert hat, sein Leben lang nicht mehr imstande sein wird, richtig zu arbeiten, weder Steuern noch Sozialversicherung zahlt und sich in den ihm noch verbleibenden Jahren mit Sozialhilfe über Wasser hält?

Neben der Zahl der Toten und der Größe des wirtschaftlichen Schadens gibt es auch noch Folgen der Organisierten Kriminalität, die sich statistisch überhaupt nicht erfassen lassen: die Verzweiflung der Eltern, die über Jahre miterleben müssen, wie ihr Kind durch Drogen vor die Hunde geht; die Wut im Bauch, die derjenige verspürt, der nach Hause kommt und sehen muß, daß seine Wohnung von Einbrechern durchwühlt, verwüstet und geplündert wurde; das Gefühl von Ohnmacht, das den Gastwirt an den Rand der Verzweiflung treibt, weil er Woche für Woche Erpressern ein Schutzgeld zahlen muß, damit sie sein Lokal nicht kurz und klein schlagen.

Darüber hinaus ist Organisierte Kriminalität aber auch deshalb so gefährlich, weil sich – wie es der Kriminologie-Professor Hans Joachim Schneider formuliert – um die «Kernkriminalität» herum «weitere Kriminalität bildet». Im Rahmen der «Begleitkriminalität» werden so beispielsweise die eigenen Leute, «falls sie nicht mehr botmäßig oder polizeiverdächtig erscheinen, falls sie zu mächtig oder zu schwach werden», bei der Stange gehalten oder ausgeschaltet, ebenso Nichtmitglieder, wenn die Gefahr besteht, daß sie bei der Polizei plaudern.

Zweiter Kriminalitätsbereich, der den harten Kern OK umwuchert, ist die sogenannte «Beschaffungskriminalität». Am schlimmsten ist sie derzeit beim Rauschgift. Süchtige klauen Autoradios, brechen in Wohnungen ein, überfallen Passanten – zunehmend alte Menschen –, um an Geld für Stoff zu kommen.

Und schließlich drittens: die sogenannte «Folgekriminalität»: Unter Drogeneinfluß schlägt ein Junkie das Mobiliar in der Wohnung eines Freundes kurz und klein, anschließend setzt er sich, vollgeknallt mit Dope, ans Steuer und wird auf der Autobahn zum Geisterfahrer.

«Offenkundig» sei, so der Frankfurter OK-Experte Walter, «daß Organisierte Kriminalität vielfach auch eine wesentliche Begründung für die sich epidemisch ausbreitenden Formen der Massenkriminalität darstellt.» So hat sich – rein quantitativ – die Zahl der von der jährlichen Kriminalstatistik erfaßten Straftaten in den vergangenen 20 Jahren verdoppelt.

Auf die *qualitative* Veränderung haben als erste einige Polizeibeamte hingewiesen, obwohl andere lange Zeit eine solche Entwicklung nicht wahrhaben wollten. Zum Beispiel hatte bereits 1974 die Jahresarbeitstagung des Bundeskriminalamts in Wiesbaden das Thema «Organisiertes Verbrechen». Konsequenzen wurden damals jedoch nicht gezogen.

«Die Lage ist falsch bzw. unvollkommen beurteilt worden.» Zu diesem Fazit kamen OK-Experten bei einem Seminar der Polizei-Führungsakademie in Hiltrup im November 1983. Gründe dafür gab es viele. «Zuzugeben, daß es im jeweiligen Verantwortungs- und Zuständigkeitsbereich Erscheinungsformen Organisierter Kriminalität gibt, erschien bereits gleichbedeutend mit dem Zugeständnis, Versäumnisse begangen zu haben», charakterisiert Wolfgang Sielaff die Situation, damals Kriminaloberrat, heute Leiter des Landeskriminalamts Hamburg. Außerdem starrten anfangs viele Fachleute beim Begriff «Organisierte Kriminalität» zu sehr über den Atlantik auf die Vereinigten Staaten oder gen Süden nach Italien. Dabei übersahen sie, daß sich in der Bundesrepublik eine eigene Form der OK entwickelte, die im Gegensatz zu diesen beiden Staaten beispielsweise nicht von einer starken, strengen, zentralistischen Hierarchie geprägt ist.

Die Fehler der Vergangenheit hatten Folgen. «Wir haben bei der Bekämpfung der Organisierten Kriminalität schon eine ganze Menge Boden verloren», sagt Kriminaldirektor Peter Albert aus dem Niedersächsischen Landeskriminalamt. «Den ersten Boden bei der Diskussion, ob wir so etwas überhaupt haben. Den zweiten Boden haben wir verloren bei der Diskussion über die unsäglichen Definitionsansätze.»

Freilich war diese lebhafte Diskussion mehr als nur ein Streit um den richtigen Terminus technicus, sie war auch mehr als bloßer Selbstzweck. Hinter allem steht letztlich die Überlegung, ob die Polizei mit ihrem «klassischen» Instrumentarium, mit ihren althergebrachten Ermittlungsansätzen noch in der Lage ist, diese Form der Kriminalität in den Griff zu bekommen. Viele Fachleute sind heute überzeugt: Die Polizei braucht *neue* Bekämpfungsstrategien und auch andere rechtliche Möglichkeiten, um es mit dieser Kriminalitätsform aufnehmen zu können. Denn die klassische Verbrechensbekämpfung ist «reaktiv». Das heißt, die Ermittler treten dann auf den Plan, wenn sie den Verdacht haben, daß eine Straftat verübt worden ist. So sieht es die Strafprozeßordnung auch ausdrücklich vor, die über 110 Jahre alt ist. Am 1. Februar 1877 trat sie in Kraft. Durch den Perfektionismus der Täter haben die Beamten häufig überhaupt keine Chance, sie zu erwischen, wenn erst dann Ermittlungen angestellt werden, nachdem die Polizei etwas von dem Verbrechen mitbekommen hat. Denken wir an die Autoschieber: Das geklaute Fahrzeug ist schon längst über die Grenze, bevor der Bestohlene überhaupt merkt, daß sein Wagen verschwunden ist. Nicht anders liegen die Dinge beim Wohnungseinbruch oder bei der organisierten Scheck-Verwertung. Die Täter sind über alle Berge, bevor der Anruf auf der Wache eingeht. Der Absatz der Beute ist so organisiert, daß es auch hier kaum Ansatzpunkte für die Ermittler gibt. Oder nehmen wir zum Beispiel den Rauschgiftbereich. Es vergeht heute kein Tag, an dem nicht in einer

Bahnhofstoilette, in einer billigen Absteige, in einer verkommenen Wohnung, auf einer Parkbank oder auf einem McDonald's-WC ein Drogentoter gefunden wird. Die Polizeibeamten, die gerufen werden, können an Ort und Stelle so viele Spuren nehmen, wie sie wollen – es nützt nichts: So erhalten sie keinen Hinweis auf die Dealer, auf die Leute, die das dicke Geld mit dem schmutzigen Geschäft verdient haben.

Kurzum: Infolge der Tatsache, daß auf vielen Betätigungsfeldern der Organisierten Kriminalität keine klassische Täter-Opfer-Beziehung mehr existiert, fehlt auch ein entscheidend wichtiger Ansatz für die Ermittlungen der Polizei. Vor allem bringt es nicht viel, wenn nur die kleinen Fische gefangen und verurteilt werden. «Exponieren sich doch meist nur die Randfiguren», erläutert Heinrich Prinz, Erster Kriminalhauptkommissar in München: Die eigentlichen Drahtzieher blieben im Hintergrund. «Gerade auf die scheinbar honorigen Kaufleute, Exporteure und Importeure, Transportunternehmer, Geschäftsführer von Nachtlokalen, Spielkasinos und Amüsierbetrieben oder Besitzer von Etablissements in Vergnügungsvierteln aber kommt es an.» Denn von ihnen stammen die Aufträge, sie halten die Fäden in den Händen.

Polizeibeamte machten Vorschläge: veränderte Ermittlungstaktiken – Schlagwort: nicht tat-, sondern täterorientiert –, «organisatorische Maßnahmen» wie die konsequente Einrichtung von Spezialdienststellen zur Bekämpfung der Organisierten Kriminalität. Außerdem fordern sie «personelle Maßnahmen» wie die spezielle Aus- und Fortbildung für OK-Ermittler und plädieren für Gesetzesänderungen, durch die es beispielsweise möglich werden soll, die exorbitanten Gewinne der Rauschgifthändler einzuziehen.

Einiges hat sich schon getan. So wurden in den vergangenen Jahren OK-Spezialkommissariate bei der Polizei eingerichtet, aber noch kaum bei den Staatsanwaltschaften. Über weitere Vorschläge müßten die Politiker zügig entscheiden, damit es nicht eines Tages zu spät ist. Freilich mahnen die zahlreichen Änderungen der Strafprozeßordnung, die in der Hoch-Zeit allgemeiner Terroristenangst überstürzt beschlossen wurden, mit kühlem Kopf an die notwendigen Reformen heranzugehen.

Wie wird es weitergehen? Die Prognosen der Experten sind alles andere als rosig. Die BKA-Wissenschaftler kommen in ihrer OK-Studie zu dem Ergebnis: «Auf absehbare Zeit ist – ungeachtet des Verlaufs der Gesamtkriminalität – von einer überproportionalen Ausweitung des Anteils der OK auszugehen.» Noch gravierender seien die «qualitativen Veränderungen» – die Forscher prognostizieren eine «Perfektionierung des Verbrechens»: «Mit dem zu vermutenden Anstieg der Zahl der dominierenden Personen wird zusätzlich spezielles Täter-Know-how in die OK-Szene einfließen und den Handlungsspielraum vergrößern.» Mit anderen Worten: die Szene hat gelernt und wird weiter lernen. Das kriminelle Geschäft wird größer und stärker, illegale Bereiche werden sich immer weiter mit legalen vermischen. Mehr und mehr Menschen werden vor der Entscheidung stehen, mitzumachen oder aufzugeben. «Crime does pay» («Verbrechen lohnt sich») tritt an die Stelle der Hollywood-Moral «Crime doesn't pay» («Verbrechen lohnt sich nicht»). Die Folgen lassen nicht auf sich warten: Das allgemeine Rechtsbewußtsein geht völlig vor die Hunde, wenn es der Justiz nicht mehr gelingt, die Großkriminellen zu fassen.

Sieht man neben all diesem den Terrorismus, für viele schlechthin «*die* kriminalpolitische Herausforderung» der vergangenen 15 Jahre, so erscheint die Gefahr, die die Organisierte Kriminalität darstellt, um ein Vielfaches größer. Der Terrorismus hat Menschenleben gefordert, hat die ganze Bevölkerung in Angst und Schrecken versetzt. Das ist schlimm. Aber er hat nie einen derartig hohen Blutzoll gefordert von über 2000 Menschenleben im Jahr. Er hat auch nicht zu finanziellen Schäden in (mindestens) zweistelliger Milliardenhöhe geführt. Ebensowenig vermochte es der Terrorismus, unsere Gesellschaft und ihren Staat tatsächlich in seinen Grundfesten zu erschüttern – wenn man die Dinge nüchtern betrachtet. Aber eine Lawine, die solche Zerstörungen anrichten kann, rollt auf uns zu – das lehrt uns ein Blick nach Italien oder nach Amerika.

«Am Beispiel Italien wird deutlich», warnt BKA-Chef Heinrich Boge, «daß verfestigte Strukturen Organisierter Kriminalität auch bei sehr weitgehenden gesetzlichen Möglichkeiten kaum aufzubrechen sind.» Doch wie es scheint, ist diese Bedrohung, vor der wir stehen, vielen noch gar nicht bewußt. Viel zu lange haben wir, vor allem die Politiker, auf den Terrorismus gestarrt – wie das Kaninchen auf die Schlange. Ohne zu merken, daß im schwer einsehbaren Unterholz in kurzer Zeit ein Tiger herangewachsen ist. Er wird immer größer und gefährlicher. Schleunigst muß etwas getan werden. Und sicher ist: Polizei und Staatsanwaltschaft allein werden diese große Gefahr nicht in den Griff kriegen, auch wenn ihnen die entscheidende Rolle zukommt.

KAPITEL 2

Das tägliche Geschäft – die Formen der Organisierten Kriminalität

Die Eigentumskriminalität

Stellen Sie sich vor: Sie kommen nach Hause. Sie wundern sich, wieso die Wohnungstür nur angelehnt ist. Sie drücken die Tür auf – die Schränke sind durchwühlt, ebenso alle Schubladen und Ihr Schreibtisch. Briefe, Bücher, Aktenordner, Kleidungsstücke, Handtücher und Fotos liegen auf dem Boden verstreut. Stundenlang räumen Sie auf – und wissen am Ende: Die Einbrecher haben Schmuck, Schecks und einige hundert Mark Bargeld mitgenommen.

Stellen Sie sich vor: Sie gehen am Morgen aus dem Haus. Ein paar Schritte entfernt steht Ihr Wagen – denken Sie. Doch er ist weg. Spurlos verschwunden.

Das sind zwei typische Fälle aus dem Bereich der Organisierten Eigentumskriminalität, die nach den Erkenntnissen der Ermittler von Jahr zu Jahr zunimmt. Organisierte Eigentumskriminalität ist die Form der OK, die den einzelnen in der Regel am härtesten trifft. Das liegt daran, daß die Täter Gegenstände entwenden, die für das Opfer mehr bedeuten als den rein wirtschaftlichen Wert. Ihnen werden Schmuckstücke gestohlen, die sie geerbt oder vor vielen Jahren, nach langem Suchen, gekauft haben. Oder: Das Auto ist weg, der Traumwagen, auf den der Bestohlene lange Zeit gespart hat.

Zugleich ist die Eigentumskriminalität auch die primitivste Form der Organisierten Kriminalität. Sonst verschaffen sich die Täter unmittelbar das, worauf es ihnen ankommt: das Geld. Im Bereich der Eigentumskriminalität erbeuten sie zunächst Gegenstände, die sie anschließend zu Geld machen müssen.

Die Wohnungseinbrecher

Seit Jahren stellen die Einbruchsachbearbeiter der Polizei fest, daß immer häufiger Kinder und Jugendliche von Erwachsenen zu Einbrechern ausgebildet und losgeschickt werden. Die Vorteile für die Hintermänner liegen auf der Hand: Kinder sind flink, arbeiten für wenig Geld, und wer denkt schon an Einbruch, wenn er zwei Knirpse auf der Straße sieht? Werden sie erwischt, behaupten sie regelmäßig, daß sie noch nicht 14 seien, also noch nicht strafmündig – auch wenn sie schon 19 sind. Solange die Polizei ihnen das nicht widerlegen kann, darf sie die Burschen nicht einsperren. Das einzige, was ihnen droht, falls sie Pech haben: daß sie in einem Jugendheim landen. Dort hält sie nichts und niemand. So schnell wie möglich nehmen sie Reißaus. Das Risiko für die Hintermänner ist gering. Falls tatsächlich einer der Jungen mal von der Polizei vernommen wird, schweigt er brav – was kann man ihm dann schon nachweisen? Solche Klau-Kinder ziehen durch zahlreiche Städte in der Bundesrepublik. Nicht nur durch Hamburg, Köln, Stuttgart und Göttingen.

Ein Beispiel für die Struktur und Arbeitsweise einer solchen Einbruchs-Organisation ist die «*Lalić*-Gruppe», die Beamte des Landeskriminalamts Baden-Württemberg schnappen konnten.

Keine Dreiviertelstunde dauerte die Autofahrt von Stuttgart. Langsam steuert *Jovan Lalić* den Wagen durch Nürtingen. Durch das Fenster sehen *Daniel*, 18 Jahre alt, und ein anderer junger Mann namens Slavoljub den Neckar und die Fachwerkfassaden. Doch die drei Jugoslawen interessieren sich nicht für die alten Mauern. Jovan stoppt den Wagen und deutet in eine Richtung. Wieder einmal geht es los, die beiden wissen, was sie zu tun haben: Sie steigen aus, schauen sich unauffällig um und gehen zu dem Grundstück in der Galgenbergstraße 35. Vorsichtig beobachten sie einen Augenblick das Einfamilienhaus. Niemand scheint dazusein. Sie klingeln. Keine Reaktion. Einen Moment horchen sie an der Haustür. Noch immer ist nichts zu hören. Sie warten noch ein bißchen. Dann gehen sie zur Kellertür. Mit einem Schraubenzieher ist die Tür ruck, zuck! aufgebrochen. Die beiden verschwinden im Keller. Über die Treppe machen sie sich auf den Weg nach oben. Zwei Türen brechen sie kurzerhand mit dem Schraubenzieher auf, die der Eigentümer vorsichtshalber abgeschlossen hatte, bevor er für eine Woche verreiste. Im Erdgeschoß angekommen, durchwühlen sie Zimmer für Zimmer, Schmuck, Uhren, eine Pistole G 35 und Jagdmunition raffen sie zusammen. Dann verschwinden sie, genauso unauffällig, wie sie gekommen sind. Die Beute im Wert von rund 20000 Mark liefern sie sofort bei ihrem «Fahrer» Jovan ab.

Daniel ist in diesen Wochen oft in Baden-Württemberg unterwegs auf Diebestour. Stets zusammen mit einem anderen «Arbeiter» bringt ihn ein «Fahrer» der Organisation in eine Gegend, in der die beiden in Wohnungen einbrechen. Im Tannenweg in Vaihingen/Enz stehlen sie beispielsweise Schmuck und Geschenke für 3000 Mark, in der Haldenstraße in Remseck-Hochberg lassen sie eine Flachpanzergoldkette und andere Schmuckstücke mitgehen, außerdem eine Pistole Walther 08 samt Munition. Wert insgesamt: 12000 Mark.

Erst wenige Tage zuvor war Daniel in die Bundesrepublik gekommen und hatte sich in der Gruppe als «Arbeiter» verdingt. Er wohnt bei Jovan *Lalić*, einem der drei Chefs der

Gruppe, in der Bachwiesenstraße 25 in Stuttgart, einem gelben Mietshaus im Stadtteil Heslach. Daniels Leben war bislang alles andere als ein Zuckerlecken gewesen. Geboren wurde er vor etwas mehr als 18 Jahren in Jugoslawien. Seine Eltern waren nie verheiratet gewesen. Bis zu seinem zehnten Lebensjahr lebt er bei seiner Großmutter. Nach ihrem Tod kommt er in ein Heim. Dort lernt er Belja kennen, einen Mann, der ihm ein «gutes Leben» verspricht, wenn er mit ihm nach Italien käme. Und so reißt Daniel mit vierzehn aus dem Heim aus. Mit Belja zieht er in die Gegend von Rom. Der Mann hat seine Pläne mit dem Jungen: Er erklärt Daniel genau, wo und wie er in ein Haus einbrechen soll. Doch Daniel schafft es nicht. Enttäuscht bringt Belja den Jungen nach Jugoslawien zurück. Zwei Jahre lebt Daniel bei einer Roma-Sippe auf Campingplätzen. Mal hier, mal dort. Daniel verdient sich etwas Geld mit dem Verkauf von Handwerksarbeiten aus Metall. Eines Tages trifft er Belja wieder. Sie beschließen, gemeinsam auf Tour zu gehen. Von August bis Oktober 1985 reisen sie durch die Bundesrepublik. Daniel hat gelernt. Mittlerweile stellt er sich beim Stehlen nicht mehr so dumm an. Auch auf seinen Reisen läßt er Vorsicht walten: Häufig benutzt er andere Namen und weist sich mit einem gefälschten Paß aus. Entweder tritt er als Daniel Janacek, geboren am 8. März 1971 in Warschau, auf oder als Radenko Trajilovic, geboren am 15. Januar 1967 in Dona Bela Reka oder Zaijcar/Jugoslawien.

Eineinhalb Jahre nach der «Sommerreise» mit Belja kommt Daniel wieder in die Bundesrepublik. Die *Lalićs* hatten ihn als «Arbeiter» für ihre Organisation angeheuert. Er gehörte damit zu einer Gruppe, der das Landeskriminalamt Baden-Württemberg 112 Einbrüche zuordnet – mit einem Schaden von über einer Million Mark. Die Zahl der tatsächlich von diesen Tätern begangenen Einbrüche liegt wesentlich höher, meinen die Ermittler. Nur konnte ihnen mehr nicht nachgewiesen werden, da die «Arbeiter» wechselten.

Viele von ihnen waren schon lange wieder weg, als die Polizei die Gruppe dingfest machen konnte. «Einer der Jugendlichen hat ausgesagt, daß er in einem Zeitraum von drei bis vier Wochen zwischen 30 bis 40 Einbrüche begangen hat», berichtet die Stuttgarter Staatsanwältin Susanne Ehrmann. «Die Adressen hat er meist gar nicht mehr gewußt.» Nach Schätzungen der Polizei waren insgesamt 20 Jugo-Jungs, zwischen 15 und 19 Jahre alt, als «Arbeiter» für die Organisation unterwegs.

Im Zuge der Ermittlungen gelang es den Fahndern Schritt für Schritt, die Struktur der *Lalić*-Gruppe aufzudecken. An der Spitze stehen drei Brüder im Alter zwischen 40 und 45 Jahren: Branko, Bozidor und Jovan *Lalić*. Spätestens seit dem Sommer 1986 leiten sie die Gruppe, die sich zum Ziel gesetzt hat, möglichst rasch möglichst viel durch Einbrüche in Süddeutschland zu verdienen. Als ihre Stellvertreter fungiert jeweils der Sohn: Zoran, Miki und Miljan. Unter dieser Führungsgruppe stehen in der Mitte der Hierarchie die fünf «Fahrer». Sie sind Experten im Ausräumen von Wohnungen und Häusern. Ihre Aufgabe ist es, dafür zu sorgen, daß die «Arbeiter» ordentliche «Arbeit» leisten.

Diese «Arbeiter» wurden in Jugoslawien angeworben. Entweder von einem der drei Führer oder von einem Vertrauten des Clans. Nicht selten erklärten sie den Eltern, was deren Söhne in Deutschland machen sollten, und versprachen ihnen, daß sie am Erlös der Beute beteiligt würden. Mitunter täuschten sie aber auch die Eltern und erzählten ihnen etwas von «guter Arbeit in Deutschland». Wurde man sich einig, so reisten die jungen Männer nach Stuttgart – oft mit Pässen, die auf einen anderen Namen ausgestellt waren.

Dort machte sie zunächst jemand aus der Führungsmannschaft mit der Kunst des Einbrechens vertraut. Außerdem bleute er ihnen ein, wie sie sich im Falle einer Festnahme zu verhalten hätten. So sollten sie sagen, daß sie noch nicht 14 Jahre alt und erst wenige Tage in der Bundesrepublik seien und daß man sie ausgerechnet beim ersten Klauversuch erwischt hätte. Strengstens verboten wurde ihnen, den Namen oder die Anschrift eines Gruppenmitgliedes zu nennen. Bei einem Verstoß dagegen, so wurde ihnen eingeschärft, würde es ihnen ganz empfindlich an den Kragen gehen; ebenso, falls jemand auf den Gedanken käme, die Arbeit zu verweigern. Zu dem System gehörte es auch, die «Arbeiter» permanent unter Kontrolle zu halten: Entweder wurden sie in der Wohnung eines Mitglieds aus der Führungsriege untergebracht oder bei einem «Fahrer».

Die drei Chef-Brüder bestimmten die Zeiten und die Orte des Einsatzes sowie die Zusammensetzung der «Gruppen»: welcher «Fahrer» mit welchen zwei oder auch drei «Arbeitern» auf Tour zu gehen hatte. Um im Falle eines Falles nicht erkannt zu werden, benutzten die «Fahrer» Wagen, die von Mitgliedern der Organisation auf privaten Automärkten gekauft worden waren. Sie traten dabei unter falschem Namen auf und dachten nicht daran, den Wagen bei der Zulassungsstelle umzumelden. Sie benutzten das Fahrzeug nicht länger als einige Wochen und verkauften es dann weiter. So kam es, wie es kommen mußte: Wenn jemandem das Auto aufgefallen war und er sich das Kennzeichen gemerkt hatte, bekamen die Polizeibeamten von der Zulassungsstelle den ehemaligen Fahrzeughalter genannt. Der fiel aus allen Wolken und konnte über den Käufer seines Autos nicht viel mehr angeben als dessen – natürlich unzutreffende – Adresse.

Am Morgen starten die «Einsatz-Gruppen». Von den «Fahrern» bekommen die «Arbeiter» einen großen Schraubenzieher in die Hand gedrückt, zum Aufbrechen der Wohnungen. Die «Fahrer» setzen sie ab und nennen ihnen einen Treffpunkt. Die «Arbeiter» gehen immer nach derselben Masche vor: Sie klingeln an einer Tür, mehrmals. Wird geöffnet, dann fragen sie zum Beispiel: «Haben Sie Pedro gesehen?» Der Wohnungsbesitzer schüttelt den

Kopf, allenfalls wundert er sich, wieso die ausgerechnet ihn fragen. Nie und nimmer käme er auf die Idee, daß er gerade noch einmal einem Einbruch entgangen ist. Die beiden jungen Männer machen sich schnellen Schrittes aus dem Staub und versuchen es ein Stück weiter gleich wieder.

In den Wohnungen haben sie es – wie befohlen – auf Bargeld, Schmuck, Euroschecks und Reisepässe abgesehen. Nach jedem Bruch liefern sie die Beute bei ihrem «Fahrer» ab, damit ihnen bei einer Festnahme nicht die – geplante – Behauptung widerlegt werden kann, sie seien just bei ihrer ersten Straftat erwischt worden. Die «Fahrer» reichen nach Rückkehr die Beute an einen der Chefs weiter. Von dem Geld bekommen sie den einen oder andern Schein ab, aber nie große Beträge. Die «Arbeiter» müssen sich meist mit einem Zehnmarkschein zufriedengeben. Einzelne Schmuckstücke, die ihnen gefallen, dürfen sie behalten. Für die Verwertung des Schmucks hat die Organisation Hehler an der Hand, in der Bundesrepublik und in Jugoslawien. Nicht wenig geht an «Babce» in Heilbronn. Soweit erforderlich, wird die Beute in «Bunkern» zwischengelagert. Die Fahnder entdeckten Depots auf einem Friedhof, auf einem Gartengrundstück und im Wald. Für den Transport der Beute nach Jugoslawien ist der «Fahrer» Dragan *Lalić* zuständig. Den Benzintank seines Mercedes hat er so präpariert, daß er darin Schmuck transportieren kann. Von Autos versteht er etwas. In Wien hat er zwei Jahre lang Kfz-Mechaniker gelernt. Danach arbeitete er in einer Vertretung von General Motors in Wien.

Die Gruppe flog auf, nachdem zwei «Arbeiter» bei einem Einbruch geschnappt worden waren. Sie hatten sich auffällig verhalten, der eine ganz bewußt, wie sich später herausstellte. Der Junge hatte die Nase voll vom ständigen Einbrechen. Die Polizei verhaftete insgesamt 20 Personen. Unter ihnen einen Sechzehnjährigen, der in seinem Leben schon unter 16 verschiedenen Namen aufgetreten war. Fünf junge

«Arbeiter» packten aus, die meisten der Verhafteten stritten die Vorwürfe ab. Es wurde hemmungslos gelogen.

«In dem Prozeß kam es zu Morddrohungen gegen die Jungs», berichtet Staatsanwältin Ehrmann. Ihnen war bedeutet worden, daß sie «an eine Scheunenwand genagelt» würden, falls sie auspackten. So war es kein Wunder, daß in der Hauptverhandlung, als ihnen die anderen Gruppenmitglieder gegenübersaßen, keiner auch nur andeutungsweise einen aus der Führungsmannschaft belastete. Vielmehr erklärten die jungen Männer, einer nach dem anderen, spürbar eingeschüchtert: «Was ich bei der Polizei ausgesagt habe, stimmt nicht.» Doch den Rädelsführern der Gruppe nützte das nichts. Die Ermittler hatten gute Arbeit geleistet: In der *Lalić*-Gruppe erblickte das Landgericht Stuttgart eine «kriminelle Vereinigung». Dies passiert im Bereich der Organisierten Kriminalität nur selten, da die Anforderungen an diesen Tatbestand nach der Rechtsprechung des Bundesgerichtshofs sehr hoch sind. Die Täter erhielten langjährige Haftstrafen: Boss Branko wurde zu elf Jahren Gefängnis verurteilt, seine beiden Brüder zu jeweils sieben Jahren.

Die Zahl der Wohnungseinbrüche steigt und steigt: innerhalb von acht Jahren um 70 Prozent. Eine bedrückende Entwicklung. Wurden im Jahre 1980 in der Bundesrepublik 99133 Wohnungen geknackt, so waren es im Jahre 1988 bereits 169011 Wohnungen. Und die Aufklärungsquote sinkt von Jahr zu Jahr. 1980 konnte die Polizei noch 27 Prozent der Fälle aufklären, acht Jahre später waren es noch ganze 17,5 Prozent. Heute wird bei uns alle drei Minuten eine Wohnung aufgebrochen – alle drei Minuten. Der Grund für diesen drastischen Anstieg: Organisiertes Vorgehen ist «zunehmend festzustellen», heißt es in einem BKA-Papier zum «Lagebild Wohnungseinbruch». Über die Täter ist in der Analyse zu lesen: «Der Ausländeranteil an den dem Bundeskriminalamt gemeldeten Fällen ist nach wie vor hoch.

Allein 70 Prozent aller gemeldeten Straftäter waren Personen jugoslawischer Nationalität. Bei Tageswohnungseinbrüchen durch Kinder und Jugendliche lag der Anteil jugoslawischer Täter bei nahezu 100 Prozent.»

Probleme bereiten der Polizei seit Mitte der achtziger Jahre auch Gruppen erwachsener Jugoslawen, deren Gefechtsfelder das Rhein-Main-Gebiet und Nordrhein-Westfalen sind. Nach Erkenntnissen des Wetzlarer Kriminaloberkommissars Werner Hain werden die «Arbeiter» nur für wenige Einbrüche angeworben und in die Bundesrepublik eingeflogen. «Die Rückflugkarte haben sie von Anfang an in der Tasche.» In einem Mietwagen fahren mehrere Jugoslawen zu dem schon lange ausbaldowerten Objekt. «Sie stellen zunächst durch Klingeln oder Anrufen die Abwesenheit der Bewohner fest», schildert Hain die Methode, «schieben dann die Rolläden hoch, schlagen Fensterscheiben oder Terrassentüren in Riegelhöhe ein. Schaffen sich Fluchtwege durch Öffnen von Fenstern und Türen. Sie versperren oder verschließen nun die Türen von innen, teilweise auch zusätzlich durch Vorlegen der Sicherheitskette.» Gelingt es der Polizei, einen Täter zu schnappen, so stellen die Beamten regelmäßig fest, daß der Ausweis gefälscht ist. «Es konnte weiter in Erfahrung gebracht werden, daß die Täter das Diebesgut schon auf dem Rückweg an mitfahrende Hehler übergaben oder ‹sichteten›. Unnötige oder wertlose Gegenstände warfen sie in Abfalleimer auf BAB-Rastplätzen. Von dieser Örtlichkeit waren Rückschlüsse auf ihren Aufenthaltsort nicht möglich.»

Auch wenn sich die Arbeitsweisen der «Fensterbohrer-Bande», der «*Lalić*-Gruppe» und der «Jugo-Einbrecher» im einzelnen deutlich unterscheiden, so weisen sie doch in entscheidenden Punkten Parallelen auf. Nichts wird dem Zufall überlassen. Die Täter verstehen es, ihr Risiko, erwischt zu werden, gering zu halten. Sie sind geschult, am Tatort keine Spuren zu hinterlassen. Zudem kommen sie aus anderen

Orten angereist und verschwinden nach der Tat sofort aus der Gegend. Für die Polizei gibt es daher kaum Ansatzpunkte für die Ermittlung. Ebenfalls charakterisiert es diese Täter alle, daß sie auf bestimmte Beute spezialisiert sind: Sie lassen nur Dinge mitgehen, die sie sofort an Hehler absetzen können. Gerade dieses durchdachte, organisierte Vorgehen ist der Grund dafür, daß diese Täter so lange unerkannt so große Schäden anrichten konnten.

«Vor solchen Tätern gibt es für den Bürger keinen Schutz», sagt Staatsanwalt Scherner, der die Ermittlungen gegen die «Fensterbohrer» leitete. «Mit einer Alarmanlage kann man sich vor normalen Einbrechern schützen, aber nicht vor solchen Profis, die wissen, wie man eine solche Anlage im Handumdrehen ausschaltet.» Es gebe, so der Staatsanwalt, nur eine Möglichkeit, vor Leuten dieses Schlags sicher zu sein: «Wenn Sie das Armutsgelübde des Franz von Assisi ablegen und sich aller irdischen Habe entledigen.»

Mit welchen Methoden Profis arbeiten, schilderte ein Ex-Einbrecher in der Zeitschrift «der kriminalist». Auszug:

Wo bricht man nicht ein? Die Antwort lautet: Es gibt kaum Objekte, die nicht zu knacken sind. Der Aufwand jedoch ist von Fall zu Fall unterschiedlich. Pauschal kann man nichts als sicher oder unsicher betrachten.

Ein Einzelhaus, in einer guten Wohngegend auf einem großen Grundstück gelegen, wird in unserer heutigen Zeit kaum unbehelligt bleiben. Es ist das Übungsobjekt für einen Einbrecher. Sind die Fenster gesichert, gibt es den Weg über das Dach. Vergitterte Fenster, hinter denen sich viele Menschen sicher fühlen, dürften kein großes Hindernis sein. Bolzenschneider oder Wagenheber beseitigen diese Übel in kürzester Zeit. Die Alarmanlage auf dem Dach wird entweder unterbrochen oder mit einem Spachtel und Füllmasse zum Schweigen gebracht. Türfüllungen, soweit sie nicht aus Metall sind, können durch eine Serie von Bohrungen perforiert werden und dann ohne großen Geräuschpegel herausgebrochen werden.

Sollte man das Ziel einer energischen Tätergruppe sein, die aus irgendwelchen Quellen konkrete Hinweise über gute Teppiche, Bargeld und Schmuck besitzt, muß man seinen Besitz mit ziemlichem Aufwand absichern. Lichtschranken können, wenn sie erkannt sind, umgangen werden. Die Alarmanlage kann trotz Anschlagens zerstört oder ausgeschaltet werden, indem die Täter beim Ertönen der Anlage die Fenster einschlagen, oder die Tür erbrechen und bis zur Stromquelle vordringen.

Die Erfahrung hat gezeigt, daß die Nachbarn, falls ein Alarm ertönt, sich vielfach gar nicht darum kümmern. Wenn nach kurzer Zeit die Anlage ausgeschaltet oder zerstört wird, glauben viele an einen Fehlalarm.

In gesicherten Häusern wurden die Einbrüche durch das Durchbrechen von Mauerwerk begangen. Somit werden alle Alarmanlagen umgangen, und eine äußere Kontrolle des Hauses verrät nichts.

Der wichtigste Punkt, um Wohnungen zu sichern, sind die Fenster und vor allem die Türen. Die modernen Thermopanescheiben sollten einen Metallrahmen haben, um das Anbohren des Rahmens zu vermeiden. Man kann diese modernen Fensterscheiben nur mit einem großen Lärmaufwand einschlagen. Nimmt man dagegen einen runden Gegenstand, der etwas größer als eine Kinderspielmurmel ist, jedoch aus Stahl oder Eisen besteht, es kann auch ein runder Kieselstein sein, und wirft ihn mit voller Kraft aus zwei Meter Distanz auf einen beliebigen Punkt der Scheibe, entsteht ein tennisballgroßes Loch in der Scheibe. Die modernen Scheiben splittern nicht, durch die ungeheure Wucht entstehen auch keine Nebengeräusche, und der Stein oder Gegenstand verfängt sich in der Gardine. Bewohner der Wohnung werden vielleicht den Laut vernehmen, da dieser jedoch mit keinem Nebengeräusch ertönt noch Folgegeräusche zu vernehmen sind, wird man dieses Geräusch als nicht klassifizierbar vergessen. Der Täter braucht nunmehr nur die Fensterhebel in die gewünschte Richtung zu drehen.

Mehr Bedeutung sollte man seiner Wohnungstür zuwenden. Unsere heutigen Wohnungstüren sind, bis auf wenige Ausnahmen, von schlechter Qualität. Die Türen sind innen hohl, der Hohlraum wird mit Preßpappe in Wabenform ausgefüllt. Rechts und links werden beschichtete Platten dagegengeklebt. Der äußerste Rand der Tür hat einen etwa fünf Zentimeter breiten Holzrahmen. Sie können sich selbst davon überzeugen, falls Sie Ihr Namensschild mit Schrauben anbringen wollen.

Die gleiche Nachlässigkeit begeht man mit dem Türrahmen, der sogenannten Zarge. Hinter dieser Zarge hat man immer Luft. Man paßt die Zarge dem Mauerwerk an, dichtet es mit Hilfsmitteln ab, vergißt jedoch, daß jeder Zentimeter Spielraum dem Einbrecher das Eindringen erleichtert.

Ein Täter mit einem starken Schraubenzieher oder einem anderen soliden Hebewerkzeug (Kuhfuß, Stemmeisen, Montageeisen für Reifen) ist in der Lage, jede Tür ohne viel Lärm zu öffnen. Entweder gibt die Tür nach, da sie nicht aus solidem Holz besteht, oder besser aus Stahl, oder aber die Zarge gibt nach, da sich zwischen Mauerwerk und Zarge zuviel Luft oder Spielraum befindet.

Es kommen Werber an Ihre Tür. Der eine verkauft Zeitungen, der andere Staubsauger, der dritte Versicherungen, der vierte sammelt für eine Institution. Wir können die Reihe derer, die den persönlichen Kontakt suchen, beliebig verlängern.

Damit will ich keineswegs die Masse der Klinkenputzer verdammen oder sie als Verbrecher hinstellen. Es gibt viele unter denen, die momentan keine andere Möglichkeit des Geldverdienens haben, als unter die Klinkenputzer zu gehen. Aber es genügt, daß einige von denen sich beim Betreten der Wohnung auf Grund ihrer Erfahrung ein Bild des Besitzers machen können, ihn nach seiner Wohnkultur und seinem Auftreten einschätzen und sofort Rückschlüsse ziehen. Aus herumliegenden Teppichen, der Qualität der an der Garderobe hängenden Kleidung, einem geöffneten Schlafzimmer, herumliegendem Schmuck, gutem Parfüm, überhaupt der Einrichtung. Der fehlende Kugelschreiber, der von dem Wohnungsinhaber gesucht wird, um eine Unterschrift zu leisten, gibt dem Vertreter die Möglichkeit, unbeobachtet Bilder und Antiquitäten zu mustern, sich den Plan der Wohnung zu merken und eventuell Schlüsse auf Mitbewohner zu ziehen. Wird ein Abschluß getätigt, es müssen ein paar Pfennige angezahlt werden, beileibe nicht die Gesamtsumme. Der Inhaber hat seine Geldbörse nicht bei sich, er muß sie holen. Sekunden vergehen, der Vertreter ist unbeobachtet, auch wenn die Türen geöffnet bleiben, da man ja mit Vertretern vorsichtig sein muß, bleiben dem Vertreter Sekunden, in denen er die Qualität der Teppiche prüfen kann, oder die Beschaffenheit des Türschlosses.

Man wird viel intensiver von dem Mann betrachtet und auch die Wohnung, da er gezielt gekommen ist. Der Wohnungsinhaber sieht in dem Mann in erster Linie den Verkäufer und betrachtet ihn, nachdem er ihn in die Wohnung gelassen hat, mit relativ wenig Mißtrauen. Man sollte, ohne diesen Leuten gegenüber unhöflich zu sein, eine Werbung oder einen Verkauf ablehnen, und wenn, ihn jetzt und nur hier, d. h. zwischen Tür und Angel tätigen. Ein vertrauenerweckendes Auftreten werden alle diese Klinkenputzer haben, denn dies ist die Voraussetzung, um überhaupt ein Kontaktgespräch führen zu können, und um den Eigentümer zum Öffnen der Tür zu bewegen.

Andere Täterkreise beginnen ihre Beobachtungen in Banken oder Postämtern. Können sie sich über längere Zeiträume in Banken oder Postämtern aufhalten, so lernen sie Leute kennen, die im Wiederholungsfalle hohe Summen einzahlen oder abheben. Die Verfolgung der Kunden ist ein leichtes Spiel. Verschwindet der Kunde in einer Wohnung oder einem Haus, wissen zumindest die Täter, daß die bewußte Person größere Geldbeträge im Haus hat.

Auch Einbrecher leben von der Illusion und der Hoffnung, den großen «Hügel» zu erbeuten. Was der Einbrecher mit dem ausgekundschafteten Objekt anstellt und wie er versucht, in die Wohnung zu kommen, ist von Fall zu Fall verschieden und hängt in erster Linie von dem Können des Einbrechers ab.

Der Kreis der direkten Informanten läßt sich beliebig vergrößern. Ebenso können es indirekte Hinweise sein, die Tätergruppen dazu verführen, irgendwo einzubrechen. Tageszeitungen bieten vielfach unter der Rubrik «Verkäufe» eine Palette von Gelegenheiten an. Sie erstrecken sich von Antiquitäten verschiedener Art über Teppiche, Schmuck bis hin zu Leder- und Pelzmänteln.

Sind es keine Geschäfte, die diese Artikel anbieten, sondern Privatleute, muß der Anbieter dem vermeintlichen Käufer die Möglichkeit bieten, die Ware zu besichtigen oder ein Verkaufsgespräch zu führen. Er muß eine Telefonnummer oder eine Adresse nennen, ergo hat der Einbrecher einen Anhaltspunkt, und er kann sich seine Taktik zurechtlegen.

Er selbst braucht die Ware nicht zu begutachten. Er beauftragt einen Mittelsmann, der die Ware nach Besichtigung dann doch nicht kaufen möchte, aus irgendeinem Grund, sich jedoch die Örtlichkeiten einprägen konnte und danach später einen genauen Lageplan zeichnet. Für den Einbruch wird der Mittelsmann nicht gebraucht. Man wird dem Mittelsmann jedoch ein nachprüfbares Alibi besorgen, falls er doch durch einen Zufall wegen des Kontaktes mit dem Anbieter verdächtigt werden sollte.

Autohändler, Schmuckhändler, Teppichläden und Verkäufer, Porzellangeschäfte, Antiquitätenhändler oder Pelzgeschäfte können heute als Tipgeber in direkter oder indirekter Form in Frage kommen.

Aufgefangene Gespräche in Gaststätten oder Bars, Geschäftsbesprechungen in Restaurants, alle diese Orte kommen für Tips in Frage. Auch der Einbrecher kann Appetit auf ein gutes Menü haben; daß er Einbrecher ist, steht ihm nicht auf der Stirn geschrieben.

Ein bekannter Club in Hamburg, in dem ständig Geschäftsleute größere Summen mit Mädchen ausgaben, war längere Zeit eine gute Auskunftsquelle für lohnende Einbrüche. Es ist nichts Leichteres für eine Frau, als einem verheirateten Geschäftsmann, der vier- und fünfstellige Zechen macht, seine Gepflogenheiten, Firma und Adresse aus der Nase zu ziehen. Wenn der Kunde dann angetrunken den Club verläßt, fährt dem Taxi, das den Betrunkenen heimfährt, ein Pkw hinterher. Nach dem Einbruch geht hier auch das große Rätselraten los. Alles wird verdächtigt, nur das Mädchen nicht, bei dem der Bestohlene den Pascha gespielt hat.

Ich selbst kannte einen Tabakvertrieb, der gezielt Tabakwaren stehlen ließ, um damit seine eigenen Automaten zu füllen und somit einen Riesengewinn erzielte. Dieser Mann lieferte genaue Details, so daß die Täter sich keine großen Sorgen zu machen brauchten. Das Risiko war wegen der guten Informationen ziemlich gering, die Bezahlung relativ gut, und für den Absatz gab es keine Schwierigkeiten.

Ein Sprichwort sagt, der Hehler ist schlimmer als der Stehler. Die Kriminalpolizei sowie unsere Richter wissen, daß es ohne Hehler einen großen Teil von Einbrüchen nicht gäbe. Außerdem würde es bei der Veräußerung des Diebesgutes bedeutend mehr Verhaftungen geben, da die nötige Sachkenntnis und die Absatzmöglichkeiten nicht vorhanden wären.

Der Einbrecher leistet die Schmutzarbeit, er riskiert seine Haut, der Hehler dagegen macht den Riesengewinn, betrügt vielfach den

Einbrecher, indem er ihm nicht das vereinbarte Geld zahlt, Ausflüchte gebraucht, die Ware sei schlecht, oder heute nicht abzusetzen, oder er habe zur Zeit kein Geld. Es gibt wenige Hehler, die in Einbrecherkreisen so was wie einen «guten Ruf» besitzen.

Es ist ein ungeschriebenes Gesetz der Einbrecher, den Hehler zu schützen. Bei seiner Verhaftung spielt es keine große Rolle, ob die Ware zurückkommt oder nicht. Für die Kripo zählt die Statistik, für den Richter der abgeschlossene Fall.

Also wäre es Dummheit, den Hehler auch noch mit in den Fall hineinzuziehen.

Der Hehler selbst könnte die Dummheit besitzen und von früheren Verkäufen des Täters sprechen. Weitaus wichtiger ist es, den Hehler zu schützen, da man ihn benötigt. Man braucht Geld für den Anwalt, Unterstützung für die Familie, oder wenn man wieder entlassen wird, benötigt man Bewegungsgeld. Selbst wenn ein Täter gesteht, ist einem Hehler schwer etwas zu beweisen, denn er betreibt die Hehlerei gewerblich, und er wird die erhaltene Ware sofort weitergeben oder diese unbekannten Ortes lagern. Selten gelingt es der Polizei, einen Hehler in flagranti zu stellen. Außerdem hat in der Vergangenheit die Kripo auch bekannte und gestellte Hehler dazu benutzt, um Einbrechern das Handwerk zu legen. Diese Vorkommnisse möchte man heute jedoch tunlichst verschweigen, sie sind jedoch geschehen. Man handelt nach dem Motto: «Das Recht heiligt das Mittel.»

Die konzentrierten Vergnügungsstätten, der Kiez von St. Pauli und St. Georg, sind Brutstätten des Verbrechens in seiner Vielfalt. Wir wollen uns nur auf die Tipgeber für Einbrüche beschränken, die Tips gegen prozentuale Beteiligung besorgen.

Die Tipgeber leben in den Kreisen, werden von ihresgleichen geachtet und werden niemals verdächtigt, da sie auch jederzeit ein lupenreines Alibi besitzen. Sie haben genaue Informationen über legale und illegale Einnahmen aus Nachtgeschäften und Bordellen.

Das Fehlen der Anschrift im Telefonbuch schützt heute niemanden mehr. Durch fingierte Anrufe kann man eine Adresse herausbekommen. Sollten den Einbrechern nur die Kennzeichen des Pkws bekannt sein, so kann man sich über das Verkehrsamt oder die Versicherungen durch Angabe eines fingierten Schadens ohne viel Umstände Namen und Adresse des Besitzers besorgen.

Ärzte zeigen in den Tageszeitungen an, wer sie vertritt, wenn sie in der Zeit vom bis in Urlaub fahren. Das Haus lädt zum Besuch ein. Anzeigen über Hochzeit oder Trauerfeierlichkeiten wurden vielfach zum Einbruch genutzt. Welcher Trauernde oder glücklich Verliebte, der von dem bevorstehenden Ereignis voll beansprucht wird, erlaubt sich den Luxus, extra jemanden das Haus bewachen zu lassen.

Die Anlässe, die man noch nennen kann, sind zahlreich. Keinem, der dieses Gewerbe betreibt, steht es auf der Stirn vermerkt.

In unserem Wohlfahrtsstaat können wir nicht von armen und reichen Vierteln sprechen. Der unerfahrene Täter weiß, daß überall ein Fernsehgerät, ein Videorecorder, ein Radiogerät oder ein paar billige Schmuckstücke zu holen sind.

Diese Gegenstände können schnell und überall zu Geld gemacht werden. Das schnelle Geld, die Einbrüche sind in kürzester Zeit abgewickelt, und das Mühelose, falls keine einschneidende Situation eintritt, die den Täter am weiteren Einbrechen hindert, wird ihn ermuntern, weiterhin sein Leben aus Einbrüchen zu finanzieren.

Tag für Tag müssen Menschen auch feststellen, daß mit der sogenannten Sicherheitstechnik oft nichts gegen Täter auszurichten ist, die etwas von der Sache verstehen. Professionelle Einbrecher kennen sich heute nicht nur mit der Technik ebenso gut aus wie der Monteur des «Sicherheitsunternehmens», sondern sie wissen auch die neuesten Errungenschaften der Technik zu nutzen. Ein solches Werkzeug ist das «Zieh-Fix»-Gerät. Mitte 1987 kam es auf den Markt und sorgte umgehend für helles Entsetzen bei der Polizei und in der Sicherheitsbranche. Mit diesem Bohrer läßt sich ein Zylinderschloß innerhalb weniger Sekunden aufbohren. In Windeseile hat der Täter damit den Zylinderkern herausgezogen und ist in der Wohnung. Dieses Gerät «macht die bisherigen Schutzvorkehrungen gegen das Abdrehen von Schließzylindern wirkungslos», berichtet Rudolf Taschenmacher, «Zieh-Fix»-Experte der Kölner Polizei. Die Situation bei der Einbruchskriminalität ist «ab August '87 durch die Zieh-Fix-Methode entscheidend geprägt worden», stellt der Kriminalhauptkommissar fest. Mittlerweile wurden weit über 2000 Geräte verkauft. In Köln, von wo «die ‹Zieh-Fix-Welle› ihren Ausgang genommen hat», zählte der Beamte in eineinhalb Jahren 298 Einbrüche mit diesem Gerät. Dabei nimmt er allerdings noch «zahlreiche unerkannte Fälle» an. Den Einsatz von «Zieh-Fix» können nämlich nur Experten ausmachen, auf Türbeschlägen hinterlassen sie weder Kratz- noch Druckspuren. Auch von Polizeibeamten werde diese Arbeitsweise häufig nicht erkannt, fand Taschenmacher heraus.

Für *einen* hat sich mit Sicherheit das Gerät ausgezahlt: für den Erfinder, den Werkzeugmacher Adalbert Wendt aus Bergheim in der Nähe von Köln. Auf die Idee brachte ihn der Monteur eines Schlüsseldienstes. Ihm hatte er zugeschaut, wie er sich damit abrackerte, eine versperrte Tür zu öffnen. Der Werkzeugmacher dachte sich ein neues Werkzeug aus, vier Monate später war der Schloß-Killer «Zieh-fix» produktionsreif. Für seine Erfindung erhielt er vom Patentamt in München den Gebrauchsmusterschutz. Und dann rührte er die Werbetrommel. Schlüsseldienste und Hausmeister bekamen Post von ihm. In Zeitschriften annoncierte er: «WELTNEUHEIT, mit dem Korkenzieher durch die Tür! Zieh-Fix, die Vorrichtung zum Herausziehen von Schließzylindern an Türschlössern etc. Kein umständliches Ausbohren von Schließzylindern, keine Beschädigung von Türbeschlägen. Das richtige ‹Werkzeug› für den Fachmann. Geräuschlos werden in wenigen Sekunden Sicherheits-Schließzylinder aus den Türen gezogen...» Mittlerweile übernahmen elf Vertreter den Vertrieb. Der «Zieh-Fix-Einsatzkoffer» kostet 650 Mark plus Mehrwertsteuer, für das Gerät zahlt man, je nach Zubehörteilen, zwischen 248 und 360 Mark, ebenfalls plus Mehrwertsteuer. Und falls jemand noch zögert, kann er sich für 30 Mark Schutzgebühr anschauen, wie das Gerät arbeitet – soviel kostet die «Zieh-

Fix-VHS-Videocassette». Was könnte der Interessent noch mehr wollen? Die 30 Mark Schutzgebühr werden ihm sogar «beim Kauf des Koffers angerechnet».

Das Gerät wurde in den einschlägigen Kreisen zum Renner. Daran ändern konnte auch nichts, daß Wendt sein Produkt angeblich nur an «autorisierte» Firmen und Personen verkauft. «Vorsichtsmaßnahme» seinerseits: Von den Käufern ließ er sich nicht nur den Ausweis zeigen, sondern auch noch schriftlich geben, «daß dieses Gerät ausschließlich für Notöffnungen bei Türen eingesetzt werden darf». Daß es tatsächlich Interessenten für sein Gerät geben muß, mit deren Ehrlichkeit es nicht weit her sein kann, bekam er spätestens mit, als bei einem Einbruch in seiner Firma fünf «Zieh-Fixe» gestohlen wurden. Auch konnte der «kontrollierte Vertrieb» nicht verhindern, daß – wie die Kölner Polizei herausfand – ein Gebrauchtwagenhändler in der Domstadt gleich neun Zieh-Fix-Einsatzkoffer erwarb. So ist es mittlerweile kein Problem, an das Gerät völlig unerkannt zu kommen: In der Szene werden die Koffer für rund 2000 Mark verkauft.

Gelingt es der Polizei, ein Lager mit Einbruchsbeute auszuheben, bedeutet das für die Beamten harte Arbeit. Dann haben sie zwar die Beute, vielleicht auch einige Täter, müssen aber die Opfer suchen – also genau umgekehrt vorgehen als sonst. Eine schwierige Aufgabe, seitdem die Täter überregional arbeiten und 300 Kilometer Autobahn für sie keine Entfernung sind. So stapeln sich die schönsten Dinge in den Asservatenkammern der Polizei. Mit Kriminalhauptkommissar Hans-Georg Meder steige ich im Hamburger Polizeihochhaus die Treppen hinab in die Asservatenstelle im Keller. Die hohen grauen Regale in dem Saal sind vollgepackt, zum Teil bis unter die Decke. «Sie sehen hier Radiogeräte, Lautsprecherboxen, CD-Spieler, Schreibmaschinen und, und, und», sagt er mit einer großen Armbewegung von links nach rechts. «Das sind alles Geräte, die wir nicht zuordnen können: die sichergestellt worden sind, aber wir finden nicht die Eigentümer.» Schmuck und andere besonders wertvolle Gegenstände liegen nicht offen herum, sondern im Tresor.

Und so mehren sich die Schmuck- und Kunstausstellungen in Polizeipräsidien. In Karlsruhe, Berlin, Rüsselsheim, Dortmund, Offenburg und München sahen die Beamten keine andere Möglichkeit, als die Gegenstände auszustellen und die interessierte Bevölkerung zur Besichtigung einzuladen. Und die kam gern.

So erschienen beispielsweise an einem Sonntag im Juli 1988 2500 Menschen im Frankfurter Polizeipräsidium. Viele mußten in der langen Schlange eine halbe Stunde im Regen vor dem Eingang stehen. Gleichwohl machte kaum einer kehrt. In den Straßen um das Präsidium herum parkten nicht nur Autos mit Kennzeichen aus dem gesamten Rhein-Main-Gebiet, sondern auch aus Kassel, Koblenz, Ludwigshafen und Kaiserslautern. Ebenso waren Bestohlene aus Dortmund, Stuttgart und Berlin angereist. Rund 1300 Geschädigte hatte die Polizei von der Ausstellung benachrichtigt, die übrigen Besucher hatten in der Zeitung davon gelesen. Der Ansturm war riesig. Nach eineinhalb Stunden Schlangestehen und einer kurzen Ausweiskontrolle ist es endlich soweit: der Große Saal erreicht. Dort liegen auf langen Tischen 2000 Gegenstände ausgebreitet: Meißner und Delfter Porzellan; Schmuckstücke aller Art und jeder Größe: Ketten, Broschen, Ringe; Münzen, Besteck, Videorecorder, Ölgemälde und Bohrmaschinen. Aus dem Geschiebe schallt hie und da ein Ausruf freudigen Wiedersehens. Im Hintergrund nehmen Beamte zu Protokoll, was Besucher als ihr Eigentum ausgemacht haben.

«Das Gedränge auf der Straße, im Treppenhaus und Saal vermochte mehr über den Umfang der ‹Massenkriminalität Einbruchsdiebstahl› auszusagen als die Zahlen, die von 5000 Einbruchsdiebstählen pro Jahr allein in Frankfurt, von 270 Wohnungseinbrüchen pro Monat in Offenbach und von einer Aufklärungsquote von 8 Prozent sprechen», kommentierte Claudia Dillmann die Beute-Schau in der «Frankfurter Rundschau». «Und mehr als der Polizeibericht erzählt das Verhalten der Gekommenen von Wert und Bedeutung gestohlener Dinge – gelegentlich durch kleine spitze Schreie oder dicke Tränen.»

Die Autoschieber

Jedes Jahr kommen über 50000 Autobesitzer zur Polizei, die ihren Wagen gestohlen melden. Viele Fahrzeuge finden sich nach einiger Zeit irgendwo wieder. Viele Wagen bleiben aber spurlos verschwunden – wie vom Erdboden verschluckt. Von den 1988 in der Bundesrepublik entwendeten Kraftfahrzeugen verbuchte die Polizei 16148 als «auf Dauer verschwunden». Außerdem verschwinden Autos von Bundesbürgern bei Reisen im Ausland, im Urlaub oder auf einer Geschäftsreise. Die Zahl wird von keiner Statistik erfaßt. Von «rund 4000 Fahrzeugen», die nach einem Auslands-Diebstahl nicht wieder auftauchen, spricht Alois Schnitzer vom HUK-Verband. Unterm Strich bedeutet dies: Innerhalb eines Jahres verschwinden rund 20000 bundesdeutsche Kraftfahrzeuge. 20000 – das sind so viele Autos wie bei einem Stau von 100 Kilometern auf der Autobahn – auf beiden Spuren. Die Entfernung entspricht einem Totalstau von Hamburg bis Kiel oder von Bonn bis Essen. Was mit den Fahrzeugen passiert, weiß niemand – sie sind eben weg. «Wir gehen davon aus, daß der größte Teil von ihnen ins Ausland verschoben wurde», sagt Karl-Heinz Dufner, stellvertretender Leiter des Referats Kfz-Delikte im Bundeskriminalamt.

Fast immer ist es dasselbe: Die Opfer wollen zunächst gar nicht glauben, was ihnen passiert ist. So ging es auch *Jörg Reglefski*. Müde war er am Abend auf dem Stuttgarter Flughafen in Leinfelden-Echterdingen gelandet. Vor ihm liegt noch eine Stunde Autofahrt bis nach Hause. Den 500er Mercedes hatte er vor zwei Tagen, beim Abflug, ganz in der Nähe des Flughafengebäudes auf einem Parkplatz abgestellt. Als er zurückkommt, kann er den Wagen nicht sofort entdecken. Er glaubt, daß er sich vertan hat und daß das Fahrzeug auf einer anderen Abstellfläche steht. Doch auch dort findet er seinen Benz nicht wieder. Er schaut und schaut und schaut, bis ihm klar wird: Der Wagen muß gestohlen worden sein. Er geht zur Polizei und erstattet Anzeige. Einige Wochen später bekommt er Post: Das Ermittlungsverfahren «gegen Unbekannt» ist eingestellt worden.

Die Polizei vermutet, daß dieser Diebstahl auf das Konto des Autoschieber-Drahtziehers *Luigi Camerini* geht. Bei über 200 Autodiebstählen hielt er die Fäden in der Hand, ermittelten Beamte des Bundeskriminalamts. Den Schaden veranschlagten sie auf 20 Millionen Mark. Kaum ein Wagen, der ihm und seinen Männern in die Hände fiel, tauchte je wieder auf. Die meisten fahren heute im fernen Nahen Osten. *Camerinis* Drähte reichten weit: Autos mit bundesdeutschen Kennzeichen ließ er in Aschaffenburg und Mainz ebenso stehlen wie in Hanau und Travemünde, in Straßburg und in Paris, in Bozen, Florenz und Mailand. Ganz besonders häufig langten seine Beschaffer in den Orten rund um den Gardasee zu – in Peschiera, Sirmione, Riviera del Garda und Garda. Das milde Klima am Südhang der Alpen mit den blühenden Zitronen- und Orangenbäumen, den sattgrünen Zypressen und den rosa Oleanderblüten lockt viele Bundesbürger an den oberitalienischen See, vor allem gutbetuchte Bayern. In dieser Gegend hat der Nobelkarossen-Klau Tradition, Mitte der siebziger Jahre war hier Franz Beckenbauer schon ein «astrasilberner» Mercedes 450 SE mit einem 6,9-Liter-Motor gestohlen worden. Den gerade vier Monate alten 75000-Mark-Wagen holten sich Diebe in Gardone aus dem Garten des Hotels «Fasano».

Keine Autostunde vom Gardasee entfernt hatte *Camerini*

in Bergamo, 50 Kilometer nordöstlich von Mailand, seine – wie die Fahnder später formulierten – «Operationsbasis» errichtet, bei einigen Tankstellen und in der Bar «Nando». Dort lieferten «Fahrer» frisch gestohlene Autos ab – aus der Bundesrepublik, Frankreich und Italien. Die Wagen verschwanden in Garagen und kleinen Werkstätten. Rollten sie später wieder zum Tor hinaus, besaßen sie eine andere Fahrgestellnummer. Im Handschuhfach lagen dazu passende Papiere. Auch in Mailänder Werkstätten wurden, wie die BKA-Leute herausfanden, auf diese Weise Autos «umfrisiert». Die «Fahrer» holten die Wagen von «Beschaffern» ab, die die Autos entweder selbst stahlen oder von Spezialisten stehlen ließen. Bei diesen «Beschaffern» – einer Handvoll Männern in Italien, der Bundesrepublik und Frankreich – orderte *Camerini* Autos, ganz nach Lage der Aufträge aus dem Nahen Osten. «Es wurde auf Bestellung gestohlen», sagt BKA-Fahnder Dufner. «Die Täter suchten Abstellplätze auf, wo solche Fahrzeuge zu erwarten sind – Parkplätze an Flughäfen oder von Hotels zum Beispiel.» Den größten Teil der Aufträge erhielt *Camerini* von zwei Syrern, den Brüdern *Bassam* und *Khaled Youssef*, die vor allem eine Firma in Kuwait mit «hoch- und neuwertigen» Autos aus Europa versorgten.

Camerini – 1934 in Bergamo geboren – hatte sich schon in den siebziger Jahren einen Namen in der europäischen Autoschieberbranche gemacht. Wegen Hehlerei wurde er 1979 in Karlsruhe zu einem Jahr und zehn Monaten Gefängnis verurteilt. Nach der Haft schiebt ihn die Bundesrepublik ab. Kurze Zeit später mischt er schon wieder in der Autoschieberszene mit, als «Fahrer». So versorgt er 1981 und 1982 Griechen mit günstigen Gebrauchtwagen aus dem Norden: Gestohlene oder bei Verleihfirmen unterschlagene Autos kutschiert er nach Athen. Auf diesen Touren lernt er für seinen weiteren Weg wichtige Menschen kennen: zum einen die Brüder *Khaled* und *Bassam* aus Syrien, zwei «Geschäftsleute», die sich für gestohlene Autos interessieren, zum anderen *Pierre Goncourt*, den Angestellten einer Spedition in Antwerpen. Nach etwas mehr als einem Jahr macht er sich selbständig. Von Ende 1982 an betreibt er die Autoschieberei auf eigene Rechnung: Drei «Fahrer» beschäftigt er, einen Libanesen und zwei junge Männer aus seiner Heimatstadt Bergamo. Als die beiden Italiener eines Tages von der Polizei in Österreich geschnappt werden, ersetzt er sie umgehend durch zwei andere Italiener: *Ennio Gambardella* und *Baldo Cueno*.

Schon nach einigen Monaten beendet er das Griechenland-Geschäft, weil er auf eine ertragreichere Idee gekommen ist: Nun nutzt er die Seeschiffahrt für seine Geschäfte. Mit Hilfe seines Bekannten *Pierre Goncourt* läßt er über die Spedition, bei der er in Antwerpen beschäftigt ist, die gestohlenen Autos in den Nahen Osten verschiffen. Es läuft immer nach derselben Masche: Die Autos – Mercedes, BMW und Porsche –, egal wo geklaut oder unterschlagen, werden zunächst immer nach Bergamo oder Mailand gebracht. Dort fälschen Helfer Fahrgestellnummer und Papiere. Anschließend bringen dann «Fahrer» die Autos in die belgische Hafenstadt.

So wird *Camerini* auch, wie er später berichtet, der erste «Koordinator», dem es gelingt, mit gestohlenen und unterschlagenen Autos aus der Bundesrepublik und Italien Japaner zu beglücken. Über die Firma «Vintage Motors Enterprises» in Limassol auf Zypern läßt er 14 Nobelkarossen, die seine Männer im Antwerpener Hafen anliefern, in Containern nach Zypern bringen. Acht Fahrzeuge werden weiter nach Japan verschifft. Dort verkauft sie die «Toyoura Hire Company». Bei dieser Firma verliert sich die Spur, die Autos werden nie wiedergefunden.

In Sachen Zusammenarbeit zeigt sich *Camerini* über die Jahre sehr flexibel: Als der «Beschaffer» *Roberto Viviani* in Mailand von der Polizei verhaftet wird, setzt er für diese

Aufgabe sofort einen anderen ein, *Gaetano Nocco*. Nach einem Jahr verabschiedet er sich von *Nocco*. Nun läßt er sich von *Alfredo Bergengo* Fahrzeuge heranschaffen. Die beiden «Stammfahrer» *Gambardella* und *Cuneo* feuert er, nachdem sie eines Tages mehr Geld von ihm verlangen. Nach Erkenntnissen des BKA erhielten sie pro Transport umgerechnet rund 3000 Mark.

Für *Luigi Camerini* lohnt sich das Geschäft: Von seinen syrischen Auftraggebern kriegt er pro Fahrzeug im Schnitt 30000 Schweizer Franken, rund 43500 Mark. Für den Transport in Containern zahlt er pro Fahrzeug 2500 US-Dollar an seinen Freund *Goncourt* bei der Spedition in Antwerpen. Unterm Strich bleiben ihm so pro Fahrzeug – meist «im Wert von 100000 Mark» (BKA-Fahnder Dufner) – über 20000 Mark. Diesen Betrag teilte er mit dem «Beschaffer» des Fahrzeugs.

Als die Polizei nach längeren Ermittlungen auf *Luigi Camerini* stößt, stellt sie fest, daß er offiziell als «Berater» bei der Firma «Publiprint» in Lugano arbeitet – einer Scheinfirma. Die Beamten heften sich an seine Fersen: Sie hören sein Telefon ab und observieren ihn diskret. Dabei bekommen sie mit, daß er sich mit den beiden *Youssef*-Brüdern im Hotel Excelsior in Lugano trifft. Dort überreichen ihm die Syrer unauffällig 70000 US-Dollar. Keine Woche später bemerken die Polizisten in Lugano, daß *Camerini* auf Reisen geht. In Antwerpen besucht er seinen Freund *Goncourt*. Als «Mitbringsel» überreicht er ihm 15000 US-Dollar, den «Lohn» für das Verschiffen von sechs Autos in Containern. Bei diesem Aufenthalt in der belgischen Hafenstadt lernt *Camerini* – wie er später berichtete – auch einen fleißigen Kollegen kennen: den Libanesen «Abdul». Der fünfunddreißigjährige Beiruter erzählt ihm, daß er ebenfalls «eine Vielzahl von Fahrzeugen» für die beiden Syrer besorgt habe.

Steinchen um Steinchen tragen die Ermittler zusammen. Drei Wochen später wissen sie genug. Zeit zum Zuschlagen:

In *Camerinis* Wohnung in Lugano findet die Tessiner Polizei gefälschte Ausweise, Führerscheine und Kfz-Versicherungsbescheinigungen. Ganz in der Nähe der Villa entdekken die Ermittler einen Mercedes mit gefälschtem Mailänder Kennzeichen – auf dem Parkplatz des Eden Grand Hotel, Riva Paradiso 1, direkt an der Uferstraße des Luganer Sees, bereit zum Abholen für einen «Fahrer». Der Mercedes ist einem bundesdeutschen Besitzer gestohlen worden.

Zwanzig Komplizen machten die Fahnder in dem Netz um *Camerini* aus, insgesamt über 200 verschobene Fahrzeuge wies das BKA den Männern nach. «Wir gehen aber davon aus, daß es weitaus mehr waren», sagt Kriminaloberrat Dufner. «Das ist nur im einzelnen nicht mehr nachweisbar.»

Autoschieber wie diese verursachen in der Bundesrepublik Jahr für Jahr einen Schaden von über 400 Millionen Mark. Der Stadt Mailand kommt nach BKA-Erkenntnissen «in Europa auf der Koordinierungsebene eine herausragende Rolle zu». Viele Fäden laufen in der norditalienischen Stadt zusammen. Zahlreiche «Fachleute» leben hier oder in der Nähe. «Il completo» nennt man in der Mailänder Szene die Ausstattung eines Fahrzeugs mit allem, was zu einer neuen Identität gehört: zwei Kfz-Kennzeichen und sämtliche Papiere. Preis – gegen Vorkasse, versteht sich –: zwischen 1000 und 1500 Mark, ganz nach Qualität und Fahrzeugtyp. In welchem Umfang das Geschäft geplant wird, bekamen die Beamten einmal aus purem Zufall mit: In Barcelona war bei einem Bankeinbruch ein Schließfach aufgebrochen, aber nicht ausgeräumt worden, weil die Diebe es nur auf Schmuck und Bargeld abgesehen hatten. So entdeckte die Polizei Hunderte von Daimler-Benz-Typenschildern, deutschen Blanko-Führerscheinen, TÜV- und Zulassungsplaketten sowie die erforderlichen Stempel, die dort deponiert worden waren.

Bei der internationalen Kfz-Verschiebung spielen sieben

Elemente eine Rolle. Sie fügen sich zusammen wie Glieder zu einer Kette: Das Fahrzeug wird (1.) beschafft, (2.) woanders hingefahren, oft Hunderte Kilometer weit, (3.) dort umfrisiert. Jemand muß (4.) Kfz-Papiere fälschen, ebenso muß jemand (5.) die Fahrzeuge ordern und jemand (6.) für den Verkauf an die Erwerber sorgen. Regelmäßig sitzt zwischen den beiden Seiten des Geschäfts, dem Beschaffen (1. + 2.) und dem Absetzen (3.–6.), ein Koordinator (7.). Bei ihm laufen die Fäden zusammen. Dabei gibt es nach Erkenntnis der Ermittler kaum Fälle, in denen ein streng hierarchischer Aufbau sichtbar wird. Vielmehr wirken verschiedene Gruppen und Einzelpersonen zusammen nach der Devise «Man kennt sich und arrangiert sich».

Bei der Beschaffung sind zwei Arbeitsweisen üblich. Erstens der Diebstahl. Profis öffnen die meisten Autotypen in weniger als einer Minute – manchmal in 20 Sekunden. Kommt ein neues Modell auf den Markt, beschaffen sich die Täter, so die Erkenntnisse des Bundeskriminalamts, mitunter rasch ein Exemplar, um in aller Ruhe herauszufinden, wie sich der Wagen am schnellsten öffnen und starten läßt. Über die Fähigkeiten, die sie dabei erwerben, staunen oft selbst Fachleute. Zum Beispiel der BMW 750, der mit seinem aufwendigen elektronischen Sicherungssystem – unter anderem mit einem «persönlichen Code» – von BMW-Händlern als «unstehlbar» angepriesen wurde. Vier Wochen war das Modell auf dem Markt, da wurde der erste Diebstahl angezeigt. Die Experten bei der Polizei konnten das gar nicht glauben, sie vermuteten eine vorgetäuschte Straftat. Das Fahrzeug wurde im britischen Hafen Felixtowe entdeckt. Zwei Beamte des BKA und zwei Mitarbeiter von BMW flogen hin und schauten sich den Wagen an. «In der Tat, der Wagen wurde gestohlen», staunte BKA-Fahnder Hans Dauer. «Mit einer ganz einfachen Methode...»

Mitunter kommen die Profis auch mit Nachschlüsseln. Entweder besorgen sich die Täter die Originalschlüssel für kurze Zeit bei einem Werkstattaufenthalt – in Zusammenarbeit mit Firmenangestellten. Oder sie holen sich, wenn ein Schlüssel für alle Schlösser am Fahrzeug paßt, den Tankdekkel, zum Beispiel beim Tanken, oder sie reißen ihn mit einer Zange ab. Der Besitzer bekommt davon nichts mit, da die «Beschaffer» als Ersatz einen Deckel mit einer sogenannten Nullschließung anbringen. Dieses Schloß läßt sich mit jedem Schlüssel «öffnen» und «abschließen».

Die zweite Art, wie Autos beschafft werden, ist das «betrügerische Anmieten» bei einem Autoverleih. Tendenz: deutlich steigend. Seitdem die Täter häufig gefälschte Ausweise und Kreditkarten benutzen, ist das Risiko, erwischt zu werden, nicht groß für sie. Das gilt insbesondere, wenn sie Papiere aus dem Ausland vorlegen. Der Wagen rollt vom Hof und ist weg – für immer. «Da mietet jemand ein Fahrzeug für eine Woche», berichtet Karl-Heinz Dufner, «und fährt nach Marseille. Es gibt keine Fahndung, weil niemand das Fahrzeug vermißt, es wurde ja offiziell angemietet.» Längst ist es auf hoher See, bevor den Angestellten der Autovermietung der erste Verdacht kommt. Erst wenn sie nach einer Woche sehen, daß der Wagen ausbleibt und sich darum kümmern, stellen sie fest, daß die Personalien nicht stimmen und sie einem «Beschaffer» aufgesessen sind.

Die «Fahrer» (auch «Transporteure» genannt) bringen die Fahrzeuge meist so schnell aus der Bundesrepublik, daß sie die Grenze schon lange passiert haben, wenn das Opfer den Diebstahl bemerkt. Die Organisatoren setzen für diese Aufgabe ganz unverdächtig erscheinende Personen ein, besonders gern attraktive Frauen und seriös wirkende ältere Herren. Falls erforderlich, werden diese Überbringer vor Antritt der Fahrt auf Kosten der Organisation eingekleidet. Geständige «Transporteure» berichteten, sie seien angewiesen worden, nur in guten Hotels abzusteigen. Für die Strecke bekamen sie zwischen 1000 und 2000 Mark Spesen, in verschiedenen Währungen. Manchmal greifen die Täter auch auf arglose Fahrer zurück, Studenten, Schüler und Auszubildende, die sich freuen, schnell ein paar Hunderter verdienen zu können. Nicht eingesetzt werden natürlich Personen, die im Zusammenhang mit Autoverschiebung der Polizei schon einmal aufgefallen sind – das ist den Gruppen zu riskant im Zeitalter der Datenbanken.

Beim Transport über Land nehmen die Fahrer häufig die Route durch Italien, Jugoslawien, Griechenland oder Bulgarien in die Türkei und von dort weiter in den Nahen Osten. Bei dem Transport über See läuft die Verschiffung in der Bundesrepublik über Bremerhaven, Hamburg und Emden. Außerhalb der Bundesrepublik bringen die «Fahrer» die Wagen auf dem europäischen Festland vor allem in die Häfen von Rotterdam, Antwerpen, Marseille, Genua und Barcelona. Von dort schwimmt die Fracht – oft in Containern – nach Syrien, Kuwait, dem Libanon, mitunter auch direkt in die Vereinigten Staaten. Als Drehscheibe im Nahen Osten haben die Ermittler Syrien ausgemacht. So gilt die Freizone des Zentralzollamts Adra bei Damaskus als Umschlagplatz für Aufkäufer aus Jordanien und aus den Ölstaaten Saudi-Arabien, Kuwait und Irak. Eine andere Autoschieberroute führt über die portugiesischen Häfen Porto oder Lissabon nach Südamerika. Außerdem werden Fahrzeuge häufig über die Straße von Gibraltar nach Nordafrika gebracht.

Die Suche nach der Stecknadel im Heuhaufen ist nichts im Vergleich zur Suche nach gestohlenen Kraftfahrzeugen in modernen Seehäfen. «Wenn Sie sich einmal das Hafengelände in Bremerhaven oder in Rotterdam anschauen», sagt Autoschieber-Fahnder Dauer, «sehen Sie zigtausend Kraftfahrzeuge, pausenlos fahren welche weg, andere werden gebracht.» Allein in Rotterdam heben die Kräne jedes Jahr 1,5 Millionen Container auf Schiffe. Wurden die Container aus dem Ausland angeliefert, darf der Zoll nicht reinschauen – es sei denn, er hätte konkrete Anhaltspunkte für eine Straftat.

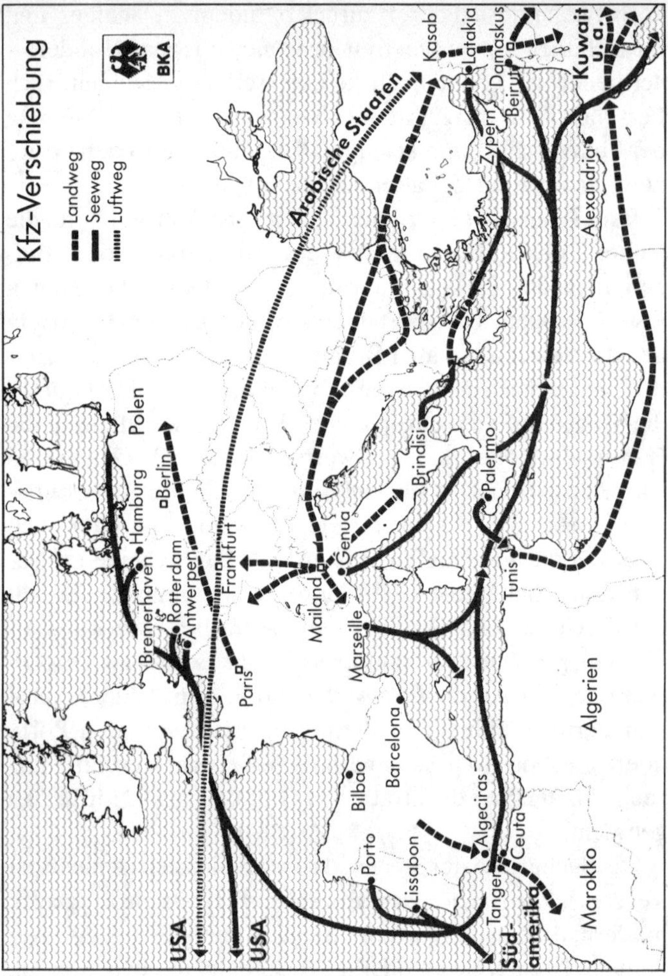

Die Wege der Kfz-Verschiebungen

Keine 100 Kilometer südlich, im belgischen Antwerpen, wickeln über 300 Speditionen den Transport von Kraftfahrzeugen ab. Allein mit Kurs Kuwait laufen Monat für Monat mehr als 60 Schiffe aus.

Schafft es die Polizei, einem solchen Transportweg auf die Schliche zu kommen, reagieren die Täter flexibel. So gelang es dem Bundesgrenzschutz nur an den ersten beiden Tagen einer sechs Wochen langen gezielten Fahndung, zwei Fahrzeuge an Grenzübergängen sicherzustellen. «Dann war das ganze Geschehen abgeschnitten», mußte BGS-Polizeidirektor Grützner von der Grenzschutzdirektion in Koblenz feststellen. Dies zeige, «daß der Informationsfluß der anderen Seite wesentlich schneller ist, als wir vermuten: Die haben andere Wege gewählt...»

Beim Umfrisieren gibt es verschiedene Methoden. Häufig benutzen die Täter die «Fahrzeug-Identifizierungsnummern» von Schrottfahrzeugen. So kaufte zum Beispiel eine Gruppe in der Bundesrepublik in großem Stil Pkw-Totalschäden samt Kfz-Papieren auf. In den Niederlanden wurden dann gestohlene Fahrzeuge auf diese Daten frisiert, anschließend in die Vereinigten Staaten gebracht und dort verkauft – mit bundesdeutschem Kfz-Brief. Gelegentlich produzieren die Organisationen ganz bewußt «Fahrzeug-Doubletten»: Mit den Daten eines legal zugelassenen Fahrzeugs werden vom «Friseur» andere Fahrzeuge ausgestattet. Nicht selten verwenden die Täter eine willkürlich gewählte Fahrgestellnummer. Schätzen sie das Risiko, entdeckt zu werden, gering ein – wie beispielsweise beim Transport über Häfen in Italien oder Frankreich in den Nahen Osten –, so begnügen sie sich mit falschen Kennzeichen und Papieren. Diese Papiere werden entweder von Fachleuten in kleinen Druckereien hergestellt, oder sie stammen aus Einbrüchen. Zum Beispiel nahm die Polizei in der Bundesrepublik, in der Schweiz und in Italien «Fahrer» fest, deren Papiere aus einem Einbruch im süditalienischen Lecce in der Nähe von

Brindisi stammten. 2000 Blanko-Formulare waren den Tätern in die Hände gefallen, die als die «Lecce-Papiere» zu traurigem Ruhm bei den Kriminalisten gelangten. Aber auch über bundesdeutsche Kfz-Papiere verfügen die Täter stapelweise. Sie deckten sich bei Einbrüchen in Zulassungsstellen ein. In Neuwulmstorf am Hamburger Stadtrand fielen ihnen beispielsweise 200 Fahrzeugpapiere in die Hände.

Immer wieder werden auch Fälle bekannt, in denen die Täter direkt versorgt werden. So lieferte amtliche Zulassungen für einen Autoschieberring eine Sachbearbeiterin des Bochumer Straßenverkehrsamts. Rund 40 Fälle gingen auf das Konto der dreißigjährigen Fahrerin eines nagelneuen BMW 320.

Der Absatz der Wagen im Ausland an die Erwerber läuft häufig über Autohandelsunternehmen oder Im- und Exportfirmen, die überwiegend legale Geschäfte betreiben. Was der «Beschaffer» dem einen nimmt, gibt der «Absetzer» einem anderen, über ihn kommt die Ware wieder auf den Markt. Hand in Hand mit dem «Absetzer» arbeitet der «Auftraggeber». Er verfügt über Kontakte zu Organisationen, die Autos in der Bundesrepublik illegal beschaffen. Häufig hat er mehrere Gruppen an der Hand, die voneinander nichts wissen. Solche «Auftraggeber» sind die syrischen Brüder *Youssef*. Auf Modellwechsel reagieren die Auftraggeber bei ihren Bestellungen prompt. Als BMW eine neue 7er-Reihe auf den Markt brachte, wurden sofort die neuen Modelle gestohlen, wie Kriminaloberrat Dufner feststellte, während die Diebstähle der S-Serie von Daimler-Benz zurückgingen. «Die neuen BMWs hatten eine sehr gute Kritik in der internationalen Presse», erklärt der BKA-Mann das veränderte Klau-Verhalten. In puncto Ausstattung werden die Aufträge fast so detailliert erteilt wie vom Besteller eines Neuwagens in den Verkaufsräumen eines Autohauses. «Wir wissen, daß teilweise mit genauer PS-Stärke, Farbe, Servolenkung, Colorverglasung, Bereifung bestellt wird», berichtet Dufner. «Sie können die ganze Palette durchgehen – alles ist möglich.»

Für den «Koordinator» sind zwei Dinge bezeichnend. Zum einen kennt er sich in der europäischen Autoschieberszene aus. Er hat Verbindungen. Er weiß, wer Autos beschafft, wer sie transportiert, wer sie umfrisieren kann und wer in der Lage ist, für neue Papiere zu sorgen. Die meisten von ihnen leben in den Hochburgen der Autoschieberei oder ganz in der Nähe. Nach Mailand sind dies in Europa Paris, die Hafenstädte in Südfrankreich und Athen. Zum anderen hat der «Koordinator» die Kontakte zu den «Auftraggebern» in der Ferne – kaum anders als ein Handelsunternehmen in der legalen Wirtschaft. Von seinen Geschäftspartnern nimmt er – wie *Camerini* – die Bestellungen entgegen und leitet sie über seine Kanäle weiter.

Diese Unterteilung in sieben Glieder, die zusammen die Kette bilden, bedeutet freilich nicht, daß jede Funktion regelmäßig von einer anderen Person oder Tätergruppierung wahrgenommen werden müßte. So kommt es beispielsweise vor, daß der Dieb das Fahrzeug auch zur Werkstatt oder zum «Bunker» bringt, also die Rolle des «Fahrers» übernimmt. Gelingt es der Polizei, ein Glied aus dieser Kette herauszubrechen, etwa durch die Festnahme eines «Fahrers» an der Grenze oder eines «Beschaffers» auf frischer Tat, so beobachten die Beamten immer wieder, daß kurze Zeit später Ersatz für ihn da ist, daß sich die Kette sofort wieder schließt.

Besondere Sorge bereiten BKA-Vizepräsident Hans-Ludwig Zachert «Hinweise, wonach die Verschiebung gestohlener Fahrzeuge in enger Verbindung mit Rauschgift- und Falschgeldkriminalität und illegalem Waffenhandel steht». So haben die Fahnder Kompensationsgeschäfte mit Abnehmern im Nahen Osten aufgespürt: Die Täter aus der Bundesrepublik ließen sich mit Rauschgift bezahlen, das sie dann hier auf dem Markt absetzten – ihr Gewinn stieg gewaltig.

Opfer der Autoschieber sind schon lange nicht mehr nur

Besitzer von Nobelkarossen. Seit Jahren machen die Ermittler einen «Trend zu Mittelklassewagen» aus. Mehrere Gruppierungen haben sich bereits auf die VW-Modelle Golf und Passat, die Modelle Kadett und Ascona von Opel sowie auf Audis spezialisiert. Diese Wagen sind zunehmend gefragt in Abnehmerländern wie Marokko, Polen, der Türkei und mittlerweile auch in Italien. Sprunghaft gestiegen sind vor allem die Verschiebungen nach Polen. Nach «vorsichtigen Schätzungen» im Bundeskriminalamt «dürften allein im Jahr 1988 zwischen 2000 und 4000 Fahrzeuge – vorzugsweise VW und Audi – auf diesem Weg verschwunden sein».

Wie die Täter arbeiten, wurde deutlich, als im Frühjahr 1989 der Polizei in Berlin ein Schlag gegen polnische Autoschieber gelang. Ihre Beute hatte einen Wert von 4,5 Millionen Mark: VW-Golf, VW-Passat, Audi 80, 90, 100 und Quattro. Am 26. April 1989 meldete der Deutsche Depeschen-Dienst: «Auf Bestellung hat eine Gruppe von Polen und polnischen Aussiedlern in den vergangenen zwei Jahren allein in West-Berlin 128 Autos der Marken Audi und VW gestohlen und für Preise zwischen 10000 und 15000 Dollar nach Polen verschoben ... Die Fahrzeuge wurden nach Polizeierkenntnissen unmittelbar nach dem Diebstahl von Kurieren nach Polen gefahren. Dabei wurden gefälschte Fahrzeugpapiere benutzt, die teilweise sogar auf den Namen des rechtmäßigen Besitzers lauteten. Wenn dieser den Diebstahl bemerkte, war das Fahrzeug in der Regel schon außerhalb der Stadtgrenzen ...

Bei ihren Autodiebstählen nutzten die Täter aus, daß bei einem Audi oder VW sämtliche Schlösser mit einem einzigen Schlüssel bedient werden können, erklärte Kriminalrat Matthias Graichen. Sie montierten die Tankverschlüsse ab und feilten nach dem Tankdeckelschloß einen Ersatzschlüssel für das zum Diebstahl vorgesehene Fahrzeug. Mit diesem Schlüssel konnten sie später ohne Gewaltanwendung in das Fahrzeug einsteigen und davonfahren. Damit der Diebstahl des Tankdeckels nicht auffiel, wurde jeweils ein Ersatzdeckel mit sogenannter Nullschließung aufgeschraubt.

Bei ihren Ermittlungen stellte die Polizei fest, daß auch der neue Wagen eines für Autodiebstähle zuständigen Berliner Staatsanwalts schon für den Abtransport präpariert worden war. Auf den Tank war bereits ein Ersatzdeckel mit Nullschließung geschraubt...

Die Polen waren nach den Erkenntnissen der Berliner Polizei auch schon in Frankreich, in Österreich, in Spanien, in München, im Ruhrgebiet und im Frankfurter Raum tätig. Selbst in den USA sollen nach gleichem Muster Autodiebstähle begangen worden sein. Die Berliner Polizei geht davon aus, daß sich drei größere Gruppen mit einer Vielzahl von Mitgliedern das ‹Geschäft› teilten. Diese Gruppen seien nicht hierarchisch gegliedert, sondern es handle sich offenbar mehr um freiwillige Zusammenschlüsse von ‹Experten›.»

Nachdem dieser Fall aufgeflogen war, warnte die Polizei VW- und Audi-Fahrer: Sie sollten sofort prüfen, ob sich der Tankdeckel des Wagens nur mit dem Originalschlüssel öffnen läßt oder auch mit einem anderen, x-beliebigen Pkw-Schlüssel. Den Herstellern in Wolfsburg und Ingolstadt blieb nichts anderes übrig, als umgehend zu reagieren. Wenige Tage später boten die Werkstätten eine Umrüstung an: Das Zylinderschloß im Tankdeckel wird geändert, der alte Schlüssel paßt nach wie vor. Außerdem stellten die Werke die Neuwagenproduktion auf einen sicheren Tankverschluß um.

Mittlerweile ist die Bundesrepublik aber nicht mehr nur Beschaffungsland für die international agierenden Autoschieber, sondern seit kurzem auch Absatzgebiet. Häufig verscherbeln die Täter hier die Fahrzeuge über Gebrauchtwagenhändler. Bei ihnen stehen sie nicht lange, da sie günstig angeboten werden. So kommt es, daß der Käufer rasch zugreift und vom Hof rollt mit dem Gefühl, ein tolles

Schnäppchen gemacht zu haben. Ein Irrtum, falls sich herausstellt, daß der Wagen gestohlen wurde. Denn dann ist er das Fahrzeug wieder los. Da kann er noch so gutgläubig gewesen sein. Nach deutschem Recht ist es nämlich nicht möglich, Eigentum an gestohlenen Sachen zu erwerben, selbst bei bester Gutgläubigkeit nicht. Aber auch wenn der Wagen nicht gestohlen, sondern «nur» unterschlagen wurde – was für Juristen einen großen Unterschied macht –, muß der Erwerber damit rechnen, daß ihm das Fahrzeug abgenommen wird, wenn er Anhaltspunkte für das krumme Geschäft übersah. So beschlagnahmte etwa die Kölner Polizei 30 Autos bei Erwerbern in der Bundesrepublik. Sein Geld kann der Betroffene regelmäßig abschreiben – so wie *Herbert Schöler*, der erst 30000 Mark loswurde und dann den «günstigen» Mercedes 190, 2,3 Liter mit 16 Ventilen. Denn der Käufer kann es nur vom Verkäufer zurückverlangen – und Verkäufer, die solche Geschäfte machen, wissen, wie sie dafür sorgen, daß man bei ihnen nicht mehr als nur ihr Klimpergeld findet.

Die Angebote konnten sich sehen lassen, für so manchen wurden die Adressen sogar zu einem Geheimtip in München: Zwei Gebrauchtwagenhändler, der eine in der Hansastraße in Sendling, der andere in der Wasserburger Landstraße in Trudering, boten Nobel-Hobel deutlich unter Listenpreis an – Mercedes, BMW, Porsche, Lamborghini, Ferrari, Maserati und Lancia. Von diesen Knüllern bekamen auch Beamte des Bayerischen Landeskriminalamts etwas mit, die sich fragten: Wie machen die das mit diesen Preisen? 100 Kilometer weiter südlich bei Garmisch fielen bayerischen Grenzpolizisten am Übergang von Österreich einige Männer auf, die immer wieder mit teuren Autos, stets anderen, aus Richtung Süden nach Bayern einfuhren. Im Landkreis Bad Tölz-Wolfratshausen sorgte ein weiterer Billiganbieter von Gebrauchtwagen der Oberklasse für Aufmerksamkeit. Beamte des Dezernats zur Bekämpfung Organisierter Kriminalität des Bayerischen Landeskriminalamts ermittelten, schalteten das Bundeskriminalamt und italienische Behörden ein. So stießen sie auf einen Autoschieberring, der nach der Devise arbeitete: Nur vom Feinsten!

Die Arbeitsweise: In Rom, Mailand, Genua und Verona leasten die Täter ganz normal Fahrzeuge oder «kauften» Kraftfahrern, die Autos geleast und Geldsorgen hatten, die Wagen ab. «Fahrer» brachten die Autos in die Bundesrepublik – ist ja nicht verboten, darf man machen während der Leasingzeit. «Dann wurden Papiere gefälscht», sagt Josef Geißdörfer, Leiter der OK-Abteilung im Bayerischen Landeskriminalamt, «und damit die sogenannten ‹Unbedenklichkeitsbescheinigungen› beim Kraftfahrtbundesamt beantragt.» Die Täter bekamen den Persilschein. Nun konnten sie – wieder ganz normal – die Fahrzeuge zulassen oder ohne Schwierigkeiten verkaufen. «Erst anschließend hat man die Fahrzeuge in Italien als entwendet angezeigt», berichtet Geißdörfer. Die Masche funktionierte. Und wie! 42 Fahrzeuge im Gesamtwert von vier Millionen Mark konnten die Beamten sicherstellen, über 200 weitere Fahrzeuge sollen die Täter auf diese Weise im Verlauf von eineinhalb Jahren in die Bundesrepublik gebracht haben, mitunter auch weitertransportiert. So verkauften sie zehn Mercedes 560 SEL – Neupreis 125 000 DM – nach Schweden, Japan und in die Vereinigten Staaten. In Texas wurde ein von ihnen unterschlagener Porsche 911 entdeckt. Als «Drahtzieher» machten die Ermittler den italienischen Kfz-Händler *Raffaele Asaro* aus. Die österreichische Polizei schnappte ihn in einem Salzburger Hotel. Verhaftet wurden außer ihm neun Italiener, sechs Deutsche und zwei Norweger. Nach Erkenntnissen des Bayerischen Landeskriminalamts «handelt es sich bei dem Ring um eine hochspezialisierte Tätergruppe, die auf verschiedenen Ebenen organisiert war. Der als Haupttäter verdächtige *Raffaele Asaro* leitete die verschiedenen ‹Befehlsstränge›, ohne daß die Beteiligten untereinander in direktem Kontakt standen.»

Auch in Köln flog eine Gruppe auf, die nach dieser Methode arbeitete und so Hunderte in Italien unterschlagener Wagen in die Bundesrepublik verkaufte. 80 Täter machte die Polizei insgesamt aus. Für Kriminalhauptkommissar Hans-Josef Pütz von der Kölner Polizei ist es «kaum zu fassen», wie die Wagen den bundesdeutschen Zoll passierten. Die schlecht gefälschten Papiere gingen zum Teil mit Phantasiestempeln durch den Zoll – sogar, wie der Kriminalhauptkommissar herausfand – «mit dem Abdruck eines Schokoladentalers».

Ladungs- und Lagerdiebstähle

Der Wind pfeift durch die Straßen. Weit und breit ist keine Menschenseele zu sehen. Was sollte einen auch an diesem Dezemberabend hierherziehen, in die Lagergegend an der Elbe in Hamburg-Rothenburgsort? Riesige Hallen, dunkle Mauern und rostige Drahtzäune, so weit das Auge reicht. Es riecht nach Hafenwasser. Am Straßenrand stehen Lastzüge. Langsam kommt ein Pkw näher. Er hält an. Jetzt öffnet sich die Beifahrertür. Ein Mann steigt aus und geht zu dem Führerhaus eines Zugs. Aus seiner Tasche zieht er einen Schlüssel, schiebt ihn vorsichtig ins Schloß und dreht ihn herum. Die Tür ist auf, sofort verschwindet er im Führerhaus. Einen Augenblick später springt der Dieselmotor an. Die Scheinwerfer leuchten auf, der Lastzug setzt sich in Bewegung. Durch die leeren Straßen steuert der Fahrer den Wagen aus Rothenburgsort hinaus. Der Lkw biegt auf die Billhorner Brückenstraße, rollt über die breite Elbbrücke und passiert die Hamburger Stadtgrenze. In der Dunkelheit verschwindet er über die Autobahn in Richtung Süden – mit 1000 Sweatshirts, 27 Tonnen Kupfer und einem Sharp-Computer auf der Ladefläche. Wert: 200000 Mark.

Ein typischer Ladungsdiebstahl. 1988 registrierte das Bundeskriminalamt 163 derartige Fälle. Schaden im Schnitt: 183000 Mark. Im Jahr zuvor waren es noch durchschnittlich 110000 Mark gewesen. «Wir haben wenig Erkenntnisse, wie die Täter arbeiten», sagt der Fahnder im Bundeskriminalamt, der Wert darauf legt, daß sein Name ungedruckt bleibt. «Wir gehen davon aus, daß auf Bestellung gestohlen wird. Es wird angenommen, daß die Täter herausfinden, welche Ladung wohin geht, und daß der Lastkraftzug gezielt entwendet wird.» So ist auch die Aufklärungsquote gering: Nur in jedem zehnten Fall gelingt es der Polizei, Tatverdächtige zu ermitteln.

Bei dem Lkw-Diebstahl in Rothenburgsort glückte es zwar den Fahndern nicht, das Dunkel um die Geschehnisse jener Dezembernacht völlig zu beseitigen, einige Zusammenhänge konnten sie aber doch aufhellen. So machten sie insgesamt zwölf Personen aus, die bei dem Diebstahl ihre Finger im Spiel hatten: Von einem ehemaligen Angehörigen der Spedition hatten die Täter einen Zweitschlüssel bekommen. Nach dem Diebstahl in dem Hamburger Vorort steuert der Fahrer den Lastzug auf das Gelände einer Spedition in Bremen. Der Geschäftsführer dieses Unternehmens gehört auch zu der Gruppe. Auf dem Hof kümmern sich Helfer um die Beute: Die 27 Tonnen Kupfer – das entspricht dem Gewicht von 25 Pkws – heben sie mit einem Gabelstapler von der Ladefläche des gestohlenen Zugs auf einen Lkw der Spedition. Anschließend bringen zwei Angestellte dieser Firma die Beute ins nordrhein-westfälische Billerbeck. Dort ist als «Bunker» die Halle eines Gasthofs angemietet worden.

Das Kupfer geht durch die Hände mehrerer Hehler. Nach Informationen der Polizei landet es schließlich bei einem Schrotthändler irgendwo im Münsterland. Den Beamten gelingt es nicht, den Mann zu fassen. Die Sweatshirts kommen über einen «Vermittler» zu einem Geschäftsmann nach

Münster. Der macht einen Fehler. Er bietet die Kleidungsstücke nämlich so auffallend billig in seinen Läden an, daß die Konkurrenz hellhörig wird. Die Sache fliegt auf. Hingegen verschwindet der dritte Teil der Beute spurlos, der Computer aus dem Hause Sharp. Die Polizei kann noch herausfinden, daß ein «Zwischenvermittler» das Gerät verkaufte, nicht aber, an wen.

Die Diebe wissen genau, wie sie in kürzester Zeit einen Lkw in Gang setzen. Möglichkeiten dazu gibt es genügend: «Als Tatorte kommen» – heißt es in einem Papier aus dem BKA über den «Modus operandi» – «sowohl Parkplätze, Rastanlagen und sonstige öffentliche Plätze als auch Speditionshöfe oder sonstige Firmengelände in Betracht.» «Das Risiko beim Diebstahl eines Lastwagens ist geringer als beim Einbruch in ein Haus», stellt Hans-Günter Köster fest, zuständig bei der Hamburger Polizei für «Spezielle Diebstahlsdelikte»: «Die Beute aber ist wesentlich größer.»

Völlig verdutzt blickte eines Morgens ein Lkw-Fahrer in Wiesbaden auf seine Ladefläche. Soeben, beim Abladen, hat er bemerkt, daß eine ganze Luftfrachtpalette mit Videorecordern verschwunden ist – 347 Kartons an der Zahl. Am Abend zuvor hatte er den Sattelzug auf dem Frachthof des Frankfurter Flughafens abgestellt. Am Morgen um sechs startete er von dort, um die Ware beim Empfänger abzuliefern. Was er in diesem Augenblick noch nicht ahnte: In der Nacht fuhren die Täter mindestens 35 Kilometer, so die Ermittlungen der Kriminalpolizei. Dabei besaßen sie die Chuzpe, den Wagen genau dort wieder abzustellen, wo sie ihn entwendet hatten. In Hamburg waren zwei Lkw-Fahrer nur für wenige Minuten ausgestiegen, um einen Kaffee zu trinken – Zeit genug für die Täter, mit dem Laster voller Teppiche im Wert von 1,3 Millionen Mark zu verschwinden. Neben Unterhaltungselektronik sind bei den Tätern Bekleidung, Metalle, Nahrungsmittel und Zigaretten gefragt. So wurden im Bundesgebiet «in drei Jahren 25 Lastkraftwagen mit Kaffeeladungen... entwendet», zählte Baden-Württembergs Landespolizeipräsident Stümper, «wobei nur in zwei Fällen das Diebesgut sichergestellt werden konnte. Über den Verbleib der restlichen 23 Kaffeeladungen gibt es nur Spekulationen.»

Mitunter wenden die Täter auch Gewalt an, um an die Ladung zu kommen. In Duisburg sah ein Lkw-Fahrer, wie ein Pkw an ihm vorbeizog und auf der Beifahrerseite eine Polizeikelle zum Fenster herauskam. Eine Zivilstreife der Polizei, denkt er und hält an. Er klettert aus dem Führerhaus. Ein Mann kommt ihm entgegen und ruft: «Fahrzeugkontrolle! Die Fahrzeugpapiere!» Dabei hält er einen Ausweis in der Hand. Ein zweiter Mann steigt aus dem Pkw und geht ebenfalls auf den Lkw zu. Ehe sich's der Lkw-Fahrer versieht, ist er überwältigt. Die beiden ziehen ihm eine Kapuze über den Kopf, schieben ihn ins Führerhaus und fahren los. Auf einmal stoppt der Lastwagen, das Opfer wird mit Handschellen gefesselt. Die Männer steigen aus und machen sich an der Ladefläche zu schaffen; die Paletten laden sie auf einen anderen Lkw um. Einkaufspreis der Zigaretten: 220000 Mark.

In Schleswig-Holstein verschwindet ein Thermo-Lastzug mit 10 Tonnen Schweinehälften. Nach drei Tagen findet die Polizei den Zug wieder, in der Nähe von Stade – ohne Ladung. «Welche Organisation muß dahinterstecken», fragt Winfred Tabarelli, Leitender Kriminaldirektor, «die in der Lage ist, hochverderbliche Lebensmittel in solchen Mengen verschwinden zu lassen, und gleichzeitig für den schnellen Absatz, in der Regel als Sonderangebote im Handel, zu sorgen?» – «Wir wissen meist sehr wenig über die Organisation bei diesen Dingen», räumt der Ladungsdiebstahl-Experte im Bundeskriminalamt ein. Sicher ist nur eins: daß solche Taten regelmäßig bestens organisiert sind. Zum größten Teil landet die Beute wieder auf dem Markt, in irgendwelchen Geschäften wird sie verkauft, ohne daß jemand Verdacht schöpft – Seite an Seite mit ganz legaler Ware. In Supermärkten, in Radio- und Fernsehgeschäften ebenso wie in Bekleidungsläden und im Großhandel. Über drei eigene Boutiquen in Nordrhein-Westfalen und eine am Tegernsee bot beispielsweise eine Gruppe ihre Beute an, Kinder- und Damenkleidung im Marktwert von drei Millionen Mark. In Hannover kam die Polizei einer Gruppe auf die Schliche, die für mindestens zwei Millionen Mark Zigaretten gestohlen und die Beute an Kioskbesitzer verkauft hatte. Pro Stange zahlten sie 25 Mark, die «schwarzen» Stangen mischten sie unter ihre Ware.

Auffallend viele bundesdeutsche Lkws werden in Italien ausgeräumt, fast ein Viertel der 1988 vom Bundeskriminalamt registrierten Fälle ereigneten sich dort. Italien ist ein Eldorado für die Sattelzug-Ganoven. Rund 4000 Lastwagen werden dort jährlich gestohlen oder geraubt. Den Schaden geben die Versicherungsunternehmen mit 3000 Milliarden Lire an, umgerechnet 4,1 Milliarden Mark. Es gibt zwei Muster, nach denen die Taten durchgeführt werden – meist in der Nacht zwischen 22 und 7 Uhr. Entweder wird der Zug im Handumdrehen gestohlen, wenn der Fahrer in einer Raststätte eine Pause macht. Oder die Täter holen den Mann am Steuer mit Gewalt aus dem Wagen, auf einem Parkplatz oder auf der Straße. Bevor sie mit dem Lkw verschwinden, zwingen sie den Fahrer, ihnen seinen Namen mit Adresse auf ein Blatt Papier zu schreiben. Dann verabschieden sie sich mit den Worten: «Verpfeifst du uns, ist deine Familie dran.» Über die Situation jenseits der Alpen berichtet die Zeitschrift «der kriminalist»: «Große italienische Versicherer verweigern seit Jahren Schadenersatz, wenn der Diebstahl oder Raub in bestimmten gefährdeten Gegenden stattfand. Italienische Transportfirmen greifen zunehmend zur Selbsthilfe, sie schützen ihre Fahrzeuge durch Privatpolizei oder weisen die Fahrer an, nur in Kolonne zu fahren. Ein großes Unternehmen setzt Elektronik ein. Die Lastwagen werden von einer Zentrale überwacht. Weicht ein Fahrzeug von der vorgegebenen Route ab, wird die Polizei benachrichtigt.»

Der Ladungsdiebstahl hat ein nicht minder kriminelles Pendant: den Lagerdiebstahl. Der Unterschied, den die Kriminalisten machen, ist gering. Beim *Ladungsdiebstahl* verschwindet die Ware von der Ladefläche eines Lkws. Ist hingegen die Ware noch nicht auf- oder schon wieder abgeladen, kommt der Fall in die Rubrik *Lagerdiebstahl*. Brechen also die Täter, wie auf einem Frachthof in Hamburg-Wilhelmsburg geschehen, einen Container auf und laden den Inhalt, 1,5 Millionen Zigaretten, auf einen Lkw, den sie nebenan gestohlen haben, notieren die Fahnder «Lagerdiebstahl». Stand hingegen der Container auf Rädern, schreiben sie «Ladungsdiebstahl». 1988 erfaßte das BKA 341 Lagerdiebstähle. In ganzen 14 Fällen konnten die Ermittler Tatverdächtige ausmachen – das entspricht vier Prozent. Der «Durchschnittsschaden» lag bei 108000 Mark, im Vorjahr waren es noch 75500 Mark gewesen. In die Rubrik «Lagerdiebstahl» wird freilich nicht jeder Einbruch in ein Lager aufgenommen – davon gibt es Tausende Jahr für Jahr in der Bundesrepublik –, sondern nur die Fälle, bei denen – so der BKA-Fachmann – «größere Mengen eines bestimmten Gutes gestohlen werden, insbesondere en bloc».

Für den Ladungs- und Lagerdiebstahl sind sechs Phasen typisch: Zunächst werden Diebstahls- und Absatzmöglichkeiten ausgekundschaftet. Die Täter kennen sich im Speditionsgewerbe aus, sie stellen fest, wo sie an welche Ware herankommen können und wie der Diebstahl über die Bühne gehen müßte. Mit dem anderen Auge haben sie den Markt im Blick: Sie schauen, wer welche Ware zu welchen Konditionen abnehmen würde. Kommt es zu einer Deckung zwischen diesen Bereichen, wissen sie also, wo sie die Menge X der Zigarettenmarke Y stehlen und umgehend wieder loswerden können, beginnt Phase zwei: das Entwenden der Ware. Bei Ladungsdiebstählen gibt es drei gängige Methoden: Die Täter schließen die Zugmaschine kurz, kommen mit Zweitschlüsseln oder bringen ihre eigene Zugmaschine mit. Natürlich gibt es auch bei Lastkraftwagen Vorkehrungen gegen Diebstahl. Aber: «Die Täter, die im Bereich der OK angesiedelt sind, kennen sich damit genau aus», sagt BKA-Fahrzeugexperte Dauer. «Die Leute haben Erfahrung mit dem Aufmachen von Lkws, das geht sehr schnell.» Die Täter fahren meist nur eine kurze Strecke mit dem Lastwagen. So schnell wie möglich laden sie die Beute um. Wenn das Fahrzeug später irgendwo entdeckt wird, findet die Polizei regelmäßig keine erfolgversprechenden Spuren: Das Schloß des Containers ist aufgebrochen, die Ladefläche leer. Der Schaden, in DM ausgedrückt, hat fünf, wenn nicht gar sechs Stellen.

Es folgt der dritte Akt: Die Ware wird in Sicherheit gebracht. Dabei geschieht der Transport nicht selten in der typischen OK-Manier des «Konvoi-Fahrens», mit der, wenn's brenzlig wird, die Polizei auf eine falsche Fährte gelockt werden soll. Nicht auf den Leim gingen Hamburger Ermittler: Kurz vor Mitternacht fahren die Täter bei einer Spedition in Wilhelmsburg vor. Sie brechen das Büro auf und besorgen sich den Schlüssel für einen Lastwagen. Mit 20 Tonnen Röstkaffee im Wert von 400000 Mark rollen sie vom Hof der Spedition. Zwei Mercedes-Pkws starten und bilden mit ihm einen Konvoi. Droht eine Polizeikontrolle, sollen die Fahrer der Pkws – so ist es verabredet – den Laster vor einem Zugriff der Beamten bewahren. Doch die Kripo hatte Wind von dem Diebstahl bekommen: Schon beim Einbruch in das Speditionsgebäude lagen Beamte auf der Lauer. Anschließend beschatten sie den Konvoi, stoppen schlagartig alle Fahrzeuge in Rothenburgsort und nehmen die acht Täter fest.

Vierter Abschnitt: Die Täter lagern die Beute ein. Häufig haben sie dafür Räume angemietet: leerstehende Hallen oder Scheunen. Die Lagerung wird mit großer Sorgfalt durchgeführt, stellen die Beamten immer wieder fest – die Täter verstehen schließlich etwas davon. Ist ausnahmsweise einmal noch kein Abnehmer vorhanden, wird – fünfte Phase – die Ware über «berufsmäßige Zwischenvermittler» auf ganz gewöhnlichem Weg angeboten, also per Telefon, Telex oder Telefax. Mitunter läuft die Ware auch über mehrere Zwischenhändler. Auf diese Weise wird die Herkunft verschleiert. Ankaufs- und Verkaufsbelege werden fingiert. Daß mit der Ware etwas nicht stimmt, ist an Hand der Papiere nicht zu erkennen. Alles scheint legal zu sein. Es folgt der sechste und letzte Schritt: Die Ware wird beim Abnehmer angeliefert. Der Transport erfolgt oft durch ganz normal beauftragte Speditionen – damit ja kein Verdacht aufkommt. Entsteht ausnahmsweise einmal Mißtrauen, weil Warenbegleit- oder Ladungspapiere fehlen, schimpft der Auslieferungsfahrer aus der Gruppe kräftig auf die eigene Firma und erzählt, daß die Bürohengste mal wieder mit der Arbeit nicht nachkämen und Verzögerungen an der Tagesordnung seien.

Wie sehr sich dieses Geschäft lohnen kann, läßt der Fall eines Hamburger Kaufmanns aus der historischen Speicherstadt ahnen. «Mindestens zehn Millionen Mark Umsatz» erzielte er nach Erkenntnissen der Ermittler mit gestohlenem Kaffee und Kakao, den er mit fingierten Rechnungen versetzte. Nach der Verhaftung des un-ehrbaren Kaufmanns in seinem Büro an der Straße Pinkhuben hinter der Kaffeebörse, machte der Reporter Thomas Osterkorn, ein guter Kenner der Hamburger Szene, im Hintergrund eine «regelrechte ‹Hafen-Mafia›» aus, «in der Partiewaren-Händler mit Schuppen-Vorstehern, Lagerarbeitern, Quartiersleuten, Speditionsangestellten und Seeleuten unter einer Decke stecken und auf kriminelle Weise zusammenarbeiten.

Gestohlener Kaffee und Kakao zum Beispiel wird als

sogenannter ‹Fegsel›, also als zusammengefegte und verdreckte Bruch-Ladung ausgegeben. Das Freihafenamt bescheinigt das meistens, ohne lange nach der Herkunft zu fragen. Dann wird das Diebesgut mit Rechnungen von Scheinfirmen aus Dänemark, der Schweiz, Liechtenstein oder Zypern durch den Zoll gebracht.

Der Kaffee und Kakao ist meistens schon in dunklen Kanälen verschwunden, bevor der Diebstahl überhaupt offiziell bemerkt wird: Zum einen liegt das daran, daß die Partien oft Monate und Jahre in Schuppen lagern, ohne daß jemand die Säcke genau nachzählt. Zum anderen können Fehlbestände durch ‹Durchtauschen› mit anderen Partien lange Zeit vertuscht werden.

Oft wird es den Kriminellen auch sehr leicht gemacht: Die geschädigten Firmen verzichten auf Anzeigen, weil sie mit der Polizei nichts zu tun haben wollen. Die Versicherungen zahlen stillschweigend für den ‹Schwund›, weil sie gute Kunden nicht verlieren wollen.»

So ist es kein Wunder, daß die Polizei den Tätern nur selten auf die Spur kommt, oft aus purem Zufall. Den Schaden tragen letzten Endes wir alle, die Verbraucher. Die Unternehmen schützen sich durch Versicherungen. Die Prämien dafür werden natürlich nicht von den Gehältern der Geschäftsführer abgezogen, sondern über die Preise finanziert, die wir im Laden an der Kasse zahlen.

Die Großhehler

Berlin, Flughafen Tegel. Halb zehn. Aus der Cafeteria kommt ein Mann um die Ecke gebogen. Langsam schlendert er durch den Gang. In der Hand einen schwarzen Koffer, steuert der Mann auf einen Check-in-Schalter zu. Die Anzeigetafel nennt als Ziel «Stuttgart». Einer der Uniformierten an der Gepäckkontrolle begrüßt ihn lächelnd mit den Worten: «Ach, heut ist ja schon wieder Donnerstag.»

Zwei Stunden später kommt der Mann aus dem Flughafengebäude in Stuttgart und steigt in eine Taxe. Gegen Mittag betritt er in Pforzheim ein Goldankaufsgeschäft. Der Händler hinterm Tresen hat ihn schon erwartet. Der Berliner klappt seinen Koffer auf, der Blick des Goldhändlers fällt auf Teile von Ringen, Broschen, Ketten und Ohrringen – Berge von «Bruchgold» liegen vor ihm. Stück für Stück betrachtet der Experte die Lieferung, er legt die Teile auf die Goldwaage. Als der Koffer leer ist, rechnet er einen Augenblick, dann packt er Geldbündel auf den Tisch. Über 200000 Mark räumt der Mann aus Berlin in seinen Koffer und schließt den Deckel. «Bis zum nächsten Mal», verabschiedet er sich. Gegen 17 Uhr passiert er wieder die Sperre in Berlin-Tegel.

Woche für Woche macht *Johann Klaner* diese Tour. Wer sollte daran zweifeln, daß es sich bei ihm um einen Geschäftsmann handelt, der Bruchgold aus Berlin in die Gold- und Schmuckwarenstadt am nördlichen Rand des Schwarzwaldes zum Einschmelzen liefert? Bei seinem ersten Besuch in Pforzheim hatte er die Gewerbeerlaubnis aus Berlin vorgelegt – wie die vielen anderen auch, die dort ihr Bruchgold verkaufen. Und ebenso scheinen für das Sicherheitspersonal auf dem Flughafen in Tegel die Dinge klar zu sein. Wer regelmäßig seinen Koffer voller Gold durchleuchten läßt, der kann nur Schmuckhändler sein oder dessen Bote, das stand für die Kontrolleure außer Frage.

Ein Besuch von *Johann Klaner* in Baden-Württemberg beendet diese Goldflüge: Er meldet sich bei der Polizei. Gerade sei er überfallen worden, man habe ihm 230000 Mark geraubt. Die Polizisten sind überrascht, daß jemand einen so hohen Betrag in einem Koffer mit sich herumträgt – als ob es keine Bankverbindungen gäbe. Sie erfahren von dem Mann, daß er jeden Donnerstag diese Tour macht – Berlin, Stuttgart, Pforzheim und zurück –, stets mit dem Koffer voller Goldstücke oder Geldscheine. Der Mann erscheint den

Polizeibeamten merkwürdig, erst recht, was er sagt. Ein Kollege von der Berliner Kripo kommt mit der nächsten Maschine herübergeflogen. Bei den Vernehmungen am Abend verstrickt sich *Johann Klaner* immer weiter in Widersprüche. Die Beamten beschließen, der Sache auf den Grund zu gehen.

In mühevoller Kleinarbeit stoßen sie dabei auf eine Sache, die um ein Vielfaches dubioser ist als der angebliche Raub. *Johann Klaner* berichtet ihnen, er sei im Auftrag einer Firma regelmäßig als Bote von Berlin nach Baden-Württemberg geflogen. Polizeibeamte in Berlin machen sich auf den Weg, um dieser Firma einen Besuch abzustatten – Bundesallee, nicht weit vom Kurfürstendamm. Sie sind baff: Das Büro in dem Apartmenthaus ist völlig leer – ein Raum für 1600 Mark Miete im Monat. Nur ein Telefon steht drin, außerdem entdecken sie Briefpapier mit dem Kopf des «Unternehmens». Klarer Fall: eine Scheinfirma.

Nun interessieren sie sich für den Inhaber, *Leonard Janis Noskow*. Schnell finden sie heraus, daß der ehemalige Maurer von Schmuck nicht allzuviel versteht. Ende der siebziger Jahre war er aus der Sowjetunion in den Westen gekommen. Mit einer befristeten Aufenthaltserlaubnis lebt der Vierzigjährige hier, ohne Arbeit. Im feinen Café «Möhring» am Kurfürstendamm sei er – so berichtet er – mit einigen Männern ins Gespräch gekommen, die ihn im Laufe der Unterhaltung gefragt hätten: «Wollen Sie schnell und einfach Geld verdienen?» Klar wollte er das. Und so erklärten sie ihm, was er dafür zu tun hätte: Er mietet das Apartment in der City und meldet beim Bezirksamt Charlottenburg als Gewerbe einen Handel mit Edelmetallen an. Außerdem kümmert er sich ums Personal. Er fragt eine Nachtclub-Bekanntschaft, *Johann Klaner*, früher Bauhandwerker, derzeit arbeitslos gemeldet, ob er nicht als Bote für ihn arbeiten wolle. *Johann Klaner* nickt. Für die Kurierdienste – einmal die Woche – kriegt er im Monat

2000 Mark bar auf die Hand. Den gleichen Betrag erhält auch *Noskow*.

Und dann geht's los: Per Telefon bekommt *Johann Klaner* gesagt, bei welchem Reisebüro ein Flugticket auf seinem Namen liegt. Am Morgen des Abflugs – so erklärt ihm weiter die Stimme am Telefon – soll er um acht in der Cafeteria im Flughafengebäude sein. Pünktlich ist er dort. Er wartet eine Weile. Auf einmal steuern zwei Männer auf ihn zu und setzen sich an seinen Tisch. Die beiden Mittfünfziger sind «unauffällig elegant» gekleidet, zwei Herren, die offensichtlich die Welt kennen. Sie wissen aufzutreten, sind freundlich, aber bestimmt. Ohne Zweifel erfolgreiche Geschäftsleute. Und die haben *Johann Klaner* etwas mitgebracht – einen kleinen Koffer. Den übernimmt er unauffällig, die beiden Herren wünschen einen guten Flug. Schon sechs Stunden später treffen sie sich wieder, gleich nachdem *Johann Klaner* mit den Reisenden aus Stuttgart durch die Sperre auf dem Flughafen Tegel gekommen ist. Sie nehmen den Koffer in Empfang und empfehlen sich. *Johann Klaner* sieht noch, wie die beiden in einen großen Mercedes steigen und abbrausen.

Woche für Woche laufen die Dinge so, drei Monate lang. Und es wäre wahrscheinlich noch Monate, noch Jahre so weitergegangen, wenn *Klaner* sich nicht mit der Raub-Geschichte bei der Polizei gemeldet hätte. Der angegebene Überfall bleibt für die Ermittler mysteriös. Sie werden den Verdacht nicht los, daß *Klaner* die Chance nutzte, 230000 Mark auf die Seite zu bringen. Beweisen können sie ihm das allerdings nicht. Die Beamten ermitteln, daß er in diesen drei Monaten Bruchgold für rund sieben Millionen Mark in Pforzheim zum Einschmelzen abgeliefert hat. Die Vorsteuer von 14 Prozent, die man in einem solchen Fall erstattet bekommt, ließ er sich ebenfalls stets bar auszahlen. Nicht feststellen konnte die Polizei, woher diese Goldberge stammten – wie auch, nachdem fast alles schon in die

Schmelzöfen gewandert war? Die Ermittler vermuten, daß es sich um Schmuck handelt, der illegal beschafft und zur Verschleierung beschädigt und angeschmolzen wurde. Die Menge, die *Klaner* Woche für Woche absetzte, legt nach ihrer Einschätzung den Schluß nahe, daß hinter diesen Transporten ein Ring von Aufkäufern stecken muß, die Beute aus Einbrüchen abnahm und sammelte. «Tonnen von Edelmetallen werden Jahr für Jahr aus Wohnungen gestohlen», sagt Kriminalhauptkommissar Detlef Schadwill vom Hehlerei-Dezernat der Berliner Polizei. «Da müssen einfach Absatzwege bestehen.»

Bei dem Fall «Goldschrott» ist es der Polizei einmal gelungen, auf einen solchen Absatzweg zu stoßen, auch wenn die Hintermänner im dunkeln blieben – trotz aller Mühen: Die Beamten zogen mit *Noskow* durch Berliner Nachtlokale, um sich von ihm seine Auftraggeber zeigen zu lassen. Vergebens. Sie konnten sich des Eindrucks nicht erwehren, daß er sich auf dieses Manöver nur einließ, um sich vor Gericht nicht vorhalten lassen zu müssen, die Drahtzieher zu decken. Auch sonst fanden die Beamten seine Angaben auffallend vage. «Gesagt wird in diesem Bereich nichts», so die Erfahrung von Kriminalhauptkommissar Schadwill. «Da fürchtet sich doch jeder vor Repressalien.» Und so konnte sie auch kaum mehr eine Mitteilung aus München überraschen: Die Verteidigung des Sozialhilfeempfängers *Noskow* übernahm die Kanzlei des «Staranwalts» Bossi.

Wieviel die Betreiber dieser Goldschrott-Schiene verdienten, weiß niemand. Es muß ein siebenstelliger Betrag gewesen sein. Schätzen lassen sich Gewinne bei derartigen Geschäften ja nur, wenn feststeht, aus welcher Quelle die Stücke stammen. Fehlt es daran, wie in diesem Fall, kann man von der Faustformel ausgehen: Hehler zahlen beim Aufkauf von Schmuckstücken selten mehr als 25 Prozent des Goldwerts. Ein Millionengeschäft – bei Bruchgold für 7 Millionen Mark.

Ein Dreivierteljahr später kommen die Ermittler in einem ähnlichen Fall etwas weiter: Ebenfalls in einem Goldankaufsgeschäft in Pforzheim stellen Polizisten 10 Kilo Schmuckgegenstände und Goldbruch sicher. Diesmal erscheinen sie rechtzeitig, vor dem Einschmelzen. Die Spur führt nach Berlin. Dorthin werden die Stücke zurückgeschickt und von der Polizei ausgestellt. Einbruchsopfer erhalten eine Einladung. Am Ende wissen die Beamten: Ein Teil des Schmucks stammt aus über 20 Einbrüchen in Wohnungen und Einfamilienhäusern in West-Berlin. Aber auch dieses Mal schweigt sich der Beschuldigte über die Hintermänner aus. Er kenne sie nicht, beteuert er, er sei nichts weiter als ihr Bote gewesen.

Rund 300 Personen sind allein in West-Berlin als Hehler im Bereich der Organisierten Kriminalität tätig, schätzt Kriminalhauptkommissar Schadwill. Freilich leben sie nicht alle ausschließlich davon. Die meisten verdienen auch auf andere Weise Geld – als Bordellwirt, Fahrer, Handelsvertreter oder Gastwirt zum Beispiel.

Der Blick reicht weit – und so weit er reicht, sieht man nur flaches Land. Irgendwo am Horizont fängt die DDR an. Die Beamten des Diebstahls- und Hehlereikommissariats im Behördenhochhaus in der Lübecker Possehlstraße lassen ihren Blick in die Ferne schweifen: Es muß doch einen Ansatz geben, sagen sie sich. Wer kann dermaßen viel Ware spurlos verschwinden lassen?

Die Einbrüche in Gewerbebetriebe sind sprunghaft angestiegen – sowohl in der alten Hansestadt wie auch in ihrer Umgebung. Vor allem sind zwei Industriegebiete betroffen, St. Jürgen und Buntekuh. Die Methode der Einbrecher ist fast immer dieselbe. An den Tatorten stellen die Ermittler fest, daß die Profilzylinder der Eingangstüren und Tore abgedreht wurden und alle Teile verschwunden sind, an denen sich normalerweise Spuren finden lassen. Mauern haben die Täter kurzerhand durchbrochen, Leitungen von Alarmanlagen ebenso fachmännisch gekappt wie Telefonverbindungen. Der Geldschrank steht offen, professionell geknackt, mal mit «heißer», mal mit «kalter» Arbeit.

Die Täter müssen weitreichende Verbindungen besitzen, vermuten die Beamten. Die Palette ihrer Tatobjekte ist breit. Sie brechen bei einem Agrartechnikhändler ein, in ein Autozubehörgeschäft, bei einem Baustoffhändler und einem Fischfangausrüster. Nicht anders machen sie Beute in einem Isolierglaswerk, einer Jalousienfabrik, bei einem Preßlufttechnikhändler, in einer Saathandlung, bei einer Schlachterei und in einer Tiefbaufirma. Wenn auf die gleiche Weise Standheizungen, Generatoren, Reusen, Außenbordmotoren und eine Schlagschere zur Bearbeitung von Blech – zu deren Transport mindestens acht Personen erforderlich sind – verschwinden, muß es sich um «Arbeit auf Bestellung» in großem Rahmen handeln, meinen die Ermittler.

Mehrmals benutzen die Täter für den Transport ihrer Beute Fahrzeuge, die sie an Ort und Stelle auch gleich stehlen. Nicht weit entfernt lassen sie die Laster am Straßenrand stehen – mit leerer Ladefläche. Bei zwei Fahrzeugen haben die Beamten Glück: Im Fahrtenschreiber entdecken sie eine Diagrammscheibe, die die zurückgelegte Strecke aufgezeichnet hat. Die Ermittler schicken die Scheiben zur Firma Kienzle nach Villingen-Schwenningen. Die Auswertung ist heutzutage exakt: Der Bericht der Firma ergibt auf die Minute genau, wann der Wagen welche Entfernung zurückgelegt hat – selbst Halts an Ampeln und Stopschildern lassen sich erkennen. Sofort beugen sich die Ermittler über den Stadtplan von Lübeck und betrachten den Verlauf von Straßen, Standorten von Ampeln und Stopschildern. Sie überlegen, prüfen, vergleichen. Schließlich kommen sie zu dem Ergebnis, daß die Beute in einer Gegend hinter dem Hauptbahnhof abgeladen worden sein muß. Die Beamten schauen sich dort um, im Stadtteil St. Lorenz, begeben sich auf die

Suche nach entsprechenden Lagerräumen. Ein Verdacht verdichtet sich. Sie nehmen *Richard Bedem* ins Visier. Dem Fünfunddreißigjährigen gehört ein Speditionsunternehmen in der Hansestraße. Er beschäftigt zehn Arbeiter, zu seinem Fuhrpark gehören vier Lkws. *Richard Bedem* ist für sie kein unbeschriebenes Blatt: Er ist mehrfach vorbestraft wegen Diebstahls und Waffendelikten. Die Hauptschule hatte er ohne Abschluß verlassen, als Sechzehnjähriger in der achten Klasse. Lehrverhältnisse als Kaufmann und dann als Bierbrauer bricht er nach wenigen Wochen ab, schließlich wird er Klempner und Installateur. Mit 24 gründet er ein Unternehmen für Entrümpelungen und Schneeräumarbeiten. Mit 28 meldet er ein Speditionsgewerbe für den Nah- und Fernverkehr an. Zwei Jahre später erweitert er sein Unternehmen um «Autohandel» und den «Handel mit gebrauchten Teilen und Waren aller Art».

Die Polizisten befassen sich mit *Richard Bedem* eingehend – und unauffällig, wie sie meinen. Von wegen! Obwohl die Kriminalbeamten darauf achten, daß ihre Ermittlungen selbst in der eigenen Behörde nicht weiter bekannt werden, meldet sich bei ihnen ein anonymer Anrufer, der erklärt, mit der Auswertung der Fahrtschreiber-Diagramme sei «nicht viel anzufangen». Die Blätter seien absichtlich in den Lkws zurückgelassen worden, um die Polizei auf eine falsche Fährte zu setzen. Aber es wird noch merkwürdiger für die Ermittler: Die Beamten richten gegenüber dem Grundstück einen Beobachtungsposten ein, von dem aus sie das Gelände rund um die Uhr beobachten. Auch davon ist *Richard Bedem* unterrichtet. Er bietet den Beamten an, «demnächst belegte Brote zu schicken, damit sie nicht verhungern». Da wird ihnen klar, daß es keinen Sinn hat, noch länger zu warten. Und so schlagen sie zu: Sie durchsuchen das Speditionsgebäude in der Hansestraße. Dabei stellen sie fest, daß der Mann dort regulär erstandene Ware mit Diebesgut gemischt hat.

Weitere Erkenntnisse bringt den Beamten die Durchsuchung einer 400 Quadratmeter großen Halle auf dem Berliner S-Bahnhof Charlottenburg. Dort betreibt ein Freund *Bedems* ein «Verkaufslager», in dem er alle möglichen Waren günstig anbietet. Fast alles ist geklaut, stellen die Beamten fest – Diebesbeute im Wert von einer halben Million Mark beschlagnahmen sie. Ein buntes Sortiment: Von Autoradios über Paletten von Cola-Dosen, Batterien und Farbe bis hin zu Taschenrechnern und Kaffeemaschinen reicht das Angebot. «Das waren derartige Massen, daß wir zunächst dachten, das kann doch gar nicht alles gestohlen sein», erinnert sich ein Fahnder an den Augenblick, als er das erste Mal in die Halle kam. Diese Massen überfordern auch die Möglichkeiten der Polizei: In den Asservatenkammern ist nicht genügend Platz, um die sichergestellten Waren unterzubringen. Bei einer Spedition muß Lagerfläche angemietet werden – auf Kosten der Staatsanwaltschaft.

Die Ermittler finden heraus, daß regelmäßig Fahrzeuge der *Bedem*schen Spedition die Berliner Verkaufsstelle mit Ware beliefert haben. Über die A 24 fuhren die Laster von Lübeck nach Berlin – ausgestattet mit allen für den Transitverkehr erforderlichen Papieren. Auf diese Weise kommen zum Beispiel Autoradios in die Verkaufshalle, die aus Lagern in Norddeutschland gestohlen worden sind. Sie gehen in Berlin weg wie warme Semmeln. Kein Wunder, denn sie werden deutlich unter dem üblichen Preis angeboten. Kleidung, Büromaschinen, Mikrowellenherde und viele andere Sachen fließen auf diese Weise wieder in den legalen Wirtschaftskreislauf zurück.

Einige Tage später heben die Beamten ein weiteres Lager aus. Sie entdecken es in der Lübecker Dornestraße 56/58. Geradezu ideal ist es getarnt: Betritt man die Halle, sieht man zwei Räume, in denen legale Ware lagert. An der Wand stehen Eisenregale mit Rückwänden aus Blech. Die Beamten finden heraus, daß eines der Regale verschoben werden kann – es steht auf Rollen. Sie schieben es zur Seite und stehen vor dem Durchgang zu einem dritten Raum. Die Ermittler gehen hinein: Sie stoßen auf Diebesgut im Wert von einer Million Mark – darunter auch Waffen, Munition, knetbarer Sprengstoff, Firmenstempel und TÜV-Plaketten. Außerdem finden die Polizisten Funkgeräte im 2-m- und 4-m-Band, mit denen ihr gesamter Funk abgehört werden kann. Zudem entdecken sie Aufzeichnungen über ihre Funkrufnamen und die Funkverkehrskreise.

Richard Bedem versorgte eine ganze Reihe von Abnehmern mit gestohlener Ware. Die Verkaufshalle in Berlin war lediglich ein Absatzarm für seine Hehlerware. Er nahm nicht nur von Dieben angebotenes Gut an, sondern erteilte auch selbst Aufträge, bestimmte Brüche zu begehen. Ermittelt werden konnte keiner der Einbrecher, die für seine vollen Lager sorgten. Der Hehler erging sich in höchst schwammigen Angaben. Nur in einem Punkt waren sich die Ermittler sicher: *Bedem* selbst beteiligte sich an keinem einzigen Einbruch. Grundlage seiner Aufträge und Ankäufe waren die Kenntnisse, die er im Rahmen seiner Spedition erlangte – er wußte, wo was lag und wer was verwenden konnte. Interesse hatte er an allen Waren, bei denen er die Möglichkeit sah, sie über den legalen Markt schnell zu Geld zu machen. Die Liste, auf der die Polizei das von *Bedem* umgeschlagene Diebesgut notierte, reichte von A («Alkohol, Arbeitskleidung, Autoradios, Autoreifen und Autozubehör») bis Z («Zelte, Zigaretten»).

Dieser Fall zeigt deutlich, welche Schlüsselrolle im Bereich der Organisierten Eigentumskriminalität die Hehlerei spielt. Sie ist der Motor, der das Räderwerk in Schwung hält. Kein Wohnungseinbrecher räumt Wohnungen aus, um sich mit den gestohlenen Euroscheck-Formularen die eigenen vier Wände zu tapezieren oder den erbeuteten Schmuck unter seinem Bett zu horten. Kein Ladungsdieb klaut eine Million Zigaretten, um was zu rauchen zu haben. Kein OK-Autodieb käme auf die Idee, den gestohlenen Wagen auf seinen eigenen Namen zuzulassen oder ihn seiner Freundin zum Geburtstag zu schenken. Alle stehlen nur aus einem einzigen Grund: Sie wissen, daß sie die Beute anschließend zu Geld machen können. Dies ist *das* Motiv für die Täter, es gibt kein anderes.

«Die Hehlerware» – heißt es in der «Lagebilddarstellung ‹Organisierte Kriminalität›» der Berliner Kripo – «gelangt von Dieben, Einbrechern und Räubern über Absatzknotenpunkte –

wie herausragende oder namhafte Kriminelle,
Spiel- und Nachtlokale, bordellartige Betriebe, deren Betreiber, Geschäftsführer, Zapfer oder sonstiges Personal,
Dealer, Partiewarenhändler, dubiose Geschäftsleute, Geschäftemacher und Vermittler –
in ein breitgefächertes Netz, bestehend aus kriminellen Gruppierungen, Randgruppen der Gesellschaft, sozial schwache Schichten einerseits und Kreisen von Geschäftsleuten, Gewerbetreibenden und Händlern andererseits
und von dort weiter bis in breiteste Bevölkerungsschichten, nicht zuletzt auch im Ausland.»

Die zentrale Bedeutung der Hehlerei für die Organisierte Kriminalität ist lange Zeit nicht deutlich genug gesehen worden. «Die polizeiliche Praxis schenkt der Hehlerei zu wenig Aufmerksamkeit», moniert der Berliner Kriminalrat Andreas Pahl. Ein Grund dafür liegt gewiß in der einzigartigen Rolle, die der Hehlereistraftatbestand im Vergleich zu den anderen Vermögensdelikten spielt. Nach der Kriminalstatistik kommt die Polizei bei Hehlerei auf eine Aufklärungsquote von 99,2 Prozent. «Traumhaft», könnte man meinen. Aber das wäre verkehrt. Denn die Statistik glänzt nicht, weil so gut wie alle Fälle, die vorkommen, geklärt werden, sondern weil so wenige Fälle der Polizei bekannt werden. Bei der Hehlerei hat die Polizei nämlich regelmäßig als erstes den Täter und erfährt anschließend von der Tat – also genau umgekehrt wie sonst bei Vermögensdelikten. Man denke an Diebstahl oder Raub. Das geschädigte Opfer erstattet Anzeige bei der Polizei. Bei der Hehlerei ist das nicht der Fall. Der Bestohlene zeigt den Dieb an, nicht den Hehler – den er gar nicht kennen kann. Was die Hehlerei so gefährlich macht im Bereich der Organisierten Kriminalität, ist – neben ihrer Funktion als Antrieb der Diebstahlmaschinerie – die Tatsache, daß sie im Verborgenen stattfindet, nicht zu erkennen für Opfer und Polizei.

In Berlin hat man aus dieser Erkenntnis Konsequenzen gezogen und 1984 das erste Kommissariat eingerichtet, das sich speziell mit der «Großhehlerei» befaßt. Zudem werden sogenannte «Sachfahndungsstreifen» eingesetzt. Das sind Beamte der Schutzpolizei, die speziell ausgebildet wurden und sich in den über 800 An- und Verkaufsgeschäften umschauen. Während früher, so rechnet Kriminalrat Heinz Jankowiak vor, ein derartiges Geschäft innerhalb von zwei Jahren nur selten mehr als einmal überprüft wurde, ist die Polizei heute in der Lage, alle sechs Wochen vorbeizuschauen. Von dem Eindruck, den die Beamten von dem Geschäft erhalten, hängt es ab, wie häufig sie es tatsächlich kontrollieren. Auch bei der Hamburger Polizei wurde mittlerweile eine Hehlerei-Spezialdienststelle eingerichtet. «Überlastete Diebstahlsdezernate können den Hehler nicht ausreichend bekämpfen», beschreibt Erich Rebscher die Situation, Leiter der Kriminalistisch-kriminologischen Forschungsgruppe im BKA. Doch oft hilft diese Erkenntnis kaum weiter, es fehlt an Personal für selbständige Hehlerei-Kommissariate. «Wir sind vom Personalkörper her nicht so groß, daß wir überall Spezialdienststellen einrichten können», erklärt Winfred Tabarelli, Leiter der Kriminalpolizeidirektion Schleswig-Holstein Süd in Lübeck. «Wir bearbeiten die Hehlerei nach wie vor in den Dienststellen, die sich mit diesem Deliktsbereich befassen – zum Beispiel bei der Einbruchskriminalität. Falls erforderlich, richten wir eine Sonderkommission ein.»

Als «besonders hehlereirelevant» gelten bei der Polizei vier Diebstahlsarten: der Ladungs- und der Lagerdiebstahl, der Wohnungseinbruch und der Diebstahl aus Pkws. Gerade die beiden letzten Fälle zeigen, daß der Hehler auch häufig die Schnittstelle zwischen «gewöhnlicher» und Organisierter Kriminalität bildet: Namentlich Rauschgiftsüchtige brechen Wohnungen auf und in Autos ein, weil sie wissen, daß sie die Beute bei Hehlern loswerden. Dafür bekommen sie nicht viel, aber immerhin etwas. Wenn sie entsprechend häufig zulangen, lohnt es sich schon – die Masse macht's. Autoradios beispielsweise werden von den Hehlern für rund 10 Prozent vom Ladenpreis aufgekauft. Die Täter gehen alleine oder zu zweit auf Tour. Soweit zunächst keine Spur von Organisierter Kriminalität.

Dutzende Autoradios liefern sie nach einer Nachttour bei dem Hehler ab. Unüberschaubare Mengen kommen so Woche für Woche in ihre Verstecke. 1988 wurden nach Angaben des HUK-Verbandes, dem Zusammenschluß der Kraftfahrzeugversicherer, in der Bundesrepublik fast 400000 Autoradios gestohlen. Schaden: rund 450 Millionen Mark – das ist mehr als das Zwölffache der durch Überfälle auf Banken, Postämter oder Geldboten ergatterten Summen. Was mit den Radiogeräten geschehen ist, weiß niemand. Sicher ist: einzeln, Stück für Stück werden die Geräte nur ausnahmsweise vertrieben, etwa nachts in Diskotheken – gemessen an der Gesamtmenge eine Quantité négligeable. Die große Masse fließt über bestens organisierte Kanäle zurück auf den Markt: zum einen über Autoradiogeschäfte, die die Geräte als «in Zahlung genommen» oder als «neu» verkaufen. Beim Einbau durch die Firma bekommt der Kunde nichts mit. Falls erforderlich, erhält das Gerät eine neue Abdeckplatte – nichts deutet auf einen Diebstahl hin.

Ein Bombengeschäft für den Unternehmer, dessen Monteure und Verkäufer eingeweiht sind: Er verkauft das Gerät zum regulären Preis oder etwas günstiger als Sonderangebot – und hat selbst nur höchstens 30 Prozent für den Ankauf bezahlt. Allerdings ist der Absatz in diesem Bereich rückläufig, nachdem die meisten Autoradiohersteller seit 1988 eine 14stellige Gerätenummer in die Radios einprägen. Der zweite große Absatzarm für Hehler ist die Lieferung ins Ausland. Containerweise gehen die Geräte dorthin, namentlich in den Nahen Osten. Einen weiteren Verschiebeweg hat Alois Deichl, Vorsitzender der Kraftfahrtschadenkommission im HUK-Verband, ausgemacht: «Sie werden durch die Gastarbeiter in Länder wie Griechenland, Jugoslawien und die Türkei verbracht.»

Dies alles vollzieht sich freilich im Verborgenen. An die Hehler kommt die Polizei meist nicht heran. Schnappen konnte sie zum Beispiel in Köln den «König von Vingst»: Der Fünfundzwanzigjährige steuerte in großem Rahmen den Absatz von gestohlenen Autoradios. In einem Versteck entdeckten die Fahnder 75 Edel-Geräte wie «Becker Mexico Elektronik» und «Blaupunkt Heidelberg». Hunderte von Radios hatte er zuvor ins Ausland verschoben, vor allem nach Griechenland. Ihre Ware beziehen die Hehler von Tausenden von Dieben. Erwischt die Polizei einen von ihnen, ist dies kaum eine Nachricht für die Zeitung. Meldungen wie diese rattern aus den Fernschreibern regelmäßig in die Redaktionsstuben – fast so regelmäßig fliegen sie dort umgehend in den Papierkorb. Die Deutsche Presseagentur meldete am 2. August 1989:

«Hamburg (lno) – Eine Serie von 75 Autoaufbrüchen, deren Erlös in Höhe von 4500 Mark seinen Drogenbedarf für gerade 30 Tage deckte, wird einem 26jährigen Drogenabhängigen zur Last gelegt. Nach Angaben der Hamburger Polizei vom Mittwoch konnte der Mann auf frischer Tat ertappt werden. Die Aufbrüche in Tiefgaragen und Parkhäusern wurden zwischen dem 20. Juni und 20. Juli begangen. Die entwendeten 63 Autoradios hat der Festgenommene nach eigenen Angaben an Hehler verkauft. Der entstandene Sachschaden wird auf 60000 Mark geschätzt.»

Typisch für diesen Kriminalitätsbereich ist das Verhältnis zwischen dem Ertrag für den Täter und dem angerichteten Schaden: Der Schaden ist mehr als dreizehnmal so hoch wie der Ertrag für den Dieb – 4500 Mark Erlös bei 60000 Mark Schaden.

Der Hehler macht die Ware – nicht anders als der Dieb – zu Geld. Dahinter steht kein anderer als der Bürger: wir alle. Wir sind durch Sonderangebote überall in den Geschäften, durch Sommer- und Winterschlußverkauf regelrecht auf «günstige Angebote» dressiert. Und so kaufen wir gestohlene Ware, ohne es zu merken. Etwa wenn wir bei einem «Sonderposten» Autoradios zulangen, bei Sakkos «im Angebot» oder bei einer gerade besonders günstigen Waschmaschine oder Flasche Schnaps. Nicht selten aber zahlt der Verbraucher für Hehlerware dasselbe wie für ganz gewöhnliche Ware: immer wenn ein Abweichen vom üblichen Preis Verdacht erregen würde. So werden gestohlene Zigaretten zum regulären Preis über Automaten, Kioske und Supermärkte abgesetzt. Und schließlich ist so mancher Zeitgenosse mächtig stolz, wenn er «aus günstiger Quelle» etwas bekommen kann, obwohl er ahnt, daß da nicht alles mit rechten Dingen zugeht.

Diese allgemeine Abstauber-Mentalität beleuchtet ein Fall, mit dem die Polizei in Berlin zu tun hatte. Durch Bars und Clubs zieht ein Mann, der mit Steinen besetzte Ringe anbietet. Sie sind nicht gerade billig. Aber die Kenner merken, daß die genannten Beträge deutlich unter den Preisen liegen, die der Schmuckhandel für derartige Stücke verlangt. So mancher nimmt den Mann beiseite und flüstert: «Wie kommt's, heiße Ware?» Der lächelt vielsagend. Gäste wittern ihre Chance und kaufen. Der Mann erzielt einen Bombenumsatz. Die Polizei hört davon und macht sich auf die Suche nach dem Verkäufer. Sie schnappt ihn. Zur großen Überraschung der Beamten stellt sich heraus, daß es sich um saubere Ware handelt. In den Niederlanden und in Luxemburg, so berichtet er, seien die Rohlinge gekauft, anschließend in der Bundesrepublik die Ringe gefertigt worden. Er belegt ihnen Punkt für Punkt, warum bei ihm die Ringe so wenig kosten: günstiger Einkauf, preiswerte Herstellung und die vergleichsweise hohe Handelsspanne der Schmuckgeschäfte. «Das einzige, was wir ihm vorwerfen konnten», resümiert Detlef Schadwill, «waren unerlaubte Wettbewerbsmethoden.» Die Masche hat sich für ihn ausgezahlt. «Der Mann war vorher Fleischer», berichtet der Kriminalhauptkommissar. «Als ehrlicher Herr der Ringe hat er es zum mehrfachen Millionär gebracht.»

Andere Zweige

Neben diesen fünf Bereichen – Wohnungseinbruch, Autoschieberei, Ladungs- und Lagerdiebstahl sowie Großhehlerei – gibt es noch eine ganze Reihe anderer Zweige der Eigentumskriminalität, in denen die Täter zunehmend organisiert vorgehen. Zum Beispiel beim Kunstdiebstahl und beim Ladendiebstahl. Besondere Sorgen bereiten der Polizei im Augenblick organisiert arbeitende Taschen- und Trickdiebe. «Neuerdings wird geklaut, daß die Fetzen fliegen», sagt Felix May, Leiter eines Diebstahlskommissariats in Frankfurt.

Ein Montag im Mai, kurz vor halb zwölf. Auf der Zeil, der großen Einkaufsstraße in Frankfurt, herrscht reges Treiben. Viele Menschen mit Plastiktüten eilen aneinander vorbei. Aus der Tür der Filiale der «Frankfurter Sparkasse von 1822» tritt *Luise Reuscher*, eine ältere Dame. Man sieht ihr an, daß sie großen Wert auf ihr Äußeres legt. In der Hand hält die 62jährige eine Tragetasche. Darin hat sie gerade eben in der Schalterhalle einen Umschlag verstaut mit 13000 Mark. Von der Zeil biegt sie ab in eine Seitenstraße, in die Stiftstraße, und geht Richtung Eschenheimer Tor, Oederweg. Auf einmal hört sie eine Stimme hinter sich. Ein Mann sagt etwas auf englisch – wohl zu ihr, wenn sie nicht alles täuscht. So dreht sie sich um. *Luise Reuscher* blickt in ein schmales Gesicht. Der Mann sieht irgendwie südländisch aus, ist ungefähr 30 Jahre alt, 1,80 Meter groß und schlank. Er deutet mit der Hand auf die Rückseite ihres Kleides. Auf einmal spricht er spanisch, langsam kapiert die Frau, was er will. Etwas muß mit ihrem Kleid nicht stimmen – und da bemerkt sie auch einen großen nassen Fleck auf dem Rücken. Der dunkelhaarige Mann lächelt und signalisiert: Kein Problem, das kriegen wir schon wieder hin.

Er zieht ein Papiertaschentuch hervor und beginnt vorsichtig, das Kleid abzutupfen. Beide machen ein paar Schritte zur Seite, um nicht mitten auf dem Bürgersteig zu stehen. Der hilfsbereite junge Mann bedeutet ihr, die Tasche abzustellen, damit er besser wischen kann. Das macht sie prompt. Einen Augenblick später drückt er ihr das Taschentuch in die Hand. Ehe sie sich's versieht, ist der Mann verschwunden. *Luise Reuscher* begreift erst, was los ist, als ihr ein Passant zuruft: «Der hat Ihren Beutel mitgenommen!» Sofort rennen zwei Männer dem Flüchtenden hinterher, während sich andere Passanten um die verdutzte Frau kümmern.

Der Beutel mit den 13000 Mark taucht nicht wieder auf, ebensowenig die beiden Verfolger. Die Polizei vermutet später, daß es sich um Komplizen des Diebes handelte, die auf diese Weise andere Passanten davon abhalten wollten, den Täter zu verfolgen. Im «Täglichen Kriminalitätslagebericht» des 24. Kommissariats heißt es über den Diebstahl: «Der Täter dürfte sein Opfer schon in der gutbesuchten Schalterhalle der Bank observiert haben ... Die Verschmutzung des Kleides wurde durch ein Fruchtsaftgetränk verursacht.»

Nur wenige Minuten braucht ein Fußgänger von der Sparkassenfiliale auf der Zeil zur «Frankfurter Volksbank» in der Börsenstraße. Kurz vor eins erscheint *Jürgen Smed* am Schalter, ein Versicherungskaufmann, 31 Jahre alt. Er wechselt 720 D-Mark gegen italienische Lire, 500000 Lire bekommt er ausbezahlt. Er packt das Geld in einen Umschlag und steckt ihn in die linke Innentasche seiner Jacke. Als er aus der Bank geht, spricht ihn jemand auf englisch an. Der Mann, dunkler Teint, dunkle Haare, weist ihn freundlich darauf hin, daß ihm irgend etwas Blödes passiert sein muß – daß sowohl seine Jacke wie auch seine Hose von hinten schmutzig seien. *Jürgen Smed* will sich die Sache anschauen, da reicht ihm auch schon ein anderer Mann freundlich ein Papiertaschentuch. Die beiden helfen *Jürgen Smed*, sie stehen dicht bei ihm. Die beiden Männer verabschieden sich. Einen Augenblick später faßt der Versicherungskaufmann in die linke Innentasche seiner Jacke. Er bekommt einen Schreck: Der Umschlag ist weg – die halbe Million Lire verschwunden, zusammen mit den beiden «Helfern». «Nach Angaben der Bankkassiererin haben sich die beiden Männer, die als Südamerikaner zu erkennen gewesen seien, schon längere Zeit vor dem Vorfall in der Schalterhalle aufgehalten», heißt es in dem Polizeibericht. «Offensichtlich haben sie hier potentielle Opfer beobachtet... Bei dem auf die Kleidung aufgebrachten ‹Schmutz› dürfte es sich um Senf gehandelt haben.»

Die Uhr zeigt zehn vor drei. Im Sonnenschein sitzt ein Geschäftsmann aus Japan an der Treppe zur B-Ebene der Hauptwache. Der Fünfzigjährige hat einen Stadtplan aufgeschlagen und ist in ihn versunken. Als er Bescheid weiß und aufsteht, um sich auf den Weg zu machen, merkt er, daß seine Reisetasche verschwunden ist. Er hatte sie neben sich auf den Boden gestellt. «Der Geschädigte konnte keinerlei Täterhinweise geben», notierte ein Polizeibeamter später. Das einzige, was der Japaner auf der Wache schildern konnte, war der Inhalt der verschwundenen Tasche: «ca. 6500 US-Dollar bar, ca. 1100 US-Dollar in Reiseschecks, 40000 jap. Yen, 1 Kamera MINOLTA, 1 Brille, 1 Visa-Kreditkarte, 1 jap. Paß, 3 Flugtickets (Lufthansa u. Alitalia) zum Weiterflug nach Rio de Janeiro».

Das sind drei Fälle von Hunderten, die Monat für Monat in Frankfurt auf das Konto von organisierten Taschen- und Trickdieben gehen. «Es hat viele Jahre gedauert, bis wir erkannt haben, daß diese Diebstähle zunehmend organisiert begangen werden», sagt Felix May, der als Erster Kriminalhauptkommissar tagtäglich mit diesen Fällen zu tun hat. Jeden Tag werden durchschnittlich zehn Taschendiebstähle bei der Polizei in Frankfurt gemeldet. Die Beamten gehen davon aus, daß auf einen angezeigten Fall mindestens zehn nicht angezeigte kommen. Den Ermittlern fällt seit Jahren auf, wie *organisiert* die Trick- und Taschendiebe vorgehen. In Gruppen, die mit System und festgelegten Rollen arbeiten, bestehlen sie die Opfer und setzen ihre Beute über durchorganisierte Vertriebskanäle ab. Die Zahl der gemeldeten Taschendiebstähle stieg 1988 im Bundesgebiet um 25 Prozent gegenüber dem Vorjahr, die Statistik weist 32660 angezeigte Fälle aus, das heißt, Tag für Tag kommen 90 Menschen in der Bundesrepublik zur Polizei, die einen solchen Diebstahl melden. Geht man von dem «Dunkelziffer»-Faktor 10 aus, sind es in Wirklichkeit täglich 900 Menschen im Bundesgebiet, die auf diese Weise bestohlen werden. Die meisten Diebesbanden reisen von Großstadt zu Großstadt. Heute langen sie auf der Frankfurter Zeil zu, in der nächsten Woche auf der Stuttgarter Königstraße, anschließend im Bereich der Kölner Domplatte und dann auf der Hamburger Mönckebergstraße.

Die Polizei hat mit einem neuen Tätertyp zu tun. Kriminaloberkommissar Richard Heinecke: «Spätestens seit dem massiven Auftreten südamerikanischer Taschendiebe ist es mit der vielbeschriebenen ‹Deliktstreue› auf diesem Kriminalitätsfeld endgültig vorbei. Der klassische Taschendieb verschmähte es geradezu, eine abgestellte Handtasche zu stehlen, das war unter seinem Niveau. Fühlte er sich doch als ‹Spezialist unter den Langfingern›, war er doch ein Vertreter dieses uralten Gewerbes der Beutelschneider. Er war stolz auf seine Geschicklichkeit und Fingerfertigkeit. Heimlich und unbemerkt arbeitete er fast immer in direkter Körpernähe zu seinem Opfer. Mit taschenspielerartigen Fähigkeiten wechselten Portemonnaies und Brieftaschen in atemberaubender Perfektion und in Sekundenschnelle ihren Besitzer.

Im Zeitalter von Kreditkarten und Scheck versprächen zum Beispiel «Aktenkoffer arabischer Geschäftsleute und asiatischer oder amerikanischer Touristen ‹Gehaltvolleres›. Eine Verrohung in diesem Deliktsbereich wird durch das Auftreten von jugoslawischen Banden deutlich, die zunehmend Geschicklichkeit durch Gewalt ersetzen, oder Kinder und Jugendliche, die mit dem ‹aggressiven Betteltrick› in der Nähe des Raubes ‹arbeiten› und bei denen es in der Regel, weil sie eisern schweigen, unmöglich ist, Angaben über im Hintergrund stehende Erwachsene, die diese Kriminalität steuernd verursachen, zu erlangen.»

Für die Täter lohnt sich das Geschäft. Wer halbwegs gut ist, kann nach Schätzungen der Polizei allein an Bargeld pro Tag zwischen 2000 und 5000 Mark verdienen, mit einem einzigen Glückstreffer aber auch schon mal weitaus mehr.

Die Täter arbeiten mit Tricks, die sie aus dem Effeff beherrschen. «Es gibt in Sarajewo eine Taschendiebschule mit vielen Dutzend Absolventen in jedem Jahr», weiß der hannoversche Kommissar Detlef Ehrike. «Die deutsche Polizei ist dagegen machtlos.»

Bevor die Diebe zur Tat schreiten, lassen sie sich viel Zeit, um sich ihr Opfer auszugucken. So stehen sie unauffällig in Schalterhallen von Postämtern und Banken. Dort beobachten sie, wer sich einen größeren Betrag auszahlen läßt – und wo er das Geld hinsteckt. In Lokalen halten sie Ausschau, ob jemand mit seiner Tasche oder seiner Geldbörse unvorsichtig umgeht. «Die laufen», berichtet Kriminalhauptkommissar May, «notfalls auch dem Opfer durch mehrere Kaufhäuser nach, bis sich eine günstige Gelegenheit bietet.»

Und dann kommt der Augenblick der Tat. Dabei verständigen sich die Mitglieder der Gruppe stumm – durch unauffällige Handzeichen, Augenzwinkern und Grimassen. Beim «Drängler-Trick» verursachen ein oder zwei Täter künstlich ein Gedränge – so bleibt, zum Beispiel, in der Hauptverkehrszeit beim Einsteigen in den Bus oder die U-Bahn einfach einer stehen. In der Fachsprache heißt er «Mauermacher». Ein anderer schiebt von hinten – und schon gibt es für wenige Sekunden ein Tohuwabohu. Das reicht. In dem Durcheinander fischt der «Zieher» dem Opfer die Beute aus der Tasche. Damit niemand etwas sieht, steht der «Abdekker» so, daß er die Sicht auf den Arm des «Ziehers» verdeckt. Blitzschnell gibt der «Zieher» die Beute weiter, häufig geht sie in Sekundenschnelle durch eine ganze Reihe von Komplizen-Händen. Sollte tatsächlich jemand behaupten – wie in einem Freiburger Kaufhaus geschehen –, er habe gesehen, wie der Betreffende einer Frau die Geldbörse aus der Handtasche zog, kann der Hausdetektiv kommen, kann die Polizei erscheinen, kann der Verdächtige auf den Kopf gestellt werden – bei ihm findet sich nichts aus der Handtasche. Er beteuert seine Unschuld. Niemand kann ihm das Gegenteil beweisen. War wohl alles nichts anderes als ein Irrtum, ein ausgesprochen peinlicher ... Die Komplizen sind längst über alle Berge.

Bei der «Kleiderbeschmutzer-Nummer» verwenden die Täter Saft, Ketchup, Senf – bis hin zur Banane, die sie dem Opfer auf den Rücken drücken. Freundlich wird das Opfer auf den Fleck hingewiesen, rührend wird beim Säubern geholfen – und wieselflink ist der Täter mit der Beute verschwunden. Oft unterstützen ihn dabei Komplizen, die das

Opfer ablenken. Auch setzen die Täter immer wieder klingendes Kleingeld ein, um an das große Geld ihres Opfers zu kommen. So drehte sich beispielsweise ein iranischer Geschäftsmann um, als er an einem Taxistand des Frankfurter Flughafens Münzen klirren hörte. Er hilft beim Einsammeln. Als er sich umblickt, ist sein Aktenkoffer weg. Inhalt: 73000 Mark.

«Ein anderer beliebter Trick ist das ‹Schlitzen› von Taschen», berichtet der Lübecker Kriminalhauptkommissar Dieter Ellinghaus. «Es passiert, daß Leute nach Hause kommen und erst dort feststellen, daß ihre Gesäßtasche aufgeschlitzt und das Portemonnaie verschwunden ist.»

Solche Gruppen kommen nach Erkenntnissen der Ermittler für einige Wochen oder Monate in die Bundesrepublik und reisen anschließend wieder zurück. Seit einiger Zeit registrieren die Fahnder eine Verlagerung ihrer Ankunft von Frankfurt nach Luxemburg. «In Deutschland landen sie nicht mehr so oft, weil bei uns die Kontrollen auf den Flughäfen durch das Rauschgiftproblem und den Terrorismus strenger sind als in anderen Ländern», berichtet Kriminalhauptkommissar May. Von Luxemburg reisen sie dann in die Bundesrepublik ein. Meist in kleinen, unauffälligen Mietwagen. Mit dem Escort, Fiesta und Kadett fahren sie kreuz und quer durch Europa.

Täter aus Südamerika – vorwiegend aus Chile, Kolumbien und Peru – reisen, so Taschendieb-Fahnder Heinecke, «mit Kontaktadressen versehen, teilweise als Rauschgiftkuriere und unter Verwendung bereits in Europa gestohlener und gefälschter Flugscheine nach Europa. Bei den Kontaktadressen handelt es sich meistens um Restaurants, Bars und Hotels, die ihnen gleichzeitig als Informationszentrale dienen. Dort treffen sie mit Landsleuten zusammen und gliedern sich ein in die vielen Gruppen/Banden, die in wechselnder Besetzung alle westeuropäischen Großstädte bereisen... In vielen Städten verfügen die Täter über Kontaktadressen zum Absatz des erlangten Diebesguts. Einen besonderen Schwerpunkt dabei bilden gestohlene Euroschecks, EC-Karten, Reiseschecks und Ausweispapiere.»

Die Schecks wandern von dort aus über dunkle Kanäle zu Gruppen, die sich darauf spezialisiert haben, gestohlene Euroschecks einzulösen. Zum großen Teil handelt es sich dabei, so das BKA, um «internationale Hehlerringe». Bezeichnend dafür ist, daß gestohlene Schecks häufig wenige Tage nach dem Diebstahl im Ausland eingelöst werden, vor allem in den Urlaubsgebieten in Italien, Spanien und Frankreich. Beliebt ist auch die Methode, sofort nach dem Diebstahl die erbeuteten Schecks und Ausweise in einen bereits adressierten Umschlag zu stecken und ihn in den nächsten Briefkasten einzuwerfen. Werden die Diebe von der Polizei gestellt, findet sie bei ihnen nichts, womit ihnen die Tat nachgewiesen werden könnte.

Auf ihren Reisen durch die Bundesrepublik und das übrige Europa sind die Täter meist mit gestohlenen oder gefälschten Ausweisen unterwegs. Wird einer von ihnen geschnappt, können die Beamten oft nicht einmal klären, wen sie tatsächlich vor sich haben. Ebensowenig – natürlich! – erfahren die Polizisten von einem gefaßten Täter, wo die Gruppe in der Stadt abgestiegen und mit welchen Komplizen er auf Tour ist.

Fast jede Gruppe macht in Frankfurt Station – 3900 Diebstähle aus Taschen heraus wurden 1988 der Polizei gemeldet – und über 7000 Diebstähle von Taschen und Gepäckstükken. Gruppen aus Südamerika überschwemmen geradezu die Stadt, berichtet Kriminaloberkommissar Heinecke. «Sie quartieren sich für längere Zeit in kleinen Pensionen ein und ziehen täglich von ihren ‹Stützpunkten› aus in Zweier- bis Fünfer-Gruppen durch den Flughafen, den Hauptbahnhof, die Foyers der großen Hotels, durch die Fußgängerzonen mit Straßencafés, Gartenlokalen und Touristenattraktionen, durch die Einkaufsstraßen, besuchen Messen und

Großveranstaltungen.» Viele Täter passen sich dabei ihrer Umgebung an. «Sie sind meist gut gekleidet», sagt Kriminalhauptkommissar May. «Dabei sind sie sehr wählerisch, tragen gern Boss und Pierre Cardin.» Kommen die Beamten einer solchen Gruppe auf die Schliche, so ist es für sie oft schwierig, die Täter zu überführen. «Die observieren uns genauso gut wie wir sie», sagt Felix May. So passiert es immer wieder, daß Beamte, die auf der Straße Täter im Visier haben, plötzlich feststellen, daß ein Komplize sie erspäht hat und die anderen warnt. Mitunter machen sich die Täter dann einen Spaß daraus, erkannte Beamte zu grüßen, freundlichst.

Immer häufiger machen die Täter auch in kleineren Städten Station, dort sind Bürger und Polizei oft noch nicht so auf der Hut. Nach dem Lagebild «Taschendiebstahl» des Bundeskriminalamts werden bei der «zunehmend organisierten Tatbegehung» die Täter «gezielt, insbesondere bei Großveranstaltungen, eingesetzt». Nicht nur die Polizei muß sich darauf einstellen. Zum Beispiel hat während der Osterreisewelle 1989 die Bundesbahn ihre Fahnder auf dem Hauptbahnhof Frankfurt verstärkt. Über zwei Dutzend Täter erwischten sie auf frischer Tat: 21 Jugoslawen, vier Kolumbianer, drei Chilenen und einen Marokkaner. Trotzdem macht sich niemand Illusionen: Die meisten Täter konnten unerkannt entkommen.

Wer meint, auf solche Maschen falle er nicht herein, möge bedenken, daß die Täter nicht direkt auf die Beute zusteuern, sondern es geradezu perfekt verstehen, das Opfer abzulenken, oft durch Freundlichkeit einzulullen. Selbst der Chef des Bundeskriminalamts, Heinrich Boge, wurde so ausgenommen. Er war zu einem Fest im Wiesbadener Prominentenlokal «Ente von Lehel» eingeladen. Das einzige, was dem BKA-Präsidenten auffiel, war, «daß es der Chef des Hauses ganz gegen seine Gewohnheiten einem offenbar Neuen überließ, ihm in dem proppenvollen Haus einen

Platz zu suchen», berichtet Waldemar Burghardt, ehemaliger Leiter des LKA Niedersachsen. «Ein netter Mensch übrigens, dieser Neue; vielleicht eine Nuance zu ‹grapschig›, wie der Osnabrücker solche Leute zu nennen pflegt, die dauernd um einen herumwieseln und dabei mal hier, mal da etwas zu befummeln haben. Aber was soll's? Höflich war der Mann – und was will man mehr? Aber dann war da noch diese eigenartige, amüsiert-interessierte Teilnahme der Leute. Putzig, irgendwie anders als sonst. Das aber klärte sich unvermittelt auf, als jener freundliche Neue ein wenig undezent, jedenfalls so, daß alle es hören konnten, fragt, ob Dr. Boge denn auch sein Portemonnaie dabei habe? Ein Griff in die Gesäßtasche – kein Portemonnaie da. Und die Brieftasche? – Auch weg; wie die Armbanduhr! Brüllendes Gelächter ringsum. Ausgesprochene Heiterkeit auch beim Betroffenen, als der freundliche Herr – es war Circus Krones Meisterdieb Borra – alles zurückgab …»

Zunehmend machen die Ermittler auch organisiert vorgehende Ladendiebe aus. Zwar ist ihr Anteil an der Gesamtzahl der Ladendiebe gering, er dürfte unter einem Prozent liegen. Doch ist der Schaden, den sie verursachen, auch wenn er von keiner Statistik erfaßt wird, immer um ein Vielfaches höher als der, den die Gelegenheitstäter anrichten. Von diesen unterscheiden sich grundlegend die organisierten Ladendiebe: Sie gehen planmäßig vor, arbeiten in aufgeteilten Funktionen mit anderen zusammen, stehlen regelmäßig nicht am Wohnort und auch nicht Ware für den eigenen Bedarf. Sie lassen nur Dinge mitgehen, die sie ohne Probleme und für möglichst viel Geld absetzen können. Deshalb haben sie sich überwiegend auf Schmuck und wertvolle Bekleidung spezialisiert.

So zog eine Gruppe durch bundesdeutsche Pelz- und Kollektionsgeschäfte und stahl Berge von Nerz-, Persianer- und Ozelotmänteln. Die Beute setzte sie in Italien ab. Ihr gehörten 28 Personen an, 18 Männer und zehn Frauen verschiedener Nationalität, überwiegend aus Belgien und Frankreich. Ihre Methode: Eine Dame und zwei Herren betreten das Geschäft. Sie interessieren sich für bestimmte Modelle, lenken dabei das Personal ab. Nach einer Weile zieht sich ein Täter zurück und schaut sich auf eigene Faust an den Kleiderständern um. In einem unbeobachteten Moment schiebt er blitzschnell ein oder zwei Mäntel in eine präparierte Schachtel, die er unterm Arm trägt. Kein Verkäufer hegt Verdacht, denn die Schachtel ist als Geschenk verpackt. Jedenfalls scheint es so. Die Beschaffer-Trios arbeiteten in wechselnder Besetzung. Nicht nur in der Bundesrepublik, sondern in halb Europa: in Skandinavien, den Niederlanden und der Schweiz kam die Polizei diesem Täterkreis auf die Spur.

Über 400 Diebstähle wurden einer 15köpfigen Gruppe aus Köln nachgewiesen. Zu ihr gehörten auch zwei Kinder und vier Jugendliche. Die Beute versilbert sie bei vier Hehlern. Nachweisen konnten die Ermittler allein 35 Beutezüge durch Köln, zwölf durch Bonn, acht durch Aachen, vier durch Wuppertal und jeweils einen in Jülich und in Remscheid. Die Polizei fand heraus, daß die Gruppe nicht nur eine Kasse eingerichtet hatte, aus der die Geldstrafen für erwischte Gruppenmitglieder gezahlt wurden, sondern auch, daß Mitglieder aus taktischen Gründen nicht selber begangene Diebstähle auf sich nahmen, um erheblich vorbestrafte Mitglieder zu entlasten.

In Paderborn betritt am Abend ein Mann ein Juweliergeschäft in der Innenstadt. Er interessiert sich für eine Uhr im Schaufenster. Der Geschäftsinhaber öffnet die Schiebetür zur Auslage. In diesem Augenblick fliegt die Ladentür auf, ein Mann stürmt herein. Mit einem Griff reißt er drei Rolex-Uhren an sich und ist verschwunden, bevor der Verkäufer mitbekommen hat, was passiert ist. Auch der «Kunde» macht sich schleunigst aus dem Staub, ebenso ein

Komplize, der vor dem Fenster stand. Innerhalb weniger Sekunden machten die Täter Beute im Wert von 43000 Mark. Die Polizei ermittelt, daß es sich um Engländer handelt. Am Vormittag waren sie auf dem Flughafen Düsseldorf in einer Maschine aus Manchester gelandet. Sie mieteten sich einen Wagen und fuhren stracks nach Paderborn, keine zwei Stunden über die Autobahn. Schon mehrfach waren sie – wie die Beamten herausfanden – von Manchester nach Düsseldorf geflogen, um in der Bundesrepublik Straftaten zu verüben. Auf ihr Konto geht unter anderem ein 60000-Mark-Schmuckdiebstahl in Werl. Wie Paderborn liegt auch Werl an der B 1.

«Professionelle Diebe sind flexibel», lautet das Fazit von Rolf und Kurt-Michael Loitz, die 197 Pelz- und Bekleidungsdiebstähle auswerteten. Der oder die «Ablenker» binden die Aufmerksamkeit des Personals, während der Dieb nach einem günstigen Moment und Ort Ausschau hält, um die Beute verschwinden zu lassen. Dabei agieren die «Ablenker» ausgesprochen einfallsreich, haben Rolf und Kurt-Michael Loitz herausgefunden. «Sie heucheln in ausgedehnten Gesprächen Kaufinteresse, ändern auch ihre vorgetragenen Wünsche und bewirken damit einen Standortwechsel. Anproben sind willkommenes Mittel, die Gegenwart der Verkäufer zu binden, um den anderen Bandenmitgliedern den ungestörten Diebstahl zu ermöglichen. Wohlüberlegte Sonderwünsche, unbedeutende Käufe, bestellte Telefongespräche, Anfertigung von Anzahlungsquittungen, vorgetäuschte Kreislaufschwäche, Bitten um ein Glas Wasser oder ähnliches, demonstratives Vorzeigen von Geldscheinen, sind einige Tricks, um das Personal abzulenken. Eine andere Variante ist das Fortlocken: Man läßt sich die Toilette zeigen, wünscht die Vorlage bestimmter Waren aus dem Schaufenster oder solche, die sich in Nebenräumen oder abgelegenen Verkaufsflächen befinden. Ziel ist dabei immer, das Personal vom Standort der Mittäter zu entfernen, damit diese unbeobachtet stehlen können. Mittäter stiften auch durch aufgeregtes Hinundherrennen zwischen Spiegeln oder durch Herausreißen von Waren aus Ständern oder Auslagen Unruhe. Auch damit wird die Aufmerksamkeit des Verkaufspersonals gefesselt und die Möglichkeit, auf frischer Tat entdeckt zu werden, reduziert oder gar beseitigt.»

Ebenso sind Kunstdiebstähle zur Domäne organisiert vorgehender Täter geworden. Die Erkenntnisse der Ermittler über die einzelnen Diebesgruppen, Hehler und Hintermänner dieser Branche sind bescheiden. «Die Verschwiegenheit der Abnehmer und die zwangsläufige Komplizenschaft zwischen Hehler und Stehler lassen nur geringe Aufklärungserfolge zu», beschreibt Hans-Werner Hamacher, ehemaliger Direktor des Landeskriminalamts Nordrhein-Westfalen, das Dilemma der Polizei. «Diejenigen, die den Ermittlungsbehörden ins Netz gehen, sind regelmäßig eher Kleinkunsthändler, die mit Madonnen, Altarbildern und Biedermeierkommoden handeln – ganz selten solche Zeitgenossen, die auch einen geraubten Watteau oder Picasso ‹besorgen› und an den Mann bringen.» Das Geschäft floriert angesichts der Tatsache, daß es immer mehr Menschen gibt, die sich entschließen, in Kunst zu investieren und «wahre Schätze» möglichst günstig erwerben wollen. Im Verhältnis zu dieser Nachfrage ist das Angebot knapp. Händler auf dem Kunst- und Antiquitätenmarkt wissen, was gesucht wird – und einige sorgen dafür, daß entsprechende Ware aus dunklen Kanälen in ihre Hinterzimmer kommt.

Sie beziehen die Stücke von Hehlern, die auf Bestellung stehlen lassen. Beschaffung und Absatz funktionieren ohne Schwierigkeiten über Staatsgrenzen hinweg. Das Landeskriminalamt Baden-Württemberg ermittelte beispielsweise eine Tätergruppe, die gestohlene Kunstwerke zwischen Italien, der Bundesrepublik, der Schweiz und Österreich verschob. Im Mittelpunkt des Millionengeschäfts machten die Fahnder die 29 Jahre alte Ehefrau eines Baustellenleiters aus. Die Frau aus Lörrach ließ es sich gutgehen: Die meiste Zeit lebte sie in der eigenen Villa am Gardasee. Sie hatte sich spezialisiert auf das Verschieben von Heiligenfiguren, Putten, Gemälden und Leuchtern, die zum großen Teil aus Kirchen stammten. Über ihre Kanäle wußte sie aber auch Teppiche, Pelze und Schmuck aus Einbrüchen in Villen und Geschäften zu Geld zu machen. Die Beute schafften ihr zwei Einbrechergruppen heran, die überwiegend in Norditalien arbeiteten. Zum einen erteilte sie den Tätern gezielte Aufträge, sagte ihnen genau, wo sie was zu stehlen hatten. Zum anderen war bekannt, für welche Beute sie Abnehmer an der Hand hatte, so daß Diebe auch von sich aus ihr entsprechende Dinge anboten. Die Ware setzte sie – zum Teil in Zusammenarbeit mit ihrem Mann – vor allem in Lörrach, Stuttgart, Wien, Innsbruck und Basel ab.

Nachdem die Polizei den Tätern auf die Spur gekommen war, stimmten sich die Dienststellen ab und holten zu einem gemeinsamen Schlag aus – im gleichen Augenblick wurden in Italien, der Bundesrepublik, Österreich und der Schweiz Wohnungen durchsucht und acht Personen verhaftet. In der Villa am Gardasee fand die Polizei Kunstwerke im Wert von mehreren Millionen Mark. Allein die in Lörrach sichergestellten Gegenstände konnten neun Kircheneinbrüchen zugeordnet werden, die zwischen 1986 und 1988 in den italienischen Provinzen Bozen und Trient verübt worden waren.

Selbst Fahrräder werden mittlerweile organisiert gestohlen. Längst vorbei sind die Zeiten, in denen der Fahrraddiebstahl ein bloßes «Jugenddelikt» war, bei dem sich Jugendliche für den eigenen Bedarf einen Drahtesel klauten – und ihn dann nach einer Weile irgendwo stehenließen. Fahrräder sind heute häufig ein Prestige- und Wertobjekt – nicht zuletzt dank einem erwachten Umweltbewußtsein. Für gute

Sporträder und Mountain-Bikes blättert man lässig einen Tausender und einige Hunderter hin. Dies ist der Hintergrund für das Verschwinden von über 300000 Fahrrädern in der Bundesrepublik pro Jahr. Der Schaden beläuft sich auf 150 Millionen Mark. Davon übernehmen die Versicherungsunternehmen 100 Millionen. Es gibt Hinweise darauf, daß Gruppen in Großstädten auf Bestellung Fahrräder stehlen und daß sie lastwagenweise in andere Orte zu Verkäufern gebrauchter Räder gebracht werden. Auch ins Ausland gehen Lieferungen von gestohlenen Stahlrössern. So entdeckte die Polizei in Hamburg 150 geklaute Räder im Hof einer Spedition, die in Container verschifft werden sollten – via Bremen nach Westafrika. Aus Niedersachsen werden – von vielköpfigen Gruppen organisiert – Fahrräder zu Hunderten in die Niederlande verschoben. Dort sind in der Bundesrepublik gestohlene Räder nicht bei der Polizei registriert.

Bezeichnend für alle Formen der Organisierten Eigentumskriminalität sind perfekt arbeitende Täter, die in Gruppen zur Tat schreiten, über ein immenses Know-how verfügen und wissen, wie sie das Risiko, geschnappt zu werden, gering halten. Denn sie kennen die Arbeitsweise der Polizei genau. Allen diesen Dieben ist gemeinsam, daß sie unersättlich sind: der eigene Bedarf spielt keine Rolle, bildet keine Grenze. Sie nehmen alles, was wertvoll ist und von dem sie wissen, daß sie es in kürzester Zeit bei einem Hehler versilbern können. Den Antrieb in diesem Räderwerk liefern die Hehler. Sie halten die Diebe zum Stehlen an und den Warenumschlag in Schwung. Über verdeckte Kanäle transportieren sie die Beute auf Märkte, die immer größer werden. Dort findet das Gut reißenden Absatz – weil es erheblich billiger ist als legale Ware. Die großen Gewinner sind – wie überall – die Drahtzieher: Sie werden innerhalb kürzester Zeit steinreich. Opfer sind wir alle: nicht allein die, die tatsächlich bestohlen werden, sondern jeder, der für die steigenden Versicherungsprämien aufkommen muß – sei es für Hausrat- oder Kfz-Kaskoversicherungen, sei es beim Einkauf, wenn er an der Kasse automatisch auch mit für die Versicherung der Einzelhändler, Hersteller und Transporteure zahlt. Ein Ende des Kreislaufs – vom legalen Markt über den illegalen zurück auf den legalen – ist nicht in Sicht: Die Nachfrage bestimmt das Angebot.

Die Wirtschaftskriminalität

Das Feld der Organisierten Kriminalität, auf dem die Täter die größten Erträge erzielen, ist die Wirtschaftskriminalität, sie «erwirtschaften» hier Jahr für Jahr einen zweistelligen Milliardenbetrag. Wieviel genau, vermag niemand zu sagen. Das liegt daran, daß die Täter häufig in ungemein komplizierten Bereichen hochspezialisiert vorgehen, nicht selten im Gewand von honorigen Geschäftsleuten. Für die Polizei ist es entsprechend schwer, ihnen auf die Schliche zu kommen. Ein erheblicher Teil der Taten bleibt gänzlich unentdeckt, weil niemand mitbekommt, daß überhaupt ein Delikt begangen wurde – man denke nur an den organisierten Schwindel bei EG-Subventionen. Wegen der sehr hohen Dunkelziffer läßt sich aus dem zahlenmäßig erfaßbaren Schaden der erkannten Delikte wenig ableiten. Was etwa besagt schon der «offizielle» angegebene Schaden bei Betrug und Untreue, der im Jahr 1988 nach Berechnungen des BKA 4,1 Milliarden Mark betrug?

Also ist es kein Wunder, daß die Schätzungen des Schadens, den die Wirtschaftskriminalität insgesamt pro Jahr verursacht, weit auseinanderliegen: bis zu 30 Milliarden Mark geht das Bundeskriminalamt in einer internen Studie aus dem Jahr 1989; von «mehr als 100 Milliarden» sprechen die Arbeitsgemeinschaft sozialdemokratischer Juristen

(ASJ) und die SPD-Arbeitsgemeinschaft für Arbeitnehmerfragen (AfA).

Als Formen der Wirtschaftskriminalität nennt die OK-Skizze des Bundeskriminalamts den Kapitalanlagebetrug, die Produktpiraterie, die «Kriminalität in Zusammenhang mit unbarem Zahlungsverkehr», die «illegale Überlassung von Arbeitnehmern» und die «illegale Einschleusung von Ausländern». Daneben spielen noch andere Delikte eine Rolle, etwa «organisiert begangene Untreuehandlungen». Man denke an den sogenannten «VW-Skandal», dessen Schaden für das Werk auf 480 Millionen Mark beziffert wird. Oder an die organisiert vorgehenden Betrüger, die riesige Subventionen erschwindeln oder sich mit System vor Zöllen drücken.

Bezeichnend für die Wirtschaftskriminalität ist, daß einige der allgemeinen OK-Indikatoren fast zwangsläufig vorliegen müssen, weil sie auch charakteristisch sind für die «legale», modern organisierte Wirtschaft. So ist es selbstverständlich, daß bei der Wirtschafts-OK die moderne Technik genutzt wird, wie EDV und Telefax, und daß die Täter «präzise und professionell, an Markterfordernissen ausgerichtet» vorgehen, da sich nur so in der Wirtschaft Erfolge erzielen lassen. Dasselbe gilt für die «schnell zur Verfügung stehenden, offenbar problemlos zu finanzierenden Verteidiger». Wo viel Geld verdient wird, ist es üblich, daß spezialisierte Top-Anwälte engagiert werden. Ebenso selbstverständlich ist, daß auch in der Wirtschafts-OK arbeitsteilig gearbeitet wird.

Hält man sich dies vor Augen und blickt man auf die anderen Felder der Organisierten Kriminalität, so wird klar, daß es sich bei der Wirtschaftskriminalität um einen Sonderfall des Organisierten Verbrechens handelt. Während OK-Indikatoren sonst überall darauf hindeuten, daß sich das Vorgehen der Täter qualitativ von dem der «gewöhnlichen» Täter unterscheidet, wesentlich gefährlicher ist – man denke an die Eigentumskriminalität –, sind viele OK-Indikatoren im Be reich der Wirtschaftskriminalität schlichte Selbstverständlichkeiten. Mit anderen Worten: Wirtschaftskriminalität ist heutzutage oft auch zugleich Organisierte Kriminalität.

Die Kapitalanlagebetrüger

Das Telefon klingelt. *Hermann König* hebt ab. «Dr. Weiss, Nettleville, London», meldet sich die Stimme am anderen Ende. «Guten Tag, Herr *König*. Wir hatten uns ja vor einiger Zeit über unser Festgeldprogramm unterhalten und Ihnen die entsprechenden Unterlagen zugesandt. Wie Sie ja gelesen haben, garantieren wir Ihnen 20 Prozent auf zwölf Monate. Meine Frage nun an Sie: Über welchen Betrag soll ich für Sie zeichnen?»

Hermann König erinnert sich gut. Vor ungefähr zwei Wochen hatte ihn der Mann schon einmal angerufen. Er berichtete von einer «sicheren und lukrativen Geldanlage» mit Renditen von drei und mehr Prozent pro Monat, die die Firma Nettleville Investments Ltd. zu bieten hätte. «Das klingt gut», fand *Hermann König*. Dr. Weiss hatte ihm «schriftliche Unterlagen» versprochen – und die waren prompt aus London gekommen: eine aufwendig gestaltete Broschüre in grünem, goldkordelverziertem Samt-Einband mit Hochglanzfotos von den Börsenplätzen London und New York. In der Broschüre las er von «Trustrenditen von 3%–4,5% pro Monat, je nach Laufzeit».

Das, was dort stand, hatte ihn überzeugt – und so erklärte er sich bereit, 25000 Mark zu investieren. «Okay», entgegnete ihm der Anrufer. «Dann werden die Papiere noch heute auf Ihren Namen eingetragen. Ich werde sofort veranlassen, daß Ihnen eine Auftragsbestätigung zugeschickt wird. Ihren ersten Kontoauszug erhalten Sie bei Geldeingang. Sie überweisen bitte per ‹Swift›, das ist eine EDV-Überweisung von Bank zu Bank, und zwar auf die Barclays Bank in London.» *Hermann König* notierte die Kontonummer und die anderen Angaben für die Überweisung. «Herr *König*, kann ich mich darauf verlassen, daß Ihrerseits alles in Ordnung geht?» fragte der Anrufer noch einmal nach. «Ich bedanke mich für Ihren ersten Auftrag und hoffe, Sie bedanken sich auch ein kleines bißchen bei mir, da ich mir doch etwas Mühe gegeben habe.»

Bevor *Hermann König* tatsächlich das Geld überweist, schaut er sich noch einmal aufmerksam die grüne Edel-Broschüre an. Über dem Motto des Unternehmens «Geld ertragreich und solide anlegen» prangt auf dem Samt-Einband groß das Wappen des Hauses, ein verschnörkeltes N, umgeben von Eichenlaub und einer Krone. Im Vorwort liest er:

«GELDANLAGE IST VERTRAUENSSACHE!!!

Diese Dokumentation soll Ihnen den Weg zu lukrativen und sicheren Geldanlagen zeigen.

Die Manager und Finanzexperten von NETTLEVILLE INVESTMENTS LTD. befassen sich schon seit Jahren mit den Wuenschen und Problemen ihrer Kunden und wir haben dabei festgestellt, dass speziell das TRUSTANLAGEKONTO von allen angebotenen Anlagemoeglichkeiten speziell auch fuer kleine- und mittlere Anleger die meisten Vorteile und Sicherheiten bietet.

Sicher, die Zinsen fuer festverzinsliche Wertpapiere sind in der letzten Zeit an einigen wichtigen Kapitalmaerkten zurückgegangen. In den USA aber sind sie immer noch ungewoehnlich hoch..., hoeher, als bei Ihnen in der Bundesrepublik.

Darum ist die Vermoegensanlage in hochrentierlichen internationalen Rentenwerten immer noch aussergewoehnlich hoch und lukrativ.

Viele Interessenten schrecken aber anfangs vor einem Engagement zurueck, weil ihnen die Handhabung der zwischenstaatlichen Kapitalanlage fremd ist.

Tatsaechlich ist diese internationale Anlage jedoch einfach und bequem, wenn man NETTLEVILLE INVESTMENTS LTD. für sich arbeiten laesst.

NETTLEVILLE INVESTMENTS LTD. hat nämlich ein TRUSTANLAGEKONTO, in dessen Portofeuille [*sic*] eine Vielzahl festverzinslicher Wertpapiere unterschiedlicher Art aus zahlreichen Laendern der Erde gebunden sind.

NETTLEVILLE INVESTMENTS LTD. nutzt somit guenstige Marktchancen weltweit aus, um jederzeit gute Ertraege zu erwirtschaften und Kursgewinne zu erzielen.

Um all dieses brauchen Sie sich also nicht persoenlich zu kuemmern, denn das erledigen unsere international erfahrenen Wertpapier-Experten für Sie.

Das NETTLEVILLE INVESTMENTS LTD. mit dieser Anlagestrategie Erfolg hat, zeigt die Wertentwicklung des Fonds in den vergangenen Jahren.

Sprechen auch Sie mit einem unserer Anlageberater, denn wir wollen auch Ihnen dabei helfen, Ihre Anlage auf ein breites Fundament zu stellen.
GELDANLAGE IST VERTRAUENSSACHE... darum NETTLEVILLE INVESTMENTS LTD.

Herzlichst
Ihr
Dr. Philippe Marlowe, Director.»

Hermann König blättert um. Dort steht unter der Überschrift «TRUST – WAS IST DAS?» unter anderem: «Ein Trust ist im weitesten Sinne als eine Gemeinschaft von Anlegern zu verstehen, die das gleiche Ziel unter den gleichen Bedingungen verfolgen. Er beinhaltet von Banken, Börsenmaklern und Treuhandgesellschaften verwaltete, quasi mündelsichere, Vermögenswerte, entweder einzelner großer Unternehmen (wie z. B. Krupp-Stiftung) oder aber mittlerer Geldgeber. Die Gewinne, die diese professionell geführten Trusts abwerfen, lassen keine Vergleiche mit anderen kleinen Einzelanlegern, angebotenen Anlageformen zu, da letztere eben für Kleinanleger und Sparer zugeschnitten und kaum gewinnbringend sind. Bei Trusts sind die Anlageinstitute jedoch bestrebt, neben dem geforderten Wachstum auch ein *Höchstmaß an Sicherheit* zu gewährleisten.»

Neben einem Bild der Skyline von Manhattan liest er, wie übersichtlich die Anlage für ihn ist: «Obwohl jeder aufgelegte Trust aus einer Vielzahl von Anlegern aus verschiedenen Ländern besteht, erhält jeder einzelne Anleger, unabhängig von der Anlagesumme, sein eigenes persönliches Einzelkonto. Über dieses Konto kann nur der Anleger verfügen... Der Anleger hat also immer absolute Kontrolle und Uebersicht.» Unter einem Bild von der Wallstreet steht auf der nächsten Seite noch eine ganze Menge über die Vorteile der Trusts. Er blättert weiter. Über das Unternehmen selbst findet er die Zeilen: «NETTLEVILLE INVESTMENTS LTD. ist der ‹ROLLS ROYCE› unter den Kapitalanlagegesellschaften, exklusiv und zuverlässig. NETTLEVILLE INVESTMENTS LTD. ist ein englisches Handelshaus mit weltweiten Beziehungen und Verbindungen. Unsere festen und freien Mitarbeiter sind rund um die Welt und rund um die Uhr fuer Sie im Einsatz. Wir verfuegen ueber Niederlassungen in CHICAGO, NEW YORK, PHILADELPHIA, SAN FRANCISCO, TOKIO, HONGKONG, JOHANNISBURG [*sic*] UND SIDNEY. Wir sind an alle fuehrenden international arbeitenden Nachrichtensysteme angeschlossen. Wir verfügen ueber staendige Guthaben bei unseren Handelshaeusern in Hoehe von US $ 150 Mio. Daher sind wir auch in der Lage, bei akuten Anlaessen entsprechend reagieren zu koennen.»

Eine Seite weiter zeigt das Farbfoto einen «Blick in unsere Büroräume»: Auf dem Edelstahlrohr-Schreibtisch stehen ein Monitor, über den gerade die neuesten Kurse flimmern, und Telefone, dahinter, an der Wand, hängt eine große Weltkarte. Ebenfalls auf einem ganzseitigen Foto ist die ehrwürdige Fassade der Barklays Bank am Londoner Piccadilly Circus zu sehen. Text dazu: «Wo finden Sie uns? Im Herzen von London, am Piccadilly Circus.» Die Adresse: 54–62 Regent Street 7th floor, London W 1.

Keine zwei Wochen, nachdem *Hermann König* das Geld überwiesen hat, bekommt er sein erstes «Statement of Account» zugeschickt. In dem Kontoauszug für den Zeitraum einer Woche sieht er in der Spalte «Credit» seinen Gewinn – das Unternehmen hat nicht zuviel versprochen. Schon ein paar Tage später meldet sich Dr. Weiss wieder. Unter Hinweis auf die «satten Gewinne», die nach dem Auszug auf *Hermann Königs* Konto gutgeschrieben wurden, rät er, so schnell wie möglich die Einlage zu erhöhen. Das macht *Hermann König* auch umgehend. 10000 Mark schießt er nach. Mit der Zeit erhöht *König* seine Einlage noch weiter.

Von einer Woche auf die andere hören die Anrufe auf. *Hermann König* wundert sich. Was ist los? fragt er sich. So beschließt er, der Sache auf den Grund zu gehen. Er wählt 00441/4394052, die Nummer des Büros in London. Er erfährt, daß die Firma nicht mehr unter dieser Rufnummer zu erreichen ist – alles war ein einziger Schwindel, wie sich herausstellt.

Seine Einlage von über 50000 Mark sieht *Hermann König* nie wieder. Er ist einer von über 300 Anlegern, die in die Röhre gucken. So gut wie nichts von den über acht Millionen Mark, die die Täter in eineinhalb Jahren eingenommen hatten, ist – wie versprochen – angelegt worden, fand das Bundeskriminalamt in Zusammenarbeit mit Scotland Yard heraus.

Als Kopf der Gruppe ermitteln die Beamten *Rüdiger Weber*. Der gelernte Maurer war den Kunden gegenüber allerdings nicht unter diesem Namen aufgetreten, sondern als

Dr. Philippe Marlowe, Director, oder als Dr. Brinkmann. Der Polizei ist *Weber* schon seit längerem kein Unbekannter mehr: Wegen Betruges und Urkundenfälschung war der Vierunddreißigjährige einschlägig vorbestraft. Bereits mit 19 fällt er das erste Mal bei der Polizei auf. Der Grund: betrügerische Werbung für einen Buchclub. Es folgen Scheck- und Provisionsbetrügereien. Später mischt er kräftig in der Warenterminbetrugs-Szene mit und macht sich dort einen Namen.

Warentermingeschäfte stehen in dem Ruf, daß man mit einigem Sachverstand und Glück in kurzer Zeit viel Geld verdienen kann – sofern sie seriös abgewickelt werden. Bei diesem Geschäft verpflichtet sich eine Partei, zu einem festgelegten Zeitpunkt und Preis eine bestimmte Menge einer Ware zu kaufen – beispielsweise Rohkaffee, Zucker, Edelmetalle, tropische Edelhölzer, Weizen oder Reis. Der Betreffende ist freilich in Wahrheit weder an einer Schiffsladung von tropischen Edelhölzern noch 300 Paletten Rohkaffee interessiert. Er will nichts von alledem sehen, sondern setzt darauf, daß der Preis auf dem Weltmarkt vor dem vereinbarten Abnahmezeitpunkt steigt. Sein Gewinn liegt in der Spanne zwischen dem Kontraktwert zum Zeitpunkt des Kaufs und dem erzielten Verkaufspreis.

Derartige Geschäfte sind an Börsen der Bundesrepublik nicht erlaubt, sie werden vor allem in London und Chicago abgewickelt. Die Durchführung erledigen «Broker». Von seriösen Unternehmen unterscheiden sich Anlagebetrüger dadurch, daß sie die Gelder ihrer Klienten nicht oder nur zum Teil wie vereinbart anlegen und die Beträge auf eigenen Konten verschwinden lassen. Auf diese Weise gelang es einer ganzen Reihe von Warenterminbetrügern, innerhalb kürzester Zeit Millionen auf die Seite zu bringen. Einige von ihnen zogen in das beschauliche Campione am Luganer See. So auch *Rüdiger Weber*.

In der sonnigen italienischen Enklave im Schweizer Kanton Tessin quartiert sich die deutsche Kolonie in mondänen

Villen und luxuriösen Apartmenthäusern ein. Von dort aus haben die Gauner einen herrlichen Blick auf den See und die Berge. Bei klarer Sicht scheint Lugano zum Greifen nah zu sein. Gerade einen Quadratkilometer mißt die Fläche des verträumten 2000-Seelen-Ortes mit den beschaulichen Straßencafés und dem bekannten Kasino. Nach Campione kann man von der Schweiz aus ohne Kontrolle fahren – über die schmale Küstenstraße, die sich am See entlangschlängelt.

Doch *Rüdiger Weber* agiert nicht von seinem Ruhesitz aus. In London zieht er mit zwei Bekannten aus der Warenterminbetrüger-Szene, die Erfahrung haben, wie man Leuten das Geld aus der Tasche holt, das Projekt Nettleville Investments Limited auf: *Jörg Brand*, 30 Jahre alt, früher Schreiner, und *Michael Gaul,* 24, gelernter Koch.

In London mietet *Weber* ein Büro. Die Stadt ist bei Anlagebetrügern beliebt. Das hat mehrere Gründe: Zum einen ist es in Großbritannien vergleichsweise einfach, eine Firma zu gründen; es gibt sogar Unternehmen, die sich auf «Vorratsgründungen» von Firmen spezialisiert haben und ihre Vorräte an jeden verkaufen, der genügend zahlt. Zum zweiten ist London ein bedeutender Börsenplatz. Dies nutzen die Täter, indem sie den Anlegern vorgaukeln, sie könnten besonders günstig arbeiten, weil sie dicht am Geschehen säßen. Und schließlich bietet die Stadt auf der Insel eine gewisse Distanz zu den Anlegern aus der Bundesrepublik. Auf die Idee, einmal kurz vorbeizuschauen, kommt keiner so schnell.

Mit Anzeigen in deutschen und englischen Tageszeitungen wirbt die Gruppe Telefonverkäufer. So annonciert sie:

Englischer Investment-Konzern bietet dynamischem Telefonfinanzberater eine langfristige Zusammenarbeit an.
Unsere Leistung:
Festgehalt und Umsatzbeteiligung.
Ihre Leistung:

Erfahrung, Einsatz und Fleiß.
Telefon: 4390201

Interessenten erfahren, daß fundierte Kenntnisse in der Kapitalanlagebranche nicht Voraussetzung sind, um eingestellt zu werden. Bei dem neuen Unternehmen melden sich Herren, die zuvor bei ähnlich betrügerisch tätigen Kapitalanlageunternehmen gearbeitet haben – mit Kußhand werden sie eingestellt. Andere Interessenten sind durch «Mundpropaganda» in der Szene auf die Firma aufmerksam geworden. Das Unternehmen arbeitet mit sogenannten «Agenturen» zusammen, in denen Telefonverkäufer sitzen und sich um die Kunden kümmern – unter anderem in Frankfurt, Saarbrücken und Schlüchtern.

Zu Werke gehen die Täter in vier Etappen. Zunächst werden die Opfer ausgewählt. Für sie ist nur interessant, wer Geld übrig hat. An die Adressen kommen sie durch Anzeigen, die von Nettleville Investments Limited in deutschen Tageszeitungen erschienen, und außerdem durch Mitarbeiter, die zuvor in ähnlichen Unternehmen gearbeitet und die Adressen einfach mitgebracht haben. Teilweise pickten sich die Telefonverkäufer die Namen und Rufnummern auch einfach aus Branchenfernsprechbüchern heraus.

Dann beginnt Phase zwei, das sogenannte «Broschürengespräch»: Ein Mitarbeiter ruft den Betreffenden an und erkundigt sich freundlich, ob er an einer Investition interessiert sei. Dabei treten die Telefonverkäufer regelmäßig unter einem Decknamen auf – mit einem Doktortitel. So melden sie sich als Dr. Bauer, Dr. Paulus, Dr. Schumacher, Dr. Christ, Dr. Seifert, Dr. Weiss, Dr. Winter, Dr. Marlowe und Dr. Brinkmann. Keiner von ihnen hatte – wie die Polizei später feststellte – jemals in einem seriösen Kapitalanlageunternehmen gearbeitet oder gar eine entsprechende Ausbildung.

Auf einer Karteikarte notiert der Telefonist Namen, Anschrift, Telefonnummer, Hinweise auf das Wesen des Angerufenen und den Alias-Namen, den er benutzt hat. Die Anrufer melden sich mit «Nettleville Investments, London», auch wenn sie von einer der «Agenturen» in der Bundesrepublik aus telefonieren. So kommt es, daß ein Mitarbeiter der Frankfurter Agentur bei einem Kunden in Frankfurt anruft und sich, per Ortsgespräch, aus «London» meldet. Interessenten bekommen anschließend die Unterlagen umgehend aus der britischen Hauptstadt zugeschickt.

Nach ein bis zwei Wochen erfolgt der dritte Schritt, das sogenannte «Opening». Der Telefonverkäufer meldet sich wieder, er versucht, den Interessenten für die erste Anlage zu gewinnen. Dabei liegen Sprechzettel vor ihm auf dem Tisch. Die Telefonverkäufer, die in Wahrheit vom Kapitalanlagegeschäft nicht allzuviel verstehen, brauchen so nichts anderes zu tun, als jeweils den passenden Text flott vorzutragen.

Zweifelt etwa der Angerufene daran, daß die hohen Renditen tatsächlich erzielt werden, so liest der Verkäufer vor, was unter «Gründe für die hohe Verzinsung» steht: «Die amerikanische Regierung ist bestrebt, die in Europa befindlichen sogenannten Euro-Dollar in ihr Land zurückzuführen, um damit ihrer eigenen Inflationsrate vorzubeugen. Wie Sie ja auch wissen, Herr . . ., je mehr Geld der eigenen Währung sich im Ausland befindet, um so höher steigt die Inflationsrate. Aus dieser Notsituation ist das US-Schatzamt mit ausländischen Banken . . .»

Gewinnt der Telefonverkäufer den Eindruck, daß der Betreffende sich mit seiner Frau beraten möchte, versucht er ihn bei seiner «Mannesehre» zu packen: «Ihre Frau in allen Ehren, Herr . . . sie hat sicherlich ihren Nutzen und ihren Stellenwert in Ihrem Leben, sonst hätten Sie sie nicht gewählt. Dieses kleine Geschäft übersteigt sicherlich nicht Ihre Kompetenzen, denn hier wird nur ein Minimalbetrag eingesetzt, der klare 20 Prozent Nettorendite abwirft.»

Zeigt sich der Angerufene zögerlich, weil er zunächst noch

mit einem Experten seiner Bank sprechen will, hat der Telefonverkäufer von seinem Zettel vorzutragen: «Ihr Banker weiß doch nur zu genau, daß Sie keinen Pfennig mehr bei ihm anlegen werden, nachdem Sie in unserem Haus 20 Prozent Rendite erzielt haben. Im übrigen würde er Ihnen zur Kapitalflucht raten, wenn er bei dieser Sache seine Zustimmung geben würde. Und das darf er nach der Bestimmung seines Hauses nicht.»

Über das Unternehmen Nettleville Investments steht auf der Textvorlage: «Wie Sie vielleicht wissen, unterliegen wir hier, wie in Amerika und Deutschland auch, der Prospekthaftung. Alles, was wir Ihnen schriftlich in unserer Broschüre garantieren, ist gleichbedeutend mit einem Vertrag.

Wir sind ja keine kleine Vermittlungsfirma, sondern ein selbständiges Brokerhaus, das auf allen Kontinenten vertreten ist! Bevor wir Ihnen überhaupt unsere Broschüre mit der schriftlichen Garantie zusenden dürfen, müssen wir erst einmal die garantierte Rendite als Sicherheit hinterlegen!

Wir haben also nicht nur die fünf Millionen Dollar als Festgeld bereitgestellt, sondern auch eine Million Dollar als Sicherheit dazulegen müssen.

Wir sind seit 63 Jahren auf dem Markt und werden noch in 63 Jahren auf dem Markt sein. Unsere Erfahrungen haben gezeigt, daß das Wichtigste die Vertrauensbasis ist, auf deren Grundlage wir in Zukunft auch vernünftige Geschäfte tätigen wollen. Unsere Referenzen können Sie aus unserer Broschüre entnehmen. Wir sind stolz darauf, die ROTHSCHILD-Gruppe mit Erfolg zu beraten, und Sie können sich sicherlich vorstellen, daß sich ein solches Haus nicht von schönen Worten beeindrucken läßt, sondern nur von klaren Fakten ausgeht. Und genau das sollten Sie auch tun.»

Das alles klang gut, war leider nur nicht wahr. Bei Nettleville Investments Ltd. handelte es sich nicht einmal um eine «kleine Vermittlungsfirma», geschweige denn um ein «selbständiges Brokerhaus». Daß einzige, was das Unternehmen nach den Ermittlungen der Polizei betrieb, war Geld zu kassieren und verschwinden zu lassen. Die Sicherheiten, mit denen der Verkäufer prahlte, waren ebenso aus der Luft gegriffen wie die Behauptung, die Rothschild-Gruppe «mit Erfolg zu beraten». Auch bei der Angabe, schon seit 63 Jahren auf dem Markt zu sein, handelte es sich schlicht um ein Märchen: Ganze eineinhalb Jahre existierte das Unternehmen, bis es über Nacht verschwand.

Doch zahlreiche Bundesbürger sprangen auf das Angebot an. Die meisten von ihnen sollten einen «Kontoeröffnungsantrag» aus der Broschüre ausfüllen und ihre Einlage an die Firma überweisen. Der Kunde erhält einen Kontoauszug («Statement of Account»), die Abrechnung für den Zeitraum einer Woche. In der Spalte «Credit» stehen die «Gewinne», für «Verluste» gibt es die Spalte «Debit», in der aber nur sehr selten etwas vermerkt ist.

Es folgt als vierte und letzte Phase das «Loading»: Durch weitere Anrufe versucht der Telefonverkäufer, den Klienten zu neuen Zahlungen zu bewegen, insbesondere unter Hinweis auf die bisherigen Erträge – wie in den Kontoauszügen ausgewiesen. In schwierigen Fällen übernehmen das «Loading» besonders versierte Telefonverkäufer.

Die Täter zielen eindeutig auf Anleger, die von der Sache so gut wie nichts verstehen. Schon die Broschüre enthält mehrere Punkte, über die jeder gestolpert wäre, der sich mit Kapitalanlagen auskennt. So rühmt sich das Unternehmen auf einer Seite «sehr niedriger Kommissionsgebühren», drei Seiten weiter ist die Rede von «ganz normal üblichen Bank- bzw. Brokerkommissionen». Ebenso ist es auch nur für blutige Laien möglich, nicht bei den Namen zu stutzen, die unter der Frage: «WELCHE REFERENZEN KOENNEN WIR IHNEN BIETEN?» angeführt sind:

Monkfield Overseas Brokers Ltd., London,
Saunter Brokers Ltd., London,
North-American Stock Dealers, Chicago,
Rothschild & Rubinstein – Grain Dealers Inc., Chicago, New Orleans.

Diese Namen sagen selbst dem Fachmann nichts. Es sind Firmen, die außer ihrem wohlklingenden Namen nichts zu bieten haben. Hinter ihnen steht ausnahmslos, wie das BKA herausfand, *Rüdiger Weber*, der Kopf der Organisation.

Weiterer Stolperstein: Neben der Trust-Anlage bietet die Broschüre dem Interessenten Nettleville-Units «als Alternative» mit «20% + mehr Rendite». Auf dem Kontoeröffnungsauftrag am Ende der Broschüre wird der Klient paradoxerweise nicht gefragt, wie sein Geld investiert werden soll, ob für die Trust-Anlage oder die Nettleville-Units. Augenfällig ist schließlich selbst für den Laien bei genauerem Hinsehen, daß die Täter versuchen, den Eindruck zu erwekken, die Broschüre sei in Großbritannien in einer Druckerei entstanden, die nicht über das deutsche Alphabet verfügt. So sind die Umlaute gedruckt mit «ae», «ue», «oe» – wie zum Beispiel bei «betraegt», «zurueck» und «moeglich». An mehreren Stellen merkt man jedoch, daß dies alles nur Schau war und der Druckerei in Wahrheit auch ein deutsches Alphabet zur Verfügung stand – nicht nur die Wörter «mündelsicher» und «erhöht» waren bei den Korrekturen wohl durchgeflutscht.

Aber auch mit dem Kontoauszug, dem «Statement of Account», werden die Anleger hinters Licht geführt. Die Täter erstellen sie nach Gutdünken – wie es ihnen gerade in den Sinn kommt. So passierte es, daß Anleger, die angeblich an demselben Pool beteiligt sind, völlig unterschiedliche Abrechnungen erhalten. BKA-Beamte entdeckten beispielsweise, daß ein Anleger aus dem Pool «TK 38» für eine bestimmte Woche eine Gewinngutschrift von 65 Dollar pro

Anteil erhielt, während für einen anderen «TK 38»-Anleger im selben Zeitraum nur 24 Dollar ausgewiesen wurden. Ein Anleger erhielt bei einem anderen Pool («TK 37») über drei Wochen erhebliche Verluste zugewiesen, zwei andere Anleger – ebenfalls TK 37 – bekamen in dieser Zeit ausschließlich Gewinne.

Bei dieser Organisation machten die Ermittler drei Stufen aus. Die Führungsebene bestand aus *Rüdiger Weber, Jörg Brand* und *Michael Gaul*. Eine Stufe tiefer: eine Schar von Telefonverkäufern, insgesamt waren mehrere Dutzend für Nettleville Investments tätig. Unterste Stufe: die Hilfskräfte, wie Sekretärinnen und Boten.

Nachdem das Projekt angelaufen ist, vergrößert sich die Firma, indem sie mit sogenannten «Agenturen» in der Bundesrepublik und in den Niederlanden zusammenarbeitet. In der Regel erhält der Leiter der «Agentur» Prozente aus London für jeden Auftrag, den seine Leute an Land ziehen. So bekommt der Leiter der «Agentur» in Frankfurt 55 Prozent des angelegten Geldes. Davon hat er seine Mitarbeiter zu bezahlen und das Büro. Der Verdienst der Telefonverkäufer hängt direkt von ihrem Umsatz ab – «gute Verkäufer» sollen es auf ein Monatseinkommen von über 10000 Mark gebracht haben.

Kaum war dieses Unternehmen vom Markt verschwunden, arbeiteten zwei andere nach derselben Masche: Wingbay Limited und World Commodity. Das BKA sieht in diesen Unternehmen «Nachfolgeorganisationen» von Nettleville Investments, deren Crew sich im wesentlichen aus ehemaligen Nettleville-Mitarbeitern zusammensetzt.

Auf dem bundesdeutschen Markt schießen derartige Unternehmen in die Höhe – und verschwinden auch ebenso schnell. Einige Beispiele:

Das Landeskriminalamt Baden-Württemberg kam einer Gruppe auf die Spur, die von 6000 Anlegern aus dem ganzen Bundesgebiet 95 Millionen Mark mit dem Versprechen kassiert hatte, 50 Prozent Rendite pro Jahr zu erzielen. Sogenannte «Betriebspartner» der Firma hatten sich auf die Suche gemacht nach Einlagen von 2000 Mark aufwärts. Die angeblichen Anlagemöglichkeiten umfaßten nach den Ermittlungen «die gesamte Palette des Kapitalmarkts wie zum Beispiel Options-, Devisen-, Gold- und Rohstoffgeschäfte». Nachdem das Landeskriminalamt verdeckt Kontakt mit dem Unternehmen aufgenommen hatte, stellten die Beamten fest, daß gegen den «Präsidenten», der unter einem Decknamen auftrat, schon zwei Haftbefehle vorlagen. Im Zuge der Ermittlungen kamen die Fahnder dahinter, daß die Führungsebene gerade dabei war, die Kundengelder auf die Seite zu bringen und die Flucht vorzubereiten. Die fünf Drahtzieher gingen den Beamten zunächst durch die Lappen. Einen von ihnen stöberten die Fahnder später in Spanien auf, bei seiner Festnahme hatte er eine Million Mark in Scheinen dabei. Drei seiner Komplizen wurden in Antwerpen verhaftet – sie hatten über eine Million Mark bei sich.

In München veruntreuten Mitarbeiter eines Anlagegeschäftes fast 50 Millionen Mark, wie Staatsanwalt Karl Wörle ausrechnete. Die drei Männer hatten sich in Montreux kennengelernt, wo sie als Telefonverkäufer arbeiteten. Ein Jahr später machten sie sich in München selbständig. Ihr Geschäftsgebaren war von Anfang an unseriös, wie die Ermittler herausfanden, da sie «nicht zwischen Eigen- und Fremdgeld unterschieden». Staatsanwalt Wörle: «Über fünf Jahre hinweg wurde berufs- und gewerbsmäßig betrogen.» So seien zum Beispiel Rückzahlungen an Kunden nur mit solchem Geld erfolgt, das sie zuvor von anderen Einlegern erhalten hätten.

Den wohl größten Coup in der Branche landete der Amerikaner Thomas Quinn. Über eine halbe Milliarde Dollar leierte seine Truppe in Europa Kleinanlegern weltweit aus den Rippen. Davon mindestens 15 Millionen Mark Bundesbürgern. Die Fäden liefen bei dem ehemaligen Rechtsanwalt in der Nähe von Cannes zusammen. Dort residierte er in den Bergen in einer lachsfarbenen Villa. Eines Mittwochmorgens im Sommer stören Beamte der Gendarmerie aus Nizza die Idylle. Sie verhaftet den 50jährigen und seine Lebensgefährtin am Frühstückstisch. Dahinter steckt die Ermittlungskommisson «Aktie» des LKA Nordrhein-Westfalen. Gleichzeitig durchsuchen Polizisten Büros und Wohnungen in Cannes, Lyon, Paris, Dortmund und Düsseldorf, Genf und Nyon am Genfer See. Wie für den Chef ist es für über ein Dutzend Männer aus der Führungsriege mit dem angenehmen Leben fürs erste vorbei: Alle landen sie in Untersuchungshaft.

Die Gruppe verkaufte sogenannte OTC-Aktien. Das sind Aktien, die nicht «börsenhandelsfähig» sind, sondern «over the counter» verkauft werden – über den Ladentisch. Diese Anteilscheine haben nur einen geringen Nennwert, einige Cents oder gar nur Bruchteile davon. Fachleute sprechen deshalb auch von «Penny-Stocks». Frisch gegründete Unternehmen können sich auf diese Weise durchaus notwendiges Kapital verschaffen, ebenso wie Spekulanten satte Kursgewinne. Mit großen Worten werden die Aktien von den Verkäufern unters Volk gebracht. Sie sprechen davon, daß der Kurs schon bald wie eine Rakete in den Himmel schießt und daß sich der Kapitaleinsatz binnen kurzer Zeit vervielfachen kann. Über die betreffenden Unternehmen ist nur wenig zu erfahren, wenn überhaupt etwas. Oft werden auch bloße Briefkastenfirmen gegründet mit wohlklingendem Namen. So gehörten zu Quinns verzweigtem Imperium Firmen mit Namen wie «Kettler Investment AG», «Chelsea Financial AG», «Stockwell Financial AG», «Falcontrust Financial Ltd.» und «Equity Management Systems SA».

Vor allem von der Schweiz aus agierten seine Unternehmen. «Aus spartanisch eingerichteten Büros in einem schäbigen Wohnblock an der Solothurner Straße 45 in Basel erhielten täglich Hunderte potentieller Investoren in Großbritannien, Schweden, Holland und der Bundesrepublik Broschüren mit Anlageempfehlungen», berichtet «Der Spiegel» über die Arbeitsweise der Täter. «In wohlklingenden Worten und auf feinstem Papier empfahlen die Quinn-Freunde den Kunden zunächst brieflich die Vermögensbildung mit diesen Papieren. Etwa eine Woche nach dem Versand der Prospekte erhielten die potentiellen Anleger den Anruf eines Mannes. Der gab sich als kompetenter Berater aus, bot Sonderkonditionen an und malte die Gewinnaussichten in den rosigsten Farben.

Die Verkäufer waren in der Regel freie Mitarbeiter, die sich hin und wieder mit richtigem, oft mit falschem Namen (‹Bauer›, ‹Berger›, ‹Schneider›) vorstellten. Kam der Abschluß zustande, so erfuhren die Opfer zunächst Erfreuliches von Chelsea oder Stockwell. Die Aktien verzeichneten auf den Kontoauszügen phantastische Kursgewinne. Die Quinn-Rechnung ging meist auf: Viele Neu-Kunden ließen sich von diesen Papier-Profiten blenden, sie kauften zu. Später folgte in der Regel die Ernüchterung eines Kurssturzes.

Wollte einer aussteigen, um Kursgewinne zu realisieren oder weil seine Anteile an Wert verloren hatten, bekam er Schwierigkeiten. Quinns Leute drängten dann, das Geld in anderen Papieren anzulegen. Bestanden die Kunden auf Auszahlung, waren die Makler meist nicht mehr zu erreichen. Nur in wenigen Fällen wurde Geld ausgezahlt, um Klagen von Anlegern abzuwenden. Die Kurse der OTC-Aktien im Chelsea- und Stockwell-Angebot entnahmen die Verkäufer sogenannten Pink-sheets, rosa Papieren, die ihnen die Profis aus Basel übermittelten. Produziert wurden die Kursblätter bei Quinn-Firma Kettler in Genf. Dort arbeitete Quinns Vertrauter Andrew Chapman...

Das Geschäft lief prächtig. Allein in den Computern von Chelsea und Stockwell waren rund 5000 Käufer registriert, Tage mit einem Umsatz von 200000 Aktien waren keine Seltenheit. Insgesamt, vermuten Basler Staatsanwälte auf Grund erster Befragungen, beträgt der angerichtete Schaden bei diesen beiden Fonds mindestens 60 Millionen Dollar.

In den Genfer Firmen, wo Andrew Chapman wirkte, waren sogar 7000 Kunden registriert. Sie verloren über 300 Millionen Dollar, gab der zuständige Untersuchungsrichter bekannt.»

In Berlin sackte eine Firma unter dem Namen International Finance and Consulting Corporation (IFC) 5,7 Millionen Mark von 260 Kapitalanlegern ein. Sie hatte mit einer Rendite von 36 Prozent im Jahr geworben und mit der Ankündigung, das Geld in High-Tech-Unternehmen zu investieren. Die versprochenen drei Prozent pro Monat bekamen die Klienten pünktlich auf das Konto überwiesen – gezahlt schlicht und einfach aus den Einlagen. Von diesen regelmäßigen Eingängen waren sie derart begeistert, daß sie höhere Beträge nachschossen.

Auch in diesem Fall täuschte das Unternehmen weitreichende Verbindungen vor. In den Anzeigen wurden Niederlassungen samt Telefonnummer in Zürich, London und Carson im US-Bundesstaat Nevada angeführt. Was die Opfer nicht ahnten: Dort waren Bürodienste beauftragt. Wählte jemand die Nummer, hörte er eine freundliche Stimme, die ihm sagte: «Hold on the line, please.» Das Gespräch wurde nach Berlin geschaltet. «So konnte es passieren», sagt Petra Klein, Leiterin der Abteilung Wirtschaftskriminalität bei der Berliner Polizei, «daß beispielsweise ein Investitionswilliger aus Berlin im Glauben, nach Amerika zu telefonieren, ein Ortsgespräch führte – allerdings zum Auslandstarif.»

Warentermingeschäfte mit Platin war die Masche des «WHD-Wirtschaftsdienstes Herrmann» in Hannover. Es begann damit, daß zwei Männer sich ein Büro in der Arnswaldstraße 29 am Aegi anschauten. Der eine nannte sich Manfred Herrmann, war um die 40 und rauchte Camel-Filterzigaretten. Der andere, um die 50, fiel auf, weil er großen Wert auf eine flotte Erscheinung legte: Er war in teures Tuch gehüllt, braungebrannt, trug einen Schnäuzer, die Brille von Cartier und am Handgelenk eine Rolex-Uhr, mit Brillanten besetzt. «Manfred Herrmann» unterschreibt den Vertrag, zahlt für ein Vierteljahr die Miete im voraus und läßt einen Telefonanschluß legen. Er gibt eine Adresse in Hamburg an – in Wahrheit ein Brachgelände, wie sich später herausstellt. Mit Zeitungsanzeigen, Anrufen und bunten Hochglanzprospekten ködern sie Kunden aus Süddeutschland für angebliche Warentermingeschäfte mit Platin. Das Edelmetall werde für die Katalysatorherstellung verwendet, sein Wert steige ständig. Bis zu 50 Prozent Rendite stellt der «Wirtschaftsdienst Herrmann» seinen Klienten in Aussicht.

Rechtsanwälte, Ärzte, Architekten und Kaufleute beißen an und überweisen mehr als eine Million Mark. Doch der «Wirtschaftsdienst Herrmann» kauft für keinen Pfennig Platin – sondern überweist die Eingänge gleich weiter nach Luxemburg, auf ein Konto bei der Banque Générale de Luxembourg. Prompt erhalten die Kunden Kontoauszüge einer amerikanischen Bank, nach denen sie oft schon innerhalb weniger Tage vierstellige Dollargewinne erzielt haben. Daß sie fingiert sind, fällt einem Klienten auf. Der alarmierte die Polizei. Doch die kommt zu spät: kurz zuvor hatten die Betrüger das Büro geräumt – und sämtliche Akten mitgenommen.

«Dreistigkeit siegt», lautet eines der Erfolgsrezepte in der Branche des Kapitalanlagebetrugs. So gibt es Gruppen, die geschröpfte Kapitalanleger gezielt noch ein zweites Mal hereinlegen. Sie wenden sich an den Geschädigten und offenbaren ihm, daß seine Anlage verloren sei – was stimmt. Sie müsse aber nicht endgültig verloren sein, erklären die Täter dem Betroffenen. Sie wüßten nämlich, auf welchen Konten das Geld eingezahlt worden sei und wie es wiederbeschafft werden könnte. Nur eben, alles habe seinen Preis, so auch diese Hilfe. Nach Feststellungen des Bundeskriminalamts werden solche Zahlungen «häufig und in der Hoffnung geleistet, wenigstens einen Teil des Anlagekapitals retten zu können». Beispielsweise erhielten in Hamburg Opfer einen Brief aus Großbritannien. Absender: die Detektei «P. Wedding & Partners Ltd.» in Windsor. Mister Wedding schrieb den Empfängern, er wisse, wo in Großbritannien die Anlagebetrüger ihre Beute deponiert hätten. Mit Hilfe der britischen Behörden könne er einen Arrest erwirken und für die Rückzahlung an den Geschädigten sorgen. Für die Dienste fordert er 15 Prozent des Betrages plus eine Pauschale für seinen Aufwand. So sollte ein Kaufmann, der knapp 10000 Mark verloren hatte, noch einmal 1750 Mark überweisen. Einen solchen Brief erhielten viele Opfer von 282 Geschädigten, die von drei Warentermin-Betrugsunternehmen um insgesamt 21 Millionen Mark gebracht worden waren. «Erst hat man den Leuten mit der Warentermin-Masche das Geld aus der rechten Tasche gezogen», kommentiert der Hamburger Kriminalrat Günter Heerdt die Schreiben. «Jetzt versuchen es die Betrüger bei denselben Leuten mit der linken Tasche.»

Bezeichnend für all diese Fälle des Anlagebetrugs ist, daß die Taten nicht von Einzelpersonen, sondern von Gruppen begangen werden unter dem Deckmantel einer Anlagefirma. Dabei täuschen die Organisationen den Interessenten durchgängig Anlagemöglichkeiten mit sehr hohen Renditen vor. Typisch ist weiter, daß das Geld entweder nur zum Teil wie versprochen angelegt wird oder überhaupt nicht, dann wandert es gleich über finstere Wege auf Konten der Betrüger. Es gibt zahlreiche Varianten, und die Täter ersinnen fortlaufend neue. So kamen die Schwindler in den achtziger Jahren von den angeblichen Warentermingeschäften überwiegend ab, mit denen sie Milliarden verdient hatten – da diese Anlageform zu sehr in Verruf geraten war. Paradoxerweise machte das Landeskriminalamt Baden-Württemberg neuerdings wieder ein «vermehrtes Angebot in diesem Bereich» aus. Nach Erkenntnissen der Polizei besteht die Szene aus einem «harten Kern» von rund 100 Anlagebetrügern, die schon seit Jahren mit Erfolg arbeiten und sich eine goldene Nase verdient haben.

Längst vorbei sind die Zeiten, in denen die Opfer ausschließlich aus den Reihen gut verdienender Freiberufler stammten, die um ihre schwarzen Gelder gebracht wurden. Mittlerweile haben es die Täter auch auf die Durchschnittsverdiener abgesehen. So sind beim OTC-Handel bereits Einlagen von 2000 Mark möglich. Kalkulation der Täter, die auch aufgeht: Die Masse macht's.

Innerhalb der einzelnen Anlagebetrugs-Gruppe gibt es nach den Erkenntnissen der Ermittler regelmäßig eine Hierarchie. An der Spitze der «Kopf». Zu ihm gehören der Firmengründer, der Geschäftsführer und unter Umständen einige Vertraute. Meist sind sie kaum oder überhaupt nicht mehr am Telefon tätig. Für die Akquisition ist die zweite Ebene zuständig, die Telefonverkäufer. Erfolgreiche Verkäufer verdienen zwischen 10000 und 20000 Mark im Monat. Auf der dritten Hierarchieebene arbeiten Hilfskräfte verschiedenster Art, Buchhalter, Sekretärinnen und Boten. Mitunter sind sie gutgläubig, wie die Ermittler feststellten.

Ziel der Täter ist es, möglichst schnell möglichst hohe Anlagesummen einzunehmen. Von Anfang an haben sie vor, eines Tages von der Bildfläche zu verschwinden – geht etwas schief, müssen sie vorzeitig verduften. Um dieses Ziel zu erreichen, spiegeln die Täter «Insiderwissen» vor, betreiben einen relativ großen Aufwand, um eine legale Fassade zu errichten und anschließend nicht bröckeln zu lassen. Dazu mieten sie Büros an mit ersten Adressen, lassen aufwendige Hochglanzkataloge drucken und weisen ihren Kunden satte Erträge aus – mit per EDV erstellten Belegen. Mitunter zahlen sie ihnen auch «eine Rendite» aus, finanziert aus der Einlage, um sie zu weiteren Zahlungen zu veranlassen.

Zum System der Täter gehört weiter, daß sie häufig ihren Sitz im Ausland haben – Großbritannien und die Schweiz sind bei ihnen besonders beliebt – und gegenüber den Kunden unter Alias-Namen auftreten. Ebensowenig kennen oft die nicht zum Täterkreis zählenden Mitarbeiter ihren wahren Namen, wie zum Beispiel die Sekretärinnen. Damit wollen sie verhindern, daß jemand, von dem sie befürchten, er könnte bei der Polizei mal den Mund aufmachen, weiß, wie sie tatsächlich heißen. Untereinander freilich sind den Tätern die richtigen Namen bekannt, wie die Ermittler immer wieder feststellen konnten: weil man sich in der Szene kennt und oft über Jahre hinweg zusammenarbeitet, wenn auch in verschiedenen Unternehmen. Zur Verschleierung des Firmensitzes gegenüber dem Kunden werden Telefondienste beauftragt, die das Gespräch von einem Ort zum anderen umleiten, «Servicebüros» eingeschaltet oder Adressen in vornehmen Gegenden angegeben, während die Telefonverkäufer von ganz woanders die Geschäfte betreiben. Und so passiert es, daß Anlagebetrüger häufig abtauchen und unauffindbar bleiben – zusammen mit dem Geld ihrer Opfer.

Wenn die Beamten die Protokolle der Geschädigten aufnehmen, kommen sie oft aus dem Staunen nicht heraus: Für sie ist es ein Rätsel, wieso sonst intelligente Menschen auf das Geschwätz von aalglatten Vertretern obskurer Unternehmen hereinfallen können. So ging es auch Ermittlern des Landeskriminalamts Nordrhein-Westfalen, die einen Architekten befragten. Über 100000 Mark hatte er an eine Betrugsfirma verloren. Am Ende des Gesprächs erzählte er ihnen, daß er sehr froh sei, nach alledem nun eine reelle Kapitalanlage gefunden zu haben. Er zeigte den Beamten den Vertrag, den er gerade unterschrieben hatte und gleich abschicken wollte – doch die fielen fast vom Stuhl: Es war ein Nachfolgeunternehmen eben der Firma, an die er gerade seine 100000 Mark verloren hatte.

Kaum ein Produkt, das sich gut verkauft, ist heute noch vor den Produktpiraten sicher. «Produktpiraterie» bedeutet, daß Waren, die rechtlich geschützt sind, nachgeahmt werden – für die Juristen handelt es sich um die «Verletzung von gewerblichen Schutzrechten wie Warenzeichen, Geschmacksmustern, Gebrauchsmustern und Patenten oder Urheberrechten». Das geschieht heutzutage in vier Varianten: Bei der *Markenpiraterie* werden Waren bekannter Marken oder Zeichen bekannter Hersteller nachgemacht und vertrieben, wie beispielsweise Hemden der Firma Lacoste. *Videopiraten* haben sich darauf spezialisiert, Kopien von erfolgreichen Filmen auf Videokassette zu ziehen und abzusetzen. Außerdem geschieht der «Diebstahl geistigen Eigentums» als *Computersoftware-Piraterie* und als *Raubdruck* von Büchern und *Raubpressung* von Schallplatten. Durch diese Delikte, die zum größten Teil organisiert begangen werden, entsteht in der Bundesrepublik Jahr für Jahr ein Schaden in zweistelliger Milliardenhöhe. Wieviel genau, vermag wieder niemand zu sagen, da auch in diesem Bereich der Wirtschaftskriminalität nur eines als sicher gilt: Das Dunkelfeld ist unabsehbar groß.

Den mit Abstand größten Schaden richten die Markenpiraten an. Auf fünf Milliarden Dollar pro Jahr in der Bundesrepublik schätzt ihn Jens Bredow von der Deutschen Gruppe der Internationalen Handelskammer in Köln – also knapp zehn Milliarden Mark. Von 80 Prozent der Artikel, die heute im Handel seien, existierten mittlerweile auch Fälschungen, meint Bredow.

Carmen Rehberg traut ihren Augen nicht, als sie die Wäsche aufhängt: Das nagelneue Hemd ihres Mannes baumelt wie ein alter Putzlumpen an der Leine. Sie versteht die Welt nicht mehr: Keine Woche ist es her, daß sie es ihm zum Geburtstag geschenkt hatte. Dabei war sie so stolz auf das Boss-Hemd gewesen: Über einen Bekannten hatte sie es von «Klaus» gekauft. Der versorgt sich regelmäßig, so hatte sie gehört, direkt bei der Firma Boss im schwäbischen Metzingen – «ab Werk», ganz besonders günstig. Der Preis für das Hemd konnte sich sehen lassen: Mehr als 40 Mark hatte sie gespart. Doch in diesem Augenblick vor der Leine dämmerte ihr, daß sie an der falschen Stelle gespart hatte.

Carmen Rehberg gehört zu den Zigtausenden von Geschädigten der Firma «Senso Unico». Wie die Ermittler herausfanden, kaufte das Unternehmen in Hanau große Mengen billiger Pullover und Hemden von Herstellern. In Heimarbeit versahen Frauen die Hemden mit Boss-Ärmelemblemen und Boss-Kragenetiketten. Einer der Täter hatte gar eine Stickmaschine für 30000 Mark angeschafft, um den Boss-Schriftzug auf die Kleidung zu bringen. Der Vertrieb lief über einen Stab von «Absetzern». Sie hatten eine Reihe von Abnehmern an der Hand, die kleinere Mengen Boss-Pullover und andere Boss-Textilien unters Volk brachten – vor allem im Bekanntenkreis. Die Angehörigen dieser unteren Absetzerebene erzählten den Käufern, daß sie die Waren aus einer günstigen Quelle direkt beim Hersteller erworben hätten. Die Geschichte klang plausibel: Zum einen waren die Kleidungsstücke mit Preisschildern von Boss ausgezeichnet – da kostete zum Beispiel ein Pullover, auf dessen Schildchen «398 DM» stand, nur 150 Mark. Zum anderen gibt es tatsächlich einen solchen Verkaufsladen von Boss in Metzingen, für viele Verbraucher ein Geheimtip. So mancher Verkäufer zog auch regelmäßig durch Behördenhäuser, von Amtsstube zu Amtsstube – und verkaufte dort «günstige Gelegenheiten von Boss» an die Staatsdiener. Außerdem landete in einer Reihe von Fällen die Ware auch in ganz normalen Bekleidungsgeschäften. Über 100 Personen waren bundesweit mit dem Absatz beschäftigt.

In welchem Rahmen die Täter ihr Geschäft betrieben,

zeigte sich bei einer Durchsuchung des «Hauptlagers» in der Hanauer Lindenstraße. Die Beamten stießen auf 5400 Textilien, 40700 Boss-Preisschilder, 11700 Boss-Ärmelaufnäher, 20300 Boss-Kragenschilder, 6700 Boss-Plastiktüten, 2800 Armani-Ärmelaufnäher, 1500 Armani-Kragenschilder und 200 Armani-Plastiktüten – alles gefälscht.

In einem Großmarkt in Berlin kauft *Susanne Grieber* ein Fläschchen des Parfums «Chanel No. 5» – ebenfalls eine Fälschung, wie sich später herausstellte. «Parfum, Flakon und Verpackung der nachgemachten Ware sind dem Original sehr ähnlich», urteilte später der Bundesgerichtshof. Beim besten Willen konnte der Käufer im Laden nicht ausmachen, daß es sich um eine Fälschung handelte: Nur wer Original und Fälschung nebeneinanderhält, sich die in Cellophan verpackten weißen Kartons ganz genau anschaut und vergleicht, kann erkennen, daß die Oberflächen des Originals einen Hauch glatter, der Aufdruck einen Tick klarer wirkt. Und auch wenn man die Verpackung öffnet, entdeckt man nichts, was einen als Verbraucher stutzig werden ließe. Wer achtet schon darauf, ob auf dem Boden des Flakons Chargen-Nummer und Mengenangabe richtig angebracht sind?

Der Großmarkt hatte 70 Flaschen der Fälschung für je 56,38 Mark erworben. Beim offiziellen Alleinimporteur hätte er rund 70 Mark pro Flasche zahlen müssen. Wie kamen die Piraten-Fläschchen ins Regal des Großmarkts? Er hatte sie als «Parallelimport» von einer «Vertriebs-GmbH» bezogen. Die wiederum war von einer Drogerie beliefert worden, die, wie sich später herausstellte, aus einem lediglich «30 qm großen Ladenlokal» bestand. Dort verliert sich die Spur.

Ein Novemberabend in Mainz: Der Besatzung eines Funkstreifenwagens ist ein Opel Ascona aufgefallen. Die Beamten stoppen das Fahrzeug. Auf der Rückbank sehen sie einen Stapel Pullover, verpackt in Tüten. Sie schauen genauer hin und zählen zehn Boss-Pullover. «Was hat es mit denen auf sich?» fragt ein Beamter den Fahrer. Der Einundzwanzigjährige erklärt den Polizisten, daß es sich um «Blenderware» handle. Gerade habe er sie gekauft. «Von wem?» will einer der Polizisten wissen. «Von einem Ihrer Kollegen», antwortet der Mann. Und dann schildert er ihnen, daß er die Ware von Polizeihauptmeister *Michael Wald* (41) erhalten habe. Und zwar kurz nach acht vor der Polizeistation in Bischofsheim. Aus seinem silber-schwarzen Ford Granada habe ihm der Beamte die Sachen gegeben – anschließend sei er mit seinem Wagen in die Garage der Polizeistation gefahren.

Umgehend machen sich Beamten daran, ihrem Kollegen auf den Zahn zu fühlen. Noch in der Nacht durchsuchen fünf Polizisten dessen Spind auf der Wache, die Wohnung und den Wagen. Auf dem Rücksitz und im Kofferraum entdekken sie eine Reihe «gefälschter» Pullover und Shirts, hinter dem Fahrersitz einen Karton mit 1900 Lacoste-Anhängern, jeweils zu 100 Stück gebündelt. In der Wohnung stellen sie einen Karton mit Polohemden sicher. Polizeihauptmeister *Wald* erklärt, wie ein Kollege notiert, daß er die Sachen «verkaufen wollte, um ein paar Mark zu machen». Es stellt sich heraus, daß der Beamte zum Kopf einer Organisation gehört, die Lacoste-, Nike- und Boss-Kleidung im großen Stil fälscht und verkauft, vor allem an «Wiederverkäufer». 7000 Falsifikate werden sichergestellt – «wohl nur die Spitze des Eisbergs», wie ein Fachmann vermutet. Unter anderem vertrieb die Gruppe Lacoste-Hemden 100-Stück-weise für 27 Mark pro Hemd.

Viele Geschäfte wickelt *Michael Wald* von seiner Polizeiwache in Bischofsheim aus ab. «Er sagte, wenn ich vom Diensttelefon aus telefoniere, kommt keiner dahinter», gab einer seiner Komplizen später bei *Walds* Kollegen zu Protokoll. Ebenso selbstsicher reagiert der Polizeihauptmeister auf die Frage des Komplizen, der für ihn T-Shirts mit dem «Hugo Boss»-Schriftsatz bedruckt hatte und ihn darauf ansprach, wie er sich verhalten solle, wenn er erwischt würde. *Wald* «sagte nur, dies sei mein Problem, und er sei Polizeibeamter, jedes Gericht würde ihm glauben».

Diese Fälle zeigen, wie die Bundesrepublik von einer Markenklau-Welle überschwemmt wird. «Neu sind Quantität und Organisationsgrad des Nachahmer-Unwesens», hat Rechtsanwalt Richard Cremer herausgefunden. Er ist einer der intimsten Kenner der Markenpiraten-Szene in der Bundesrepublik und Interessenvertreter der Uhren- und Schmuckfirma Cartier.

Die Markenpiraten sind die Enkel der Freibeuter: Einst raubten die Piraten auf den Meeren das Eigentum der Kaufleute, heute plündern die Markenpiraten das geistige Eigentum und den guten Ruf anderer. Neben diesem finanziellen Schaden für die Wirtschaft wirkt sich die Piraterie auch auf dem bundesdeutschen Arbeitsmarkt aus, da die Piraten ihre Ware meist aus den Billiglohnländern beziehen. Nach einem Bericht des Ausschusses für Außenwirtschaftsbeziehungen des Europäischen Parlaments wurde der daher rührende Verlust an Arbeitsplätzen in der Bundesrepublik bereits für das Jahr 1985 auf 50000 geschätzt.

Am liebsten fälschen die Piraten Produkte, die einen hohen Statuswert und einen entsprechenden Preis haben. In erster Linie sind das Uhren (zum Beispiel «Cartier», «Rolex», «Piaget», «Omega», «Dunhill» und «Ebel»), Textilien (zum Beispiel «Lacoste», «Boss», «Ellesse» und «Armani»), Schmuck (zum Beispiel «Cartier», «Bulgari» und «Playboy»), Brillen (zum Beispiel «Porsche-Design» und «Ferrari»), Parfum (zum Beispiel «Chanel», «Armani», «Opium» und «Lacoste»), Feuerzeuge (zum Beispiel «Cartier» und «Dupont») sowie Taschen (zum Beispiel «MCM», «Louis Vuitton»). Doch immer häufiger imitieren die Täter auch Produkte, die keinen so hohen Prestigewert besitzen, aber ihnen immer noch genügend Verdienst bescheren: Babynahrung und Mülleimer, Autoersatzteile und Pflanzenschutzmittel, Bleistifte und Dübel, Thermoskannen und Lampen, Sportschuhe und Whisky – um nur einige Beispiele herauszugreifen. Jeder Buchstabe von A–Z ist auf der Liste der Fälschungen vertreten. Von Jahr zu Jahr wächst aber nicht nur die Vielfalt, sondern auch die Masse, in der einzelne Produkte gefälscht werden. Zum Beispiel: 22500 Kisten des schottischen Whiskys «Johnnie Walker Black Label» (in Wahrheit in Bulgarien hergestellt) beschlagnahmte der italienische Zoll in Ancona, 17000 Flaschen «Hennessy XO»-Cognac aus trüber Quelle wurden in Singapur aufgebracht und vernichtet.

Die Plagiate bringen die Täter auf zwei Wegen unters Volk: Zum einen schleusen sie die Imitate in den normalen Handel ein: der Kunde hat keine Ahnung, daß er für sein gutes Geld nur eine Kopie erhält. So fielen Lacoste-Hemden in einem großen «Billig-Kaufhaus» auf, Boss-Kleidung in einer Reihe von teuren Boutiquen, Fruit of the Loom-T-Shirts in einer Großhandelskette, Prince- und Dunlop-Tennisschläger in einer Reihe von Geschäften und sogar imitiertes Düngemittel von einem deutschen Händler.

Die Täter legen dabei selbst Fachleute aufs Kreuz, wie beispielsweise den ehemaligen deutschen Tennis-Weltklassespieler Wilhelm Bungert. «Der Wimbledon-Finalspieler des Jahres 1967, inzwischen Sportartikelgroßhändler, sah sich plötzlich der Käufertäuschung bezichtigt», berichtet Hans-Werner Hamacher, Ex-Direktor des Landeskriminalamts Nordrhein-Westfalen. «Grund: In einer Lieferung Bungerts an Großmärkte waren gefälschte Tennisschläger der renommierten US-Firma ‹Prince› entdeckt worden. Bungert hatte die Rackets von einem Schweizer Zwischenhändler bezogen, und der hatte sich auf lizenzierte Hersteller in Taiwan berufen. Doch um eine Lizenzproduktion handelte es sich nicht: Die Schläger waren gefälscht, ‹Markenpiraten› hatten wieder einmal Erfolg gehabt.»

Rund 30 Prozent der Produkte werden auf diese Weise

via Handel abgesetzt, schätzt Jens Bredow von der Deutschen Gruppe der Internationalen Handelskammer. Die übrigen 70 Prozent fließen über den zweiten Vertriebsarm der Markenpiraten ab: Der Verkauf läuft über eine Art Schattenwirtschaft. Hier *weiß* der Erwerber häufig, wenn auch nicht immer, daß mit der Ware etwas nicht stimmt. Die Bundesrepublik ist von einem Netz von Kleindealern überzogen, die die Ware zum Konsumenten bringen: Sie verkaufen in Sportvereinen und Kneipen, sind bekannt in Kegelvereinen und Gartenkolonien, ziehen durch Ämter und Werkstätten. Über die Art des Vertriebs berichtet ein Insider, der sein Wissen anonym in einer Broschüre mit dem Titel «Markenpiraten Katalog Report» schildert: «Kleine Dealer sprechen zuerst ihre Bekannten und Verwandten an und bieten Polohemden, Pullover, Jogginganzüge, Uhren usw. an. Der Absatz ist problemlos. Der kleine Dealer holt seine Ware von einem anderen Dealer. Der wieder von einem anderen Dealer usw., bis die Kette zum Hauptverteiler kommt, liegen bis zu zehn Stationen dazwischen.»

Für Hemden gilt als Faustformel: Der Verbraucher zahlt zwischen etwa einem Drittel und maximal der knappen Hälfte des Betrages, der für das Original im Laden zu zahlen ist – je nach Qualität und Erwerbsquelle: Gefälschte Lacoste-Polohemden mit dem Krokodilchen auf der Brust gibt es derzeit für zwischen 35 und 50 Mark. Für gefälschte Boss-Polohemden zahlt man zwischen 35 und 55 Mark. Der Dealer selbst kauft die Fälschungen in der Regel für knapp 20 Mark ein.

Die Standard-Jogginganzüge von Boss, Armani und Lacoste liegen für den Endabnehmer zwischen 50 und 100 Mark, der Dealer kauft sie für einen Betrag zwischen 30 und 45 Mark ein. Feuerzeuge von Cartier kosten zwischen 50 und 100 Mark für den Konsumenten. Gefälschtes Parfum bekommt er in der 200-ml-Flasche von Boss, Lacoste und

Armani für einen Betrag zwischen 30 und 50 Mark, von Opium und Chanel für 50 bis 100 Mark.

Die Kopie vom Rolex-Modell «President» kostet den Endabnehmer zwischen 150 und 300 Mark, das Falsifikat des Cartier-Modells «Santos» 150 bis 250 Mark.

Drehscheibe für einen großen Teil des Marktes Bundesrepublik ist die Stadt Venlo in den Niederlanden, direkt an der Grenze zur Bundesrepublik. Dort ist die Hochburg der Produktpiraten in Mitteleuropa. «Wir kennen in Venlo eine ganze Reihe von kriminellen Familien und Sippen, die man wahrscheinlich schon als kriminelle Vereinigung im Sinne des deutschen Strafrechts bezeichnen kann», berichtet Rechtsanwalt Richard Cremer. «Sie haben sich seit vielen Jahren auf den Fälschungsvertrieb spezialisiert.» Viele Bundesbürger fahren vor allem am Wochenende über die Grenze, um sich dort mit «Blendern» einzudecken. «Let op koop geen horloges of kleding op straat«, warnt ein Schild auf dem Marktplatz – mit einer Übersetzung für die Besucher aus der Bundesrepublik: «Achtung kauf keine Uhren oder Kleidung auf der Straße.»

Sehen kann man dort, wie sich Besucher mit kleineren Mengen eindecken, nicht aber, wie die «Clans» Heerscharen von Dealern aus der Bundesrepublik versorgen. Das passiert hinter geschlossenen Türen. Wie derartige Geschäfte abgewickelt werden, schilderte ein Täter, der von der Polizei in Recklinghausen mit über zwei Dutzend Falsifikaten der Firmen Lacoste, Boss, Ellesse, My Way, Chanel und MCM im Kofferraum erwischt worden war. In dem Ermittlungsverfahren ließ er von seinem Rechtsanwalt über die Gegebenheiten in Venlo «zu den Akten» erklären:

«An einer Ecke dieses Marktplatzes stehen täglich Händler, die Imitate wie Uhren etc. verkaufen... Einer der dort befindlichen Händler ist der Sohn des Mannes, der dieses Geschäft offensichtlich federführend betreibt... Wenn dann eine gewisse Vertrauensbasis geschaffen worden ist, wird man gebeten, sich zu dem Lager zu begeben... In dem Anbau mit der Haus-Nr. 10 befindet sich eine Küche. Dort werden die Verkäufe etc. getätigt. Namen der Beteiligten sind dem Beschuldigten nicht bekannt. Man geht dort nicht das geringste Risiko ein. Als der Beschuldigte sich dort hinbegab, hat man sich auch nicht namentlich etc. vorgestellt. Namen werden überhaupt nicht genannt. Jedoch verhält es sich offensichtlich so, daß eine ganze Familie den illegalen Handel mit Imitaten betreibt. Nahezu der gesamte Stadtteil scheint in diese Angelegenheit mit inbegriffen zu sein. Man ist dort in vollem Umfang zur Absicherung eingerichtet. Z. B. befindet sich in der besagten Küche des Hauses Nr. 10 ein Radio, auf dem sämtliche Arten von Polizeifunk zu empfangen sind. Dieser Polizeifunk wird auch permanent abgehört, so daß man genau weiß, was die Polizei gerade macht...

Der Beschuldigte hat dort in dem Lager die Ware gekauft. Er hat dann die Ware auch gleich ausgehändigt bekommen. Wenn größere Transaktionen vorzunehmen sind, also Warenumsatz ab ca. 1000 Mark, wird ein befreundetes Ehepaar in Venlo angerufen. Dieses Ehepaar fährt dann mit einem anderen Pkw an einen See in der Nähe von Venlo an der deutschen Grenze. Es handelt sich um einen Ausflugsplatz. Dort trifft man sich dann und spricht alles Weitere durch. Die Ware wird dann in bar bezahlt. Sie wird ihm schlicht und ergreifend in den Kofferraum gelegt. Der Kunde erhält dann die Anweisung, nach Deutschland über die Grenzstation Straelen zu fahren. Man erhält ausschließlich die Anweisung, über diese Grenzstation zu fahren, weil dort nie kontrolliert wird.

Daß dort nie kontrolliert wird, ist dermaßen bekannt, so daß die Ware noch nicht einmal in irgendeiner Form versteckt wird. Man kann dort völlig unbehelligt über die Grenze gelangen. So hat es der Beschuldigte auch häufiger getan...

In Venlo sind in diese Angelegenheit nicht nur ein oder zwei Personen verwickelt, sondern ein ganzer Clan. Es herrschen dort sowohl der Größe nach als auch der Verhaltensweise nach mafiaähnliche Zustände. Wenn dort bekannt wird, daß der Beschuldigte in dieser Hinsicht eine Aussage gemacht hat, ist er im wahrsten Sinne des Wortes seines Lebens nicht mehr sicher. Wir bitten deshalb höflichst, seinen Namen nicht offiziell zu verwenden.»

Erscheint dennoch einem solchen Käufer größerer Mengen das Risiko zu groß, mit der Ware über die Grenze zu fahren, kann er sie sich auch hinüberbringen lassen. Voraussetzung ist allerdings, daß die Niederländer den Auftraggeber kennen. Längst schmuggeln sie nicht mehr für jeden die Ware über die Grenze – seitdem mehrere Kuriere in der Bundesrepublik geschnappt wurden. Einige der erwischten Kuriere meinen, daß sie Lockspitzeln der betroffenen Firmen auf den Leim gegangen seien, die dafür bis zu 10000 Mark pro Fang gezahlt hätten. Wird die Ware transportiert, geschieht dies nur in kleineren Portionen. Sicher ist sicher. Im Falle eines Falles ist nicht gleich alles weg.

Die Kuriere sind – wie regelmäßig bei der Organisierten Kriminalität – die «ärmsten Schweine» in den Reihen der Verbrecher: Für sie ist das Risiko am größten, erwischt zu werden, mit Abstand verdienen sie am wenigsten:

So stellten zum Beispiel bundesdeutsche Zöllner den sechzehnjährigen *Jacob Schorer*, Schüler aus einer bekannten Venloer «Ganoven-Sippe», als er bei Dunkelheit versuchte, mit einem Suzuki-Moped über die grüne Grenze zu kommen. In der Nähe des Grenzsteins 456 stoppten ihn die Zöllner. Unter seinem Pullover entdeckten sie – festgeschnallt mit einem Ledergürtel – eine Plastiktüte. Aus ihr zogen die Beamten 49 Rolex- und eine Cartier-Fälschung. Im Verhör berichtete er, für einen Kunden aus der Bundesrepublik unterwegs zu sein, der für die 50 Uhren insgesamt 7000 Mark gezahlt hätte. Darin enthalten waren 500 Mark für das «Rüberbringen» – umgerechnet also zehn Mark pro Uhr. Schon häufiger hatte er auf diese Weise Ware geschmuggelt, wie er zugab. Einmal zum Beispiel 100 Uhrenfalsifikate auf einen Schlag.

Ein «Importeur» aus Oldenburg zahlte seinem Geschäftspartner in den Niederlanden zusätzlich 150 Mark, damit er dafür sorgte, daß die Ware fünf Kilometer hinter die deutsche Grenze gebracht wurde. Der Niederländer schickte eine Angestellte aus seinem Geschäft los. Die Frau passierte mit 125 Uhrenfalsifikaten, 30 gefälschten Handfeuerzeugen und 20 Flaschen Parfum in einem Opel Rekord den Grenzübergang. Fünf Kilometer weiter wurden – wie vereinbart – die Sachen umgeladen.

Bei einem Fünfundzwanzigjährigen entdeckte ein Beamter am Zollamt Heidenend im Kofferraum unter Werkzeugen versteckt einen Berg Falsifikate: neun «Boss-Strickjakken», neun «Ellesse-Jogginganzüge», drei «Boss-Pullover» und zwölf «Cartier-Uhren». Bei seiner Vernehmung gab der Arbeitslose zu Protokoll: «Herr *Puis Schorer* aus Venlo/Niederlande ist ein Schulfreund von mir und hat mich angesprochen, ob ich nicht einmal ein paar Jacken und Anzüge nach Deutschland bringen könnte. Ich würde dafür 100 hfl [niederländische Gulden, umgerechnet rund 90 Mark] bekommen. Heute morgen war der Herr *Schorer* bei mir und hat mir die Sachen ins Auto gelegt. Dann sollte ich nach Kaltenkirchen fahren und an der Tankstelle an der Autobahn auf einen grünen Mercedes 190 mit Kennzeichen aus Köln warten.»

Ein großer Teil der über Venlo vertriebenen Waren wird in den Niederlanden «veredelt». Das heißt: ganz normale Ware erhält dort das Signet mit dem teuren Markennamen. Juristen nennen das «nachträgliche rechtswidrige Kennzeichnung ursprünglich nicht rechtswidrig gekennzeichneter Markenmodelle». So wird bei Uhren das Zifferblatt ausgetauscht. Die entsprechenden Modelle erhalten ein Blatt, auf dem der Name «Rolex» steht. Solche Veredelungs-Werkstätten existieren in Rotterdam, Den Haag und Arnheim. Auf ähnliche Weise werden Feuerzeuge «veredelt»: Die Täter entfernen die Bodenplatte und ersetzen sie durch eine andere mit dem Schriftzug «Dupont». An Textilien werden die entsprechenden Logos angebracht. Je nach Fabrikat: angenäht, aufgestickt oder aufgedruckt.

Nicht selten besteht das «Veredeln» auch darin, daß auf einem Gegenstand der Name einer Marke angebracht wird, von der es ein derartiges Modell überhaupt nicht gibt – die Kunden kaufen einzig und allein, weil sie den teuren Namen lesen. So berichtet der Insider in dem erwähnten «Markenpiraten Katalog Report», daß in Venlo eine halbe Million solcher Uhren-Phantasiemodelle mit dem Markennamen Rolex und Cartier abgesetzt worden sei – «sicherlich nur deshalb, weil die Masse nur ein bis zwei Modelle der Marken kennt». Ebenso gibt es zahlreiche Pullover, auf denen der Schriftzug «Boss» prangt, ohne daß ein derartiges Modell der Firma existiert. Die Steigerung dieser Variante: Immer wieder passiert es, daß auf einem Produkt ein Name steht, obwohl von diesem Unternehmen nicht einmal derartige Waren hergestellt werden – wie etwa das Krokodil des Hemdenherstellers Lacoste auf Armbanduhren oder der Boss-Schriftzug auf Brillen. Wenn nicht alles täuscht, übersteigen diese Fälle des sogenannten «Image-Transfers» sogar die sogenannten Totalfälschungen. Mit anderen Worten: einzig und allein der Name zählt, die Sache selbst spielt keine Rolle.

Betrachtet man die Flut von Falsifikaten, die den bundesdeutschen Markt überschwemmt, gibt es neben Venlo noch eine Reihe anderer Zuflüsse: Gefälschte Uhren kommen fix und fertig aus dem Ausland. In erster Linie aus Asien, Italien, der Türkei und den Niederlanden. «Identfälschungen aus Italien werden bereits an Ort und Stelle gefälscht und dann in die Bundesrepublik Deutschland eingeschmuggelt, teils über Österreich und die Schweiz, in den letzten Jahren vermehrt über die Niederlande», hat Rechtsanwalt Cremer herausgefunden.

Langsam rollt der Zug in den Dortmunder Hauptbahnhof ein. *Gina Cardelli* greift zu der Tasche, die auf dem Boden des Abteils steht. Mit der anderen Hand nimmt die Vierundzwanzigjährige ihre Tasche aus der Ablage und steigt aus dem Zug. Sie ist müde, gegen Mitternacht fuhr sie in Mailand ab. Zielstrebig steigt die Frau die Bahnsteigtreppe hinunter. Sie kennt sich aus. Bis vor einem Jahr lebte sie in Dortmund, insgesamt fünf Jahre lang – zusammen mit ihrem Mann, bis sich die beiden trennten. Von einer Telefonzelle aus ruft sie Landsleute an: *Alfonso Bosco* und *Claudio Creti* warten schon auf ihr Zeichen. Umgehend treffen sie sich in der Nähe des Bahnhofs. *Gina Cardelli* übergibt den Männern die Tasche, die während der Fahrt auf dem Boden des Abteils gestanden hatte. Einige Stunden später sehen sie sich wieder. Die beiden Männer sind mit der Ware zufrieden – Falsifikate von Rolex-, Omega- und Cartier-Uhren, rund 800 Stück. Von *Alfonso Bosco* erhält sie 12000 Mark, von *Claudio Creti* 5000, außerdem einen Zettel mit neuen Bestellungen. Sie steigt in den nächsten Zug und fährt zurück nach Mailand. Dort liefert sie das Geld bei *Francesco Spinetti* ab, der ein Lederwarengeschäft betreibt.

Auf diese Weise schmuggelte *Gina Cardelli* über 6000 gefälschte Rolex-, Omega- und Cartier-Uhren in die Bundesrepublik. Bei elf Eisenbahnfahrten innerhalb von drei Monaten brachte sie jeweils 500 bis 600 Falsifikate von dem «Exporteur» in Italien zu drei Italienern in der Bundesrepublik, die die Ware als «Importeure» übernahmen und weiterverteilten. Vom «Exporteur» *Spinetti* erhielt sie nach der Rückkehr in Mailand 500 Mark, außerdem besorgte er die Fahrkarte und zahlte auch, soweit erforderlich, eine Übernachtung in der Bundesrepublik.

Über die Herkunft der Uhren berichtete die Italienerin

später bei der Polizei in Dortmund: «Die gefälschten Uhren – Cartier, Omega und Rolex – werden in Peschiera hergestellt und gestempelt. Die Werkräume befinden sich in einer Villa. Der Ort Peschiera liegt in der Nähe des Gardasees. Ich bin einmal mit dem *Francesco Spinetti* dort gewesen. Ich habe mich mit der Frau des Uhrenherstellers in den oberen Räumen in der Villa aufgehalten... Ich kann nicht genau sagen, ob ich die Villa wiederfinden würde.»

Wenn eine neue Lieferung anstand, erhielt sie einen Anruf von *Spinetti*. Sie fuhr zu dessen Lederwarengeschäft in Mailand und holte dort die Reisetasche voller Uhren ab. «Sobald ich meine Ware hatte, bin ich mit dem Mitternachtszug von Mailand nach Dortmund gefahren», erklärte sie später bei einer Vernehmung in der Bundesrepublik. «Die Reisetasche mit dem Schmuggelgut stellte ich unter die Sitzbank. Ich bin bei meinen Kurierfahrten nie kontrolliert worden. Der *Francesco Spinetti* hat mir gesagt, falls ich mal auffallen sollte, sollte ich erklären, daß mir die Tasche nicht gehöre. In der Tasche waren keine Identifizierungsmerkmale, die hätten beweisen können, daß es meine Tasche sei.» Weiter berichtete sie den Beamten, daß ihr *Francesco Spinetti* «Verhaltensregeln aufgezeigt» habe: «Der *Francesco Spinetti* hatte mir auch gesagt, daß ich nie erwähnen dürfe, daß er die Ware geliefert habe. Er würde im Falle einer Festnahme die Kaution für mich stellen.» Und tatsächlich wurde von seiten der Gruppe nach ihrer Verhaftung eine Kaution für sie in Höhe von 10000 Mark angeboten. Das war freilich nicht die einzige Unterstützung für die Inhaftierte, wie sie in einem Verhör ohne Umschweife einräumte: «Von meiner... Schwester... weiß ich, daß mein Rechtsanwalt von *Alfonso Bosco* bezahlt worden ist.»

Doch die Kehrseite dieser «Unterstützung» durch die Gruppe war Angst. So notierte ein Kriminalhauptmeister nach einem Gespräch mit *Gina Cardelli* in der Justizvollzugsanstalt Essen in einem Vermerk: «Bei dem Gespräch der *Cardelli* kam immer wieder zum Ausdruck, daß sie Angst habe, daß die anderen Beteiligten ihre Aussage zu lesen bekämen.»

Im Unterschied zu den Uhren veredeln die Markenpiraten die Bekleidung häufig erst in der Bundesrepublik. Eine zentrale Rolle spielt dabei der Handel mit Markenlogos. In den vergangenen Jahren hat sich dafür ein regelrechtes Vertriebsnetz entwickelt. Die gefälschten Logos stammen nicht selten aus Thailand. Sie werden in Mengen von 100, 500 und 1000 Stück vertrieben – meist zusammen mit dem «Nackenzeichen» (das sind die Schildchen, auf dem die Materialbeschreibung und Pflegeanleitung zu lesen sind). So wird die «Ausstattung» für ein «Lacoste»-Polohemd für 3,50 Mark bei Abnahme von 100 Stück angeboten. 2,50 Mark sind es bei 500 Stück, und für ganze 1,50 Mark bekommt man das Stück, wenn man sie auf der 1000-Rolle kauft. Dieselben Preise gelten für das «Boss-Polo». Der gefälschte «Boss Golfer, groß» ist im Hunderter-Pack für 5,– Mark je Stück zu haben, bei der Abnahme von 1000 Stück für 2,50 Mark. Wer gute Kontakte hat, kann die Teile noch günstiger bekommen.

In welchen Größenordnungen mittlerweile der Handel in der Bundesrepublik betrieben wird, zeigt ein acht Kilogramm schweres Paket, das in Darmstadt sichergestellt wurde: Durch ein Versehen beim Empfänger wurde es zurückgeschickt. Da kein Absender angegeben war, öffnete es die Postnachforschungsstelle. Die Postler stießen auf 80000 gedruckte «Boss»-Kragenetiketten – ein «Schwarzmarktwert von bestimmt DM 100000», wie ein Fachmann der Firma Boss schätzt.

Die «Rohwaren», wie sie die Piraten nennen, also die Polohemden, Jogginganzüge, Jacken und Pullover «pur», führen sie meist in großen Stückzahlen ein – ganz legal auf dem normalen Weg. Vor allem aus Thailand, Hongkong, Italien und Portugal. «Die Arbeitsweise ist denkbar einfach», berichtet der Insider in seinem «Report» über den Veredelungsakt: «Nackenschild raustrennen und neues rein. Krokodil aufbügeln und annähen, verpacken, fertig! Also Polohemd aus Thailand für 7,– DM gekauft, plus Logo 0,80 DM, Einnähen 1,– DM, zusammen 8,80 DM für das Lacoste-Polohemd. Der Dealer der Markenpiraten zahlt 17,– DM. Der Endverbraucher bis zu 50,– DM. Ein Super-Geschäft. Die Lacosteblender-Polohemden sind die am einfachsten herzustellenden Kopien. Boss-Kopien dagegen benötigen einen Stickautomaten, um Mengen zu veredeln. Stickautomaten sind sehr teuer, doch es finden sich genügend Stickereien, die für 0,80 bis 2,20 DM pro Stickerei gerne nebenher arbeiten. Die Aufträge sind selten unter 300 bis 500 Stück, eine Produktion einer Nachtschicht. Ein Boss-Polohemd-Blender ist also etwas teurer als ein Lacoste-Blender. Der hohe Preis schlägt jedoch beim Letztverbraucher kaum durch, die Boss-Kopie wird um 50,– DM pro Stück gehandelt.»

Ein erfolgreicher Veredler legt schon lange nicht mehr selbst Hand an bei der Arbeit: er läßt veredeln. Er beschäftigt Helfer, die sich damit ein paar Mark schwarz verdienen und regelmäßig nichts über die Hintergründe wissen. Eine typische Helferin ist *Karin Wimmer*. Sie tat nichts anderes, als für einen Piraten-Ring in Aachen die fertigen Textilien in Tüten zu packen, der es auf ein stattliches «Marken-Sortiment» gebracht hatte: «Lacoste», «Nike», «Ellesse», «Ferry», «Carlo Colucci», «Boss», «Babalunga», «Men's Club», «Portobello's», «Snow Star» und «Ferrari». Nachdem die Organisation aufgeflogen war, schilderte *Karin Wimmer* der Polizei ihre Tätigkeit in der Wohnung einer der Haupttäterinnen: «Ich arbeitete dort in unregelmäßigen Abständen. Ich wurde... nach eingepackten Stücken bezahlt; für 100 Stück bekam ich 25 Mark. Dafür brauchte ich etwa drei bis vier Stunden. Ich war damit zufrieden. Ich war froh, daß ich überhaupt etwas verdiente...

Teilweise habe ich in der Wohnung auch den Herrn *Ge-*

bauer angetroffen. Er hat da nur auf dem Sofa gelegen, also nichts getan. Ich habe mich mit ihm mal über die Sache da unterhalten. Ich habe ihn gefragt, ob mir etwas passieren könnte bei dem, was ich da tat, daß ich also die Kleidungsstücke in Tüten packte. Darauf sagte er, daß sei wohl ein Verstoß gegen das Warenkennzeichnungsgesetz*, das wäre aber ein Klax, dafür bekäme man keine Strafe. Das habe ich ihm geglaubt. Ich war mir nicht bewußt, etwas Strafbares zu tun, wenn man einmal davon absieht, daß dieser Verdienst korrekterweise dem Arbeitsamt hätte gemeldet werden müssen. Aber dann hätte man meinem Mann wieder etwas von seiner Arbeitslosenhilfe abgezogen. Und das wollte ich nicht. Ich habe nicht erfahren, wohin die ganzen Sachen gingen, wer sie abnahm und aufkaufte.»

Die anderen Produkte der Markenpiraten werden regelmäßig «fertig» aus dem Ausland angeliefert: So kommen «Porsche-Design»-Brillen aus Brasilien und Brillen mit dem Schriftzug «Ferarri» (statt: Ferrari) aus Taiwan und Hongkong. Ebenso stammen die Parfum- und Feuerzeugfalsifikate aus anderen Staaten, häufig aus den Niederlanden. Lederwaren und Gepäckstücke entstehen vor allem in Italien, der Türkei und Nordafrika.

Dies alles zeigt, welche umfassende Organisation für den Absatz von Falsifikaten sorgt. Eine Reihe von Tätern wirken in unterschiedlichen Funktionen zusammen: Hersteller, Exporteure, Importeure, Veredler, Helfer, Kuriere, Groß- und Einzelhändler. Diese Aufteilung ist nichts anderes als ein Spiegelbild der legalen Wirtschaft.

Dort, wo der Absatz von Falsifikaten in größerem Rahmen betrieben wird, gibt es mittlerweile schon Finanzierun-

* Nach dem Warenzeichengesetz kann der Täter mit bis zu einem halben Jahr Gefängnis oder Geldstrafe belangt werden. Ein Reformentwurf des Bundesjustizministeriums sieht vor, daß die Höchststrafe auf drei Jahre erhöht wird. Bei «gewerbsmäßigem» Handeln soll sie fünf Jahre betragen.

gen wie in der legalen Wirtschaft. Zur Sicherung von sogenannten «Warenkrediten» dienen Wechsel. «Voraussetzung für dieses System der Kreditierung von Warenlieferungen mit wechselmäßiger Sicherung in der illegalen Szene ist natürlich eine entsprechende Vertrauensbasis zwischen den Beteiligten», charakterisiert Richard Cremer die Methode in seiner Dokumentation «Warenzeichenverletzung und Nachahmung von Waren»: «Der Lieferant räumt seinem gewerbsmäßigem Abnehmer Warenkredit ein, weil er seinen, des Lieferanten, Absatz steigern will. Der vom gewerbsmäßigen Abnehmer zu entrichtende Kaufpreis soll aus dessen Weiterveräußerungserlösen finanziert werden. Der forcierte Absatz beim (Haupt-)Lieferanten soll nicht an Finanzierungsengpässen beim gewerblichen Abnehmer scheitern.»

Fazit seiner Analyse: «Diese Form der Kreditierung von illegalen Warenlieferungen signalisiert also einen Trend zu zunehmender Professionalisierung innerhalb der illegalen Distribution und ist gleichzeitig als wichtiges Indiz für ein forciertes Bemühen um die Erschließung weiterer Absatzmöglichkeiten anzusehen.»

Markenpiraterie ist für viele nichts «richtig» Kriminelles, sondern eher eine Art der «Verbeugung vor dem Echten». Wenn man schon nicht so reich sein kann wie die Reichen, trägt man zumindest die Sachen, die die Reichen tragen. Warum nicht das 19500 Mark teure Rolex-Modell in Gold am Handgelenk zur Schau stellen – für ganze 300 Mark, sagt sich so mancher. Hinzu kommt, daß der Besitz von Markenpiraterie-Artikeln in der Bundesrepublik nicht strafbar ist. Und wenn derartige Produkte in den Verkehr gebracht werden, erscheint dies vielen allenfalls als Kavaliersdelikt. Beispielsweise war schon häufiger zu beobachten: Wenn Testkäufer unterwegs waren, verschwanden sofort in den betreffenden Geschäften der Umgebung die Fälschungen – für eine Weile. Anschließend, als die Luft wieder rein war, kamen die Sachen zurück in die Regale. Der Hintergrund: Ist der erste Testkäufer gesichtet, gibt es sofort Alarm in der Branche. So empfahl etwa der Verband des Kraftfahrzeuggewerbes Bayern – Fachverband Tankstellengewerbe – in einem Schreiben an «alle Tankstellen im Großraum München», «von der Firma Bavaria-Werbeartikel gelieferte Waren mit einem möglicherweise geschützten Zeichen zumindest so lange aus dem Verkehr zu ziehen, solange Testkäufer unterwegs sind».

Schon die nackten Zahlen lassen erkennen, welche immens hohen Schäden Markenpiraten in der Bundesrepublik anrichten. Aber neben dem auf fünf Milliarden Mark geschätzten Schaden Jahr für Jahr und dem Verlust von 50000 Arbeitsplätzen wiegen die langfristigen Folgen noch schwerer. Wenn Markenpiraten bei neuen Produkten immer häufiger auf den Zug aufspringen, bleiben zwangsläufig die Umsätze der Original-Hersteller immer häufiger hinter den Erwartungen zurück. Und das geht zu Lasten der Entwicklung und Markteinführung neuer Produkte.

Die Kosten der reell arbeitenden Unternehmen sind ohnehin wesentlich höher. Sie zahlen im Unterschied zu den Piraten nicht nur Steuern und Sozialleistungen, sondern müssen auch die Kosten für Produkte tragen, die sich nicht zum Renner auf dem Markt entwickeln. So etwas kennen die Markenpiraten überhaupt nicht. Nie kämen sie auf die Idee, ein Produkt zu kopieren, das kein Verkaufsschlager geworden ist. Sie picken sich ausschließlich die Rosinen heraus. Manches Unternehmen wird sich irgendwann wohl dreimal überlegen, ob es ein neues Produkt auf den Markt bringt. Aber gerade der Mut, neue Produkte herauszubringen und die Bereitschaft, dafür zu investieren, sind unabdingbare Voraussetzungen für eine florierende Volkswirtschaft.

Ebenso zeichnet sich am Horizont ab, daß Unternehmen gezwungen sein werden, erfolgreiche Produkte völlig vom Markt zu nehmen, weil Fälschungen nicht nur zu gravierenden Umsatzeinbußen führen können, sondern auch zu einer erheblichen Rufschädigung. Das ist nicht Musik aus ferner Zukunft. Das gibt es heute schon. So etwa stellte die Hugo Boss AG die Produktion der «Mauritius»-Sweatshirts und entsprechender Jogginganzüge mit dem großen Rückenaufdruck schlagartig ein. Der Markt war von Fälschungen regelrecht überschwemmt worden, «die zum großen Teil von katastrophal schlechter Qualität waren und das Erscheinungsbild der Hugo Boss AG speziell für diesen Produktionsbereich massiv verfälschten», berichtet Boss-Jurist Manfred Schäfer. Den dadurch verlorenen Umsatz beziffert er auf 6 Millionen Mark für seine Firma und 13,5 Millionen für die Einzelhändler.

Kleinere Firmen werden einen solchen Produktionsstopp nicht so leicht verkraften wie das große schwäbische Textilunternehmen. Für Markenpiraterie-Kenner Cremer «drängt sich unabweisbar der Eindruck auf, daß Fälschungen in immer weitere Bevölkerungskreise vordrängen». Die Gefahr ist auch im Bundesjustizministerium erkannt worden. Ein Entwurf, der noch in dieser Legislaturperiode Gesetz werden soll, sieht unter anderem vor, daß der Strafrahmen für Produktpiraten deutlich erhöht wird: von einem halben Jahr Gefängnis auf fünf Jahre, und daß das geschädigte Unternehmen einfacher als heute die Vernichtung der Fälschungen durchsetzen kann. Auch wenn es richtig ist, daß Bonn handelt: Die Großen in der Markenpiraterie-Branche werden kaum ihr Geschäft aufgeben. Dazu verdienen sie zuviel. Vielleicht wird der eine oder andere kleine Fisch die Finger davon lassen, so mancher Dealer, dem die Sache zu heiß wird. Andere werden an ihre Stelle treten. So lange jedenfalls, wie es eine so große Nachfrage nach diesen Imitationen gibt. Und solange sich damit dermaßen viel Geld verdienen läßt.

Bei der Videopiraterie springt geradezu ins Auge, mit welchem atemberaubenden Tempo OK-Täter es schaffen, sich dem Markt anzupassen. In den achtziger Jahren hat sich der illegale Markt binnen weniger Jahre zweimal grundlegend gewandelt. Man muß sehen, daß zunächst fast drei Jahrzehnte lang die Gegebenheiten in der Bundesrepublik unverändert waren: Von 1952, als das Fernsehen mit Sendungen vom Hamburger Heiligengeistfeld einen regelmäßigen Programmbetrieb aufnahm, bis Ende der siebziger Jahre gab es nur zwei Möglichkeiten, einen Film zu sehen. Entweder ging man ins Kino, oder man schaltete den Fernseher ein. Dies änderte sich, als Anfang der achtziger Jahre der Videoboom losging. Mittlerweile steht in jeder dritten bundesdeutschen Wohnung ein Recorder. Organisiert zu Werke gehende Täter haben in der Bundesrepublik schon Milliarden mit illegalen Kopien verdient.

Bespielte Videokassetten waren nicht gerade billig – und schon bald kam so mancher Händler auf die Idee, für seine Kunden als Alternative schwarz gezogene Kopien unterm Ladentisch bereitzuhalten. Es tat sich eine Marktlücke auf – innerhalb kürzester Zeit organisierten Täter das Geschäft. Mit der «Kinofilmpiraterie» versorgten sie Heerscharen von Video-Fans mit VHS- und Beta-Kopien von Kinofilmen. Diese Videokassetten fanden reißenden Absatz. Hintergrund: Bei der üblichen Filmverwertung kommt der Streifen erst ein halbes Jahr nach dem Kinostart auf den Markt, um den Lichtspielhäusern das Geschäft nicht zu verderben. Alles hing für die Piraten davon ab, daß es ihnen gelang, an eine Kopie des Kinofilms heranzukommen – bis zu 300 Rollen wurden bei Erfolgsfilmen in die Kinos des deutschen Marktes geliefert. Jedes Mittel war ihnen recht: Sie bestachen, nötigten und erpreßten Filmvorführer. Mitunter stahlen sie auch eine Kopie aus einem Kino oder einem Lager, sie filmten aus dem Zuschauerraum den Streifen mit einer hochempfindlichen Videokamera ab.

A 2 – tiefe Nacht über der Autobahnraststätte Herten, in der Nähe von Gelsenkirchen: Einige Personenwagen stehen vor dem Gebäude. Autofahrer vertreten sich die Füße. Niemand achtet auf einen Wagen, der an ihnen vorbeirollt. Er stoppt abseits. In der Dunkelheit ist zu hören, wie ein Kofferraum geöffnet und etwas Blechernes herausgehievt wird. Türenschlagen. Zwei Autos fahren an.

Über die Autobahn steuert *Frank Holl* seinen Wagen Richtung Coesfeld. In der Nähe des Ortes, in Gescher, hält er vor einer ehemaligen Diskothek. Aus dem Auto schleppt er fünf Filmrollen-Blechbüchsen in das Gebäude – sie wiegen über einen halben Zentner. Jede hat einen Durchmesser von ungefähr einem halben Meter. Er trägt sie in den Raum, in dem sich das sogenannte «Abtaststudio» befindet: Herzstück ist eine Maschine voller Knöpfe auf der Vorderseite, so groß wie ein schmaler Kleiderschrank. «Flying-Spot» nennen sie Fachleute, ein «Lichtbildabtaster». Damit lassen sich die Licht- und Tonsignale des 35-mm-Zelluloid-Kinofilms in Impulse umwandeln und auf ein Magnetband «kopieren». Neu kostet ein solcher Kasten rund eine Dreiviertelmillion Mark. Daneben stehen in dem Raum mehrere sogenannte U-Matic-Maschinen, sie sehen aus wie vergrößerte Videorecorder. Aus einer der Blechbüchsen holt *Frank Holl* eine Filmspule. Er spannt sie ein und schaut sich auf dem Monitor die ersten Bilder des Films «Auf dem Highway ist die Hölle los» an. Dann startet er die Anlage. Von dem Kinofilm zieht er zwei Kopien auf «½-Zoll-U-Matic-Band». Diese U-Matic-Bänder sind – einfach gesagt – große Videokassetten. Sie dienen als «Mutterbänder», also als Vorlage, um normale Videokassetten zu bespielen – sie haben eine wesentlich höhere Wiedergabequalität als gewöhnliches Videoband.

Nach getaner Arbeit trifft sich *Frank Holl* wieder mit *Jörg Koberstein*, dem Drahtzieher des Kinofilmpiraten-Rings. Er übergibt ihm die Blechdosen und die U-Matic-Bänder. Für seine «Nachtarbeit» erhält er 1250 Mark. Noch vor Morgengrauen bringt *Koberstein* die Filmrollen zurück nach Bochum, in das Kino, aus dem er sie nach Ende der letzten

Vorstellung abgeholt hatte. *Michael Frankenfeld*, der sich nebenberuflich als Filmvorführer ein paar Mark verdient, atmet auf, als er die Rollen wiedersieht. Sofort trägt er den Film zurück an Ort und Stelle in dem Vorführraum. Für den «Verleih» der Rollen bekommt er von *Jörg Koberstein* 800 Mark. Außerdem muß *Koberstein* 300 Mark an *Michael Fritz* zahlen, der ihm den Kontakt zu dem Filmvorführer vermittelt hatte. So ist es pro «Ausleihe» seinerzeit vereinbart worden.

Noch am selben Tag holt der «Bote» *Michael Marschner* bei *Koberstein* eine der «U-Matic-Cassetten» ab und bringt sie in die Wohnung von *Werner Seibold*. Dort hat er sich in einem Raum ein «Kopierstudio» eingerichtet: Zwei U-Matic-Maschinen sind über einen «Verteiler» mit 14 Videorecordern verbunden – einen Teil von ihnen hat er ganz normal geleast. 60 Kopien auf VHS und Beta werden dort von dem Streifen hergestellt – mindestens. In einem Koffer bringt der «Bote» *Marschner* die Videokassetten zu *Jörg Koberstein*. Dessen Frau *Beate* hat den Abnehmern eine neue Lieferung schon längst per Telefon avisiert. Über ein Dutzend Abnehmer erhalten die Kassetten – entweder per Post oder durch Boten angeliefert. Pro Stück zahlen sie zwischen 55 und 100 Mark, der Preis hängt davon ab, wieviel sie abnehmen. Etliche ziehen weitere Kopien von der Videokassette, sogenannte B-Kopien.

Zahlreiche Filme versetzt die Gruppe auf diese Weise. Wieviel und in welchem Umfang ist später nicht mehr vollständig aufzuklären. Vor Gericht konnten ihnen 22 derartige Fälle nachgewiesen werden und 36, in denen sie sich die Kopiervorlage auf andere Weise besorgten. Zum Beispiel durch den Ankauf von U-Matic-Bändern, die andere Täter gezogen hatten. Zudem verkauft die Gruppe auch die A-U-Matic-Bänder in der Szene für 3000 bis 3500 Mark. Auch dies ist nur die vielzitierte Spitze des Eisbergs bei dieser Gruppe gewesen, meinen Fachleute.

Tatsache ist jedenfalls, daß sie sich mit der Zeit auch andere «Bezugsquellen» für Kinostreifen erschlossen hatten. Eine dieser sprudelnden Quellen ist *Gerd Garkowski*, der als Filmvorführer im Bochumer «Cinema» arbeitete. Pro «Ausleihe» erhält er allerdings nur 300 Mark, da in seinem Kino nur «nicht so aktuelle» Filme laufen. Dem Komplizen *Kobersteins*, einem Bankrotteur namens *Bernd Wedel*, der 1,8 Millionen Mark Schulden durch den Konkurs seiner Firma «Industriemontage» hatte, gelingt es sogar, Filme von dem Betreiber des Duisburger Kinos «Lichtburg» zu besorgen. *Wedel* beauftragt mit dem «Vertrieb» der Kassetten *Werner Schönborn*, der mit den Abnehmern Kontakt hält und an drei Treffpunkten in der Nähe von Autobahnabfahrten die Kassetten übergibt.

Von Mitgliedern und dem Umfeld dieser Gruppe wurde schließlich rund um die Uhr kopiert – auf insgesamt 20 «Kopierstudios» stießen die Ermittler. So stellte das Ehepaar *Koberstein* beispielsweise eine Helferin ein, da sie mit dem Kopieren und Absetzen nicht mehr nachkamen – obwohl beide von morgens bis abends nichts anderes taten. *Koberstein* bezog schon seit Jahren Arbeitslosenhilfe. Für die Vermittler im Arbeitsamt war er ein hoffnungsloser Fall: Zwei Stellen, die er antrat, war er bald wieder los wegen «mangelnden Arbeitseinsatzes». Aus einer ihm vom Arbeitsamt angebotenen Fortbildung wurde nichts, weil er zu dem Lehrgang nicht erschien.

In der Entscheidung des Landgerichts Bochum, das sich mit einem Teil dieses Falles befassen mußte, ist zu lesen (Aktenzeichen 2 KLs 35 Js 527/84): «Da auf Grund der... technischen Möglichkeiten sehr schnell eine Vielzahl von A-Kopien hergestellt werden konnten und auch verschiedene Tätergruppen in der gesamten Bundesrepublik Deutschland zusammenarbeiteten, war binnen weniger Tage der gerade in den Kinos angelaufene Film in der gesamten Bundesrepublik als Raubkopie erhältlich.»

In der Bundesrepublik gab es Mitte der achtziger Jahre mehrere derartiger Gruppen. Die Köpfe verdienten sich goldene Nasen: Den Gewinn derartiger «professioneller Täter» schätzt der Kölner Staatsanwalt Dieter Wolf auf «bis 300000 DM jährlich... natürlich steuerfrei». Und «Maurer», einer der einst Großen in dieser Branche, berichtete freimütig im «Spiegel», daß sich mit einem einzigen Film zwischen 160000 und 480000 Mark verdienen ließen, wenn man bei Händlern und Videothekaren den Eindruck erwecke, den Film «offiziell» zu vertreiben: «Davon werden in der Regel zwischen 1000 und 3000 Kopien verkauft, das verkaufen Sie eiskalt ziemlich teuer, um die 180 Mark. Sagen wir also: 1500mal rund 160 Mark, denn 20 Mark rechnen Sie als Kopierkosten ab... Und das ist brutto für netto» – fast eine Viertelmillion. Mit einem einzigen Streifen!

Der Absatz der Piraten war wie in einem großen Wirtschaftsunternehmen für das gesamte Bundesgebiet geplant. «Der Vertrieb der Raubkopien erfolgt im Schneeballsystem vom Hersteller über Regionalverteiler zum Endabnehmer», beschreibt Kriminalhauptkommissar Klaus Helbig aus dem LKA Nordrhein-Westfalen das System. Die Fahnder stellten fest, daß Raubkopien, in Köln, Bochum und Stolberg hergestellt, an «Regionalverteiler» in Duisburg, Düsseldorf, Bielefeld, Hagen, Münster, Brühl, Berlin, Pforzheim, Aschaffenburg, München und in die Niederlande verkauft wurden. «Zunächst werden vom Master Zweitgenerationskassetten für regionale Verbreiter gezogen», schildert Joachim Tielke die Vorgehensweise, Leiter der Abteilung Ermittlungen der Gesellschaft zur Verfolgung von Urheberrechtsverletzungen (GVU), der Selbsthilfeorganisation der Branche. «Diese kopieren dann zum einen für Endverteiler, jedoch auch wieder für Weiterkopierer, die nach ähnlichem Muster vorgehen. Ähnlich der Verbreitung von Rauschgift vollzieht sich in den verschiedenen Ebenen einer solchen Hierarchie ein Wandel der Einstellung zum Produkt. Während in der obersten Ebene lediglich pekuniäre Gründe eine Weiterverbreitung motivieren, vollzieht sich nach unten eine zunehmende Identifizierung mit der ‹Ware› Film. Zunehmend wird der Weiterverkauf von selbstgefertigten Kopien zur Quelle der Finanzierung der eigenen Kassette. Während im Rauschgiftbereich gestreckt wird, vermehrt sich hier die zur Verfügung stehende Ware durch Duplizierung.»

Auf diese Weise wurde bei einem «vernünftigen Titel» nach einer Berechnung der GVU auf den verschiedenen Ebenen insgesamt ein Umsatz von 778000 Mark erzielt. Welch enorm hohen Umsätze die Kinofilmpiraten-Branche mit diesem System erreichte, läßt sich erahnen, wenn man sieht, daß nach einer Erhebung des Verbandes der Filmverleiher allein in den ersten neun Monaten des Jahres 1984 von 248 erstaufgeführten Titeln 101 illegal abgetastet und vertrieben wurden.

Bezeichnend ist für das Vorgehen dieser Gruppen: Sie sind arbeitsteilig organisiert. Bestimmte Personen sind für die Technik zuständig, etwa für das Anfertigen des Masterbandes – Tätigkeit eines «Profis» – und für das Ziehen der Videokopien – eine «Anlerntätigkeit». Andere Täter sind für das Beschaffen des Ausgangsmaterials verantwortlich, wieder andere für den Vertrieb der Kassetten. Dabei gibt es Gebietsabsprachen. Ist der Markt im Augenblick mit einem Genre gesättigt, werden durch Vereinbarung bestimmte Streifen zurückgehalten. Kopierstudios richten die Täter häufig bei unverdächtigen Personen ein. Geräte leasen sie, um im Falle einer Entdeckung den Schaden so gering wie möglich zu halten. «Geschäftskonten» werden zur Tarnung auf den Namen von Unbeteiligten eingerichtet. Die Kuriere, die die Kopien im Bundesgebiet verteilten, lassen auf ihren Fahrten große Vorsicht walten. Sie suchten vor Fahrtantritt ihren Wagen auf Peilsender ab und legten unterwegs «Schüttelfahrten» ein, um festzustellen, ob ihnen jemand folgte.

Angesichts dieser Entwicklung blieb den betroffenen Firmen gar nichts anderes übrig, als schleunigst etwas zu unternehmen: Techniker ätzten mit Aceton einen Code auf ein einziges Bild in dem Zelluloidstreifen – für den Zuschauer im Kino nicht erkennbar, da pro Sekunde 24 Bilder vor seinem Auge flimmern. An Hand dieses Zeichens konnte der Anbieter erkennen, von welcher Filmkopie das Video stammte. Danach war es nur noch Routine, die undichte Stelle herauszufinden.

Die Täter setzten alles daran, dieses Zeichen zu entdekken und das Bild herauszuschneiden oder zu schwärzen. Profis schauten den Streifen Zentimeter für Zentimeter durch – oft per Einzelbildschaltung. Mitunter verbrachten sie dabei eine ganze Woche vor dem Monitor. Kurze Zeit später ging die Filmwirtschaft einen Schritt weiter: Sie legte den Code über die Tonspur, die Täter konnten nichts mehr machen – bis jetzt. Hinzu kam, daß einige Gruppen aufflogen und ihre «Köpfe» in Untersuchungshaft landeten – 16 Personen in einem Fall, den das Landeskriminalamt in Düsseldorf aufdeckte. Und so manchem in der Szene, vor allem Händlern, verging die Lust, nachdem die Strafen im Urhebergesetz deutlich verschärft worden waren. So beträgt die «Höchstfreiheitsstrafe» für «schwere Urheberrechtsverletzungen» nun fünf Jahre anstatt einem. Seit 1986 sind die Ermittler auf keinen nennenswerten Fall von Kinofilmpiraterie mehr gestoßen.

Gleichwohl ist heute der Videomarkt voller Raubkopien. Auf drei Originale kommt eine Fälschung, schätzt die Gesellschaft zur Verfolgung von Urheberrechtsverletzungen. Cleveren Branchenkennern ist es innerhalb kurzer Zeit gelungen, das Vakuum zu füllen, nachdem die Kinofilmpiraten aufgehört hatten. Mit ihrem System schafften die Videopiraten es auch, die Schwächen der Kinofilmpiraterie zu vermeiden: Nicht nur das leidige Problem mit der Beschaffung umgingen sie dabei, sondern ihnen gelang es auch, den Anschein zu erwecken, legale Ware abzusetzen. So etwas erhöht die Rendite um ein Vielfaches.

Die GVU ist davon überzeugt, daß Dreh- und Angelpunkt dieses Systems bestimmte Händler in der Branche sind, die unter ihre legale Ware sogenannte «Identfälschungen» mischen. «Identfälschungen» sind Kopien, bei denen die äußere Aufmachung und Ausstattung – vor allem Aufkleber und Hülle – so genau wie möglich nachgemacht werden. Für den Laien ist der Unterschied nicht zu erkennen. Damit heben sie sich von den früher häufig anzutreffenden sogenannten «Primitivfälschungen» ab, bei denen niemand übersehen konnte, daß es sich um eine Fälschung handelt – weil beispielsweise die Kassettenaufkleber mit der Hand oder mit der Schreibmaschine beschriftet waren.

Der Umschlag der Videokassetten in der Branche wird heute durch sogenannte «Tausch-» oder auch «Kofferraumhändler» im Gang gehalten. Diese Selbständigen sind seit Mitte der achtziger Jahre fest in diesem Wirtschaftszweig etabliert. Ihre Funktion ergibt sich aus den zwei Phasen der heute üblichen Vermarktung von Videokassetten: In der ersten Phase verleihen die Videotheken in den Zentren der Städte die Kassetten. Durch Werbung werden die Kunden heiß gemacht auf den Streifen. Sie sind versessen darauf, die «Neuerscheinung» zu mieten. Der Videothekar hat keine Schwierigkeiten, die Kassette jeden Tag zu verleihen – mit einem Top-Zuschlag für zehn Mark. Erfahrungsgemäß reißt diese Nachfrage nach einem Monat ab. Der Händler hat in diesem Augenblick die 250 Mark, die er im Durchschnitt für eine Kassette bezahlt hat, ungefähr wieder in der Kasse. Aber noch nichts verdient. Nun treten die «Kofferraumhändler» auf den Plan: Sie kaufen die Kassetten auf zum Stückpreis von ungefähr 130 Mark. Mit vollgepackten Wagen fahren sie durch die Vororte und aufs Land. Dort verkaufen sie diese Kassetten an die Videotheken für 170 bis 180 Mark das Stück – Beginn der zweiten Phase. In dem Augenblick, in dem die Kassette von diesen Geschäften angeboten wird, beginnt hier die «heiße Phase». Ist sie vorüber, übernehmen sie die Händler wieder und verkaufen sie an andere Videotheken. Denn bei einem solchen Geschäft kann der Betreiber nur Geld verdienen, wenn er seinem Publikum fortlaufend neue Filme bietet und die alten Klamotten zügig verschwinden läßt. So bringen es erfolgreiche «Kofferraumhändler» nach Erkenntnissen der GVU auf einen Umschlag von 4000 Kassetten in der Woche.

Außerdem gibt es in der Branche noch eine zweite Art Kassetten-Beschaffer: «Zentralkäufer», die den Erwerb für Einkaufsgemeinschaften übernehmen, in denen sich Videotheken zusammengeschlossen haben. So lassen sich Mengenrabatte bei den Anbietern erzielen. Die Zentralkäufer liefern die Kassetten bei den einzelnen Videotheken an.

«Es läßt sich nicht mit Sicherheit sagen, in welcher Phase des... Geschäftes die Beimischung der Identfälschung erfolgt», berichtet Joachim Tielke, GVU-Ermittlungsleiter. «Es gibt jedoch Indizien für eine Beimischung sowohl kurz nach Vorstellung eines neuen Produktes durch... Einkaufsgemeinschaften als auch in der zweiten Phase der Weiterverschiebung aktuellen Programmes durch Tauschhändler und Tauschmärkte. Auf Grund der Qualität der Ausstattung solcher Kassetten ist davon auszugehen, daß weite Kreise der Beteiligten diese Ware gutgläubig erwerben.»

Nach Tielke werden auf diese Weise bei einem «guten Titel» eines «Hochpreisanbieters» (eines Unternehmens also, das die Kassette für etwa 250 Mark an Videotheken abgibt) rund 3000 Identfälschungen auf den Markt geschleust. Der Anbieter selbst verkauft von einem solchen Titel um die 8000 Kassetten in der Bundesrepublik. So erklärt sich das Verhältnis zwischen Originalen und Identfälschungen von drei zu eins, von dem die GVU ausgeht.

Wenn dies so ist: Wer steuert das Geschäft? Wer versorgt diese Händler mit den Fälschungen? «Bei diesen Top-Produktionen haben zehn Personen das Fälschungsgeschäft in der Hand», erklärt Joachim Tielke. «Die sitzen verteilt im Bundesgebiet. Wir wissen, daß sie sich treffen.» Die meisten hätten seit mindestens zehn Jahren enge geschäftliche Verbindungen. Sie würden sich in der Branche gut auskennen, den legalen Bereich mit dem illegalen vermischen. Tielke: «Die sind sehr gute Kunden bei der Industrie, duzen sich und klopfen sich auf die Schulter mit den Vertriebsleitern, weil sie große Stückzahlen abnehmen.» Diese «großen Zehn» haben nach Erkenntnissen der GVU einige hundert Personen an der Hand, mit denen sie zusammenarbeiten. Der Handel sei nicht anders organisiert als im legalen Teil der Branche: Jemand ist zuständig für den Druck der Etiketten, jemand kümmert sich um die Fertigung der Hüllen, ein anderer um die Herstellung der Kopien, ein vierter koordiniert die Belieferung der Händler. Die GVU geht davon aus, daß die Täter beste Kontakte zu Mitarbeitern bei den Anbietern, in Lagern und Kopierwerken haben, so daß sie ohne Schwierigkeiten an das Material zum Kopieren herankommen.

Die Indizien stützen dies: So zeigt sich bei Identfälschungen, die in ganz verschiedenen Orten im Bundesgebiet sichergestellt werden, daß die Etiketten auf derselben Maschine gedruckt worden sind. Mitarbeitern von Anbieter-Firmen wurden vier- und fünfstellige Summen versprochen für den Fall, daß sie Bänder vor dem offiziellen Erscheinen besorgen. Der Vertriebsleiter eines Münchner Unternehmens berichtete, daß ihm sogar ein Porsche Kabrio geboten worden sei für die Zusage, aus seiner Firma regelmäßig Bänder herauszuschleusen.

Zudem beobachten seit kurzem die Ermittler, daß Videokassetten kartonweise gestohlen werden, die kurze Zeit später im Handel auftauchen. In München wurde ein Lagerarbeiter auf frischer Tat ertappt, wie er aus dem «Distributionslager» Kassettenstapel herausschaffte. Innerhalb von drei Monaten hatte er für die Diebstähle 42000 Mark kassiert. Beim Transport vom Kopierwerk in Berlin in ein Lager in Gütersloh verschwanden 200 Kassetten von «Überfall im Wandschrank». Schon einen Tag später stand ein Teil der Beute in den Regalen bei Videotheken im Großraum Köln/Aachen. «Es gibt jetzt offensichtlich die Connection zwischen Großabnehmern von Videokassetten und Hehlern, die alles beschaffen können», lautet Joachim Tielkes Fazit.

Den Schaden, den die Videopiraten anrichten, schätzt GVU-Geschäftsführer Gerhard Schulze für das Jahr 1989 auf 200 bis 300 Millionen Mark. Zum Vergleich: Die rund 7500 Videoverkaufs- und Videoverleihstellen in der Bundesrepublik erzielen einen Jahresumsatz von rund 1,4 Milliarden Mark; die Anbieter, die den Handel mit den Kassetten versorgen, setzen im Jahr rund 500 Millionen um. Das bedeutet: Die Videopiraten erlösen die Hälfte des Betrages, den die Anbieter der legalen Ware einnehmen. Wenn nicht alles täuscht, werden die Videopiraten in den nächsten Jahren mit immer perfekteren Varianten auf den Markt kommen und kassieren.

Die «Kriminalität im Zusammenhang mit unbarem Zahlungsverkehr»

«Guten Tag», sagt der Spanier und lächelt. Er unterschreibt zwei Euroschecks und schiebt sie mit der Scheckkarte dem Kassierer zu. Der blickt den Kunden einen Augenblick lang prüfend an, den er zum erstenmal sieht: ihm fällt die Sonnenbrille mit dem Goldrand auf, die der etwa Sechzigjährige trägt. Seine schwarzen Haare haben erst einen leichten Grauton. Der Mann macht einen weltgewandten Eindruck und trägt einen dunklen Anzug «aus edlem Stoff», was sich dem Kassierer einprägt. Für den Bankangestellten in der Düsseldorfer Innenstadt scheinen die Dinge klar: Ein gutverdienender Geschäftsmann aus dem Süden auf Visite in der Bundesrepublik – und so zahlt er ihm ohne weitere Überprüfung die 800 Mark aus. Der Mann nickt, bedankt sich, schiebt die Scheine übereinander und steckt sie in seinen Sakko. In aller Ruhe schlendert er durch die Schalterhalle zum Ausgang.

75 Euroschecks löst *Carlos Garcia* auf diese Weise innerhalb von zwei Tagen bei Banken in Düsseldorf ein. Und schafft es auch noch in dieser Zeit, zehn Schecks in Essen zu Geld zu machen. Als Betrag schreibt er stets «DM 400» auf das Formular, den Betrag der «Einlösegarantie». So kassierte er an den beiden Tagen 34000 Mark. Anschließend verschwindet er genauso, wie er gekommen ist: mit einem Flugzeug. Seine Spur verliert sich irgendwo im Süden.

Zigtausende Euroschecks machte *Carlos Garcia* auf diese Art zu Geld. Wieviel es genau sind, weiß niemand. Nicht einmal er selbst. Er arbeitet als «Einlöser» in der Organisierten Euroscheckkriminalität. Unter mehr als vier Dutzend Alias-Namen tritt er auf. «Neun solcher Reisen haben wir ihm nachgewiesen», sagt Eduard Liedgens, Leiter des Sachgebiets Falschgelddelikte im Bayerischen Landeskriminalamt. «Wir gehen davon aus, daß er regelmäßig in die Bundesrepublik kam.» Die Beamten fanden heraus, daß er EC-Schecks «europaweit verbreitete» – Schecks, die andere Täter vor allem in Spanien, Italien, Belgien, den Niederlanden und der Bundesrepublik gestohlen hatten. *Carlos Garcias* Kapital sind sein Aussehen und sein Auftreten: Er hat etwas von einem Generaldirektor an sich. Nichts entspricht dem Bild vom Ganoven, das die meisten Menschen im Kopf haben. Auf Reisen steigt er in den feinsten Hotels ab. Er spricht Spanisch, Italienisch, Deutsch und Holländisch. Die Scheckkarten, die er vorlegt, sind entweder ebenfalls gestohlen oder meisterhaft gefälscht. Von gleicher Qualität ist der Stapel von Ausweisen, den er besitzt.

«Die verdienen an den Deutschen ganz gut, die haben ein Händchen fürs Geschäft», dachten in Athen mehrere Bankangestellte über vier Boutiquenbesitzer und Gastwirte. Über Monate reichten diese Geschäftsleute Euroschecks bundesdeutscher Banken ein, ausgestellt von ihren – wie sie sagten – «Gästen» und «Kunden». Für insgesamt 4000 Schecks wurden den Männern umgerechnet 1,4 Millionen Mark ausgezahlt. Wie sich später zeigte, waren die ECs allerdings nicht von Deutschen in Griechenland ausgestellt worden, sondern von Griechen. Die Männer hatten die in der Bundesrepublik gestohlenen Formulare bei den Banken in Athen bereits wenige Tage nach dem Diebstahl eingereicht – mit erdachten Namen und ebenso willkürlich gewählten Schecknummern. Die Polizei fand heraus, daß die 4000 Scheckformulare aus 300 Wohnungseinbrüchen in der Bundesrepublik stammten. Nach der gleichen Masche gingen Täter in Lissabon vor: Sie machten 1000 gestohlene Euroschecks zu Escudos.

So arbeiten die «Einlöser» beim organisierten Schummel mit Schecks. Durch betrügerisches Einlösen von EC-Schecks entsteht ein Schaden von über 60 Millionen Mark pro Jahr in der Bundesrepublik. «Einzeltäter gehören inzwischen eher zu den Ausnahmeerscheinungen», berichtet Kriminaldirektor Siegfried Reichinger aus dem Bundeskriminalamt. «Ein lukratives Geschäft für darauf spezialisierte Organisationen», die sich die Arbeit aufteilen. «Ein Teil der Mitglieder raubt oder stiehlt, andere fälschen, während sich wiederum andere als Einlöser betätigen», skizziert der BKA-Kriminaldirektor das Vorgehen. «Zudem dienen zahlreiche Hehler, die von unabhängigen Dieben und Einbrechern beliefert werden, als beinahe unerschöpfliche Bezugsquelle.»

Die Täter gehen in drei Schritten zu Werke: Die Schecks werden gestohlen, vertrieben und eingelöst.

Opfer kann man schneller sein, als man denkt – vor allem, wenn man an anderes denkt. So hatte *Susanne Katz* nur ihre neuen Schuhe im Sinn, als sie in einem Hamburger Geschäft ein Paar anprobierte. «Als ich mir die Schuhe zuband», berichtet sie, «ist mir die Handtasche von der Schulter gerutscht. Es hat nur ein paar Sekunden gedauert – dann war die Handtasche mit den Schecks und der Scheckkarte weg.» Mit den fünf Schecks kassierten die Täter 2000 Mark. Ein Zehntel davon mußte *Susanne Katz* nach den Bankbedingungen selbst tragen – genau die Summe, die sie für ihre neuen Schuhe ausgeben wollte. Die meisten Schecks fallen Tätern beim Kfz-Aufbruch in die Hände (37 Prozent), ergab eine Auswertung des Bundeskriminalamts 1987. Es folgen der Wohnungseinbruch (14 Prozent), der Taschendiebstahl (13 Prozent), der Klau am Arbeitsplatz (8 Prozent) und in Gaststätten (4 Prozent).

Bei den in der Szene bekannten «zentralen Sammelstellen für gestohlene Euroschecks» gibt es, berichtet Eduard Liedgens vom Bayerischen LKA, «20 Mark pro Stück, 100, wenn die Scheckkarte mit dabei ist». Diese Aufkäufer sorgen dafür, daß die Schecks bündelweise zu Einlösergruppen kommen. So stieß beispielsweise die Polizei in Frankfurt bei einem siebenundvierzigjährigen Jugoslawen auf fast 600 Schecks: 154 gestohlene, 354 gefälschte Euroschecks und 88 Travellerschecks. Dem Großhehler assistierte eine dreiundzwanzigjährige Türkin. Eine andere Komplizin, eine neunzehnjährige Türkin gestand, innerhalb von drei Monaten etwa 2000 gestohlene Euroschecks in die Türkei gebracht zu haben, die dort zu Geld gemacht wurden.

Für derartige Kurierdienste setzen die Organisationen gern Personen ein, die von Berufs wegen viel reisen. So entdeckten französische Drogenfahnder bei einem Schlafwagenschaffner auf der Strecke von Frankfurt nach Paris 1100 gestohlene EC-Formulare. Kripobeamte vermuten, daß Fahrer von Speditionen gestohlene Schecks in «Bündeln» von 200 bis 300 Stück nach Spanien und Griechenland bringen. An der deutsch-französischen Grenze in der Nähe von Saarbrücken fand die Polizei bei einem Mann 130 Scheckformulare, gestohlen in Süddeutschland, Hamburg und Oldenburg. Die Täter reichen die Schecks gern in einem anderen Staat ein, berichtet LKA-Ermittler Liedgens, weil sie davon ausgehen, daß «nationale Warnungen sehr viel aktueller sind als internationale – was auch stimmt». Wie glatt der Absatz über diese Vertriebswege funktioniert, zeigt auch eine Beobachtung, die BKA-Kriminaldirektor Reichinger gemacht hat: «Nicht selten sind Scheckbuchteilungen feststellbar. Dies bedeutet, daß Schecks aus einem erbeuteten Scheckheft zum Teil in verschiedenen Ländern Europas eingelöst werden.»

Sofern den Tätern nur Schecks und keine Scheckkarten in die Hände gefallen sind, werden gestohlene Karten zu den Schecks «passend» manipuliert oder Karten «total» gefälscht, ebenso entsprechende Personalpapiere beschafft. Es gibt mehrere Varianten, die Schecks zu Geld zu machen. Manche Einlöser, wie *Carlos Garcia*, treten so souverän auf, sind so routiniert und sich ihrer Sache dermaßen sicher, daß sie seelenruhig allein von Bankfiliale zu Bankfiliale ziehen, wo sie meist zwei, manchmal einen oder auch drei Schecks einlösen. An einem Vormittag grasen sie über ein Dutzend Filialen ab. Andere «Einlöser» heuern einen «Helfer» an. Mit einem, höchstens zwei Schecks betritt er die Bank, während der «Einlöser» mit dem Stapel Schecks in der Nähe des Gebäudes wartet. Anschließend liefert der «Helfer» das Geld beim «Einlöser» ab. Für jeden zu Geld gemachten Scheck darf er etwa 50 Mark behalten. Sie ziehen weiter, zur nächsten Bank. Wird der «Helfer» irgendwo erwischt, macht sich der «Einlöser» mit den Schecks aus dem Staub. Bei der Polizei räumt der «Helfer» diesen «einen Versuch» ein und erzählt, daß er den Scheck gefunden habe. Währenddessen ist der «Einlöser» schon mit dem nächsten «Helfer» unterwegs.

Etwa die Hälfte der gestohlenen Schecks und Scheckkarten stammt von Frauen – entsprechend ihrem Anteil an der Bevölkerung. Sofern die Täter die Schecks mit einer entsprechenden Karte vorlegen, brauchen sie auch einen entsprechenden Anteil «Einlöserinnen». Deswegen ist die Zahl weiblicher Täter in diesem Bereich im Vergleich zu den übrigen Straftaten unverhältnismäßig hoch. Als «Euromütter» bezeichnen die Fahnder diese Frauen oft, «zu denen biedere Hausfrauen ebenso wie Prostituierte oder Sekretärinnen zählen, die schlicht und einfach etwas hinzuverdienen wollen», berichtet Heinz Stüllenberg, Kriminaldirektor im LKA Nordrhein-Westfalen.

Stark gefährdet sind die Schecks der Bundesdeutschen im Ausland. 42 Prozent der Formulare werden dort gestohlen nach der BKA-Auflistung: An der Spitze liegt mit weitem Abstand Spanien (53 Prozent der Auslandsdiebstähle), gefolgt von Italien (14 Prozent) und Frankreich (13 Prozent).

Mitunter arbeiten Südamerikaner mit «Einlösern» in Europa zusammen, haben die Fahnder herausgefunden. Diese Organisationen «können auf polizeiliche Maßnahmen sehr schnell reagieren», berichtet BKA-Kriminaldirektor Reichinger, «holen ertappte Bandenmitglieder mittels Kaution rasch wieder aus den Gefängnissen, wechseln flexibel von einer Region in die andere. Tauschen gefährdete Mitarbeiter aus und sind auch in der Lage, größere Mengen von Euroschecks länger zu deponieren.»

Sorgen bereiten der Polizei zunehmend die sogenannten «totalgefälschten» Euroschecks und Scheckkarten. So beschlagnahmten BKA-Beamte über 10000 EC-Formulare, die eine Gruppe in Frankfurt gedruckt hatte. Exemplare aus dieser Serie waren schon in Frankreich, Italien, Österreich, Schweden, Spanien und den Niederlanden eingelöst worden. Ende 1988 tauchten in der Bundesrepublik erstmals Schecks auf, die auf einem Farbkopierer hergestellt worden waren. Mit einer echten, aber gestohlenen Euroscheckkarte machten im Großraum Rhein-Main die Täter die Kopien zu Geld. Schaden: über 30000 Mark.

Ähnlich wie bei den Schecks gehen Organisationen auch bei der kriminellen Verwertung von Kreditkarten vor. Die Karten werden aber nicht nur zusammengeklaut. Die Täter haben «eine Fülle von Methoden entwickelt», berichtet Günther Braun in der Zeitschrift «Kriminalistik», um an die Plastikkärtchen heranzukommen. «Über das Anbieten von ‹Nebenverdienstmöglichkeiten› erschleichen sie sich persönliche Daten von Bürgern, füllen auf deren Namen Kartenanträge aus und lassen sich die Karten über Nachsendeanträge bei der Post in eigens für solche Fischzüge installierte Briefkästen anliefern. Da die Karten ohne Unterschrift sind, muß man auf das Fälschen der Signatur nicht viel Mühe verwenden. Ähnliches gilt auch für Fälle, in denen ungetreue Postbeamte Briefe stehlen, die Kreditkarten enthalten (wie geschehen) – oder wenn ungetreue Angestellte eines Karten-Unternehmens Blankokarten an Hehler verkaufen (wie ebenfalls geschehen). Diebe, die sich auf den Diebstahl bereits unterschriebener Karten verlegt haben, kassieren für eine ‹frische› – noch nicht gesperrte – Karte bei Hehlern um die 2000 Mark.»

Ebenso wie Schecks werden auch Kreditkarten nicht nur gestohlen, sondern auch gefälscht. Bei «Teilfälschungen» löschen die Fälscher bestimmte Daten auf der Karte und ersetzen sie durch andere. Dies machen sie mit Hilfe von Wärme. Als «Bügeln» bezeichnen deshalb Fachleute diese Methode. Eine sprudelnde Quelle «totalgefälschter» Karten ist Südostasien. In bestens ausgestatteten Werkstätten werden dort zunächst Rohlinge hergestellt, anschließend Daten von Kunden des Kreditkartenunternehmens angebracht: «Späher» beschaffen die Daten von Karten, mit denen Geschäftsleute und Urlauber ihre Rechnungen in aller Welt begleichen. So passiert es, daß mancher Bundesbürger aus allen Wolken fällt, wenn er eine Weile nach einer Reise von seinem Kreditkartenunternehmen Rechnungen über Zehntausende Mark bekommt. Der Betroffene versteht die Welt nicht mehr: Seine Karte trug er «sicher» in der Brieftasche. Er kann Stein und Bein schwören, daß er mit ihr nicht vor Monaten für Unsummen in der Ferne eingekauft hat. Sofern die Dinge eindeutig sind, bleiben die Firmen auf den Schäden sitzen. Oder genauer, wie so oft bei den OK-Schäden: Die Unternehmen legen die Verluste auf alle Kunden um – über ihre Gebühren.

Immer häufiger machen die Ermittler derartig hochspezialisierte Kreditkarten-Organisationen aus. «Es wurden Tätergruppen auch aus Ungarn, Jugoslawien und Rumänien festgestellt», berichtet BKA-Abteilungspräsident Wolfgang Steinke, «die mit totalgefälschten und entwendeten Kreditkarten Schäden von mehreren Millionen DM in der Bundesrepublik angerichtet haben.»

Betätigungsfelder, die sich nach der Einführung neuer Zahlungsmittel ergaben, haben sich organisiert zu Werke gehende Täter stets in kürzester Zeit erobert. Ein Blick zurück zeigt, wie dynamisch sie sich dem Markt angepaßt und die Erträge in die Höhe getrieben haben. Allein die Gewinne beim organisierten Schwindel mit Schecks haben sich seit 1980 verdreifacht:

Mit Euroscheckkriminalität in nennenswertem Umfang hatte die Polizei erstmals Anfang der siebziger Jahre zu tun, nachdem 1968 das Scheckkartensystem in der Bundesrepublik eingeführt worden war. «Automarderbanden» sorgten in den frühen Siebzigern für Schlagzeilen, die auf die Idee gekommen waren, gezielt Jagd auf Euroschecks und Scheckkarten zu machen. Sie brachen Kraftfahrzeuge auf, vor allem in Erholungsgebieten. Aus Taschen, die die Besitzer unter den Sitzen versteckt hatten, stahlen sie Schecks samt Karte. Die «Recklinghauser Schlinge» wurde zum Inbegriff dieser Epoche der Kriminalgeschichte: Die Täter öffneten Autotüren in Windeseile mit einem Draht, der an einem Ende eine kleine Öse besaß. Zuerst war die Kripo Recklinghausen auf dieses Werkzeug gestoßen. Die erbeuteten Schecks lösten damals noch zu einem großen Teil die Täter selbst und Bekannte von ihnen ein. Diese Delikte stiegen rapide an, so daß die Polizei in Recklinghausen im Juli 1972 eine ständige Arbeitsgruppe zur Bekämpfung dieser Straftaten einrichtete. Im Laufe der Zeit perfektionierten die Verbrecher ihr Vorgehen immer weiter: Bestimmte Täter spezialisierten sich auf das Beschaffen, andere auf das bloße Sammeln von Schecks, wieder andere organisierten den Vertrieb, andere erwarben meisterliche Fälscherfähigkeiten, andere übernahmen den Transport, andere beschäftigten sich ausschließlich mit dem Einlösen. So wuchsen im Laufe der Zeit weitreichende Netze, mit denen die Täter eine Million nach der anderen kassierten. Doch für so manchen raffinierten Kriminellen handelt es sich mittlerweile bei alledem um nichts anderes als um Geschäfte aus der Postkutschenzeit. Er ist längst auf den organisierten Kreditkartenschwindel umgestiegen. Da läßt sich ein Vielfaches verdienen. Und: Dieses Geschäft hat erst begonnen.

Illegale Arbeitnehmerüberlassung und illegale Einschleusung

«Hinweise zeigen, daß über die ganze Bundesrepublik Netze von Verleihorganisationen gebreitet sind, die mehr oder weniger eng zusammenarbeiten bzw. in Konkurrenz zueinander stehen oder ihre Reviere gegeneinander abgrenzen. Teilweise handelt es sich um metastasenartige Neubildungen durch Absplitterung einzelner Mitglieder...» So ist in der Anklageschrift der Staatsanwaltschaft Stuttgart in einem Fall zu lesen, in dem es den Ermittlern gelang, Licht in die Finsternis einer illegalen Arbeitnehmerüberlassungs-Organisation zu bringen. «Es gibt Hunderte von Gruppen im Bundesgebiet», sagt der Stuttgarter Staatsanwalt Klaus

Heitmann, einer der besten Kenner der Materie: «Die überblickt niemand.»

Gleich hinter dem Park der Villa Berg im Stuttgarter Osten hatte die Gruppe ihre Zentrale. Im «Hotel Lamm» in der Karl-Schurz-Straße liefen die Fäden zusammen. Die Täter organisierten den schwarzen Einsatz von mindestens 1000 Jugoslawen in mindestens 40 Baufirmen in der Bundesrepublik. Kopf der Gruppe war *Jovan Mitić*, ein bulliger Jugoslawe mit breitem Boxer-Gesicht und langen breiten Koteletten. Gekämpft hat er sein ganzes Leben lang: als Partisan in seiner Heimat, als Kneipier, als Mitglied des kroatischen Widerstandes gegen Tito. In der Bundesrepublik wurde er 1974 in Heidelberg zu drei Jahren Gefängnis verurteilt, weil er mit anderen zusammen geplant hatte, einen jugoslawischen Konsul zu ermorden.

Ziel seiner Gruppe war es, Steuern und Sozialversicherungsbeiträge «gewerbsmäßig» zu hinterziehen. Von den Beträgen, die sie von den «Entleihern» erhalten, also von den Unternehmen, auf deren Baustellen «ihre» Arbeiter schaffen, zahlen *Mitić* und seine Leute Löhne und nur «in geringem Umfang Abgaben» an Vater Staat. Den beachtlichen Rest stecken die Täter in die eigene Tasche: über vier Millionen Mark. Auf diese Weise hinterzieht die Gruppe mindestens 2,2 Millionen Mark Umsatz-, Lohn-, Gewerbe- und Körperschaftssteuer und mindestens 1,08 Millionen Mark gegenüber den Sozialversicherungsträgern – in weniger als drei Jahren. Die Masche: Sie beschaffen Bauarbeiter, ganz überwiegend Jugoslawen. Der größte Teil stammt aus dem Kosovo an der albanischen Grenze. Dort sprechen Mitglieder der Organisation Männer an und bringen sie in die Bundesrepublik. Außerdem besorgen sie sich Arbeitskräfte über Vermittler, die in diesem Bereich international tätig sind.

Im Laufe der Zeit unterhält die Gruppe zehn Firmen, über die sie Arbeitskräfte an Baufirmen entleiht. Zur Tarnung werden «Werkverträge» konstruiert: Die Unternehmen versuchen den Eindruck zu erwecken, daß Subunternehmer tätig sind – und nicht Arbeitnehmer. «Um diese Vortäuschung gegen Ermittlungen abzusichern, werden mit Entleihfirmen offizielle Werkverträge abgeschlossen, wobei die Ausgestaltung dieser Schein-Werkverträge im Laufe der Jahre immer perfekter wurde», heißt es in der Anklageschrift der Staatsanwaltschaft. «Während noch zu Beginn der Tätigkeit der hier angeklagten Tätergruppe Werkverträge zum Teil schon auf Grund der äußeren Gestaltung leicht als nicht ernsthaft gewollt erkennbar waren (es fehlten z. B. Gewährleistungsvereinbarungen und Beschreibung des zu erstellenden Werkes ...), wurden in neuerer Zeit die Verträge so abgeschlossen, daß auf Grund der Vertragsgestaltung allein kein Schluß mehr auf die Ernsthaftigkeit des Vertrages gezogen werden kann ... Die Entleiher sind hierauf vorbereitet und unterstützen die Verleiher regelmäßig in vielfacher Weise bei ihren Verschleierungsmanövern, z. B. durch Hilfestellung bei einer im Sinne der Verschleierung schlüssigen Rechnungsstellung.» Zu dem System gehört es, immer einen kleinen Stamm von legalen Arbeitern zu beschäftigen, um im Falle von Kontrollen nicht sofort aufzufallen. So kommt es vor, daß illegale Arbeiter unter dem Namen von legalen auftreten. Üblich ist dies auch, wenn Illegale zum Arzt oder ins Krankenhaus müssen.

Die Fäden hält *Jovan Mitić* auch noch in der Hand, nachdem ihm der Boden in der Bundesrepublik zu heiß geworden und er geflüchtet war. Von der Schweiz und von Liechtenstein aus führt er nach wie vor die Buchhaltung. Per Telefon gibt er Order. Die Einnahmen landen in der Schweiz und in Liechtenstein – wie genau, blieb ungeklärt. Die Leitung der Firmen ist Sache von vier «Bevollmächtigten». Sie setzen die Arbeitskräfte ein, zahlen die Löhne aus, sind für den Kontakt mit den Entleihern zuständig, bringen ihnen die Rechnungen und kassieren. Auf dieser zweiten Ebene stoßen die Ermittler auf einen Helferkreis *Mitićs* von einem

Dutzend Personen. Unter ihnen «Strohmann-Geschäftsführer» und Kuriere.

Eine Ebene tiefer stehen die «Vorarbeiter». Sie haben die Führung auf der Baustelle. Voraussetzung ist, außer dem Vertrauen der *Mitić*-Leute, daß sie fachlich versiert sind und etwas Deutsch können, damit sie die Anweisungen verstehen.

Wer unter den Arbeitern und Entleihern aufmuckt, wird von Mitgliedern des Rings sofort zur Räson gebracht. Einige *Mitić*-Helfer tragen Schußwaffen bei sich. Ein Jugoslawe, der in der Untersuchungshaft das Vorgehen *Mitićs* schildert, wird kurz nach seiner Entlassung ermordet aufgefunden. Ein Entleiher, der von *Mitićs* Methoden berichtet, fürchtet, daß er – wie ein Staatsanwalt notierte – «mit körperlicher Gewalt bedroht» werde, falls herauskäme, daß die Angaben von ihm stammten.

Die Baufirmen, die sich bei dem *Mitić*-Ring Arbeitskräfte ausleihen, zahlen pro Stunde und Mann zwischen 16 und 24 Mark. Ungefähr die Hälfte davon bekommen die Malocher: zwischen 8 und 12 Mark. Den Rest kassiert die Führungsmannschaft. Für die Entleiher rechnete sich die Sache: Für einen legal beschäftigten Arbeitnehmer hätten sie mindestens 16 Mark pro Stunde mehr zahlen müssen.

So schaffen *Mitić*-Arbeiter mit an vielen großen Bauvorhaben in Baden-Württemberg, an Autobahnen, einem Krankenhaus in Waiblingen und dem Stuttgarter Arbeitsamt – in dem heute ihre legalen Kollegen stempeln gehen.

Einen wesentlich höheren Schaden richtete eine Gruppe in Nordrhein-Westfalen an. Sie hinterzog 45 Millionen an Steuern und Sozialabgaben, wie die «Ermittlungskommission Arbeitsmarkt» im Landeskriminalamt errechnete. 315 Täter ermittelten die Beamten. Zu «95 Prozent Sizilianer», berichtet ein LKA-Mann.

Die zahlreichen Arbeitskräfteverleiher dieser Organisation taten einiges, um den Behörden als seriöse Unternehmer zu erscheinen – etwa als Tiefbauunternehmer, Fuger, Eisenbieger, Bautenschutzunternehmer oder als Rohrleitungsbauer. Das Gewerbe wird angemeldet – stets von einem Strohmann, wie sich freilich erst viel später herausstellt. Häufig sind es Ausländer, die geplant haben, demnächst in ihre Heimat zurückzukehren. Auf diese Weise verdienen sie sich noch einige Hunderter. Oft kann die Anmeldung nur mit Hilfe eines Dolmetschers erfolgen. Weder verfügen die «Gewerbetreibenden» über die Sachkenntnis noch über das nötige Kapital, um ein derartiges Gewerbe zu betreiben. An ihre Stelle rücken umgehend «Funktionsträger», die unter der Bezeichnung «Bevollmächtigter» oder «Vermittler» auftreten. Sie nehmen mit Unternehmen aus der Branche Kontakt auf und bieten günstig Arbeitskräfte an. Später schreiben sie auch die Rechnungen, kassieren und sorgen für «Arbeiternachschub». Befürchten die Täter, daß eine Firma bald auffliegen könnte, wird sie sofort aufgelöst. Der nächste unbescholtene Strohmann meldet ein Gewerbe an. Nun handeln dieselben «Funktionsträger» und Arbeiter unter diesem neuen Namen. Es läuft wie geschmiert: So stellten die Fahnder fest, daß allein ein «Funktionsträger» für einen Betrieb in einem Eifelstädtchen jeden Freitag einen Scheck zur Verrechnung zwischen 50000 und 60000 Mark zur Bank trug. Zusammen mit den «Bareinnahmen» kassierte er insgesamt rund 3,5 Millionen Mark – innerhalb eines Dreivierteljahres! In diesem Fall war den Fahndern das Mißtrauen des Entleihers hilfreich, denn üblicherweise wird in der Branche bar bezahlt. So war es später für den «Funktionsträger» auch kein Problem, 100000 Mark Kaution zu beschaffen, um aus der Untersuchungshaft herauszukommen. Nachdem er wieder draußen war, fuhr er sofort in die Niederlande – und ward nicht mehr gesehen.

Ebenfalls im dunkeln tappt die Polizei bei der Suche nach den Leuten, die das Geschäft mit dem über 60-Millionen-Mark-Gewinn steuerten. Nur eines steht fest: es wurde zentral gelenkt. «Es war bisher nicht möglich, die wirklichen ‹Drahtzieher› im Hintergrund zu ermitteln», heißt es in einem LKA-Papier, «da in der Hierarchie der Funktionsträger Vorarbeiter, Kolonnenschieber, Geldbote, Vermittler, Bevollmächtigter, wirtschaftlicher Inhaber nur jeder zu seinem Auftraggeber Kontakt hat, oft nur fernmündlich oder schriftlich.» Und das sah beispielsweise so aus: Hatte die Polizei einen Geldboten geschnappt, so räumte der ein, daß er mit seinem Kontaktmann verabredet sei. In einem Lokal, einer Eisdiele oder einer Spielhalle – jedenfalls in einem bekannten Italiener-Treffpunkt. Weiter gab der Erwischte zu Protokoll, dieser Mann heiße «Giovanni», sei ungefähr 1,70 Meter groß und habe schwarzes Haar. Genauer könne er ihn nicht beschreiben, bedauerte er. Mehr sagte er nicht. Alle schwiegen eisern – «nicht anders als bei der Mafia», wie es einem LKA-Mann vorkam. Und so machten sich die Fahnder auf die Suche nach «Giovanni». Auf fast jeden Gast paßte die Beschreibung – doch fassen konnten die Beamten niemanden. «Man kam da einfach überhaupt nicht weiter», berichtet ein Fahnder frustriert.

In München hob die Polizei eine dreizehnköpfige Jugoslawen-Gruppe aus, die Bauunternehmen im gesamten Bundesgebiet mit Arbeitern versorgte. «Die Dreizehner-Gruppe hatte ihren Sitz in der Bundesrepublik an der Hohenzollernstraße in Schwabing», berichtet in der «Süddeutschen Zeitung» vom 10. Februar 1989 Johann Freudenreich. «Nach den Ermittlungen der Polizei haben die dunklen Ehrenmänner nicht weniger als 1255 ihrer Landsleute über die Grenze gebracht, die dann meist an Großbauten im Stadtgebiet, aber auch nach Frankfurt, Mannheim, Kassel und Düsseldorf ‹vermietet› wurden, und dies zu Hungerlöhnen. Die Schwarzarbeiter bekamen zehn Mark pro Stunde auf die Hand und waren weder sozial- noch unfallversichert. Soviel, wie die Arbeiter für ihre Anstrengungen erhielten, kassierten die Sklaven-Unternehmer; auch die insgesamt 33 festgestellten deutschen Firmen, die die Dienste der Vermittler in Anspruch nahmen, ‹sparten› durch diese Art der Beschäftigung insgesamt 20 Millionen Mark.» Nach Schätzungen einer Sonderdienststelle der Münchner Kriminalpolizei «gibt es, wie ihr oberster Chef Peter Schweinitzer mitteilte, insgesamt 16 derartiger Unternehmen im Stadtgebiet, die in den letzten Jahren die von ihnen ausgebeuteten Arbeiter und den Fiskus um rund 320 Millionen Mark geschädigt haben dürften. Sie beuteten neben Jugoslawen auch Polen, Tschechen und Türken aus.»

Diese Fälle zeigen: Die organisierte illegale Arbeitnehmerüberlassung hat Hochkonjunktur in der Bundesrepublik. Die Täter gehen nach folgendem Muster vor: Zunächst gründen sie mit Hilfe eines Strohmanns eine Firma, oft eine GmbH. Häufig werden dazu «Arbeitslose und Alkoholiker» verwendet, berichtet der Frankfurter Staatsanwalt Udo Scheu. «Die bekommen 300 oder 500 Mark. Dafür gehen sie morgens früh, wenn sie noch nüchtern sind, zum Notar. Dort wird der Gesellschaftsvertrag gemacht. Das sind immer wieder dieselben Notare. Und dann unterschreiben sie noch eine Reihe mit Firmenbriefbögen blanko. Damit kann der Hintermann arbeiten. Nach außen hin tritt er nicht in Erscheinung. Das erschwert die Ermittlungen erheblich.» Schwerpunkte liegen in der Baubranche, bei Gärtnereien und Reinigungsunternehmen.

Ein «Vertreter» dieser Firma wendet sich an ganz normale Unternehmen und bietet ihnen günstig Arbeitnehmer an. Für diese Entleiher ist die Überlassung von Arbeitskräften aus zwei Gründen wirtschaftlich interessant. Zum einen ist der Preis regelmäßig niedriger als bei legal Beschäftigten. Mitunter sparen sie ein Drittel. Zum anderen profitieren sie von der sogenannten «hohen Disponibilität der illegalen Arbeitskraft». Das heißt: In dem Augenblick, in dem der Unternehmer Kräfte einsetzen will, stehen sie auch tatsächlich auf der Baustelle. Ein Anruf am Abend zuvor genügt. Außerdem schätzt er als Vorteil, daß er die Arbeitskräfte in dem Augenblick auch wieder los ist, in dem er sie los sein will. Kündigungsfristen gibt es nicht.

Können die «Vertreter» das angesprochene Unternehmen nicht überzeugen, bestechen sie mitunter schlicht und einfach ihre Gesprächspartner. «Es ist erstaunlich, an welche Aufträge diese Verleiher herankommen», wundert sich der Stuttgarter Staatsanwalt Klaus Heitmann. So berichtete zum Beispiel *Friedrich Gust*, Chef einer angeblichen Ofenbaufirma, die einige hundert «schwarze» Arbeitnehmer beschäftigte, er habe Angestellte von Thyssen und Krupp geschmiert – mit bis zu 60000 Mark pro Jahr. Zudem habe er diesen Entscheidungsträgern auch «fliegende Kolonnen» zur Verfügung gestellt, mit denen sie «kostengünstig ihre privaten Eigenheime hochziehen konnten». Auf diese Weise gelang es dem kriminellen Unternehmen, Aufträge für 30 Millionen Mark an Land zu ziehen, wie ein Staatsanwalt schätzt.

Parallel zu diesen «Verhandlungen» besorgt das Unternehmen je nach Auftragslage «schwarze» Arbeitskräfte. Häufig reisen «Schlepper» durch bestimmte Regionen im Ausland und sprechen Männer an, erzählen von den beachtlichen Verdiensten. Sagen sie ja, wird ihre Einreise organisiert, meist als Touristen. Eine Variante ist die Flüsterpropaganda: Bereits illegal Beschäftigte sprechen Freunde und Verwandte in ihrer Heimat oder in der Bundesrepublik an. Zudem sind zahlreiche Lokale in der Bundesrepublik in den entsprechenden Kreisen dafür bekannt, daß sich dort Männer aufhalten, die darauf warten, in einer «schwarzen» Kolonne arbeiten zu können.

Für die Verleiher gibt es bei der rechtlichen Konstruktion zwei Grundmodelle: erstens die Schwarzbuchhaltung. Nur ganz wenige Arbeitnehmer werden offiziell geführt; der Rest taucht in der Buchführung überhaupt nicht auf. Höchstens 10 Prozent der Belegschaft werden bei der AOK angemeldet, berichtet Staatsanwalt Scheu, «das hat sich als wirtschaftlich sinnvoll herausgestellt». Passiert einem Arbeiter etwas, tritt er unter dem Namen eines der Versicherten auf. Kein Arzt, kein Krankenhaus kommt dahinter. Zweitens: es werden «Ketten-Werkverträge» geschlossen, also auf dem Papier immer wieder Subunternehmer eingesetzt, obwohl die Betreffenden ganz normale Arbeiter und alles andere als «Unternehmer» sind.

Auf dem Bau und in Reinigungsunternehmen werden im Raum Frankfurt nach Erkenntnissen von Staatsanwalt Scheu Stundenlöhne zwischen sieben und neun Mark gezahlt, im «Ländle» hat der Stuttgarter Staatsanwalt Heitmann Stundenlöhne von 18 bis 20 Mark festgestellt. Faustformel in der Branche: Der Arbeitnehmer bekommt die Hälfte des Betrags ausgezahlt, die der Entleiher vom Verleiher erhält. Das addiert sich bei den Verleihern: «20 Arbeitskräfte reichen aus, um 20000 Mark im Monat zu verdienen», berichtet Staatsanwalt Heitmann.

Die Verleiherseite ist fest in der Hand von Ausländern, vor allem von Jugoslawen, Türken und Polen. «Diese Ausländer haben bei uns gelernt, ihre eigenen Landsleute auszubeuten», fand Staatsanwalt Scheu heraus. «Im Augenblick beherrschen sie die Szene skrupellos.» Immer häufiger langen die Absahner gleich zweimal zu. Sie halten die Arbeitnehmer in der Illegalität und damit in Abhängigkeit. So gelingt es ihnen, den Männern einen Teil des hart verdienten Geldes mit überteuerten Gütern wieder abzunehmen. Wohnungen werden beispielsweise zu Wucherpreisen vermietet. In Frankfurt etwa müssen 15 Jugoslawen für 51 «spartanische» Quadratmeter Unterkunft eine Monatsmiete von 1315 Mark zahlen. Ohne Nebenkosten.

Typische Rollen bei dieser Form der Organisierten Wirtschaftskriminalität sind: die Hintermänner, die mehrere Firmen steuern; die «Strohmänner», auf deren Namen das Unternehmen angemeldet wird; die häufig unerkannt bleibenden «Funktionsträger», die für die Firma alles Geschäftliche abwickeln; «Schlepper», die für Nachschub sorgen; mitunter «Kuriere», zu deren Aufgaben der Transport von Bargeld gehört, weil die Baustellen häufig weit von dem Sitz der Firma entfernt sind; und die «Vorarbeiter», die die Arbeiter vor Ort auf den Baustellen anweisen.

Regelmäßig stoßen die Ermittler auf eine Mauer des Schweigens, wenn sie versuchen, die Sklavenhaltergeschäfte aufzudecken. Der Grund liegt auf der Hand: Alle haben Dreck am Stecken. Jeder von ihnen – der Verleiher, der Entleiher, der Arbeiter – verdient daran, wenn öffentliche Abgaben hinterzogen werden. Und das ist ein erheblicher Betrag: er macht heute rund ein Drittel des Lohnes aus. Fast immer sind die Arbeitnehmer Ausländer, denn für sie ist es meist die einzige Möglichkeit, in der Bundesrepublik Geld zu verdienen. Ein Pole kommt hier beispielsweise mit drei bis vier Wochen Arbeit auf umgerechnet den Betrag, den er in seiner Heimat in einem Jahr verdient.

Den Arbeitern wird eingeschärft, wie sie sich zu verhalten haben, falls sie erwischt werden. Häufig hören die Ermittler Ausreden wie: «Ich bin gerade erst eingereist. Heute morgen traf ich einen Landsmann, der mir sagte, daß Not am Mann sei, und mich fragte, ob ich nicht für ein paar Stunden aushelfen könne.» Nähert sich jemand der Baustelle, der wie ein Kontrolleur aussieht, soll sich jeder Arbeiter rasch irgendeinen Gegenstand greifen und wegtragen, so trichtert der Vorarbeiter seinen Leuten ein. Wenn möglich, mit der Hilfe einiger Kollegen. Sind sie außer Sicht, suchen sie so schnell es geht das Weite. Im Blickfeld der Kontrolleure gilt, wie die Fahnder mittlerweile auch wissen: Bloß nicht rennen, sondern «arbeitenderweise» verschwinden. Das ist die unauffälligste Methode, sich aus dem Staub zu machen. Arbeiter, denen es nicht gelingt, rechtzeitig abzutauchen, legen mitunter die Kopie einer Arbeitserlaubnis vor und behaupten, das sei ihre. Der Paß liege «sicher zu Hause».

Ermittler, die's glaubten und sich erst einmal um «andere Fälle» auf der Baustelle kümmerten, mußten feststellen, daß auch diese Arbeiter das allgemeine Drunter und Drüber nutzten, um zu verschwinden.

Zu beobachten sei seit Mitte der siebziger Jahre, schreibt Staatsanwalt Heitmann in dem Handbuch «Wirtschaftsstrafrecht», die «Entstehung eines hoch organisierten Standes von Arbeitshändlern, Zwischenträgern und Dienstleistungsorganisationen, die die Organisation des illegalen Marktes übernahmen. In kurzer Zeit ist hier eine neue Form der organisierten Wirtschaftskriminalität entstanden, die volkswirtschaftliche Schäden größten Ausmaßes anrichtet... Die kriminellen Gruppen verfügen über ein hoch entwickeltes Know-how, insbesondere auch über die Lücken und Schwächen des auf die Arbeit bezogenen Rechts, und profitieren durch systematisches Hinterziehen von Steuern und Sozialversicherungsbeiträgen anteilig von den in Milliardenbeträgen anfallenden Umsätzen.»

Die Strafverfolger kommen kaum dagegen an. Und so konnte sich der illegale Arbeiterverleih immer weiter ausbreiten. «Wir haben in Frankfurt am Main nicht mehr viele Baufirmen, die ohne Illegale arbeiten», vermutet beispielsweise Oberstaatsanwalt Scheu in der Mainmetropole.

Der Schaden ist immens: Schätzungen über die Zahl der in der Bundesrepublik illegal überlassenen Arbeitnehmer schwanken zwischen 100000 und 500000. 10000 Arbeitsplätze, die durch illegale Beschäftigung verlorengehen, bedeuten, daß 165 Millionen Mark Steuern und 156 Millionen Mark Sozialabgaben verlorengehen, schätzt das Bundesarbeitsministerium. Den Schaden unterm Strich beziffern Fachleute auf 10 bis 15 Milliarden Mark im Jahr. Hinzu kommt, daß Zehntausende, vielleicht sogar Hunderttausende ohne Arbeit auf der Straße stehen, weil Groß-Ganoven ihre Mega-Geschäfte machen.

Nicht minder schlimm sind die Auswirkungen auf den

Wettbewerb. Hier entsteht eine regelrechte Sogwirkung: Unternehmer, die illegal beschäftigte Arbeitnehmer einsetzen, haben erheblich niedrigere Kosten und können deshalb günstigere Angebote machen. Damit schnappen sie den ordentlich arbeitenden Unternehmen die Aufträge weg. Sie stehen eines Tages vor der Frage: aufgeben oder mitmachen? So erklärt sich auch, warum illegale Arbeiter geschnappt wurden beim Bau des Bonner Verkehrsministeriums, des Düsseldorfer Justizministeriums und Landtags, der Kernforschungsanlage Jülich und beim Bau des Flughafens München II im Erdinger Moos. Selbst eine sechzigköpfige Reinigungskolonne im Bundeskriminalamt bestand zur Hälfte aus illegalen Arbeitnehmern, fand die hessische Polizei heraus.

«Inzwischen muß davon ausgegangen werden, daß der Arbeitsmarkt gespalten ist in einen legalen Markt mit hohen Preisen und hohen Arbeitsstandards einerseits und andererseits in einen illegalen Markt mit grauem Umfeld, auf dem Arbeitnehmer zu Dumpingpreisen angeboten und beschäftigt werden», umreißt Klaus Heitmann die Situation im «Wirtschaftsstrafrecht»-Handbuch. Es scheint nur noch eine Frage der Zeit zu sein, bis in diesem Sumpf, der sich immer weiter ausbreitet, große Teile der legalen Wirtschaft versinken.

In einem engen Zusammenhang mit der illegalen Arbeitnehmerüberlassung steht häufig die illegale Einschleusung von Ausländern. Auf diese Weise versorgen sich Unternehmen mit Arbeitskräften. Das Geschäft ist in der Hand von «Schleuserorganisationen». Ein Zentrum existiert beispielsweise im Istanbuler Stadtteil Aksaray. Fast wie in einem Reisebüro wird dort die Einreise in die Bundesrepublik organisiert. Preis: zwischen umgerechnet 3000 und 5000 Mark. Eine oft benutzte Route führt über Wien. Dorthin fliegt der einzuschleusende Türke «als Tourist». Mitglieder der Schlepperorganisation holen ihn ab und bringen ihn mit einem Pkw über die E5 an die österreichisch-bayerische Grenze. Zu Fuß passiert er die grüne Grenze. Ein vielbeschrittener Weg führt südlich vom Tegernsee über ein Bächlein zwischen der Erzherzog-Johann-Klause und dem Gasthof Valepp. Auf der anderen Seite wird er von Mitgliedern der Organisation aufgenommen. In Bochum stießen die Fahnder auf einen Stützpunkt in der Bundesrepublik, zwei Türken, Vater und Sohn. Über 1000 Landsleute soll die Organisation über Jugoslawien und Österreich in die Bundesrepublik geschleust haben.

Rund ein Dutzend großer Organisationen sind im Geschäft, unzählige kleine. Pro Jahr bringen sie rund 50000 Menschen in die Republik, schätzen die Fahnder. Vor allem aus der Türkei, dem Iran, dem Libanon, aus Sri Lanka, Rumänien und Pakistan. Verdienst pro Mensch: zwischen 1500 und – bei Einreisen von weit her – 5000 Mark.

An den Grenzen der Bundesrepublik gibt es Abschnitte, die besonders leicht und unauffällig zu passieren sind und die von den Tätern gern genutzt werden. Die Hintermänner dagegen machen einen weiten Bogen um das Bundesgebiet. Viele von ihnen sind den Ermittlern hier bekannt. Aber was nützt es? «Wir kommen an diese Leute nicht ran», sagt Horst Kanschik, Leiter der Bundesgrenzschutz-Zentrale zur Bekämpfung der illegalen Einreise.

Mitunter ist die Bundesrepublik aber auch nur Transitland. So gibt es beispielsweise derzeit einen Strom von illegalen Einwanderern aus Thailand und von den Philippinen via Frankfurt nach Italien. Dort arbeiten sie illegal als Haushalts- und Gartenhilfe oder Babysitter, häufig bei amerikanischen Familien. Hunderte von Frauen landen aber auch als Prostituierte in Bordellen. Allein in Manila gibt es mindestens vier Agenturen, die Arbeit in der Bundesrepublik oder in Italien für 60000 philippinische Pesos versprechen – umgerechnet rund 5500 Mark. Haben

Frauen kein Geld, lassen sie aber den Vermittler auf gute «Verdienste» in europäischen Bordellen hoffen, verzichten die Agenturen zunächst auf das Geld und vereinbaren eine Zahlung später, aber mit einem kräftigen Aufschlag. Für die Einschleusung kaufen die Organisationen Hin- und Rückflugticket, außerdem erhalten die Frauen «Vorzeigegeld», damit die Beamten auf dem Frankfurter Flughafen keinen Verdacht schöpfen, sondern ihnen den «Besuch bei Verwandten» abnehmen. Am Flughafen holt sie ein Mitglied der Schiebergruppe ab, kümmert sich um sie bis zur Weiterreise. Im Zug fahren sie nach Rom und Mailand. In Frankfurt faßte die Polizei einen der «Agenten», einen Vierundzwanzigjährigen: Drei Monate zuvor war er mit einem Touristenvisum in die Bundesrepublik eingereist. Als «Schlepper» verstand er sich nicht. Er sprach von «einer Art Familienzusammenführung».

Für die Ermittler sind solche Fälle eine harte Nuß. «Wir kommen über die unterste Stufe, die Wasserträger, nicht hinaus», berichtet der Frankfurter Staatsanwalt Scheu. «Wir kennen nicht die, die in der Organisation bestimmen und das Geld verdienen.»

Schon längst haben die Schleuser ihre Klienten als Rauschgiftkuriere entdeckt – und erhöhen dadurch ihren Gewinn auf ein Vielfaches. So setzte eine Gruppe ohne deren Wissen Iraner als Rauschgiftkuriere ein, die sie von Teheran über Karatschi nach Frankfurt brachte. Von dort ging die Reise weiter nach Hamburg, Kopenhagen, Stockholm oder nach Florida, wie der «Spiegel» im Mai 1989 berichtete: «Wenn die Iraner das Flughafengebäude in Sahedan nahe der pakistanischen Grenze verlassen haben, halten sie nach einem weißen Toyota-Lieferwagen Ausschau. Der Fahrer nimmt für den illegalen Grenztrip ins erste Dorf auf der pakistanischen Seite 1200 Mark pro Person; sein Lieblingsspruch heißt: ‹Wenn das Auto unterwegs kaputtgeht, sterben wir beide.›

In Pakistan übernehmen Profis die Wüsten-Tramps: Sie werden neu eingekleidet und fotografiert, ihre Habseligkeiten in nagelneue Koffer umgepackt. Dann geht es, immer sonntags, nach Karatschi, wo frisierte Pässe und Tickets nach Frankfurt bereitliegen. Ein Vertrauensmann in Frankfurt erfährt jeweils am Telefon, wann er seine Schleuser zur Ankunft einer pakistanischen Maschine in die Halle C des Rhein-Main-Flughafens beordern muß.

Der Kaviar, den die Iraner durch den Zoll bringen und dann sichtbar bei sich tragen, ist so etwas wie ein Code: Ein ‹Hussein›, wie er sich nennt, spricht die angeblichen Touristen an und zahlt ‹300 Mark pro Kilo›.

Hussein hat Restaurants und Privatleute in Bad Homburg, Mannheim, Mainz und Wiesbaden an der Hand, die ihm für die schwarze Delikatesse aus dem Kaspischen Meer gut das Doppelte zahlen. ‹Klaus›, sein deutscher Kompagnon, besorgt Elektrorasierer und Taschenrechner für Tauschgeschäfte, an denen das Flugpersonal interessiert ist. Der Schwarzhandel kaschiert die Geschäfte mit der eigentlichen Ware: Ein Helfer Husseins zeigt den Neuankömmlingen Frankfurts Bahnhofsviertel. Derweil werden die Koffer der Angereisten in der angemieteten Absteige von Helfern ausgeweidet: jeweils 100 bis 300 Gramm Heroin, in Folie verpackt, sind in den Seitenwänden zu finden. Der Stoff wird getestet, abgewogen und in Melitta Gefrierbeutel umgepackt.»

Eins ist sicher: Die Zahl der illegal in die Bundesrepublik Einreisenden wird, wenn die Grenzkontrollen zu den EG-Staaten entfallen sind, nicht geringer.

Andere Zweige

Der Variantenreichtum, mit dem organisierte Wirtschaftskriminelle absahnen, ist unerschöpflich.

Im Bereich der sogenannten «organisiert begangenen Untreuehandlungen» stießen zum Beispiel Ermittler in der Bundesrepublik auf Ringe, in denen Wertpapierhändler von Kreditinstituten unter der Hand zusammenarbeiten. Durch Manipulationen erzielen sie Gewinne, die sie auf eigenen Konten verschwinden lassen, Schäden schieben sie ihren Arbeitgebern unter. In einem Fall stießen die Ermittler auf einen Ring von über 30 Wertpapierhändlern. «Es bedarf eines eingespielten, relativ fest zusammenarbeitenden Personenkreises im In- und Ausland», analysiert ein BKA-Wirtschaftsexperte, «der seine Tathandlungen angesichts der Vielzahl ‹normaler› Geschäfte außerdem noch optimal verschleiern kann, indem zum Beispiel die stets telefonisch abgewickelten Transaktionen bei der anschließend nötigen schriftlichen Fixierung auf ‹Händlerzetteln› auf eine andere Tageszeit hin fingiert werden, zu der die gehandelten Kurse stimmen.» Beispiel: der sogenannte «VW-Skandal». Die Köpfe eines weitverzweigten Devisenschieberrings waren nach den bisherigen Erkenntnissen der VW-Chefdevisenhändler und ein Frankfurter Devisenmakler. Sie sollen ihre krummen Geschäfte mit Angestellten zahlreicher Großbanken abgewickelt haben – unter anderem der Deutschen Bank, der DG-Bank, der kuwaitischen Nationalbank und des Brokerhauses Merrill Lynch. Innerhalb der Gruppe wurden auf Rechnung von VW Devisengeschäfte durchgeführt – zu «marktabweichenden» Kursen, wie die Fahnder herausfanden. Um dies zu vertuschen, seien die Unterlagen rückdatiert worden, mitunter reichen schon wenige Minuten. Die Gewinne teilte man nach einem festen Schlüssel – so ist es in der Anklageschrift zu lesen: 70 Prozent für die Devisenhändler in Wolfsburg, 20 Prozent für den Frankfurter Devisenmakler, 10 Prozent für die Komplizen in anderen Unternehmen. Die Gewinne sollen über zwei «Abschöpfungskonten» in der Schweiz geflossen sein. Über 86 Millionen Mark wurden auf ihnen verbucht – ganz überwiegend sollen sie aus krummen Geschäften stammen. Insgesamt soll dieser Ring bei dem Autokonzern einen Schaden von rund 480 Millionen Mark angerichtet haben.

Eine andere Goldgrube für Kriminelle ist der EG-Subventionstopf. Zehn Prozent des gesamten EG-Haushaltes fließen auf Konten von Betrügern, schätzt der britische EG-Haushaltsexperte John Tomlisen. Das wären neun Milliarden Mark. Andere Experten halten den doppelten Betrag für realistischer. Schon längst hat die sizilianische Mafia das Geschäft entdeckt. Auch in der Bundesrepublik gibt es eine Reihe von Abkassierern, die sich zumindest im Grenzbereich zur Organisierten Kriminalität bewegen. Die Maschen folgen dem System der EG-Subventionsregelungen: Führt jemand in ein EG-Land bestimmte Waren aus einem Nicht-EG-Staat ein, wird die Lieferung auf das Preisniveau der EG angehoben. «Abschöpfungen» nennen das die Fachleute. Umgekehrt subventioniert die EG die Ausfuhr bestimmter Waren. Mit diesen «Erstattungen» sollen die Händler auf dem Weltmarkt konkurrenzfähig gehalten und zu Ausfuhren angeregt werden. Mit dieser Regulierung lassen sich Millionen erschwindeln – von Unternehmen, die in verschiedenen Staaten sitzen und kriminell zusammenarbeiten. Das funktioniert aber nur, wenn Mitarbeiter in verschiedenen Funktionen mit Kollegen in anderen Unternehmen gemeinsame Sache machen. Große Mengen – wie zum Beispiel Hunderte von Tonnen Fleisch – können nur unter falschen Angaben verschoben werden, wenn Geschäftsführung, Sachbearbeiter und Lagerverwaltung unter einer Decke stecken. So machte bei Einfuhren eine Hamburger Gruppe, die über entsprechende Kontakte verfügte, aus hochwertigem argentinischem Rindfleisch «Rinderbacken» und «Zwerchfelle». Für solch minderwertige Ware ist keine Abschöpfung zu entrichten. Auf diese Weise sparten die Täter 24 Millionen Mark Abgaben. Umgekehrt lieferten sie Schlachtabfälle wie Schweineohren, -köpfe und -pfoten nach Togo, Zaire und an die Elfenbeinküste, deklariert als «feines Rindfleisch». Dafür kassierten sie satte Ausfuhrerstattungen. 6,25 Millionen sollen es insgesamt gewesen sein. «Wir haben die da unten mit Schweineohren beglückt. In Afrika ist alles möglich», erklärte ein Fleischwarenfabrikant grinsend vor Gericht. «Der Karton für die Dinger war das teuerste.»

Den Schaden, den organisierte Täter durch Subventionsschwindel und Steuerhinterziehung durch Scheinfirmen verursachen, veranschlagt der baden-württembergische LKA-Chef Krüger auf jährlich 30 Milliarden Mark.

Fälle wie diese zeigen, daß organisiert begangene Wirtschaftskriminalität wesentlich höhere Schäden anrichtet als «gewöhnliche» Wirtschaftskriminalität. Es ist nicht anders als im täglichen Leben: Arbeiten verschiedene Experten als Team zusammen, so erreichen sie mehr, als wenn jeder allein arbeitet. «Es besteht in diesen Fällen die Schwierigkeit, die Strukturen einer kriminellen Organisation aufzurollen, um auf diese Weise persönliche Verantwortlichkeit eines jeden Mitglieds der Organisation erkennbar zu machen», charakterisiert der Kölner Oberstaatsanwalt Horst Franzheim das Problem für die Ermittler. Zudem «werden deren Taten oft später aufgedeckt als die von Einzelstraftätern. Die spätere Tatentdeckung führt in der Regel zu einem größeren Schaden.»

Die Rauschgiftkriminalität

Die Rauschgiftsituation in der Bundesrepublik verschärft sich dramatisch: 1989 starben so viele Menschen an Drogen wie nie zuvor: nach der offiziellen Zählung des Bundeskriminalamts waren es über 992. Das war eine Zunahme um fast die Hälfte gegenüber dem Vorjahr – in dem es bereits eine Steigerung von über 50 Prozent gegeben hatte: 1988 starben nach der polizeilichen Kriminalstatistik 670 Menschen an Drogen,

1987 waren es 422 gewesen. Das bedeutet: Innerhalb von zwei Jahren hat sich die Zahl der Drogentoten mehr als verdoppelt. Doch auch diese Zahlen sind nach Meinung der Fachleute wieder nur die Spitze des Eisbergs. Sie gehen davon aus, daß man die Zahl aus der offiziellen Statistik mit dem Faktor drei oder gar sechs multiplizieren muß, um die Anzahl der Menschen zu erhalten, die tatsächlich den Drogenkonsum mit ihrem Leben bezahlten. Gespritzt und gestorben wird heute quer durch alle Gesellschaftsschichten: Die Floristin Roswitha und die Bankkauffrau Beatrix ereilte dasselbe Schicksal wie den Punk Thomas und Prinzessin Isabelle von Hannover – aus Verzweiflung über den Kokain-Tod der Sechsundzwanzigjährigen erschoß sich wenige Stunden später ihr Mann Prinz Ludwig Rudolph Georg von Hannover (33); der Welfenprinz, ebenfalls Kokainist, war ein Urenkel des letzten deutschen Kaisers.

Der Grund für das Massensterben: In der Szene gibt es mehr Stoff als je zuvor. Der «Angebotsdruck» ist hoch, die Preise sind in den Keller gesunken, oft auf ein Drittel des noch vor drei Jahren gültigen Kurses. In den Großstädten konzentrieren sich die Süchtigen: mindestens 6000 allein in Hamburg, 6000 in Frankfurt. Bundesweit sind heute über 100000 Menschen von harten Drogen abhängig. «Alle Indikatoren für ein Lagebild Rauschgift stehen auf Sturm», umreißt Kriminaldirektor Konrad Beer die Situation, der 16 Jahre lang das Rauschgiftdezernat im Bayerischen Landeskriminalamt leitete. Tagtäglich berichten Zeitungen und Zeitschriften über die «Geißel Rauschgift». Ich will mich deshalb auf einige OK-Aspekte beschränken:

Rauschgiftkriminalität, sowohl der Schmuggel wie auch der Handel, ist eine klassische Form Organisierter Kriminalität auf nationaler wie auf internationaler Ebene. Jedes Gramm Heroin, jedes Gramm Kokain, das in der Bundesrepublik auf den Markt kommt, hat einen langen Weg hinter sich, einen Weg, auf dem viele Kriminelle Hand in Hand arbeiten – Erzeuger, Hersteller, Aufkäufer, Finanziers, Transporteure, Schmuggler, Spediteure, Sicherungskräfte, Residenten, Schiffseigentümer, Groß- und Kleinhändler.

So steuern beispielsweise die kolumbianischen Kartelle von Medellín und Cali das Kokaingeschäft von der Herstellung bis zum Zwischenhandel in den Absatzgebieten – weltweit. Sie organisieren den Ankauf der Kokablätter, die Verarbeitung in Kokapaste und anschließend in Kokainhydrochlorid. Eigene Transporteure bringen die Ware in die Absatzgebiete – vor allem in die Vereinigten Staaten und nach Europa. Dort wird die Ware bei Depothaltern gelagert. Zwischenhändler holen sie ab und übernehmen sie in Kommission. Erst wenn sie den Stoff weiterverkauft haben, brauchen sie zu zahlen. Das Geld bekommt nicht der Depothalter, es fließt auf dunklen Wegen zur Zentrale. Damit dabei niemand auf dumme Gedanken kommt, überwachen Residenten das ganze Geschehen, Beauftragte der Zentrale. Sie arbeiten konspirativ – nicht anders als Mitarbeiter eines Nachrichtendienstes. Entweder reisen sie illegal durchs Land oder mit einer Legende. Als Geschäftsmann, Tourist oder Student.

Der Zwischenhandel hat sich in den vergangenen «drei, vier Jahren total verändert», berichtet Klaus Mellenthin, Leiter der Rauschgiftfahndung im Landeskriminalamt Baden-Württemberg. «Er ist nicht nur die Domäne der ‹erfolgreichen› Kleindealer, sondern heute finden wir hier Leute, die uns quer durch das Strafgesetzbuch schon bekannt geworden sind. Die haben einen regelrechten Kriminalisierungs- und Brutalisierungsschub in unser großstädtisches Rauschgiftmilieu hineingetragen.»

Auf der untersten Stufe steht der Klein- und Straßenhandel. Er zählt – so die Sichtweise der Ermittler – regelmäßig nicht mit zur Organisierten Kriminalität. Die Organisationen überlassen dieses Geschäft anderen. Sie geben sich nicht mit Kleinkram ab. Zumeist handeln die Kleindealer auf eigene Faust. Aber auch diese Täter auf der untersten Ebene haben sich mittlerweile auf die Arbeitsweise der Polizei eingestellt. Stets sind sie auf der Hut vor Beamten in Zivil und beim Telefonieren vorsichtig. Zunehmend verlagern sie das Geschehen von der Straße weg in den privaten Bereich. «Man könnte auch sagen, die Professionalität hat mittlerweile die Provinz erreicht», umreißt Kriminaldirektor Mellenthin die Entwicklung. «Hier arbeitet man heute mit Methoden, die uns vor fünf Jahren aus dem Großhandel bekannt geworden sind. Das bedeutet, daß wir, um Erfolge gegen Kleindealer zu haben, einen Aufwand betreiben müssen, der noch vor fünf Jahren im Bereich der Groß- und Zwischenhändler aufzubringen war.» Die kleinen Ganoven haben von den Organisiert-Kriminellen gelernt.

Heute ist die Organisierte Rauschgiftkriminalität dadurch geprägt, daß die Täter größte Anstrengungen unternehmen, ihre Strafverfolger abzuwehren. Im wesentlichen dienen ihnen dazu drei Methoden, meint Jürgen Jeschke, der oberste Rauschgiftfahnder im Bundeskriminalamt: Erstens die «Konspiration» à la Nachrichtendienst. «Dazu gehört die Abschottung nach innen, das heißt, jeder Angehörige einer Organisation weiß von einem anderen nur so viel wie eben nötig.» Aber auch nach außen verhalten sich die Gruppen «konspirativ». So gründeten Täter im Libanon eigens eine Reederei und kauften ein Schiff, um acht Tonnen Haschisch nach Mitteleuropa zu bringen. In 275 Leinensäcken verpackt verstauten sie den Stoff im mittleren Ballasttank des 800-BRT-Schiffs. Unterwegs, auf hoher See, änderten sie den Namen – um die Buchstaben «the» herum: aus «Kathe» entstand «Themse», aus «Themse» «Athena». Jeschke: «Die Einstiegsluke wurde mit einer speziell für diesen Zweck gefertigten Stahlplatte verschraubt und zusätzlich mit Beton übergossen. Darüber wurde die legale Ladung von 600 Tonnen Pflastersteinen gestaut.» Eine andere Masche: Die Täter locken die Beamten auf eine falsche

Fährte. So holte die Bremer Polizei nach einem «Tip» mit einem Schwimmkran einen Container von Bord eines kolumbianischen Schiffes. Die Beamten räumten den ganzen Container leer, röntgten Dose für Dose «Palmenherzen». Ergebnis des riesigen Aufwands: Null. «Wir gehen davon aus, daß man uns gezielt mit einer Falschinformation bedacht hat», sagt Bremens OK-Chef Haase, «um von dem wahren Transport abzulenken.» Ferner setzen die Organisationen sogenannte «Negativkuriere» ein: Sie reisen eine ins Auge gefaßte Schmuggelroute ab, ohne Rauschgift, nur um festzustellen, ob und wie die Polizei kontrolliert.

Die Täter sind sehr erfinderisch, wenn es darum geht, das Rauschgift über weite Entfernungen unbemerkt zu transportieren – die Anbaugebiete liegen Tausende Kilometer von der Bundesrepublik entfernt: «Kokain kommt ausschließlich aus Südamerika», berichtet Jürgen Jeschke, «Heroin vor allem aus dem Mittleren Osten, aus dem Bereich Pakistan, Indien, Afghanistan. Cannabisprodukte stammen aus dem Nahen Osten, aber auch aus Nordafrika.» Und so kommen Drogen aus der Luft, über das Wasser und auf der Straße ins Bundesgebiet: Häufig reisen Kuriere per Flugzeug ein, die Rauschgift in Präservativen in ihrem Darm transportieren. Ein solches «Gummibömbchen» ist ungefähr fünf mal drei Zentimeter groß. Bis zu 100 davon schluckt ein Kurier – Gesamtgewicht des Rauschgifts in seinem Körper: 400 bis 500 Gramm. Für diese Menge Heroin werden im Großhandel in der Bundesrepublik rund 50000 Mark erzielt. Soviel schafft ein Kurier. Der Multiplikator macht das Geschäft für die Organisationen interessant: So brachte eine sechzehnköpfige «kolumbianische Reisegesellschaft», die auf dem Rhein-Main-Flughafen landete, sieben Kilo Kokain in ihren Körpern mit. – Nach der Ankunft scheidet der Kurier die Ware auf natürliche Weise aus. Die Gefahr für den Kurier ist groß – platzt nämlich ein solches Gummibömbchen in seinem Darm auf, so stirbt er einen qualvollen Tod. Für einen solchen Transport bekommt er zwischen 1000 und 2000 Dollar plus Spesen – wird er geschnappt, kratzt es die Organisation nicht weiter: Die Namen der Hintermänner kennt er nicht, andere Kuriere werden unentdeckt durchkommen, so daß die Drahtzieher auf jeden Fall ihr Geschäft machen.

Die Organisationen entwickeln für ihre Kuriere immer neue Varianten: Wer denkt schon bei einem einundsechzigjährigen, honorig aussehenden deutschen Geschäftsmann mit einem großen Vertreterkoffer voller Geschäftspapiere an Rauschgiftschmuggel? Die Braunschweiger Polizei stellte bei ihm über vier Kilo Kokain sicher. «Es war so perfekt in Aktenordner eingeschweißt, daß es bei einer normalen Zollkontrolle nicht bemerkt worden wäre», berichtet der Braunschweiger Oberstaatsanwalt Karl-Heinz Reinhardt. Der Mann war von Bogotá über Rio de Janeiro und Frankfurt nach Zürich geflogen – und anschließend mit dem Zug in die Bundesrepublik eingereist.

In dem Privatwagen eines Bundesgrenzschutzbeamten entdeckten Fahnder im Kreis Mettmann 30 Kilo Haschisch. Der Grenzschützer hatte es aus Marokko für einen in der Bundesrepublik und den Niederlanden operierenden Dealerring gebracht. Für seine erste Fahrt bekam er 13500 Mark, für die zweite sollte er 18000 Mark bekommen.

160 Kilogramm Kokain schmuggelte ein Frankfurter Zierfischhändler in die Bundesrepublik. Seine Methode: Er holte am Frankfurter Rhein-Main-Flughafen Lieferungen exotischer Zierfische der Firma «Royal Tropical Fish» aus Bogotá ab. Im Verpackungsmaterial steckte das Kokain. Ein Kontaktmann der Organisation avisierte ihm die Männer, die den Stoff abholten. Die Zöllner hatten bei dem Vierzigjährigen keinen Verdacht geschöpft: Sie kannten ihn seit fast zehn Jahren. Innerhalb von vier Monaten kassierte der Zierfischhändler für seine Dienste von der Organisation 460000 Mark Provision.

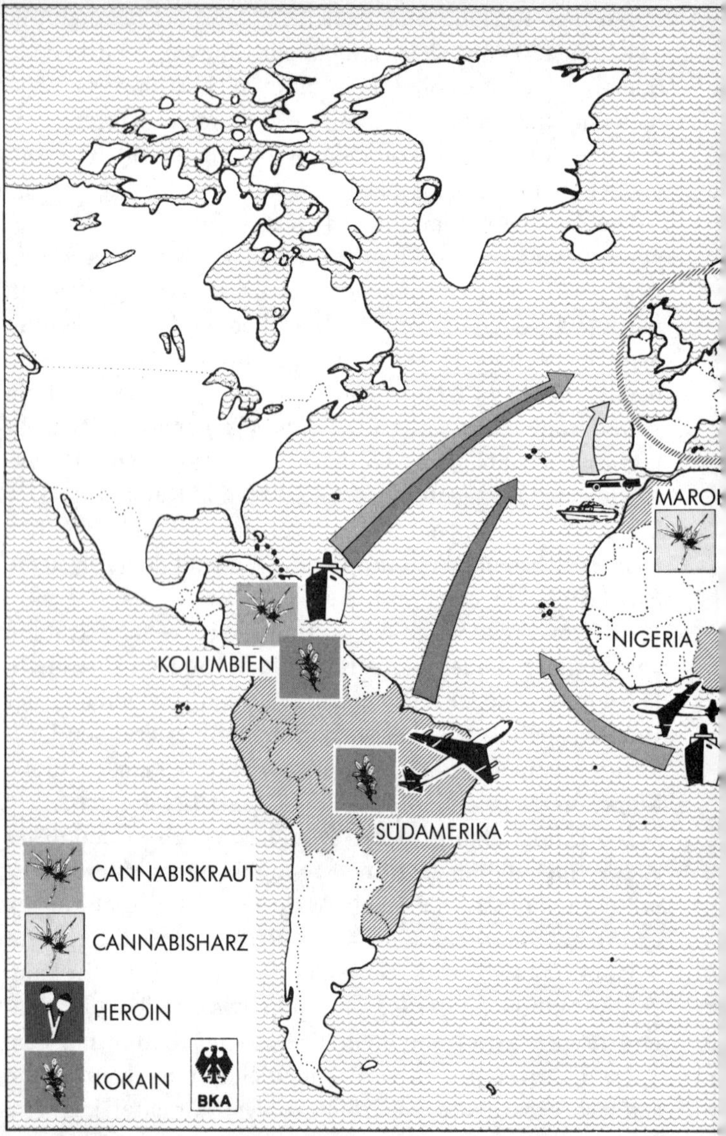

Rauschgifterzeugerländer und Schmuggelrouten

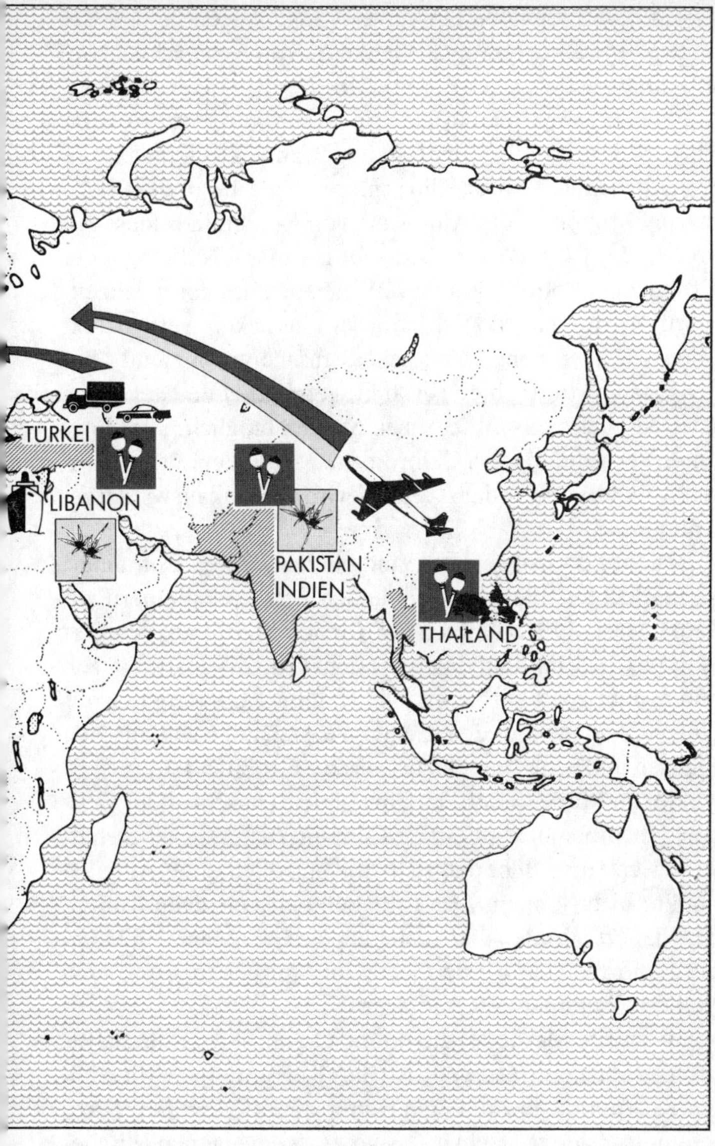

TÜRKEI
LIBANON
PAKISTAN
INDIEN
THAILAND

Auf dem Flughafen Hannover-Langenhagen fanden Beamte 530 Gramm Heroin in Gehäusen von Achatschnecken. In Hamburg fielen der Polizei zwei Taschen einer zweiunddreißigjährigen Chilenin auf: sie waren mit einer Kokain-Flüssigkeit getränkt. Im Labor gewannen Chemiker das Kokain zurück – zwei Kilogramm. «Eine besonders raffinierte Tarnung ist die Auflösung von Kokain in reinem Alkohol oder Chloroform», schreibt Hermann Nobel von der Hessischen Polizeischule in Wiesbaden in der Fachzeitschrift «Kriminalistik»: «Mit dieser Flüssigkeit werden Textilien wie Hemden, Handtücher, Taschentücher und ähnliche Baumwolltextilien getränkt, getrocknet und geglättet. Dies ist auch bei synthetischen Stoffen möglich, allerdings unter Verwendung von Chloroform. Mit einem Lösungsmittel – wie Propanon oder Aceton – wird das Kokain wiedergewonnen.»

Beliebt als Großversteck sind bei den Tätern Container: So entdeckten Hamburger Fahnder in zwei Containern aus Santa Marta in Kolumbien 8,4 Tonnen Marihuana – hinter Handtaschen und Sandalen versteckt, in 280 Kartons. Ein halbes Jahr später schleppten in Hamburg die Beamten aus einem Container aus dem Libanon Kisten mit orientalischen Figuren und acht Tonnen Haschisch – Großhandelspreis: 50 Millionen Mark. Jeder, der einmal den Umschlag der riesigen Frachtbehälter in einem Containerhafen gesehen hat, kann sich vorstellen, daß sich da Kontrollen ohne Anhaltspunkte nicht lohnen. Das Entladen eines einzigen Containers dauert Stunden und kostet um die 1000 Mark – in Hamburg und Bremen werden jedes Jahr jeweils mehr als eine Million Container umgeschlagen.

Die zweite Methode, die für die Organisierte Rauschgiftkriminalität kennzeichnend ist: die «Korruption». «Mit Hilfe der Korruption gewinnt man Helfershelfer», sagt BKA-Abteilungspräsident Jeschke. «Aber auch die eigenen Mitglieder der Organisation werden sozusagen mit Vergünstigungen verwöhnt, sie werden gut bezahlt, damit sie nicht in die Verlegenheit kommen, für den Fall ihrer Festnahme Aussagen über die Organisation zu machen.» So versuchten mehrfach Täter Behördenmitarbeiter zu bestechen, um herauszufinden, auf wen Fahrzeuge zugelassen sind, die ihnen aufgefallen waren. Die Bezahlung der Kuriere ist – gemessen an deren Verhältnissen – hoch. So berichtete ein Bundesdeutscher, der als Kurier fünf Jahre lang in der Bundesrepublik kiloweise Drogen transportiert hatte, daß er pro Monat zwischen 20000 und 25000 Mark verdient habe. Ihm war klar – wie allen anderen Kurieren –: Mit den Transporten kann er gutes Geld verdienen. Würde er mit dem Stoff abhauen oder bei der Polizei auspacken, so erginge es ihm ausgesprochen schlecht.

Drittens ist für die Organisierte Rauschgiftkriminalität bezeichnend, daß ein «Klima der Angst» erzeugt wird. Das ist nichts anderes als die Kehrseite der Korruption. Mit beiden Methoden verfolgen die Drahtzieher einzig und allein das Ziel, die Leute bei der Stange zu halten. «Wohlverhalten wird belohnt, vom Täterplan abweichendes Verhalten wird bestraft», sagt Jeschke, der oberste Drogenfahnder der Nation. «Dazwischen gibt es nichts.» Reicht das «Klima der Gewalt» nicht aus, so folgen Sanktionen. Gerade sie «frischen» das «Klima der Gewalt» auf. Sie zeigen jedem, wie es einem ergeht, der nicht spurt, der etwa auf die Idee kommt, Rauschgift zu unterschlagen, um es auf eigene Faust zu verkaufen, oder seine Schulden nicht pünktlich zu bezahlen. Ebenso kommt es, wenn ein Mitarbeiter der Organisation Anlaß zu der Befürchtung bietet, daß er bei der Polizei auspacken könnte.

Ein Beispiel ist der Fall Selma Öztürk. Durch den Wald in der Nähe von Hörstein, Kreis Aschaffenburg, streift ein Jagdaufseher. Ein Stück abseits des Weges macht er eine grausame Entdeckung: Er findet die Leiche einer jungen Frau. Eine schwarze Kunstlederjacke ist über sie gebreitet.

Die Tote ist 1,60 Meter groß, ihre dunklen Haare sind zu einem Pferdeschwanz gebunden. Die Obduktion ergibt, daß die Frau mit vier Schüssen getötet wurde. Am selben Tag oder am Tag zuvor. Anschließend schafften ihre Mörder die Leiche an die Stelle im Wald bei Hörstein. Die Polizisten finden heraus, daß es sich um die fünfundzwanzigjährige Türkin Selma Öztürk handelt, Mutter eines sechsjährigen Sohnes. Sie lebte 15 Kilometer von Aschaffenburg entfernt, im hessischen Babenhausen.

Eine Sonderkommission des Bayerischen Landeskriminalamts übernimmt den Fall und stößt auf einen türkischen Drogenhändlerring, der Verbindungen zwischen der Türkei, Österreich, Hessen und Amsterdam unterhält. «Die haben Leute umgelegt, bei denen der Verdacht bestand, daß sie über Beteiligte Aussagen machen», berichtet Josef Geißdörfer vom Bayerischen LKA. Selma Öztürk war Zeugin zweier Morde geworden – bevor sie selbst von der Organisation erschossen wurde. In Amsterdam hatte sie miterlebt, wie ein türkischer Rauschgifthändler, der Schulden aus Drogengeschäften nicht beglich, zunächst entführt und später mit einem Kopfschuß regelrecht hingerichtet wurde. Mord Nummer zwei: Ein Landsmann in Babenhausen war nach einem Rauschgiftdeal mit 20 Messerstichen getötet worden. Nach einigen Schicksalsschlägen war Selma Öztürk selbst süchtig geworden, konsumierte Heroin und Kokain. Ihre Sucht finanzierte sie, indem sie an Hand eines «Schuldenbuches» eines mittlerweile verhafteten Landsmanns Abnehmer, die noch nicht gezahlt hatten, aufforderte, die Verbindlichkeiten zu begleichen. Die Frau war zu einem Sicherheitsrisiko geworden, man befürchtete, daß sie zur Polizei gehen und Namen nennen könnte. Massive Warnungen, die Selma Öztürk von der Organisation erhalten hatte, konnten diese Befürchtung nicht mindern. Als Selma Öztürks Mörder ermittelten die LKA-Fahnder Memis Dündar, der auch schon an dem Mord in Amsterdam beteiligt war.

Die Beamten erlebten, zu welcher Zurückhaltung das «Klima der Gewalt» bei den Beteiligten führt. «Die Zeugen haben nichts ausgesagt», berichtet OK-Cheffahnder Geißdörfer. «Die haben eine unglaubliche Angst gehabt und am ganzen Körper gezittert.»

Das gleiche Schicksal wie Selma Öztürk ereilte den deutschen Drogenkurier Axel. Seine Auftraggeber waren dahintergekommen, daß er von jedem Kilo Heroin 100 Gramm für sich abzweigte, um es auf eigene Rechnung zu verkaufen, und dafür 100 Gramm Dreck unter den Stoff mischte, wie ein ehemaliger Rauschgiftbote im «Spiegel» berichtet: «Also erst hat er eins auf den Kopf bekommen... Sie sind mit ihm weggefahren. Und Axel ist nie mehr aufgetaucht.» Axel habe man ein Messer in den Bauch gerammt. Dann sei er in eine leere Teertonne geschmissen worden. «Benzin drüber, eine Decke drüber, angesteckt. Bei lebendigem Leib verbrannt», berichtet der ehemalige Drogenkurier über seinen Kollegen weiter. «Die Tonne wurde an einer Autobahn-Baustelle verbuddelt... An der Autobahn Frankfurt–Kassel, nahe der Ausfahrt Gießen.»

«Bei aller Vorsicht», kommt BKA-Chefrauschgiftfahnder Jeschke zu dem Ergebnis, «daß die Rauschgiftsituation in der Bundesrepublik ganz überwiegend das Werk organisierter Ausländerkriminalität im In- und Ausland ist.» Faustformel des Hamburger LKA-Chefs Sielaff für den profitablen Drogenhandel, wohlgemerkt nicht den Kleindeal: «Die Drogenhändler und -schmuggler sind primär ausländische Staatsangehörige, die Konsumenten vor allem Deutsche.»

Die international tätigen Rauschgifthändler verdienen exorbitant hohe Summen. Eine Gruppe zahlte beispielsweise für 50 Kilogramm Kokain in Südamerika – einschließlich aller Investitionen im Land – umgerechnet rund 400000 Mark, beim Absatz in Europa erlöste sie rund 5,5 Millionen Mark. Abzüglich der Aufwendungen blieben ihr unterm

Strich über 4,5 Millionen Mark. Ein anderes Beispiel: Ein Kilogramm Heroin mit einem Reinheitsgehalt von mindestens 80 Prozent kostet in der pakistanischen Hauptstadt Islamabad umgerechnet 5000 Mark, im Großhandel der Bundesrepublik 120000 Mark. Rauschgiftfahnder gehen davon aus, daß das Kilogramm Heroin und Kokain im Absatzland mindestens zum Zehnfachen des Einkaufspreises im Erzeugerland abgesetzt wird. Anschließend verdient auch noch der Kleinhandel. Faustformel: Der Kleinhandel schlägt 100 Prozent auf den Preis des Großhandels. So kostete nach Erkenntnissen des Bundeskriminalamts das Kilogramm Heroin 1988 im bundesdeutschen Großhandel 115000 Mark, das Gramm im Kleinhandel 250 Mark; Kokain im Großhandel 100000 Mark pro Kilo, das Gramm 200 Mark im Kleinhandel. Mindestens vier Milliarden Mark geben die Konsumenten in der Bundesrepublik derzeit pro Jahr für Rauschgift aus.

Das ist viel Geld. Ein Süchtiger braucht pro Monat zwischen 2000 und 9000 Mark, um seinen Stoff zu bezahlen. Wer kann derartige Beträge auf Dauer schon aus eigenen Mitteln aufbringen? Um zu Geld zu kommen, haben sie nur drei Möglichkeiten: sie stehlen, rauben, unterschlagen, die Fachleute sprechen von der «indirekten Beschaffungskriminalität»; sie prostituieren sich; oder sie dealen selbst.

Das größte Problem ist die indirekte Beschaffungskriminalität. 60 Prozent aller Wohnungseinbrüche gehen mittlerweile auf das Konto von Süchtigen, schätzt die Polizei in Hamburg – ebenso die Hälfte aller Kfz-Aufbrüche. Die Zahlen der Kriminalstatistik sind erschreckend. So stieg beispielsweise die Zahl der Wohnungseinbrüche in der Bundesrepublik von 1980 bis 1988 um 70 Prozent auf 169000. Heute wird also alle drei Minuten in eine Wohnung eingebrochen, alle 45 Sekunden ein Auto aufgebrochen. Tagsüber, wenn andere zur Arbeit sind, streifen Junkies durch Treppenhäuser und Villengegenden auf der Suche nach lohnenden Objekten. Nachts stehlen sie innerhalb weniger Minuten Autoradios aus Fahrzeugen. Am hellichten Tage sind bei ihnen Betriebsparkplätze beliebt. Oder: Der Diebstahl von Kleidung an Garderoben. Im Hamburger Stadtteil St. Georg wurden zwei Drogenabhängige erwischt, die in weniger als sechs Wochen aus Steakhäusern und Chinarestaurants Jakken und Mäntel im Wert von 100000 Mark gestohlen und an Hehler verkauft hatten. «Wir hängten unsere Jacken über teuer aussehende Garderobe», beschrieb einer der Täter die Masche. Beim Rausgehen zogen sie beide Kleidungsstücke über. Und so profitieren Organisiert-Kriminelle ein zweites Mal an der Rauschgiftsucht: Sie haben den Absatz der Junkie-Beute umfassend organisiert – über dunkle Kanäle wandern Schecks zu Einlöse-Gruppen, Schmuckstücke zum Einschmelzen, Autoradios ins Ausland. In der Bundesrepublik existiert eine florierende Diebstahlsabsatzwirtschaft – es gibt Rauschgiftsüchtige, die über diese Organisiert-Kriminellen spielend 500 gestohlene Autoradios binnen drei Monaten zu Geld machten.

Sorgen bereitet der Polizei auch, daß die Täter immer gewalttätiger werden. Immer häufiger reißen Drogensüchtige Frauen die Handtasche weg. Morde an Unbeteiligten mehren sich. Im Hamburger Stadtteil Eimsbüttel lauerten ein zwanzig- und ein neunzehnjähriger Junkie der Sopranistin Gerlinde Etschmann (55) auf und ermordeten sie: Erst schlug ihr der zwanzigjährige Schüler mit einem Hammer auf den Kopf, dann erdrosselte er sie mit einer Wäscheleine. Zum Verhängnis geworden war der Sängerin, daß der Zwanzigjährige in der Deutschen Phono-Akademie in der Lokstedter Grelckstraße als Aushilfe gearbeitet und dabei gesehen hatte, daß sie die Schlüssel für die Büroräume besaß. Und so raubten die beiden die Schlüssel. In der Phono-Akademie stahlen sie zwei CD-Spieler, ein Diktiergerät und einen Taschenrechner, die sie umgehend an Hehler versetzten. «Wir waren am Ende, brauchten Dope, aber hatten kein Geld», berichtete einer der Täter bei der Polizei. In München erschien ein Heroinsüchtiger als Interessent bei einem Mann, der seinen BMW verkaufen wollte. Als der Mann niederkniete, um an seinem Wagen etwas zu erklären, erschoß ihn der Junkie mit einer Pistole. Keine zwei Stunden später hatte er den Wagen im Autokino an der Dachauer Straße verkauft – alles, um an Geld für Heroin zu kommen.

Die «vorsichtige» Rechnung, die der für seine treffenden Analysen bekannte Hamburger LKA-Chef Sielaff für die Hansestadt aufmacht, ist erschreckend: «Geht man davon aus, daß jeder der 6000 Konsumenten harter Drogen monatlich circa zehn Gramm Heroin konsumiert, so benötigen die Konsumenten jährlich fast eine Dreivierteltonne Heroin, 720 Kilogramm», überschlägt Sielaff. «Das bedeutet rund 140 Millionen D-Mark jährlich. Wir nehmen an, daß weit über eine halbe Milliarde Mark jährlich hier in Hamburg umgesetzt werden müssen, um diese 140 Millionen zu erwirtschaften. Denn wenn Autoradios verkauft werden, kriegt man dafür nicht den Preis, den sie an sich kosten, sondern vielleicht 10 oder 15 Prozent beim Hehler.» Eine halbe Milliarde Mark «Umsatz» im Jahr – auf jeden Einwohner Hamburgs umgerechnet sind das 314 Mark. Kleinkinder und Greise eingeschlossen.

Erschreckend sind auch die Methoden, mit denen Dealer seit einiger Zeit versuchen, neue Abnehmer zu gewinnen, also Menschen süchtig zu machen: In Diskos und Kneipen verschenken sie Gratisproben und Hasch-Zigaretten, denen mitunter Heroin beigemischt ist. Mittlerweile wird ja bei uns auch in zahlreichen Schulen Rauschgift verkauft.

Wie sich immer wieder zeigt, läßt sich die neue Drogenflut nicht mit Razzien an den Orten stoppen, an denen Drogen offen gehandelt werden. Sie bringen meist nicht viel. Beispiel: die Aktion «Trojanisches Pferd» der Polizei in Hannover. Der Weißekreuzplatz ist dort als «offener Drogenhandelsplatz» bekannt. Das Geschäft – so die Polizei – ist fest in der Hand von Schwarzafrikanern. An einem Augustnachmittag 1989 rollen drei Möbelwagen vor, aus denen schlagartig Polizeibeamte herausspringen. 42 Schwarze werden festgenommen. Ganze 0,1 Gramm Heroin entdecken die Beamten. Mehrere Schwarze konnten flüchten. Mit derartigen Aktionen läßt sich die Szene nicht beseitigen.

Dieser Erkenntnis trägt die «Vorverlagerungsstrategie» des Bundeskriminalamts Rechnung. Sie zielt darauf ab, das Rauschgift erst gar nicht in die Bundesrepublik kommen zu lassen, sondern die Abwehr in die Anbau-, Herstellungs- und Transitländer vorzuverlagern. Dieses Konzept basiert auf drei Säulen.

Da gibt es erstens den «Rauschgiftverbindungsbeamten», den «langen Arm» des BKA. Gegenwärtig befinden sich 25 derartige BKA-Ermittler in 20 verschiedenen Ländern. 1983 wurde der erste Beamte nach Bangkok geschickt. Es folgten Entsendungen nach Pakistan, Zypern, Marokko, Brasilien, Peru, Bolivien, der Türkei, Indien, Miami, Argentinien, Venezuela, Großbritannien, Portugal und in die Niederlande. Untergebracht sind die BKA-Beamten in der bundesdeutschen Auslandsvertretung. Der Rauschgiftverbindungsbeamte ist der Brückenkopf des BKA: Er hält einerseits engsten Kontakt zu den Kollegen im heimischen Wiesbaden, andererseits zu den Rauschgiftfahndern im Land. «Man kann Ermittlungen forcieren», beschreibt BKA-Kriminalhauptkommissar Klaus Braunwart die Vorteile, der als Rauschgiftverbindungsbeamter in Islamabad in Pakistan arbeitete. «Was sich früher als langwierig gestaltete durch Übersendung von Anfragen, Mißverständnissen bei der Übersetzung, durch weitere Übermittlungsschwierigkeiten möglicherweise auf dem Funk- oder Postwege, das alles entfällt, weil der Rauschgiftverbindungsbeamte mit der zur Diskussion stehenden Problematik unmittelbar beim Pakistan Narcotic Control Board erscheinen kann.»

Ziel des BKA-Konzepts sind 37 bundesdeutsche Ermittler in 29 Orten – ein, wie es BKA-Kriminaldirektor Rainer Buchert formuliert, «den gesamten Erdball umspannendes Netz von Verbindungsbeamten».

Die zweite Säule der BKA-Vorverlagerungsstrategie ist die Ausrüstungshilfe. Sie reicht von Kraftfahrzeugen über Laborgeräte zur chemischen Analyse von Rauschgift und Funkgeräte bis hin zu Handschellen und Spürhunden. Über 20 Millionen Mark wurden bislang ausgegeben.

Die dritte Säule ist die Ausbildungshilfe. Bei ihr geht es um die Methoden, mit denen die Organisierte Rauschgiftkriminalität bekämpft werden kann. Über 70 Beamte aus 20 Ländern wurden bislang vom Bundeskriminalamt ein Jahr lang geschult. BKA-Abteilungspräsident Jeschke: «In den meisten Fällen sind die bei uns ausgebildeten ausländischen Beamten später für die Bundesrepublik sachkundige und kooperative Ansprechpartner.»

Trotz aller Anstrengungen: höchstens zehn Prozent des Rauschgiftes werden insgesamt von den Ermittlern sichergestellt, schätzen Fachleute. Manche sprechen gar nur von fünf oder gar zwei Prozent.

Die Folgen der Organisierten Rauschgiftkriminalität sind ebenso vielfältig wie verheerend: Menschen werden zerstört, Familien und Partnerschaften brechen auseinander, Süchtige verlieren ihren Arbeitsplatz und verursachen Unfälle – jeder zehnte Verkehrsunfall war bereits 1985 in den Vereinigten Staaten Folge des Drogenkonsums, wie die US-Aufsichtsbehörde über das Transportwesen schätzte. Menschen, die mit der Rauschgiftkriminalität nicht das geringste zu tun haben, werden Opfer der indirekten Beschaffungskriminalität. Allein durch die Straftaten für die Drogenfinanzierung entsteht pro Drogensüchtigem Monat für Monat durchschnittlich ein «Sozialschaden» von 20000 Mark, errechnete Kriminaloberkommissar Joachim Schwanke, Verfasser einer Analyse der Beschaffungskriminalität in Hamburg. Bezieht man diese Zahl auf die 100000 Süchtigen in der Bundesrepublik, so bedeutet das einen Schaden von 24000000000 Mark pro Jahr. 24 Milliarden – das entspricht dem Etat des Bundesverkehrsministeriums. Das ist aber bei weitem noch nicht alles. Die Rechnung zahlt die Gemeinschaft auch über die Kassen der Sozial- und Arbeitsämter, der Kranken- und Rentenversicherungen. Nicht anders steht es mit den Krediten, die Süchtige nicht zurückzahlen können.

Die Zukunft sieht düster aus, prognostizieren die Fachleute. Die Organisationen haben nicht nur die Drogenproduktion konstant erhöht, sondern auch eine verstärkte Belieferung der «Absatzregion Westeuropa» vorbereitet. Das ist eine Reaktion auf die Entwicklung in den Vereinigten Staaten: Die USA wurden mit Heroin und Kokain überschwemmt, die Preise sackten in den Keller – oft auf ein Viertel. Zudem haben US-Drogenfahnder einige spektakuläre Erfolge erzielt. Die Folgen dieser Großoffensive sind katastrophal: Die Organisierte Rauschgiftkriminalität führte in den Vereinigten Staaten zu einer «nationalen Tragödie», konstatiert der amerikanische Drogenexperte, Professor Arnold S. Trebach. Durch die Städte streifen Heerscharen von Dealern, die sich untereinander bekriegen. Die Mordrate in vielen Städten schoß in die Höhe. In New York geht mittlerweile mehr als jeder dritte Mord auf das Konto von Süchtigen. Die Hauptstadt Washington versank in einer Welle der Gewalt. 438 Menschen wurden dort 1989 ermordet, über zwei Drittel infolge des Drogenhandels.

Der zweite Grund für die von den Organisationen in Angriff genommene Großoffensive auf die «Absatzregion Westeuropa» sind die Pespektiven, die die Organisationen im entstehenden europäischen Binnenmarkt erblicken: über 300 Millionen Menschen ohne Grenzen – mehr als in den Vereinigten Staaten. «Der verstärkte Angebotsdruck sowie eine höhere, da weniger behinderte, Einfuhr an harten Drogen wird die Preise verfallen lassen», prophezeit Peter Walter, Vize-Chef der Frankfurter Kripo. «Die dadurch verbilligte Droge wird für konsumschwächere Kreise zugänglich.»

«Straftaten im Zusammenhang mit dem Nachtleben»

Menschenhandel und Zuhälterei

«Mir war gesagt worden, daß ich als erstes heiraten müßte. Dann könnte ich in Deutschland arbeiten und bleiben. Deshalb habe ich geheiratet. Diese Heirat mußte in Dänemark erfolgen. Dort habe ich meinen Ehemann zum erstenmal gesehen. Nach der Heirat kam ich sofort zurück nach Hannover. Da mußte ich in der Bar arbeiten. Allen anderen Mädchen dort, die ebenfalls in Dänemark geheiratet hatten, war es wie mir ergangen: sie mußten dort mit dem Chef schlafen. Es war sehr schwer, ich mußte alles hinnehmen: Wenn ich etwas nicht wollte, wurde ich mit dem Gürtel geschlagen. Die Männer haben mich in meine Vagina gebissen, ich mußte Analverkehr machen. Das war alles sehr schlimm für mich. Es sind Dinge, die ich nicht vergessen kann.»

So erinnert sich *Maso*, eine junge Frau aus Thailand, an ihre Zeit in Hannover. Sie ist eine von 400 Thais, die ein Menschenhändlerring in norddeutsche Bordelle schaffte. Es lief immer nach demselben Schema ab: Werber sprechen in Thailand junge Frauen an und erzählen ihnen, daß sie in Deutschland schnell Geld verdienen könnten. Als Serviererin in einem Restaurant oder als Näherin. Auch Frauen, die in Thailand in einem Bordell arbeiten, werden angeworben – mit dem Argument, in einem bundesrepublikanischen Freudenhaus lasse sich erheblich mehr Geld verdienen.

Für die Vermittlung müssen sie bei La Mum, der Drahtzieherin der Soyson-Sippe in Bangkok, unterschreiben, daß sie mit allem Drum und Dran zwischen 15000 und 20000 Mark zahlen. In Gruppen zu dritt oder zu viert landen die Frauen in der Bundesrepublik. Damit sie an der Grenzkontrolle keinen Verdacht erregen, sind sie von der Soyson-Sippe genauestens instruiert worden: Sie geben sich als Touristinnen aus, haben 1000 bis 2000 Mark «Vorzeigegeld» dabei und ein Rückflugticket in der Tasche.

Gleich hinter der Paßkontrolle werden sie von einem Beauftragten der bundesdeutschen Menschenhändler in Empfang genommen. Eine Schlüsselfigur in dem Ring ist *Hermann Schönen* (43), ehemals Bäckermeister. Zusammen mit seiner Frau, *Waraporn*, einer siebenunddreißigjährigen Thailänderin und Tochter von La Mum, betreibt er drei Thai-Puffs: das «Fernost» in Hannover, das Haus «Pattaya» in Bad Nenndorf und das Haus «Waldfrieden» im Bückeburger Ortsteil Röcke. So schnell wie möglich werden die Frauen nach Sønderborg oder Stubbekøbing in Dänemark gebracht und dort mit einem deutschen Mann verheiratet. Im Norden läßt's sich wesentlich schneller und einfacher als in der Bundesrepublik heiraten. Den «Ehemann» hat ein Mitglied der Organisation aus dem Penner- oder Junkiemilieu in Hannover angeworben – für die Heirat erhält er 3000 Mark auf die Hand, mitunter auch 5000. Auf diese Weise kommen über 350 Hannoveraner zu thailändischen Ehefrauen – auch wenn sie viele nur einmal gesehen haben. Nicht selten muß die Frau einige Kilometer vor dem deutsch-dänischen Grenzübergang in den Kofferraum des Wagens steigen, um am Kontrollpunkt nicht aufzufallen. Soweit wie möglich ist die Heirat in dem Rathaus in Dänemark schon von der Bundesrepublik aus organisiert. Alles dauert zwei Tage, manchmal geht es noch schneller.

Am nächsten Tag legt die Frau die Heiratsurkunde beim Ausländeramt vor, so erhält sie ohne Probleme eine unbefristete Aufenthalts- und Arbeitserlaubnis. Ehe die Frauen sich's versehen, sind sie in einem Thai-Bordell gelandet. Ein schwerer Schock für viele, die nicht ahnten, worauf sie sich eingelassen hatten. «Wenn die Frauen nicht wollten, wurden sie von deutschen Zuhältern ‹eingeritten›, das heißt vergewaltigt», berichtet einer der Ermittler. Pro «Zimmergang» haben die Frauen vom Freier 150 Mark zu kassieren. Das Geld müssen sie abliefern. Die Hälfte bekommt der Bordellbetreiber, die andere wird auf ihre Schulden für die Reise in die Bundesrepublik angerechnet. Einigen Frauen gelingt es, innerhalb von drei Monaten die Verbindlichkeiten loszuwerden. Nach Tilgung der Schulden arbeiten die meisten in dem Puff weiter. Zum einen, weil sie keine Alternative sehen, sich in der Bundesrepublik nicht auskennen. Zum andern, weil sie nicht mit leeren Händen in ihre Heimat zurückkehren wollen. Dies wäre ein Gesichtsverlust für sie.

Über ein Dutzend Bordelle wurde in Norddeutschland auf diese Weise versorgt – in Bremerhaven, Bückeburg, Celle, Hannover, Osterrode im Harz und Kassel. Kontakte bestanden auch zu Bordellen in West- und Süddeutschland. Vierzig Hauptverdächtige machte der Bückeburger Staatsanwalt Hans-Jürgen Mahnkopf aus, und Hunderte von Helfershelfern. Über 2000 Ermittlungsverfahren wurden eingeleitet. Menschenhandel, Förderung der Prostitution und Zuhälterei bildeten den Schwerpunkt der Vorwürfe. «Aber die Palette der erkannten und bearbeiteten Straftaten reicht von Vergewaltigung, sexueller Nötigung, Verstoß gegen das BTM-[Betäubungsmittel-]Gesetz, Verstoß gegen das Waffengesetz, Verbreiten von Falschgeld, Betrug, Verstoß gegen das Ausländergesetz, Verstoß gegen die Abgabenordnung, Erpressung, Bestechung, Bedrohung bis hin zu versuchtem Mord», berichtet Kriminaldirektor Peter Albert.

Bezeichnend für diese Art Organisierter Kriminalität ist,

daß zwei Kreise zusammenarbeiten, wie Rädchen ineinandergreifen: In der Bundesrepublik haben sich Bordellbetreiber zusammengeschlossen, die auch dafür sorgen, daß die Prostituierten zwischen den einzelnen Bordellen ausgetauscht werden – um den Freiern stets neue Gesichter bieten zu können. Die Nachfrage nach Thailänderinnen ist bei ihnen groß: Sie werden von diesen Männern als besonders unterwürfig, liebenswürdig und willig geschätzt. Für die Abwicklung der Geschäfte in den einzelnen Bordellen sind Wirtschafter, Büfettiers und Kellner zuständig sowie jeweils eine Thailänderin als «Vertraute», die ihre Landsfrauen bei der Stange hält. Zudem gibt es Helfer für bestimmte Aufgaben, wie zum Beispiel das Anwerben der Ehemänner oder die Fahrten zur Heirat nach Dänemark. Zu der Arbeitsweise eines solchen Ringes gehört es auch, daß den Frauen die Pässe abgenommen werden. Damit sie nicht türmen.

Der zweite Kreis arbeitet in Thailand: Mitglieder der Soyson-Sippe werben Frauen an, häufig dadurch, daß sie über die Tätigkeit in der Bundesrepublik Märchen erzählen, organisieren und finanzieren die Reise, schärfen den Frauen ein, wie sie sich bei der Einreise in die Bundesrepublik zu verhalten haben. Mitunter besorgen sie auch gleich in Thailand die Heiratsurkunde: Sie lassen sich den Paß des «Ehemannes» schicken. Mit Bakschisch besorgen sie zunächst einen Einreisestempel, anschließend eine Heiratsurkunde. So erübrigt sich die Fahrt nach Dänemark, die Frau bekommt ihren «Ehemann» überhaupt nicht mehr zu sehen. Mit welchen Methoden die Gruppe in Thailand arbeitet, erlebten die Leiter der hannoverschen Soko 80.5 und ein Kollege, als sie zu Ermittlungen nach Bangkok geflogen waren: Rund um die Uhr wurden sie von Mitgliedern der Soyson-Sippe beschattet. Nachts klingelte mehrfach das Telefon im Hotelzimmer, jemand hämmerte an die Tür und verschwand umgehend. «Man kam gar nicht zum Schlafen», erinnert sich der Soko-Leiter an die Nächte in Bangkok.

So oder ähnlich arbeiten Dutzende von Gruppen in der Bundesrepublik, die außer Thailänderinnen vor allem auch Frauen von den Philippinen, aus Ghana und der Dominikanischen Republik in unser Land locken. «Es handelt sich nachweislich um mehrere tausend Einzelfälle», fand das Bundeskriminalamt heraus: Ein Beispiel «für die Entwicklungsdynamik der OK». Rund 100000 Mark Umsatz lassen sich für den Bordellbetreiber mit einer Thailänderin pro Jahr erzielen, schätzen Insider. Man kann sich leicht ausrechnen, was da zusammenkommt bei einem halben bis drei Dutzend Thaifrauen pro Bordell. Ein Millionengeschäft für so manchen. «Die Frauen betrachten wir als Opfer», sagt Staatsanwalt Mahnkopf. «Eine neue Form von Sklavenhandel», meint Barbara John, die Frauenbeauftragte des Berliner Senats. In Berlin wurde die Zahl der Thai-Dirnen 1989 auf 2000 geschätzt.

Aber auch für die deutschen Prostituierten ist ihre Arbeit ein Elend. Aller Glanz der Rotlichtbezirke ist Schein, hinter der Fassade wird ein straff organisiertes Geschäft abgewickelt. Ein riesiges Geschäft: 7000 Prostituierte und 1500 Zuhälter sowie Wirtschafter gibt es in Hamburg, 3500 Prostituierte in Berlin, 2500 in Frankfurt, bei großen Messen gar 3500. «Prostituierte ohne Zuhälter sind mit Sicherheit die Ausnahme», berichtet der Hamburger Kriminaloberkommissar Wilfried Voß. Als Betreiber eines Bordells steht auf dem Papier meist eine Einzelperson. Häufig gehört sie zu einem Ring von Zuhältern, der die gemeinsame Geschäftspolitik festlegt. Derartige Zusammenschlüsse bieten nicht nur den Vorteil, daß sich das Geschäft mit dem Sex optimal betreiben läßt, wie zum Beispiel durch die sogenannte «Dirnenrotation», sondern auch einen besseren Stand im harten Konkurrenzkampf. An die Stelle des Zuhälters, der noch Anfang der siebziger Jahre zwei, drei «Pferdchen» laufen hatte, trat der knallharte, meist sehr clevere und routinierte Geschäftsmann.

Oft steht an der Spitze eines Bordells aber auch ein Strohmann, der über die tatsächlichen Eigentumsverhältnisse hinwegtäuschen soll. Die Struktur eines Bordells sieht häufig so aus: Ein «Geschäftsführer» ist dafür zuständig, daß der Laden läuft und genügend Geld für die Hintermänner abwirft. Dazu hat er auch die Wirtschafter auszusuchen, die für den reibungslosen Ablauf im einzelnen sorgen und am Umsatz beteiligt sind. Sie notieren im Blockbuch die «Getränkegelder», die die Frauen abzuführen haben, und kassieren auch regelmäßig bei ihnen. Ein Teil der Prostituierten arbeitet für den Zuhälter an der Spitze des Bordells, andere sind für befreundete Zuhälter tätig. Pro Nacht muß jede Prostituierte einen Betrag als «Miete» zahlen, in Hamburg im Schnitt 60 Mark. Damit hat sie aber nicht mehr als das Recht, ein Zimmer zu benutzen. Pro «Zimmergang» muß sie noch einmal 20 Mark zahlen. Für jede Schicht müssen die Frauen außerdem an den Wirtschafter den sogenannten «Wirtschafter-Tip» abführen, einen Betrag zwischen 10 und 20 Mark. Bei der Arbeit werden die Prostituierten streng kontrolliert, Abhöranlagen in ihren Zimmern sind keine Seltenheit.

Die ungeschriebenen Kiez-Gesetze haben Neulinge innerhalb weniger Tage verinnerlicht. Dazu zählt, daß aus Streitigkeiten die «Schmiere» (Polizei) herausgehalten wird, kein anderer aus dem Milieu angezeigt werden darf, eine «Abstecke» fällig ist, wenn eine Prostituierte nicht mehr für ihren bisherigen Zuhälter arbeiten will – sei es, weil sie für einen neuen «Beschützer» anschaffen möchte, sei es, weil sie ganz aufhören will. Vieler Worte bedarf es dabei meist nicht: «Schon die Tatsache allein, daß bestimmte Personen oder Personengruppen des Milieus derartige Forderungen zur Zahlung einer willkürlich festgesetzten Summe stellen, beinhaltet im Einzelfall die Androhung brutalster Repressionen für den Fall der Nichtbefolgung», berichtet Milieu-Kenner Wilfried Voß. Wer gegen eines der

Kiez-Gesetze verstößt, muß damit rechnen, daß Milieu-Größen gegen ihn ein Strafgeld, ein Arbeits-, Kiez-, Bezirks- oder Stadtverbot verhängen. Auf entlaufene Prostituierte werden Fangprämien ausgesetzt. Kein Wunder, daß Anzeigen aus dem Milieu bei der Polizei Seltenheitswert besitzen. Mit Erschrecken registrieren Milieu-Kenner einen «neuen Härtegrad»: Bundesweit für Schlagzeilen sorgte Werner Pinzner, der im Auftrag von St. Pauli-Größen fünf Milieu-Angehörige erschoß, anschließend, während einer Vernehmung, auch noch «seinen» Staatsanwalt, seine Frau Jutta und zuletzt sich selbst. Einem Bad Hersfelder Zuhälter werden zwei Morde und ein geplanter Mord zur Last gelegt – einen Mord, so die Anklage, an einem Milieu-Angehörigen, den anderen an einem Wirtschaftsberater, der eine Lebensversicherung in Höhe von 500000 Schweizer Franken zugunsten einer Prostituierten abgeschlossen hatte.

Auch den Nachschub haben die Zuhälter organisiert, das sogenannte «Anpoussieren» von Frauen. Vor allem in Diskos geschieht es. Milieu-Kenner Voß: «Mehrere Bordell-Betriebe haben eigens zur Nachwuchsbeschaffung für ihre Bordelle sogenannte Schlepper oder Aufreißer auf Provisionsbasis angestellt. Meist sind es modebewußte ‹Schönlinge›, die mit entsprechenden Statussymbolen (Goldkettchen und -armbänder, teure Uhren und Autos) und viel Geld ausgestattet sind. Nach relativ kurzer Zeit wird den Mädchen die Ausübung der Prostitution dadurch schmackhaft gemacht, daß sie sich somit einen luxuriösen Lebenswandel leisten und sich eine gesicherte, erstrebenswerte Existenz aufbauen könnten.»

Anschließend wird die Frau mit Zuckerbrot und Peitsche im horizontalen Gewerbe gehalten. Läuft alles so, wie es sich ihr Zuhälter vorstellt, bekommt sie kleine Geschenke, klappt es nicht, gibt's erst böse Worte und dann Prügel. Seitdem immer mehr Prostituierte rauschgiftabhängig sind, wird Gewalt gegenüber den Frauen immer häufiger entbehrlich, fanden die BKA-Forscher in der OK-Studie heraus – «weil deren Disziplinierung bereits durch das Vorenthalten der Drogen bewirkt werden konnte». In Pforzheim stießen Fahnder des Landeskriminalamts Baden-Württemberg bei einem Bordellbetreiber auf «Hühnerfutter» für die dort beschäftigten Prostituierten – eine Sexdroge, «die sehr wirksam ist», wie LKA-Kriminaldirektor Klaus Mellenthin berichtet, weil sie aus einer Mischung «von Halluzinogenen und aufputschenden Mitteln mit starker sexueller Stimulans besteht».

Die Summen, die die Zuhälter und Bordellbetreiber verdienen, werden häufig in anderen Betrieben gewaschen. Bekannt und beliebt dafür sind Diskotheken, Restaurants, Mietshäuser, Sport- und Sonnenstudios, ebenso Spielhallen, die für die Geldwäsche ideal sind: Es läßt sich praktisch nicht überprüfen, ob ein Spielhallenbetreiber auch tatsächlich die von ihm behaupteten Gewinne durch seine Automaten machte – oder ob sie aus einer ganz anderen Quelle stammen.

Durch die Aids-Furcht läuft das Prostitutions-Geschäft nicht mehr so gut. Zuhälter sind seit einiger Zeit dabei, sich neue Geschäftszweige zu erschließen, wie den Rauschgifthandel, die Großhehlerei, das illegale Glücksspiel, aber auch das Kapitalanlagegeschäft. Die Branche zeigt sich ausgesprochen flexibel: «Während vor 1983 im Umfeld des Nachtlebens Falschgeld so gut wie nie festgestellt wurde, konnten seitdem in mehreren Ermittlungsverfahren größere Mengen bei Zuhältern und bei Dirnen sichergestellt werden», berichtet der ehemalige Präsident des LKA Bayern, Helmut Trometer. «Besonders falsche 100-Dollar- und 100-DM-Noten.» In Frankfurt leerte ein unter dem Namen «Blondy» bekannter Zuhälter mit insgesamt 40 Komplizen und einem Doppelbartschlüssel rund 1500mal Briefkästen, vornehmlich in Geschäftsvierteln. Professionell durchleuchteten sie die Beute. Entdeckten sie einen Scheck, öffneten sie den Brief. Die übrigen Sendungen warfen die Täter wieder in einen Briefkasten. Diese Schecks lösten sie über Konten bei der Bayerischen Hypotheken- und Wechselbank, der Deutschen Bank, der Dresdner Bank und über einem Dutzend weiterer Unternehmen ein. Die Konten hatten sie unter anderem mit Ausweisen eröffnet, die in der Frankfurter Fixerszene aufgekauft worden waren. Mehrere Schecks über Zehntausende Mark fielen ihnen in die Hände, einer war gar über 829000 Mark ausgestellt. Auf diese Weise kassierten sie über drei Millionen. Mit totalgefälschten Schecks «machten» sie innerhalb der Bundesrepublik noch eine Million und im Ausland europaweit fünf Millionen Mark. «Oben standen der Zuhälter und sein Kumpel ‹Bomber›», berichtet ein Frankfurter OK-Ermittler, «die anderen hatten sich aufgeteilt: einige waren für das Leeren der Briefkästen zuständig, andere für das Beschaffen von Personalausweisen, andere für das Eröffnen der Konten, wieder andere für das Einreichen der Schecks.» Daneben organisierte der rührige Zuhälter auch noch den Handel mit Kokain im Kilobereich.

Illegales Glücksspiel

Das Haus ist hell angestrahlt. Einsam liegt es an einer Landstraße bei Jülich. Eine Stunde nach Mitternacht. Drinnen beginnt das lebhafte Treiben, langsam füllt sich der Raum: An zwei Tischen setzen zehn, zwölf Spieler Jetons und 20-Mark-Scheine – an dem einen wird Roulette gespielt, an dem anderen Seven-eleven, ein Würfelspiel. Beide sind illegale Glücksspiele. Zwei Frauen bringen den Spielern von der Bar an der Seite des Raums Drinks, kostenlos. Niemand beachtet einen jungen Mann, der innerhalb einer halben Stunde 80 Mark verloren hat – einen vergleichsweise geringen Betrag – und nun offensichtlich genug hat. Er scheint sich auf den Weg machen zu wollen, geht Richtung Ausgang. In diesem Augenblick schellt es. Die Türdame, eine attraktive Thailänderin, öffnet – ohne, wie sonst üblich, durch die Klappe zu schauen. Sie rechnet mit weiteren Gästen, um diese Zeit geht es gewöhnlich erst so richtig los. Die Tür fliegt auf, Polizeibeamte stürmen herein. Der junge Mann macht keine Anstalten mehr zu gehen, er bleibt. Es ist ein Beamter des Landeskriminalamts Nordrhein-Westfalen, der notfalls die Tür von innen geöffnet hätte, um seine Kollegen hereinzulassen. Den Beamten bietet sich ein merkwürdiges Bild: Jeder Gast tut so, als ob er nur zugeschaut und nicht gespielt hätte. Am weitesten von den Spieltischen entfernt drückt sich ein Niederländer mit der Miene eines völlig Unbeteiligten herum – in der Stunde zuvor hatte er knapp 2000 Mark verloren. Das Personal, sechs Personen, versucht den Eindruck zu erwecken, ebenfalls Besucher zu sein. In einem Hinterzimmer verhaften Polizeibeamte den Geschäftsführer.

In derselben Minute, am 27. April 1989 um ein Uhr früh, erscheinen Beamte in 22 anderen Spielclubs und 120 Wohnungen und Geschäftsräumen in Baden-Württemberg, Bayern, Hessen, Rheinland-Pfalz, Niedersachsen, Nordrhein-Westfalen, dem Saarland, Schleswig-Holstein, Belgien und Österreich. 1600 Polizeibeamte und neun Staatsanwälte stoßen auf ein bundesweites Zocker-Imperium mit 1700 Beschäftigten und zahlreichen Strohmännern. Dreißig Personen kommen in Untersuchungshaft. Drahtzieher ist *Friedrich Kleemann*, in Zockerkreisen ehrfurchtsvoll «der Papst» genannt. Ein drahtiger Unternehmer, Jahrgang 1947, der vor allem von Mönchengladbach aus agierte. Auf seinen zahlreichen Reisen durch die Republik war er stets per Autotelefon erreichbar. Saß er nicht in seinem Wagen, so hatte er oft ein tragbares Mobiltelefon dabei. Mit seinem Imperium verdiente er exorbitant hohe Erträge. «Oft hat er über 200000 Mark pro Tag erwirtschaftet», berichtet ein baden-württembergischer Ermittler, «und das über Jahre.»

Das Vorgehen der Gruppe war vor allem davon geprägt, die Zusammenhänge zwischen den einzelnen Glückstempeln zu verschleiern: Über Strohmänner wurden Räume für Spielkasinos gemietet und Genehmigungen für sogenannte «Beobachtungs- und Geschicklichkeitsspiele» besorgt. Im Gegensatz zu den reinen Glücksspielen wie etwa Roulette gibt es für diese Spiele Genehmigungen, auch wenn die Unterschiede zwischen beiden häufig nicht sehr groß sind. Durch kleine Veränderungen wird aus dem «Geschicklichkeitsspiel» ein «Glücksspiel». Und so hielt man es auch in diesen Kasinos: «Tatsächlich wurde reines Glücksspiel, überwiegend Roulette, mit hoher Gewinnerzielung veranstaltet», fanden die LKA-Ermittler heraus. Um nicht unnötigen Verdacht auf sich zu ziehen, wurden später «Vereine zur Pflege von Beobachtungs- und Geschicklichkeitsspielen» gegründet. «Auch in diesen Vereinen wurde entgegen des Vereinszwecks verbotenes Glücksspiel veranstaltet», erkannten die Fahnder.

Noch in der Nacht ließen sich «der Papst» und sein Führungsstab die Gewinne telefonisch durchgeben. Ein gutgehendes Kasino bringe ihm «800000 Mark in sechs Wochen», erzählte er einem Bekannten am Telefon, das die Polizei abhörte. Die Erträge wurden von Kurieren durch die Republik transportiert, zum Teil an der Steuer vorbeigeschleust, mitunter über staatliche Spielbanken gewaschen. Die Ermittler machten eine Führungsmannschaft von 30 Personen aus, in erster Linie Geschäftsführer, die Statthalter vor Ort. Kontrolleure überprüften sie. Von führenden Mitarbeitern sollen – so die Ermittlungen – Spielgeräte manipuliert und «eine Handvoll Behördenbediensteter» bestochen worden sein, die für die Genehmigung von Spielkasinos zuständig waren. «Der Papst» und seine Würdenträger regierten mit strenger Hand: Mitarbeiter, die nicht parierten, wurden angebrüllt, versetzt, für ein paar Tage nach Hause geschickt, gefeuert oder verdroschen. Die meisten der 1700 Mitarbeiter hatten keine Ahnung von dem Umfang des Papst-Reiches. Sie wußten nicht mehr, als daß sie in einem illegalen Spielkasino arbeiteten.

Woche für Woche zieht es Zehntausende Menschen in der Bundesrepublik in private Spielclubs – Fachleute schätzen, daß die Betreiber im Jahr knapp eine Milliarde Mark an ihnen verdienen. Die erlaubten Geschicklichkeitsspiele zahlen sich für den Betreiber kaum aus, auch die Gäste mögen sie nicht besonders, sie wollen richtig zocken. Und so wird oft gespielt, was beiden Seiten Spaß macht: richtige Glücksspiele wie Roulette. Das könnten die Gäste auch in einer der 33 staatlich konzessionierten Spielbanken haben. Doch sie kommen lieber an die verbotenen Tische. Manchem ist die nächste Spielbank zu weit. Andere wollen nicht in der «großen» Spielbank gesehen werden, geschweige denn jemanden auf die Idee bringen, darüber nachzudenken, woher sie ihre hohen Einsätze haben. Und so werden, oft nur für wenige Wochen, straff organisierte Spielkasinos aufgezogen – nach sechs Wochen haben die Veranstalter oft schon ihren Schnitt gemacht. Sie wollen so schnell wie möglich viel Geld verdienen – Manipulationen an Gerät und beim Spiel sind an der Tagesordnung. Auch um die Gegenseite kümmert man sich. «In einschlägigen Kreisen ist man nicht selten über die Dienstpläne des zuständigen Polizeireviers bestens informiert gewesen», berichtet der Hamburger OK-Fachmann Wolfgang Sielaff. «Schichteinteilungen sind geläufig, so daß das Kontrollrisiko abzuschätzen ist.»

Noch mehr Geld fließt freilich durch die staatlich konzessionierten Spielbanken – auch darum bemühen sich Organisiert-Kriminelle. Schon mehrere manipulierte Roulettekessel wurden in bundesdeutschen Spielbanken entdeckt. Vor mehreren Jahren gelang es der Polizei, eine Gruppe auf frischer Tat zu schnappen: In der Nacht vom 21. zum 22. Juni 1982 rollte vor der Spielbank Bad Aachen ein Peugeot 305 mit belgischem Kennzeichen vor. Genau zehn vor drei stoppt er neben dem Personaleingang, drei Männer sitzen drin und warten. In der Nähe steht ein anderes Fahrzeug aus Belgien, ein Mercedes 300 D, der Wagen eines Komplizen. Gleichzeitig warten in dieser Nacht Polizeibeamte, nur bekommen die Täter davon nichts mit. «Gegen drei Uhr erschien aus dem Kasino der Fahrer des Mercedes», berichtet der Aachener Kriminaloberrat Franz Salewsky, «ging auf den Peugeot zu, steckte, offenbar demonstrativ, eine Zigarette an und ging wieder zurück. Nach diesem deutlichen Signal stiegen zwei der Insassen aus dem Peugeot aus, gingen mit einer großen Reisetasche mit offensichtlich schwerem Inhalt zu dem Nebeneingang und verschwanden im Haus.» Zehn Minuten später kommen zwei Männer mit der Tasche heraus und fahren im Peugeot zum Novotel Aachen am Europaplatz. Durch einen – normalerweise verschlossenen – Notausgang betreten sie das Hotel. Als um halb fünf Uhr Polizeibeamte in die beiden gemieteten Zimmer stürzen, finden sie auf einem Tisch einen fertig präparierten Roulettezylinder und Werkzeug. Noch in der Nacht sollte der Zylinder wieder in die Spielbank zurückgebracht werden, am Tag sollte mit dem Kassieren begonnen werden. Die Bastler hatten – wie eine Untersuchung ergab – mit einer Methode gearbeitet, mit der Täter in Frankreich schon reich geworden waren: Einige Stege zwischen den Zahlen waren gelöst und anschließend so wieder eingesetzt worden, daß die Kugel einen leichten Knick bekam und auf bestimmte Zahlen häufiger fiel.

Eine andere Masche der Täter besteht darin, mit Kasinopersonal zusammenzuarbeiten. Im Juni 1989 verhaftete die Polizei 13 Personen, die durch Mogeleien in der Spielbank Bad Neuenahr mehrere Millionen verdient haben sollen – unter ihnen vier Croupiers und ein stellvertretender Saalchef. Die Gruppe soll von *Bernhard Wöhler* aus Hamburg, einem einschlägig bekannten Berufsspieler, gesteuert worden sein. Die Ermittler fanden heraus: Ein Kasinoangestellter am Roulettetisch zahlte einem Komplizen Jetons aus, obwohl er in Wahrheit gar nicht gewonnen hatte, ein Croupier soll gezinkte Bakkaratkarten einem Vorgesetzten untergeschoben haben – versiegelt und offensichtlich fabrikneu. Croupiers und Komplizen ließen an Tischen Jetons verschwinden und machten sie anschließend zu Bargeld. Die Gruppe soll wesentlich größer sein. Um den harten Kern von 13 Personen machten die Ermittler 54 weitere «Mitspieler» aus. Insider berichten, dieser Täterkreis habe auch in anderen Spielbanken in der Bundesrepublik Millionen kassiert.

Die Gewaltkriminalität

Unter der Überschrift «Gewaltkriminalität» stehen in der OK-Gliederung des Bundeskriminalamts zwei Begriffe: Schutzgelderpressungen und Raubüberfälle.

Schutzgelderpressungen

München-Solln, eine kleine Seitenstraße der Wolfratshauser Straße, nach Mitternacht. Ein Spätheimkehrer traut seinen Augen nicht: Er sieht, wie Flammen an der Holzverkleidung des Eingangs zu einem italienischen Restaurant züngeln. Das Feuer wird gelöscht. Bei Tageslicht ist klar: Der ganze Eingang muß neu gemacht werden, ein Sachverständiger schätzt den Schaden auf 50000 Mark. Auch die nächste Nacht bringt für den Wirt eine unangenehme Überraschung: Jemand schmeißt durchs Fenster eine Flasche Buttersäure ins Lokal. Es stinkt penetrant, der Boden der Gaststube ist ruiniert. Der Schaden geht in die Zehntausende. Zwei Wochen später schmeißt jemand nachts die Fensterscheiben des Lokals ein.

Die Polizei befragt den Wirt ausgiebig; für sie deutet alles auf eine Schutzgelderpressung hin. «Man kann annehmen, daß es zu derartigen Maßnahmen kommt, wenn einer aus der Reihe tanzt und nicht zahlt», sagt der Münchner Kriminalhauptkommissar Sigmund Sturm. Doch der Inhaber des Lokals winkte ab. «Ich werde nicht erpreßt», erklärt er den Beamten. Er habe keine Erklärung für die Attacken gegen sein Lokal.

Auf solche Fälle stoßen die Ermittler immer wieder. Hartnäckig halten sich Gerüchte, daß ein Teil der rund 300 italienischen Gastwirte an der Isar Schutzgeld an Erpresser zahlt. Die Polizei hat sich unter ihnen umgehört. «Die Italiener sagen immer: ‹Es wird erpreßt, die Wirte zahlen›», berichtet OK-Ermittler Sturm, «‹aber ich nicht.›» Und fügt hinzu: «Das kann man glauben oder nicht.» Tatsache ist, daß die Schutzgelderpressung in der Bundesrepublik nicht mehr, wie bis Ende der Siebziger, eine exotische Erscheinung ist, sondern heute zum Kriminalitätsalltag gehört. «Längst gibt es überall in der Republik Schutzgelderpressungen», urteilt Hans-Werner Hamacher, Ex-Chef des LKA Nordrhein-Westfalen. Schon richtete die Polizei in Frankfurt und Berlin Extra-Rufnummern für Schutzgelderpressungs-Opfer ein.

Fest steht, daß straff organisierte jugoslawische Gruppen im Rhein-Main-Gebiet, München, Düsseldorf und anderswo abkassieren. Mit welcher Härte die Täter vorgehen, zeigt ein Fall aus München. Der Serbe Rade Caldović, genannt «Cento», berühmt-berüchtigter Chef einer Jugo-Gang, forderte von einem Spielclub in der Münchner Kaiserstraße 20 Prozent der Erträge. Nachdem er drei Monate vergebens darauf gewartet hatte, erscheint er in Begleitung eines anderen Mannes in dem Spielclub. Er nimmt sich einen der Betreiber zur Seite und erklärt ihm im Treppenhaus – wie der Angesprochene später bei der Polizei zu Protokoll gab: «Ich lasse von euch ein paar wegputzen. Glaube mir, Helmut, wenn von euch ein paar weniger da sind, dann fällt dies überhaupt nicht auf, aber ich bekomme meine 20 Prozent.»

Die Betreiber geben nicht nach, Cento stellt ihnen eine letzte Frist von vier Tagen und fordert die fünf Betreiber auf laut Zeugenprotokoll: «Ihr müßt bis Mittwoch alle dasein und müßt mir ins Gesicht sagen, daß ich nichts bekomme. Ihr müßt alle dasein, damit ich weiß, wer gegen mich ist. Dann tue ich mich mit dem Aufräumen leichter.» Nach Ablauf des Ultimatums erscheinen mehrmals Jugoslawen vor der Eingangstür, einmal drei, einmal sechs, die jedoch nicht eingelassen werden. Daraufhin versucht eine Gruppe Jugoslawen, den Club zu stürmen, ebenfalls ohne Erfolg. Eines Nachts um drei ruft Cento an und sagt laut Zeugenprotokoll: «Jetzt will ich keine Prozente mehr, jetzt mache ich euch kaputt. Jetzt müßt ihr alle sehr aufpassen.» Und dann erscheint er in einer der nächsten Nächte mit seinen Männern – ein Türsteher gab bei der Polizei zu Protokoll: «Gegen 1.20 Uhr läutete es, wir erkannten einen Gast von uns. Als ich die Tür öffnete, schrie ein Kollege von oben: ‹Mach schnell die Tür wieder zu.› Ich konnte die Tür nicht mehr ganz schließen, da sich von draußen mehrere Personen gegen die Tür warfen. Inzwischen kam eine Hand durch den Spalt und hielt mir eine Pistole vors Gesicht. Ich sah Cento, der mich mit der Pistole bedrohte.

Ich wurde mit der Tür zurückgeschleudert und fiel einige Stufen die Kellertreppe hinunter. Jetzt stürmte ein breitschultriger Mann mit heller Jacke an Cento vorbei herein und sofort die Treppe nach oben. Cento folgte ihm mit der Waffe in der Hand. Ich hörte wenige Sekunden später drei Schüsse kurz hintereinander. Ich flüchtete sofort in den Keller, weil ich Angst hatte, erschossen zu werden. Dann kamen die Täter wieder nach unten gerast. Ein Schuß fiel noch, dann kehrte Ruhe ein.»

Verletzt wurde niemand. Für diese Aktion wurde Caldović 1985 vom Landgericht München zu drei Jahren und vier

Monaten Gefängnis verurteilt, wegen räuberischer Erpressung. «So klare Aussagen wie in diesem Protokoll haben Seltenheitswert», sagt ein Münchner Ermittler

In Frankfurt erwischte die Polizei zwei Geldabholer einer jugoslawischen Gruppe im Mai 1989 auf frischer Tat: Ein jugoslawischer Gastwirt hatte einen Brief auf serbokroatisch erhalten, in dem er aufgefordert wurde, 30000 Mark zu zahlen. Telefonanrufe folgten. Er besorgt das Geld und hinterlegt es wie verlangt in einer Plastiktüte in der Nähe seiner Gaststätte. Kurz nach Mitternacht tauchen dort die beiden Jugoslawen auf, einer greift den Plastikbeutel und schiebt ihn unter seine Jacke. In diesem Augenblick überwältigen Polizisten die beiden. Wenig später verhaften Beamte zwei Komplizen. Die vier schweigen sich über die Hintermänner aus. Die beiden Geldabholer waren – wie sich aus den Stempeln in ihren Pässen ergibt – erst einen Tag zuvor als Touristen in die Bundesrepublik eingereist.

In Hamburg stellten die Ermittler schon Anfang der achtziger Jahre fest, daß italienische Geschäftsleute um Schutzgelder erpreßt wurden, Inhaber von Pizzerien mußten überteuerte Ware abnehmen. OK-Ermittler Sielaff: «Die Taten zogen sich über das ganze Stadtgebiet.» In Berlin kassierten am Adenauerplatz und den umliegenden Straßen Araber bei Gastwirten. In Kreuzberg meldeten sich zwei Türken bei einem neunundzwanzigjährigen Bordellbetreiber in der Ohlauer Straße und verlangten 1000 Mark. Der Mann zahlte und dachte, die Sache sei erledigt. Doch er irrte, wie der Berliner «Tagesspiegel» berichtet: «Als die beiden Erpresser vier Wochen später erneut Geld forderten und den Betrag auf 2000 DM erhöhten, weigerte sich der Neunundzwanzigjährige zu zahlen. Daraufhin drohten ihm die Täter, die zur Bekräftigung ihrer Forderung teilweise mit acht weiteren Männern in der Ohlauer Straße auftauchten, laut Kripo, ‹das Ohr abzuschneiden und ihm in den Mund zu stopfen›.»

Im Hamburger Schanzenviertel mußte ein Beauftragter

der erpreßten Wirte das Geld einsammeln und bei den «Hell's Angels» abliefern. Um die Lokalinhaber in den Griff zu bekommen, verprügelten die Rocker Angestellte und Gäste oder demolierten die Einrichtung. Mildere Varianten: Die Höllenengel tranken, aber zahlten nicht, pöbelten Bedienung und Gäste an oder pinkelten an Tresen und Tische. Mitunter bahnten sich Rocker im Lokal auf ihren Harley Davidsons regelrechte Schneisen durchs Publikum. Ein Wortführer der «Hell's Angels» zu einem zahlenden Gastwirt: «Natürlich beschützen wir euch vor uns.» Auf ähnliche Weise kassierte in Süddeutschland bis November 1988 das «MC Gremium» Schutzgelder, eine 300 Personen starke Rockergruppe, die unter anderem in Mannheim, Karlsruhe, Ludwigsburg, Konstanz und Rastatt ihr Unwesen trieb. An der Spitze standen ein dreiunddreißigjähriger ehemaliger Jurastudent und ein siebenköpfiger Vorstand.

Schutzgelderpressungen gibt es mittlerweile nicht nur in den großen Städten. So liegen der bayerischen Polizei Indizien vor, die in Pfarrkirchen, Prien am Chiemsee und Rosenheim «auf organisierte Schutzgelderpressungen gegen italienische Wirte hindeuten».

In den meisten Fällen freilich bekommen die Ermittler von Schutzgelderpressungen überhaupt nichts mit. «Straftaten dieser Art entziehen sich nahezu völlig dem polizeilichen Blickfeld», so die Erfahrung von Helmut Trometer, Bayerns Ex-LKA-Chef. Selbst wenn die Polizei einmal Anhaltspunkte hat, «mauern und schweigen» die Opfer, erlebte der Münchner Kriminalhauptkommissar Sturm. Anzeigen gibt es praktisch nicht, «das ist die Handschrift des organisierten Verbrechens», urteilt der baden-württembergische Kriminaldirektor Mellenthin. Die Geschädigten wollen nicht bekannt werden lassen, daß sie erpreßt werden. Sie fürchten, daß die Gäste verschreckt wegbleiben. «Durch polizeiliche Ermittlungen weiterzukommen, ist Zufall», mußte OK-Ermittler Sturm feststellen.

Angst und Schweigen, das sind die beiden entscheidenden Faktoren bei einer Schutzgelderpressung. Die Täter sind ganz überwiegend Ausländer. Die Opfer ebenfalls, vor allem chinesische, italienische, jugoslawische und türkische Gastwirte. Für das Vorgehen von Schutzgelderpressern sind drei Phasen typisch: Beim ersten Gespräch mit dem Opfer sagen die Täter oft mehr oder minder freundlich, aber bestimmt, was sie haben wollen. Es reicht, wenn gewisse Leute fragen: «Kannst du mir einen Tausender leihen?» Oder «schöne Grüße aus der Heimat» bestellen und um eine «kleine Gefälligkeit» bitten. «Für den mit heimatlichen Gepflogenheiten vertrauten Italiener kann das schon Grund genug sein, in dieser Bitte eine Bedrohung zu sehen und einen Geldbetrag herzugeben», berichtet der Hamburger OK-Experte Sielaff. Die Forderungen liegen zwischen einigen hundert Mark – wenn monatlich gezahlt werden soll – und über 10000 Mark bei «Einmalleistungen». Oft gehen diesen Forderungen schon Sachbeschädigungen oder Körperverletzungen voraus. Die Täter offerieren dem Opfer Schutz vor Wiederholungen.

Springt das Opfer darauf nicht an, folgt Phase zwei. Es gibt Druck: Nachts klingelt mehrmals das Telefon, der Anrufer sagt kein Wort und legt wieder auf, in der Post findet das Opfer eine Trauerkarte oder Patrone, sein Auto geht plötzlich in Flammen auf, Scheiben werden eingeschlagen oder das Lokal verwüstet. Manchmal kommen die Täter auch als «Gäste»: Sie belegen die besten Tische, trinken den ganzen Abend nicht mehr als ein Mineralwasser, fangen mit anderen Gästen Streit an oder nehmen zu acht an einem Tisch Platz, bestellen die besten Sachen und gehen ohne zu zahlen mit einer Bemerkung wie: «Freunde brauchen nicht zu zahlen.» Diese Vielzahl von Möglichkeiten zeigt auch, warum Schutzgelderpressungen sich in erster Linie gegen Gastwirte richten: Ihr Unternehmen bietet eine breite Angriffsfläche, rasch ist der Ruf ruiniert.

Phase drei: Das Opfer zahlt, die Täter werden wieder freundlich. Merken die Täter, daß sie ihr Opfer im Griff haben, dann ziehen sie die Daumenschrauben an, erhöhen die Beträge. Am Schluß ist der Gastwirt nicht mehr als ein Strohmann der Schutzgelderpresser.

Längst gibt es Weiterentwicklungen der klassischen Schutzgelderpressung: Lokalinhaber werden dazu gebracht, ihre Waren von bestimmten Lieferanten zu beziehen. Oder Gastwirte, die ein Lokal eröffnen, erhalten – wie in Bremen geschehen – Besuch von zwei kräftigen Männern. Die unterhalten sich mit dem Wirt freundlich über Gott und die Welt. Nach einer Weile kommen sie darauf zu sprechen, daß sie gern an bestimmten Stellen im Lokal Automaten aufstellen würden. Der Lokalbesitzer winkt ab, er erklärt, daß er sich schon für eine andere Firma entschieden habe. Die beiden wollen das gar nicht glauben. Eines der Muskelpakete sagt höflich, aber bestimmt: «Wir können uns kaum vorstellen, daß Sie unser Angebot ablehnen. Das wäre ja geschäftlicher Selbstmord!» Der Mann kapiert – ohne auch nur einen Fingerbreit sichtbare Gewalt. Selbst wenn ein Dutzend Ermittler unter der Theke gehockt und alles mitgehört hätte – was könnten sie vor Gericht beschwören, außer daß sie einer höflich geführten Unterhaltung gelauscht hätten, in deren Verlauf das Wort «geschäftlicher Selbstmord» fiel?

Eine andere Variante ist die sogenannte «Auftragserpressung»: In einer Diskothek in Hamburg-Wandsbek standen plötzlich Leute an den engsten Stellen in den Gängen herum, die bislang noch nie dagewesen waren. Die Gäste kamen an ihnen kaum vorbei. Wasserhähne waren auf einmal verschwunden, Toiletten verstopft, jemand hatte die Klopapierrollen in die Becken geworfen und gespült. Der Inhaber fürchtete schon um seine Gäste, da trat ein Mann an ihn heran und gab ihm den Tip: «Beauftrage doch den und den mit der Bewachung, der hat gute Leute an der Hand.»

Der Wirt folgte dem Ratschlag, schloß einen Vertrag mit dem Sicherheitsunternehmen, zahlte. Und siehe da: Von einem Tag auf den anderen war wieder alles beim alten. Ein Zufall? In anderen Diskotheken Norddeutschlands passierte Ähnliches.

Schutzgelderpressungen elektrisieren die OK-Experten: Sie zeigen zum einen, daß sich jemand im Milieu für sehr mächtig hält. Für so mächtig, daß er nicht nur Unternehmer nach seiner Pfeife tanzen lassen, sondern auch innerhalb der kriminellen Szene Schutz bieten kann. Zum zweiten lehrt die Erfahrung, daß hinter Schutzgelderpressern oft tatsächlich gebündelte Macht steht: Die Täter verfügen schon über eine Reihe krimineller Erwerbsquellen. Die lukrative Schutzgelderpressung betreiben solche Könige der Unterwelt aus eigener Machtvollkommenheit nebenher und obendrein.

Raubüberfälle

Kurz vor acht – ein Oktobermorgen auf Wiesbadens Prachtboulevard, der Wilhelmstraße. «Wilhelm Stoess – Juwelen seit 1886» prangt in goldenen Lettern vor einem der feinsten Geschäfte. Durch einen Seiteneingang betritt Wolfgang Stoess sein Geschäft in der Wilhelmstraße 34. Als er die Stahltür aufschließt, stürzen aus dem Hausflur drei maskierte Männer mit Pistolen in der Hand. Sie stoßen Inhaber Stoess in den Eingang. Auch zwei Maler, die gekommen sind, um in dem Geschäft zu streichen, und zwei andere Personen halten die Täter mit ihren Waffen in Schach. Das Trio nimmt die Angestellten, die nach und nach erscheinen, in Empfang, ebenso noch zwei weitere Männer aus der Malerkolonne. Alle müssen sich auf den Boden knien. Einer der Täter holt einen Zettel aus der Tasche, auf dem steht: «Alarm ausschalten», und zeigt ihn Wolfgang Stoess. In gebrochenem Deutsch sagt er dem Geschäftsmann: «Wenn

Polizei, dann du tot.» Er deutet auf den Tresor und ruft: «Auf! Auf!» Stoess versucht ihm klarzumachen, daß er den Schlüssel nicht habe.

Die Täter wollen den Schmuck in eine große Reisetasche einpacken, für über drei Millionen Mark sollen Pretiosen in den Geschäftsräumen liegen. Doch an diesem Morgen läuft nicht alles so wie erwartet: Auf einmal rattern mit Getöse und Geschepper die eisernen Rolläden vor den Fenstern des Ladens in die Höhe. Die Täter sind irritiert. Sie wissen nicht, daß die Gitter dies jeden Morgen um diese Zeit tun – durch eine Zeitschaltuhr. Dem Geschäftsinhaber gelingt es, einen stillen Alarm auszulösen. Das Telefon schellt. Die Polizei ist dran und will von Inhaber Stoess wissen, was los ist. Das Gespräch dauert: Stoess bestätigt, daß der Alarm echt ist. «Drei», antwortet er auf die Frage des Anrufers, wie viele Täter es seien. Nun will der Beamte am anderen Ende wissen, was die Täter wollen. Stoess: «Na, raten Sie doch einmal!»

Mittlerweile haben die Verbrecher schon neun Personen in ihrer Gewalt. Verwundert sind sie über ein Mordsgetöse, das plötzlich vor der Eingangspassage losgeht. Sie wollen wissen, woher es kommt. Müllcontainer werden gerollt, sagt ihnen jemand. Doch sie begreifen nicht. Einer der Täter wiederholt laut und verständnislos «Müll, Müll». Draußen heult ein Martinshorn. Eine Angestellte nutzt einen günstigen Augenblick und rennt zur Tür hinaus, direkt vor einen Müllwagen. Um ein Haar hätte er sie erfaßt. Gerade noch rechtzeitig kommt er zum Stehen. Die Frau springt ins Führerhaus.

Mit einem solchen Chaos hatten die Täter nicht gerechnet. Ihnen bleibt nichts anderes übrig als den Überfall abzubrechen. Einer flüchtet nach vorne auf die Straße. Mit gezogener Pistole läuft er auf den Bürgersteig. Ein Kripobeamter ruft: «Polizei! Stehenbleiben! Waffe weg!» Der Täter versteht nicht, er kennt kein Wort Deutsch. Er stoppt und richtet die Mündung seiner Pistole auf einen Polizisten. Der schießt. Von einem Streifschuß am Kopf getroffen, bricht der Mann hinter einem Blumenkübel zusammen. Seine zwei Komplizen flüchten durch einen anderen Ausgang in den Hinterhof. Dort trennen sich ihre Wege: Der eine klettert über Mauern, Vordächer und Feuerleitern. Unterwegs schmeißt er seine Perücke und die Handschuhe weg. Seine Spur verliert sich in der Arkadenpassage. Auch sein Komplize entkommt, ebenso wie der Fahrer des Trios, der mit einem VW Golf ganz in der Nähe wartete. Der Verhaftete hat falsche Papiere bei sich, die Beamten finden heraus, daß es sich um *Alfredo Iaccarino* handelt. Außerdem entdecken sie bei ihm ein Flugticket Mailand–Frankfurt und zurück. Erst sechs Tage vor dem Überfall ist er mit dem Flug LH 275 angekommen. Die Beamten stellen fest, daß er sich in der Gegend überhaupt nicht auskennt. Über seine Kollegen hüllt er sich in tiefes Schweigen.

Das Bundeskriminalamt übernimmt den Fall «vor seiner Haustür» in Wiesbaden und stößt auf eine fünfzigköpfige Gruppe Italiener in Turin, die bislang über 15 Millionen Mark erbeutete – durch über ein Dutzend Raubüberfälle auf Banken, Geldtransporter und Juweliergeschäfte in Italien, der Schweiz und der Bundesrepublik. Keine fünf Monate vor dem Wiesbadener Überfall hatten Täter aus der Gruppe beim Juwelier Schimmelpfeng in Bad Homburg Schmuck und Uhren für 4,2 Millionen Mark erbeutet. Keine zwei Monate nach dem Reinfall in Wiesbaden rauben sie in der Pfandleihanstalt Melzer in Dortmund Schmuck und Uhren im Wert von einer halben Million Mark. Für fünf Monate später planten sie einen Überfall auf ein Juweliergeschäft in Düsseldorf. Doch dazu kam es nicht, weil die Polizei zwei Mitglieder der Gruppe im Zug auf der Strecke Freiburg–Heidelberg schnappte, als sie eine Maschinenpistole, zwei Pistolen, eine Handgranate und mehrere hundert Schuß für den Raub anliefern wollten. Ohne jeden Skrupel schritt die

Gruppe zu ihren Taten. So stoppte sie in Mailand mit drei Autos einen Geldtransporter, ein Täter richtete eine Panzerfaust auf den Wagen. Verängstigt öffneten die Sicherheitsleute die Tür. Beute: umgerechnet 4,9 Millionen Mark.

Weiter fanden die BKA-Ermittler heraus, daß die Turiner mit Residenten in der Bundesrepublik zusammenarbeiteten. Drei konnten die Fahnder verhaften, zwei in Frankfurt, einen in Düsseldorf. Aufgabe dieser Residenten war es, sich nach lohnenden Objekten umzuschauen und sie auszubaldowern, «konspirative Wohnungen» und Fahrzeuge zu beschaffen, sich um die Täter – die eigens für die Überfälle eingeflogen kamen – bei ihrem Aufenthalt in der Bundesrepublik zu kümmern und die Beute zu verstecken. Bei dem Frankfurter Residenten, der für den Fall Stoess zuständig war, fanden die Beamten einen «tiefergelegten» Mercedes 190 E mit Autotelefon im Wert von 60000 Mark. Er hatte ihn eigens für die Turiner angeschafft, von ihnen das Geld dafür bekommen. Er selbst, ein Italiener Anfang 40, lebt seit 20 Jahren in der Bundesrepublik, handelt mit Schuhen und Lederwaren und fuhr seinerzeit ebenfalls einen Mercedes 190. Drei konspirative Wohnungen entdeckten die Ermittler, «fingerabdrucksfrei», die einzig und allein für die Räuber angemietet worden waren. Mindestens eine Wohnung haben die BKA-Männer noch nicht gefunden – mit dem Wohnungsschlüssel, den *Iaccarino* in der Tasche hatte, machten sie schon Tausende «Schließproben» im Rhein-Main-Gebiet. Bislang ohne Erfolg.

Auch beim Absatz der Beute ließen sich die Täter einiges einfallen: So versteckten sie die Stücke aus dem Bad Homburger Überfall hinter den Türverkleidungen eines Ford Sierra, der einem Italiener gehörte, von dem man wußte, daß er häufig zu seinem Bruder in Turin fährt. Der Mann brachte die Beute nach Turin – ohne etwas zu ahnen. Auch bekam er nicht mit, wie sie die Sachen wieder herausholten. Kein einziges Stück aus der 4,2-Millionen-Mark-Beute ist bis auf den heutigen Tag wieder aufgetaucht. Die Ermittler besitzen Anhaltspunkte dafür, daß aus dem Schmuck die Steine herausgebrochen und nach Kanada verschoben wurden. Das Gold soll eingeschmolzen worden sein. Fest steht, daß sich die Täter von den erraubten Millionen Diskotheken, Grundstücke und eine Bäckerei in Turin kauften.

Zum letztenmal stieß die Polizei nach einem Raub im Januar 1988 auf die Spur der Gruppe, nach einem Überfall in Mailand. Seither nicht mehr. Kein Grund zum Aufatmen: Mit einem Teil der Beute stiegen die Täter groß ins Rauschgiftgeschäft ein.

Mehrere Gruppen arbeiten nach einem solchen Schema. Bezeichnend ist: Die Residenten, die als biedere Geschäftsleute in der Bundesrepublik leben und sich gut auskennen, bereiten alles bestens vor. Die Täter reisen aus der Ferne an, begehen den Raubüberfall und verschwinden sofort wieder. Die Beute wird zunächst gut versteckt und später in aller Ruhe außer Landes geschafft. «Die Ermittlungen für die Polizei sind da sehr schwierig», sagt BKA-Kriminaloberkommissar Detlef Kurzrock. Es gibt kaum Ansatzpunkte für die Fahnder – «und das wissen die Täter auch».

Die Falschgeld- und die Waffenkriminalität

Mailand, Tessiner Viertel. Via Argelati 1: Carabinieri stürmen eine Wohnung. In einem Versteck entdecken sie Berge von Geldbündeln: 10000- und 50000-Lire-Banknoten, 100-DM-Scheine und 100-Dollar-Noten. Alles gefälscht. «Wir haben versucht, das Geld zu zählen», berichtet ein BKA-Beamter, der sich um die D-Mark kümmerte. «Das war nicht möglich.» Und so wurden die Hunderter-Stapel gewogen. Die Waage zeigte 60 Kilogramm – das entspricht einem Nennwert von 6,1 Millionen DM. Auch die Kollegen wogen und rechneten. Heraus kam: DM-, US-Dollar- und Lire-

Noten hatten insgesamt einen Nennwert von umgerechnet 24 Millionen Mark. Ebenfalls in dem Versteck fanden die Beamten Blankoausweise – für die Falschgeldkuriere.

Diese Aktion am 9. November 1985 war der bislang größte Schlag gegen die Organisation, die hinter der 100-Mark-«Fälschungsklasse D 7» steckt (jede entdeckte Falsifikat-Serie wird von der Bundesbank nach einem bestimmten System mit einem Buchstaben und einer Zahl zwischen 1 und 10 bezeichnet). Der Durchsuchung vorausgegangen waren lange Ermittlungen: dazu zählten Informationen einer V-Person, der Einsatz Verdeckter Ermittler, Telefonüberwachungen der italienischen Polizei und eine gute Zusammenarbeit zwischen BKA und den Carabinieri in Mailand.

Die Carabinieri verhafteten sieben Personen. Über ihre Hintermänner verrieten die kein Sterbenswörtchen. Die Ermittler gehen davon aus, daß sie der kalabrischen «ńdrangheta» angehören, die weltweit mit Falschgeld operiert. Die sieben waren für die Verbreitung der Blüten in Mailand zuständig. In anderen Städten existierten weitere Verbreitungs-Dependancen, wie die Ermittler von gefaßten Kurieren erfuhren – unter anderem in Genua, Neapel und Palermo. Von diesen Stützpunkten aus versorgten Kuriere Europa; DM-Falsifikate brachten sie vor allem in die Bundesrepublik. So faßten beispielsweise Beamte einen fünfunddreißigjährigen Italiener im Intercity von Milano nach Berlin bei Lörrach. In seinem Gepäck steckten 1000 gefälschte Hunderter. Bei der Kontrolle hatte er sich mit der gefälschten Carta d'Identità Nr. 68654657 auf den Namen Emanuelle Nicoletti ausgewiesen.

In München schnappte die Polizei vier Italiener, darunter eine Frau, die systematisch Geschäfte und Lokale abklapperten und 100-Mark-Scheine made in Mailand unter die Leute brachten. In der Handtasche der Frau entdeckten Polizeibeamte Hunderter im Nominalwert von 45 000 Mark, im Hotelzimmer weitere Falschungen für 44 000 Mark.

Noch heute beschäftigt diese D 7-Serie die Polizei: Banknoten aus dieser Serie tauchen immer wieder in der Bundesrepublik auf, auch gehen der Polizei immer wieder «Verbreiter» und Kuriere ins Netz. Bislang wurden über 37000 gefälschte Noten «im Zahlungsverkehr angehalten» und 103000 Fälschungen «außerhalb des Zahlungsverkehrs» von der Polizei sichergestellt. Das bedeutet: Falschgeld im Nennwert von 14 Millionen Mark aus dieser Serie kassierten die Ermittler bisher ein. Über 700 Personen wurden bislang im In- und Ausland verhaftet, als sie versuchten, diese Fälschungen unters Volk zu bringen. Doch weder die Hintermänner noch die Druckerei konnte die Polizei bislang herausfinden. Die Falschgeld-Ermittler vermuten die Werkstatt irgendwo in Norditalien.

Derartig weite Verzweigungen sind kein Einzelfall. Auch die Verbreitung von Falschgeld haben kriminelle Organisationen in die Hand genommen. Den Einzeltäter, der daheim ein paar Geldscheine fälscht, gibt es zwar noch. Er spielt gegenüber den organisiert zu Werke gehenden Kriminellen aber nur eine geringe Rolle. In weniger als 20 Jahren hat sich die Geldfälscherei grundlegend geändert: Anfang der siebziger Jahre sprachen Fachleute noch vom «Falschgeld-Unwesen», überschaubare Gruppen und Einzeltäter versuchten sich im Nachmachen von Geld. «Aus dem – vergleichsweise harmlosen – Stadium eines ‹Unwesens› sind die Fälscher längst heraus», meint BKA-Kriminaldirektor Helmut Mebesius. «Inzwischen geht es um eine massive Bedrohung der Geldwertpolitik der Deutschen Bundesbank.»

Seit den späten siebziger Jahren stellen die Ermittler fest, daß Herstellung und Verbreitung von Falschgeld immer häufiger sowohl umfassend organisiert wie auch international erfolgt – also ohne nennenswerte Probleme über Ländergrenzen hinweg. Am beliebtesten bei den Tätern sind Dollar und DM. Mittlerweile gibt es keine westeuropäische Währung mehr, die diese Organisationen nicht kopierten.

Wie Herstellung und Vertrieb arbeitsteilig vor sich gehen, beschreibt eine Arbeitsgruppe von Interpol in dem Bericht «Organisierte Kriminalität in Europa»: «Die Tätergruppierungen gliedern sich in Initiatoren, Geldgeber, Drucker, Groß- und Kleinverteiler, wobei die beteiligten Personen und die Verbindungswege zueinander sorgfältig abgeschottet werden. Während die Endverbreiter und die ihnen vorgeschalteten Zwischenverteiler häufig nicht fest in die Organisation eingebunden sind, sind die anderen Täter feste Bestandteile der Organisation und stehen normalerweise unter einer gemeinsamen Führung. Drucker werden zeitweilig angeworben oder ganz in die Organisation aufgenommen, um Totalfälschungen herzustellen. In diesen Organisationen kennen die normalen Bandenmitglieder häufig die Führer der Organisation oder zumindest ihren Aufenthalt nicht. In diesen Fällen nehmen die Führer der Organisation über Mittelsmänner Kontakt mit den Einzelmitgliedern der Gruppe auf.»

In Bayern hatten ein Bankkaufmann und drei Gebrauchtwagenhändler den Absatz für eine Blütenverteilergruppe in Rom übernommen. Einer von ihnen traf sich mit einem Interessenten in München am Rondell zur Autobahn Richtung Stuttgart in Obermenzing. Als er die beiden Kartons mit 643900 gefälschten US-Dollar dem Mann zeigte, klickten die Handschellen. Er war an einen Scheinaufkäufer des Bayerischen Landeskriminalamts geraten.

Das Geld hatten die vier von «Dottore Franco» in Rom erhalten. Der Kontakt war über einen in Landsberg am Lech lebenden Italiener hergestellt worden, der auch zwischen den beiden Seiten dolmetschte. In den Verhören erfuhren die Beamten, daß «Dottore Franco» die Blüten in seinem roten 190er Mercedes in Landsberg angeliefert hatte. Den «Dottore» hätte die Polizei nicht zu fassen bekommen, wenn es nicht einen Zufall gegeben hätte, von dem kaum ein Kriminalist zu träumen wagt. «Der Erste

Hauptkommissar Eduard Liedgens, Leiter des Falschgelddezernats, wollte einen der Festgenommenen persönlich in der Polizeihaftanstalt an der Ettstraße abliefern», berichtet Thomas Münster in der «Süddeutschen Zeitung». «An einer Ampel in der Marsstraße, keine 400 Meter vom Landeskriminalamt entfernt, hielt neben ihm ein mit zwei Männern besetzter Mercedes. Die Farbe, das Kennzeichen ‹Roma 26432 R› und sogar die Beule an der Heckklappe paßten exakt auf die Beschreibung, die Liedgens noch von den Vernehmungen her im Gedächtnis hatte.

Mit dem Häftling auf dem Rücksitz nahm der Kriminalbeamte die Verfolgung auf und verständigte über Funk die Kollegen in der Ettstraße. Aber der Fahrer, der gesuchte Lieferant Franco Giordino (40), war nicht so leicht zu fassen. ‹Mit einem sagenhaft heißen Reifen›, so schildert Liedgens die Jagd, raste er quer durch die Innenstadt, hinaus auf die Riemer Autobahn. Mehrere Versuche, ihn zu stoppen, konnte er ausmanövrieren. Erst bei Mühldorf lief er an einer Polizeisperre auf.» Dort wurde er verhaftet. Ebenso sein Begleiter auf dem Beifahrersitz: Es war der Kontaktmann und Dolmetscher der Gruppe aus Landsberg am Lech.

Die Bundesrepublik ist freilich nicht nur Absatz-, sondern auch Produktionsland für international agierende Gruppen. So stieß die Frankfurter Polizei auf zwei Organisatoren und den Drucker eines solchen Rings, zwei Israelis und einen deutschen Geschäftsmann: 12 Millionen gefälschte US-Dollar in 100-Dollar-Noten, umgerechnet 22 Millionen Mark, fanden die Ermittler in einer Wohnung und in Depots in der Nähe von Frankfurt. Eigens für die Falschgeldherstellung hatte ein Israeli ein Einfamilienhaus im Odenwald angemietet. Mit den Maschinen hatte er sich bei Firmen in München und im Rhein-Main-Gebiet vertraut gemacht.

Als die Polizei die Falsifikate im März 1989 sicherstellte, waren schon über 100 falsche Hunderter «angehalten» worden: in Frankfurt, Hamburg, Berlin, München, Düsseldorf,

Duisburg, Wiesbaden, Budapest, Tel Aviv und Oklahoma. In Tel Aviv wurden zwei Kuriere geschnappt: Die beiden Israelis fielen bei der Einreise auf – sie hatten 100-Dollar-Blüten im Nennwert von 264000 Dollar im Gepäck, rund eine halbe Million Mark. Die Drahtzieher verstanden etwas vom Handwerk: Als «sehr gefährliche Fälschungen» bewertete ein BKA-Experte die 100-Dollar-Falsifikate. Eine komplette Druckereiausstattung hatten die Täter für über 250000 Mark gekauft, drei Tonnen Falschgeld-Papier aus dem Ostblock bezogen. «Diese Menge sowie die sichergestellte Farbe hätte ausgereicht, Banknoten im Wert von rund 200 Millionen US-Dollar herzustellen», berichtet Frankfurts Kripochef Stefan Wolfermann.

In Berlin stellten die Ermittler 30000 gefälschte Dollar-Hunderter bei einem Ring von Exilrussen und Polen sicher. Viel deutet darauf hin, daß sie vorhatten, die Scheine in Ostblock-Staaten abzusetzen. Dort kursieren zahlreiche Dollarnoten als Untergrundwährung. Einen wichtigen Hinweis hatten die Fahnder erhalten, weil den Tätern eine Panne unterlaufen war: Aus Ost-Berlin bekamen die Westberliner Ermittler die Mitteilung, daß in einem Schließfach des Bahnhofs Zoo von einem Angestellten der Deutschen Reichsbahn 2400 100-Dollar-Falsifikate entdeckt worden seien. Er hatte das Fach geöffnet, nachdem die Mietzeit abgelaufen war. US-Banknotenfachleute waren beeindruckt. Ihr Urteil: Auf den ersten Blick nicht als Fälschung zu erkennen.

Entscheidend für die Organisierte Falschgeldkriminalität ist das Netz, über das der Absatz der Blüten läuft. Wie bauen es die Drahtzieher auf? «Unter Aufbietung von Kapital, das zum Teil aus anderen Delikten stammt, werden Herstellung und Großvertrieb des Falschgeldes organisiert», berichtet BKA-Kriminaldirektor Hans-Jürgen Mattke, «Zwischenhändler unter Angehörigen befreundeter Gruppierungen geworben und Endabnehmer rekrutiert, die – gegebenenfalls unter Einsatz von Einzelverbreitern – den Absatz des Falschgeldes beim gutgläubigen, arglosen Bürger in die Wege leiten.» Auf den verschiedenen Stufen des Absatzes hat das Falschgeld einen unterschiedlichen Preis: So kosten beispielsweise falsche 100-Mark-Scheine, die in Mailand für 25 Mark zu haben sind, in München bereits 40 Mark. Bei der Organisierten Falschgeldkriminalität liegt immer eine ganze Reihe der OK-Indikatoren vor: Die Täter arbeiten auf Bestellung, mit hohen Investitionen, Spezialisten und komplizierten Geräten. Sie setzen Fachleute ein und gehen arbeitsteilig vor. Auch wirken die Verbrecher konspirativ zusammen: häufig treten Täter aus der einen Ebene gegenüber der anderen unter einem Decknamen auf, sie reisen mit gefälschten Papieren, am Telefon reden sie nicht Klartext. «Jeans» bedeutet beispielsweise 100-DM-Note, wegen der blauen Farbe. «Grüne Zifferblätter» besagt US-Dollar. Die Gesetze der Szene gelten im Falschgeldbereich besonders streng: Der Verhaftete beißt sich eher die Zunge ab, als daß er etwas über seine Hintermänner sagen würde.

Schon zeichnet sich die nächste Dimension für die Fahnder ab: Die Fälschung auf einem Vierfarbkopierer. Die Qualität der Laser-Kopierer hat Experten erschaudern lassen, BKA-Kriminaldirektor Mattke attestiert Kopien aus dem «Color Laser Copier» von Canon, «daß der arglose Betrachter keinen Unterschied zu echten Banknoten erkennt». Wer genau hinschaut und fühlt, dem fällt auf, daß bei der Fälschung die Oberfläche glatter ist, der Sicherheitsfaden nicht «innen liegt» und kein richtiges Wasserzeichen vorhanden ist. Brauchen Falschgeldhersteller in Zukunft keine Druckerei mehr, reicht ihnen ein Fotokopierer? Die Falschgeldexperten bei der Polizei machen sich keine Illusionen: Die Kopiertechnik wird ihnen in den kommenden Jahren noch eine Menge Kopfzerbrechen bereiten.

Beim illegalen Waffenhandel in der Bundesrepublik sind im wesentlichen zwei Arten zu unterscheiden. Zum einen versorgen Händler Abnehmer größerer Mengen in anderen Staaten. Diese Geschäfte stehen häufig in engem Zusammenhang mit dem legalen Waffenhandel. Was nicht geliefert werden darf, wird illegal beschafft. Ermittler stießen beispielsweise 1986 auf fünf Hamburger Kaufleute, die dabei waren, Waffen in die Golfregion zu liefern. «Aus den beschlagnahmten Unterlagen geht hervor», berichtete «Die Welt» über einen Komplex der Ermittlungen, «daß weitere Waffen im Wert von 900 Millionen Mark bereits vermittelt wurden oder werden sollten. Unter anderem werden in Geschäftspapieren 100 Strahltriebwerke des russischen Jagdbombers MiG 23, 900 Panzerabwehrraketen, 1500 Geschützrohre verschiedenen Kalibers, 30000 Panzerfäuste, 1000 Panzerfaust-Abschußgeräte, rund 1000 Maschinenpistolen, mehr als 10 Millionen Schuß Munition jeglichen Kalibers sowie eine unbenannte Zahl von Raketen und Panzern vom Typ ‹M 113› genannt.»

Im Hafen von Savona – 40 Kilometer westlich von Genua – entdeckten italienische Zöllner an Bord des dänischen Frachters «Jenstar» 4200 Kisten Maschinenpistolen und Pistolen vom Kaliber 9 Parabellum tschechoslowakischer Produktion. Die Waffen waren am Schuppen 24 im Hamburger Hafen an Bord genommen worden. Unterwegs tauschte jemand die Frachtpapiere aus: «Waffen» wurden zu «Maschinenteilen». Nach Erkenntnissen der italienischen Ermittler sollten die 200 Tonnen Waffen nach Kolumbien geliefert werden, für «Widerstandskämpfer in Mittelamerika».

Über den anderen Zweig des illegalen Waffenhandels in der Bundesrepublik versorgen sich Personen mit Waffen, die offiziell keine erwerben dürfen. In jedem Milieu gibt es Leute, die Waffen beschaffen können, fast jeder Zuhälter hat seinen eigenen Ballermann. Es bestehen Kontakte, Quellen,

Kanäle in der Unterwelt – aber man kann hier noch nicht von «organisiert» im Sinne Organisierter Kriminalität sprechen. Freilich gibt es Ausnahmen. Beamte einer Lübecker Sonderkommission deckten einen fünfzehnköpfigen Ring auf: über 100 Gewehre stellten die Beamten sicher, Maschinenpistolen der Marken Kalaschnikow und Mauser, diverse Pistolen, zwei Handgranaten und große Mengen Munition. Außerdem fanden die Ermittler bei Durchsuchungen in 37 Objekten für mehrere Millionen Mark Hehlergut, in der Wohnung eines Sozialhilfeempfängers 650000 Mark Bargeld.

Das ist noch nicht alles gewesen

Nicht alle Straftaten, die heute organisiert begangen werden, lassen sich in das OK-Schema des Bundeskriminalamts einordnen – das auf Seite 34 wiedergegebene Schema ist ja auch lediglich eine beispielhafte Aufführung «klassischer» OK-Formen. So passen in diese Skizze zum Beispiel nicht die sogenannten «Autobumser» rein, das sind Gruppen, die mit fingierten Unfällen Geld bei den Autoversicherern erschwindeln. Diese Täter fallen deshalb nicht in den OK-Bereich Eigentumskriminalität, weil sie im wesentlichen einen Betrug gegenüber dem Versicherungsunternehmen begehen. Es handelt sich damit um ein sogenanntes Vermögensdelikt und nicht um ein Eigentumsdelikt.

Allein in München flogen innerhalb eines Jahres drei Gruppen mit insgesamt mehr als 150 Personen auf. Schaden: knapp vier Millionen Mark. Bundesweit kassieren diese Organisationen rund 500 Millionen Mark von den Haftpflichtversicherungen Jahr für Jahr, schätzt der HUK-Verband, die Dachorganisation der Autoversicherer. Die Täter fingieren erstens einen Unfall, beschaffen sich zweitens Belege über den «Schaden», die sie – drittens – bei der Versicherung einreichen.

Beim Fingieren von Unfällen lassen sich drei Arten unterscheiden: Zum einen verursachen die Täter untereinander absichtlich Schäden. Nachts auf abgelegenen Wegen etwa. Oder es kommt jemand von der Fahrbahn ab und streift mehrere teure Autos, die am Straßenrand stehen und Mitgliedern der Gruppe gehören. Damit die Drahtzieher nicht auffallen, passiert dies regelmäßig entweder mit Mietwagen oder mit Autos, die auf Strohleute zugelassen sind. «Die beteiligten 10 bis 35 Fahrzeuge wechseln alle zwei bis vier Monate den Eigentümer», sagt Alois Deichl vom HUK-Verband.

Eine zweite Variante sind provozierte Unfälle: Hier werden nichtsahnende Kraftfahrer in Schäden verwickelt, mitunter gar verletzt. Der Wagen der OK-«Autobumser» kommt beispielsweise bei Regen an einer unübersichtlichen Stelle aus einer Straße von rechts herausgeschossen oder vor einem Fußgängerüberweg wird plötzlich scharf gebremst. In Karlsruhe schnappte die Polizei einen Täter nach 14 Auffahrunfällen: Er hatte die Sicherungen für die Bremsleuchten herausgenommen und scharf gebremst, so daß der Hintermann auffuhr. Bis zum Eintreffen des Streifenwagens hatte der Zweiunddreißigjährige die Sicherungen wieder eingesetzt. Die Beamten konnten sich davon überzeugen, daß seine Bremsleuchten funktionierten. Ebenfalls beliebt und erfolgreich: das Nötigen von Alkoholsündern. Die Bumser lauern vor Gaststätten und bei Volksfesten. «Wird ein erkennbar alkoholisierter Fahrzeugführer festgestellt, provoziert man einen harmlosen Unfall», beschreibt Polizeidirektor August Greiner das Vorgehen. «Mit der Drohung, ohne Schuldanerkennung würde die Polizei hinzugezogen, unterschreibt das Opfer die Anerkenntnis eines Schadensumfangs, der überhaupt nicht vorliegt.» Kennzeichnend für die Täter ist, daß sie ihrem Opfer gegenüber dreist auftreten. Regelmäßig sind an Ort und Stelle auch Zeugen, die alles genau gesehen haben, wie sie bekunden – in Wahrheit Komplizen. Ist das Opfer nicht bereit, ein Schuldanerkenntnis zu unterschreiben, ruft der Fahrer die Polizei. Und die geht vielfach «dem Täter ebenfalls auf den Leim», fand Polizeidirektor Greiner heraus.

Die dritte Masche sind die sogenannten Papierunfälle: Die Täter behaupten einfach, daß sich zwischen ihnen ein Unfall ereignet habe und sie die Polizei nicht eingeschaltet hätten, weil die Schuld eindeutig sei.

Nächster Schritt zum Betrug: Die Täter lassen den Schaden in DM bewerten. Meist durch einen Sachverständigen, der ein Gutachten fertigt, mitunter aber auch durch den Kostenvoranschlag einer Werkstatt. Freiberufliche Sachverständige stecken nicht selten mit den Tätern unter einer Decke. Aber auch Werkstätten wurden schon überführt. Vor der Begutachtung wird der Schaden oft noch hochgeschraubt, damit es sich auch wirklich lohnt. Die Täter greifen zu Hammer und Brechstange oder täuschen einen Rahmenschaden vor, indem sie Kofferraumdeckel und Türen künstlich «verspannen». In der dritten Phase rechnet der «Geschädigte» mit dem Gutachten oder dem Kostenvoranschlag bei der Versicherung ab. Die zahlt. Der Wagen wird billigst repariert oder gleich für den nächsten Schaden eingesetzt – und dann wird doppelt kassiert.

Typisch für die OK-«Autobumser» ist, daß verschiedene Personen mit bestimmten Funktionen zusammenwirken: ein Initiator, der Inhaber einer Werkstatt mit seinen Leuten, ein Abschleppunternehmer, ein Sachverständiger, mitunter auch ein Versicherungsvertreter und ein routinierter «Unfallfahrer», wobei in der Schadenmeldung natürlich ein anderer Name angegeben wird. Damit die Versicherungen den Drahtziehern nicht auf die Schliche kommen, werden fortlaufend neue Leute angeworben, die als Schädiger oder Geschädigter gegenüber den Versicherungsunternehmen auftreten.

Seit Mitte der siebziger Jahre macht ein derartig organisiertes Vorgehen den Versicherungsunternehmen zu schaffen. Zu den Gruppen zählen seit einiger Zeit auch, wie Alois Deichl herausfand, «Prostituierte und Zuhälter, die sich wegen des Rückgangs ihrer Geschäfte nach anderen Erwerbsquellen umsehen».

Noch wesentlich höhere Schäden richteten die in der Bundesrepublik bekanntgewordenen Bau-Korruptionsfälle an. Wenn nicht alles täuscht, schwimmt das meiste noch unter der Oberfläche. Mit über 80 Millionen Mark beziffern die Polizeifahnder Joachim Ciupka und Uwe Schmidt den Schaden des «Berliner Sumpfes». Die Ausmaße der Korruption, auf die die «Soko Lietzenburg» stieß, sind gigantisch: Unter Stadträten, Bauunternehmern, Bordelliers, Rechtsanwälten, Halbweltgrößen, Bankangestellten, Kaufmännern, Schwerkriminellen und Steuerberatern wurde gemauschelt, geschmiert und geschoben. Über 350 Beschuldigte machten die Fahnder aus, bis November 1989 waren über 80 Jahre Freiheitsstrafe verhängt worden. Drei Senatoren, ein Staatssekretär, zwei Baubezirksstadträte und ein Bezirksbürgermeister mußten ihren Hut nehmen. Baustadtrat Wolfgang Antes erhielt fünf Jahre Haft wegen Vorteilsannahme und Bestechlichkeit. Während des Prozesses hatte er zugegeben, 300000 Mark Schmiergelder in Empfang genommen zu haben – in vier Jahren Amtszeit.

Im Mittelpunkt des kriminellen Mammut-Geflechts standen Bau-Schmiergeldzahlungen. Beispiel: Im Bezirk Charlottenburg trug sich die Verwaltung mit dem Gedanken, 2000 landeseigene Wohnungen zu verkaufen. Als Interessent stand plötzlich ein Kaufmann aus Westdeutschland auf der Matte: «Zwischen diesem bereits rechtskräftig verurteilten Kaufmann und dem örtlich zuständigen Baubezirksstadtrat kam die Vereinbarung über die ratenweise Bestechungssumme von 5 Mio DM zustande, sofern ihm der Zuschlag bei einem bestimmten Verkaufspreis gegeben werden würde...», schreiben Ciupka und Schmidt in der Fachzeitschrift «Kriminalistik». Ebenso habe Bakschisch eine Rolle bei einem Wettbewerb gespielt, bei dem für eine «Baulücke» der beste «Bebauungsvorschlag» gefunden werden sollte: «Eine Bestechungszahlung in Höhe von 20000 Mark bewirkte, daß ein aus Frankfurt stammender Kaufmann den Zuschlag erhielt, obgleich der von ihm vorgelegte Bebauungsvorschlag von den Fachbeamten des Bezirksamts nicht als bester Lösungsvorschlag angesehen wurde. Trotz eingehender Remonstration [Erhebung von Einwänden] des leitenden Fachbeamten entschied der Baubezirksstadtrat begünstigend.» Nicht immer wurden Entscheidungsträger mit Geld gekauft, auch Bordellbesuche standen für Amtsträger und Banker auf dem Programm. So sind in einen Puff-Fall, wie Ciupka und Schmidt berichten, «sechs leitende Mitarbeiter von vier Großbanken involviert, die ihren Arbeitgebern mehr als zwei Millionen Schadenssumme hinterließen».

Bestechung war freilich nur eine Taktik im strategischen Konzept. «Das Spektrum der benachbarten Taten reicht von Betrug und Untreue bis hin zu allen Arten der Eidesdelikte, schweren Brandstiftungen, Erpressungen, Waffenhandel und in den Ausläufern bis zum Mord und zur Geldfälschung», berichten die beiden Ermittler.

Auch in Hamburg und Frankfurt sind Polizei und Staatsanwaltschaft auf Bausumpf gestoßen. In Frankfurt machten die Fahnder 533 Beschuldigte aus, davon 322 städtische Bedienstete, gegenüber 50 erging Haftbefehl. Durch elf Ämter schob sich die Korruptionswelle. Das Straßenbauamt hatte nach der Aufdeckung Schwierigkeiten, mit der Arbeit fertig zu werden: über ein Dutzend Mitarbeiter saßen in Haft, waren vom Dienst suspendiert oder beurlaubt. In Hamburg machte die Staatsanwaltschaft 140 Beschuldigte aus. «Nicht selten ist bei der polizeilichen Ermittlungstätigkeit festzustellen», berichtete BKA-Kriminalhauptkommissar Bernhard Ferchland, «daß die Zuwendungsempfänger im Laufe der Zeit das Unrechtsbewußtsein verloren und die unlauteren Methoden für einen ganz normalen Ausfluß beziehungsweise ein Erfordernis des Wettbewerbs halten.» Die Folgen sind fatal: Mit derartigen Schmiergeldzahlungen werden ordentlich arbeitende Konkurrenten ausgebremst, auf Dauer vom Markt verdrängt. Die Kriminellen erhalten den Zuschlag und damit Schritt für Schritt immer mehr Macht. Am Ende steht das Monopol. Dann haben sie den ganzen Markt in der Hand und können ihre Bedingungen diktieren. Uns allen.

Sicher ist, daß sich im Laufe der Zeit OK-Täter immer neue Arbeitsfelder erschließen, wie beispielsweise seit einiger Zeit die illegale Abfallbeseitigung: hochgiftige Abfälle werden nicht – wie vorgesehen – für viel Geld gelagert oder entsorgt. Die Täter lassen sie wesentlich billiger irgendwo verschwinden und streichen das gesparte Geld ein. Viel Geld. Aus dem Satz der BKA-Wissenschaftler klingt fast so etwas wie Respekt vor der Leistungskraft des Gegners: «Den Beweis für die Fähigkeit zum innovativen Denken und Handeln hat die Täterseite in der Vergangenheit wiederholt angetreten.»

Ausländer und Organisierte Kriminalität in der Bundesrepublik – Fakten zu einem Reizthema

Das Thema «Ausländerkriminalität» ist seit vielen Jahren ein heißes Eisen in der Bundesrepublik. Erst recht, wenn es um Organisierte Kriminalität geht. Über vieles läßt sich trefflich streiten. Über zwei Dinge nicht. Erstens: Menschen, die nicht die deutsche Staatsangehörigkeit besitzen und in der Bundesrepublik leben, sind nicht a priori krimineller als Bundesbürger. Zweitens: Bei der Organisierten Kriminalität gelten, wenn Ausländer in der Bundesrepublik zusammenwirken, andere Regeln als in der bundesdeutschen

Szene. Zum einen sind die Opfer häufig Landsleute der Täter und werden von ihnen skrupellos ausgenommen. Man denke an die Schutzgelderpressung. Zum anderen begehen OK-Ausländer gegenüber Bundesbürgern überwiegend Delikte, bei denen sie überhaupt nicht oder kaum in Kontakt mit dem Opfer treten. So spielen sie eine große Rolle beim Wohnungseinbruch, der Autoverschiebung und dem Trickdiebstahl, hingegen nur eine sehr geringe Rolle etwa beim Kapitalanlagebetrug, der voraussetzt, daß das Opfer überredet wird.

Ein trüber Novembertag. Vor dem Eingang zum Frankfurter Gerichtsgebäude A in der Heiligenkreuzgasse stehen über ein Dutzend Jugoslawen und unterhalten sich. Aus der Porzellanhofstraße kommen drei Jugoslawen geschlendert, zwei Männer und eine Frau. Sie steuern auf den Eingang des Gerichtsgebäudes zu. «Da kommt Goran», ruft einer der Wartenden auf serbokroatisch. Es folgt ein erregter Wortwechsel zwischen Goran Vuković, 27, einem großen, durchtrainierten Mann, und Jugoslawen aus der anderen Gruppe. Auf einmal zieht Goran Vuković einen Revolver Smith & Wesson Kaliber .38 unter der Jacke hervor und feuert zweimal auf den wenige Meter entfernt stehenden Lubjomir Magas, einen Halbschwergewichtsboxer. Eine Kugel trifft ihn in die linke Brust. Er taumelt. Er klammert sich an einen Mann, der gerade des Weges kommt. Mit dem Lauf der Waffe folgt der Schütze den Bewegungen seines Opfers. Verwundert bleibt ein Rechtsanwalt, gerade auf dem Weg zum Gericht, stehen und schaut sich nach einer Kamera um; in und vor dem Gerichtsgebäude werden von Zeit zu Zeit Folgen der ZDF-Serie «Ein Fall für zwei» gedreht. Er entdeckt keine Kamera. Schlagartig ist ihm klar, daß es blutiger Ernst ist. Er geht hinter einem Auto in Deckung.

Der blutende Magas und der Passant stürzen zu Boden. Goran Vuković hält die Umherstehenden mit seinem Revolver in Schach und flüchtet in die Porzellanhofstraße. Acht

Jugoslawen nehmen die Verfolgung auf. Vuković läuft einem Kriminalbeamten in die Arme, der auf dem Weg zu einem Termin im Gericht ist. Der Polizist zieht seine Dienstwaffe und zwingt den Jugoslawen, sich auf die Straße zu legen. Im Hosenbund sieht er die Tatwaffe stecken. Aus dem «Polizeigewahrsam» ganz in der Nähe stürzen mehrere Beamte. Sie können nicht verhindern, daß die aufgebrachten Jugoslawen den auf der Straße liegenden Mann treten und schlagen. «Töte den Schwulen», schreit einer von ihnen, ein anderer beugt sich nieder, küßt den Boden und ruft ihm zu: «Ich töte deinen Vater, deine Mutter und dich erschieße ich im Gerichtssaal.» Einer der Männer will die Sache gleich an Ort und Stelle regeln: Er versucht, einem Beamten die Dienstwaffe zu entreißen. Mit Müh und Not gelingt es den Polizisten, den Schützen und seine beiden Begleiter in Sicherheit zu bringen. Ein Notarztwagen rast mit Magas ins Krankenhaus. Sein Leben ist nicht mehr zu retten: Um 11.08 Uhr stellen die Ärzte den Tod fest.

Das war am 10. November 1986 das Ende des berühmt-berüchtigten Unterweltkönigs «Ljubo» Magas. Viele seiner Gefolgsleute verehrten ihn abgöttisch. «Ein Kerl wie ein Schrank, hart gegen sich und noch härter gegen andere», schreibt am nächsten Tag in einem Nachruf Norbert Leppert in der «Frankfurter Rundschau». «Und schlau, schlau vor allem im Umgang mit Polizei und Justiz, die ihn zwar dauernd in Verdacht hatten, trotzdem aber nie recht was beweisen konnten... Hoffte man, endlich einen Zeugen gegen Magas zu haben, fiel dieser prompt bei der nächsten Vernehmung wieder um... Mindestens zehnmal versuchten die Behörden, Magas das Handwerk zu legen – immer blieb der Boxer oben, und mit jeder Einstellung eines Verfahrens, mit jedem Freispruch fühlte er sich stärker. So stark offenbar, daß er unvorsichtig wurde und zuletzt die wirkliche Gefahr verkannte. Denn nicht Justiz und Polizei waren seine ‹Todfeinde›, sondern jene Jugoslawen, die – wie Magas selbst –

nie etwas von der offiziellen Strafverfolgung gehalten haben und immer alles unter sich ausmachen wollten.»

Mit großer Härte führte Magas, der beim CSC Frankfurt boxte, die sogenannte «Belgrader Gruppe». Sie sorgte für Angst und Schrecken im Rhein-Main-Gebiet und in München. Über zehn Jahre dirigierte er den Ring jugoslawischer Schwerverbrecher, der – wie die Polizei herausfand – Schutzgelder erpreßte, Wirte, die nicht bereit waren, 10000 Mark oder mehr zu zahlen, gröblichst mißhandelte, Serieneinbrüche, Lagerdiebstähle, Wohnungseinbrüche verübte, illegales Glücksspiel und Hehlerei betrieb und auch mit Waffen handelte. In der Frankfurter Jugoslawen-Szene war Magas gefürchtet. Selbst von alten Kumpanen duldete er keinen Widerspruch. Als sich *Vlado Navoković*, seit 20 Jahren mit Magas bekannt, ein Muskelpaket mit millimeterkurz gestutzten Haaren, weigerte, wie von Magas befohlen, einen Landsmann zu suchen, langte der Boxer zu. «Mit einem Schlag hat er mir sieben Zähne ausgeschlagen», berichtete später das Opfer.

Magas, 1948 in Belgrad geboren und dort aufgewachsen, war dafür bekannt, daß er Konkurrenten weder dulden noch ertragen konnte. Als «geborenen Kriminellen» beschreiben ihn Jugoslawen, die ihn bereits seit seiner Jugend in Belgrad kennen. Magas und viele seiner Männer gehörten der «Ravna Gora» an, einer serbischen Exilorganisation, die sich die Schaffung eines unabhängigen serbischen Staates zum Ziel gesetzt hat und Jugoslawen bei Asylverfahren in der Bundesrepublik untersützte. Nach Einschätzung des Bundeskriminalamts handelt es sich bei dieser Gruppe um eine «kriminelle Vereinigung», die sich mit der Ausführung organisiert begangener Straftaten befaßt.

Über diese Gruppe lernt Vuković Anfang 1983 Magas kennen. Sie verstehen sich, im Laufe der Zeit aber kommt es zum Zerwürfnis: Magas erkennt in Vuković einen Konkurrenten, Vuković ist nicht bereit, sich unterzuordnen. Er scharte einige Leute um sich. Am 25. Oktober 1984 wird Vuković ganz in der Nähe seiner Wohnung in der Straße «Im Trutz Frankfurt» von hinten niedergeschossen. Das Projektil verletzt ihn an Niere, Leber und Dickdarm. Eine Notoperation rettet sein Leben. Er wisse nicht, wer hinter dem Anschlag stecke, beteuert er gegenüber der Polizei. Über einen Monat lang. Dann berichtet er einem BKA-Beamten, daß er als Schützen «Cane» erkannt habe, einen schwergewichtigen jugoslawischen Ringertrainer – und in unmittelbarer Nähe Magas. Vukovićs Begleiter belastet einen anderen Jugoslawen. Alle drei landen vor Gericht. An dem Alibi, das Magas während der Verhandlung präsentiert, kommt das Gericht nicht vorbei. Nur «Cane» wird verurteilt wegen versuchten Totschlags in einem minderschweren Fall zu zwei Jahren und sechs Monaten Haft. Keinem Beteiligten blieb verborgen, daß in dem Prozeß nicht alles mit rechten Dingen zuging. «Während dieses Verfahrens wurden Vuković wie auch der Zeuge *Djuro Marinković*, der gleichfalls Magas belastet hatte, von Leuten aus dem Umkreis von Magas unter Druck gesetzt, ihre belastenden Aussagen zurückzunehmen», heißt es in der Entscheidung der 22. Strafkammer des Landgerichts Frankfurt (80 Js 33755/86).

Für Vuković bleibt es dabei: für ihn steht fest, daß «Ljubo» Magas hinter dem Anschlag steckt. Er rechnet mit weiteren Anschlägen. Seine Wohnung verläßt er fast nur noch mit einer kugelsicheren Weste und einem Revolver. Von Bekannten aus der Jugo-Szene hört er, Magas habe zwei Leute damit beauftragt, ihn umzubringen. Der BKA-Kriminalhauptkommissar *Krämer* berichtet ihm von einem Hinweis der niederländischen Polizei, daß eine Todesliste existiere, deren Urheber Magas sein solle. Auf ihr stünden die Namen Vuković, *Djuro Marinković* und der eigene Name des BKA-Jugo-Ermittlers, *Krämer*. Der Kriminalhauptkommissar nimmt die Hinweise so ernst, daß er sich nicht mehr ohne Begleitung von Kollegen nach Frankfurt traut. Todeskandidat *Djuro Marinković* erhält in einem Lokal in Rotterdam eine Kugel in den Kopf. Für Vuković ist klar, daß Magas dahintersteckt. Seine Angst wächst und wächst: Er geht kaum mehr aus dem Haus. Am 10. November aber muß er um 10.30 Uhr vor einem Schöffengericht im Gerichtsgebäude A erscheinen. Es geht um zwei Wohnungseinbrüche, bei denen er Sachen im Wert von über 150000 Mark erbeutete. Zu seinem Schutz begleitet ihn ein Bekannter, der ihm schon häufiger als Leibwächter zur Seite stand. Zunächst überprüft der Jugoslawe die Umgebung von Vukovićs Wohnung in der Emil-Claar-Straße 2. Ihm fällt nichts auf. So fährt er mit seinem Wagen Vuković und dessen Freundin zum Gericht. Wie immer außer Haus steckt in Vukovićs Hosenbund sein Revolver, verdeckt durch die Jacke. Auf der Suche nach einem Parkplatz entdecken sie in einer Parkbucht an der Zeil Magas' Mercedes 190 E. Besonderes Kennzeichen: ein Paar kleine Boxhandschuhe am Innenspiegel.

Was sie nicht wissen: Am Morgen begann um Viertel nach neun eine Verhandlung gegen Magas und vier andere Jugoslawen im Saal 146 des Gebäudes A. Der Vorwurf: Schutzgelderpressung. Die Angeklagten sagen nicht viel, machen nur Angaben zur Person, nicht aber zur Sache. Dem Gericht bleibt nichts anderes übrig, als um 10 Uhr die Sitzung zu schließen und die Angelegenheit zu vertagen. So stehen kurz nach zehn die Angeklagten mit Freunden vor dem Gerichtsgebäude, unterhalten sich und beratschlagen, was sie mit dem angebrochenen Vormittag machen könnten. Sie beschließen, in ein Lokal in der Nähe zu gehen. In diesem Augenblick kommt Vuković mit seinen beiden Begleitern, und die Dinge nehmen ihren Lauf.

«Magas wollte Vuković erledigen, dann kam es umgekehrt», kommentierte später *Vlado Navoković* die Vorgänge, der auch einmal mit vier anderen Jugoslawen von Magas auf die Suche nach Vuković geschickt worden war:

«Vuković hat gegen ein ungeschriebenes Gesetz verstoßen und vor Gericht ausgesagt.»

Die tödlichen Schüsse auf Magas stellte Vuković später als Notwehr dar. Die 22. Strafkammer des Landgerichts sah die Dinge anders und verurteilte ihn 1989 wegen Totschlags zu sieben Jahren Gefängnis.

Für die OK-Ermittler ist der Tod Magas' eine «Schnittstelle» bei der Entwicklung der Jugo-Szene, denn lange Zeit sah es so aus, als ob der Boxer Ljubo unbezwingbar sei.

Nachfolger Magas' wurde nach Erkenntnissen der Ermittler Rade Caldović, genannt «Cento», dem Leser schon aus dem Abschnitt «Schutzgelderpressungen» bekannt. Seine Chuzpe ist für viele Kenner der Szene kaum zu fassen, aber wohl gerade deshalb ist er wohl kaum zu fassen. «Wann immer Kripo-Ermittler beim Baustellen-Aushilfsfahrer Rade Caldović, 39, Offenbach, Kaiserstraße 130, vorsprechen, staunen sie über das edle Interieur seines Ankleidezimmers: ‹Jede Menge Anzüge aus Seide, Dutzende Maßschuhe, Hemden, Krawatten – alles vom Feinsten›», berichtete «Der Spiegel» am 20. November 1989 über ihn. «Vor dem Haus parkt Caldovićs schwarzer Mercedes 560 SEC mit Autotelefon. Kürzlich hat sich der Bauarbeiter das Prunkstück des jüngsten Automobilsalons, den neuen 500 SL (Preis: 125400 Mark), bestellt und noch 60000 Mark extra für vorzeitige Lieferung berappt. ‹Und das alles›, witzelt der Frankfurter Hauptkommissar Knut Stroh, ‹mit 1600 Mark Nettoverdienst im Monat auf einer Baustelle.› ... Caldović selbst erklärt seinen Wohlstand so: ‹Ich kriege hin und wieder von Freunden Geld geschenkt.› Das freilich sei, glaubt Stroh zu wissen, ‹nur die halbe Wahrheit›. Unter Spielhöllen-Betreibern und anderen Rotlicht-Rittern kursiere ein Cento-Spruch, der nicht als Spaß zu verstehen sei: ‹Hör mal, du wolltest mir doch mal 10000 Mark schenken.› Viele, vermuten die Fahnder, zahlen und schweigen – aus Angst.»

Die Verdachtsliste gegen Cento ist lang: 37 Delikte wurden ihm in Ermittlungsverfahren zur Last gelegt, verurteilt wurde er nur einmal, wegen der Schutzgelderpressung in München. «Wir konnten ihm hier noch nichts tatsächlich nachweisen», sagt der Frankfurter Kriminaloberrat Peter Walter. Rund 250 Jugoslawen zählen die Ermittler zu seinem Kreis, ihnen ist ein harter Kern von rund 80 Personen bekannt. Daneben gibt es noch andere Gruppen, beispielsweise aus der jugoslawischen Provinz Kosovo.

Nachdem in den sechziger Jahren viele Gastarbeiter ins Rhein-Main-Gebiet gekommen waren, zogen einige Jahre später Schwerkriminelle nach. «Die haben in den siebziger Jahren angefangen, Angst und Schrecken unter ihren Landsleuten zu verbreiten», berichtet Kripomann Walter, «mit einem riesigen Dunkelfeld von Schutzgelderpressungen und vielem mehr.» Hartgesottene Beamte staunen über die Brutalität, mit der Jugoslawen zu Werke gehen: Seit 1984 erfuhren sie von über 20 Tötungen und Tötungsversuchen im Jugo-Milieu. Wie hemmungslos und selbstsicher die Täter vorgehen, zeigt ein Mord im April 1989 in der Frankfurter Moselstraße: Ein fünfköpfiges Killerkommando ermordete einen Landsmann vor den Augen von rund 30 Personen. Die Jugos sind die Herren im Bahnhofsviertel. «Die haben den Machtkampf im Milieu gewonnen», urteilt Peter Walter. Einer seiner Kollegen, seit 15 Jahren im Frankfurter Milieu unterwegs: «Im Vergleich zu den Jugoslawen sind die deutschen Zuhälter aus dem Bahnhofsviertel Waisenknaben.»

Auch in zahlreichen anderen Städten machte die Polizei äußerst brutal vorgehende Jugo-Gruppen aus, in Hamburg, Stuttgart, München, Berlin, Dortmund, Düsseldorf. Große Sorge macht den Ermittlern, daß diese Gangs zunehmend kriminelle Gruppen in den Orten zunächst be- und dann verdrängen. Klassisches Delikt sind die Schutzgelderpressungen, verübt gegenüber Landsleuten, die Lokale in der Bundesrepublik besitzen, und gegenüber illegalen Spielclubs und Bordellen, gleichgültig welcher Nationalität der Besitzer ist. «Bemerkenswert ist», heißt es in einem BKA-Papier, «daß die Geschädigten polizeilich bereits häufig selbst als Straftäter in Erscheinung getreten und dem Milieu zuzurechnen sind. Diese Umstände mindern für die Täter das Risiko, angezeigt zu werden.»

Ertragreich ist auch das sogenannte «Hütchenspiel», vielen RTL-Zuschauern bestens bekannt durch den stets sonnenbebrillten Salvatore, der die Tips der TV-Gucker per Telefon entgegennimmt. Organisiert zu Werke gehende Täter kommen mit diesem Spiel im Frankfurter Bahnhofsviertel auf einen Verdienst von bis zu 10000 Mark in der Stunde und bis zu 100000 Mark am Tag, schätzen Ermittler. Über die Vorgehensweise in Berlin berichtete in einer Meldung der Deutschen Presseagentur am 24. August 1989 Silvia Kusidlo:

«Mit großer Fingerfertigkeit bewegt ein junger Jugoslawe in der Berliner City drei Schächtelchen hin und her. ‹Wo ist jetzt die Kugel?› fragt er seinen, ihn scharf beobachtenden Mitspieler. Der Passant ist sich seiner Sache sicher und tippt auf die rechte Schachtel. Doch die ist zu seiner Verwunderung leer und das Portemonnaie um einen Hunderter erleichtert.

Immer mehr Opfer finden die Betreiber des sogenannten Hütchenspiels in Berlin. Hauptsächlich Jugoslawen, die als Touristen oder Asylbewerber in der Stadt sind, streichen mit Taschenspielertricks beträchtliche Summen ein. ‹Wir gehen davon aus, daß sie organisiert sind›, sagte der Berliner Polizeisprecher Peter Glaser. Rund 110 Spieler sind den Angaben zufolge namentlich bekannt, ‹wahrscheinlich sind es aber sogar 160›.

Das ‹Hütchenspiel› ist – korrekt und nicht gewerbsmäßig betrieben – eigentlich ein Geschicklichkeitsspiel: Durch genaues Beobachten soll die Lage eines Kügelchens unter einer von drei Streichholzschachteln, die der Spieler rasch untereinander vertauscht, bestimmt werden. Wer das richtige ‹Hütchen› setzt, erhält seinen Einsatz – meist 100 Mark – verdoppelt zurück. Wer auf ein leeres Schächtelchen tippt, hat das Geld verloren. Oft wird das Spiel jedoch manipuliert und ist somit Betrug. Nach Erfahrungen der Polizei werden die ‹Hütchen› zum Beispiel nach dem Verschieben geschickt abgedeckt und dann nochmals verschoben. Oder die Spielmacher lassen während des Verschiebens die Kugel in der eigenen Hand verschwinden – erkennbar nur in einer Zeitlupenaufnahme. Bezeichnenderweise gewinnen oft nur jugoslawische Landsleute, die leichtsinnige Passanten auf diese Weise zum Mitspielen animieren wollen.

‹Unregelmäßigkeiten festzustellen, ist für uns kaum möglich›, bedauert Gläser. Zu groß sei die Fingerfertigkeit der Jugoslawen, die nach bisherigen Erkenntnissen wahrscheinlich von Profis in Skopje, der Hauptstadt Makedoniens, ausgebildet werden. Zivile Polizeibeamte seien in der ‹Szene› schnell bekannt, und das ‹Hütchenspiel› werde dann sofort abgebrochen. Die Spielmacher agieren vor allem auf Berlins Flaniermeile Kurfürstendamm – in der Regel im Schutze einer Gruppe von bis zu 15 Personen aus ‹Anreißern› und ‹Mahnposten›.

Pro Woche kassieren die ‹Hütchenspieler› nach Schätzungen der Polizei wenigstens 50000 Mark von ihren Opfern. Noch nie zuvor seien sie so zahlreich in der Stadt an der Spree aufgetreten. ‹Sie gehen auch immer gewalttätiger vor›, berichtet Glaser. Passanten, die sich betrogen fühlten und ihren Einsatz zurückverlangten, wurden häufig belästigt. ‹Vor zwei Monaten kam es sogar zu einer Messerstecherei mit einem Amerikaner.›»

Über die Jugo-Szene ist in einer «Bewertung» des Bundeskriminalamts zu lesen: «Schwerkriminelle jugoslawische Straftäter in der Bundesrepublik Deutschland

– schließen sich landsmannschaftlich orientierten Gruppierungen an (die teilweise, wie zum Beispiel die ‹Ravna

Gora›, sich nach außen hin den Anschein einer politischen Gruppe geben) und

– agieren überwiegend deliktsübergreifend

haben innerhalb einzelner Gruppierungen Führungspersonen, die regional, aber auch überregional die Szene beeinflussen bzw. beherrschen.

Für alle Gruppierungen ist eine hohe Gewaltbereitschaft zur Durchsetzung, Absicherung und Erhaltung ihrer Ziele sowie zur Einschüchterung bzw. Ausschaltung von mißliebigen Personen kennzeichnend.

Zur Gewährleistung der Disziplin werden alle denkbaren Maßnahmen und Mittel eingesetzt.

Diese Absicherungen, vor allem das erzwungene Schweigen von Tatbeteiligten, wirken sich auf die Durchführung von Ermittlungsverfahren erschwerend aus.»

Betrachtet man die Formen der Organisierten Kriminalität in Hinblick auf Ausländer, so zeigt sich, daß sie unterschiedlich stark vertreten sind. Völlig verkehrt ist die gelegentlich zu hörende Behauptung, Ausländer hätten uns die Organisierte Kriminalität beschert. Das ist Unsinn. Tatsache ist, daß Nicht-Deutsche besonders stark bei der Rauschgiftkriminalität vertreten sind, überproportional vor allem bei der Eigentums-, Gewalt- und Falschgeldkriminalität sowie bei Straftaten im Zusammenhang mit dem Nachtleben. «Die sich für die ausländischen Täter in der Bundesrepublik ergebenden Einschränkungen im Handlungsspielraum treten unter anderem bei der Deliktsauswahl deutlich hervor», fanden die BKA-Forscher Rebscher und Vahlenkamp heraus: «So legten sich zum Beispiel südeuropäische und ostasiatische Täterkreise auf eigene Landsleute als Opfer fest, deren Mentalität sie am besten einschätzen und deren Reaktionen sie voraussehen bzw. steuern konnten. Andere beschränkten sich auf Delikte, die auch ohne Berührung der bundesdeutschen Szene und ihrer eingefahrenen ‹connections› durchführbar waren.

Von einem Import ausländischer OK-Verhältnisse in die Bundesrepublik kann man nicht ausgehen. Dennoch haben die ausländischen Täterkreise die OK der Bundesrepublik mitgeprägt.»

«Jede Ausländergruppe hat ihre bestimmten Interessensphären», machte der Frankfurter OK-Experte Peter Walter aus. So befassen sich nach Erkenntnissen der Polizei in der Mainmetropole derzeit Schwarzafrikaner und Türken in erster Linie mit dem Heroinschmuggel, Filipinos mit dem Menschenhandel, Südamerikaner mit dem Trick- und Taschendiebstahl, Jugoslawen – wie geschildert – mit Einbrüchen und Schutzgelderpressungen und zunehmend dem Rauschgifthandel. Italiener engagieren sich in Raubüberfällen und Rauschgifthandel. Sie fielen früher deutlich mehr bei der Frankfurter Polizei auf. Wie läßt sich dieser Wandel erklären? Kriminaloberrat Walter vermutet, «daß die Italiener den Einkauf in das legale Geschäft nach ihrer ‹Blütezeit› in den sechziger und siebziger Jahren schon vollzogen haben und heute höchstwahrscheinlich andere für sich ‹arbeiten› lassen».

Zwischen deutschen und ausländischen Täterzusammenschlüssen bestehen drei wesentliche Unterschiede nach der BKA-Studie. Erstens: bundesdeutsche OK-Täter arbeiten meist locker zusammen, «Ausländer sind besser organisiert als Deutsche», sagt ein OK-Ermittler. Zweitens stießen die Wissenschaftler darauf, daß bei Ausländern die Bereitschaft größer ist, sich unterzuordnen. «Bei Ausländern wird mehr Druck nach unten ausgeübt», sagt ein Polizeibeamter, und ein anderer: «Bei den Italienern werden die Führungspersönlichkeiten götterhaft verehrt.» Und schließlich ist bei den Ausländern – landsmannschaftlich bedingt – das Zusammengehörigkeitsgefühl größer.

So gestalten sich die Ermittlungen für die Polizei häufig schwierig. Immer wieder erleben die Beamten, daß bei Straftaten unter Landsleuten Aussagen von vornherein unterlassen, manipuliert oder zurückgezogen werden – unter dem Druck von Landsleuten. Bei Ermittlungen stehen die Polizisten regelmäßig vor dem Problem, daß sie sich in den betreffenden Kreisen nicht unauffällig umschauen können. In ausschließlich von Ausländern besuchten Lokalen und Clubs fallen sie sofort auf, auch Verdeckte Ermittler, also deutsche Polizeibeamte mit einer Legende, können sie nicht in die Kreise einschleusen. So räumen beispielsweise bundesdeutsche Fahnder freimütig ein, daß sie über die Chinesen-Szene herzlich wenig wissen.

Oft ist es für die Beamten bei einer Überprüfung auch kaum möglich zu klären, ob ein Ausweis gefälscht ist oder nicht. Häufig stellen sie fest, daß ausgewiesene Personen wenig später mit auf einen anderen Namen ausgestellten Papieren wieder einreisen. Auch Telefonüberwachungen gestalten sich häufig sehr schwierig. Die Kosten für die Dolmetscher sind immens. Auf über eine Million Mark beliefen sie sich in einem BKA-Großverfahren. Vor allem bei exotischen Sprachen und Dialekten haben die Beamten Schwierigkeiten, geeignete Dolmetscher aufzutreiben. «Gelegentlich findet sich überhaupt kein Übersetzer», resümiert Hamburgs LKA-Chef Sielaff, «was die Tatverdächtigen im Einzelfall faktisch immun gegen Strafverfolgung macht.»

KAPITEL 3

Das «Erfolgsrezept» – warum das Geschäft wie geschmiert läuft

Das Schlüsselwort lautet «Connections»: «Im Gesamtbild ist die Bundesrepublik als ein Operationsgebiet zu sehen, in dem alle Regionen durch persönliche, kriminell nutzbare Verbindungen (‹connections›) mehr oder weniger erschlossen sind.» Das ist eine der Kernaussagen der BKA-Studie «Organisierte Kriminalität in der Bundesrepublik Deutschland». In dem 1988 erschienenen Werk beschreiben die BKA-Wissenschaftler Erich Rebscher und Werner Vahlenkamp, was das Typische an der Organisierten Kriminalität in der Bundesrepublik ist und nach welchen Regeln sie funktioniert. Es ist die erste bundesweite Untersuchung. Sie basiert im wesentlichen auf der Auswertung von Erfahrungen, die OK-Ermittler an der «Front» gemacht haben. 66 Beamte in 18 Städten wurden befragt.

Danach sind zwei «strukturelle Grundformen» zu unterscheiden, nämlich Straftäterverflechtungen, in denen sich von Fall zu Fall Zweckgemeinschaften bilden können, und eigenständige Gruppierungen, bei denen eine «mehr oder weniger feste personelle Struktur» besteht.

Die *Straftäterverflechtungen* überwiegen nach der Studie eindeutig. Sie zeichnen sich dadurch aus, daß verschiedene Personen nach dem Motto zusammenarbeiten: «Warum sollte man sich binden, wenn das System auch in anderer, lockerer Weise hervorragend funktioniert und zudem auf Angriffe von außen unempfindlicher reagiert als eine eigenständige Gruppierung?»

Die Strukturen dieser Verflechtungen beschreiben die Ermittler mit Begriffen wie «Geflecht», «Netz», «Szene», «Brei», «Sumpf», «riesige Verwandtschaft» oder «Milieu». Man wird also weder auf Statuten noch auf Mitgliedsausweise stoßen. Ergebnis der Forscher: «Straftäterverflechtungen bestehen aus einem beständigen Verbindungsgeflecht von einzelnen Personen, in dem vielfältige personelle Schwerpunkte gebildet werden können, wenn eine entsprechende Sachlage dies erfordert ... Den Aussagen läßt sich entnehmen, daß die Täterseite sich nicht strukturell bzw. personell organisiert hat, sondern – wie ein Proband feststellte – ‹man organisiert etwas zusammen›, das heißt, in gegenseitiger Absprache werden illegale Handlungen geplant und durchgeführt.»

Eine zentrale Rolle spielt dabei «der flexible Kaufmannstyp, der ständig als Dreh- und Angelpunkt erscheint und die Verbindung nährt». Die «ideale Zusammensetzung eines erfolgreich arbeitenden Beziehungsgeflechts» besteht nach der BKA-Studie in einer «Mischung aus kaufmännischen und ‹handwerklichen› Könnern».

Wie sehen nun diese Täterverbindungen im einzelnen aus? «Für den größten Teil der Szenenangehörigen, insbesondere im Bereich der Auftragnehmer und Helfer, sind persönliche Verbindungen regional beschränkt», haben die Wissenschaftler herausgefunden. «Überregional bestehen sie hauptsächlich zwischen den Initiatoren in den örtlichen Beziehungsgeflechten, also zwischen Personen, die mehr oder weniger aus der Szene herausragen. Auf der oberen Ebene werden persönliche Verbindungen unter anderem sichtbar bei bestimmten Anlässen, wie zum Beispiel gemeinsamen Festen, Box- und Catchveranstaltungen und nicht zuletzt bei Kondolenzbesuchen.»

Für die geschäftlichen Verbindungen benutzten die Forscher den auch in der OK-Szene verbreiteten Begriff «Connections» – zu deutsch: «Verbindungen»: «Gute ‹connections› bilden die eigentliche Geschäftsgrundlage der OK. Sie garantieren einen maximal funktionierenden Informations- und Warenfluß bzw. Dienstleistungsservice und sind damit ebenso entscheidend wie das Geschäftskapital.»

Der «erfolgreiche (illegale) Geschäftsmann verfügt über beständige ‹connections› und hat – so die typische Aussage der Probanden – ‹in möglichst vielen Geschäften den Fuß drin›».

Ohne diese «Connections» läuft nichts in der Organisierten Kriminalität, wie die Wissenschaftler mit einem Beispiel verdeutlichen: «Ein szenenexterner und am Ort seines Handelns unbekannter Straftäter bietet 5 kg Heroin in der Stadt X an. Obwohl in dieser Stadt gerade ein extremer Engpaß an Heroin besteht, wird in aller Regel kein regional ansässiger Großabnehmer diese Ware aufkaufen. Entweder wird versucht, ihm die Ware mittels List oder Gewalt abzunehmen, oder – das erscheint naheliegender – man ignoriert sein Angebot völlig und deckt den Bedarf bei bekannten ‹Geschäftspartnern› in anderen Städten, auch wenn dies den Nachteil eines höheren Kaufpreises mit sich bringt. Die fehlende ‹connection› kann dem Anbieter sogar zum Verhängnis werden: Nach einem entsprechenden Tip aus der Szene wird er bei der Übergabe mit hoher Wahrscheinlichkeit an die Polizei geraten.» Oder ein anderes Beispiel: «Ein erfolgreich verlaufener Ladungsdiebstahl (z. B. von 100 Videogeräten) nützt dem Straftäter wenig, wenn keine ‹connections› zu einem sicheren Abnehmer der Beute bestehen.»

Zur Frage, wie es mit der Hierarchie, der Über- und Unterordnung in der OK-Szene der Bundesrepublik bestellt ist, schreiben die Forscher: «Absolute Führungspersonen – etwa im Sinne der ‹Paten› in der Mafia – gibt es in der Bundesrepublik nicht. Vielmehr gilt der Grundsatz ‹Geld ist

Macht› in der bundesdeutschen OK-Szene im besonderen Maße. Kapitalkräftige Auftraggeber und Finanziers werden mit einer gewissen Selbstverständlichkeit als dominierende Personen bzw. Führungspersonen anerkannt, sie sind Quelle und Motor der OK.»

Auf welche Weise «führt» nun ein solcher – wie ihn die OK-Ermittler nennen – «Fürst», «King», «Drahtzieher», «Leithammel», «Hauptmatador» oder «Oberguru»? Die BKA-Wissenschaftler kommen zu dem Ergebnis, daß anders als beispielsweise in jugoslawischen oder italienischen Gruppierungen «eine Führungsperson in der bundesdeutschen Szene es selten nötig hat, sich autoritär zu verhalten (Zitat: ‹In der deutschen Szene ist alles ein bißchen laxer›). Ihr Wort gilt und wird stillschweigend akzeptiert. Es wird weniger gedroht als vielmehr höflich – aber bestimmt – angeordnet (‹Würdest du bitte dafür sorgen, daß...›). Der so Angesprochene ahnt, was im Falle einer Weigerung passieren könnte, weil er (aus früheren Zeiten) weiß, wozu der Betreffende letztlich fähig ist. Allein die Reputation genügt in aller Regel, bei Auftragsausführenden wie auch bei Geschädigten (hier in bezug auf das Unterlassen der Anzeigeerstattung) Folgsamkeit zu erzeugen... Viele Einzelaussagen in den Interviews lassen die Schlußfolgerung zu, daß insbesondere der lockere Führungsstil als Indiz für ein optimal funktionierendes System bzw. für eine perfekte Organisation gewertet werden muß...

Bei der Frage nach dem Alter der bekannten Führungspersönlichkeiten wurde von den Probanden eigentlich nur die Altersklasse unter 20 Jahren ausgespart. Ansonsten reicht das Spektrum bis ins Alter von 75 Jahren. Das Schwergewicht liegt etwa in der Altersklasse von 35 bis 50 Jahren. Weibliche Führungspersonen stellen im OK-Bereich die Ausnahme dar.»

Die drei wichtigsten Eigenschaften einer solchen Führungsperson sind nach der Untersuchung: das Kapital, die

Connections und die Intelligenz. Also: kaum anders als in der legalen Wirtschaft.

Wie wird jemand zu einer solchen Führungsperson? «Häufig wurde von den Probanden die langsam gewachsene Persönlichkeit beschrieben, die sich über einen sehr langen Zeitraum in ihre heutige Position ‹hocharbeiten› mußte», ist in der Studie zu lesen. «Daneben gibt es aber auch den sogenannten ‹Seiteneinsteiger›. Der (ehemals) ‹seriöse Geschäftsmann›, wie er von vielen Probanden genannt wurde, ist nicht langsam in die Szene hineingewachsen, sondern hat sich durch Einsatz seiner ‹connections› und/oder seiner finanziellen Möglichkeiten in einem relativ kurzen Zeitraum Anerkennung erworben.»

Viele OK-Ermittler berichteten, daß nach ihren Erfahrungen «eine Führungsperson nur in der Zeit ihres Aufbauprozesses angreifbar und verwundbar ist. Nach Erreichen des Gipfelpunktes hat sie sich mit ihrer Machtposition ‹von der Szene abgehoben› und dem Zugriff der Polizei weitgehend entzogen. Einige typische Probandenzitate mögen dies veranschaulichen: ‹An die Führung kommt man nicht mehr ran›, ‹Die Oberen sind nicht mehr zu überführen›, ‹Gewisse Typen sind nicht mehr angreifbar, es sind biedere Typen geworden›.

Die Führungspersonen haben nach Abschluß ihres Aufstiegsprozesses meist das Bedürfnis, sich dem in gleicher finanzieller, aber legitimer Position dastehenden Bürger anzunähern, um in der Gesellschaft anerkannt zu werden (typisches Zitat: ‹Wer als ‚Neureicher' eine Zeitlang so gelebt hat, wird zum anerkannten ‚Reichen' – das ist eine Frage der Zeit – und von diesem sieht man später nichts mehr›).

Der Weg ins (scheinbar) bürgerliche Leben wird durch das Kapital geebnet. Die finanziellen Möglichkeiten müssen der Öffentlichkeit jedoch veranschaulicht werden. Dies geschieht insbesondere bei gesellschaftlichen Anlässen (Zitat: ‹Die zeigen sich und die zeigen, daß sie Geld haben›).»

Beliebt sind Statussymbole. Die BKA-Wissenschaftler bezeichnen sie als «Hilfsmittel zur Demonstration der Kapitalkraft». «Das kann bis zum Exhibitionismus gehen», berichtete einer der Ermittler. Wichtigstes Statussymbol, wie sollte es anders sein: das Auto. Ein «Kraftfahrzeug der Nobelklasse» selbstverständlich. Doch das allein reicht meist noch nicht. «In vielen Interviews war man der Auffassung, daß Kraftfahrzeuge der Szene häufig auf Grund ihrer typischen Ausführung (aufwendige Spurverbreiterung, tiefergelegtes Fahrgestell, getunter Motor) und bestimmter Accessoires (Breitreifen, Autotelefon, luxuriöse Innenausstattung) von denen der ‹Normalbürger› zu unterscheiden sind.»

Entsprechend ist es bei anderen Statussymbolen wie Armbanduhr, «exklusives Haus bzw. Wohnung», «exklusive (Maß-)Kleidung» und Schmuck: «Bei der Armbanduhr sind es die Steine, bei der Wohnung die vergoldeten Wasserhähne. Oft sind diese Statusmerkmale ‹wild und ohne Stil› zusammengestellt.»

Insgesamt – so berichteten die OK-Fahnder den BKA-Forschern weiter – sei für diese Personen ein «sehr aufwendiger Lebensstil» bezeichnend. Dazu gehöre:

«– ständiges Mitführen hoher Geldbeträge,
– Aufsuchen von gastronomischen Betrieben der Luxusklasse,
– ‹Umgeben mit schönen Frauen› (Zitat),
– Ausübung bestimmter Sportarten, vorzugsweise Golf, Tennis, Segeln, Skifahren und Bodybuilding; auch Joggen, ‹aber in entsprechender Kleidung›, wie ein Proband meinte,
– häufiges Reisen, auch Unterhaltung von Feriendomizilen und Yachten im Ausland.»

Wie bewerten die Führungspersonen ihr eigenes kriminelles Handeln? «Das Rechtsempfinden dieser Personen erscheint mangelhaft bzw. ‹verschoben›», heißt es in der Studie. «Die Täter sehen ihr eigenes (oft ‹opferloses›) Handeln als legitim an, während zum Beispiel schwere Straftaten, die von Dritten an Kindern begangen werden, scharf verurteilt werden. Das Unrechtsbewußtsein ist insbesondere in den Fällen gemindert, in denen der materiell Geschädigte Ersatz von einer Versicherung erhält oder in denen eine (illegale) Ware von einem beständigen Abnehmerkreis (z. B. Rauschgiftkonsumenten) gewünscht bzw. sogar gefordert wird.

Fazit: ‹Hohe Profitsucht und dabei fehlendes Unrechtsbewußtsein› prägen das Verhalten der maßgeblichen Personen in OK-Täterkreisen. Dies drückt sich auch in der ‹beruflichen› und sozialen Selbsteinschätzung aus: Die selbstgewählte Bezeichnung ‹Kaufmann› ist in der Szene sehr häufig anzutreffen. Die Drahtzieher sehen sich selbst nicht als Straftäter, sondern als ‹Geschäftsleute›.»

Im Kreis der Helfer unterscheidet die Studie zwei Typen: den «festen», der weitgehend nur für eine Führungsperson arbeitet, und den – «weitaus häufiger anzutreffenden – ‹freien Mitarbeiter›».

«Beim festen Helfer kann der bedingungslose Gehorsam durchaus eine Rolle spielen. Der ‹freie Mitarbeiter› hingegen muß zwar einen Auftrag nicht annehmen, er wird dies aber im Regelfall tun, um seinen zeitweise aufwendigen Lebensstil möglichst lange aufrechterhalten zu können.»

In den Kreisen der Helfer «wird häufig von der Hand in den Mund gelebt (Zitat: ‹Wie gewonnen, so zerronnen›). Einer großspurigen Phase folgt – oftmals sehr abrupt – eine ‹Pleitephase›, in der man neue Betätigungsfelder sucht und zu bescheidenem Lebensstil gezwungen ist. Im Bereich der Helfer kann man deshalb nicht von einem durchgängigen ‹Arm-Reich-Gefälle› sprechen, wie es in unserer Gesellschaft allgemein besteht, sondern von einem ‹Mal-reich-mal-arm-Zustand›. Dieses ständige Auf und Ab im Lebensstil kann als typisches Phänomen im Helferkreis der OK-Szene bezeichnet werden.»

Die Philosophie der Helfer: «Im allgemeinen scheut man die ehrliche Arbeit. Im wesentlichen gilt der Grundsatz, mit möglichst wenig Aufwand möglichst viel Geld zu verdienen. Die Szene demonstriert in auffälliger Weise nach außen, daß man auch ohne geregelte berufliche Tätigkeit einen aufwendigen Lebensstil führen kann.»

Beim «typischen Täterverhalten» untersuchten die Wissenschaftler, was es mit der sogenannten «Abschottung» auf sich hat, also dem «bewußt und gewollten Verdeckthalten von Personen». Nach der Studie ist es nicht so – wie häufig vermutet und behauptet –, daß sich im Bereich der Organisierten Kriminalität die Täter prinzipiell abschotten. Denn: «Die organisierte Kriminalität lebt von den ständig wachsenden Verbindungen im geschäftlichen wie im privaten Bereich.» Vielmehr erfolgt das bewußte Abschotten nur gegenüber Randfiguren und «unzuverlässigen» Szeneangehörigen wie etwa dem «Gelegenheitskurier» im Rauschgiftbereich. Vielmehr hält man sich in der Szene häufig bedeckt, um sein «Geschäftsgeheimnis» zu wahren. So gilt: «Man bietet nur den Warenposten oder die Dienstleistung an, nicht jedoch die ‹connection›.» Dies sei nichts anderes als «ein Geschäftsgebaren, das auch im legalen Bereich – z. B. im Maklergewerbe oder im Im- und Exporthandel – geschäftliche Notwendigkeit sein kann. Mit zuviel Offenheit würde sich der Geschäftsmann selbst die geschäftliche Grundlage nehmen. Die Gefahr, im laufenden oder bei einem Folgegeschäft übergangen zu werden, würde erheblich steigen.»

Viele Beamte berichteten, «daß im OK-Bereich die Konspiration wesentlich perfekter abläuft als im Bereich der sonstigen Kriminalität, daß man also hier von Vorsichtsmaßnahmen ausgehen muß, die über das durchschnittliche ‹Sicherheitsinteresse› der Straftäter hinausgehen». Ein wichtiger Komplex dabei seien die «Treffs»: «Absprachen über Ort und Zeitpunkt geplanter Treffen werden grundsätzlich verschleiert durchgeführt. Dies geht vom Hinweis ‹Am selben Ort wie beim letztenmal› bis hin zum ausgereiften Code. Das mehrmalige kurzfristige Verlagern von Treffs scheint dabei gang und gäbe zu sein und stellt die Polizei immer wieder vor Observationsprobleme. Treffs werden mit allen Raffinessen abgesichert. Mit den gängigen Mitteln (Observation, Telefonüberwachung) vermag die Polizei diese Hürde der Konspiration in der Regel nicht zu überwinden... Vorgetäuschte Treffs dienen der Irreführung der Polizei. Der Ort wird so gewählt, daß polizeiliche Observationen problemlos durchzuführen sind. Der Gesprächsstoff bezieht sich dabei auf inhaltslose, polizeilich nicht relevante Themen oder auf das gezielte Auslegen falscher Fährten.

Nicht selten werden bei der Wahrnehmung von Treffs weite Entfernungen überbrückt, selbst wenn diese Zusammenkünfte nur von kurzer Dauer sind. Dies gilt teilweise sogar für weite Flugreisen (‹Verabredungen irgendwo auf der Welt›), die u.a. zu dem Zweck durchgeführt werden, einmal ein oder zwei Stunden ungestört und unbeobachtet miteinander über Planung und Vorbereitung von ‹Geschäften› reden zu können.»

Nach den Erfahrungen der Beamten gehen die Täter «ständig davon aus, daß sie observiert» werden. Observationen im Straßenverkehr hätten deshalb häufig keinen Erfolg: «Grundsätzlich wird ‹geschüttelt›; es werden regelrechte Teststrecken abgefahren, auf denen wiederholt gegen die Straßenverkehrsordnung verstoßen wird, wie z. B.

- verbotenes Wenden an gefährlichen Stellen,
- Befahren der Einbahnstraße in verkehrter Richtung,
- Überfahren von Ampeln in der Rotphase.

Mit solchen Maßnahmen wird bezweckt, etwaige Observanten zu erkennen und so früh wie möglich ‹abzuhängen›. Observationen wurden im Einzelfall von der Zielperson sogar als sportlicher Wettkampf aufgefaßt. So wurden die Observanten nach dem Erkennen (‹Verbrennen›) von der Zielperson mit eindeutigen Gesten ‹getröstet› oder gar verlacht.»

Ebensowenig bringt häufig eine Telefonüberwachung im OK-Bereich: «Die Täterseite rechnet mit dem Abhören des Telefonanschlusses und hat sich darauf eingestellt. Man hat auch am Telefon ‹seine eigene Sprache› und vermeidet Klartext.» Außerdem würden «technische Mittel zur Sprachverschleierung» eingesetzt und Autotelefone benutzt «in der Kenntnis, daß gezielte Abhörmaßnahmen nur mit sehr großem Aufwand möglich sind».

Eine wichtige Rolle spielt die Arbeitsteilung. Mit ihr verfolgen die Täter das Ziel, «einen besseren, flüssigeren Handlungsablauf zu gewährleisten und bestimmte Abläufe bzw. Tätigkeiten zu ermöglichen, bei denen der einzelne überfordert wäre». Spezialisten werden benötigt, wenn es um besonderes Wissen geht, wie Kenntnis des Marktes, von Rauschgift, von Manipulationsmöglichkeiten («z. B. an Roulettetischen oder an Computern»), oder um besondere handwerkliche, praktische Fähigkeiten. Beispiel: der «Schweißer» für Einbrüche oder der «Gewaltspezialist», der körperliche Stärke ausstrahlt.

Eine andere unverzichtbare Gruppe sind die «Berater»: «Bei den Beratern sind in erster Linie Juristen (insbesondere Rechtsanwälte), Steuer- und Bankfachleute, Gutachter und Treuhänder zu nennen, die neben ihrer legalen Tätigkeit Personen der Szene in Kenntnis des kriminellen Zusammenhangs beraten, unterstützen und den Betroffenen im Fall der Auseinandersetzung mit Behörden in seinem Sinne vertreten. In manchen regionalen Täterkreisen gibt es regelrechte ‹Rechtsabteilungen›, denen man ganz bestimmte, immer wieder auftretende rechtskundige Personen zuordnen kann.»

Außerdem haben die Ermittler in dem Geflecht eine Reihe von «Hilfsdiensten» ausgemacht: «Transporteure, Chauffeure, ‹Behördengänger›, Essenholer, Wachdienste,

Telefondienste, Geldboten und Kassierer. Hilfsdienste werden in aller Regel von Personen wahrgenommen, die nur sekundär kriminelle Absichten verfolgen bzw. gutheißen, die aber nicht selten in einer besonderen Beziehung zum Auftraggeber stehen. So werden beispielsweise Telefondienste oft von Frauen wahrgenommen, die eine intime Beziehung zum Täter unterhalten.»

Wie rekrutiert die Szene «neue Leute»? «Der Zugang zu OK-Täterkreisen findet grundsätzlich nicht von heute auf morgen statt, sondern er muß als Abschnitt eines langen Entwicklungsprozesses gewertet werden», schreiben die BKA-Forscher. Auf drei Faktoren komme es entscheidend an: «persönliche Verbindungen», «Empfehlungen» und «Eignungen». Weiter ist in der Studie zu lesen: «Beim Entstehen und Unterhalten persönlicher Verbindungen spielen Justizvollzugsanstalten und von der Szene tangierte Lokale eine bedeutende Rolle. Hier vollzieht sich in der Regel der Einstieg in die Szene. Diese ‹Kommunikationszentren› werden von nicht wenigen Probanden als ‹regelrechte OK-Brutstätten› bezeichnet.» Üblich sei – berichten die Experten –, daß Neulinge angesprochen würden, «man dient sich nicht an». Das hat zur Folge: «Ein Interessent, der Zugang zu OK-Täterkreisen sucht, stellt demgemäß seine Aktivitäten darauf ab, Bekanntschaften in der Szene zu suchen, wobei er seine Qualitäten in nicht allzu direkter Weise erkennbar werden läßt, bis er irgendwann einmal angesprochen wird. Man sät also aus und wartet, bis die Saat aufgeht. Ein direktes ‹Sichanbiedern› oder ein ‹Sichreinkaufen› wird im Regelfall nicht zum Erfolg führen. Die Täterseite muß das Gefühl haben, den Annäherungsprozeß in jeder Phase in der Hand zu haben.»

Bei «Seiteneinsteigern» gehe die Initiative grundsätzlich von einer Führungsperson aus: «Eine keinesfalls seltene Methode scheint zu sein, den Wunschkandidaten mit einem lukrativen Gehaltsangebot in einen legalen Betrieb zu ‹lokken›, wobei dann ein Umformungsprozeß eingeleitet wird. Das Genießen einer Vielzahl von Annehmlichkeiten – vom großzügigen Gehalt über betriebliche Freiheiten bis zur Inanspruchnahme von verlockenden, kostenlosen Urlaubsangeboten – führt nach und nach in die Abhängigkeit. Die Bereitschaft, kriminelle Handlungen zu begehen oder zu unterstützen, wird nach dem Überschreiten einer für den Betroffenen meist unbewußt vorhandenen Schwelle größer als die Bereitschaft, auf die Annehmlichkeiten zu verzichten, zumal er seinen großzügigen Auftraggeber auch nicht enttäuschen möchte... Die Folge: Beim Eingehen auf derartige Angebote ist der Schritt in die Kriminalität für den Kandidaten praktisch vorprogrammiert.»

Anderes gelte, heißt es in der BKA-Studie, für ausländische Täterkreise, bei denen es sich häufig um die oben skizzierten *eigenständigen Gruppierungen* handelt. Denn dort sei «die zwischenmenschliche landsmannschaftliche Beziehung... beinahe unverzichtbare Voraussetzung», um mitmischen zu können. «Es liegt deshalb auf der Hand, daß Ausländer gegenüber deutschen Täterkreisen trotz gleicher und nicht selten auch gemeinsamer Ziele grundsätzlich mißtrauisch sind. So ist auch die ausdrückliche Empfehlung eines Landsmannes bei der Einbeziehung von deutschen Tätern in ausländische Täterkreise als unverzichtbare Voraussetzung zu betrachten; ein Umstand, der das Eindringen der Polizei in diese Kreise erheblich erschwert.»

Sehr deutlich zeigt die Studie auf, daß «Zusammenhalt und Loyalität» in der Szene durch eine ganze Reihe von Einwirkungen erzeugt werden, negativer und positiver Art. Bei den «negativen Einwirkungen» spielen Drohungen die entscheidende Rolle. Motto, wie die Wissenschaftler herausfanden: «‹Gedroht wird immer, das gehört zum Geschäft.› Reagiert der Betroffene auf eine erste Drohung nicht, folgen weitere, massivere Absichtserklärungen.» Die Mög lichkeiten sind zahlreich. Druck kann erzeugt werden in Form eines beiläufigen Hinweises («Du hast aber eine nette Familie») oder einer Bitte («Erledige das bitte...»). Von den OK-Experten wurden als «in der Szene übliche Praktiken beschrieben:

- Erpressungen, z. B. Drohung mit ‹Anschwärzen› bei der Polizei, auch unter Aufbietung beeinflußter Zeugen (Zitat: ‹Auf legale Art hochgehen lassen›);
- Drohungen mit dem ‹Verlust des Arbeitsplatzes› bzw. der Position oder mit dem ‹Kaltstellen› der Person (Entzug der Verdienstmöglichkeiten), hierzu gehört auch das Drohen mit wirtschaftlichen Einschnitten bei Geschäftsinhabern, z. B. in der Form des Erlasses eines Verbots in der Szene, das Lokal des Betroffenen aufzusuchen...

Auch Gewalt gegen Sachen hilft, bei Opfern und Zeugen Angst bzw. Respekt zu erzeugen. Sie reicht vom Einschlagen der Fensterscheibe bis zum Verwüsten von Lokalen durch ‹Rollkommandos› (von Fall zu Fall werden damit Rockergruppen beauftragt). In der Statistik tauchen derartige Ereignisse meist nur als Sachbeschädigung auf. Die Polizei ahnt zwar oft die Motive und Hintergründe, die Beweisführung ist jedoch in aller Regel zum Scheitern verurteilt, nicht zuletzt auf Grund der fehlenden Aussagebereitschaft des Geschädigten.» Und schließlich, die letzte Stufe: «Gewalthandlungen gegen Personen kommen zwar innerhalb der bundesdeutschen OK-Täterkreise nicht mehr so häufig wie früher vor, sie bleiben jedoch – ob praktiziert oder nicht – ständiger Drohfaktor in der Szene.»

Auf der anderen Seite dieses Prinzips «Zuckerbrot und Peitsche» wird nach der Studie Loyalität durch die sogenannten «positiven Einwirkungen» erzeugt und aufrechterhalten. Zum Beispiel durch materielle Vergünstigungen: «In erster Linie ist hier die sehr gute und verläßliche Entlohnung der Auftragnehmer und Helfer zu erwähnen, die szenenkonformes Verhalten nahezu garantiert (Zitat: ‹Man sitzt in einem Boot und verdient viel Geld, das hält zusammen›).» Neben diesen Einnahmen ist «die Sicherheit in der ‹Organisation›» ein wichtiger Grund für den Zusammenhalt. Eine Art «soziales Netz»: «Das Gestellen eines Rechtsanwalts bzw. das Wissen um garantierten Rechtsbeistand macht auch den vermögenslosen Täter selbstsicher und gibt ihm das Gefühl des Schutzes... Auch die Unterstützung in der Haft wurde recht häufig erwähnt. Von Fall zu Fall dehnen sich Unterstützungshandlungen (insbesondere pekuniäre und sächliche Zuwendungen) auch auf die Familie des Inhaftierten aus, die über einen längeren Zeitraum ohne ihren Ernährer auskommen muß. Hinzu kommt noch das Empfinden des einzelnen einer ‹gemeinsamen Front gegen die Polizei›.» Dies alles habe – so das Fazit der Forscher – «in der OK-Szene ein gewisses ‹Wir-Gefühl›... entstehen lassen».

Vor diesem Hintergrund ist auch die Erfahrung mehrerer OK-Ermittler verständlich, «daß ein uneingeschränkt aussagewilliger Tatverdächtiger entweder als unwichtige Randfigur einzustufen ist oder möglicherweise gezielte Falschinformationen abgibt».

Ein freiwilliger Ausstieg aus der Szene sei «sehr selten anzutreffen», heißt es in der Studie, «da die ‹guten Verdienstmöglichkeiten› und die ‹soziale Absicherung› des einzelnen Szenenangehörigen Ausstiegsabsichten bei diesem in aller Regel gar nicht erst aufkommen lassen. (Probandenzitat: ‹Man wird nicht gezwungen, dabeizubleiben, sondern man will dabeibleiben!›)»

Bei der sogenannten Delikts- und Opferauswahl sind für die Täter nach der Studie «marktwirtschaftliche Überlegungen und Sicherheitsinteressen» entscheidend: «Von den Tätern werden solche Straftaten bevorzugt, die besonders hohe Gewinne in einem kurzen Zeitraum versprechen und bei denen sich das Risiko dadurch reduziert, daß es kein unmittelbares Opfer gibt (Rauschgifthandel, Hehlerei) bzw.

das Opfer erfahrungsgemäß keine Anzeige erstatten wird (verbotenes Glücksspiel, bestimmte Formen der Wirtschaftskriminalität u. a.). Folglich ist im OK-Bereich von einem hohen Dunkelfeld auszugehen.»

Das Verhältnis der Akteure in der OK-Szene beschreiben die Verfasser als «friedliches Nebeneinander»: «Man ist aufeinander angewiesen und kann sich nicht gegenseitig bekämpfen», formulierte ein OK-Ermittler. Der Markt biete ausreichend Verdienstmöglichkeiten für alle. Das Verhältnis zur Gewalt habe sich in der Szene über die Jahre grundlegend geändert, betonen die Wissenschaftler: «In den siebziger Jahren gab es innerhalb der OK-Täterkreise in verschiedenen Großstädten der Bundesrepublik häufiger gewalttätige Auseinandersetzungen – z. T. mit Schießereien – in der Öffentlichkeit... Seit Beginn der achtziger Jahre wurden solche Auseinandersetzungen wesentlich seltener registriert. Sie können daher nicht mehr als typisch für die bundesdeutsche OK-Szene angesehen werden... Der generell zu verzeichnende Trend zu weniger Gewaltanwendungen erscheint vor dem Hintergrund einer Annäherung der Täterseite an die legale Geschäftswelt auch plausibel. Man bewegt sich heute vermehrt in (normalen) Geschäftskreisen, in denen andere Gesetze herrschen und muß sich danach richten... Man darf daher nicht nach Gewalt suchen, wenn man organisierte Kriminalität finden will. Dieser Grundsatz wird in der Zukunft zunehmend an Bedeutung gewinnen... Die Akteure haben... heute zum großen Teil eingesehen bzw. gelernt, daß man mit Gewaltanwendung eher das Gegenteil von dem erreicht, was man anstrebt: unauffällig und möglichst problemlos Gewinne zu erzielen.»

Was machen die Täter mit diesem Geld? «Illegal erzielte Gewinne werden vorwiegend in Immobilien im In- und Ausland angelegt oder in legal betriebene Geschäfte (Handel, Dienstleistungsgewerbe) investiert. Auch die Anlage auf Bankkonten oder in Wertpapieren und mobilen Sachwerten

(Schmuck, Antiquitäten) wird häufig praktiziert... Die vielfältigen Berührungspunkte und Überschneidungsbereiche mit dem legalen Wirtschaftsleben bilden den Nährboden für die OK. Es kann begründet festgestellt werden, daß die organisierte Kriminalität in den meisten ihrer Erscheinungsformen erst durch die Ausnutzung legaler Wirtschaftszweige und Finanzschienen voll gedeiht.» Für die Anlage in legalen Wirtschaftszweigen bestehen unzählige Möglichkeiten. Die Liste, auf die die Nennungen der OK-Ermittler notiert wurden, umfaßt über 60 Bereiche: von A («Anlagefirmen», «Antiquitätengeschäfte›, «An- und Verkaufsgeschäfte», «Automatenaufsteller», «Autoreifenhandel», «Autovermietungen», «Autoverwertungen») bis Z («Zulieferfirmen von Gaststätten»). Angesichts dieser Möglichkeiten werden – so die Studie – «legale Geschäftsbetriebe von den illegalen Geschäftsleuten häufig als ‹zweites Standbein› angesehen».

Schwarze Gelder waschen die Täter «rein». Sie haben komplizierte «Geldwäschepraktiken» entwickelt. «Von Fall zu Fall ist die Verfahrensweise nur unter Einsatz von betriebswirtschaftlichem Know-how möglich», berichten die Experten. «Nicht selten werden deshalb auch Steuerberater oder Anwälte als Anlageberater eingeschaltet.» Als «perfekte Methode, die entsprechendes kaufmännisches Know-how voraussetzt», bezeichnet die Studie den «Ankauf von exportgeeigneten Gütern (vorzugsweise Maschinen und Elektrogeräte)... Nach dem Transport der mit illegalen Gewinnen erworbenen Ware ins Ausland und der dortigen Veräußerung fließen die Gelder auf Umwegen über Banken oder Firmen in die Bundesrepublik zurück. Neben der Möglichkeit der Geldwäsche hat man auf diese Art in der erzielten Gewinnspanne eine zusätzliche Einnahmequelle erschlossen.»

Als Ursache für die Schwierigkeiten bei der Bekämpfung der OK nennt die Studie – neben dem «konspirativen Verhalten» – das von den Tätern praktizierte «Einwirken auf Behörden». In erster Linie bemühten sie sich um Kontakte zu Polizeibeamten. «Man ist ganz erpicht darauf, einen Polizeibeamten mit drin zu haben», berichtete ein OK-Ermittler aus Erfahrung. Ein anderer: «Die Verbindungen der Leute zur Polizei sind erstaunlich.» Die Folgen wiegen schwer: «Die Ermittlungsarbeit der Polizei wurde durch wiederholten Bruch der Amtsverschwiegenheit vielerorts bereits empfindlich beeinträchtigt», heißt es in der BKA-Studie. Bei dem Einwirken auf Polizeibeamte seien «im wesentlichen drei Zielrichtungen erkennbar:

- die Verunsicherung der Polizei,
- die direkte Ausforschung des Polizeiapparates,
- die Gewinnung von Informationen in der Polizei (Auf- und Ausbau von Informationsquellen).»

Solche «Einwirkungen» der OK-Täter zielen noch auf weitere Behörden, von denen sie sich Vorteile bei der Abwicklung ihrer Geschäfte erhoffen wie etwa Ordnungsämter, Gewerbe- und Bauämter, Zulassungs- und Führerscheinstellen, Zollbehörden, Steuerfahndung, Staatsanwaltschaften und Einwohnermeldeämter.

Bei der «Einschätzung der bisherigen Entwicklung der OK» attestieren die beiden Forscher den Tätern, sie hätten über die Jahre viel dazugelernt: «Im großen und ganzen basiert das heutige System der organisierten Kriminalität auf einem sehr langen Entwicklungsprozeß, der von positiven und negativen Erfahrungen in der kriminellen Szene geprägt wurde und der als ‹effektivster Weg des geringsten Widerstandes› umschrieben werden könnte. Die im Verlaufe dieses Prozesses großgewordenen Initiatoren kann man durchaus als Autodidakten bezeichnen: Nach einem jahrelangen, von der Reaktion auf Zwänge und vom Opportunismus geprägten Wachstumsprozeß sind sie zu (fast) unangreifbaren ‹Autoritäten› in der Szene geworden... Der Lern- und Perfektionierungsprozeß in der bundesdeutschen

OK-Szene beschleunigte sich nach Auffassung vieler Probanden in den letzten Jahren zunehmend.»

Kein Wunder – bei *den* Summen, die die Verbrecher kassierten! «Die eigentliche Triebfeder war und ist die Aussicht auf hohe Gewinne in relativ kurzen Zeiträumen», analysieren die beiden BKA-Autoren weiter. «Das anfangs noch vorhandene Unrechtsbewußtsein wurde mehr und mehr verdrängt. Straftaten, die man innerhalb der Szene früher noch als ‹kriminelles Verhalten› betrachtet hat, werden heute ohne rechtliche Bedenken als ‹Geschäfte aller Art› angesehen. Insbesondere diese Entwicklung läßt ein Absinken der Hemmschwelle auch beim – heute noch gesetzestreuen – Geschäftsmann befürchten, wenn finanzielle Probleme seine Existenz bedrohen.»

Als weitere Ursache für die rasche Entwicklung der Organisierten Kriminalität haben die Verfasser dieser Studie eine zunehmende «Überforderung des Einzeltäters» ausgemacht: «Die Zahl der gewerbsmäßig handelnden Einzeltäter nimmt nach Einschätzung vieler Probanden mehr und mehr ab. Hierfür sind zwei Gründe anzuführen: Entweder ist der Einzeltäter bei illegalen Geschäften ab einer bestimmten Größenordnung überfordert (fehlende Verbindungen, Nichtduldung seiner Tätigkeit durch die OK-Szene), oder er ist dem polizeilichen Verfolgungsdruck, der nicht selten von der Szene mit gezielten Maßnahmen (Tips an die Polizei etc.) verstärkt wird, nicht mehr gewachsen. Man braucht nicht nur Protektion, die allgemein in der OK-Szene zugesichert wird, sondern ist im besonderen Maße von den ‹connections› abhängig... So wie sich im legalen Wirtschaftsleben infolge des Drucks der Konzerne kleine Lebensmittelgeschäfte großen Handelsketten anschlossen und Genossenschaften entstanden, weil man allein dem Marktdruck nicht gewachsen war, wurde auch im illegalen Bereich erkannt, daß ‹Gemeinsamkeit stark macht›. Die sich einstellenden höheren Gewinne waren in der Folgezeit für noch Unentschlossene handlungsleitend.»

Und schließlich meinten mehrere Ermittler, daß die «politisch Verantwortlichen» die Organisierte Kriminalität «lange Zeit nicht wahrhaben wollten. Die bei der Intensivierung der Bekämpfungsmaßnahmen eingetretenen (vermeidbaren) Verzögerungen hatten die Entwicklung der organisierten Kriminalität stark begünstigt.»

Wie wird sich die Organisierte Kriminalität in der Bundesrepublik weiter entwickeln? Die Studie prognostiziert eine düstere Zukunft: «Bereits in naher Zukunft ist von einem steten Ansteigen der OK-relevanten Delikte auszugehen; der Anteil der OK an der Gesamtkriminalität wird im Vergleich zur Gesamtentwicklung überproportional anwachsen. Wesentlicher werden aber die qualitativen Veränderungen sein; letztere betreffen die Perfektionierung des Verbrechens. Mit dem zu vermutenden Anstieg der Zahl der dominierenden Personen wird zusätzlich spezielles Täter-Know-how in die OK-Szene einfließen und den Handlungsspielraum vergrößern. Ferner ist mit erhöhter Flexibilität der OK-Täterkreise zu rechnen; kurzfristig entstehende neue Marktbereiche (etwa bei der illegalen Abfallbeseitigung) werden durch sie erschlossen werden.» Zudem sei eine «fortschreitende Verzahnung der organisierten Formen der Wirtschaftskriminalität mit unserem Wirtschafts- und Sozialsystem» zu erwarten, ohne daß von einer Unterwanderung im Sinne von Mafia gesprochen werden könne.

Fazit: «In den typischen Verhältnissen der Bundesrepublik Deutschland bildet sich eine organisierte Kriminalität eigenen Zuschnitts heraus, deren Gefährlichkeit gerade darin begründet liegt, daß sie ähnlich vielgestaltig und flexibel ist wie die Wirtschaft unseres Landes und von den Freiheiten und Chancen in unserer Gesellschaft ebenso profitieren kann, wie dies – in gewollter Weise – in der legalen Geschäftswelt der Fall ist.»

Soweit die Studie der BKA-Wissenschaftler, die an Deutlichkeit nichts zu wünschen übrig läßt.

Neben vielen anderen Aspekten ist vor allem ein Phänomen auf Dauer fatal, das in der Untersuchung klar beschrieben wird und mit seinen Konsequenzen in der Öffentlichkeit noch nicht richtig bekannt ist: das sogenannte «*Durch*wachsen», die Erkenntnis, daß Täter, die auf der «Arbeitsebene» viel Geld verdient haben, in eine Position hinaufwachsen, auf der ihnen die Polizei kaum noch etwas anhaben kann. Sie haben es längst nicht mehr nötig, im Zusammenhang mit Straftaten in Erscheinung zu treten. Sie sind vermögende Geschäftsleute geworden – und damit häufig «Gesprächspartner für Politik und Gesellschaft». «Zum Teil geben sie sich schon den Anschein eines hanseatischen Großkaufmanns», berichtet der Bremer OK-Fahnder Richter.

Diese Leute werden vor allem in den Bereichen Immobilien und Gastronomie geschäftlich tätig. Dort können sie sich rasch etablieren, weil sie in der Lage sind, hohe Beträge – ihre Gewinne aus illegalen Geschäften – in kurzer Zeit zu investieren, wodurch sie den legalen Wettbewerb verzerren. Auf einmal gehören ihnen begehrte Immobilien, die sie verkaufen oder vermieten – alles ganz legal, wie beispielsweise «Alt-Bremer Häuser». «Die machen sich die Finger nicht mehr schmutzig», sagt der nordrhein-westfälische OK-Fachmann Rolf Baudiß. Kurzum: Die Betreffenden arbeiten hinter einer undurchdringlichen, soliden Fassade. Das Erschreckende ist: überall im Bundesgebiet legen Täter diesen Weg zurück. In Bremen, so schätzt die Polizei, sind es rund ein Dutzend Personen, im Großraum Frankfurt rund 35, in München zehn, in Nordrhein-Westfalen findet man «in jeder Stadt» derartige Größen.

Einige Exemplare dieser Spezies zeichnen sich dadurch aus, daß sie, wie BKA-Kriminaldirektor Helmut Mebesius, Leiter des Referats Deliktsübergreifende OK, berichtet, «sich in der Öffentlichkeit als jemand feiern lassen, der Geld für soziale Zwecke ausgibt, daß sie sich mit Bodyguards umgeben, bei jeder Großveranstaltung zu sehen sind, gute Kontakte in die Politik, zur Wirtschaft, zu Versicherungen und zu Rechtsanwälten haben».

Freilich, es scheitern auch Menschen auf dem Weg dorthin. Zum Beispiel *Gerhard Jagstberg*, ein Mann, gegen den die Ermittlungskommission «Merkur» des LKA Nordrhein-Westfalen umfangreich ermittelte. Auf dem Weg nach oben hat er 50 Millionen Mark verdient, schätzt ein leitender Polizeibeamter, allein 10 Millionen Mark mußte er an Steuern nachzahlen. Es ist die Geschichte eines Mannes, der sich als Zuhälter sein Grundkapital verdient, dann eine Ausstattungsfirma für hochwertige Fahrzeuge und einen Autohandel betreibt und zahlreiche Kredite zu Wucherzinsen vergibt. Sein Aufstieg erschien unaufhaltsam.

Mit vierzehn verläßt *Gerhard Jagstberg* die Volksschule in Hagen. Bis zur sechsten Klasse hat er es gebracht. Zweimal ist er sitzengeblieben. Von da an ist er rührig: Neben seiner Lehre als Tankwart organisiert er mit einem Bekannten in einer Gaststätte den Jugendclub «Studio B». Der Laden läuft. *Gerhard Jagstberg* verdient bombig, weil er – neben dem Eintritt – für die Getränke höhere Preise von den Gästen verlangt als mit dem Wirt vereinbart. Im Vergleich zu diesen Einnahmen kommt ihm der Lohn für die Arbeit an den Zapfsäulen wie blanker Hohn vor. So hängt er den Tankwart-Overall an den Nagel und arbeitet mal hier, mal dort: als «Mädchen für alles» in einer Druckerei, als Eisenanstreicher, Estrichleger und als Fensterputzer. Am Abend und an Wochenenden jobbt er als Kellner. Bei Bauern besorgt er sich Einkellerungskartoffeln und verkauft sie auf Märkten, in der Adventszeit verdient er auf diese Weise mit Weihnachtsbäumen. Er entwickelt eine Leidenschaft fürs Spiel. Dabei lernt er *Jochen Schulze* kennen, der ihm anbietet, in seiner Milieukneipe «Treppchen» – in unmittelbarer Nähe zum Bordell – als Büfettier zu arbeiten. Bei der Arbeit am und um den Tresen herum lernt er schnell Prostituierte kennen. Er weiß mit Menschen umzugehen: Schon bald führen die Damen «erhebliche Beträge» an ihn ab. Diese Frauen schaffen in Bordellen in Bochum, Essen, Hamm, Flensburg, Hamburg, München, Nürnberg, Dortmund, Rendsburg und Bielefeld an.

Dabei gelingt es ihm auch, Frauen, die sich aus dem Bordell zurückgezogen hatten, wieder dorthin zu bringen. Einem Bekannten vertraut er an: «Die Ele habe ich wieder eingepufft. Das kann ich nicht mit ansehen, daß sie als ‹solides Huhn› den ganzen Tag zu Hause auf dem Arsch sitzt und sich an den Füßen spielt.» In Bordellen habe seine erste Ehefrau, wie er später gegenüber dem Ermittler einräumte, «dickes Geld verdient». Insgesamt seien es drei Millionen gewesen, bis zu 16 Stunden am Tag habe sie dafür gearbeitet, wie *Jagstberg* selbst berichtete. Dieses Geld habe er «lediglich verwaltet», wie er formulierte. Immerhin beläuft sich die Barschaft bereits auf 2,5 Millionen Mark.

Im Alter von 33 beschließt *Gerhard Jagstberg*, einen Automobilhandel zu betreiben. Dabei setzte er seine Ehefrau als «Strohfrau» ein, wie er später bei einem Verhör ohne Umschweife einräumt. «Eine Vernehmung meiner Frau zu der Sache ist nicht erforderlich. Sie weiß über meine Geschäfte nicht Bescheid.» Das Geschäft wächst sehr schnell, viel Geld verdient er mit dem «Aufmotzen» hochwertiger Fahrzeuge.

Mit Leib und Seele ist er Verkäufer, über die Jahre entwickelt er einzigartige Fähigkeiten. So verkauft *Gerhard Jagstberg* Pkw-Käufern häufig noch gleich ganz andere Dinge mit wie Schmuck und Pelze. «Ich erinnere mich genau, daß er mir beinah auch noch ein Reitpferd für 10000 Mark aufgeschwätzt hätte», berichtet einer seiner Kunden.

Außerdem ist er an mehreren Bars in Hagen beteiligt, unter anderem der «Kessen Biene», dem «Pussy-Cat» und dem «Gatto Nero». Seine größte Einnahmequelle aber sind Wucherkredite. Unzähligen Menschen, die in der Patsche sitzen, pumpt er Geld. Zinsen von 10 Prozent und mehr pro Monat sind keine Seltenheit: Einem Mann leiht er zum Beispiel 50000 Mark für vier Wochen, 70000 Mark sind zurückzuzahlen. Für eine weitere «Verlängerung» von 14 Tagen muß sein Schuldner noch einmal extra 15000 Mark hinlegen. Oder: Ein Kredit von 180000 Mark ist nach 12 Wochen mit 240000 Mark zu begleichen. Einem in die Klemme geratenen Abbruchunternehmer greift er mindestens zwanzigmal unter die Arme mit Krediten zwischen 100000 und 300000 Mark. Dafür erhält er «Gegenleistungen von 50 bis zu 100 Prozent pro Monat» (Staatsanwaltschaft). Der Abbruchunternehmer muß – sozusagen als Dankeschön, wie so viele andere Geldleiher – bei *Jagstberg* einen «Pkw der Luxusklasse» kaufen. Angesichts des Umfangs der Geschäfte, so befindet *Jagstberg*, sei ein Rolls-Royce für 330000 Mark angemessen. Drei Monate später, nachdem der Abbruchunternehmer endgültig Pleite gemacht hat und in Haft sitzt, nimmt er den Wagen zurück – für 226000 Mark.

Für eines auf der Welt hat *Jagstberg* kein Verständnis: daß jemand seine Schulden nicht pünktlich bezahlt. Es ist alles andere als ein Geheimnis, daß säumige Schuldner eine Menge Ärger mit ihm bekommen – und so gibt es bei ihm kaum Ausfälle. Wie es einem ergeht, dem das nicht klar ist, erlebt *Wilfried Zobel*: Für vier Wochen hatte er sich 1500 Mark gepumpt, 800 Mark an Zinsen sollte er dafür zahlen – das entspricht einem Jahreszinssatz von 693 Prozent. Nachdem der Tag der Rückzahlung verstrichen ist, bekommt *Wilfried Zobel* Besuch. Nachts um halb drei steht *Jagstberg* in seiner Wohnung. Ein anderer kräftiger Mann begleitet ihn, *Jürgen Friedrich*. «Wie sieht es mit meinem Fett aus?» blafft *Jagstberg Wilfried Zobel* an – «Fett» pflegt *Jagstberg* die Leistungen seiner Schuldner zu nennen. Der verschreckte Mann erzählt ihm, daß er augenblicklich nicht in der Lage sei, die «Marie» hinzulegen. *Jagstberg* ist ungehalten. Über sein weiteres Vorgehen notiert ein Ermittler: «Der Angeschuldigte *[Jagstberg]* beschrieb dem Geschädigten nun die Funktionsweise eines Industriestaubsaugers, wobei er darauf hinwies, daß er dem Geschädigten damit ‹die Eier rausreißen würde›, wenn er nochmals wegen des ausstehenden Geldes erscheinen müsse. *Friedrich* faßte *Wilfried Zobel* am Kragen des Bademantels und hielt ihn fest, während der Angeschuldigte das Mobiliar in der Wohnung des Zeugen *[Zobel]* durchsuchte. In einem offenen Fach der Schrankwand fand er 300,– DM, die er demonstrativ in seine Tasche steckte. Gleichzeitig erklärte er dem eingeschüchterten Zeugen, daß dies die ‹Unkosten› für den nächtlichen Einsatz seien.» Nun zahlt *Wilfried Zobel* sehr schnell, sogar 2500 Mark, auf denen *Jagstberg* mittlerweile besteht.

Nicht anders ergeht es dem Ehepaar *Schadmöhl*. Während sie bauen, bricht die von den Banken zugesagte Finanzierung zusammen. Die beiden sind verzweifelt. Sie hören, daß *Jagstberg* Geld verleihe, wenden sich an ihn und erhalten 34000 Mark. Drei Monate später sind 50000 Mark zurückzuzahlen. Zudem müssen sie von *Jagstberg* einen Opel-Diplomat-Bitter für 40000 Mark abnehmen. Den Kauf finanziert eine Bank. Fortan müssen sie dafür Raten abstottern. Als die Eheleute zum vereinbarten Termin nicht flüssig sind, erklärt *Jagstberg* der Frau, wie ein Ermittler notierte, «daß sie ‹nur zahlen solle, wenn sie noch den Wunsch habe, wie ein Mensch auszusehen›. Für derartige Dinge habe er, der Angeschuldigte, seine Leute. Er selbst mache sich die Hände in solchen Fällen nicht schmutzig. Im Regelfall sei er dann auch außerhalb Hagens, so daß ihm diese Tat ohnehin nicht angelastet und bewiesen werden könne. Darüber hinaus bedrohte er die Geschädigten damit, daß er ‹seine Maschinen auch zu den Kindern (Alter sechs und vier Jahre) schicken würde, falls nicht gezahlt werde›.»

Als kurze Zeit später *Michael Schadmöhl* zu *Jagstberg*

geht, um mit ihm über eine Stundung zu sprechen, schlägt ihm *Jagstberg* ins Gesicht.

Die Eheleute bekommen panische Angst. So verkaufen sie Maschinen, die ihnen gerade unter Eigentumsvorbehalt für ihren Betrieb geliefert worden sind, um die Forderungen *Jagstbergs* zu begleichen. Auch für andere Firmen übernehmen es seine Männer, auf derartige Weise Außenstände einzutreiben.

Ebenfalls viel Geld verdient *Jagstberg* mit Immobilien. Für den Bau von Häusern suchte er sich Firmen, bei denen Ebbe in der Kasse herrscht. Er diktiert den Unternehmen seine Preise, indem er ihnen Kredite gibt, die es den Firmen überhaupt erst ermöglichen, mit der Arbeit zu beginnen. Außerdem verlangt er von ihnen Belege, mit denen er gegenüber der Steuer Ausgaben vortäuscht. In Häusern, die er kauft, geht er rücksichtslos vor. Unter Hinweis auf angeblich bevorstehende Renovierungen verlangt er in dem Haus Bahnhofsstraße 29 in Hagen fast das Doppelte an Miete. Den Mietern schickt er neue Mietverträge. So soll beispielsweise ein Ehepaar statt der bisherigen Kaltmiete von 430 Mark von heute auf morgen 800 Mark zahlen. Das Paar weigert sich, den neuen Vertrag zu unterschreiben – wie auch andere Mieter. Eines Tages hängt ein Zettel im Treppenhaus. Darauf fordert *Jagstberg* alle auf, auszuziehen, die sich weigern, den neuen Mietvertrag zu unterschreiben. Eine Telefongespräch, in dem der Ehemann bei seiner Meinung bleibt, bringt *Jagstberg* vollends in Rage, jetzt versteht er wirklich keinen Spaß mehr. Geht es doch um sein Eigentum! Er erklärt dem Mieter, daß er sich «nicht scheue, ein paar Neger vorbeizuschicken», die ihm zeigen würden, daß man mit den Schwierigkeiten auch anders fertig werden könnte.

Nachdem sich der Mieter durch die Drohung nicht in die Knie zwingen ließ, erscheint einige Tage später einer von *Jagstbergs* Männern an der Wohnungstür. Er verlangt von der Frau den Vertrag. Als sie sich weigerte, drohte er ihr mit den Worten: «Du alte Kuh, ich schmeiß dich über den Balkon!»

In seiner Freizeit ist *Gerhard Jagstberg* ein leidenschaftlicher Zocker. Millionen hat er dabei verloren, wie einer seiner ehemaligen Zocker-Kumpels berichtet. «Mich reizte immer das Risiko», bekennt *Jagstberg* freimütig in einer Vernehmung. «Ich kann behaupten, daß ich von Anfang an ein Spieler war, der nicht des Gewinns allein wegen das Spiel betrieb... Ich betreibe das Spiel aus Sucht. Dennoch schalte ich meinen Verstand nicht völlig aus. Meine Grenze ist meine Familie. Sie darf nicht in finanzielle Schwierigkeiten kommen. Das ist meine einzige Einschränkung. Ich selber gehe nach dem Motto vor: ‹Barfuß oder Lackschuh›.»

Er selbst ist alles andere als in finanziellen Schwierigkeiten. Er tut viel, um sich nach außen hin, für die Allgemeinheit, als biederer Bürger darzustellen. Er erlangt Bekanntheit in der Stadt als Mäzen. So unterstützt er die Fußballmannschaft des SSV Hagen mit 164000 Mark. Auch sonst läßt er sich nicht lumpen. Zweimal lädt er die gesamte Kikkertruppe für eine Woche nach Mallorca ein. Außerdem zahlt er mehrere üppige Essen. Auch anderen Vereinen läßt er Geld zukommen. Besonders engagiert er sich für den Boxsport. «Wenn der Kämpfe veranstaltete, saßen in den ersten drei Reihen wichtige Leute aus der Stadt», berichtet ein LKA-Mann. Auf diese Weise erreicht *Gerhard Jagstberg* gesellschaftliche Anerkennung. In den «höheren Kreisen» ist er ein «wohlgelittener Sponsor». So lernen ihn auch die Honoratioren der Stadt zu schätzen, die den Vereinen angehörten. Ein leitender Polizeibeamter, der neu in die Stadt gekommen ist, empfindet es als Ehre, als man ihm anträgt, sich doch ins Präsidium des Fußballvereins wählen zu lassen. In letzter Sekunde gelingt es kundigen Kollegen, den Mann davon abzuhalten, ein Amt in dem von *Jagstberg* gesponserten Verein zu übernehmen, wie sich ein LKA-Beamter erinnert. *Jagstbergs* Kontakte reichen weit: Zwei Tage, nachdem bei ihm eine Telefonüberwachung angelaufen ist, kommt er zur Polizei, beschwert sich «offiziell» darüber und sagt, wie sich ein Beamter erinnert: «Meine Güte, wenn Sie was wissen wollen, fragen Sie mich doch. Da brauchen Sie mich doch nicht anzuzapfen...»

Großen Wert legt *Jagstberg* auf eine gute Presse. Dazu ist ihm jedes Mittel recht: So geht er auf einen Lokalreporter zu, wie ein LKA-Mann berichtet, steckt ihm einen Tausender in die Jackentasche und fordert ihn auf: «Nun schreib mal was Anständiges!» Und schon macht sich *Jagstberg* daran, sich selbst ein Denkmal zu setzen: er plant den Bau eines *Gerhard Jagstberg*-Stadions.

Doch dazu kommt es nicht mehr. Der LKA-Kommission gelingt es, hinter die Gönner-Maske zu schauen und herauszufinden, mit welch krummen Touren es *Jagstberg* zu Vermögen gebracht hat. Als die Beamten ihn in seiner Villa verhaften, gehen ihnen die Augen über. «Ich hab noch nie eine solche pompöse Villa gesehen», staunt ein Ermittler – «mit eigenem Tennisplatz mit Flutlicht, Swimmingpool und Sauna im Haus, Vogelvolieren und einem Teich, auf dem man mit einem Bötchen fahren kann.» Auf sechs Millionen Mark taxieren die Beamten das Grundstück. Für viele überraschend kam *Jagstberg* verhältnismäßig glimpflich davon: zu sechseinhalb Jahren Gefängnis verurteilte ihn das Gericht. Aber dennoch ist er damit bei einigen «Freunden» unten durch. Zumindest fürs erste.

Dieser Fall zeigt, wie jemand es mit einer Mischung aus Ideenreichtum, kaufmännischem Geschick, Freude an unternehmerischer Tätigkeit, Hemmungslosigkeit und Flexibilität schafft, durch sein kriminelles Wirken «hochzukommen». «Irgendwo ist er auch ein Original», meinte einer der Beamten, die ihn überführten. Mit seinem Selbstbewußtsein hielt *Jagstberg* bei ihnen nicht hinterm Berg, als er ihnen sagte: «Ihr könnt mich nackend auf die Straße stellen. Innerhalb von zwei Wochen liefere ich euch wieder eine Million. Ich bin eine Geldmaschine.»

Ein bedrohliches Phänomen im Zusammenhang mit der Organisierten Kriminalität ist die Tatsache, daß aus den Behörden heraus Informationen in die Täterkreise sickern. «Es gibt keinen größeren OK-Komplex, in dem wir nicht feststellen mußten, daß es schwarze Schafe auf unserer Seite gibt», sagt der Leitende Kriminaldirektor Franz Pfiszter, Leiter der OK-Abteilung im Landeskriminalamt Baden-Württemberg. In den vergangenen fünf Jahren seien allein in Baden-Württemberg zwei Dutzend derartiger Fälle bekanntgeworden, in denen OK-Verdächtige durch einen Informanten bei der Polizei oder in einer anderen Behörde versorgt worden seien. Bei den Hamburger Beamten wurden nach Angaben eines leitenden Polizeibeamten «mindestens zehn Fälle» von Korruption bekannt. In Nordrhein-Westfalen «zählt schon keiner mehr», wie ein OK-Ermittler sagt. In anderen Bundesländern sieht es nicht besser aus. Ich lege Wert auf die Feststellung: Es handelt sich um einzelne Personen auf seiten des Staates, die von OK-Kreisen «eingesackt» wurden und Informationen liefern. Es handelt sich um Einzelfälle. Außer Zweifel steht, daß die Polizei in der Bundesrepublik als Institution nicht unterwandert ist.

Ein geradezu klassisches Beispiel ist der Fall des Polizeihauptmeisters *Bertram Backe* in Hannover. Es ist die Geschichte eines Mannes, der ganz langsam immer tiefer und tiefer versackt – typisch. *Bertram* – genannt *Bert* – war ein Begriff im Milieu, bekannt wie ein bunter Hund, in den Kneipen, Bars, Diskos und Puffs im hannoverschen Vergnügungsviertel Steintor: klein, massig, kräftig – ein bulliger Typ mit Glatze. Sein Bauch quillt weit über den breiten Gürtel. Das Hemd spannt über den mächtigen Oberarmen.

Auf Hannovers härtester Wache, dem «Innenstadtrevier» in der Herschelstraße, tritt er 1967 den Dienst an.

Sein unrühmliches Ende als Ordnungshüter ereilt ihn dort 21 Jahre später, ganz abrupt: Während des Dienstes verhaften ihn im Mai 1988 Kollegen von der Kriminalpolizei.

Die Dinge nehmen ihren Lauf, nachdem er 1981 für die Ermittlungen in «Steintor-Sachen» eingesetzt worden war: Seine Aufgabe besteht darin, Straftaten in Lokalen und Bordellen des Vergnügungsviertels aufzuklären. «Frustrierend» empfand er diesen Job. «Nachdem ich im Gaststättengesetz sattelfest geworden war, habe ich viel entdeckt und viele Anzeigen geschrieben», erinnert er sich. Doch meist ohne Erfolg. Entweder kümmert sich das Ordnungsamt nicht weiter darum, oder die Wirte kommen letzten Endes doch irgendwie ungeschoren davon. «Wenn man da Erfolge haben will, muß man viel mit den Wirten reden», schildert er seine Dienst-Philosophie. «Dabei wird auch viel getrunken. Mit alter preußischer Art kommt man da nicht weiter.»

Im Laufe der Zeit werden diese Kontakte immer intensiver. Zum Beispiel mit dem hannoverschen «Nachtclub-König» *Heinz Gayen*, Besitzer eines Bistros, einer Diskothek und eines Bordells in der Variante des Sauna-Clubs. «Uns verbindet eine jahrelange Freundschaft», umreißt der Beamte das Verhältnis. Eine Freundschaft, die peu à peu wuchs: Wenn er im Dienst Lokale des Geschäftsmanns betritt und etwas zu sich nimmt, braucht er nicht zu zahlen. Ebensowenig, wenn er dort privat aufkreuzt. Und das tut er nicht gerade selten. Der «Freund» weiß, was der Beamte schätzt: Eines Tages überreicht er ihm einen ganzen Kasten «Bailey's», das Lieblingsgetränk des Hauptmeisters. Einfach so. Der Beamte nimmt das Whisky-Sahne-Gemisch dankend an. Die ersten Schritte in die Verstrickung.

Es geht weiter. «Wenn ich Frust hatte und die Schnauze voll, haben wir einen Zug durch die Gemeinde gemacht», erinnert sich *Backe*. «Unterwegs hab ich dann mal gesagt: Zeig mir doch deinen Laden.» Der Bordellier läßt sich nicht lumpen: Ab geht's in den «Sauna-Club» in der Calenberger

Straße. «Da wird man angebaggert – und so ist's halt passiert.» *Bert* verkehrt in dem Bordell mit einer Prostituierten, acht weitere Male folgen, wie er einräumt. Schäferstündchen für Schäferstündchen ist fein säuberlich belegt: jedesmal unterzeichnet er einen Schuldschein. Den kleinen Stapel stellen später seine Kollegen sicher. Danach ließ er anschreiben für Geschlechtsverkehr und Verzehr. Mal für 299 Mark, mal 370 Mark, mal 300 Mark. Spätestens mit diesen Scheinen hat der «Nachtclub-König» den Ehemann und Vater von zwei Kindern in der Hand.

Von *Bertram Backe* wird Entgegenkommen erwartet – und er zeigt es. So verrät er eine Großrazzia der «Soko Thai», einer Sonderkommission, die dem Menschenhandel mit und der Prostitution von Thailänderinnen den Kampf angesagt hat. Der Leiter dieser Soko, Kriminalhauptkommissar Schlieter: «Durch den Verrat wurde unsere Arbeit erheblich erschwert.» Einsätze müssen verschoben, Unterlagen können von den Verdächtigen noch manipuliert werden. Ebenfalls unterrichtet der Beamte seinen «langjährigen» Freund über Streifengänge seiner Dienststelle in die Halbweltschuppen. Weitere Gefälligkeit: Er überprüft Personal, das der Gastronom einstellen will – ganz einfach: mit dem Polizeicomputer. Und schließlich «berät» der Beamte den Gastronomen auch noch allgemein «in Polizeisachen», wie er den verdutzten Kollegen nach seiner Verhaftung zu Protokoll gibt.

Mit einem anderen Bordell hält er es ebenso: kostenloser Geschlechtsverkehr und freie Getränke gegen Polizeiinterna. Von dem Bordellwirtschafter *Bernd Frantzen* bekommt er sogar noch 300 Mark in die Hand gedrückt, als «Weihnachtsgeld». In Lokalen soll er bei Verstößen die Augen zugedrückt und kassiert haben. Später, nach seiner Verhaftung, räumt er gegenüber Kollegen ein: «Ich schließe nicht aus, daß ich schludrig gearbeitet habe, wenn's um Leute aus dem Milieu ging, die mich in der Hand hatten.»

Den Höhepunkt bildete die «Badewannen-Affäre». Begonnen hatte es ganz harmlos:

«Süßer die Glocken nie klingen» und «Oh, du fröhliche», diese Melodien schallen über den Weihnachtsmarkt in Hannover. Gerade gehen die Lichter auf den Ständen um die Marktkirche herum an. Der Geruch gebrannter Mandeln liegt in der Luft. Auch nach Bratwurst und Glühwein duftet es. Mehrere Männer treffen sich am Hanns-Lilje-Platz, Ecke Schmiedestraße: Ordnungshüter in Zivil. Unter ihnen *Bertram Backe*. Auf Einladung der Budenbetreiber dürfen sie gratis zechen. Und davon machen sie regen Gebrauch, wie sich *Backe* erinnert. «Von dem Glühwein haben wir so einen süßen Geschmack bekommen. Um den wegzukriegen, haben wir dann auch Bier getrunken.» Und einiges mehr, wie *Bertram Backe* einräumt. Arrak, Rum, Weinbrand...

Es wird eine richtige Sause. Sie ziehen weiter – in Milieu-Lokale. Zeugen sehen, wie vor dem Bordell «Thai-Inter» in der Schloßwender Straße zwei Taxen stoppen und Polizeihauptmeister *Backe*, sein Vorgesetzter, ein Kommissar, und einige Milieu-Bekannte aussteigen. Wenig später planschen die beiden Beamten splitternackt in einem Badezimmer des Etablissements. In dem weißgekachelten Raum mit Kronleuchter amüsieren sie sich in der großen Badewanne mit Thailänderinnen. Plötzlich blitzt es. Jemand macht Fotos mit einer Polaroid-Kamera. An Einzelheiten könne er sich nicht mehr erinnern, sagt Polizeihauptmeister *Backe* später – «Filmriß», wie er es formuliert.

Einige Tage später habe er einen Anruf bekommen, berichtet er: Die Freuden im Puff seien fotografiert worden, erklärt ihm ein Anonymus. Völlig aufgebracht ruft er den Betreiber des Bordells an, so *Backes* Schilderung weiter. Der habe ihm die Existenz der Aufnahmen bestätigt. Kurze Zeit später hätten sie sich in der Nähe seiner Dienststelle getroffen. Der Bordellier überreichte ihm die Bilder – breit grinsend. Die Bedingung der Halbweltgröße für diesen

Freundschaftsdienst laut *Backe*: Er, der Beamte, hätte versprechen müssen, ab sofort über alle Polizeieinsätze im Milieu zu berichten.

Doch damit nicht genug. Einige Tage später klingelt wieder das Telefon bei Polizeihauptmeister *Backe*. Am anderen Ende: ein weiterer Bordellier. «Ich hab auch noch ein Foto», frohlockt er. «Wenn du nicht funktionierst, scheißen wir dich an, lassen wir dich über die Klinge springen.» Angesichts dieser Drohung «funktionierte» der Beamte, verpfiff Aktionen seiner Kollegen.

Ohne Frage spielte die Eitelkeit des Hauptmeisters eine wichtige Rolle bei der Korruption: Er genoß es, mit dabeizusein, lässig Wirte, Büfettiers und Zuhälter zu duzen, überhaupt schräge Vögel jeden Kalibers. *Bertram Backe* liebte es, jemand in der Szene zu sein, jemand, der mit vielen Halbweltgrößen «befreundet» war. Stolz machte ihn nicht nur das Gefühl, mit dazuzugehören, sondern auch, daß er als Polizist eine ganz besondere Macht hatte. Und natürlich – ganz wichtig –: Dort im Milieu bekam er die Anerkennung, die ihm im Dienst versagt geblieben war.

Niemand weiß, wie viele derartige Maulwürfe in der Polizei ihr Unwesen treiben. *Bernd Frantzen*, Milieu-Gastwirt und Ex-Zechkumpan von *Bertram Backe*: «In Hannover gibt es noch eine Reihe anderer... Nur: *Bert* war der Dümmste.» Ob's stimmt?

Tatsache ist jedenfalls, daß es nach der OK-Studie des Bundeskriminalamts «vielerorts» derartige Informanten gibt: «Eindeutige Hinweise und Fallschilderungen der Probanden lassen den Schluß zu, daß insbesondere in Regionen mit einer Konzentration bestimmter Täterkreise bzw. Drahtzieher durchweg davon auszugehen ist, daß die Täter über beständige Kontakte zu Bediensteten innerhalb des Polizeiapparats verfügen.»

Auch die folgenden Zeilen stammen nicht aus einem Roman, der sich mit den Verhältnissen in Sizilien befaßt, sondern aus der Studie des Bundeskriminalamts, veröffentlicht im Jahr 1988: «Der vorzügliche Informationsfluß und die Verläßlichkeit der Informanten wird in vielfältiger Weise erkennbar: So wurden nur für den Dienstgebrauch der Polizei bestimmte und entsprechend gekennzeichnete Papiere in der Wohnung von Führungspersonen gefunden, Straftäter hatten Kenntnis von den aktuellen polizeilichen Kennwörtern für den innerbehördlichen Dienstverkehr, oder eine anfangs vielversprechende Telefonüberwachung erbrachte von einer Stunde auf die andere unerklärlicherweise keine Erkenntnisse mehr.» Um an derartige Informationen zu gelangen, versuchten die Täter «Abhängigkeitsverhältnisse» aufzubauen. «Diese werden nicht selten vom Betroffenen innerlich verniedlicht oder sogar verdrängt», fanden die BKA-Forscher heraus.

Meistens freilich ist die Beweislage längst nicht so klar wie in dem *Backe*-Fall am Ende der Ermittlungen. «Häufig ergeben sich Verdachtsfälle in der Grauzone zwischen eindeutig Strafbarem und lediglich Verdächtigem», resümiert Wolfgang Sielaff, Chef des Hamburger LKA. «Die Abstufungen sind vielfältig.» So hat er eine «kleine Auslese, die hauptsächlich auf mehr oder weniger zufällig erlangten Erkenntnissen beruht», zusammengetragen: «Polizeibeamte

- nehmen an der Geburtstagsparty eines bekannten Kriminellen teil;
- verkehren in ihrer Freizeit regelmäßig mit Kriminellen, unter anderem verbringen sie auch gemeinsam Urlaub;
- leben mit Prostituierten in eheähnlicher Gemeinschaft, fahren schwere Autos und pflegen teure Hobbies;
- verkehren in Sex-Clubs;
- arbeiten in ihrer Freizeit als Zapfer in einem Milieu-Lokal oder als Mitarbeiter in einem Fitness- und Sauna-Club;
- verdienen nebenberuflich Geld mit Warentermingeschäften, wobei sie zum Teil Kontakte zu Top-Kriminellen unterhalten;

- sind an dubiosen Abschreibungsgesellschaften beteiligt;
- verdingen sich als Handwerker bei Renovierung eines St. Pauli-Etablissements;
- verkehren in der Drogenszene.»

«Die Erfahrung zeigt», berichtet Sielaff, «daß die kriminelle Szene Beamte kennt, die den unterschiedlichen Bewährungssituationen nicht standgehalten haben, sich also auf unterschiedliche Art und Weise haben korrumpieren lassen. Diese Polizeibeamten bilden die eigentliche Gefahr, weil sie unerkannt an verschiedenen Stellen in der Organisation sitzen. Sie haben Einblicke und Möglichkeiten, die für die kriminelle Gegenseite oft interessant sind.» Als besonders gefährdet sieht er «labile, unausgereifte, gestrauchelte, erpreßbar gewordene, verschiedenen Verführungssituationen erlegene Polizeibeamte» an. «Häufig handelt es sich um junge Polizeibeamte.» Als Ursache hat Sielaff «strukturelle Schwachstellen» in der Polizeiorganisation ausgemacht. Dazu zählen beispielsweise bei der Ausbildung die «mangelhafte Vermittlung berufsethischer Werte» und die «Kopflastigkeit theoretischer Wissensvermittlung zu Lasten der Einübung des polizeilichen Handwerks» sowie bei der Polizeiführung «zuwenig Führungspersönlichkeiten, zuwenig Fachautoritäten» und «mangelhafte Dienst- und Fachaufsicht».

Das Vorgehen der Täter bei der Anbahnung zeugt nach Erkenntnissen der BKA-Forscher von «überdurchschnittlicher Raffinesse». Dabei haben sie vier Phasen ausgemacht: «In der ersten Phase werden die Schwachpunkte der Zielperson ausgekundschaftet.» Das geschehe häufig in «milieueigenen Vergnügungsbetrieben», wegen «des hier stattfindenden Alkoholkonsums ist die Anfälligkeit des Opfers an diesen Orten besonders groß». In der zweiten Phase wird der persönliche Kontakt aufgenommen. Diese «Ansprache» ergebe sich «meist unter gleichzeitiger Gewährung von Gefälligkeiten, wie z. B. das Übernehmen der Zeche, das kostenlose Zusammensein mit einer Prostituierten oder das Ausleihen eines hochwertigen Kraftfahrzeugs. In der dritten Phase arbeitet die Zeit für die Szene. Der Betroffene wird mit ständig größer werdenden Gefälligkeiten immer tiefer in die Abhängigkeit geführt, bis er schließlich in der vierten Phase ‹bereit für den Einsatz ist›.» Dabei vermeiden es die Täter, massiv auf ihr Opfer einzuwirken. Sie arbeiten «sanft». Über dieses Fingerspitzengefühl der Täter ist in der BKA-Studie zu lesen: «Der Kandidat bekommt in keiner Phase das Gefühl eines Abhängigkeitsverhältnisses, sondern wird ‹zum guten Freund gemacht›, der auf Grund einer inneren Verpflichtung meist *ohne* konkreten Auftrag und ohne Schuldgefühle mit einer erstaunlichen Selbstverständlichkeit für die Informationen sorgt.»

Hier läuft alles auf der «psychologischen Schiene», dem Beamten verschwimmen die Konturen – er «hilft» aus «Freundschaft». Große Geldbeträge sind dabei nicht im Spiel. Das ist die Regel. Aber keine Regel ohne Ausnahme: Es gibt natürlich auch einige Fälle, in denen der Beamte dabei gut verdiente.

Zum Beispiel *Bernd Strahlen*, Zivilfahnder auf der Davidswache in Hamburg-St. Pauli. Seine spezielle Aufgabe: das verbotene Glücksspiel zu bekämpfen. Doch er tat genau das Gegenteil – und wurde dabei zu einem vermögenden Polizeihauptmeister. *Strahlen* (31) sollte sich auf St. Pauli in den Lokalen und Hinterzimmern umschauen, Kontrollen durchführen, bei Verdacht auf illegales Glücksspiel Durchsuchungen und Razzien in die Wege leiten. Kollegen wundern sich darüber, daß er – wie sie bemerkten – mit Größen aus dem Zockermilieu sehr gut bekannt ist.

Verdacht kommt auf, diskrete Ermittlungen werden eingeleitet. Es kommt heraus, daß er eine Vereinbarung abgeschlossen hat über die Ausübung seines Dienstes. Sein «Vertragspartner» ist ein bekannter Hamburger Krimineller, der im Auftrag einiger Kasinobetreiber handelte. Der Beamte sagte seinen «Geschäftspartnern» zu, daß sie beim illegalen Glücksspiel nicht gestört würden. Er werde derartige Maßnahmen unterlassen. Soweit eine Kontrolle unvermeidbar sei, versprach er, sie rechtzeitig anzukündigen. Und weil er natürlich auch Erfolge gegenüber seiner Dienststelle vorweisen muß, sprechen sich die Kasinobetreiber untereinander ab, bei wem mal für eine Weile der Laden dichtgemacht werden kann, wie *Strahlens* Kollegen später herausfanden. Außerdem kamen sie dahinter, daß ein Teil der Einnahmeausfälle aus einem gemeinsamen Topf der Kasinobetreiber ersetzt wurde. Als Gegenleistung erhielt *Bernd Strahlen* pro Monat einen vierstelligen Betrag. Gelegentlich wohl auch mal mehr. Als die Beamten *Strahlens* Einkünfte unter die Lupe nehmen, läßt sich über eine halbe Million Mark «nicht erklären», wie einer der Ermittler berichtet. Innerhalb der vier Jahre als «Glücksspielfahnder» kaufte er sich eine echte Rolex für 20000 Mark und einen Mercedes für 35000 Mark. Er baute ein Haus und machte mehrere aufwendige Reisen in die Vereinigten Staaten und nach Kanada. Allein eine Sechs-Wochen-Kanada-Tour veranschlagten die Ermittler mit 30000 Mark. Er legte sich eine zweite Identität zu. Unter einem anderen Namen lebte er mit seiner Freundin, einer Prostituierten, in einer Wohnung in der Palmerstraße in Hamburg-Hamm, die er auch finanzierte. Offiziell wohnte er in einem Haus in Schleswig-Holstein. Um bei Touren im Milieu nicht aufzufallen, setzte er sich mitunter eine Perücke auf und klebte sich einen Bart an. Gerade dies machte Kollegen stutzig, die ihn trotz der Verkleidung erkannten.

Strahlen wurde zu dreieinhalb Jahren Gefängnis verurteilt.

In vielen besonders korruptionsgefährdeten Bereichen wurde mittlerweile von der Polizeiführung reagiert und eine «Verweildauerbegrenzung» eingeführt. Das ist eine Art Rotationsprinzip. Diese Zeit beträgt beispielsweise in Hamburg fünf bis acht Jahre im «Operativen Bereich» der Dienststellen OK und Rauschgift, ebenso bei der Dienststelle «Zuhälterei/Menschenhandel, verbotenes Glücksspiel».

Mindestens ebenso wichtig ist aber, daß die Beamten gründlich auf ihren Einsatz im Milieu und in anderen OK-Kreisen vorbereitet werden. Damit sie wissen, wie sie den Verlockungen widerstehen. Die können sehr groß sein.

KAPITEL 4

Der Sumpf wächst und wächst – was die Organisierte Kriminalität so gefährlich macht

Die Organisierte Kriminalität hat bei uns in den vergangenen Jahren erschreckende Formen angenommen. Ein Morast breitet sich mit großem Tempo aus.

Die Schäden sind schon heute exorbitant. Und sie werden in den nächsten Jahren weiter sprunghaft ansteigen. Schon die nüchternen Zahlen sind erschreckend: Die Organisierte Kriminalität kostet derzeit jährlich über 2000 Menschen das Leben und verursacht Schäden von über 150 Milliarden Mark in der Bundesrepublik, wie Fachleute schätzen. Nicht in Worten ist das Leid auszudrücken, das dahintersteht. Durch Drogen verlieren Eltern ihre Kinder, junge Leute ihre Freunde. Wohnungsbesitzer stehen verzweifelt vor ihrer geplünderten Wohnung. Geschäftsleute müssen aufgeben, Arbeiter finden keine Beschäftigung.

Zudem ist die Organisierte Kriminalität zu einem Motor für die sogenannte «Massenkriminalität» geworden. Durch die unauffälligen Kanäle der Diebstahlsabsatzwirtschaft fließen Schmuck, Schecks, Autoradios und vieles mehr ab. Tatsache ist: In den vergangenen 20 Jahren hat sich die Kriminalität in der Bundesrepublik verdoppelt. 1988 kamen auf 100000 Einwohner 7114 bekanntgewordene Straftaten (ohne Verkehrs- und Staatsschutzdelikte) nach der Kriminalstatistik. 1968 waren es noch 3588 gewesen.

Für unsere Wirtschaft sind die Folgen der Organisierten

Kriminalität verheerend: Unternehmen, die reell arbeiten, gehen in Konkurs, weil Firmen, die sich Arbeitskräfte illegal leihen, günstigere Angebote machen können und die Aufträge bekommen. Dieser Mechanismus führt zu einem Sog: Über kurz oder lang bleibt vielen Unternehmen gar nichts anderes übrig, als ebenso zu handeln, wenn sie nicht Pleite machen wollen. Legales und illegales Geschäft werden immer mehr vermengt. Riesige illegale Gewinne, etwa aus dem Rauschgiftgeschäft, werden in legale Geschäfte in augenblicklich erfolgversprechende Branchen gepumpt. Man kann mehr bieten als die gesetzestreue Konkurrenz, die bei weitem nicht so finanzkräftig ist. Dadurch etabliert sich kriminelle Macht, die Täter erlangen wirtschaftliche Potenz und damit sehr rasch politischen Einfluß. Wie schnell das gehen kann, zeigen die Korruptionsaffären in Berlin und Frankfurt. Wer so durch Geld zu Macht und den entsprechenden Kontakten kommt, ist nur noch schwer angreifbar. Kommen auf diese Weise skrupellose Ganoven hoch, ist – wie die Entwicklung in den Vereinigten Staaten zeigt – ihr nächstes Ziel, die Konkurrenz aus dem Markt zu drängen, das Monopol zu errichten.

Das Perverse daran ist: Für die riesigen Schäden kommt «die Allgemeinheit» auf. Das heißt: jeder Bürger. Die Prämien für die Hausratversicherung wären niedriger, wenn die Unternehmen nicht für die in den vergangenen Jahren rapide angestiegenen Wohnungseinbrüche aufkommen müßten. Ebenso wären die Prämien bei der Autokaskoversicherung geringer, wenn die Unternehmen nicht für die von Autoschieberorganisationen entwendeten Wagen zahlen müßten. Mit den Kontoführungsgebühren, die uns die Banken abziehen, zahlen wir letzten Endes für die Organisierte Euroscheckkriminalität. Für organisierte Diebstähle in Warenlagern werden wir über den Preis im Laden zur Kasse gebeten. Über unsere Steuern finanzieren wir Programme, mit denen Menschen von ihrer Drogensucht befreit werden sollen. Unsere Beiträge zur Arbeitslosenversicherung gehen mit für die drauf, die ohne Arbeit dastehen, weil Kolonnen illegaler Verleiher ihnen die Arbeit wegnehmen. Neben dieser allgemeinen Umlage trifft die Organisierte Kriminalität aber auch immer häufiger den einzelnen. Etwa wenn für den gestohlenen Schmuck nicht die Hausratversicherung aufkommt oder wenn ein Kapitalanleger um seine Ersparnisse gebracht wurde.

Bei alledem geht über kurz oder lang das allgemeine Rechtsbewußtsein in der Gesellschaft vor die Hunde. Wenn der Bürger sieht, daß der Staat überfordert ist, Schwerkriminelle zur Rechenschaft zu ziehen, wenn er erlebt, wie die mit allen Wassern gewaschenen Ganoven mit der Unterstützung findiger Anwälte ihre Millionen in Sicherheit bringen, und wenn er auf der anderen Seite mitbekommt, daß der Staat es nur noch schafft, mit der «gewöhnlichen» Kriminalität fertig zu werden, wird der Bürger dies als bitter ungerecht empfinden. Es steht zu befürchten, daß er sich irgendwann von diesem System auch innerlich verabschiedet. Macht sich erst einmal der Eindruck breit, daß es nach der Devise geht: «Die Kleinen fängt man, die Großen läßt man laufen», daß der Staat ohnmächtig ist, so dauert es nicht mehr lange, bis zu viele die Normen nicht mehr ernst nehmen. Dies höhlt die Fundamente unseres Rechtsstaates aus.

Angesichts dieser extrem hohen Sozialschädlichkeit der Organisierten Kriminalität ist es überraschend, daß sie noch kaum zur Kenntnis genommen wird. Der wichtigste Grund dafür ist: Organisierte Kriminalität tritt nicht als solche offen in Erscheinung. Es gehört ja gerade zum Wesen der Organisierten Kriminalität, die Strukturen im Verborgenen zu halten. Darauf verwenden die Täter viel Mühe. Niemand bekommt etwas mit. Auch die Polizei nicht. Mit dem Geschäft von Schutzgelderpressern, Kapitalanlagebetrügern, illegalen Arbeitsverleihern, Schmiergeldzahlern oder Rauschgifthändlern ist es in dem Augenblick vorbei, in dem bekannt wird, wie und wo sie arbeiten. Organisierte Kriminalität ist alles andere als Primitivkriminalität, von Ausnahmen abgesehen. Es geht viel mehr um die von klugen Köpfen optimal organisierte Verwertung von Waren und Diensten. Kurzum: Ist Kriminalität leicht erkennbar, deutet alles darauf hin, daß sie schlecht organisiert wurde, sofern man überhaupt von Organisieren sprechen kann.

Auch aus der Statistik läßt sich die Organisierte Kriminalität nicht ablesen. In der Kriminalstatistik sind zum einen nur Delikte registriert, die der Polizei bekannt geworden sind. Organisierte Kriminalität ist nun aber gerade in Bereichen auszumachen, in denen das sogenannte Anzeigeverhalten gegen Null tendiert, wie beim Rauschgifthandel, dem Glücksspiel und den Delikten im Zusammenhang mit der Prostitution. Oft bekommt der Geschädigte auch gar nichts mit, wie beispielsweise beim Subventionsschwindel. Zum anderen – und das ist der springende Punkt – weist die Kriminalstatistik OK-Delikte nicht gesondert aus, sondern nur die Anzahl aller Delikte zusammen. Das läßt sich freilich gar nicht anders machen, da die Polizei, wenn sie eine Anzeige aufnimmt, kaum sagen kann, ob die Täter dem OK-Umfeld zuzuordnen sind oder nicht. Also: Von der Natur der Sache her kann man Organisierte Kriminalität auch nicht statistisch belegen.

Ebensowenig ist meist aus Gerichtsurteilen der OK-Hintergrund herauszulesen. Auch dies ist allerdings nicht verwunderlich, wenn man sich den Gang der Dinge vom «Anfangsverdacht» der Beamten bis zum Urteil des Gerichts anschaut: Oft wissen Polizeibeamte sehr viel, ahnen noch mehr. In die Ermittlungsakten nehmen sie häufig nur einen kleinen Teil davon auf. Weil sie wissen, daß es sich nicht gut macht, wenn sie später darlegen müssen, warum von den vielen Verdächtigen nur so wenige übriggeblieben sind. Durch den ersten Filter wird der Fall anschließend bei der Staatsanwaltschaft gepreßt: Der Staatsanwalt will eine Anklage machen, die hieb- und stichfest ist. Ihm geht es primär um eine Verurteilung des Täters – eine deutlich andere Sichtweise als die des Polizeibeamten, der als Kriminalist möglichst viele Fälle aufklären möchte. Und so konzentriert sich der Staatsanwalt auf die eindeutigen Zusammenhänge in dem Fall, die anderen bleiben außen vor. Namen, die in den Schlußberichten der Polizei noch zu lesen sind, tauchen aus diesen Gründen in der Anklageschrift nicht mehr auf. Kommt die Sache vor Gericht, wird zum zweitenmal gefiltert: Die Richter werden gerade in derartigen Verfahren mit Bergen von Akten überschüttet. Sie müssen ihr Pensum schaffen, sie können nicht alle anderen Verfahren bis auf weiteres aussetzen, um einer komplizierten Sache auf den Grund zu gehen. Und so passiert es in der Praxis, daß Richter «wacklige» Punkte nicht weiterverfolgen, Hintergründe nicht ausleuchten, vor allem, wenn sich absehen läßt, daß der Täter wegen anderer Delikte ohnehin mit einer Strafe zu rechnen hat.

Zugespitzt formuliert haben Polizei und Gericht vom Erkenntnisziel her entgegengesetzte Interessen: Der Ermittler möchte als Kriminalist möglichst viel wissen, möglichst viele Straftaten aufklären und Zusammenhänge aufdecken. Der Richter hingegen will möglichst weniges wissen, nämlich nur so viel, wie für dieses laufende Verfahren gegen den betreffenden Täter unbedingt erforderlich ist. Und so verschwinden im Laufe der Zeit die OK-Bezüge Schritt für Schritt.

Auch läßt sich die Organisierte Kriminalität, so wie sie in der Bundesrepublik existiert, in den Medien nur schwer darstellen. Wann gibt es schon spektakuläre Fotos? Aus Italien kommen Fotos von gerade Ermordeten, die in einer Blutlache liegen. In Deutschland tun die Täter alles, um derartige Szenen zu vermeiden. Die würden nur ihr Geschäft stören. Und sonst, welche Bilder kämen noch in Betracht? Ein leerer Parkplatz, auf dem bis vor wenigen Stunden noch ein Auto stand, das spurlos verschwand, ist ebensowenig ein reizvolles Motiv wie irgendein Gebäude, an dessen Errichtung illegal beschäftigte Arbeitnehmer beteiligt waren. So bleiben nur wenige Bilder, die für Fotoredakteure in Betracht kommen. Etwa ein von Schutzgelderpressern abgefackeltes Lokal oder der spektakuläre Fund einer Leiche.

Für organisiert vorgehende Kriminelle ist unser Staat aus mehreren Gründen interessant: Die Bundesrepublik gehört zu den wohlhabendsten Ländern der Welt, liegt zentral in Europa, die liberale Wirtschaftsordnung eignet sich hervorragend, um Straftaten zu begehen. Außerdem wird die Bundesrepublik immer mehr zu einem Einwanderungsland. Immer häufiger machen die Ermittler ethnisch geschlossene kriminelle Organisationen aus. Man denke nur an den Rauschgifthandel oder die Wohnungseinbrüche. Die Täter kommen oft aus bitterster Armut und wollen sich eine Scheibe von dem Wohlstand abschneiden, den sie hier um sich herum erleben. Die Entwicklung in den Vereinigten Staaten zeigt, daß gerade solche Gruppen häufig mit großer Energie, besonders rabiat vorgehen und schnell wachsen.

Beängstigend ist vor allem auch das Niveau, das die Organisierte Kriminalität in der Bundesrepublik rasch erklommen hat. Viele Täter haben die Lehrjahre hinter sich. Mittlerweile sind sie dabei, sich zu fleißigen Gesellen und erfahrenen Meistern zu entwickeln. Sie haben ihre Systeme im Laufe der Zeit immer weiter perfektioniert, wissen genau, wie sie am schnellsten zum Ziel kommen. Dieser Lernprozeß hat die Ausbreitung der Organisierten Kriminalität in den vergangenen Jahren spürbar beschleunigt. Die Abschaffung der Schlagbäume innerhalb der Europäischen Gemeinschaft verspricht auch den Absahnern grenzenlose Geschäfte.

KAPITEL 5

Die althergebrachten Methoden reichen nicht – wie die Strafverfolger die Organisierte Kriminalität bekämpfen

Unumstritten ist heute bei den Fachleuten: Allein mit althergebrachten Methoden wie etwa Vernehmung, Durchsuchung, Fahndung ist die Organisierte Kriminalität nicht wirksam zu bekämpfen. Damit kommen die Ermittler meist nicht weiter, wenn sie es mit dem OK-typischen konspirativen Vorgehen, internationalen Verflechtungen und den ungeschriebenen Gesetzen der OK-Szene zu tun haben. Mit einer Reihe von Methoden, die dem Wesen der OK Rechnung tragen, versuchen die Ermittler Straftaten von organisierten Verbrechern aufzuklären und an die Hintermänner heranzukommen.

Zu den «kriminaltaktischen Maßnahmen» zählen der Einsatz «Verdeckter Ermittler» – Polizeikürzel: VE –; der Einsatz von «Vertrauenspersonen» (Polizeikürzel: V-Person oder VP); Telefonüberwachung und Observation. Außerdem wurden bei Polizei und Staatsanwaltschaft Dienststellen errichtet, die sich ausschließlich mit Organisierter Kriminalität befassen. Der «Zeugenschutz» soll sicherstellen, daß Zeugen nicht Repressalien der Täter ausgesetzt sind. Schließlich spielt für die Sammlung von Informationen über OK-Täter und OK-Verdächtige die Datei PIOS OK des Bundeskriminalamts eine Rolle.

Den Zettel hat *Ludwig Lahn* von Daniel bekommen, einem flüchtigen Bekannten. Darauf gekritzelt sind zwei Telefonnummern eines Nachtclubbesitzers, der, wie Daniel gesagt hatte, Interesse am Kauf von «besonderen Scheiben» hätte. Mal schauen, denkt sich Schallplattenhändler *Lahn*, vielleicht ein neuer Kunde. Er beliefert eine ganze Reihe von Diskotheken und Raritätensammlern in Süddeutschland und in der Schweiz mit «Black Music»-Spezialitäten. Und so wählt er die erste Nummer. Eine Frau nimmt ab. Nein, sagt sie, ihr Mann Roger sei im Augenblick nicht unter dieser Nummer zu erreichen, sondern unter der anderen. Dort erwischt *Ludwig Lahn* tatsächlich Roger. An Schallplatten habe er im Augenblick keinen Bedarf, erklärt ihm Roger. Momentan sei er auf der Suche nach einer größeren Menge Kokain – 140000 Schweizer Franken seien er und seine Partner bereit, für ein Kilogramm zu zahlen. Ob er ihm da nicht weiterhelfen könne, fragt Roger *Ludwig Lahn* unverblümt, ob er nicht jemanden kenne, der größere Mengen liefern könne? Dazu sehe er sich gegenwärtig nicht in der Lage, erwidert *Lahn*.

Roger scheint dringend eine größere Menge Kokain zu benötigen und gute Absatzmöglichkeiten zu besitzen. Woche für Woche ruft er *Lahn* an und fragt, ob sie nicht ins Geschäft kommen könnten. Wir sollten uns mal treffen, regt Roger nach zwei Monaten an. Er schlägt ein Hotel in Weil am Rhein vor. *Ludwig Lahn* fährt in den 30000-Seelen-Ort an der schweizerischen Grenze, nimmt Platz im Restaurant und wartet. Weit und breit sieht er keinen Roger. Nach einer Weile geht *Lahn* auf die Toilette. Im Pissoir spricht ihn ein Mann an. Es ist Roger. Auf einmal ist auch ein «Kumpel» von Roger zur Stelle – Werner, wie ihn Roger *Lahn* vorstellt. 200000 Mark wollten seine Leute in Kokain investieren, läßt Roger die Katze aus dem Sack. *Lahn* wundert sich über den hohen Betrag. Roger erklärt ihm, daß ihm und seinen Partnern eine gutgehende Diskothek und eine nicht minder gut florierende Spielothek gehörten. Abend für Abend nähmen sie zwischen 7000 und 10000 Mark ein. Sie brauchten rasch den Stoff, erklärte Roger weiter. *Ludwig Lahn* nickt und erwidert, er werde sich darum kümmern. Sie verabschieden sich. *Lahn* sieht, wie Roger und Werner in einen Porsche 928 steigen und abbrausen.

Zwei Monate später treffen sie sich noch einmal in dem Hotel in Weil am Rhein. Diesmal sind sie zu viert: *Lahn* stellt ihnen Karl vor – in Wahrheit sein alter Freund *Rüdiger Denker*. Karl sei ein Vertrauter seiner Hintermänner, erklärt *Ludwig Lahn*, die selbst nicht in die Bundesrepublik kommen wollten. Roger drängt: nun ständen schon 400000 Mark für das Geschäft bereit. Aber die Sache müsse innerhalb der nächsten vier Wochen über die Bühne gehen, weil er anschließend für zwei Monate nach Spanien in den Urlaub fahren wolle.

Drei Wochen später, an einem Samstag, verabreden sie sich in einem Lokal mit dem schwäbischen Namen «Dr' Knaudl» in Fellbach bei Stuttgart. Um halb neun sitzen dort Roger, Werner und *Ludwig Lahn* an einem Tisch. Eine Stunde später kommt *Denker* ins Lokal, er signalisiert den anderen: Ich habe Stoff dabei. Roger und Werner zeigen sich hocherfreut. Na endlich! Sie laden die beiden zu Wodka ein, prosten ihnen zu. Um Viertel nach elf gehen sie auf den Parkplatz, Roger nimmt den Stoff unter die Lupe. Anschließend kehren sie in das Lokal zurück. Sie stoßen weiter auf das Geschäft an. Auf einmal wird es ungemütlich: Eine Viertelstunde nach Mitternacht stehen einige Männer neben dem Quartett: Polizeibeamte, die *Ludwig Lahn* und *Rüdiger Denker* verhaften – mittlerweile sternhagelvoll. Die Rauschgiftfahnder stellen 263,69 Gramm Kokain sicher.

Wieder nüchtern, erfahren die beiden: Roger ist nicht Nachtlokalbesitzer, sondern Verdeckter Ermittler des Landeskriminalamts Baden-Württemberg. Der Kriminalbeamte des gehobenen Dienstes arbeitet seit vier Jahren – mit gutem Erfolg, wie ihm seine Vorgesetzten bescheinigen. Kripo-Mann Werner ist seit einem Jahr auf diese Weise im Einsatz.

Bei den beiden Telefonnummern des angeblichen Nachtlokalbesitzers handelt es sich um Anschlüsse des LKA Baden-Württemberg, bei seiner angeblichen Ehefrau um eine Bedienstete des LKA. Ebenso gehört der schnelle Porsche dem Amt.

Seit Mitte der siebziger Jahre arbeiten Verdeckte Ermittler in der Bundesrepublik. «Verdeckte Ermittler sind besonders ausgewählte und ausgestattete Polizeivollzugsbeamte, die unter einer Legende Kontakte zur kriminellen Szene aufnehmen, um Anhaltspunkte für Maßnahmen zur Strafverfolgung zu gewinnen, und deren Identität auch im Strafverfahren geheimgehalten werden soll.» Diese – heute allgemein anerkannte – Definition stammt aus übereinstimmenden Beschlüssen der Innen- und Justizministerkonferenz im Jahr 1985. Im Unterschied zu dem Verdeckten Ermittler ist die sogenannte V-Person kein Polizeibeamter, sondern ein Bürger, der Kenntnisse über die Szene besitzt und die Polizei mit Informationen «bei der Aufklärung von Straftaten auf längere Zeit vertraulich» unterstützt. Zum Beispiel ein Gastwirt. V-Leute bekommen für ihre Informationen Geld.

Über die Arbeitsweise der Verdeckten Ermittler breitet die Polizei den Mantel des Schweigens, um der Gegenseite nicht unnötig Hinweise zu geben. Und so kommt es, daß ihr Ruf von «Superbullen» bis zu «beamteten Kriminellen» reicht. Was sind Verdeckte Ermittler wirklich? Wie gehen sie zu Werke?

In Stuttgart treffe ich *Jochen Müller*. Zehn Jahre arbeitete er als Verdeckter Ermittler des Landeskriminalamts Baden-Württemberg. Weit über hundert hochkarätige Kriminelle konnten durch seine Einsätze verhaftet werden. Seine

Augen funkeln, er lächelt viel, trägt Schnäuzer und Bauch. Ihn umgibt die Aura eines Gastwirts, mit dem jeder gern ein Schwätzchen hält. Mittlerweile arbeitet er in einem ganz anderen Bereich bei der Polizei. Die Bedingung für unser Gespräch: keine Fragen zu «Details der Taktik der Verdeckten Ermittler».

Einen – aus seiner Sicht – «typischen Fall» möchte ich von ihm hören.

«Da hat ein V-Mann von uns mich angerufen und mir mitgeteilt, daß ihn ein Afrikaner angesprochen hätte, der habe ein Kilogramm Kokain zu verkaufen. Und der V-Mann habe einen Termin in Düsseldorf vereinbart, diesen Termin habe ich dann mit dem V-Mann wahrgenommen. Dort trat tatsächlich ein Afrikaner auf den Plan, bot ein Kilo Kokain für sehr, sehr viel Geld an und überreichte uns eine Probe. Wir verabredeten uns auf einige Tage später in Hamburg, und dort hat der Afrikaner im Verbund mit einigen seiner Freunde ein Kilo Kokain übergeben wollen. Wir hatten die erforderliche Kaufsumme dabei, über 100000 Mark. Es wurde verlangt, daß wir das Geld vorzeigen sollten, das haben wir dann auch getan. Die Täter wurden bei der Gelegenheit von unseren Kollegen festgenommen.»

«Wie sah Ihre Tätigkeit im Untergrund aus?»

«Wichtig und lebensnotwendig für uns war natürlich ein sehr, sehr enger Kontakt zum Milieu. Wir mußten uns auskennen. Es war wichtig, gewisse Personen- und Ortskenntnisse zu haben. Und wir haben uns bemüht, über V-Leute oder auch eigene Kontakte permanent mit potentiellen Zielpersonen in Kontakt zu kommen.»

«Wie sah das Leben im Milieu für Sie aus, was haben Sie da tagtäglich erlebt?»

«Ich habe erlebt, daß das Leben im Milieu für die Leute, die dort leben, gar nicht so einfach ist, wie man sich das vorstellt. Die Leute leben im permanenten Stress: zum einen haben sie Angst vor der Polizei, zum anderen müssen sie, um ihr Leben so führen zu können, dauernd Straftaten begehen. Das erfordert eine gewisse Organisationsfähigkeit und auch eine gewisse Fähigkeit, immer wieder neue Objekte für Straftaten auszusuchen.»

«Haben Sie bei Ihrer Tätigkeit auch Angst gehabt?»

«Wir als Verdeckte Ermittler sind keine Übermenschen. Wir haben oftmals Angst, wobei die Angst nicht mit Panik zu verwechseln ist. Die Angst ist einfach durch die Tatsache bedingt, daß man im Milieu dazu neigt, Probleme mit der Faust zu lösen, und daß dort eben andere Gesetze gelten als im Leben.»

«Schildern Sie doch mal einen Fall, bei dem Sie Angst gehabt haben.»

«Ich saß im süddeutschen Raum in einer Nachtbar zu nächtlicher Stunde im Kreis von einigen Zuhältern. Plötzlich sprang der größte und stärkste von ihnen – 1,90 Meter groß, Bodybuilder – aus dem Stand auf den Tisch und hat mich dann gefragt, wer ich denn sei und was ich eigentlich hier wolle. Ja, und da konnte ich mich natürlich nur durch entsprechende Verhaltensweisen gegen seinen Angriff wehren.»

«Wie haben Sie das gemacht?»

«Ich habe ihm in gleicher Münze zurückgegeben, wie er mir ausgegeben hatte, und habe ihm zunächst mal verbal gesagt, daß es ihn nichts anginge und ... na, ich möchte nicht mehr dazu sagen ...»

«Ein Verdeckter Ermittler ist auch Verlockungen ausgesetzt, auf der einen Seite. Auf der anderen gibt es wohl auch so etwas wie Skrupel, wenn man mit dem Milieu nächtelang zecht. Da wächst vielleicht auch etwas wie – jedenfalls vom Ansatz her – Freundschaft heran, vermute ich. Wie sind Sie mit diesen Verlockungen und auch den Skrupeln umgegangen?»

«Ich möchte mal pauschal sagen: Die Verlockungen werden in dem Maß geringer, je länger man im Milieu ist. Das, was für den Bürger, der einmal im Jahr in einen Nachtclub kommt, groß und wunderbar erscheint, das schmeckt dem Verdeckten Ermittler schal nach relativ kurzer Zeit, weil er eben die Hintergründe kennt.»

«Welche Verlockungen haben Sie da ausgemacht?»

«Durch Frauen ganz einfach oder auch durch Alkohol oder, na ja, man kriegt auch mal was angeboten (*Jochen Müller* zieht Luft durch die Nase). Und es gibt immer wieder Verlockungen. Aber die werden kleiner, je länger man im Milieu ist. Bei den Skrupeln, da verhält es sich ähnlich. Insbesondere bei ausländischen Zielpersonen ist es oftmals der Fall, daß einer von denen ein Bild aus der Tasche zieht, das seine Familie zeigt, und sagt: Ich habe fünf Kinder, und wenn mir was passiert, dann muß ich ins Gefängnis, die Familie ist kaputt. Und da hat man schon mal Skrupel, solange er das vorträgt. Wenn man dann allerdings allein ist und mal logisch über die Geschichte nachdenkt und weiß, okay, der Mann hat ein Kilo Heroin im Besitz; wenn du jetzt nicht von der Polizei wärst, sondern ein ‹normaler Rauschgifthändler›, würdest du das Kilo Heroin kaufen und unter die Leute bringen. Und nachdem man ja schon so lange im Milieu ist und das Elend und den Schmutz und die Sauerei kennt, die durch Drogen unter die Menschen gebracht werden, vorwiegend junge Menschen, dann vergißt man die Skrupel gegenüber diesem Türken sehr, sehr schnell. Ja, und dann macht man auch, was eigentlich die Pflicht ist. Man erklärt sich dem Türken gegenüber bereit, das Geschäft durchzuführen, verständigt seine Kollegen, und dann läuft alles den gewohnten Gang.»

Durch die Arbeit solcher Verdeckten Ermittler kommt die Polizei – ebenso wie beim Einsatz von V-Leuten – an Informationen und damit an Täter heran, die sie auf andere Weise nicht erreicht. Beim Einsatz Verdeckter Ermittler handelt es sich aus der Sicht der Polizei um nichts anderes, als dem professionellen Vorgehen Krimineller ein entsprechendes Vorgehen der Strafverfolger entgegenzustellen. Doch die Vorstellungen über diese Ermittler sind oft verklärt: Kriminalromantiker auf der einen Seite, Kritiker auf der anderen glauben, Verdeckte Ermittler gingen auf eigene Faust auf die Jagd nach den Drahtziehern im Untergrund. Mitunter werden sie gar als «undercover agents» (UCA) bezeichnet, so wie die sagenumwobenen Untergrund-Ermittler in den Vereinigten Staaten, die mitunter für eine Weile völlig aus dem Sichtfeld ihrer Behörde abtauchen und auch schon einmal Straftaten begehen dürfen.

Beim Einsatz der Verdeckten Ermittler in der Bundesrepublik gibt es einen fest umrissenen rechtlichen Rahmen: Sie gehen nicht auf «freie Jagd», sondern haben einen klaren Auftrag. Voraussetzung dafür, daß sie auf den Plan treten dürfen, ist, daß «andere kriminalistische Methoden versagt haben, keinen Erfolg versprechen oder unverhältnismäßig wären». So bestimmt es der Beschluß der Justiz- und Innenministerkonferenz, auf dessen Grundlage entsprechende Erlasse in den Bundesländern ergingen. «Verdeckte Ermittler dürfen keine Straftaten begehen», heißt es klarstellend in diesem Beschluß, demnach also auch nicht an einem illegalen Glücksspiel teilnehmen. Ferner: «Verdeckte Ermittler unterliegen einer straffen Führung.» Das bedeutet: Ein Beamter ist mit der «Führung» des Verdeckten Ermittlers als dessen unmittelbarer Dienstvorgesetzter betraut. Er hat ständig mit dem Verdeckten Ermittler Kontakt zu halten und ihm die erforderlichen Weisungen zu erteilen. Für den gezielten Einsatz in einem Ermittlungsverfahren ist die Einwilligung der Staatsanwaltschaft erforderlich.

Beamte, die unter diesen Bedingungen arbeiten, können nur Erfolg haben, wenn sie systematisch an ihre Aufgabe herangeführt werden. Von heute auf morgen lassen sich keine Erfolge erzielen. Als erstes Bundesland fing Baden-Württemberg 1975 an, im LKA Verdeckte Ermittler systematisch auszubilden. Die anderen Landeskriminalämter haben mittlerweile nachgezogen. So dauert es im Schnitt ein Jahr, bis ein Kriminalbeamter voll einsatzfähig ist – er also beispielsweise weiß, wie man in den entsprechenden Kreisen auftritt, redet und Geschäfte abschließt. Dazu gibt es Schulungen in Landeskriminalämtern, mehrwöchige Lehrgänge beim Bundeskriminalamt. Auf dem Lehrplan der VE-Anwärter stehen unter anderem Selbstverteidigung, Drogenkenntnisse und Hochgeschwindigkeitskurse auf einer Autorennpiste. Häufig begleiten sie auch eine Weile «gestandene» Verdeckte Ermittler als «Fahrer, der nichts zu sagen hat».

Von ebenso großer Bedeutung wie die Ausbildung ist die Ausstattung: Teure Fahrzeuge müssen angeschafft werden, manches für über 100000 Mark, dazu Tarnkennzeichen, nicht nur aus der Bundesrepublik, sondern mitunter auch aus dem Ausland. Meist werden die Fahrzeuge mit versteckt eingebauten Funkanlagen ausgestattet. Teure Accessoires wie Uhren und Schmuck sind erforderlich, «Deckpapiere» wie Personalausweis, Führerschein und Fahrzeugpapiere, «konspirative Wohnungen» mit entsprechenden Telefonanschlüssen müssen besorgt werden. Ebenso «polizeiatypische» Waffen. Wenn erforderlich, stehen den Verdeckten Ermittlern sogenannte «Vorzeigegelder» zur Verfügung, sogenanntes «Spielmaterial» wie Falschgeld, Drogen, Waffen, aber auch Gefängnisentlassungspapiere und Zeugnisse.

Für die Ausstattung der Verdeckten Ermittler gibt es klare Grenzen: «Die Ausstellung und Verwendung von Personalausweisen, Reisepässen und vergleichbaren Urkunden mit Tarnangaben kommt unter dem Gesichtspunkt der behördlichen Erlaubnis in Betracht, sofern im konkreten Fall die Gefahr einer Verletzung von Individualrechtsgütern nicht besteht», heißt es in dem Beschluß der Justiz- und Innenministerkonferenz. Nicht zulässig ist hingegen der sogenannte «Lauschangriff», also das Abhören des nichtöffentlich gesprochenen Wortes mit einem Mikrofon. Das Betreten einer Wohnung unter einer erschlichenen Einwilligung ist nach überwiegender Auffassung der Juristen ebenso unzulässig wie das Errichten von Scheinfirmen. «Es ist nun einmal nicht wegzudiskutieren», referierte der Frankfurter Leitende Oberstaatsanwalt Christoph Schaefer auf der Fachtagung «Organisierte Kriminalität» der Deutschen Kriminologischen Gesellschaft 1986, «daß das Einrichten von Scheinfirmen keine gesetzliche Grundlage hat, damit sogar der Straftatbestand der Falschbeurkundung gemäß § 348 Strafgesetzbuch erfüllt wird, das Abhören des nichtöffentlich gesprochenen Wortes eindeutig gegen die Strafbestimmung des § 201 Strafgesetzbuch * verstößt und [daß] schließlich jedes Betreten einer fremden Wohnung unter einem Vorwand (‹Gasmann›-Fall u. a.) in allen verfassungsrechtlichen Beurteilungen als Eingriff in die grundgesetzlich geschützte Wohnung... angesehen wird, der einer gesetzlichen Grundlage bedarf und ohne diese infolgedessen unzulässig ist. Ich weiß, daß gerade letzteres Beispiel von vielen Polizeibeamten nicht verstanden wird. An der Eindeutigkeit der verfassungsrechtlichen Aussagen kann es aber keinen Zweifel geben.»

Ziel der Verdeckten Ermittler bei ihren Einsätzen ist es, über die Randfiguren der OK hinauszukommen, beispielsweise im Rauschgiftbereich Hintermänner zu erkennen, Händlerverbindungen, Depots, Verteilstellen und Vertriebswege auszumachen. Es gibt zwei Arten von Verdeckten Ermittlern: den «Aufklärer» und den «Aufkäufer». Der «Aufklärer» sammelt Informationen und leitet sie an seine Kollegen weiter. Von Aktionen der Polizei hält er sich be-

* § 201 StGB – Verletzung der Vertraulichkeit des Wortes: «Mit Freiheitsstrafe bis zu drei Jahren oder mit Geldstrafe wird bestraft, wer unbefugt... das nichtöffentlich gesprochene Wort eines anderen auf einen Tonträger aufnimmt... Ebenso wird bestraft, wer unbefugt das nicht zu seiner Kenntnis bestimmte nichtöffentlich gesprochene Wort eines anderen mit einem Abhörgerät abhört...»

wußt fern. Der «Aufkäufer» hingegen läßt sich zum Schein auf ein Geschäft mit einem Verdächtigen ein, um ihn zu überführen. Beispielsweise bei Rauschgift oder gestohlenen Gegenständen.

Den Verdeckten Ermittlern wird während der Ausbildung eingeschärft, daß sie nicht gegen die Spielregeln der Szene verstoßen dürfen. Sie würden sofort auffallen. Für den wichtigen Fall des Rauschgift-Scheingeschäftes bedeutet das: Bei den Verhandlungen muß gefeilscht und Härte gezeigt werden, auch käme schnell Verdacht auf, wenn die vom Verdeckten Ermittler gebotene Summe ungewöhnlich hoch wäre. Ebensowenig darf der geforderte Betrag zu schnell präsentiert werden. Etwa von einer Stunde auf die andere nach Schalterschluß der Banken. Denn große Summen Bargeld kann bekanntlich nur die Polizei so schnell ranschaffen, weil sie sich zum Beispiel – wie mehrfach geschehen – an der Kasse der Spielbank Hannover Geld auslieh. Bei einem hohen Betrag muß zudem darauf geachtet werden, daß die Summe zu der Legende des Verdeckten Ermittlers paßt. So hat es keinen Sinn, wenn ein Fünfundzwanzigjähriger mit 60-Mark-Schuhen einen Koffer mit 100000 Mark präsentiert. Kurzum: Alter, Auftreten, Sprache, Kleidung, Accessoires, Treffpunkt müssen dem Geschäft entsprechen. Gerade bei der Ausstattung hapert es mitunter. So weigert sich ein Verdeckter Ermittler, seine «Dienst-Uhr» zu tragen: «Die Szene lacht über mich, wenn ich mit der von meiner Dienststelle zur Verfügung gestellten Rolex-Imitation auftauche.»

Scheingeschäfte mit Kriminellen gehören heute zum Ermittlungsalltag der Polizei. Allein in Frankfurt wurden 1988 bei 80 derartigen «Vorzeigegeschäften» Drogenhändlern insgesamt 7,5 Millionen Mark präsentiert, um sie zu überführen. Zudem kauften Frankfurter Ermittler bei 54 «Probegeschäften» für 160000 Mark Rauschgift.

«Erhebliche Probleme» bestehen derzeit beim Einschleusen von Verdeckten Ermittlern in OK-Kreise, stellen die BKA-Forscher in ihrer Studie fest. «Die gewachsenen Beziehungen und Bekanntschaften in der Szene, im privaten wie im geschäftlichen Bereich, erschweren bzw. verhindern das Eindringen von Außenstehenden grundlegend, selbst wenn es sich um Gleichgesinnte handelt. In den Interviews [mit den OK-Ermittlern] war nicht zu überhören, daß insbesondere in diesem subtilen Bereich die OK-Ermittler noch mehr Einfallsreichtum zeigen müssen.»

Natürlich werden neue Gesichter in der Szene ausnahmslos erst einmal abgecheckt. Nach der BKA-Studie «nicht nur mittels...

- Überprüfung des Kraftfahrzeuges und des Aufenthaltsortes der Zielperson,
- Observationen,
- Abhören von Gesprächen und
- Durchführung von Probegeschäften,

sondern auch im Wege der Befragung von Nachbarn oder anderen Personen aus dem Umfeld der Zielperson – auch unter Einschaltung von Privatdetektiven – oder, wie in einem Interview erwähnt – auf die Abfrage von polizeiinternen Dateien unter Einschaltung eines Mittelsmannes».

Sorgen bereitet den Polizeiführern seit einiger Zeit auch die zunehmende Gewalt in diesem Bereich. So setzten zum Beispiel nach Erkenntnissen von Stuttgarter Fahndern Unterweltgrößen 100000 Mark auf den Kopf eines Verdeckten Ermittlers des LKA Baden-Württemberg aus. Systematisch fahndeten Kriminelle nach dem Beamten – nicht nur innerhalb Baden-Württembergs. Seinen Vorgesetzten blieb nichts anderes übrig, als ihn von heute auf morgen verschwinden zu lassen. Der Mann tauchte in Südamerika unter. Ein anderer Verdeckter Ermittler, auf dessen Kopf ebenfalls 100000 Mark ausgesetzt waren, mußte über drei Jahre versteckt werden. Brenzlig war es für ihn geworden, nachdem ein V-Mann ihn mit einer «Zielperson» zusammengebracht hatte – und in der Bar ausgerechnet ein Schulfreund saß, der den Verdeckten Ermittler nichtsahnend mit seinem richtigen Namen angesprochen hatte. Die «Zielperson» roch Lunte.

«In den vergangenen zwei Jahren wurden bei Einsätzen vier Verdeckte Ermittler verletzt», berichtet Klaus Mellenthin, Kriminaldirektor im Landeskriminalamt Baden-Württemberg. So landete ein Verdeckter Ermittler schwerverletzt auf dem Boden einer Tankstelle in Rastatt, wo er ein Scheingeschäft abwickeln wollte. Wie verabredet war er mit seinem Wagen bei Dunkelheit auf ein Tankstellengelände im Stadtteil Rauental gefahren: 30000 Mark hat er dabei. Die Scheine soll er für den angeblichen Kauf von drei Kilogramm Haschisch vorzeigen. Er wartet, schaut sich um. Plötzlich springt aus dem Gebüsch ein maskierter Mann. Mit einem Stilett sticht der wild auf ihn ein – und trifft ihn in Ober- und Unterarm und an der Schulter. Als der Mann zu Boden geht, rammt ihm der Täter das Messer auch noch in die Beine. Seine Rettung sind Beamte des Mobilen Einsatzkommandos. Sie lagen in der Nähe auf der Lauer und kommen herbeigestürzt. Die MEK-Männer verhaften den Stilett-Stecher und seine beiden Komplizen. Wie sich herausstellt, war es den Tätern ausschließlich um die 30000 Mark gegangen, die sie rauben wollten. Sie ahnten nicht, daß sie einen Verdeckten Ermittler vor sich hatten.

Die Fürsorgepflicht für seine Untergebenen ist für Kriminaldirektor Mellenthin «das größte Problem» bei derartigen Einsätzen, nämlich «die Frage: Ist das für den Beamten überhaupt zumutbar, kann man dieses Risiko für ihn eingehen?» Es habe in den vergangenen Jahren einen erheblichen «Brutalisierungsschub» gegeben: «Man nimmt heute nicht mehr so einfach die taktische Überlistung durch die Polizei hin, man versucht, sich zu rächen. Die Gefährdung für den Beamten besteht nicht nur in der Anfangsphase, wenn der Kontakt mit den Kriminellen aufgenommen wird, sondern die Gefährdung besteht insbesondere dann, wenn die Leute, die in die Gefängnisse gebracht worden sind, nach sieben, acht, neun Jahren auf freien Fuß kommen. Das heißt: Je erfolgreicher ein Beamter ist, je länger er eingesetzt ist, um so mehr potenziert sich die Gefährdung.»

Der Einsatz von Verdeckten Ermittlern gehört heute bei der Polizei zum Repertoire. Es gibt vehemente Kritik. So bezeichnete Alfred Emmerlich, ehemaliger Vorsitzender des Arbeitskreises «Rechtswesen» der SPD-Bundestagsfraktion, den Einsatz von Verdeckten Ermittlern, «auf seinen Kern zurückgeführt», als «Geheimpolizei», die mit dem Grundgesetz nicht vereinbar sei. Dieser Ausdruck erinnert an die Gestapo im «Dritten Reich», zu deren Aufgaben es gehörte, Regimegegner mundtot oder ganz tot zu machen. Doch diese Assoziation geht an der Sache vorbei. Tatsache ist, daß Verdeckte Ermittler nicht unkontrolliert arbeiten können, wie es für eine Geheimpolizei bezeichnend ist. Lediglich geben sich Polizeibeamte nicht als Polizeibeamte zu erkennen, um an Informationen zu kommen, die sie anders nicht erhalten würden. Entscheidend ist: Der VE-Einsatz liegt in der Hand der normalen Polizei – nicht anders als bei jedem anderen Verfahren. Es gibt keine Geheimpolizei.

Der Verzicht auf Verdeckte Ermittler würde bedeuten, daß heute bei uns gerade in den besonders gefährlichen OK-Deliktsbereichen die Täter ungeschoren davonkämen – und die Polizei nur noch in der Lage wäre, Täter der leichten und mittleren Kriminalität zu fassen. So gelang es in Baden-Württemberg – nach Angaben des Stuttgarter Innenministeriums –, zwischen 1980 und 1988 über 2100 «meist besonders gefährliche Straftäter» durch den Einsatz von Verdeckten Ermittlern festzunehmen.

Auch der Bundesgerichtshof und das Bundesverfassungsgericht haben den Einsatz von Verdeckten Ermittlern und V-Personen für zulässig erachtet. Klipp und klar heißt es in einer Entscheidung des Bundesverfassungsgerichts zu einem solchen Vorgehen: «Hierbei kann auf einzelne Tatverdächtige mit dem Ziel eingewirkt werden, ihr (von den Ermittlungsbehörden schlüssig vermutetes) strafbares Handeln in einer für die Überführung des Beteiligten geeigneten Weise zu steuern» (Beschluß vom 10. März 1987 – 2 BvR 186/87). Die «nachhaltige erhebliche Einwirkung des Lockspitzels auf den Täter» ist nach Meinung des Bundesgerichtshofs jedoch «ein wesentlicher Strafmilderungsgrund». Das ist der Fall, so die Bundesrichter, wenn «eine nicht ohnehin tatbereite Person durch einen im staatlichen Auftrag handelnden polizeilichen Lockspitzel den entscheidenden Anstoß zur Begehung der Tat erhält» (Beschluß vom 8. November 1985 – 2 StR 446/85). Im Klartext: In diesen Fällen wird der Täter sehr wohl verurteilt, nur die Strafe kann geringer ausfallen.

Untersagt hat der Bundesgerichtshof jedoch ein bis 1983 angewendetes Verfahren bei der Verwertung der Erkenntnisse von Verdeckten Ermittlern und V-Leuten vor Gericht. Es gab Hauptverhandlungen, in denen weder der Angeklagte noch sein Verteidiger, noch das Gericht und auch nicht der Staatsanwalt den Betreffenden zu Gesicht bekamen – weil die Ermittler nur unter dieser Bedingung bereit waren, den Zeugen vor Gericht antreten zu lassen. Der Verdeckte Ermittler oder V-Mann machte seine Angaben über eine Gegensprechanlage aus einem Nebenraum, maskiert hinter einem Paravent, oder er sprach aus einer Art Schrank, den man im Gerichtssaal aufgestellt hatte – als «Frankfurter Stubb» erlangte der Kasten in der Mainmetropole Berühmtheit. Den Zeugen im Schrank untersagten die BGH-Richter im Oktober 1983 (Aktenzeichen: GSSt 1/83). Begründung: Rechtlich sei es nicht möglich, «die Anonymität eines Zeugen zu wahren, der richterlich vernommen werden soll. Auch eine Beweisaufnahme unter optischer oder akustischer Abschirmung eines Zeugen sieht das geltende Recht nicht vor.»

Ermittler befürchteten damals, daß nach dieser Entscheidung der Einsatz von V-Leuten und Verdeckten Ermittlern kaum mehr Sinn habe. Die Polizeipraxis hat sich jedoch auf diese Entscheidung sehr schnell eingestellt und ist davon abgekommen, diese Zeugen als das entscheidende Beweismittel zu nehmen. Heute werden sie regelmäßig nur noch als Mittel zum Zweck eingesetzt, dienen also dazu, weitere Beweismittel zu erlangen, die dann vor Gericht auch präsentiert werden können.

V-Leute

Ein türkisches Lokal am Frankfurter Hauptbahnhof: Die Tür geht auf, ein Pärchen kommt herein. *Acar Özer* und seine deutsche Freundin steuern auf einen Türken zu, der allein an einem Tisch sitzt. Sie begrüßen sich, nehmen Platz. Die drei kennen sich aus einem türkischen Restaurant in der Nähe von Frankfurt, in dem *Özer* als Kellner arbeitet. Sie haben sich hier verabredet, um in Ruhe über ein Geschäft sprechen zu können, einen Heroindeal. Ein weiterer Türke gesellt sich hinzu. Nach drei Stunden ist man sich einig: Der eine Landsmann verkauft an *Özer* eineinhalb Kilogramm, der andere ein Kilogramm. Preis pro Kilo: 69000 Mark.

Wie verabredet, trifft sich kurze Zeit später der eine Heroin-Verkäufer mit dem Pärchen, um das Geschäft abzuwickeln. Dann geht alles blitzschnell: Polizeibeamte springen auf den Dealer, Handschellen klicken. Was er nicht ahnte: Der Kellner *Acar Özar* und seine Freundin sind V-Leute der Polizei. Sie gingen nur zum Schein auf das Angebot ein, um die Händler überführen zu können.

Zwei von Hunderten, die in der Bundesrepublik als sogenannte Vertrauens-Leute für die Polizei arbeiten. Anders als die Verdeckten Ermittler ist die Tätigkeit dieser Tipgeber nicht neu. Früher nannte man sie «Vigilanten», «Gewährsleute», «Konfidenten» und «Spitzel». Einzelheiten über ihre Arbeitsweise gelten bei der Polizei als geheim – nicht anders als bei den Verdeckten Ermittlern. Für Schlagzeilen sorgen die Fälle, bei denen etwas schiefgegangen ist. Beispiel: V-Mann Werner Mauss, ein Privatdetektiv, der «Beamte des Landeskriminalamts Niedersachsen düpierte und nach seiner Pfeife tanzen ließ», wie es Lothar Krumsiek, Stellvertretender Vorsitzender des Niedersächsischen Landesverbandes des Bundes Deutscher Kriminalbeamter, formuliert.

Wie wird jemand zur V-Person für die Polizei? «Da rutscht man allmählich rein», berichtete Roland (28), der als V-Mann des Hamburger Rauschgiftdezernats arbeitete, dem «Stern»-Redakteur Thomas Osterkorn. «Bei mir fing es damit an, daß Ismail mich abstechen wollte. Der Türke hatte eine Kneipe und dealte mit Rauschgift. Ich hing an der Nadel. Als ich 1700 Mark Heroinschulden bei ihm hatte, stand Ismail plötzlich bei mir auf der Matte und fuchtelte mit einem Stilett vor meinen Augen rum. Ich hab dann der Polizei anonym gesteckt, daß Ismail demnächst eine größere Lieferung bekommt. Das Rauschgiftdezernat ist bei ihm sofort eingeflogen.

Keine Ahnung warum – aber nach einer Woche U-Haft wußte Ismail, daß ich ihn verpfiffen hatte. Jedenfalls merkte ich, daß sein Bruder und andere Türken mich auf der Straße verfolgten. Da bin ich zur Polizei geflitzt und habe Zeugenschutz verlangt. Die Beamten haben mich sofort unter anderem Namen in einem Hotel untergebracht und ausgequetscht. Anschließend telefonierte der Polizist mit der Staatsanwaltschaft und sagte: ‹Sieht ganz gut aus für dich – du hast wegen deiner Heroinkäufe wohl nicht viel zu erwarten, höchstens eine Therapieauflage, auf keinen Fall Gefängnis.› Dann fragte der Beamte: ‹Wie sieht's aus? Kennst du noch mehr Leute, die dealen? Kannst du was anleiern?›»

Roland ging darauf ein. Er erinnerte sich an eine Russin, Witwe eines reichen Geschäftsmannes, und ihren Freund, von denen er Heroin gekauft hatte. «Zum ersten Treffen auf einer Tankstelle nahm ich als meinen ‹Kumpel› Bernd mit, einen Beamten vom Rauschgiftdezernat. Wir kauften ein Gramm Heroin zur Probe. Schließlich haben wir für 10000 Mark bestellt... Die Russin und ihre Heroin-Lieferanten wurden festgenommen, als sie uns den Stoff übergaben. Ich bekam ganze 500 Mark als Belohnung. Eigentlich sind bei V-Leuten zehn Prozent vom Wert üblich, egal ob es um Rauschgift oder Diebesgut geht. Ich habe weitergemacht, weil ich Kohle brauchte. Ich habe nichts als Schulden am Hals aus der Zeit, als ich noch gefixt habe... Ich habe gehofft, wenn ich als V-Mann weitermache und noch ein paar Dinger aufreiße, daß ich dann eines Tages etwas Geld und andere Papiere bekomme, um irgendwo ein neues Leben anzufangen. Doch die Kripoleute sagten mir nur: ‹Wenn wir hier mit dir durch sind, wenn du in Hamburg als V-Mann verbrannt bist, dann können wir dich an eine andere Polizeidienststelle irgendwo in Deutschland vermitteln. Dort kannst du dann weitermachen.›»

Reich wird durch diese Dienste keiner. Mehr als 20000 Mark im Jahr verdient kaum einer, verrät ein Beamter im Hamburger Polizeihochhaus, der für den Einsatz von V-Leuten zuständig ist. «Die sollen davon ja nicht leben.»

Klingende Münze ist einer der Gründe, warum Menschen als V-Personen für die Polizei arbeiten. Es gibt noch zwei weitere Motive: Andere hoffen, in dem eigenen Strafverfahren günstig davonzukommen. So mancher handelt aus Rache, wie zum Beispiel der «Scheinaufkäufer Gary», der für die Strafverfolger in Frankfurt arbeitete. Staatsanwalt Harald Hans Körner beschreibt dessen Weg zum V-Mann: «Gary war ein liebenswerter farbiger Amerikaner, der gelegentlich eine Prise Heroin schnupfte und seine Freizeit in den Farbigenlokalen Rio-Bar und Corso-Bar in Frankfurt verbrachte. Er konsumierte bisweilen zuviel Heroin und wurde wegen eines Heriondeals verurteilt. Dann übernahm er den Job eines Türstehers und Kassierers in der Rio-Bar, verliebte sich in eine deutsche Prostituierte und erlebte, wie sie nach und nach an Heroin zugrunde ging. Als Heroinkonsument haßte er alle Dealer. Er bot sich der Polizei als V-Mann an und überführte als Scheinaufkäufer und als Informant bald eine Serie von Afrikanern (vornehmlich Nigerianer und Ghanesen).

Gary war ungewöhnlich groß, sportlich und schlank, auffällig gekleidet mit schwarzem Hemd, Fuchspelz um den Hals, Goldkette auf der Brust und um den Arm, einen riesengroßen Hut auf dem Kopf. Er betrat die Farbigenlokale wie ein Westernstar, als wolle er sich mit den überaus bunt gekleideten afrikanischen Gästen duellieren. Er fuhr trotz Verbots einen grellroten Sportwagen nachts ohne Führerschein und bereitete der Polizei damit große Sorgen. Nachdem er als V-Mann verbrannt war, wurde er als Agent an die Amerikaner ‹ausgeliehen› ... Gary ließ sich sowohl in Freiheit als auch während seiner Inhaftierung von einem Kriminalbeamten wie ein kleiner Junge bei seinen Lebensproblemen väterlich beraten. Gary lebt heute glücklich verheiratet mit Frau und Kindern in New Orleans.»

Ebenfalls aus Verzweiflung versorgte ein junger Mann unter dem Decknamen «Apfel» die Frankfurter Ermittler mit Informationen. Staatsanwalt Körner: «Mehmet war ein junger arbeitsloser Türke, der mit großen Augen beobachtete, wie einige Landsleute in türkischen Spielsalons und Diskotheken des Frankfurter Bahnhofsgebiets mit Geld nur so um sich warfen, Lokalrunden spendierten, nach türkisch-griechischer Sitte mit teuren Tellern warfen, Geldscheine anzündeten und die Büstenhalter türkischer Bauchtänzerinnen mit Geldscheinen garnierten. Er gehörte bald zu dem Gefolge von Jungs, die bereit waren, für ein Entgelt von 50,– bis 100,– DM für diese Rauschgiftbarone Botendienste zu verrichten, nämlich Heroinbeutel zu transportieren oder zu verstecken.

Ehe Mehmet sich's versah, steckte er tief in der Heroinszene und war für seine Auftraggeber erpreßbar. Er verlor seine Beziehungen zur Familie, zu seinen Freunden und zur Arbeitswelt. Er wurde zweimal wegen Verdachts des Heroinhandels verhaftet und verurteilt. Nach seiner Entlassung warteten seine Auftraggeber mit neuen Aufträgen. Als Mehmet dem Teufelskreis entfliehen wollte, wurde er verprügelt, von einem Auto verfolgt und verschleppt. Da vertraute er sich mir an. Auf seinen Wunsch hin erörterte ich fortan mit Mehmet private Probleme und versuchte einen Arbeitsplatz für ihn zu finden. Wegen seiner anfänglich roten Backen nannte ich ihn Apfel. Seit dieser Zeit gab Mehmet unaufgefordert unter dem Namen Apfel Hinweise auf türkische Großdealer und auf unredliche V-Personen der Polizei, die er erkannte. Es gelang, fast alle Personen, über die Apfel berichtete, später festzunehmen und zu überführen.

Apfel berichtete mir, sein beruflich erfolgreicher Bruder sei auch in Gefahr, in die Heroinszene abzurutschen. In der türkischen Rauschgiftszene wurde gerätselt, wer wohl der Informant Apfel sein könnte. Bei einem letzten Treffen mit Apfel berichtete dieser, er werde seit kurzer Zeit von einem Mercedes verfolgt, er habe Angst. Falls er in nächster Zeit ums Leben komme, solle die Staatsanwaltschaft auf keinen Fall von einem natürlichen Tod ausgehen. Er wollte zunächst in Urlaub fahren. Kurze Zeit später wurde Mehmet von seinem eigenen Bruder mit dem Messer erstochen; die Motive des Täters blieben im dunkeln.»

V-Leute sind so schillernd wie die Szene. So mancher von ihnen kocht sein eigenes Süppchen, macht nebenher krumme Geschäfte auf eigene Rechnung. Der «gute Mensch von nebenan» kann der Polizei kaum Informationen bieten. Je tiefer der Zuträger in der kriminellen Szene steckt, desto bessere Informationen liefert er. Die Zusammenarbeit mit solchen Individuen ist für die Ermittler eine heikle Angelegenheit. «Wir wollen keine persönlichen Beziehungen zum V-Mann», sagt Kriminaldirektor Mellenthin. Gerade ein solches Verhältnis betrachtete so mancher Beamter noch vor wenigen Jahren als Grundlage für die Zusammenarbeit. «Wir behandeln den V-Mann so, als ob er uns morgen wieder beschäftigt, wir wieder gegen ihn ermitteln», fährt der baden-württembergische LKA-Beamte fort. «Dann darf er auch keine Schonung erwarten.» Angesichts dieser oft zwielichtigen Existenzen versuchen viele Dienststellen, sich soweit wie möglich von V-Personen unabhängig zu machen. Sie benutzen sie als «taktische Türöffner»: Über die Kontakte der V-Leute werden Verdeckte Ermittler, also Polizeibeamte, an die Verdächtigen herangeführt.

Nach der heute bei der Polizei gängigen Definition, die auf einem Beschluß der Justizminister- und Innenministerkonferenz beruht, ist eine «V-Person» jemand, der, «ohne einer Strafverfolgungsbehörde anzugehören, bereit ist, diese bei der Aufklärung von Straftaten auf längere Zeit vertraulich zu unterstützen, und deren Identität grundsätzlich geheimgehalten wird». Diese Geheimhaltung ist das Entscheidende der – in den Ländern weitgehend übereinstimmenden – Richtlinien. Sie ist neben der Vergütung das zweite, was der Betreffende von den Ermittlern erhält. Diese Zusage kommt – so die Richtlinien – nur «im Bereich der Schwerkriminalität, der organisierten Kriminalität, des illegalen Betäubungsmittel- und Waffenhandels, der Falschgeldkriminalität und der Staatsschutzdelikte in Betracht». Bei der «mittleren Kriminalität» ist sie nur «ausnahmsweise» zulässig, in Verfahren der Bagatellkriminalität gar nicht.

Genau ist festgelegt, unter welchen Voraussetzungen Staatsanwaltschaft und Polizei nicht mehr an die Zusicherung der Vertraulichkeit gebunden sind: «Die Bindung entfällt grundsätzlich, wenn

a) die Informationen wissentlich oder leichtfertig falsch gegeben werden,
b) die V-Person von einer Weisung vorwerfbar abweicht oder sich sonst als unzuverlässig erweist,
c) sich eine strafbare Tatbeteiligung des Empfängers der Zusicherung herausstellt,
d) die V-Person sich bei ihrer Tätigkeit für die Strafverfolgungsbehörden strafbar macht.»

Neben dem V-Mann gibt es noch den «Informanten». Das ist jemand, der «im Einzelfall bereit ist, gegen Zusicherung der Vertraulichkeit der Strafverfolgungsbehörde Informationen zu geben».

Die entscheidende Rolle beim Einsatz von V-Personen spielt der V-Personen-Führer, ein Kriminalbeamter, der dem Betreffenden klar und unmißverständlich sagt, was er zu tun hat und was nicht. Diese Aufgabe ist über viele Jahre vernachlässigt worden, es gab sogar Streifenwagenbeamte, die auf eigene Faust V-Leute führten. Die mangelhafte Auswahl, Ausbildung und Arbeit von V-Personen-Führern bot in einer Reihe von Fällen Anlaß zur Kritik. Von einem «Wildwuchs fragwürdiger VP-Methoden» sprach der Frankfurter Staatsanwalt Körner. Die Polizeioberen haben das Problem erkannt. Mittlerweile gibt es Schulungen für die Führung von V-Leuten. Und vielerorts sind mit dieser Führung nur noch ausgesuchte Beamte betraut, die sich hauptamtlich um diese Aufgabe kümmern.

Wie verhängnisvoll die Kumpanei zwischen V-Mann und V-Mann-Führer sein kann, zeigt ein Fall aus Mainz:

Das Team ist erfolgreich – der Mainzer Kriminalhauptmeister *Karl Kasten* und der von ihm geführte V-Mann, der Grieche *Georgios Milikudis*: Dutzende Dealer überführten die beiden, zig Kilo Rauschgift konnten durch ihre Einsätze sichergestellt werden.

Karl Kasten geht auf die Vierzig zu, ist ein entschlossener Mann mit buschigem Schnäuzer und schwarzen Haaren bis über die Ohren. Bei seinen Kollegen gilt er als engagiert, zielstrebig und erfolgreich. Das «Superhirn» der Polizei nennt ihn gar die Mainzer «Allgemeine Zeitung». Er steht aber auch in dem Ruf, verdammt eigenwillig zu sein. Oft führt er Ermittlungen auf eigene Faust, mitunter läßt er seine Vorgesetzten und die zuständigen Fachdezernate im dunkeln. Kollegen, denen das nicht paßt und die ihm das sagen, passiert es, daß er die Zusammenarbeit bis auf weiteres völlig einstellt.

Im Mainzer Polizeipräsidium arbeitet er im Fahndungskommissariat (K/8) und zugleich auch im Rauschgiftkommissariat (K/5). Über die Jahre freundet er sich mit «seinem» V-Mann *Milikudis* an. Bevor der Grieche V-Mann wurde, lebte er von Aushilfsjobs. Mal hier, mal dort – immer von der Hand in den Mund. Stets ist er entweder pleite – oder kurz davor. Von den Beträgen zwischen 500 und 1500 Mark, die er pro Dealer-Fang bekommt, könne er beim besten Willen nicht leben, beklagt er sich bei dem Beamten. Und so liegt er ihm oft in den Ohren und bittet um Geld.

Der Kriminalhauptmeister fürchtet, unter Umständen «seinen» erfolgreichen V-Mann zu verlieren. Aber auch, weil ihm der Grieche leid tut, beschließt er eines Tages, ihm unter die Arme zu greifen. Allerdings: auf krumme Weise. Aus dem Asservatenschrank des Rauschgiftdezernats stiehlt der Beamte Haschisch. Der Schlüssel für diesen Stahlschrank befindet sich gleich nebenan in einem unverschlossenen Schrank, in dem Stapel von Formularen lagern – dieses «Versteck» ist ein offenes Geheimnis in der Dienststelle. Kriminalhauptmeister *Kasten* drückte *Milikudis* ein etwa 100 Gramm schweres Haschisch-Ei in die Hand mit den Worten: «Sieh zu, was du damit anfängst.» Und der weiß etwas damit anzufangen: 55 Gramm verkauft er für insgesamt 600 Mark, 25 Gramm überläßt er seiner Freundin zu dem «Vorzugspreis» von 150 Mark, und 20 Gramm raucht er selbst. Weil es so gut geklappt hat, bringt ihm Rauschgiftfahnder *Kasten* einen Monat später wieder ein Präsent aus dem Asservatenschrank der Mainzer Rauschgiftfahnder mit: diesmal ein halbes grünes Haschisch-Ei. Der Grieche erzielt dafür 500 Mark, raucht auch wieder selbst. Zum dritten Griff in den Asservatenschrank holt der Beamte *Milikudis* sogar mit einem Dienst-Golf am Abend im «Queen's Pub» in Mainz ab. Gemeinsam fahren sie zum Polizeipräsidium. *Milikudis* wartet draußen im Polizeiwagen. Währenddessen stiehlt *Kasten* ein weiteres halbes Hasch-Ei aus dem Asservatenschrank der Rauschgiftfahnder und drückt es anschließend seinem V-Mann in die Hand – zur gefälligen Verwertung: just am Ostersamstag 1986.

Milikudis hat aber nicht nur Kontakte in der Rauschgiftszene, sondern auch zu einer Autoschiebergruppe. Dort gibt sich der Grieche als «Spezialist» für die Verschiebung gestohlener und unterschlagener Fahrzeuge nach Griechenland und nach England aus. Eindruck schindet er bei den Pkw-Schiebern, weil er einem der Köpfe der Organisation berichtet, daß die Polizei dessen Telefon abhöre. Freimütig räumt er ein, daß er dies von einem Beamten im Polizeipräsidium Mainz wisse, rühmt sich überhaupt seiner guten Kontakte zur Polizei und brüstet sich schließlich, daß er von der Polizei bei seinen «Aktivitäten abgedeckt» sei. Tatsächlich war sein V-Mann-Führer *Kasten* von einem Kollegen, einem Kriminalhauptkommissar des zuständigen 2. Kommissariats, über die Telefonüberwachung unterrichtet worden. Der Kollege hatte auf den Mitschnittbändern den Namen *Milikudis* gehört und Kontakt mit *Kasten* aufgenommen, weil er wußte, daß für ihn der Grieche als V-Mann tätig ist.

Von dieser Autoschiebergruppe übernimmt *Milikudis* einen Mercedes 190 E mit dem Kennzeichen F-YE 553. Wert: 35000 Mark. Der Wagen ist von einem Mitglied der Organisation bei einer Autovermietung in Frankfurt angemietet worden. *Milikudis* soll den Wagen nach England bringen, mit den Papieren und Schlüsseln zurückfliegen.

Erst dann wird der Wagen – so ist es geplant – bei dem Unternehmen als gestohlen gemeldet. Kriminalhauptmeister *Kasten*, dem *Milikudis* von dem Plan das erzählt hat, fürchtet allerdings, der Wagen sei möglicherweise «nicht sauber» und sein V-Mann könne mit dem unterschlagenen Auto von seinen Kollegen an der Grenze geschnappt werden. So läßt er sich, wie seine Kollegen herausfanden, das Kennzeichen des Fahrzeugs geben und überprüft in seiner Dienststelle, ob es zur Sachfahndung ausgeschrieben ist. Ergebnis: «negativ», keine Ausschreibung. So «gestattet» er seinem V-Mann, das Fahrzeug nach Großbritannien zu bringen. Seinen Vorgesetzten sagt der Kriminalbeamte wohlweislich kein Wort von der Sache. Über Dover fährt *Milikudis* den Mercedes nach London und übergibt ihn dort einem Kontaktmann. Drei Tage nach Abfahrt in Mainz landet er auf dem Rhein-Main-Flughafen in Frankfurt – im Gepäck hat er die Schlüssel und Papiere des 190 E. Zwei Tage später meldet ihn der Mieter bei dem Unternehmen gestohlen. Vier Monate später stellt die britische Polizei das Fahrzeug sicher, in letzter Sekunde: Die Beamten entdecken es in Liverpool, fix und fertig zum Export per Schiff nach Nigeria.

Seine Kontakte nach England nutzt *Georgios Milikudis* auch, als wieder einmal Ebbe in seiner Kasse herrscht und er in der Klemme sitzt: 1000 Mark hatte er von seinem V-Mann-Führer im Mainzer «Rheinhessen Hof» bekommen für einen Vertrauenskauf bei einem Afrikaner in Offenbach. 100 Gramm Haschisch sollte er abnehmen – so die Absprache – und ein «Kilogeschäft» anleiern. Trotz der nicht unbeachtlichen 100 Gramm wollte man noch nicht zuschlagen: «Je größer die Menge, die ich anliefere, um so mehr Geld bekomme ich», beschreibt der V-Mann später die Regeln seines Geschäfts. Zu dem Kauf kam es aber nicht wie erwartet. Gleichwohl gab er das Geld nicht zurück. Er gab es aus. Fünf Wochen später war er wieder blank. Als die Kollegen den Kriminalhauptmeister bedrängen, er möge dafür sorgen, daß sein V-Mann den Betrag zurückzahlt, belügt der Beamte seine Kollegen: die Sache laufe noch, erklärt er ihnen.

Eine Hoffnung in dieser Situation ist für *Georgios Milikudis* der britische Rauschgifthändler Lee. Eigentlich wollte der Brite von dem Griechen gestohlene Autos aus der Bundesrepublik für die Elfenbeinküste übernehmen. Doch *Milikudis* winkte ab. Kurzfristig könne er diese Fahrzeuge nicht beschaffen. Sie kommen darauf, daß erst Lee einmal Kokain in die Bundesrepublik liefern soll. Nach mehreren Telefonaten treffen sich die beiden im Frankfurter Hotel «Wiesbaden». Dabei erhält *Milikudis* von dem Briten eine Probe Kokain. Drei Wochen später, am Gründonnerstag 1986, treffen zwei Kurier-Frauen des Mister Lee in Frankfurt ein. Sie übergeben im Mainzer «Queen's Pub» *Milikudis* zwei Plastiktüten mit 280 Gramm Amphetamin. 3000 englische Pfund, rund 10000 Mark, soll er dafür an seinen alten Bekannten in Großbritannien zahlen, wenn der das Zeug verkauft hat. *Milikudis* rechnet damit, daß er durch den Verkauf knapp 20000 Mark einnehmen kann. Nach einem Anruf kommt der Kriminalhauptmeister in dem Lokal vorbei. Zusammen fahren sie ins Polizeipräsidium und zweigen im Dienstzimmer des Beamten erst einmal 15 Gramm des Stoffs ab. *Kasten* zeigt seinen Kollegen den Klumpen und erklärt, daß *Milikudis* den Tausender bei diesem Probekauf ausgegeben habe. Alle fallen darauf rein. V-Mann und V-Mann-Führer sind die 1000-Mark-Sorge los.

Mit den übrigen 265 Gramm Amphetamin in der Tasche verläßt *Georgios Milikudis* das Polizeipräsidium. Er soll, darauf haben sich die beiden verständigt, diese Menge an einen einzigen Abnehmer verkaufen, der anschließend verhaftet werden soll. Das Geld – so der gemeinsame Plan – darf *Milikudis* behalten. Freilich hat er davon 3000 britische Pfund an Lee zu zahlen, um ihn zu einer Lieferung im Kilobereich zu bewegen. Doch der Rauschgiftabsatz des

V-Mannes läuft in Mainz nicht so wie erwartet. Deshalb verkauft er den Stoff auch in kleineren Mengen. Zwei Wochen nachdem er das Amphetamin erhalten hat, wird *Georgios Milikudis* verhaftet. Die Polizisten entdecken 41 Gramm des Amphetamins bei ihm – ordentlich verpackt in einem Asservatenbeutel des Polizeipräsidiums Mainz.

Das Landgericht Mainz verurteilte *Karl Kasten* wegen Strafvereitelung im Amt, Beihilfe zur Hehlerei, Betrug, Beihilfe zum unerlaubten Handeltreiben mit Betäubungsmitteln, Diebstahl, Verwahrungsbruch, unerlaubter Abgabe von Betäubungsmitteln zu drei Jahren und sechs Monaten Gefängnis (Urteil vom 19. April 1989, Aktenzeichen: 2 Js 3550/86 5 KLs).

Dieser Fall zeigt, wie unerläßlich es ist, daß V-Leute nur von speziell ausgesuchten, charakterfesten und besonders geschulten Beamten geführt werden. Versagt der V-Mann-Führer, so operiert der V-Mann weitgehend unkontrolliert.

Ein anderes Problem für die Ermittler in der Praxis: Sie finden immer schwerer V-Leute, die auch etwas sagen können. «Die V-Personen haben zunehmend Angst, mit der Polizei zusammenzuarbeiten», berichtet der oberste Rauschgiftfahnder des BKA, Jürgen Jeschke, «weil die enorme Brutalität, das Klima der Angst, das in diesen Organisationen erzeugt wird, dazu führt, daß sie lieber schweigen als Angaben machen.» Dasselbe hat der baden-württembergische Kriminaldirektor Mellenthin festgestellt, der seit 15 Jahren Erfahrung in diesem Bereich hat. «Wir haben V-Leute, die steigen lautlos aus, weil sie bedroht wurden.» Zehn V-Leute der baden-württembergischen Polizei seien in zwei Jahren verletzt worden, berichtet er, wobei von einer erheblichen Dunkelziffer auszugehen sei. In Karlsruhe sei ein enttarnter V-Mann niedergestochen, einem anderen in der Nähe von Tauberbischofsheim die Wohnung angesteckt worden.

Ebenfalls bei einer Attacke auf einen enttarnten V-Mann habe in Konstanz der Täter mit einem Messer nur knapp am Herzen vorbeigestochen.

Ungeklärt ist noch der Fall eines Mannes in Kornwestheim. Tatsache ist, daß er bestialisch ermordet wurde. Tatsache ist ebenso, daß er als V-Person die Polizei mit Informationen versorgte: ein lebenslustiger Mann, der Erfolg hatte, allerdings auch einen Fehler – wenn er Alkohol getrunken hatte, konnte er seine Zunge nicht im Zaum halten. Nachdem die Ermittler das bemerkt hatten, wurde er «abgeschaltet». Möglicherweise zu spät. Kurze Zeit darauf wurde er in einen Hinterhalt gelockt und ermordet. Der Fall ist bis heute offiziell nicht geklärt. «Für mich waren das Auftragsmetzger», sagt Kriminaldirektor Mellenthin. «Man hat ihm bei lebendigem Leib den Hoden geöffnet, die Bauchdecke so aufgeschnitten, daß das Gedärm herauskam, ihm in den Hals geschnitten und dann in einen Bach geschmissen.»

Ein weiteres Problem sind für die Ermittler Rechtsanwälte, die systematisch versuchen, V-Personen zu enttarnen. «Die Enttarnungsbemühungen der Verteidiger sind vielfältig», berichtet der Frankfurter Staatsanwalt Harald Hans Körner. Er listet auf:

«□ Zunächst findet zumeist eine Befragung des Mandanten statt, welche Personen im Rahmen des Tatgeschehens mit ihm in Kontakt traten, und die Prüfung, was aus diesen Personen geworden ist.

□ Einzelne BTM*-Verteidiger führen eine V-Mann-Kartei, in der Spitznamen, Aussehen, Alter, Nationalität, Sprache, körperliche Gebrechen, Arbeitsweise, Einsatzorte, VP-Führer, Dienststelle, Vorstrafen, benutzter Pkw, Freundeskreis, Stammkneipe und Arbeitgeber der bekanntgewordenen V-Leute eingetragen werden. Wird im Ermittlungsverfahren eine größere Anzahl übereinstimmender VP-Daten

* Betäubungsmittel = Bezeichnung der Juristen für Rauschgift

festgestellt, so ist die Wahrscheinlichkeit groß, daß eine bestimmte VP im Einsatz war.

□ Umfragen bei anderen BTM-Verteidigern nach V-Leuten mit einer bestimmten Beschreibung sind häufig erfolgreich.

□ Ein exaktes Aktenstudium ermöglicht häufig, eine Reihe von Eigenarten der V-Personen festzustellen.

□ Die Akten ermöglichen leider nicht selten, bestimmte Kontaktpersonen der VP (Freundin, Arbeitgeber, Wirt der Stammkneipe) zu ermitteln, die zur Identifizierung der VP als Zeugen benannt werden können.

□ Ist der VP-Führer bekannt, so gelang es wiederholt Verteidigern, in dem Begleiter des VP-Führers den V-Mann zu erkennen.

□ Vereinzelt wurde eine VP enttarnt, weil sie sich ausgerechnet während der laufenden Hauptverhandlung im Dienstzimmer des sachbearbeitenden Staatsanwalts versteckte oder dort Rat suchte.»

V-Leute gehören heute in allen Bundesländern zum Arbeitsalltag der OK-Ermittler. Es gibt – ebenso wie beim Einsatz von Verdeckten Ermittlern – vehemente Gegner des Einsatzes von V-Leuten. Die Kritiker erblicken darin einen Verstoß gegen das Rechtsstaatsprinzip. «Der gezielte Einsatz von V-Männern hat keine gesetzliche Grundlage und greift in das Persönlichkeitsrecht des Beschuldigten ein», meint der Hamburger Strafverteidiger Gerhard Strate. «Die Schwelle zwischen erlaubter List und verbotener Rechtsbeugung wird überschritten. Das ist Verfassungsbruch!» Polizeipraktiker und -taktiker bestreiten dies. «Ermittlungsansätze im Bereich der organisierten Kriminalität sind heute nur dann zu erwarten, wenn Personen mit entsprechenden Personen- und Ortskenntnissen (Milieukenntnissen) entsprechend Kontakte aufnehmen können», schreibt der Düsseldorfer Kriminaldirektor Heinz Stüllenberg. «Nur dann wird es möglich sein, später auch die Hintermänner, die

Drahtzieher und somit die gesamte Organisation zu zerschlagen.»

Problematisch ist der Einsatz von V-Leuten jedenfalls dann, wenn sie durch ihr eigenes Verhalten gezielt einen Verdächtigen dazu bringen, eine Straftat zu begehen, um ihn so überführen zu können. Vom «Agent provocateur» sprechen die Juristen und Kriminalisten. Zu deutsch: Lockspitzel. «Die Praxis zeigt», berichtet Lothar Krumsiek, stellvertretender niedersächsischer Landesvorsitzender des Bundes Deutscher Kriminalbeamter, «daß der V-Mann immer häufiger selbst die Initiative ergreift und den verdächtigen Personenkreis oder die kriminelle Vereinigung auf Deliktsgelegenheiten hinweist oder, besonders beim Rauschgifthandel, zur Begehung von Straftaten verleitet. Motiv für solch ein Verhalten kann einmal der Zwang sein, den polizeilichen Auftrag in angemessener Zeit zu beenden. Es spielen häufig aber auch persönliche Gründe des V-Mannes eine Rolle, wie zum Beispiel einen Erfolg nachzuweisen, um das von der Polizei versprochene Geld oder andere Zusagen eingelöst zu erhalten.»

Nur wenn das Verhalten des Lockspitzels «unvertretbar übergewichtig» war, kann der Betreffende dafür nicht verurteilt werden. Sonst – so die Linie der Strafgerichte – bekommt er eine Strafe, wenn auch unter Umständen eine mildere, als er ohne die Tatprovokation erhalten hätte. In dem Grenzbereich gibt es Fälle, bei denen es rechtsmoralisch ausgesprochen zweifelhaft sein kann, ob der Täter wirklich eine Strafe verdient hat. Wie zum Beispiel bei dem Einsatz eines Türken, der in der Bundesrepublik unter dem Namen «Hüsam» operierte. Unter anderem arbeitete er mehrfach für die Rauschgiftfahnder des 14. Kommissariats in der Jägerstraße in Augsburg:

Kamil Gürün geht es finanziell nicht gut. Das Lokal des dreißigjährigen Türken in Marl steht kurz vor der Pleite. Der gelernte Schneider hat sich verkalkuliert. Es ist für ihn nicht einfach, seine deutsche Frau und die beiden Kinder durchzubringen. Unter den Türken in Marl und Recklinghausen ist der Gastwirt bekannt. Oft hält er sich in türkischen Gaststätten und unter Glücksspielern aus seiner Heimat auf. In einem Lokal in Recklinghausen lernt er im Spätsommer 1986 Hüsam kennen. Die beiden verstehen sich gut. *Gürün* führt Hüsam in türkische Glücksspielerkreise ein. Die beiden spielen zusammen – auf ihre Weise: Hüsam bringt gezinkte Würfel mit, *Gürün* sorgt an den Tischen dafür, daß er sie einsetzen kann. Sie gewinnen. Doch nach einigen Monaten klappt die Schummelei nicht mehr so recht. Sie machen Verluste. Anfang April 1987 haben beide zusammen 8000 Mark Spielschulden. Mittlerweile mußte *Gürün* sein Lokal schließen. Nun ist er arbeitslos und hat zudem 10000 Mark Schulden wegen seiner Lokal-Pleite.

Gürün beschließt, Bekannte in den Niederlanden zu besuchen. Als er Hüsam von der geplanten Reise im Frühjahr 1987 erzählt, fordert ihn Hüsam auf, sich in den Niederlanden nach Rauschgift umzuschauen. Hüsam erzählt ihm, daß er gute Kunden in Augsburg hätte. Die zahlten eine satte Provision. *Kamil Gürün* winkt ab, Drogen seien nicht sein Ding, sagt er. Damit hätte er noch nie etwas zu tun gehabt. Nachdem *Gürün* wieder zurück in der Bundesrepublik ist, bittet Hüsam ihn mehrfach, doch Drogen zu beschaffen. Damit könnten sie ihre Schulden tilgen, malt er aus. *Gürün* bleibt dabei: Mit Drogen hat er nichts am Hut.

Hüsam drängt ständig. Nach einigen Wochen gibt *Gürün* nach: Er fährt nach Amsterdam. Dort spricht er einen türkischen Kellner an, den er kennt. Und der macht ihn bekannt mit Bekir, der *Gürün* zusagt, Heroin besorgen zu können – zusammen mit einem Landsmann namens Sefir. Wieder daheim, berichtet *Gürün* all dieses Hüsam. Der frohlockt. Wenig später erklärt Hüsam, seine Abnehmer in Augsburg wollten zunächst erst einmal eine Probe. *Gürün* leitet den Wunsch weiter nach Amsterdam. Bekir liefert zwei Probesäckchen Heroin unterschiedlicher Art. Auf dem einen Päckchen steht ein «S», auf dem anderen ein «O». Hüsam reicht sie weiter. Seine Abnehmer hätten sich für die Sorte «S» entschieden, sagt er *Gürün* einige Tage später.

Am 1. Juni 1987, einem Montag, treffen sich sechs Türken im Intercity-Restaurant in Köln, um den Deal in Ruhe zu besprechen: Bekir und Sefir, die beiden Lieferanten, Hüsam und *Gürün*, die Vermittler, und Hüsams Leute, die beiden Abnehmer. In Wahrheit arbeiten diese beiden Türken als Scheinaufkäufer für das Bayerische Landeskriminalamt. Die sechs einigen sich auf ein Kilo Heroin, Preis: 100000 Mark. Davon sollen Hüsam und *Gürün* 10000 Mark für die Vermittlung des Deals erhalten. Sofort nachdem alles klar ist, fahren die beiden Lieferanten und *Gürün* nach Amsterdam, um das Heroin zu besorgen. Doch Bekir und Sefir haben Schwierigkeiten, den Stoff sofort aufzutreiben. *Gürün* reist nach Marl zurück.

Am nächsten Tag klingelt sein Telefon: Bekir ist dran. Nun sei das Heroin da, sagt er. Es könne am vereinbarten Treffpunkt abgeholt werden, einer Autobahntankstelle auf der A3 in der Nähe der niederländischen Stadt Arnheim, noch auf Bundesgebiet, drei Kilometer vor der Grenze. *Kamil Gürün* führt nun mehrere Telefonate – die Dinge entpuppen sich komplizierter als erwartet: Zunächst erklärt ihm Hüsam, daß die Käufer nicht wie vereinbart das Heroin selbst abholen könnten. Sie hätten keine Zeit. Bekir und Sefir sollten den Stoff nach Augsburg bringen. Doch dazu sind die Lieferanten in den Niederlanden nicht bereit. So fordert schließlich Hüsam *Gürün* auf, die Ware zu holen. Er weigert sich. So sei es nicht besprochen worden, entgegnet er. Hüsam redet auf ihn ein. 2000 Mark werde er dafür extra bekommen. *Kamil Gürün* läßt sich breitschlagen.

Und so passiert es: Am Morgen um vier klingelt bei *Gürün* in Marl das Telefon. Bekir erklärt ihm, daß er ihn an der vereinbarten Stelle bei Arnheim an der Autobahn erwarte.

Gürün fährt hin. Er übernimmt von Bekir 496 Gramm Heroin – genug für 5000 Portionen. Der Stoff steckt in zwei Päckchen. *Gürün* versteckt sie im Verbandskasten seines Wagens. Wieder zurück in Marl, telefoniert er mit Hüsam, der ihm sagt, er möge die Lieferung gleich nach Augsburg bringen. Er solle sie auf der Autobahnraststätte Edenbergen an der A 8 kurz vor Augsburg übergeben. *Kamil Gürün* fährt die 600 Kilometer mit seinem Wagen. Kurz vor 18 Uhr trifft er an der Raststätte auf Hüsam und die beiden Abnehmer. Er übergibt ihnen die beiden Päckchen. Als ob sie vom Himmel gefallen wären, sind auf einmal Kriminalbeamte zur Stelle. *Gürün* wird verhaftet.

Er ist der einzige der sechs Beteiligten, der vor Gericht landet. Erst sein Verteidiger, Rechtsanwalt Walter Rubach, kommt dahinter, daß es sich bei Hüsam um einen V-Mann der Polizei gehandelt hat. Die 2. Strafkammer des Landgerichts Augsburg urteilte in dem Verfahren, daß es sich bei dem Vorgehen des V-Manns um eine «unzulässige Tatprovokation» gehandelt habe. Im dem Urteil schreiben die Richter, daß *Gürün* «von einem polizeilichen Lockspitzel zur Begehung der Tat angestiftet worden ist. Der von der Polizei eingesetzte V-Mann hat in diesem Fall einen nicht vorbestraften unbescholtenen, des Handelns mit Betäubungsmitteln bis dahin nicht verdächtigen Bürger zum Handeltreiben mit Heroin in erheblicher Menge verführt. Ohne Einsatz dieses Informanten wäre das Drogengeschäft keinesfalls zustande gekommen. Ferner hat der in Glücksspielerkreisen verkehrende Informant den Angeklagten zunächst durch manipuliertes Würfelspiel in Geldnöte gebracht, um ihn dann angesichts der Schulden zu einem Betäubungsmittelgeschäft zu überreden. Dabei hat er auch die Tatsache ausgenutzt, daß es sich bei dem Angeklagten um einen türkischen Landsmann handelt.»

Fazit der Richter: «Das Gericht ist zu der Überzeugung gelangt, daß hier auf Veranlassung der Ermittlungsbehörden ein Rauschgiftgeschäft abgewickelt wurde, das zum einen niemals in diesem Umfang stattgefunden hätte und zum anderen noch nicht einmal dazu geführt hat, tatsächliche Heroinhändler zu überführen.» Das Gericht verurteilte *Kamil Gürün* zu zwei Jahren Gefängnis auf Bewährung. Ein Jahr saß der Mann in Untersuchungshaft in Augsburg.

Dieser Fall zeigt, wie leicht ein unbescholtener Bürger durch einen V-Mann ins Verderben gestürzt werden kann. Gewiß: solche Fälle sind die Ausnahme – für den Betroffenen ist das freilich kein Trost. Auf der anderen Seite sind es gerade die V-Leute, die die Polizei mit wertvollen Informationen aus OK-Täterkreisen versorgen. Im Kampf gegen die Organisierte Kriminalität sind sie für die Ermittler unentbehrlich. Unverzichtbar ist aber ebenso, daß sich die Beamten bei jedem V-Personen-Einsatz vor Augen halten, daß die V-Person aus anderen Motiven handelt als die Polizei – und diesem Umstand Rechnung tragen. Durch eigene Ermittlungen.

Telefonüberwachung und Observation

Eines der wichtigsten Werkzeuge der OK-Täter ist das Telefon: Über den Apparat werden Rauschgiftlieferungen avisiert, gestohlene Waren angeboten, Blüten angepriesen und Kapitalanleger hinters Licht geführt. Und so spielt das Telefon auch eine zentrale Rolle bei der Aufklärung von Straftaten. Ein Anschluß darf nach der Strafprozeßordnung (Paragraph 100a) überwacht werden, «wenn bestimmte Tatsachen den Verdacht begründen», daß jemand gravierende Straftaten begangen hat, die im Gesetz im einzelnen aufgeführt sind. Diesen Schritt muß ein Richter schriftlich anordnen. Bei «Gefahr im Verzug» darf es auch ein Staatsanwalt machen.

Auf diese Möglichkeit haben sich die OK-Täter längst eingestellt. So sind Telefonüberwachungen im Laufe der

Zeit immer wirkungsloser geworden, wie die Fahnder feststellen mußten. «Gespräche werden häufig von kaum zu überwachenden öffentlichen Fernsprechapparaten oder von Autotelefonen aus geführt», berichtet Karl-Heinz Lenhard, Präsident des Bayerischen Landeskriminalamts in München. «Klappt eine Telefonüberwachung, registrieren wir in erster Linie Terminvereinbarungen, belanglose Gespräche und sehr oft den Hinweis, daß der Anschluß wahrscheinlich abgehört wird.» Auch wenn sich auf den in den Abhörräumen der Polizei auf Tonband oder Kassette aufgezeichneten Gesprächen nur selten ein Geständnis befindet, sind die Mitschnitte doch oft zumindest «ermittlungsfördernd». Ganz besondere Probleme bereiten den Beamten derzeit die Autotelefone und die überall mit hinnehmbaren Mobiltelefone von OK-Tätern. Oft gelingt es ihnen nicht, die Telefone abzuhören, vor allem wenn der Betreffende unterwegs ist. «Wir haben die technischen Probleme noch nicht gelöst», sagt Dieter Küster, Leiter der Abteilung Datenverarbeitung im Bundeskriminalamt. «Wir suchen nach Lösungen.»

Ebenso rechnen die OK-Täter damit, daß sie von der Polizei observiert werden. Die meisten sind ständig auf der Hut. «Die Straftäter verhalten sich so, daß observierende Fahrzeuge zwangsläufig auffallen und enttarnt werden», berichtet Bayerns LKA-Chef Lenhard. Nicht zulässig ist – im Unterschied zu den Vereinigten Staaten – für die bundesdeutschen OK-Fahnder der sogenannten «Lauschangriff»: Niemand darf – so sagt es das Strafgesetzbuch – mit einem Richtmikrofon oder einer Wanze Gespräche belauschen.

OK-Dienststellen

Unerläßlich für die Bekämpfung der Organisierten Kriminalität sind spezielle Dienststellen, die sich ausschließlich und gezielt mit großen Fällen befassen können. Als erste richtete die Polizei Hamburg eine solche Abteilung ein; im Mai 1982 nahm sie ihre Arbeit auf. Sie wurde richtungweisend für die Entwicklung in der Bundesrepublik: die Kriminalinspektion LKA 26 (früher: FD 65).

Wer im vierten Stockwerk des Hamburger Polizeihochhauses aus dem Fahrstuhl steigt, blickt auf zwei Kameras. Einige Schritte entfernt, hinter einer Tür, sieht er eine anthrazitfarbene Wand mit drei Fenstern und einer Tür. Neben der Tür befinden sich eine Sprechanlage und eine Klingel. Durch diese Tür dürfen nur die 50 Beamten der Abteilung 26, die hier arbeiten. Ihre Kollegen aus dem Polizeihochhaus müssen draußen bleiben. Von wenigen Ausnahmen abgesehen. Hinter der Tür befindet sich die eigene «Befehlsstelle» der Abteilung, die über einen eigenen Funkkanal verschlüsselt die Beamten unterwegs dirigiert.

Der Grund für die Abschottung ist der «Schutz der Ermittlungen», wie Klaus Jacobi sagt, der Leiter der Hamburger Dienststelle zur Bekämpfung der Organisierten Kriminalität. «Wenn es uns nicht gelingt, unsere Ermittlungen geheimzuhalten, auch in die Polizeiorganisation hinein, besteht die Gefahr, daß unsere Ermittlungsverfahren, die häufig sehr lange dauern, vorzeitig bekannt werden und der Ermittlungserfolg hinfällig ist.» Worin liegt der entscheidende Unterschied zu herkömmlichen Abteilungen? «Diese Dienststelle hat den Vorteil, daß wir uns mit der gesamten Kapazität auf ein Ermittlungsverfahren konzentrieren können», sagt Kriminaloberrat Jacobi. So können alle 50 Beamten in einem einzigen Fall ermitteln. Ihre Arbeit wird nicht – wie in den anderen Ermittlungsstellen – von den tagtäglich eingehenden Anzeigen bestimmt. Sie können sich «mit langem Atem» hinter eine Sache klemmen. In drei Kommissariaten arbeiten die LKA 26-Beamten: «Information und Auswertung», «Ermittlungen» und «Operative Maßnahmen».

Von großer Bedeutung ist die Möglichkeit, daß die

Fachinspektion «Organisierte Kriminalität»
im Landeskriminalamt Hamburg

Leitung

Basisdienst

- Innerer Dienstbetrieb
- Sicherheitsangelegenheiten
- Einsatzdurchführung
- Befehlsstelle
- Schreibdienst

Information und Auswertung

- Auswertung
- Analyse
- Lagebild OK
- Vorermittlungen
- Zentrale OK-Info-Dienststelle für das LKA
- PIOS (APOK)
- Sonstige Dateien

Ermittlungen

- Sachbearbeitung
  - □ personen-/gruppenbezogen
  - □ organisationsbezogen
  - □ deliktsübergreifend
- Zusammenarbeit mit Staatsanwaltschaft
  - □ gemeinsame Strategieplanung
  - □ Verfahrensvorbereitung und -durchführung
  - □ prozeßbegleitende Maßnahmen
- Einsatzplanung

Operative Maßnahmen

- Observation
- Verdeckte Aufklärung
- Verdeckte Ermittlungen
- VP-Führung

Quelle: LKA Hamburg

Dienststelle selbst «operative Maßnahmen» durchführen, also zum Beispiel mit eigenen Beamten Verdächtige observieren kann. Andere Dienststellen müssen «Fremdaufträge» vergeben. So kommt es etwa in Nordrhein-Westfalen immer wieder zu Engpässen, weil dort die 17 OK-Dienststellen bei den Observationen Mobile Einsatzkommandos (MEK) einsetzen müssen. Davon gibt es sechs, bei den Kriminalhauptstellen in Bielefeld, Dortmund, Münster, Essen, Düsseldorf und Köln. Observationen konstant über einen längeren Zeitraum sind bei OK-Ermittlungen gefragt, um die Kontakte von Verdächtigen zu erkennen. «Wegen der geringen Anzahl an Observationskräften können derartige Ansinnen in vielen Fällen nicht bedarfsgerecht ausgeführt werden, was zwangsläufig zu Defiziten bei der Ermittlung führt», berichtet ein leitender OK-Fahnder im Düsseldorfer LKA. Zudem kommt es immer wieder vor, wenn Beamte eines MEK einen Verdächtigen beobachten, daß sie plötzlich den Einsatz abbrechen müssen, weil sie woanders dringend benötigt werden. Das Hamburger Modell hat im Vergleich aber nicht nur den Vorteil, daß tatsächlich dann ein Verdächtiger observiert werden kann, wenn es geboten erscheint, sondern auch, daß mit der Materie vertraute Beamte observieren und, ganz wichtig, andere Dienststellen nicht mitbekommen, gegen wen gerade Ermittlungen laufen.

Die Einrichtung von OK-Dienststellen bedeutet freilich nicht, daß nur bei ihnen in Sachen Organisierte Kriminalität ermittelt wird. Sie kümmern sich vielmehr nur um die besonders dicken Fische, vor allem um die sogenannte «deliktsübergreifende OK», während beispielsweise die Rauschgift-, Einbruchs- und Wirtschaftskriminalitäts-Kommissariate in ihren Bereichen auch gegen organisierte Verbrecher ermitteln.

Der Leiter der Hamburger Kriminalinspektion LKA 26 entscheidet, welche Vorgänge übernommen und welche abgegeben werden. Er hat das Recht, bei allen anderen Dienststellen der Polizei Informationen einzuholen. Die Rekrutierung seiner Mitarbeiter erfolgt nach den Prinzipien «Geeignetheit und Freiwilligkeit». Jederzeit kann ein LKA 26-Beamter von sich aus die Abteilung verlassen.

Die Beamten arbeiten nicht «tat-, sondern täterorientiert». Das heißt: Sie tragen in der Phase der «verdeckten Beweisführung» Erkenntnisse gegen Verdächtige zusammen, unter anderem durch Gespräche mit Informanten und V-Leuten, Observationen, Telefonüberwachungen und Einsatz von Verdeckten Ermittlern. «Die Phase der verdeckten Beweisführung endet in der Regel mit den offenen Zugriffsmaßnahmen (Verhaftungen, vorläufigen Festnahmen, Durchsuchungen, Beschlagnahmen, Sicherstellungen, Anschlußmaßnahmen)», schreibt LKA-Chef Sielaff. «Sie müssen minuziös geplant, vorbereitet sowie schlagartig und zeitgleich durchgeführt werden. Häufig sind Aktionen an unterschiedlichen Orten mit starken polizeilichen... Kräften erforderlich... Die wesentlichen Beweismittel sollten bis zum Beginn der zweiten Ermittlungsphase, den offenen Ermittlungen, weitgehend zusammengetragen sein, so daß nicht allein auf die folgenden Durchsuchungs- und Beschlagnahmemaßnahmen sowie die Vernehmungen abgestellt werden muß.»

Mittlerweile gibt es in allen Landeskriminalämtern und im Bundeskriminalamt OK-Dienststellen, wenn auch recht unterschiedlichen Umfangs. Ebenfalls ähnlich gut gerüstet wie Hamburg ist Baden-Württemberg, auch wenn eigene Observationskräfte noch Zukunftsmusik sind. Im Hessischen LKA in Wiesbaden hingegen wird im OK-Dezernat bislang im wesentlichen Organisierte Kriminalität nur «ausgewertet», nicht aber ermittelt oder gar operativ aufgeklärt. Auch in vielen Großstädten gibt es mittlerweile schon OK-Dienststellen, etwa in Frankfurt, Köln, Düsseldorf, Münster und Bremen. Aber noch nicht in allen.

Bei gerade frisch eingerichteten OK-Dienststellen erweist sich immer wieder die «informationelle Einbahnstraße» dieser Abteilungen als problematisch: Schutz- und Kriminalbeamte versorgen die OK-Ermittler mit Informationen, ohne zu erfahren, worum es eigentlich geht, geschweige denn selbst von den OK-Ermittlern Erkenntnisse abfordern zu können. «Die Abschottung führte hier und da zu Irritationen bei Mitarbeitern benachbarter Dienststellen», berichtete Wolfgang Sielaff 1983, ein Jahr nach der Einrichtung der OK-Dienststelle in Hamburg. «Deren teilweise geäußerte Verständnislosigkeit entsprang meistens der mangelnden Kenntnis der Notwendigkeiten. Seit einer großen Zugriffsaktion Ende des letzten Jahres hat sich diese Einstellung weitgehend verloren.» So läuft es im Prinzip überall, wo OK-Dienststellen eingerichtet werden: Nach einiger Zeit sehen die Kollegen ein, wie wichtig es ist, daß «top secret» bleibt, wen die OK-Beamten gerade im Visier haben.

Der einzelne Ermittler in den OK-Dienststellen muß damit leben, daß sich Erfolge nicht so schnell einstellen. In anderen Kommissariaten konnten sie zuvor oft pro Woche gleich mehrere Fälle abschließen. «OK-Dienststellen müssen im Regelfall über viele Monate, manchmal sogar Jahre, einen hochkarätigen Täter bzw. Täterkreis im ständigen Blickfeld behalten, bevor ausreichend Beweismaterial für einen Zugriff zur Verfügung steht», heißt es in der BKA-Studie «Organisierte Kriminalität in der Bundesrepublik Deutschland». «Unverständlich ist es dann für viele Ermittler, daß ihre mühselige Arbeit nur mit einem Strich [in der Statistik] abgetan und sicherheitspolitisch auch so eingeschätzt wird, ohne daß die direkten und indirekten Auswirkungen auf die OK-Szene berücksichtigt werden.» Organisierte Kriminalität ist eben statistisch nicht meßbar. Anders als Fahrraddiebstähle. Fazit der BKA-Untersuchung: «Mangelnde Anerkennung infolge des Anlegens ungeeigneter Meßlatten verstärkt durch persönliche Angriffe in der

Presse und unberechtigte Dienstaufsichtsbeschwerden haben in OK-Ermittlerkreisen vielerorts zu Frustrationserlebnissen geführt.»

Ein großes Defizit bei ihrer Arbeit sehen die OK-Beamten darin, daß die Ermittler in den einzelnen Dienststellen im Bundesgebiet sich zu wenig untereinander kennen, auch wenn sie Täter quer durch die Republik verfolgen. Dienstreisen werden oft nicht bewilligt. Ein OK-Ermittler dazu: «Der Täter hat, was die Polizei nicht hat: Geld!»

Was nützen die Erkenntnisse der OK-Polizeifahnder, wenn sie nicht durch das «Nadelöhr Justiz» passen? Viele Staatsanwälte versinken unter Aktenbergen. So mancher von ihnen begeht – wie es ein Berliner Staatsanwalt formuliert – «Strafvereitelung von Amts wegen», weil er anders nicht mit seiner Arbeit zu Rande käme – und weil er sonst überhaupt kein Ermittlungsverfahren abschließen könnte. In einigen Städten gibt es mittlerweile auch bei der Staatsanwaltschaft spezielle OK-Dezernate, wie zum Beispiel in Berlin, Hamburg und Frankfurt. So arbeiten in Berlin beispielsweise sieben Staatsanwälte und ein Abteilungsleiter im OK-Dezernat. Die Motivation und Sachkenntnis der Beamten sind anerkanntermaßen ausgezeichnet, ihre Ausstattung läßt zu wünschen übrig. «Fast jeder hat heute eine Wahlwiederholung an seinem Telefon zu Hause», sagt einer der Staatsanwälte, «nur wir nicht in unseren Büros. Wir wählen uns mitunter die Finger wund.» Nicht besser sieht sein Frankfurter Kollege Peter Köhler die Arbeitsbedingungen, der in der Abteilung 13 der Frankfurter Staatsanwaltschaft mit sechs Kollegen für OK-Delikte zuständig ist. «Mann und Gerät» fehlen, kritisiert er. «Die derzeitige personelle Ausstattung in Bund und Ländern reicht wahrlich nicht aus, um Organisierte Kriminalität wirksam zu bekämpfen. Es ist unerträglich, daß immer wieder wegen fehlender Ermittlungsbeamter und technischer Ausstattungen dringende Ermittlungshandlungen verschoben oder überhaupt nicht durchgeführt werden.» Sein Resümee: «Das Legalitätsprinzip wird da sehr oft bei der täglichen Arbeit mit Füßen getreten.»

Dort, wo OK-Polizeibeamte mit Spezialisten bei OK-Dienststellen zusammenarbeiten können, sind Reibungsverluste bei der Strafverfolgung selten. Zudem hat es sich gerade bei den komplizierten OK-Verfahren als sinnvoll erwiesen, daß sich Staatsanwaltschaft und Polizei von Anfang an abstimmen.

Sind keine Spezialisten bei der Staatsanwaltschaft für OK-Delikte eingeteilt, so ist ein «Buchstaben-Staatsanwalt» zuständig, jemand, der die Fälle nach dem ersten Buchstaben des Nachnamens des Verdächtigen auf den Tisch bekommt. «Das bedeutet, daß nahezu jeder Täter aus dem Bereich der OK die Chance hat, es im Einzelfall mit jeweils einem anderen Staatsanwalt zu tun zu haben», referierte schon 1981 Staatsanwalt Heinz Holzinger bei einem Seminar der Polizei-Führungsakademie in Hiltrup. «Daß dadurch die richtige Einordnung und das Erkennen von Taten der OK nahezu unmöglich ist, liegt bei der Menge der anfallenden Verfahren aller Art auf der Hand», räumte er freimütig vor den Polizeibeamten ein. «Dem Staatsanwalt ist – das zeigt die Erfahrung – oft gar nicht daran gelegen, derartige Erkenntnisse zu gewinnen und tiefer in die Sache einzusteigen, weil er dadurch mit der Bearbeitung der Vielzahl der übrigen Fälle in Schwierigkeiten gerät.»

Gerade die bei den Staatsanwaltschaften häufig festzustellende Zurückhaltung gegenüber großen Verfahren führt «nicht selten zu einer Aufsplitterung der OK-Verfahren», ist in der BKA-Studie zu lesen. «Man konzentriert sich auf *einen* beweisbaren Sachverhalt, den man *einem* Täter oder überschaubaren Täterkreis anlasten kann, und verzichtet auf die vollständige Aufklärung der Hintergründe.»

Hinzu kommt, daß der einzelne Staatsanwalt auch nicht immer in der Lage ist, ein kompliziertes OK-Verfahren ökonomisch abzuwickeln. «In Fällen von Kapitalanlage- oder Spendenbetrügereien ist es zum Beispiel vorgekommen, daß verlangt wurde, alle 2000 oder mehr Geschädigten zu vernehmen», kritisiert der Hamburger LKA-Leiter Sielaff. «Welche personellen, organisatorischen und zeitlichen Konsequenzen das auf Polizeiseite bedeutete, interessierte zunächst ebensowenig wie die Tatsache, daß andere – wichtigere – Strafverfahren liegenbleiben mußten. Für sie war der betreffende Staatsanwalt ja nicht verantwortlich.»

Die Situation bei den Staatsanwaltschaften ist selbst innerhalb einzelner Bundesländer nicht einheitlich: In Nordrhein-Westfalen gibt es beispielsweise im Oberlandesgerichts-(OLG-)Bezirk Düsseldorf bei jeder Staatsanwaltschaft feste OK-Dezernenten, in den OLG-Bezirken Köln und Hamm wird bei jedem einzelnen OK-Verfahren ein Staatsanwalt benannt.

Zeugenschutz

Eine Prostituierte im Mittelhessischen hat etwas getan, was sie nach den ungeschriebenen Regeln des Milieus nicht tun sollte: Sie verließ ihren Bereich. Dafür fordert ihr Zuhälter von ihr 20000 Mark «Abstand». 5000 Mark zahlt sie, beim Rest gibt es Schwierigkeiten. Rivalitäten unter Zuhältern. Die Frau informiert die Polizei. Die Beamten stoppen «ein Rollkommando aus 13 Zuhältern in drei Mercedes 500, einem Porsche, in denen sich zwei Revolver, eine Pistole, die dazugehörige Munition, eine chinesische Kampfgabel, Schlagstöcke, Baseballschläger befanden», wie ein leitender hessischer Polizeibeamter berichtet. Die Täter werden verhaftet. Plötzlich will die Prostituierte von ihrer Aussage nichts mehr wissen...

In München wird ein Türke erpreßt. Er wendet sich an die

Polizei. Die Täter tauchen wieder bei ihm auf: Wenn er nicht schleunigst seine Strafanzeige zurückziehe, sagen sie ihm, könne er sein Testament machen.

Ein Rauschgifthändler in Niedersachsen packt aus und belastet eine Reihe ehemaliger Komplizen schwer. Er sitzt in Untersuchungshaft. Mehrfach versuchen Gefangene in der Anstalt, ihn mit Gewalt von seinen Aussagen abzubringen. Er muß intensiv geschützt werden. Bei einem Gefangenentransport kommt er mit Häftlingen zusammen, die zum Kreis der von ihm belasteten Täter gehören. Sie versuchen ihn mit Worten von seiner Aussage abzubringen. Als das nichts nützt, schlagen sie ihn.

Die Täter bereiteten den BKA-Ermittlern Kopfschmerzen: Sie fahndeten nach einer Gruppe, die im Rhein-Main-Gebiet Banken ausraubte. Klar sehen die Beamten, als sie auf eine Frau stoßen, die auspackt. Sie berichtet Punkt für Punkt, wie die Italiener-Gruppe 15 Banküberfälle beging. Eine «Superzeugin», so ein Beamter: Sie hatte mitbekommen, wie die Täter Objekte ausbaldowerten, und an den Vor- und Nachbesprechungen der Überfälle teilgenommen. Die Deutsche ist mit einem der Italiener befreundet, sie lebt mit ihm und ihren beiden Kindern zusammen. Einige Verdächtige flüchten nach Italien, andere kommen in der Bundesrepublik in U-Haft. Den Beamten ist klar, daß eine Verurteilung der Täter entscheidend von den Angaben der Frau abhängt. Ebenso klar ist ihnen, daß die Täter alles daransetzen werden, die Zeugin auszuschalten. Für sie – so die Einschätzung der BKA-Beamten – besteht höchste Lebensgefahr.

Sofort erhält die Frau Personenschutz und Betreuung durch BKA-Beamte, wird woanders untergebracht. Das Bundeskriminalamt organisierte ihren Umzug und zahlt 8000 Mark für Möbel in der neuen Wohnung. Zudem greift ihr das Wiesbadener Amt zweimal mit 800 Mark unter die Arme, als sie infolge des Umzugs zwei Monate lang keine

Sozialhilfe erhält. Für die Aktion fallen insgesamt rund 15000 Mark «Sachmittelkosten» an. Drei der Täter werden in der Bundesrepublik zu mehrjährigen Haftstrafen verurteilt.

Vier von tausenden Fällen, die zeigen, wie wichtig es sein kann, daß Zeugen geschützt werden: Auch die Beweisnot organisieren OK-Täter. Je tiefer die Ermittler in den Bereich der Organisierten Kriminalität eindringen, desto schwieriger wird es für sie, zutreffende Aussagen von Zeugen zu bekommen. Aber gerade hier sind die Fahnder ganz besonders auf derartige Angaben angewiesen. Versuche, Zeugen zu beeinflussen, sind bei OK-Verfahren an der Tagesordnung. So wurde allein in dem Großverfahren gegen die «Hell's Angels» vor dem Hamburger Landgericht auf 36 Zeugen Pressionen von seiten der Täter ausgeübt, wie eine Untersuchung der Polizei an den Tag brachte. Die Liste der «Tatmuster von Zeugenbeeinträchtigungen» ist lang, die der Hamburger Kriminalist Wolfgang Sielaff ausmachte:

«□ Anonyme ‹wortlose› Telefonanrufe mit zeitlichem Bezug zum Gerichtstermin,

□ Aufforderung zu Treffen mit Rechtsanwälten der Beschuldigten,

□ Warnungen (schriftlich, mündlich) vor belastenden Aussagen,

□ Erteilung von ‹Aussageverboten›,

□ Erteilung/Androhung von ‹Gebietsverboten›,

□ Aufsuchen, zum Teil in aufgespürten Verstecken, und Bedrohen,

□ Tätlichkeiten vom Ohrfeigen bis zum brutalen Zusammenschlagen,

□ Unauffindbarkeit von Zeugen,

□ Entführung (?) von Zeugen.

Die Tathandlungen richteten sich teilweise auch gegen Angehörige. Darüber hinaus sind Fälle bekanntgeworden wie

- Zusendung eines Geschosses,
- Verfolgung von Fahrzeugen,
- ‹Warnschüsse› aus dem Hinterhalt,
- Zerstechen der Autoreifen,
- Demolieren der Wohnungseinrichtung,
- Zerstören von Geschäftsräumen,
- Brandlegungen.»

Daß Zeugen tot aufgefunden werden, passiert derzeit in der Bundesrepublik selten. Aber auch das kommt vor. Etwa – wie geschildert – der «Informant Apfel» der Frankfurter Ermittler oder der Jugoslawe, der gegen *Jovan Mitićs* illegale Arbeitnehmerüberlassungs-Organisation ausgesagt hatte. Fest steht freilich nur, daß sie unter bislang nicht geklärten Umständen ums Leben kamen, kurz nachdem sie Aussagen über OK-Täter bei den Ermittlern gemacht hatten. Daß mehr nicht feststeht, ist freilich auch nicht überraschend. «Nur selten läßt sich beweisen, daß sich die Tat auf die strafprozessuale Rolle des zum Opfer gewordenen Zeugen bezieht», urteilt der OK-Kenner Sielaff. Meist aber genügen schon vergleichsweise sanfte Einschüchterungen. So reicht oft schon ein Hinweis auf die Gesundheit der Familie ...

Die Folgen dieser Pressionen liegen auf der Hand: Zeugen haben angeblich nichts gesehen, verzichten auf Anzeigen, ziehen Anzeigen zurück, machen falsche Aussagen, fallen um – aus belastenden Angaben werden entlastende – oder verschwinden ganz von der Bildfläche. «Aus der Praxis sind zahlreiche Fälle bekannt, in denen offenkundig hochkarätige Zeugen geschwiegen haben, weil die Strafverfolgungsbehörden den verlangten Schutz nicht leisten konnten», berichtet Sielaff.

Jede auf diese Weise verhinderte Aussage verbessert nicht nur die Beweissituation für den Täter, sondern führt dazu, daß sich kriminelle Macht verfestigt. Jeder Erfolg des Erpressers ist zugleich Motivation für andere Täter, es ebenso zu machen.

Wie wichtig der Schutz des Zeugen ist, wurde erst relativ spät erkannt, bundesweit erst in der zweiten Hälfte der achtziger Jahre. Auch hier ist die Hamburger Dienststelle Vorbild für die anderen Bundesländer: Bereits 1986 wurde sie in der Hansestadt eingerichtet. Leiter des Zeugenschutzkommandos ist Otto Köhn. Ein Bär von einem Mann: fast zwei Meter groß, breites Kreuz, große Hände, üppiges weißgraues Haar, breite Koteletten, Schnäuzer. «Pfarrer Sommerauer» nennen Kollegen den Kriminaloberkommissar Anfang 50. Er ist dafür bekannt, daß er gut zuhören kann. Drei Wochen lang besuchte Otto Köhn den Lehrgang «Witness Security Basic 801» im US-Bundesstaat Georgia. Das, was er dort gelernt hat, kann er in der Hansestadt gut nutzen. Die Vereinigten Staaten sind der Bundesrepublik weit voraus: Schon vor zwei Jahrzehnten erkannte man dort die Bedeutung des Zeugenschutzes. Seit 1970 existiert das «Witness Security Program», das der US-Marshall-Service durchführt. Er besorgt für gefährdete Zeugen neue Wohnungen und, falls erforderlich, neue Identitäten, sorgt für die Abwicklung des Umzugs, einen anderen Arbeitsplatz und finanzielle Unterstützung. In rund 6000 Fällen wurden bislang über 14000 Menschen geschützt. Zeugenschutz ist dort sehr teuer: Mit rund 100000 Mark schlägt er pro Einsatz zu Buche.

Otto Köhn sitzt in der zwanzigsten Etage des Hamburger Polizeihochhauses. Zehn Beamte gehören seiner Abteilung an, vier davon als «Stammpersonal». Falls erforderlich, kommen zur Verstärkung Schutzpolizisten. Ganz obenan stehen bei den Zeugenschützern zwei Prinzipien. Erstens: Mit dem Schutz betraut werden nur Beamte, die mit den Ermittlungen nichts zu tun haben, damit später niemand im Prozeß sagen kann, dem Zeugen seien für seine Aussagen unzulässige Vorteile gewährt worden. Das nämlich könnte dazu führen, daß die Aussage nicht verwertet werden dürfte. Zum zweiten ist Voraussetzung, daß der Betreffende freiwillig mitmacht.

Wie schützen sie gefährdete Zeugen? «Generell kommen Personen-, Begleit- und Objektschutzmaßnahmen in Betracht», beschreibt Wolfgang Sielaff das System, «an Einzelmaßnahmen zum Beispiel Verzicht auf Protokollierung von Geburtsdatum und Adresse, Vernehmung an sicherem Ort, Adressenabdeckung, Telefonabdeckung, Unterbringung an geheimem Ort, Wohnungswechsel, Wechsel der Arbeitsstelle, neue Identität, Schutzobservationen, Abklärung von potentiellen Störern, Aufklärung an gefährdeten Objekten, Prozeßbegleitung, Personenschutz im Gerichtssaal, Innenschutz, demonstratives Zeigen von Polizeikräften, Posten- und Streifentätigkeit sowie Installation technischer Sicherungen.»

So ist es heute vielerorts in Strafverfahren mit OK-Hintergrund üblich, daß die Anschrift von gefährdeten Zeugen nicht – wie sonst normal – in der Anklageschrift auftaucht. Als Empfänger der Ladung ist eine Dienststelle der Polizei oder Staatsanwaltschaft angegeben. Beispiel: die Anklageschrift gegen die Hintermänner des St. Pauli-Killers Pinzner: Nusser, Hockauf und Träger. Von den 101 in der Anklageschrift aufgeführten Zeugen, die nicht der Polizei angehören, sind zwölf über die Staatsanwaltschaft zu benachrichtigen. Nummer 10 auf der 137 Namen umfassenden Liste: «WÜNSCHE, Bernd, zu laden über StA Hamburg, Abteilung 25» überlebte das Verfahren gleichwohl nicht. Sieben Wochen vor Beginn des Prozesses entdeckten ihn zwei Schüler auf einem Komposthaufen im Kleingartenverein Tegelweg im Hamburger Stadtteil Farmsen: Die tief über den Kopf gezogene Joggingmütze verdeckt das Einschußloch in der Stirn des Dreiunddreißigjährigen. Neben der zusammengekrümmten Leiche liegt die Tatwaffe, ein Revolver Marke Arminius, Kaliber .38. «Es sieht so aus, als ob er in einem Kofferraum hier in die Siedlung transportiert worden ist», sagte ein Mann dem «Hamburger Abendblatt», der direkt neben dem Fundort sein Haus hat. «Selbstmord», lautet das Ermittlungsergebnis der Polizei. Hartnäckig halten sich Gerüchte, nach denen es anders gewesen war. Das Hamburger Zeugenschutzkommando hatte Bernd Wünsche mit einer neuen Identität, Wohnung und Arbeitsstätte versorgt. Leibwächter hatte er zu diesem Zeitpunkt nicht. Wenige Tage vor seinem Tod hatte Wünsche berichtet, ein Bekannter vom Kiez habe ihm etwas von «Wiener-Peter» Nusser ausgerichtet, den er durch seine Aussagen erheblich belastet hatte: «Schöne Grüße vom Wiener, er bedankt sich für die Anklageschrift.»

Keine fünf Monate später ist die «Nummer 121» auf der Zeugenliste in der Anklageschrift ermordet: «BOLM, Uwe, Hochstraße 4, b. Herfert, 2000 Hamburg 4.» Ein Spaziergänger entdeckt die Leiche in einem Honda Civic in einem Waldstück in der Nähe des Flughafens Fuhlsbüttel, kurz hinter der Landesgrenze zu Schleswig-Holstein. «King-Kong», ein auf dem Kiez gefürchteter Kleiderschrank, 1,86 Meter groß, den Körper voller Tätowierungen, hängt zusammengesackt hinterm Steuer des Kleinwagens seiner Freundin. Sein Mörder schoß ihm aus nächster Nähe mit einer Schrotflinte in den Hals. «King-Kong» hatte ebenfalls Nusser belastet, außerdem die St. Pauli-Größe Klemm, und eine Menge Ärger im Milieu bekommen. Wegen seiner Angaben bei den Ermittlern sollte das Zeugenschutzkommando eingeschaltet werden und sich seiner annehmen.

Tagelang hatte ihn jemand mit Drohanrufen gereizt. Wutschnaubend war er vor Mitternacht zu einer Verabredung gefahren, hatte sicherheitshalber einen Baseballschläger mitgenommen. Von seiner Freundin verabschiedete er sich mit den Worten, daß sie Anzeige erstatten solle, falls er nicht zurückkäme.

Nachdem St. Pauli-Killer Werner Pinzner angefangen hatte, bei der Polizei auszupacken und Unterweltler schwer zu belasten, machten sich die Ermittler auch Sorgen um seine Frau Jutta und die Tochter Birgit. Die Tochter kam zu Bekannten am Niederrhein, die Frau wurde in einer Wohnung im Hamburger Stadtteil Dulsberg «verdeckt» untergebracht. Sie bekam eine «abgedeckte» Telefonnummer, die weder bei der Auskunft bekannt war noch im Telefonbuch stand. Polizeibeamte in Zivil beobachteten das Haus und begleiteten sie auf allen Wegen – zu Behörden, der Bank, der Reinigung und zum Postamt. Die Zeugenschützer schlugen ihr vor, sie außerhalb Hamburgs unterzubringen. Doch die Frau lehnte ab. Je öfter Jutta Pinzner ihren Mann im Gefängnis besucht hatte, desto kühler wurde ihr Verhältnis zu den Beamten, desto lockerer der Kontakt. Schließlich bewegte sie sich kaum mehr in Polizei-Begleitung.

Wenige Wochen später wurde Jutta Pinzner von ihrem Mann erschossen – im Verlaufe einer Vernehmung im Hamburger Polizeihochhaus, nachdem sie für ihn den Revolver Smith & Wesson, Kaliber .38 special, in den Sicherheitstrakt geschmuggelt hatte. Dieser Fall zeigt, daß Zeugenschutz nur möglich ist, wenn der Betreffende von sich aus mitmacht – gegen den Willen des Gefährdeten ist Zeugenschutz nicht möglich.

Mittlerweile gibt es in allen Bundesländern bei den Landeskriminalämtern Koordinierungsstellen für den Zeugenschutz. Zur Zeit werden Beamte ausgebildet. Nach den bisherigen Erfahrungen in der Bundesrepublik hat sich der Zeugenschutz als geeignetes Mittel bewährt, um die «OK-typische» Mauer des Schweigens zu durchbrechen. Nur wo das gelingt, besteht Hoffnung, Organisierte Kriminalität wirksam bekämpfen zu können.

Bislang konnten Zeugen mit solchen Maßnahmen für eine Weile geschützt werden. «Lebenslangen Schutz» bekam in der Bundesrepublik bislang noch niemand verordnet. «Solche Einsätze werden wir bekommen», prophezeit Kriminaloberrat Klaus-Peter Holz, der im Bundeskriminalamt für den Zeugenschutz verantwortlich ist. «Die wirklich gravierenden Fälle kriegen wir, wenn es uns gelingt, in die mittleren und oberen Etagen der Organisierten Kriminalität vorzustoßen.»

«Arbeitsdatei PIOS Organisierte Kriminalität»

Seit dem 1. Juli 1986 läuft die «Arbeitsdatei OK» im PIOS-Computer (Personen, Institutionen, Objekte und Sachen) des BKA. Das Informationssystem wurde zunächst probeweise eingerichtet – gemeinsam von den Landeskriminalämtern und dem Bundeskriminalamt. Der Zweck dieser Datei besteht vor allem darin, relevante Personen, Gruppierungen und Verflechtungen zu erkennen und Erkenntnisse für das Vorgehen zu gewinnen. Dazu sollen die Landeskriminalämter entsprechende Informationen aus ihrem Bestand eingeben. Aber daran hapert es derzeit noch. «Da ist noch manches zu ergänzen, zu verbessern», findet BKA-Präsident Boge. «Offensichtlich scheuen sich die Dienststellen draußen, einen Fall der Ermittlung in dieses System einzugeben, weil eben noch nicht genügend klar ist, ob eine größere Verflechtung gegeben ist.»

Zugriff auf das System haben – neben dem BKA – nur die OK-Dienststellen in den Landeskriminalämtern. Will eine andere Polizeidienststelle im Land Informationen aus dem Computer haben, muß sie sich ans LKA wenden – eine Maßnahme zur Geheimhaltung.

OK-Ermittler setzen große Erwartungen in das System, das seit dem 1. Januar 1990 nicht mehr nur zur Probe, sondern «voll» läuft. Sie hoffen, daß sie eines Tages bei überregionalen Tätern zu ihren am Ort gewonnenen Erkenntnissen hinzu «auf Knopfdruck» das Wissen anderer Dienststellen in der Republik erhalten – und so Zusammenhänge erkennen.

KAPITEL 6

Was tun? – Vorschläge gibt es viele

Die Fachleute sind sich weitgehend einig: Mit den bislang angewendeten Methoden ist die Organisierte Kriminalität nicht in den Griff zu bekommen. Was muß getan werden? Sind neue Gesetze erforderlich? Mit einem «eindeutigen ‹Ja›» antwortet Karl-Heinz Lenhard, Präsident des Bayerischen Landeskriminalamts. «Das gesetzliche Instrumentarium ist unzureichend, die herkömmlichen Ermittlungsmethoden zeigen kaum mehr Wirkung.» Mittlerweile gibt es etliche Vorschläge von Experten, was getan werden müßte. Dazu zählt ein Katalog unter der Überschrift «Maßnahmen/ Gesetzesinitiativen zur Intensivierung der Bekämpfung der Organisierten Kriminalität» von der «Arbeitsgemeinschaft Kripo» vom 4. November 1988, dem Zusammenschluß der Leiter der Landeskriminalämter und des Bundeskriminalamts. Zu einzelnen Aspekten existieren Gesetzentwürfe aus dem Bundesjustizministerium. Außerdem haben sich Praktiker zu Wort gemeldet. Zum einen betreffen die Vorschläge Gesetzesänderungen, zum anderen «administrative Maßnahmen» wie etwa eine bessere Ausbildung.

In der Rubrik «Gesetzesänderungen» zielen die meisten Forderungen darauf, die Ermittlungsmöglichkeiten zu erweitern. Ganz obenan steht der Vorschlag, daß die Polizei Unterredungen zwischen Verdächtigen aufnehmen darf – so wie beispielsweise in den Vereinigten Staaten. Zur Begründung für diesen sogenannten «*Lauschangriff*» – nach Anordnung durch einen Richter – verweisen die Ermittler darauf, daß die entscheidenden Gespräche nicht am Telefon oder sonstwie für einen Dritten aus der Nähe wahrnehmbar geführt werden. «Wir haben seit Jahren die Schwierigkeit, hinter diese Gespräche zu kommen», berichtet Bremens OK-Leiter Michael Haase, «obwohl wir durch vertrauliche Aussagen genau wissen, daß in bestimmten Abständen Zuhälter tagen und die ‹Dirnenrotation› – das Verschieben von Prostituierten – besprechen, oder ob jemand sanktioniert werden soll oder nicht. Nur haben wir zur Zeit nicht die Möglichkeit, das gerichtsverwertbar zu untermauern.»

Diese Möglichkeit sieht nun ein Gesetzentwurf aus dem Bundesjustizministerium vor («Entwurf eines Gesetzes zur Änderung und Ergänzung des Strafverfahrensrechts – Strafverfahrensänderungsgesetz 1989» – in der Fassung vom 26. Juni 1989). Danach «darf das nicht öffentlich gesprochene Wort des Beschuldigten abgehört und aufgezeichnet werden, wenn bestimmte Tatsachen den Verdacht begründen», daß er eine – im einzelnen angeführte – gravierende Straftat begangen hat (Entwurf Paragraph 163g Strafprozeßordnung). Voraussetzung ist unter anderem die schriftliche Anordnung eines Richters. Bei «Gefahr im Verzug» darf das auch die Staatsanwaltschaft anordnen. In einer Wohnung ist der Lauschangriff aber nur ausnahmsweise zulässig, nämlich allein «im Beisein eines nicht offen ermittelnden Beamten». Diese Einschränkung erfolgte im Hinblick auf die im Grundgesetz besonders geschützte Wohnung. Bayerns LKA-Chef Lenhard kritisiert: «Gelingt es nicht, einen Verdeckten Ermittler reinzubringen, dann ist also der Informationsinhalt dieses Gesprächs für die Polizei verloren.»

Ebenfalls sieht der Entwurf vor, daß «besondere technische Mittel zur Erforschung des Sachverhalts verwendet werden» dürfen, wie zum Beispiel sogenannte «*Peilsender*» bei Autos. Mit einem solchen Gerät kann die Polizei den

Wagen jederzeit orten. Dieser Einsatz muß von der Staatsanwaltschaft genehmigt werden und ist nur erlaubt, wenn es um «eine Straftat mit erheblicher Bedeutung» geht und kein anderes erfolgversprechendes Mittel vorhanden ist.

Außerdem enthält der Gesetzentwurf Bestimmungen über den Einsatz *Verdeckter Ermittler* – schon seit längerem fordern Polizeibeamte eine gesetzliche Regelung. Nach dem Entwurf dürfen, «soweit es für den Aufbau oder zur Aufrechterhaltung der Legende unerläßlich ist... entsprechende Urkunden hergestellt werden. Der Verdeckte Ermittler darf unter der Legende am Rechtsverkehr teilnehmen.» Der Einsatz eines Verdeckten Ermittlers ist nur zulässig, wenn es die Staatsanwaltschaft genehmigt hat. Die Zustimmung des Richters ist erforderlich bei Einsätzen, die sich «gegen namentlich bekannte Beschuldigte richten», bei «denen der Verdeckte Ermittler eine Wohnung betritt» oder die «über drei Monate fortgeführt werden».

In der AG-Kripo-Runde hatten sich die Vertreter aus Bayern und Baden-Württemberg dafür ausgesprochen, «die Verwirklichung von Straftatbeständen durch Verdeckte Ermittler bei Vorschriften zum Schutze gemeinschaftsbezogener Rechtsgüter unter bestimmten Voraussetzungen und in bestimmtem Umfang zu rechtfertigen». Im Klartext: Verdeckte Ermittler sollen derartige Straftaten begehen dürfen. Wieso? «Weil wir sonst mit dem Einsatz Verdeckter Ermittler aufhören müßten, wo das Organisierte Verbrechen beginnt», sagt Josef Geißdörfer im Landeskriminalamt in München. Zum Beispiel könne er sich die Teilnahme «an kleineren Diebstählen» oder einen «Deal mit kleineren Mengen von Rauschgift» vorstellen. Doch im Bundesjustizministerium winkt man ab. Es soll bei dem Grundsatz bleiben: «Verdeckte Ermittler dürfen keine Straftaten begehen.»

Weiter verlangt die «Arbeitsgemeinschaft der Leiter der Landeskriminalämter mit dem Bundeskriminalamt», daß

Telefonüberwachungen auch möglich sein müssen, wenn es um «Bandendiebstahl» nach Paragraph 244 des Strafgesetzbuchs oder «gewerbsmäßige Hehlerei» nach Paragraph 260 des Strafgesetzbuchs geht. Nach der augenblicklichen Rechtslage ist das nicht möglich. «Gerade diese Delikte sind jedoch häufig bei organisierten Tatbegehensweisen festzustellen», heißt es in dem AG-Kripo-Papier.

Ebenso plädiert die Arbeitsgemeinschaft dafür, daß bei Ermittlungen gegen OK-Täter *Daten der Privatwirtschaft und Körperschaften des öffentlichen Rechts* von der Polizei genutzt werden können. «Bestimmte Deliktsbereiche sollten systematisch untersucht werden, um so Ansatzpunkte für Ermittlungs- und Fahndungsmaßnahmen zu finden. Ein Schwerpunkt der Zusammenarbeit zwischen Polizei und Spitzenorganisationen der Privatwirtschaft, wie z. B. des HUK-Verbandes, der Sach- und Transportversicherer u. a., könnte in der Aufhellung der Transportwege deliktisch erlangter Güter (z. B. bei intern. Kfz-Verschiebung) liegen.» Das Gremium schlägt deshalb Bestimmungen vor, die «den Umfang, die Zulässigkeit und die Voraussetzungen der Informationsabfrage regeln. Intensiv zu erschließen sind insbesondere Bestände bei
- Versicherungswirtschaft
- Kfz-Herstellern
- gewerblichen Autovermietern
- Geldinstituten
- Kreditkartenunternehmen
- anderen öffentlich-rechtlichen Institutionen
- Beherbergungsbetrieben.»

Ebenso machen sich die Polizeichefs für einen erleichterten Zugriff auf Informationssammlungen bei anderen Behörden stark, wie dem Zoll, Ausländer-, Gewerbe- und Ordnungsämtern.

Zudem spricht sich die AG Kripo dafür aus, die *«grenzüberschreitende Spontanoberservation»* durch Abkommen mit den betreffenden Staaten zu regeln, da es zeitlich oft nicht möglich sei, Beamte im Nachbarland zu bitten, den Einsatz zu übernehmen – «Europa ist heute kriminalgeographisch eine Einheit», argumentieren sie in dem Papier. Auch der *Rechtshilfeverkehr* – also die Zusammenarbeit mit Behörden im Ausland – läßt heute nach Meinung der Polizeichefs noch viel zu wünschen übrig, und das wenige Jahre vor Aufhebung der Grenzkontrollen innerhalb der Europäischen Gemeinschaft.

Soviel zu den vorgeschlagenen Gesetzesänderungen, mit denen die Ermittlungen verbessert werden sollen. Bei den Empfehlungen, wie OK-Fälle vor Gericht angemessener geahndet werden können, steht die *«Abschöpfung von Verbrechensgewinnen»* an erster Stelle. Die Milliardengewinne, die Jahr für Jahr von organisiert Kriminellen «erwirtschaftet» werden, «sind ständiger Anreiz für weitere Straftaten durch das organisierte Verbrechen», schreiben die Polizeichefs in dem Papier. Und: «Das vorhandene strafrechtliche Instrumentarium für die Einziehung von Verbrechensgewinnen hat sich in der Praxis als untauglich erwiesen.» Von «totem Recht» gar spricht Ministerialrat Jürgen Schmid im Bundesjustizministerium.

Derzeit muß nach den Vorschriften im Strafgesetzbuch über den «Verfall» nachgewiesen werden, daß der Betreffende Geld oder einen anderen Vermögensvorteil aus einer bestimmten Tat erlangt hat. Nur dann kann das Gericht anordnen, daß dieser Profit des Täters in die Staatskasse fließt. Zudem bleibt dem Täter oder seinen Komplizen häufig genügend Zeit bis zum Prozeß, das Geld verschwinden zu lassen. «Die derzeitige Regelung greift in der Praxis daher nur insoweit, als zum Beispiel der Täter bei oder unmittelbar nach einem Rauschgiftgeschäft noch im Besitz des Erlöses festgenommen werden kann», kritisiert LKA-Präsident Lenhard. «Der Herkunftsnachweis, daß Verbrechensgewinne aus einer bestimmten Straftat stammen, kann schon durch einfachste Verschleierungspraktiken verhindert werden.»

Auf Grund derartiger Erfahrungen plädiert die AG Kripo für eine «Umkehr der Beweislast». Das heißt: Der Betreffende muß nachweisen, daß er zu seinem Vermögen auf legale Weise gekommen ist. Kann er's nicht, ist er's los. Im Bonner Justizministerium will man von einer derartigen Regelung nichts wissen. Zum einen auf Grund verfassungsrechtlicher Bedenken, zum anderen würde eine solche Regelung letztlich bedeuten, daß jeder Bürger Belege in großen Mengen sammeln müßte, um im Falle eines Strafverfahrens nachweisen zu können, daß er alles redlich erwarb. Deshalb bevorzugt man im Bundesjustizministerium eine Regelung mit «Beweiserleichterungen»: Ist es für das Gericht im Laufe des Verfahrens nicht möglich zu klären, ob das Geld aus einem bestimmten Drogengeschäft stammt, drängt sich für die Richter der Verdacht aber geradezu auf, daß der Betrag nur aus Rauschgiftverkäufen kommen kann, dürfen die Richter den «Verfall» anordnen. Beispiel: Bei einem Drogenhändler, der einen schwunghaften Handel treibt, werden 200000 Mark bar gefunden. Offiziell lebt er von Sozialhilfe. Alles deutet darauf hin, daß es sich um Drogenerlöse handelt. Ist dem Betreffenden nicht hieb- und stichfest nachzuweisen, daß das Geld aus bestimmten Straftaten stammt, darf es nach geltendem Recht nicht abgeschöpft werden, wohl aber nach dem Entwurf aus dem Bundesjustizministerium.

Das Kabinett schon passiert hat ein Gesetzentwurf aus dem Bundesjustizministerium, mit dem eine sogenannte *Vermögensstrafe für die Rauschgiftkriminalität* eingeführt werden soll. Nach dem Entwurf kann das Gericht in schweren Fällen von Rauschgiftkriminalität bei einer Freiheitsstrafe von mehr als zwei Jahren den Täter zur Zahlung eines Geldbetrages verurteilen. Die Höhe ist einzig und allein – das ist der springende Punkt – durch den Wert des Tätervermögens begrenzt. Dies ist eine Strafe, die das deutsche Strafrecht bislang nicht kennt. Denn nach bisherigem Recht kann eine Geldstrafe nur nach sogenannten Tagessätzen bemessen werden, die sich an dem «offiziellen» Netto-Einkommen des Angeklagten pro Tag orientieren. Unberücksichtigt bleiben Werte wie Bankguthaben, Immobilien und teure Autos. Nur die Erträge zählen. Mit einer solchen Regelung ist an das Vermögen der Drogenbarone nicht heranzukommen. Nach dem Entwurf kann das Gericht bei der Festsetzung der Geldstrafe nun aber von dem gesamten Vermögen des Täters ausgehen.

Ein weiterer Gesetzentwurf sieht vor, das *Waschen von Rauschgiftgewinnen* unter Strafe zu stellen. «Als Waschanlage sind unter anderem Spielkasinos, Wechselstuben und sogar große amerikanische Terminbörsen bekannt», heißt es dazu in einer Erklärung des Bundesjustizministeriums. «Ein besonderes Gewicht kommt in diesem Zusammenhang aber auch den Kreditinstituten zu. Diese sind als Mittler des modernen Geldverkehrs zugleich auch notwendige Knotenpunkte in einer Reihe von Waschstationen. Das geltende Strafrecht erfaßt die als Waschen umschriebenen Handlungen nur sehr unzureichend.» Ein solches Vorgehen ist heute nämlich nur dann strafbar, wenn es den Tatbestand der Hehlerei oder der Begünstigung erfüllt. So kann derzeit beispielsweise nicht bestraft werden, wer als Vermögensverwalter oder als Kreditinstitut – in Kenntnis der Umstände – Gelder aus dem Rauschgifthandel annimmt und sie für die Rauschgifthändler in Aktien anlegt. Der Straftatbestand der Hehlerei scheidet aus, weil er voraussetzt, daß die «Sache» aus einem Vermögensdelikt stammt. Hier kommt das Geld aber aus einem Rauschgiftgeschäft. Und eine Begünstigung liegt nicht vor, solange der Geldanleger «rein eigennützig» handelt, was bei solchen Geschäften ausnahmslos der Fall ist.

Die *Einführung einer Kronzeugenregelung* für Fälle Organisierter Kriminalität fordert die AG Kripo. Die Arbeitsgemeinschaft verweist auf die sogenannte «kleine Kronzeugenregelung», die für die Rauschgiftkriminalität 1982 eingeführt wurde. Danach kann einem Täter die Strafe erlassen oder gemindert werden, wenn er Angaben über die Beteiligung Dritter an Rauschgiftdelikten macht. «Positive Erfahrungen geben Anlaß, die Vorschriften auf den Bereich der Bekämpfung der OK auszudehnen», heißt es in der «Bekämpfungskonzeption ‹Organisierte Kriminalität›» des Bundeskriminalamts. Seit 1989 gilt eine entsprechende Regelung auch für den Terrorismus – befristet bis zum 31. Dezember 1992. «Ich habe die Wahl, von zehn Hochkriminellen neun zu fangen und einen frei rumlaufen zu lassen – oder gar keinen zu fangen», führt Baden-Württembergs Landespolizeichef Alfred Stümper für eine OK-Kronzeugenregelung ins Feld. «Das ist die nackte Realität. Wenn es eines Tages Kronzeugen gibt, darf die Zusage der Straffreiheit auch nicht erst nach langem Verfahren erfolgen. Notfalls muß gleich vor Ort so eine Zusage gemacht werden, denn sonst sind die Mittäter längst weg.»

Ferner gibt es Vorschläge, den Tatbestand der *«Bildung krimineller Vereinigungen»* (Paragraph 129 des Strafgesetzbuchs) zu ändern. «Diese Gesetzesvorschrift ist veraltet und für die modernen Erscheinungsformen der OK fast unbrauchbar», kritisiert der Frankfurter OK-Staatsanwalt Köhler. Nach der Rechtsprechung des Bundesgerichtshofs ist eine solche Vereinigung nur gegeben bei dem «auf eine gewisse Dauer angelegten organisatorischen Zusammenschluß von mindestens drei Personen, die bei Unterordnung des Willens des einzelnen unter den Willen der Gesamtheit gemeinsame Zwecke verfolgen und unter sich derart in Beziehung stehen, daß sie sich untereinander als Verband fühlen». Derartig eng verflochten – fast wie Mitglieder eines Fußballvereins mit Satzung – arbeiten OK-Täter praktisch kaum, sondern eben in mehr oder minder lockeren «Straftäterverflechtungen». Und wirkt eine solche Gruppe ausnahmsweise einmal so eng zusammen, wie es die BGH-Definition besagt, läßt sich das praktisch kaum nachweisen.

«Angesichts der vergleichsweise milden Strafdrohung des § 129 Strafgesetzbuch» – Höchststrafe: fünf Jahre – «ist die Vorschrift schließlich auch unter dem Gesichtspunkt der Strafzumessung nicht attraktiv», berichtet Christoph Schaefer von seinen Erfahrungen als Leitender Oberstaatsanwalt in Frankfurt. «Sie führt neben anderen Straftaten nicht zu einer Strafverschärfung und kann von daher vernachlässigt werden.» So erklärt sich auch, warum ganze vier Verurteilungen wegen Bildung einer kriminellen Vereinigung im Jahr 1987 in der Bundesrepublik erfolgten – eine neuere Strafverfolgungsstatistik liegt noch nicht vor (Dezember 1989). Die Täter werden freilich wegen der anderen Taten verurteilt, also beispielsweise wegen Diebstahl, Raub oder Epressung.

Die Konsequenzen liegen auf der Hand: «Im Urteil erscheint nur die einzelne Straftat, dementsprechend auch im Strafregister, während die Zugehörigkeit des Verurteilten zur Organisierten Kriminalität nicht sichtbar wird», erläutert Staatsanwalt Schaefer, «er also nicht kriminologisch zutreffend und vollständig gekennzeichnet wird.»

Die Bedeutung des Strafbestandes «Bildung krimineller Vereinigungen» besteht heute im wesentlichen darin, den Ermittlern als «Rammbock» zu dienen, um eine Telefonüberwachung vom Richter genehmigt zu bekommen bei Delikten, bei denen es für sich genommen nicht zulässig wäre, ein Telefon anzuzapfen. Also beispielsweise bei der «gewerbsmäßigen Hehlerei» oder beim «Bandendiebstahl». Im weiteren Verlauf des Verfahrens verschwindet dann der § 129-Vorwurf «Bildung einer kriminellen Vereinigung». Schon in der Anklageschrift ist er meist nicht mehr zu finden.

Angesichts dieser Situation plädiert Staatsanwalt Schaefer für eine Strafschärfungsvorschrift «Organisierte Kriminalität». Also: Das Gesetz soll für OK-Täter eine härtere Strafe anordnen.

Ferner fordert die AG Kripo, den Straftatbestand der «Bildung krimineller Vereinigungen» so zu ändern, daß er auch auf von außen hereinwirkende Gruppen anwendbar ist. «Die organisierte Kriminalität in der Bundesrepublik wird auch von ausländischen Straftätergruppierungen verwirklicht, die ... vom Ausland her in die Bundesrepublik Deutschland hineinwirken», heißt es in der Begründung. Derartige Organisationen könnten nach der derzeitigen Rechtslage nicht nach dieser Vorschrift bestraft werden. «Dieser Mangel führt zu einem erheblichen Defizit bei der Bekämpfung der organisierten Kriminalität.»

Außerdem schlägt die AG Kripo vor, den Straftatbestand der *«fahrlässig durch Gewerbetreibende begangenen Hehlerei»* einzuführen, um «die unzureichende Bekämpfung der Großhehlerei – insbesondere hinsichtlich des Nachweises, daß der Hehler von der kriminellen Herkunft des Diebesgutes wußte – zu verbessern».

Schließlich wird von seiten der Ermittler angeregt, die *«verdeckte Vernehmung»* von gefährdeten Zeugen vor Gericht zu ermöglichen. Nach der augenblicklichen Rechtslage ist eine Beweisaufnahme «unter optischer oder akustischer Abschirmung eines Zeugen» nicht zulässig, entschied der Bundesgerichtshof (Beschluß vom 17. Oktober 1983, Aktenzeichen: GSSt 1/83). Dies sei zu ändern, so die Forderung. Generalbundesanwalt Rebmann spricht sich gar für die «Vernehmung über eine Fernsehschaltung» aus.

Das sind im wesentlichen die Vorschläge, die sich nur durch die Änderung von Gesetzen verwirklichen lassen. Als «administrative Maßnahmen» wird immer wieder gefordert, bei den Staatsanwaltschaften vermehrt *OK-Dezernate* oder sogenannte *Schwerpunktstaatsanwaltschaften* einzurichten. «Schwerpunktstaatsanwaltschaft» bedeutet, daß eine einzige Staatsanwaltschaft in mehreren Landgerichts- oder

Oberlandesgerichtsbezirken für bestimmte Straftaten zuständig ist. Auf diese Weise kann erreicht werden, daß bei typischerweise komplizierten Verfahren Staatsanwälte sich der Sache annehmen, die mit der Materie vertraut sind. «Aus polizeilicher Sicht erscheint die Organisation bei den Staatsanwaltschaften noch verbesserungsfähig», bemerken die Polizeichefs in dem Forderungskatalog der AG Kripo. Die derzeitige Situation habe zur Folge, daß Straftaten und Zusammenhänge nicht sachgerecht gewürdigt werden könnten. «Die Kompliziertheit der Ermittlungen, schwierige rechtliche Entscheidungen (VE-Einsatz, TÜ [Telefonüberwachung], Zurückstellung der Strafverfolgung, Rechtsgüterabwägungen, Vermögensabschöpfung, Vernehmung durch StA [Staatsanwaltschaft], Vertraulichkeitszusagen, Gewährung von ‹Vergünstigungen›, Verfahrenseinstellungen bzw. -abtrennung) bedingen eine ständige Präsenz der StA über die gesamte Dauer des Verfahrens (‹Leben in der Lage›)», meinen die AG-Kripo-Experten.

Gestandene OK-Staatsanwälte sehen die Dinge nicht anders. Doch die Entscheidung fällen nicht sie, sondern ihre Vorgesetzten. So setzte sich bislang vergebens der OK-erfahrene Staatsanwalt Jürgen Mahnkopf für die Einrichung einer OK-Dienststelle in Hannover ein. Er kam bei seinen Ermittlungen von OK-Milieu-Straftaten zu der Erkenntnis, «daß es gerade besonders befähigter Staatsanwälte bedarf, die ‹vor Ort› die Polizeibeamten beraten und in gewisser Weise auch kontrollieren».

Ein anderes Problem sehen Ermittler in der *Behandlung von OK-Fällen durch die Gerichte*. Das Wissen der meisten Strafrichter «über kriminalistische und kriminologische Hintergründe der Organisierten Kriminalität» ergibt für den Berliner OK-Staatsanwalt Clemens-Maria Boehm «ein trauriges Bild». Von Ausnahmen abgesehen. «Ich wage zu behaupten», sagt der prozeßerfahrene OK-Verfolger, «daß der überwiegende Teil der Richter erstens davon keine

Ahnung hat und zweitens sich auch nicht darum bemüht, diese fehlende Ahnung durch Fortbildung aufzuarbeiten. Die meisten Richter prüfen schlicht und einfach ohne kriminalistisches Vorwissen den gesetzlichen Tatbestand – und können dadurch auch gar nicht mehr zwischen der Gefährlichkeit bestimmter Delikte – die nach außen hin gleich erscheinen – unterscheiden.»

Schwierigkeiten gibt es bei der Durchführung von OK-Prozessen zuhauf: «Nicht alle Strafkammern verhandeln gerne Organisierte Kriminalität», berichtet der Frankfurter Staatsanwalt Köhler. «Das kann zum einen an dem umfangreichen Prozeßstoff liegen, zum anderen an oft unangenehmen Angeklagten wie an deren hartnäckigen Verteidigern, wobei ich den Begriff ‹hartnäckig› eigentlich noch sehr liebevoll gewählt habe.» Derartige Verfahren seien schwierig, weil nur ganz selten Geständnisse vorlägen. So komme das Gericht immer wieder in Terminschwierigkeiten, trotz guter Vorbereitung. Folgen bleiben nicht aus: «Ein Schöffe wird nach dem fünfzigsten Verhandlungstag müde und erkrankt, wenn zum Beispiel ursprünglich lediglich fünf Verhandlungstage angesetzt waren», umreißt der Strafverfolger die Situation. «Die Prozeßschwierigkeiten können dazu führen, daß sich der Staatsanwalt letztlich doch der vom Gericht dringend erbetenen Besprechung mit der Verteidigung über ein Strafmaß stellt, um das allgemein gewünschte Ziel, nämlich einen baldigen Verfahrensabschluß, zu erreichen.»

Viele Richter müssen sich erst noch auf die neue Kriminalität einstellen, müssen umdenken, müssen lernen – wenn, so der Berliner Staatsanwalt Boehme, «man in dem Bereich der Organisierten Kriminalität tatsächlich auch gerichtliche Erfolge erzielen will».

«Eigene Observationseinheiten für die OK-Dienststellen», fordert die AG Kripo, da die Beobachter bei OK-Ermittlungen «ein hohes Maß an verfahrensbezogenem Hintergrundwissen (z. B. Taktiken der Gegenseite, Eigenheiten der

Tätergruppen)» besitzen müßten. Bei «regulären Observationskräften» sei das nicht der Fall. «Außerdem sind die Beamten und Fahrzeuge durch den Einsatz in allen Kriminalitätsbereichen häufig im Milieu bekannt oder stehen auf Grund anderer Einsatzlagen nicht zur Verfügung.» Zudem wünscht sich die AG Kripo *einen eigenen Haushalt für die OK-Dienststellen*, um «bürokratische Hemmnisse» zu reduzieren und im «Interesse der notwendigen Geheimhaltung». Weiter sprechen sich die Polizeichefs dafür aus, *OK-Verbindungsbeamte ins Ausland* zu entsenden, ähnlich wie die Rauschgiftverbindungsbeamten. Auch sind die Ermittler bereits dabei, die *Zusammenarbeit mit der Wirtschaft* zu verbessern. So sieht die «Bekämpfungskonzeption ‹Organisierte Kriminalität›» eine Arbeitsgruppe zwischen BKA, HUK-Verband und den Verbänden der Transport- und Sachversicherer vor, die «Querschnittsanalysen in OK-relevanten Bereichen» erarbeiten soll.

Auch in Sachen *Ausbildung bei der Polizei* muß noch einiges getan werden, fanden die BKA-Wissenschaftler bei ihrer Untersuchung heraus: «Bezogen auf die Erscheinungsformen der OK und ihre typischen Täterverhaltensweisen ist bundesweit von einem deutlichen Erfahrungsdefizit an der polizeilichen Basis auszugehen, das den Einstieg in eine wirkungsvollere Bekämpfung erheblich erschwert und verzögert.» Im Rahmen von Aus- und Fortbildung sollten – so der Vorschlag der BKA-Wissenschaftler – die Beamten über Erscheinungsweise und Indikatoren der Organisierten Kriminalität eindringlich informiert werden.

Dringend erforderlich ist auch in vielen Bereichen der Polizei eine *Ausrüstung*, die der gegenwärtigen Kriminalität und der heutigen Zeit entspricht. «Wir haben erhebliche Mängel im technischen Bereich», berichtete ein Hamburger Kriminalbeamter im «Hamburger Abendblatt»: «Zum Beispiel der Fuhrpark: Es ist unmöglich, mit kleinen Fahrzeugen wie dem VW Polo hochkarätigen Kriminellen mit schnellen Fahrzeugen Paroli zu bieten. Es hapert an Funkgeräten, an Observations-Ausrüstung... Wenn ich überhaupt einen Wagen bekomme, dann ist es ein VW Polo. Der hat mehr als 100000 Kilometer runter. Wenn ich ihn brauche, wird er häufig gerade von Kollegen benutzt oder ist in der Reparatur. Deswegen ist es für uns fast unmöglich, aus dem Stand heraus Observationen zum Beispiel im Drogen-Milieu zu fahren... Viele Wagen sind schon kilometerweit als Polizeifahrzeuge zu erkennen.»

Viele dieser Vorschläge werden Stoff für lebhafte Diskussionen in der nächsten Zeit sein. Man erinnere sich nur an die hitzigen Kontroversen, die es gab, als die Kronzeugenregelungen für Rauschgiftdelikte und Terroristen eingeführt wurden.

Wichtig erscheinen mir drei Dinge: Erstens muß rasch gehandelt werden. Zweitens müssen die Ermittler die Mittel bekommen, die sie benötigen, um die Organisierte Kriminalität angemessen bekämpfen zu können. Drittens ist es wichtig, besonnen an die Sache heranzugehen und nüchtern zu prüfen, was notwendig ist und was nicht.

So ist es angesichts der rapiden Entwicklung der Organisierten Kriminalität in der Bundesrepublik höchste Zeit, daß die Strafverfolger ihre Organisationen an der heutigen Realität ausrichten und beispielsweise entsprechende Dienststellen einrichten, wo dies bislang noch nicht geschehen ist. OK-Stellen bei den Staatsanwaltschaften sind Voraussetzung für eine angemessene Strafverfolgung und eine effektive Zusammenarbeit mit der Polizei. Sie sind unabdingbar, um die Organisierte Kriminalität in den Griff zu bekommen.

Auch dort, wo es erkanntermaßen an Wissen über die Organisierte Kriminalität fehlt, namentlich bei nicht wenigen Richtern und in Bereichen der Polizei, sollte dieses Wissen schleunigst vermittelt werden. Auch geht es nicht an, Polizeibeamte mit Kugelschreibern und klapprigen Schreibmaschinen die Kriminalität bekämpfen zu lassen, in einer Zeit, in der ihr Gegenüber mit Computern, Scannern und anderem technischen Gerät auf neuestem Stand ausgerüstet ist. Handwerkszeug muß sein – auch von einem Maurer kann man ohne Kelle nicht viel erwarten.

Strafbarkeitslücken auf Arbeitsfeldern der Organisierten Kriminalität müssen geschlossen werden. Es ist ein Stück aus dem Tollhaus, wenn nach der gegenwärtigen Rechtslage in dem geschilderten Fall der Geldwäsche von Rauschgift-Millionen der Betreffende nicht belangt werden kann. Nicht minder unbefriedigend ist, daß bei einer Verurteilung von Drogenbaronen nicht die Rauschgift-Erträge vom Gericht einfach eingezogen werden dürfen. Wenn man das organisierte Verbrechen bekämpfen will, muß man es an der Achillesferse treffen. Und das bedeutet: den Tätern die Erträge nehmen. Sie sind das einzige Motiv für die Verbrechen. Freilich stellt sich das Problem nicht nur bei der Drogenkriminalität, sondern beispielsweise auch bei der Wirtschaftskriminalität und der organisierten Abfallbeseitigungskriminalität. Die im Bundesjustizministerium erarbeiteten Entwürfe sollten schleunigst Gesetz werden.

Ebenfalls unbefriedigend ist, daß es sich gerade bei dem «Organisationsdelikt» der «Bildung krimineller Vereinigungen» heute um «totes Recht» handelt. Diese Bestimmung ist schon längst nicht mehr auf dem Stand der Zeit. Man sollte sie entweder den geänderten Verhältnissen anpassen oder streichen. Heute spielt sie bei der Bestrafung von OK-Tätern praktisch keine Rolle. Weiter spricht alles dafür, bei den Delikten, die eine Telefonüberwachung rechtfertigen, dem heutigen Stand der Organisierten Kriminalität Rechnung zu tragen: Es ist nicht verständlich, warum bei Großhehlern und organisiert vorgehenden Dieben im Zuge der Ermittlungen das Telefon nicht abgehört werden darf, sofern Tatsachen diesen Verdacht begründen, wohl aber bei jeder Form der Falschgeldkriminalität oder – wie es Paragraph 100a der Strafprozeßordnung bestimmt – der «Beihilfe zur Fahnenflucht».

Verfassungsrechtlich ausgesprochen kitzlig ist die Regelung des sogenannten «Lauschangriffs». Gerade das durch ihn tangierte Allgemeine Persönlichkeitsrecht erlangte durch die Rechtsprechung des Bundesverfassungsgerichts große Bedeutung. Nur ein Beispiel: das Urteil zum Volkszählungsgesetz. Unter Hinweis auf dieses Allgemeine Persönlichkeitsrecht erklärten die Bundesverfassungsrichter 1983 Teile des Gesetzes für nichtig. Sollte der Lauschangriff eines Tages ebenfalls in Karlsruhe auf den Prüfstand kommen, werden die Bonner Ministerialjuristen vermutlich eine Menge in die jurististische Waagschale legen müssen, wenn die Regelung vor dem Bundesverfassungsgericht Bestand haben soll. Ganz besonders gilt das für den Einsatz von Lauschmitteln in Wohnungen durch Verdeckte Ermittler. Lautet doch der Kernsatz im Artikel 13 des Grundgesetzes: «Die Wohnung ist unverletzlich.»

Dringend notwendig ist es jedenfalls, dort Rechtsgrundlagen zu schaffen, wo derzeit noch Rechtsunklarheit besteht. So ist beispielsweise überfällig, daß sich der Bundestag mit dem Verdeckten Ermittler beschäftigt und festlegt, was er darf und was nicht. Es ist kaum zu glauben, aber wahr: Vor rund 15 Jahren begab sich der erste Verdeckte Ermittler in den Untergrund. Hunderte folgten ihm. Aber bis zum heutigen Tag gibt es keine gesetzliche Regelung. Ein Rechtsstaat wie die Bundesrepublik muß natürlich ein «Einsatzmittel» wie den Verdeckten Ermittler gesetzlich regeln. Nicht ausreichend sind Absprachen und Anweisungen der Exekutive, wie die Beschlüsse der Innen- und Justizministerkonferenzen und die danach ergangenen Erlasse in den Bundesländern. Eine Regelung per Gesetz ist nicht nur erforderlich im Interesse der Bürger, sondern auch im Interesse der eingesetzten Beamten. Ihnen steht es zu, daß sie klipp und klar bei ihrer Arbeit wissen, was sie tun dürfen und was nicht.

Es gibt aber auch Vorschläge, bei denen zu befürchten ist, daß sie mehr Schaden als Nutzen anrichten. Im ersten Augenblick klingt es gewiß für manchen gut, wenn er hört, daß auch die «fahrlässige Hehlerei» unter Strafe gestellt werden soll. Dem deutschen Strafrecht ist es jedoch fremd, daß ein Vermögensdelikt auch fahrlässig begangen werden kann. Also nicht nur durch jemanden, der bewußt und gewollt die Tat begeht, sondern aus Schusseligkeit. Eine solche Bestimmung hätte zur Folge, daß jeder kleine Trödler mit einem Bein im Gefängnis stünde. Kauft er bei seinen tagtäglichen Geschäften auch nur einen Gegenstand an, von dem sich später herausstellt, daß er gestohlen, geraubt oder unterschlagen wurde, und kommt ein Richter zu der Auffassung, daß er beim Ankauf die «im Verkehr erforderliche Sorgfalt» verletzte, so hat der Trödler schon eine Straftat begangen. Eine solche Einschränkung brächte ganz erhebliche Nachteile für die Wirtschaft. Es sei denn, es wird auch für Nichtjuristen klar verständlich gesagt, was ein Händler tun muß, um sich nicht diesem Vorwurf auszusetzen.

Auch gegen eine Kronzeugenregelung bestehen erhebliche Bedenken. Man stelle sich vor: Mehrere Personen begehen dieselben Verbrechen. Einer von ihnen verpfeift eines Tages seine Komplizen bei der Polizei und dann auch im Gerichtssaal. Vielleicht nur deshalb, weil er der Schlimmste von allen war und hofft, auf diese Weise seinen Kopf aus der Schlinge ziehen zu können. Würden seine Komplizen zu mehreren Jahren Gefängnis verurteilt und dürfte er, der dieselben Taten begangen hat, den Gerichtssaal als freier Mann verlassen, so bliebe ein schaler Nachgeschmack. Das soll Recht sein? Zudem ist es bereits nach geltendem Recht schon so, daß sich umfassende Angaben des Angeklagten zu seinen Gunsten auswirken können. Sowohl im Plädoyer des Staatsanwalts, als auch bei der Festsetzung der Strafe durch das Gericht: Ein Geständnis wirkt häufig strafmildernd. Die «Grundsätze der Strafzumessung» im Strafgesetzbuch besagen nämlich ausdrücklich, daß das «Verhalten nach der Tat» bei der Strafzumessung zu berücksichtigen ist. Angesichts dieser Lage gelingt es einem Staatsanwalt mit etwas Fingerspitzengefühl fast immer, mit einem Täter, der für eine umfassende Aussage «Vergünstigungen» fordert, zu einem akzeptablen Modus procedendi zu kommen. Ein Beispiel liefert der Münsteraner Staatsanwalt Scherner, der dies – wie geschildert – mit großem Erfolg praktiziert. Des Judas-Lohns «Straffreiheit» bedarf es nicht.

Der allerwichtigste Aspekt aber ist: Die Organisierte Kriminalität bedroht die Zukunft von uns allen. Ihre Bekämpfung ist daher alles andere als ausschließlich Sache der Ermittler. Die Bekämpfung ist eine gesamtgesellschaftliche Aufgabe. Und so muß sie auch verstanden werden!

Das ist vielen noch nicht klar. Da gibt es Zeitgenossen, die erzählen stolz, wie gute Kontakte sie zu Leuten hätten, die «alles günstig beschaffen» können. Es sind oft dieselben Zeitgenossen, die, wenn ihnen ihr Autoradio gestohlen wurde, an der Welt verzweifeln, laut klagen und jammern und den Gangster grün und blau schlagen wollen – falls sie ihn erwischen. Nicht anders steht es mit den Menschen, die eine klammheimliche Freude empfinden, wenn sie hören, wie schnell und cool OK-Hintermänner das «dicke Geld» machen. Lesen dieselben Menschen in der Zeitung, daß ein Drogensüchtiger einer alten Frau auf dem Nachhauseweg die Tasche weggerissen hat, um an Geld für den nächsten Schuß zu kommen, finden sie das unfaßbar. Über die Verzweiflungstat eines Junkies ist die Empörung unbeschreiblich groß. Hingegen werden Drogenbarone, die Dutzende Menschenleben auf dem Gewissen haben, oft stillschweigend bewundert. Das gleiche gilt für sonstige Großverbrecher und Hintermänner, denen man «nichts nachweisen» kann. Wissen die doch, wie man's machen muß, um zu etwas zu kommen. So manch einer findet es geradezu schick, auch mit «solchen Leuten» Umgang zu haben.

Niemand sollte davor die Augen verschließen: Organisierte Kriminalität ist extrem schädlich. Für uns alle. Nur wenn sich diese Erkenntnis auch tatsächlich in der Bevölkerung durchsetzt, wenn die Organisierte Kriminalität allgemein geächtet wird, ist es möglich, sie wirksam zu bekämpfen.

DIE QUELLEN

Ich sprach mit über 150 Personen, die mit der Organisierten Kriminalität zu tun haben: mit Polizeibeamten – vom Kommissar über OK-Dienststellenleiter und LKA-Chef bis hin zum Präsidenten des Bundeskriminalamts –, mit Staatsanwälten, Rechtsanwälten von Verdächtigen und Verurteilten, mit Opfern, Richtern, Referenten in Ministerien und Angehörigen der OK-Szene. Die meisten Gesprächspartner gaben bereitwillig Auskunft. Dafür danke ich ihnen. Viele bestanden jedoch darauf, nicht mit ihrem Namen zitiert zu werden.

Zudem basiert diese Schilderung auf einer Reihe von Gerichtsentscheidungen und Ermittlungsunterlagen von Polizei und Staatsanwaltschaft. Auch folgende Veröffentlichungen dienten als Quellen:

Ahrends, Ernst-Wilhelm: Zeugenschutz, Deutsche Richterzeitung 1986, S. 355

Antrecht, Rolf: Geldscheine aus dem Fotokopierer: «Da kommt nur allererste Sahne», Handelsblatt vom 11. Mai 1988

Arbeitsgemeinschaft Kripo: Maßnahmen/Gesetzesinitiativen zur Intensivierung der Bekämpfung der Organisierten Kriminalität (Sitzung vom 4. November 1988, nicht veröffentlicht)

Baudiß, Rolf: Organisierte Kriminalität (Manuskript)

Baumgärtner, Viktor: Illegales Glücksspiel ist organisierte Kriminalität, der kriminalist 1989, S. 191

Behr, Hans-Georg: Organisiertes Verbrechen, Frankfurt 1987
Berger, Peter: Ein «US-Marshall» schützt die Zeugen, Die Welt (Hamburg-Ausgabe) vom 5. Februar 1988
Birkner, Fritz: Beute für über 100 Millionen Mark..., Die Tageszeitung vom 31. Mai 1985
Blancke, Diedrich: Bekämpfung professioneller/organisierter Eigentumskriminalität, der kriminalist 1985, S. 487
Block, Cornelia: Wenn Container gläserne Dächer hätten: Immer mehr Rauschgiftschmuggel auf Schiffen, Frankfurter Allgemeine Zeitung vom 19. April 1989
Boeddeker, Ralph: Gefährliche Post aus Windsor, Welt am Sonntag vom 31. August 1986
Böl: Träume vom Platingeschäft platzen wie Seifenblasen, Hannoversche Allgemeine Zeitung vom 19. August 1987
Boge, Heinrich: Die Sicherheitslage und Kriminalitätsentwicklung für die Polizei in den 90er Jahren, Die Polizei 1985, S. 265
Bogumil, Kira: Hamburg – Zentrale der Hehler? Welt am Sonntag vom 18. Oktober 1987
Bornhöft, Petra: Verkehrsamt half Autoknackern: Beamtin des Bochumer Rathauses organisierte Zulassungsstempel für geklaute Autos, Die Tageszeitung vom 14. Januar 1988
Brandt, Klaus: Polizei zerschlug bundesweit aktive Bande von Einbrechern – Staatsanwalt: 227 Täter machten 100 Millionen Mark Beute, Frankfurter Rundschau vom 31. Mai 1985
Braun, Günther: Die Tricks der Karten-Gangster, Kriminalistik, 1987, S. 65
Breuer, Toni: Täter und Opfer im Prostitutionsgeschäft, der kriminalist 1988, S. 163
Brill, Klaus: Ein Pflaster, auf dem sich gut schmieren läßt: Frankfurt – der Korruptionsskandal wird zur politischen Affäre, Süddeutsche Zeitung vom 15. Oktober 1988
Brunner, Erwin; Schwelien, Michael: Klingeln, knacken, klauen, Massendelikt Wohnungseinbruch: Die Diebe kommen am hellen Tag, die Polizei tappt im dunkeln, Dossier, Die Zeit vom 12. April 1985
Buchert, Rainer: Die Kriminalisten mit dem Diplomaten-Paß – Der Einsatz von Rauschgift-Verbindungsbeamten: Strategie und erste Erfahrungen, Kriminalistik 1987, S. 442
Bürgerschaft der Freien und Hansestadt Hamburg: Große Anfrage, Betr.: Organisierte Kriminalität, Drucksache 11/6664
Bund Deutscher Kriminalbeamter: Dokumentation und Konzeption zur Bekämpfung der Organisierten Kriminalität, Berlin 1983

Bund Deutscher Kriminalbeamter, Landesverband Bremen: Dokumentation Organisierte Kriminalität in Bremen – eine Fiktion?, Bremen 1985
Bundeskriminalamt: Ausländerkriminalität in der Bundesrepublik Deutschland, BKA-Vortragsreihe, Band 34, Wiesbaden 1989
Bundeskriminalamt: Bekämpfungskonzeption «Organisierte Kriminalität» (nicht veröffentlicht)
Bundeskriminalamt: Macht sich Kriminalität bezahlt? Aufspüren und Abschöpfen von Verbrechensgewinnen, BKA-Vortragsreihe, Band 32, Wiesbaden 1987
Bundeskriminalamt: Polizeiliche Kriminalstatistik 1988, Wiesbaden, August 1989
Bundesminister der Justiz: recht 7/1988
Burghard, Waldemar: Die ungewöhnliche Geschichte eines außergewöhnlichen Zusammentreffens, Kriminalistik 1987, S. 179
Burghard, Waldemar (u. a. Hrsg.): Kriminalistik Lexikon, 2. Auflage, Heidelberg 1986

CDU-Fraktion im Landtag von Baden-Württemberg: Protokoll der Anhörung «Organisierte Kriminalität» am 7. März 1989
Ciupka, Joachim; Schmidt, Uwe: Beispiele gefällig? Eine Situationsanalyse der Organisierten Kriminalität in Berlin, Kriminalistik 1989, S. 199
Cobler, Sebastian: Catch-as-catch-can bei der Strafverfolgung? Über die Grenzen des Einsatzes polizeilicher Lockspitzel, Der Spiegel 45/1985, S. 133
Cremer, Richard: Dokumentation und Erläuterungen: Warenzeichenverletzung und Nachahmung von Waren, Stand: Februar 1989 (nicht veröffentlicht)

Dettmer, Markus: Blühende Geschäfte mit der «Ware Mensch», Vorwärts 19/1987, S. 18
Deutscher Bundestag: Antwort der Bundesregierung: Bekämpfung der illegalen Beschäftigung und des Mißbrauchs der Arbeitnehmerüberlassung, BT-Drucksache 11/869
Dillmann, Claudia: Schlange der Opfer von Einbrüchen, Frankfurter Rundschau vom 19. Juli 1988
dpa: Zwölf Millionen falsche US-Dollar in Frankfurt sichergestellt, 5. April 1989
dpa: Polizei zerschlug Spielbank-Betrüger-Bande, 5. Juni 1989
Dreher, Eduard; Tröndle, Herbert: Strafgesetzbuch und Nebengesetze, 44. Auflage, München 1988

Eggers, Klaus-Heiner: Jugoslawen stehen zum zweiten Mal wegen nächtlicher Schüsse vor Gericht, Frankfurter Neue Presse, 7. März 1986
Ehrmann, Susanne: Die Zusammenarbeit von Polizei und Justiz zur Bekämpfung des Wohnungseinbruchs, Die Polizei 1988, S. 344

Felber, Armin: Warentermingeschäfte, Kriminalistik 1984, S. 112
Ferchland, Bernhard: Wer gut schmiert, der gut fährt: Korruption in der Bundesrepublik Deutschland, Kriminalistik 1988, S. 549
Flormann, Willi: Organisierte Kriminalität – Der Versuch einer Bestandsaufnahme mit Fallbeispiel, in: Bund Deutscher Kriminalbeamter, Landesverband Nordrhein-Westfalen: Organisiertes Verbrechen, 1986
Flormann, Willi: «Organisierte Kriminalität», Experten-Anhörung, der kriminalist 1989, S. 465
Franke, Heinrich: Statement zur Pressekonferenz über illegale Beschäftigung am 17. März 1989 der Bundesanstalt für Arbeit
Franzheim, Horst: Geschäftspartner, die sich als Geldhaie entpuppen: Organisiertes Verbrechen auf dem Wirtschaftssektor, Kriminalistik 1987, S. 237
Freudenreich, Johann: Falschgeld-Kuriere in München geschnappt, Süddeutsche Zeitung vom 22. November 1983
Freudenreich, Johann: Zeugenschutz gegen Erpresser, Süddeutsche Zeitung vom 3. September 1988
Freudenreich, Johann: Verleihern von Illegalen das Handwerk gelegt, Süddeutsche Zeitung vom 10. Februar 1989
Füllkrug, Michael: Das Ende des V-Mannes? Kriminalistik 1984, S. 122
Füllkrug, Michael: Kein «staatsanwaltsfreier» Raum im Ermittlungsverfahren, Kriminalistik 1986, S. 155
Füllkrug, Michael: Auf geheimen Wegen zum Ermittlungsziel: Wenn Verdächtige nicht ahnen dürfen, daß Verfahren eingeleitet wurden, Kriminalistik 1987, S. 387
Füllkrug, Michael: Wie weit reichen die Gesetze? Der Verdeckte Ermittler, Kriminalistik 1987, S. 5
Füllkrug, Michael: Möglichkeiten und Grenzen der Bekämpfung der Organisierten Kriminalität, Die Polizei 1988, S. 33
Fundermann, Willi: Von Ausländern an Ausländern: Die Schutzgelderpressung – bevorzugtes Delikt der organisierten Kriminalität, Kriminalistik 1985, S. 350

Gädigk, Cornelia: «St. Pauli»-Verfahren – Die Prostituierte als Zeugin, der kriminalist 1986, S. 274
Gerster, Eyke: Bei der Suche nach dem künstlichen Glück finden immer mehr junge Leute den Tod: Zahlreiche Drogen-Händler werden festgenommen, aber Polizei-Erfolge bewirken nur wenig, Hannoversche Allgemeine Zeitung vom 11. August 1988
Gewerkschaft der Polizei: Organisierte Kriminalität, Fachtagung im Prälat Schöneberg, Berlin, am 20. Mai 1987
Gralla, René: Die Hütchen-Mafia, stern 21/1989
Greiner, August: «Autobumserei» – Schäden in Milliardenhöhe, Kriminalistik 1989, S. 299
Gülzow, Hagen: Die Verwertung verdeckt erlangter Erkenntnisse im Strafprozeß, Die Polizei 1984, S. 331

habe: Kripo: Jugoslawen siegten im Milieu-Machtkampf, Frankfurter Rundschau vom 5. Mai 1989
Hain, Werner: Der Wohnungseinbruch, der kriminalist 1988, S. 313
Hamacher, Hans-Werner: Tatort Bundesrepublik: Organisierte Kriminalität, Hilden 1986
Hammersen, John-P.: «Wer redet, stirbt», Die Welt (Hamburg-Ausgabe) vom 27. Juli 1988
Heilingbrunner, Petra: Vom V-Mann zum Rauschgifthandel, Süddeutsche Zeitung vom 29. Juli 1988
Heinecke, Richard: Vom «Gentleman-Taschendieb» zur organisierten Massenkriminalität, August 1988 (Manuskript)
Heitmann, Klaus: Illegale Beschäftigung, Vermittlung und Schwarzarbeit, in: Wirtschaftsstrafrecht, herausgegeben von Christian Müller-Gugenberger, Münster 1987
Helbig, Klaus: Immer wieder Beweisschwierigkeiten: Videopiraterie – akute Erscheinungsformen der organisierten Kriminalität, Kriminalistik 1986, S. 372
Hennemann, Gerhard: 30 Milliarden DM Schaden durch Wirtschaftskriminelle, Süddeutsche Zeitung vom 2. August 1989
Herlyn, Wilm: Fensterbohrer-Bande mit perfekter Logistik, Die Welt vom 31. Mai 1985
Herlyn, Wilm: Ihre Beutezüge waren immer exakt geplant: Die ausgeklügelten Methoden der «Fensterbohrer-Bande», Die Welt vom 1. Juni 1985
Hertlein, Heinz: Erfordernis und Grenzen verdeckter polizeilicher Maßnahmen, Die Polizei 1984, S. 322
Hertlein, Heinz: Kriminalisten im Tarngewand: Neue Formen der

Kriminalität erfordern neue Polizeiarbeit, Kriminalistik 1987, S. 3
Hessische Polizeirundschau: Neue Dimension des Verbrechens: Organisierte Kriminalität, Heft 12/1988
Hilgendorf-Schmidt, Sabine: Über den Referentenentwurf eines Gesetzes zur Änderung und Ergänzung des Strafverfahrensrechts, Zeitschrift für Wirtschaft – Steuer – Strafrecht 1989, S. 208
hoc/wk: Das Rätsel um den Tod des Zeugen, Hamburger Abendblatt vom 15. Juni 1987
Horeni, Franz: Ohne den Colt im Hosenbund von heilloser Angst gepeinigt, Frankfurter Allgemeine Zeitung vom 27. Mai 1987
Horeni, Franz: Mörderisches Ende einer Gangsterfehde an den Stufen zur Justiz, Frankfurter Allgemeine Zeitung vom 11. November 1986
Horeni, Franz: «Wenn Vuković nicht geschossen hätte, wäre er heute tot», Frankfurter Allgemeine Zeitung vom 3. Juni 1987

Ingenerf, Peter: Das Schengener Abkommen, Kriminalistik 1989, S. 341
Innenausschuß des Deutschen Bundestages: Öffentliche Anhörung von Sachverständigen zu dem Thema «Rauschgiftbekämpfung» am 13. März 1989, Stenografisches Protokoll
Innenpolitische Arbeitsgruppe der CDU/CSU-Bundestagsfraktion: Fachgespräch zur organisierten Kriminalität und Rauschgiftkriminalität am 23. und 24. 8. 1988 in Bonn, Wortprotokoll

Jahn, Friedrich-Adolf: Maßnahmen der Bundesregierung zur Bekämpfung der Produktpiraterie, Bulletin des Presse- und Informationsamts der Bundesregierung vom 11. Mai 1988, S. 579
Jeschke, Jürgen: Weit positiver als büromäßige Rechtshilfe: Die internationale Zusammenarbeit des Bundeskriminalamts im operativen Bereich, Kriminalistik 1985, S. 69
Jeschke, Jürgen; Graf, Ulrich: Wenn eine Ladung Haschisch aus dem Orient kommt...: Die internationale Arbeit des Bundeskriminalamtes im operativen Bereich, Kriminalistik 1987, S. 437
Jeschke, Jürgen: Organisierte Ausländerkriminalität und internationale Zusammenarbeit am Beispiel der Drogenkriminalität (Manuskript), Oktober 1988
John, Barbara: Die neue Form von Sklavenhandel: Mehr als 1000 thailändische Frauen arbeiten in Berlin in der Prostitution, Volksblatt vom 2. November 1988

Kaiser, Günther: Kriminologie, Heidelberg 1988
Kleinknecht, Theodor; Meyer, Karlheinz: Strafprozeßordnung, 39. Auflage, München 1989
Koch, Egmont R.: Grenzenlose Geschäfte: Organisierte Wirtschaftskriminalität in Europa, München 1988
Körner, Harald Hans: Verteufelt und verherrlicht: Der V-Mann – Konfliktfälle zwischen Staatsanwaltschaft und Kriminalpolizei beim Umgang mit V-Leuten, Kriminalistik 1983, S. 290
Körner, Harald Hans: V-Leute: Verbrannt und verblüht, Kriminalistik 1984, S. 230
Körner, Harald Hans: Der Grundsatz des fair play für den V-Mann und für den Zeugen: Die Herabwürdigung des V-Mannes zum bloßen Objekt staatlichen Handelns, Kriminalistik 1984, S. 338
Körner, Harald Hans: Kontrollierte Betäubungsmitteltransporte: Verdeckte Ermittler der Polizei im In- und Ausland, Kriminalistik 1985, S. 226
Kreuzer, Arthur: Aspekte der Phänomenologie, Gesetzgebung und Strafverfolgung von Hehlerei, Die Polizei 1987, S. 163
Kriminalabteilung Frankfurt: Presse- und Informationsmappe: Falschgeldsicherstellung am 20. März 1989
Krost, Nikolaus: Verdeckte Maßnahmen der Polizei – Eine grundsätzliche Betrachtung zur rechtlichen Eingebundenheit, der kriminalist 1985, S. 450
Krumm, Karl-Heinz: Selbst die beste Fahndung räumt kaum Stoff vom Markt, Frankfurter Rundschau vom 24. August 1988
Krumm, Karl-Heinz: Zwei Heroin-Bömbchen und den Asylantrag in der Tasche: Gegen die senegalesischen Kleindealer in Frankfurt sind Rauschgiftfahnder und Justiz machtlos, Frankfurter Rundschau vom 25. Juni 1988
Krumsiek, Lothar: Der Einsatz von V-Personen, in: Bund Deutscher Kriminalbeamter, Landesverband Niedersachsen: Dokumentation zur Verbrechensbekämpfung, V-Personen, Essen 1988
Kube, Edwin; Poerting, Peter; Störzer, Udo: Den Profis die Profite nehmen: Gewinnabschöpfung als Kampfmittel gegen das Organisierte Verbrechen, Kriminalistik 1987, S. 44
Kubica, Johann: Wirtschaftsstraftaten als Form organisierter Kriminalität, Kriminalistik 1986, S. 231
Kusch, Ernst Günther: Markenpiraterie: Kopiert wird alles, was einen Namen hat, Kriminalistik 1986, S. 592
Kusidlo, Silvia: Immer mehr Opfer beim «Hütchenspiel» in Berlin, dpa, Meldung vom 24. August 1989

Lammert, Hermann: Der ehrbare Taschendieb stirbt aus: immer mehr Gewalttäter, Frankfurter Rundschau vom 11. Juli 1988

lei: Zwei mutmaßliche Schutzgelderpresser in Neuköllner Bordell festgenommen, Der Tagesspiegel vom 4. November 1987

Lenhard, Karl-Heinz: Es ist fünf vor zwölf: Zur Organisierten Kriminalität und ihrer wirksamen Bekämpfung, Kriminalistik 1989, S. 194

Leppert, Norbert: Ein Kerl wie ein Schrank, Frankfurter Rundschau vom 11. November 1986

Lindlau, Dagobert: Der Mob: Recherchen zum organisierten Verbrechen, Hamburg 1987

Loff, Birgit: Mit Traum-Renditen auf Anlegerfang, Frankfurter Rundschau vom 26. August 1988

Loitz, Rolf; Loitz, Kurt-Michael: Ablenkung ist alles – Professionelle Ladendiebe: Schmuck, Kriminalistik 1987, S. 192

Loitz, Rolf; Loitz, Kurt-Michael: Popcorn bremste die Verfolger: Die Tricks der Profis bei Pelzdiebstählen, Kriminalistik 1988, S. 12

Lüdders, Axel: Schadensumme jetzt über 30 Mio. Mark – Euroscheckkriminalität: eine Erscheinungsform des organisierten Verbrechens, Kriminalistik 1986, S. 99

Lüderssen, Klaus (Hrsg.): V-Leute: Die Falle im Rechtsstaat, Frankfurt a. M. 1985

Lux, Peter: «Justizfreier» Raum für Call-Girl-Ringe, Bars und Clubs, Kriminalistik 1985, S. 402

Mattke, Hans-Jürgen: Vortrag auf dem ersten europäischen Symposium über Betrug und Wirtschaftskriminalität im Generalsekretariat der Internationalen Kriminalpolizeilichen Organisation (Interpol) in Paris-St. Cloud am 24. März 1987 (Manuskript)

Mattke, Hans-Jürgen: Sogar schon als Farbkopie – Falschgeldkriminalität: Erscheinungsformen und Bekämpfungsmöglichkeiten, Kriminalistik 1989, S. 115

Mebesius, Helmut: Wo der Rubel nicht gefragt ist: Organisierte Falschgeldkriminalität widmet sich der Mark und dem Dollar, Kriminalistik 1987, S. 367

Mellenthin, Klaus: «Körperschmuggel»: Der Rauschgift-Schmuggel im menschlichen Körper konfrontiert auch den Arzt mit vielfältigen Problemen, gyne 1984, S. 1

Menne, Heinz; Dreßler, Rudolf (Hrsg.): Schwarzbuch Wirtschaftskriminalität, Dortmund 1987

Metzner, Wolfgang: Große Kasse mit heißer Ware, stern vom 12. Juni 1986
Metzner, Wolfgang: Jagd auf die Jugo-Mafia, stern vom 12. Januar 1989, S. 52
Meyer, Peter U.: «Ich habe keine Lust mehr», Hamburger Abendblatt vom 13. Februar 1989
Meyer, Peter U.: Die Drogenflut – Hamburgs große Sorge, Hamburger Abendblatt vom 16. März 1989
Müller, Manfred: Kreditkartenbetrug, der kriminalist 1987, S. 355
Münster, Winfried: Frische Tomaten, faule Geschäfte, Süddeutsche Zeitung vom 18. Mai 1989
Münster, Thomas: Kommissar Zufall jagt den «Blüten»-Schmuggler, Süddeutsche Zeitung vom 9. April 1989

Nobel, Hermann: Teufelsdroge Nr. 2 auf dem Vormarsch – Kokain: Schmuggel, Preise, Anwendungsformen, Folgen, Kriminalistik 1985, S. 130

ohne Namen: BKA warnt vor Kapitalanlagebetrug, Handelsblatt vom 25. August 1987
ohne Namen: Den Strafgerichten sind die Verfallsregeln des Strafgesetzbuchs meist zu kompliziert, Handelsblatt vom 18. 4. 1989
ohne Namen: Internationale Richtervereinigung tagte in Berlin – Im Mittelpunkt: Zeugenschutz, Deutsche Richterzeitung 1988, S. 473
ohne Namen: Lkw-Diebstähle in Italien werden dreister, der kriminalist 1988, S. 274
ohne Namen: MARKENPIRATEN Katalog report, Essen
ohne Namen: Maßnahmenkatalog zum Zeugenschutz, der kriminalist 1989, S. 12
Osterkorn, Thomas: Der Millionen-Coup im Hamburger Freihafen, Hamburger Abendblatt vom 19. September 1985
Osterkorn, Thomas: Streit um Kampf gegen organisierte Kriminalität, Hamburger Abendblatt vom 23. September 1985
Osterkorn, Thomas: «Ich habe total Schiss, Mann!»: Roland arbeitete als V-Mann für das Rauschgiftdezernat, stern vom 20. August 1987
Ott, Ursula: Angeklagter: «Habe Landsleute nur betreut», Frankfurter Rundschau vom 2. November 1988

Pachmann, Christoph: «Gigantisches illegales und internationales Finanznest»: Die Notwendigkeit der Suche und Beschlagnahme

von Gewinnen aus dem illegalen Drogenhandel, Kriminalistik 1985, S. 182
Pahl, Andres: Schlimmer als die Stehler...: Bekämpfung der Hehlerei in Berlin/Gewerbsmäßige und Großhehlerei als Form der organisierten Kriminalität, Kriminalistik 1986, S. 114
Paus, Heinz: Information über die Anhörung der CDU-Landtagsfraktion zum Thema «Organisierte Kriminalität» vom 31. Mai 1989 (nicht veröffentlicht)
Peters, Butz: Schwierig, schwierig: Probleme der Fahnder bei Ermittlungen in Sachen Organisierte Kriminalität, Mittagskurier, NDR 2, 3. September 1987, 12.20 Uhr
Peters, Butz: Wie schlimm ist es tatsächlich? Expertenanhörung der CDU/CSU-Bundestagsfraktion zum Thema Organisierte Kriminalität, Zeitfunk, NDR 3, 24. August 1988, 7.11 Uhr
Peters, Butz: «Ausländerkriminalität»: Was ist gesichert?, Interview mit BKA-Präsident Boge, Zeitfunk, NDR 3, 21. Oktober 1988, 7.08 Uhr
Peters, Butz: Die «Vorverlagerungsstrategie» des BKA gegen international operierende Rauschgiftorganisationen, Mittagskurier, NDR 2, 20. Oktober 1988, 12.35 Uhr
Peters, Butz: Kein Maulkorb für angeklagte V-Mann-Führer, Zeitfunk, NDR 3, 10. Dezember 1988, 7.12 Uhr
Peters, Butz: Drogen- und Folgekriminalität, Interview mit Wolfgang Sielaff, Leitender Kriminaldirektor Polizei Hamburg, «Interview der Woche», NDR 3, 14. Januar 1989, 13.05 Uhr
Peters, Butz: Organisierte Kriminalität in der Bundesrepublik – Eine Studie des Bundeskriminalamts, Politisches Forum, NDR 1, 20. März 1989, 22.05 Uhr
Peters, Butz: Es wird immer schlimmer: Organisierte Kriminalität und der baden-württembergische Landespolizeipräsident Stümper, Politisches Forum, NDR 4, 23. Juni 1989, 23.05 Uhr
Peters, Butz: Das tödliche Geschäft: Die Struktur des Rauschgiftvertriebs weltweit, Frühkurier, NDR 2, 5. Dezember 1989, 6.40 Uhr
Peters, Butz: Was tun? Organisierte Kriminalität in der Bundesrepublik, Forum 4, NDR 4, 25. Februar 1990, 11.05 Uhr
Pfeiffer, Gerd (Hrsg.): Karlsruher Kommentar zur Strafprozeßordnung, 2. Auflage, München 1987
Pfeil, D.; Hempel, L.; Schiedermair, R.; Slotty, M.: Betäubungsmittelrecht, Frankfurt a. M. 1987
Polizei-Führungsakademie: Organisierte Kriminalität, Seminare:
I. Internationale Kraftfahrzeugverschiebung (1981)

II. International organisierte Rauschgiftkriminalität (1982)
III. Straftaten im Zusammenhang mit dem Nachtleben (1983)
IV. Wirtschaftskriminalität: Einschleusung und illegale Beschäftigung von Ausländern (1983)
V. Eigentumsdelikte größeren Ausmaßes (1984)
VI. Wirtschaftskriminalität (1985)
VII. Gewerbsmäßige Hehlerei (1986)
VIII. Zusammenfassende Bestandsaufnahme der Erkenntnisse und Erfahrungen (1987)
«Verschlußsache – Nur für den Dienstgebrauch»

Presse- und Informationsamt der Bundesregierung: Die Kriminalität in der Bundesrepublik Deutschland, Bulletin (Nr. 39) vom 28. April 1989

Prinz, Heinrich: Erfassung und Bekämpfung der organisierten Kriminalität, der kriminalist 1986, S. 73

Raith, Werner: Gibt es eine Organisierte Kriminalität in der Bundesrepublik? Politisches Feature, NDR 3, 9. Oktober 1985, 21.00–22.00 Uhr

Rebmann, Kurt; Schnarr, Karl Heinz: Der Schutz des gefährdeten Zeugen im Strafverfahren, Neue Juristische Wochenschrift 1989, S. 1185

Rebscher, Erich: Überlastete Diebstahlsdezernate können den Hehler nicht ausreichend bekämpfen, Kriminalistik 1985, S. 529

Rebscher, Erich; Vahlenkamp, Werner: Noch nicht unangreifbar – Organisierte Kriminalität: Rechtliches Instrumentarium nicht ausreichend, Kriminalistik 1987, S. 634

Rebscher, Erich; Vahlenkamp, Werner: Organisierte Kriminalität in der Bundesrepublik Deutschland, BKA-Forschungsreihe, Wiesbaden 1988

Reichinger, Siegfried: 60 Millionen Mark Schaden, Erscheinungsformen und Bekämpfungsmethoden der Euroscheckkriminalität, Kriminalistik 1988, S. 574

Revermann, Ewald: Schleusten Türken 1000 Landsleute ein?, Die Welt vom 23. Februar 1989

Ruhmöller, Thomas: Wenn die Angst das Leben bestimmt – Bundesweit einmalig: das Hamburger Zeugenschutz-Kommando, Hamburger Abendblatt vom 3. Februar 1989

Rupprecht, Reinhard: Wettlauf der Schnecken: Probleme und Konsequenzen des Abbaus von Grenzkontrollen, Kriminalistik 1989, S. 263

Salewsky, Franz: Das manipulierte Roulette, Kriminalistik 1985, S. 284
Salzmann, Dieter: Waffenschieber in Hamburg aufgeflogen, Die Welt (Hamburg-Ausgabe) vom 25. September 1986
Schäfer, Herbert: Das Ende der Selbsttäuschung: Operative Strategien zur Bekämpfung der organisierten Kriminalität, Kriminalistik 1985, S. 582
Schaefer, Christoph: Polizei auf schwankendem Grund: Ist die organisierte Kriminalität mit dem geltenden Recht zu bekämpfen? Kriminalistik 1987, S. 230
Schenk: Vorsicht, Taschendiebe auf Bahnsteig 6, Frankfurter Rundschau vom 30. März 1989
Schenk, Jürgen: Moderne Sklaven am Bau, Frankfurter Rundschau vom 11. März 1985
Schenk, Jürgen: Für jugoslawische Banden ist Frankfurt die Zentrale – Organisiertes Verbrechen mit Sitz im Bahnhofsviertel: verbotenes Glücksspiel, Wohnungseinbrüche, Zuhälterei, Frankfurter Rundschau vom 15. Juli 1988
Schenk, Jürgen: Schecks für Millionen aus Briefkästen, Frankfurter Rundschau vom 22. August 1988
Schenk, Jürgen: Frankfurter Kripo ließ Dollarfälscher auffliegen, Frankfurter Rundschau vom 6. April 1989
Schenk, Jürgen: Schutzgelderpresser von der Polizei erstmals gefaßt, Frankfurter Rundschau vom 22. Mai 1989
Scherer, Peter: «Das organisierte Verbrechen sucht Einfluß in der Politik»: BKA-Chef Boge spricht von großer Gefahr, Die Welt vom 9. September 1987
Schneider, Hans Joachim: Das organisierte Verbrechen, Jura 1984, S. 169
Schneider, Hans Joachim: Kriminologie, Hamburg 1987
Schönke, Adolf; Schröder, Horst: Strafgesetzbuch, Kommentar, 23. Auflage, München 1988
Schottke, Eva: Der Fixer als logistischer Endpunkt – Anmerkungen zur organisierten Kriminalität, der kriminalist 1983, S. 431
Schultheis, Jürgen: Bonn droht Musterklauern und Klamottenfälschern mit empfindlichen Strafen, Frankfurter Rundschau vom 22. Oktober 1988
Schulz, Heinz: Agent Provokateur, UCA oder verdeckter Ermittler?, Kriminalistik 1985, S. 509
Schuster, Leo: Die Unterwelt des Freihandels, Organisierte Kriminalität: Herausforderung für die nächsten Jahre, Kriminalistik 1987, S. 163

Schwanke, Joachim: Alarmierende Dimension: Die Beschaffungskriminalität von Rauschgiftabhängigen in Hamburg, Kriminalistik 1989, S. 149
Schwind, Hans-Dieter; Steinhilper, Gernot; Kube, Edwin (Hrsg.): Organisierte Kriminalität: Beiträge zu einer Fachtagung der Deutschen Kriminologischen Gesellschaft zur Verleihung der Beccaria-Medaille 1986, Heidelberg 1987
Segbers, Michael: Der V-Mann der Polizei, dpa-Hintergrund, 11. Januar 1984
Segbers, Michael: Organisierte Kriminalität in Deutschland – Konturen eines wachsenden Problems, dpa-Hintergrund, 17. September 1986
Seifert, Horst; Will, Klaus: Aus alt mach neu, Merkmale unerlaubter Manipulation an gestohlenen und «umfrisierten» Fahrzeugen, Kriminalistik 1988, S. 365
Sielaff, Wolfgang: Organisierte Kriminalität (Manuskript)
Sielaff, Wolfgang: Bis zur Bestechung leitender Polizeibeamter?, Erscheinungsformen und Bekämpfung der organisierten Kriminalität in Hamburg, Kriminalistik 1983, S. 417
Sielaff, Wolfgang: Verdeckte Ermittlungen in der Sex- und Glücksspielindustrie: Professionelle Abschottung der Szene, Kriminalistik 1985, S. 577
Sielaff, Wolfgang: «Aussageverbot» vom Täter: Zur Notwendigkeit des Schutzes gefährdeter Zeugen, Kriminalistik 1986, S. 58
Sielaff, Wolfgang: Mögliche Schwachstellen der Polizei für korrumpierende Ansätze (Manuskript), Referat, gehalten am 18. Oktober 1986 vor der Kriminalistischen Studiengemeinschaft e. V. in Wildeshausen
Sielaff, Wolfgang: Trend-Änderungen in der Drogenszene seit 1985 aus Sicht der Polizei (Manuskript), Referat anläßlich der «Drogentagung 1988» vom 7. bis 12. Dezember 1988 in Wiesbaden
Sielaff, Wolfgang: Praktische Schwierigkeiten bei Ermittlungen gegen ausländische Tatverdächtige, in: BKA-Vortragsreihe, Band 34, Ausländerkriminalität in der Bundesrepublik, 1989, S. 129
Sielaff, Wolfgang: Am selben Strang ziehen: Die Zusammenarbeit von Polizei und Staatsanwaltschaft bei der Bekämpfung der Organisierten Kriminalität, Kriminalistik 1989, S. 141
Sielaff, Wolfgang: Zur Situation der Rauschgiftkriminalität in Hamburg und deren Bekämpfung, Referat anläßlich der Ge-

werkschaft der Polizei-Tagung am 20. und 21. November 1989 in Hamburg (Manuskript)
Sonnenschein, J.: Drei Jahre Knast für Unternehmer wegen illegaler Leiharbeit, Die Tageszeitung vom 20. Dezember 1985
DER SPIEGEL: Filet und Tunke, 40/1985, S. 74
DER SPIEGEL: «Das ist Wahnsinn, aber es macht Spaß»: Ein Video-Raubkopierer über die Gepflogenheiten, Risiken und Gewinnspannen in seiner Branche, 1/1986, S. 117
DER SPIEGEL: «Ich habe es aus Angst getan», 28/1987, S. 48
DER SPIEGEL: Organisiertes Verbrechen in der Bundesrepublik:
1. Folge: Die Macht der Syndikate, 9/1988, S. 68
2. Folge: Schutzgelderpressung, 10/1988, S. 80
3. Folge: Milliardenbranche Stehlen & Hehlen, 11/1988, S. 143
4. Folge: Rauschgifthandel, 12/1988, S. 72
DER SPIEGEL: «Zu ängstlich, zu vorsichtig, zu schüchtern», Baden-Württembergs Polizeichef Alfred Stümper über die Bekämpfung der Organisierten Kriminalität, 13/1988, S. 50
DER SPIEGEL: Reichtum umverteilen, 14/1988, S. 178
DER SPIEGEL: «Wir müssen noch viel über Gauner lernen», Der Kriminologe Paolo Bernasconi über internationale Wirtschaftskriminalität und Geldwäscherei, 19/1988, S. 117
DER SPIEGEL: «Wer singt, kriegt eine Überdosis», 30/1988, S. 30
DER SPIEGEL: «Strich, schlafen, Hotel – mehr nicht», 30/1988
DER SPIEGEL: Nie Verdacht, 34/1988, S. 89
DER SPIEGEL: «Rudolfo kommt in blauen Jeans», 40/1988, S. 116
DER SPIEGEL: Superhirn mit Ei, 49/1988, S. 44
DER SPIEGEL: «Wenn je ein Problem voraussehbar war»: Reizthema Ausländerkriminalität, 10/1989, S. 86
DER SPIEGEL: «Aggressiv und gut gerüstet wie noch nie», Spiegel-Report über die Methoden von Trickbetrügern und Taschendieben, 15/1989, S. 98
DER SPIEGEL: «Viel Geld für eine Affenfahrt», 21/1989, S. 53
DER SPIEGEL: Codewort Orchidee, 22/1989, S. 72
DER SPIEGEL: Roulettbetrug: «Hm-krr-chch-zwo-zwo», 32/1989, S. 50
DER SPIEGEL: Voll ins Geschäft, 34/1989, S. 51
DER SPIEGEL: «Der Papst, das bin ich»: Spiegel-Report über die Machenschaften der westdeutschen Glücksspiel-Mafia, 39/1989, S. 58

DER SPIEGEL: Nachts ertönt der Trauermarsch, 47/1989, S. 114
SPIEGEL-SPEZIAL: Geißel Rauschgift, Hamburg 1989
Statistisches Bundesamt Wiesbaden: Strafverfolgung 1987 (ohne weitere Angaben)
Steinke, Wolfgang: Begriffsentwirrung: V-Mann, UCA, Vigilant, Gewährsperson..., Kriminalistik 1984, S. 285
Steinke, Wolfgang: Die kommissarische Vernehmung des V-Mannes, Kriminalistik 1984, S. 169
Steinke, Wolfgang: Kriminalitäts-Lagebild, Kriminalistik 1987, S. 491
Stüllenberg, Heinz: Notwendig und erlaubt: Untergrundermittlungen, Kriminalistik 1985, S. 6
Stüllenberg, Heinz: «White plastic crime», Kriminalistik 1986, S. 43
Stüllenberg, Heinz: Die unendliche (Kriminal-)Geschichte oder: Aspekte einer Konzeption gegen Tageswohnungseinbruch und Trickdiebstahl, der kriminalist 1987, S. 317
Stümper, Alfred: Unsoziale Kriminalitätsbekämpfung? Kriminalistik 1984, S. 129
Stümper, Alfred: 150 Milliarden Mark jährlicher Schaden, Kriminalistik 1985, S. 8
Stümper, Alfred: Vom «Flickwerk» zu den künftigen polizeilichen Schwerpunktsetzungen, Kriminalistik 1984, S. 188
Stümper, Alfred: Die leidige Diskussion um den UCA, Kriminalistik 1985, S. 293
Stümper, Alfred: Fällt Deutschland unter die Räuber? Welt-Serie, Die Welt, 5., 7., 8., 9., 10., 11., 12. April 1986

Tabarelli, Winfred: Organisierte Kriminalität, Informationen der Polizei Schleswig-Holstein 1987, S. 7
Tamm, Berndt Georg: Drogenfreigabe – Kapitulation oder Ausweg?, Hilden 1989
Taschenmacher, Rudolf: «Korkenzieher» und «Zieh-fix» – Grundlose Befürchtung oder modus operandi mit Zukunft?, der kriminalist 1988, S. 363
Taschenmacher, Rudolf: Einbruchsmethode mit Zukunft? «Korkenzieher» und «Zieh-fix» als Urheber eines mittleren Skandals, Kriminalistik 1989, S. 307
Tielke, Joachim: Video- und Filmpiraterie, der kriminalist 1989, S. 329
tk: Zeuge suchte die Kamera und fand blutige Wirklichkeit, Frankfurter Allgemeine Zeitung vom 12. Juni 1987

Trometer, Helmut: Rede vor den Ausschüssen für Verfassungs-, Rechts- und Kommunalfragen und für Sicherheitsfragen im Bayerischen Landtag am 25. November 1987 (Manuskript)

Uessler, Rolf: Mafia: Mythos, Macht, Moral, Berlin 1987

Unger, Jörg Peter: Auf der Suche nach dem «schnellen Geld», Der Tageswohnungseinbruch in Hamburg, Kriminalistik 1985, S. 574

Uniewski, Herbert: Die Sklavenhalter, stern vom 31. Mai 1982, S. 216

Uniewski, Herbert: Hast du keinen, leih dir einen, stern vom 24. März 1988, S. 236

Uniewski, Herbert: Keinen Penny wert: Ein internationaler Ring von Aktiendealern hat Geldanlegern im großen Stil wertlose Papiere verkauft, stern vom 25. August 1988, S. 194

Uniewski, Herbert: Die Milliarden-Fälscher, stern vom 8. Juni 1989, S. 78

Vahlenkamp, Werner: Organisierte Kriminalität – das schleichende Gift, der kriminalist 1988, S. 440

Voss, Reinhard: Weiterhin ausgebeutet: Strafverfahren gegen 16 Leiharbeiter-Firmen, Frankfurter Rundschau vom 14. Januar 1986

Voß, Wilfried: St. Pauli – Vergnügungsviertel oder Stätte der Gewalt?, der kriminalist 1986, S. 269

Wagner, Joachim: Strafprozeßführung über Medien, Baden-Baden 1987

Walter, Peter: «Organisierte Kriminalität»: Auf dem Weg zur kriminellen Industrie? (Manuskript), Mai 1989

Wanka, Richard: Statement zur Pressekonferenz über illegale Beschäftigung am 17. März 1989 der Bundesanstalt für Arbeit

Warner, John: Viel Spielraum: Der Einsatz von Under-cover-agents (UCA) in den USA, Kriminalistik 1985, S. 291

Weden, Georg: Geht um: der Autoradio-Klau, Die Zeit vom 15. August 1986

Weerda, Sabine: «Paten» vom Kiez stritten um Geschäftsanteile, Die Welt (Hamburg-Ausgabe) vom 25. Mai 1989

Weerda, Sabine: Führte Heroinsucht zu dem kaltblütigen Mord?, Die Welt (Hamburg-Ausgabe) vom 14. Juni 1989

Wehner, Bernd: Noch einmal: V-Mann und so weiter – In fröhlicher Harmlosigkeit, Kriminalistik 1985, S. 227

Wehner, Bernd: Verdeckte Ermittler – V-Personen – Informanten, Kriminalistik 1985, S. 355

Wehner, Bernd: Informanten und V-Personen: Begriff, Inanspruchnahme und Einsatz im Ermittlungsverfahren endgültig klargestellt, Kriminalistik 1986, S. 383

Werner, Adelheid: Organisierte Kriminalität: Fiktion oder Realität?, Kriminalistik 1982, S. 131

weso: Die Erpreßten schweigen meistens: Erzwungene Schutzgelder sind in Berlin an der Tagesordnung/Kripo oft machtlos, Volksblatt vom 12. November 1987

Wichmann, Stefan; Munster, Petra: Mit «Irene» gegen die Mafia: Internationale Gangster-Syndikate betrügen die EG nach Schätzungen von Experten jährlich um Milliarden, stern 18/1989, S. 265

Widmann, Carlos: Der Tod im schwarzen Revier – Washington: Amerikas Kapitale wird zur Mord-Hauptstadt, Süddeutsche Zeitung vom 15. April 1989

Wiendl, Klaus: Jugoslawische Gangs im Visier der Fahnder: Das organisierte Verbrechen ist in ihrer Hand, Hannoversche Allgemeine Zeitung vom 2. August 1987

Zimmermann, Horst: Die Drogen-Bosse überfluten den Euro-Markt, Rheinischer Merkur/Christ und Welt vom 5. August 1988

REGISTER